中国现代文学馆青年批评家丛书

丛书主编 吴义勤

张丽军 著

# "当下现实主义"的文学研究

北京大学出版社
PEKING UNIVERSITY PRESS

图书在版编目（CIP）数据

"当下现实主义"的文学研究/张丽军著.—北京：北京大学出版社，2014.6
（中国现代文学馆青年批评家丛书）

ISBN 978-7-301-24332-9

I.①当… II.①张… III.①中国文学—当代文学—文学研究 IV.① I206.7

中国版本图书馆 CIP 数据核字（2014）第 118440 号

书　　　　名：" 当下现实主义 " 的文学研究
著 作 责 任 者：张丽军　著
责　任　编　辑：徐文宁
标　准　书　号：ISBN 978-7-301-24332-9/I·2776
出　版　发　行：北京大学出版社
地　　　　　址：北京市海淀区成府路 205 号　　100871
网　　　　　址：http://www.pup.cn　新浪官方微博：@北京大学出版社 @培文图书
电 子 信 箱：pw@pup.pku.edu.cn
电　　　　　话：邮购部 62752015　发行部 62750672　编辑部 62750112
　　　　　　　　出版部 62754962
印　刷　者：三河市腾飞印务有限公司
经　销　者：新华书店
　　　　　　650 毫米 × 980 毫米　16 开本　24 印张　330 千字
　　　　　　2014 年 6 月第 1 版　2014 年 6 月第 1 次印刷
定　　　价：52.00 元

未经许可，不得以任何方式复制或抄袭本书之部分或全部内容。
版权所有，侵权必究
举报电话：010-62752024　电子信箱：fd@pup.pku.edu.cn

# 目 录

丛书总序　　吴义勤　5

自　序　7

## 第一辑　时代的现实问题和精神状况

我们时代的现实问题和精神状况
——《蜗居》的另一种解读　2

"我们需要什么样的生活"
——读孟宪杰的《生命里的村庄》　10

90后"白毛女"为什么愿嫁"黄世仁"？
——关于历史叙事、当代社会结构和人文精神的思考　14

"左联"精神：刺穿"无物之阵"的思想长矛　23

具有强烈现实精神和社会主义理念的新政治写作
——张平论　31

"新乡镇中国"的"当下现实主义"审美书写
——贾平凹《带灯》论　45

"死亡"：生机勃勃的生命意志
——余华小说中的死亡叙述研究　63

浆汁饱满的2010年初秋文学　74

"底层文学"的异质性美学与2010晚秋文学天空　85

城市的迷思、"高尚"的展示与对灵魂家园的追寻
——2011年秋季中国文学扫描　104

2012年存在苦难下温润生命的文学力量　119

2013年夏天那个游荡的魂灵　126

## 第二辑　当代文学与人的精神境遇

汪曾祺：中国当代文学的"异秉"　130

当代中国伦理文化小说的书写者
　　——论赵德发之于当代中国文学的独特意义　136

当代藏族村落的心灵秘史和现代性精神寓言
　　——阿来《空山》的深层精神意蕴探析　149

百年革命文化语境下中国农民的"精神成长"史
　　——从第六届"茅奖"作品《历史的天空》谈起　158

"第四世界""第三自然"与东方生态智慧的诗性想象
　　——读迟子建的《额尔古纳河右岸》　176

农民陈奂生的精神溯源与当代启示　186

《岁月有痕》："后伤痕文学"的审美书写　192

《古炉》：一种新的"文革叙事"　194

"中国化"青春亚文化的幽默书写
　　——读毕飞宇的《家事》　198

中国80后新性情书写
　　——韩寒论　202

重重叠叠镜像中的艺术之花
　　——读宗利华的《水瓶座》　212

一朵不凋谢的上海玫瑰
　　——读滕肖澜新作《规则人生》　214

古典审美化人生的现代诗意书写
　　——读于雁的长篇小说《如梦令》　216

见证时代的个体心灵记忆
　　——读高明的《那年，放电影》　218

## 第三辑　文学理论的生长与批评实践

论文学研究会"新文学观"的现代性　224

新世纪文学经典化危机及其建构的多种途径　231

当代文学制度的内在属性、历史变革和改革趋向　242

第八届"茅奖"：现代性文学制度的开创性尝试　251

文学评奖与新时期文学经典化　256

论新世纪底层文学的生成机制及其精神特质　264

城市底层叙述与大众文艺的倡导者　274

老舍底层叙述的多元精神维度　280

论鲁迅与老舍的"底层叙述"　292

以群：中国文学理论的自觉建构者与传承者
　　——读叶周的《文脉传承的践行者》　302

《赴难天兵》：新世纪报告文学审美转向的典型文本　309

新世纪中国电影精神维度如何建构
　　——以《唐山大地震》为例　315

重述沂蒙精神的当代红色经典
　　——评《沂蒙》电视剧审美理念和叙述方式的突破　321

生态文学诞生根源探析　324

面对生态危机的诗意反抗
　　——生态文学的发生学研究　330

被"异化"的生命形态
　　——对沈石溪动物小说的质疑与批评　344

## 附 录

乡土中国、现代性与新世纪文学
　　——张丽军访谈录一　352
文化消费主义时代,怎样做学术研究
　　——张丽军访谈录二　362

# 丛书总序

中国现代文学馆是在巴金先生倡议和一大批著名作家的响应下,于1985年正式成立的国家级文学馆,也是目前世界上规模最大的文学博物馆。中国现代文学馆的主要任务是收集、保管、整理、研究中国现当代文学书籍、期刊以及中国现当代作家的著作、手稿、译本、书信、日记、录音、录像、照片、文物等文学档案资料,为文化的薪传和文学史的建构与研究提供服务。建馆二十多年以来,经过一代代文学馆人的共同努力,中国现代文学馆的事业不断发展壮大,现已成为集文学展览馆、文学图书馆、文学档案馆以及文学理论研究、文学交流功能于一身的综合性文学博物馆,并正朝着建成具有国际影响的中国现当代文学资料中心、展览中心、交流中心和研究中心的目标迈进。

为了加快中国现代文学馆学术中心建设的步伐,中国作家协会党组决定从2011年起在中国现代文学馆设立客座研究员制度,并希望把客座研究员制度与对青年批评家的培养结合起来。因为,青年批评家的成长问题不仅是批评界内部的问题,而且是一个对于整个青年作家队伍乃至整个文学的未来都具有方向性的问题。青年评论家成长滞后,特别是代际层面上"70后""80后"批评家成长的滞后,曾经引起了文学界乃至全社会的普遍担忧甚至焦虑。因此,客座研究员的招聘主要面向"70后""80后"批评家,我们希望通过中国现代文学馆这个学术平台为青年评论家的成长创造条件。经过自主申报、专家推荐和中国现代文学馆学术委员会的严格评审,中国现代文学馆已经招聘了两期共19名青年评论家作为客座研究员。第三批客座研究员的招聘工作也即将完成。

两年多来的实践表明，客座研究员制度行之有效，令人满意。正如中国作协党组书记李冰同志在中国现代文学馆第二批客座研究员聘任仪式上的讲话中所指出的那样，青年评论家在学术上、思想上的成长和进步非常迅速。借助客座研究员这个平台，通过参加高水平的学术例会和学术会议，他们以鲜明的学术风格和学术姿态快速进入中国当代文学批评现场，关注最新的文学现象、重视同代际作家的创作，对于网络文学、类型小说、青春文学等最有活力的文学创作进行即时研究，有力地介入和参与着中国当代文学的创作实践，在对青年作家的研究及引领方面发挥了不可替代的作用。作为"70后""80后"批评家的代表，他们的"集体亮相"，改变了中国当代文学批评的格局和结构，带动了一批同代际优秀青年批评家的成长，标志着"70后""80后"青年批评家群体的崛起。鉴于客座研究员工作的良好成效和巨大社会反响，李冰书记在第一批客座研究员到期离馆时曾专门作出了"这是一件功德无量的事情，要进一步扩大规模"的批示。

为了充分展示客座研究员这一青年批评家群体的成就与风采，中国作家协会和中国现代文学馆决定推出"中国现代文学馆青年评论家丛书"，为每一个客座研究员推出一本代表其风格与水平的评论集，我们希望这套书既能成为中国当代文学批评的重要收获，又能够成为青年批评家们个人成长道路的见证。丛书第一辑8本在2013年6月由北京大学出版社推出后引起了巨大反响，现在第二辑12本也即将付梓出版，我们对之同样充满期待。

是为序。

吴义勤

2014年春于文学馆

# 自 序

## 一

我出生于山东莒县龙山镇褚家庄村。这是一个僻远的小山村，不过五六百口人。村子三面环山，一条小河从村中流过，汇入村南面有名的鹤河。鹤河是沭河的支流，沭河汇入淮河，最终入海。村有西山、北山、南山，虽都是丘陵，但在1980年代单干之前都长满了马尾松，满目青翠。春夏之际，我常上山掏鸟蛋，翻石头找蝎子，捅马蜂窝，剪松针间的蚕蛹（那是一种吃松针长大的蚕蛹，个头比普通蚕蛹大，比大蚕蛹小，类似椿树蚕，茧有毛刺，要戴胶皮手套剪，味道很鲜美），寻找松树下厚厚绒草下带着露珠的松菇。大山是一个奇妙的乐园。北山下有一条通往村里的小河，小时候我曾光着屁股在里面游泳。少年的我在小河里捞鱼摸虾，挖蟹洞捉螃蟹。再大些时候，就和大哥哥们一起在上游的水库洗澡，以能摸到水下的闸门为荣。我曾经因为一次逃学，带邻居两个七八岁的孩子到大水库洗澡，而被父亲抓到并好好打了一顿而记忆犹新。父亲是脱下了他穿的草鞋底打的。我们那地方农民多数穿一种用胶质皮革钉成的鞋，因为前面开口，后边有托，没有鞋面，只有底和套脚脖的丝绳穿起来，简便省钱，故俗称草鞋底。因为这次挨打而长了记性，我再也不敢随心所欲地贪玩了。说起对草鞋底的印象，我还记得上小学五年级的时候，小河发大水把我的草鞋底冲走了，只剩下了一只，提回了家。后来，父亲在烟台打工，穿着草鞋底，一次坐公交车，一位城市女孩子见裸露着脚板的草鞋底而大喊妖怪。那些东西都属于上一个世纪的乡土中国。现在，松树早被砍没了，麻雀蛋、马蜂窝、松针蚕、松菇，以及草鞋底和童年也都一起溜走了。

童年的我不仅贪玩，而且顽劣无比。春天小河岸边放起了电影《少林寺》。看完电影，我心中兴起了武术功夫梦，跑到鹤河边折断一根拇指粗的杨树，剥皮做成"少林棍"，约着堂弟在村里一米高的玉米地里，横扫玉米，劈倒一片片绿油油的玉米叶。结果下午主人就找到了家里，我被生气的父亲用"少林棍"教训了一顿。这就是我的童年时代，一个少年的乡村时光。直至今日，我在给本科生上课时，都会讲到我记忆中的乡村，瓦蓝的天空，爽朗的夜晚，小树林梢上那一抹金黄明亮的月光。

随着年龄增长，少林功夫梦很快就被我忘记了。少年的我爱听夏夜乘凉的老人讲三国、说隋唐，对历史充满了浓厚的兴趣。每当赶集的时候，我最感兴趣的两件事就是买小人书和听民间艺人说书。我央求父亲买了很多连环画，特别是《三国演义》的小画册，其中我对诸葛亮、赵云、关羽等特别喜欢，最佩服的是诸葛亮。记得有一次，父亲问我将来做什么，我大言不惭地说，要当诸葛亮。这在今天看来自然是笑谈了，但在当时我是很真诚地钦佩诸葛亮那经天纬地、治国安邦、通晓古今的巨大才能的。我在小学就读过了《隋唐英雄传》、《杨家将》、《呼家将》、《岳飞传》、《三国演义》、《封神演义》等大部头的民间历史演义，完成了这一时期的民间文学启蒙和民间文化伦理观的建构，如同赵树理、萧军等在村庄里受到的民间文化熏陶一样。

正是因为对历史的喜爱，我迎来了生命中一次至关重要的转机。在全乡镇初一联考中，我因为历史知识丰富而被乡镇中学的初一班主任宋新祥老师看中，帮我转入教学质量最高的乡镇中学上学。当我把消息跟父母说时，他们都不信，说人家怎么会看上你这样的学生呢？我那时真不是知道学习的孩子。可是，我坚持到乡镇中学去学习。就这样，我开始了崭新的人生。我知道学习了，而且觉得班主任老师对我这样好，我一定要对得起老师。从那一刻起，我心中就有了一个淳朴的想法：不让信任自己的人失望。随着岁月的增长，这成了我一直秉承的人生信念。

上高中的时候，我偶然收听到了《平凡的世界》的广播，非常兴奋而激动无比。大学时代买到了《平凡的世界》这本书，我白天连着晚上一口气读完，写下了长长的读书笔记。《平凡的世界》中的去探索未知世界，追寻理想、爱情和新生活的孙少平，成为我们70后一代人的精神资源。

## 二

　　大学毕业后,我成了一名中专院校的老师,可我依然对母校东北师范大学藏书二百多万册的图书馆、学识渊博的老师和对未知的世界充满着向往、探索之情。当我向写作老师刘雨先生表达自己继续学习的愿望时,刘雨老师回信鼓励我报考研究生。在考试失利后,戚廷贵先生、刘坤媛先生、吴庆老师都热情地勉励我。2000年我终于考取了研究生,回到了母校继续学习。在我学习的各门课程中,儿童文学及其授课老师朱自强先生深深地吸引了我。朱自强先生对中外儿童文学有着很深的造诣,更可贵的是他坦诚的人生态度和学术研究风格。尽管我听他的课只有一学期,可是我深深记住了在课堂上朱先生所诉说的自己立在窗前的人生困惑,以及我们对知识视界的探讨。当时,我就提出了作为一个农村孩子所具有的独特精神资源:他可能因为没有经过各种艺术训练而自卑,但是农村大自然的气息、色彩、声音、味道,人与自然交融的生命体验和类似于鲁迅笔下《社戏》里那没有任何文明束缚的快乐童年,是城市孩子所没有的。而且,一个农村孩子来到城市学习和生活,就具有了两种不同的知识视界和精神视野,可以从农村和城市、乡土中国和城市中国、农业文明和工业文明两种不同的精神视角来审视和打量这个世界。这也是沈从文所秉持的"乡下人"文学理念的内在精神缘由吧。

　　正是由于这种"乡下人"的童年生命体验,使我选择了"生态文学"作为自己的硕士论文研究对象,获得了导师刘雨先生的肯定和指导。小时候,在村边的小河边渴了,我就捧起湍流中清澈明亮的小河水来喝;可是今天的小河已经充斥了大量的农药,而且近两年上游建起了一个大垃圾场,可以想见未来是多么的可怕。中国的哪一条大江大河没有被污染,中国的哪一片土地没有浸透着化肥农药?远在大洋深沟,南极北极,生物体内的遗传基因,无不散发着人类自己制造的合成化工产品的污染气息。真如海德格尔所言,人类已经处于一种最深度的危险框架之中了。我曾一度深深悲哀和绝望,因为直至今日,这种来自人类本性深处的自私贪婪欲望及其导致的生态危机依然没有改变而且正在以加速度的方式加速走向毁灭。但是我在读《增长的极限》、《沙乡年鉴》、《大地伦理学》、《瓦尔登湖》等西方生态学经典和孔子、老子、鲁迅等东方文化经典作家作品的时候，获得了救赎自我、锐意前进的勇气和理想。"罗马俱乐部"顶尖学者不是已经意识到危险，以自己的方式发出了警告和呼吁改变人类生活和生产方式的讯号了吗？鲁迅的"绝望之为虚妄，正如希望相同"的反抗绝望的方式，不就是孔子所坚守的"知其不可而为之"的知识分子、西西弗斯式的大智大勇吗？！来自生命个体的无可阻止的死亡宿命和人类加速度毁灭的悲剧，或许是无可避免的，但这丝毫不会减弱生命因为"向死而生"、与死亡与毁灭抗争所焕发出的崇高之美、精神之光。

硕士生活临近结束之际，我们宿舍四人到了王永同学吉林省农安县烧锅镇的老家游玩。空旷的原野，高大的树木，疏朗的村落，长满青草的河道，让我们见识到了东北乡村田野的面貌。漫步在夕阳西下宽宽的河道上，我突然领悟到一个学者的意义和价值所在。早在读研之前，戚廷贵先生就谆谆地对我和同学乔焕江说，学问是生命的常青树。一个学者要视学问为生命的立身之本，以学术为本位，打破中国传统的官本位思想意识。我一直记得并不断回味戚先生的话。在这一瞬间，它真正走进了我的心中。我想到，如果说文化是一条澎湃不息的生命长河，我们每一个学者的一生就是在生命时空里涓涓流淌的小溪；学者生命的小溪汇入这条文化大河，才会找到生命的归宿，才会不被蒸发，而同样，流淌千年的文化大河，也因为我们每一条小溪的汇入而更加激荡飞扬，澎湃不息，焕发出历久而弥新的生命活力。在这条黑土地上的河道里，我找到了自己安身立命的存在方式和价值皈依。

## 三

2003年硕士毕业后，我开始了中国现当代文学专业博士研究生的学习。在一个冬天的夜晚，我和同学乔焕江开始了对话：在当代中国文化语境下，一介书生能够做些什么？从农村走出来的我们，不仅从时空上疏远了农村，而且在情感心理和生命体验上都不知不觉拉开了距离。我、我们，能为农村、为父老兄弟乡亲们做些什么？事实上，我什么也做不了，什么也改变不了，正如叶圣陶和费孝通所言，从农村来的学子，已经回不去了。

焕江安慰我说，作为学者，我们改变不了现实，提供不了物质的面包，但能提供精神的面包。是啊，学者的使命不是直接改变现实，而是为批评现实，为改变现实提供理想的蓝图、精神的资源和心灵的慰藉。从中，我找寻到了言说的方式，那就是对市场经济大潮中被忽视和遮蔽的乡土中国农民问题进行思考，通过探寻乡土文学中农民形象的审美嬗变，探究乡土中国现代化社会转型和中国农民形象的精神主体性建构，从而以文学的方式发出新时代语境下乡土中国"三农问题"的声音来。因而，我开始了对百年来乡土中国农民"人的现代化"问题的思考，并得到导师逄增玉先生的支持和肯定，他建议我先对现代文学中的农民形象进行分析，以做精做细，当代文学中的农民形象留待日后来做。在我的学术成长过程中，逄增玉先生对我的博士论文初稿写出了长达四页的指导意见，并对我的学术研究路数、思维方式和行文风格提出忠告和建议，让我受益匪浅。

博士毕业后，我很荣幸来到山东师范大学文学院从事中国现当代文学的教学与研究工作，因为山东师大现当代文学名师荟萃，有很多学有专长、在学界影响很大的学者，如田仲济先生、朱德发先生、吴义勤先生、张清华先生、魏建先生，等等。我在博士后导师吴义勤先生的指导下，继续研究中国现当代乡土文学农民形象，并有意识地开始了对老舍与当代底层写作、山东地域文学、中国70后作家的研究，力图在介入当下、走进文学现场的同时，关注文学场域中的弱势群体、被遮蔽的作家群，思考乡土中国社会转型、文化重建和文学新生力量发展等大问题，力图从自己独特的个人视角呈现出有温度、情感、重量、关怀的文学研究和文学批评。

在近十年的文学研究过程中，我开始渐渐形成自己的批评理念。记得陈思和先生说过，70后批评家为什么不去关注同时代人的创作呢？吴义勤先生认为当代文学可以进行经典化，因为同时代人的思考、感受、氛围、认知是最为确切、最为真实、最具现场感的，是不可替代的。张炜先生曾深情地说，当代就是每一个人的黄金时代，是每一个人的最好的时代。每一代作家和批评家都是同步成长的。70后作家被遮蔽的时代，也是70后批评家、学者被遮蔽的时代。或许所谓的"遮蔽"也是一个伪命题；没有什么"遮蔽"，而是70后作家和批评家还没有成长起来，或许已经默默成长起来，正如陈思和先生提到的，他们不是早已经存在那里么。所以，在进行文学批评和研究的时候，我认为在锦上添花的同时，更需要的是雪中送炭。对大作家、知名作家的研究是锦上添花，对青年作家、未知名作家的研究是雪中送炭，而且对新作家的发现，本身就是批评家的职责所在，是考验和鉴别批评家是否独具慧眼、是否具有高超艺术鉴别力的重要参考指数。

在一次文学创作研讨会上，我说一个作家要追问自己为什么要进行文学创作，非创作不可吗？当到了非创作不可、非说不可的时候，好作品也就出来了。同样，对于文学批评和研究，我也开始追问自我：我为什么要写评论，不写不可以吗？有必要写那么多吗？除了要评职称、要考核之外，我为什么写作？我在回顾、反思和审视自我写作的时候，蓦然发现我写的很多东西都是我所感兴趣的，是与我的生命之根、童年、故乡、大地相关的，从根本上是对自我与世界的探寻，是自我与心灵世界的对话。我一下子明白了，我所关注的、我所评论的，看似是一个个红尘世界、一个个作家作品，而事实上，更深处是对自我内心世界的探寻、思考和对话。我评论的对象，更是我自己。当读到汪曾祺老先生的一篇文章时，我就豁然开朗，释然了。汪老说，张三、李四看戏，听到得意处击节叫好，他们不是为演员唱得好而喝彩，而是为演员唱出他们自己想象中的戏、想象中的自我形象而叫好。他们得意的是他们自己。这就是批评的真相和本质所在。

今年 6 月中国现代文学馆与复旦大学中文系联合举办青年批评家论坛。会上，陈思和先生就"学院派"提出了自己的独特理解，让我很受震动和启发。陈先生说，说我们是学院派，事实上，我们很多人不够格。学院派是做冷僻的学问，是天天读书，思考时代的大问题，而不是天天忙于开会、写文章。8 月与张炜先生在一起，他对我说，四十岁是多好的年华啊，要沉下心来多读书，读一些经典书，沉下心来做学问，思考时代和历史。是啊，做了近十年研究，写了上百篇文章，我现在最需要做的依然是读书，好好读书，静心安然地读书，写作，生活。

衷心感谢在我成长过程中所有给予我帮助的师长、朋友、同学，我会终生记在心里，终生感激，并以此作为前行的精神资源和价值依托。

2013 年 8 月 22 日

# 第一辑

# 时代的现实问题和精神状况

在如今这样一个充斥着物质主义和消费主义的世界中,活在当下的每一个人每一天都在挣扎,很多时候灵魂与身体背道而驰,很多人迷失在物欲丛林中,逐渐成为欲望的奴隶、他人的附庸。这是一种很可怕的精神危机。我们在一味地往前看,在加速度迅猛发展的同时,是否也要停下来回过头看一看,回想一下我们是否丢掉了最可贵的东西。

# 我们时代的现实问题和精神状况
——《蜗居》的另一种解读

一

看完《蜗居》电视剧后,我就想写点东西了。可以说,我的心被一次次刺痛。作为中国学位教育的顶端,我们这一帮博士毕业之后来到高校任教,月工资在两三千元之间,或已有妻儿老小,或面临峻急的婚嫁问题,可是却买不起房,时时受到身边的家人、亲人与社会闲人的讥讽:几十年的书白读了,还不如一个街头小贩、开锁匠、捡垃圾的挣得多!况且他们还有积蓄呢!《蜗居》所展现的不仅是80后青年人的痛苦生活状况,也是我们这些高学历人窘迫生存的现实写照。

在大学课堂上,课间我询问起大学生们:"你们看过《蜗居》没有?"一群大学生在我面前小声回答,"看过几集,没看完。"我很奇怪,他们为什么看过几集就不看了呢。几个女大学生有些腼腆地说:"老师,我们看了几集就不敢看了,太可怕了……"是啊,还沉浸在天之骄子、大学校园安乐窝还没有觉醒的他们,怎能不对那找不到工作、买不起房、谈起恋爱却结不起婚的未来恐惧呢?我在不停地追问:是什么让这些大学校园的骄子们心灵如此沉重?要知道中国还有多少个没有、不能上大学的青年,他们的未来又将如何黯然无光?一个社会让朝气蓬勃的大学生群体感到未来恐惧无望,这个社会是不是"病"了?若有"病",那"症结"又在何处呢?

我的心更被一些素称社会良知、平衡器的知识分子、专家学者的言论所刺痛。随着《蜗居》的热播与住房话题的发酵,一些专家开始发言了。奇怪的是,我听到的多是批评、否定的声音。赵晖先生批评说:"编导者为了制造危机而制造困境的艺术手法,使得剧中每一个人都无法过正常人的生活，都在一条非正常的道路上疾驰，而且还把这种角色错位的不正常当成正常的生活。可以说，剧中所叙述的不是真实的生活图景，生活中如果每个人都要靠出卖自我而购置房产，可想而知，整个社会将成为怎样的局面？……这是编导者想象中的生活，而不是生活本真。"①邵奇先生对《蜗居》进行道德化抨击："在人物设置上，不同于以往的家庭剧，《蜗居》里不再有道德楷模，甚至编剧把兄长和父亲的传统美德集中在宋思明身上，而这个人物却是在道德上有重大缺陷的人物。……如果电视剧把美好的人性都加诸在一个贪官身上，让观众对一个贪官不反感、不痛恨甚至还会喜欢，就会造成严重的社会后果。"②张柠则指向了《蜗居》小说的价值理念："长篇小说中的任何事件，其效果都是结构性的；但小说叙事的指向却是有总体性的。这部小说的叙事，明显地指向了一种很可疑的价值观念：金钱和权力就是救星，还可能激发出爱情。当它通过文学的形式讲述的时候，就是要将一种很可疑的价值观念形式化、美学化。"③

对这些否定性话语，我不禁质疑，《蜗居》所展现的生活图景果真是"编导者为了制造危机而制造"出来的"困境"，"不是真实的生活图景"？"贪官"一定就是一个"坏人形象"，一定是"面目狰狞""无情无义"吗？编剧塑造一个具有人性化的"贪官"，到底是一种审美进步还是退步？《蜗居》呈现了一种"很可疑"的价值观，就意味着小说、电视剧本身"可疑"吗？是不是真像某官员所批评的，电视剧《蜗居》是"靠荤段子、官场、性等话题来炒作"，"社会影响低俗、负面"？④

## 二

假如《蜗居》所展现的生活图景果真是"编导者为了制造危机而制造"出来的"困境"，"不是真实的生活图景"，为什么《蜗居》会一时间传遍大

---

① 吴月玲：《电视剧〈蜗居〉得失三人谈》，载《中国艺术报》2009年12月1日。
② 同上。
③ 张柠：《〈蜗居〉传达了一种可疑的价值观念》，载《中华文学选刊》，2010年第2期。
④ 周文涛：《〈蜗居〉被批低俗　明年不播超过30集的电视剧？》，千龙网，2009年12月10日，http://ent.qianlong.com/4543/2009/12/10/3982@5339368.htm。

街小巷，在众多媒体、众人口中流传，"蜗居"会成为一个流行的关键词？仅仅是因为它"靠荤段子、官场、性等话题来炒作"吗？一些所谓的"专家"的心中，众人总是受蒙蔽的、无知的，其实恰好相反，众人的生存感受是真实而具体的，每个人心中都有一杆自己的秤，来衡量每一种生活现象。无论是被炒作的电视剧，还是所谓"专家"的评论，老百姓都有自己的评判标准与审美感受。与这些专家冷嘲热讽、竭力否定相比，众多老百姓的反应却是恰好相反，热捧《蜗居》，在收视率陡然升高的同时，网络下载排在首位。

事实上，《蜗居》受到观众热捧绝非偶然。这是因为《蜗居》展现了今天这个时代大多数人被住房问题苦苦缠绕、无法逾越而又无奈、痛苦、焦虑的生存状态，呈现了一种沉痛、悲哀而又缓缓绝望的心灵状态与窘迫、惶惑、逼仄的精神处境。正是在大多数人的物质负担和心灵痛楚、精神窘况无处呈现、无法表达、无以传达的困境下，《蜗居》电视剧一下子就找到了今天这个时代的思想痛点，一下子接通了时代灵魂的痛苦、辗转不安的思想神经，表达出了众多心灵深处的痛楚。百姓大众在一瞬间找到了一个极为得体、妥帖、生动、形象的词汇——"蜗居"——来言说一种普遍的痛苦生存状态。

毫无疑问，《蜗居》展现了一种极为可怖的现实处境：那就是大多数居住在城市里的人们买不起房子的事实，即使已经买房子的人也是为之预先支付了几十年的青春岁月、大半辈子的积蓄。这种大多数人买不起房子的现实处境是很危险的，这种房地产政策是不可持续的。房地产绑架中国地方政府、绑架中国经济的论断绝不是空言。《蜗居》作为一个文学艺术文本，其意义和价值就在于它以一种艺术的、审美的方式呈现了这种时代大多数人的现实处境。正如张德祥先生所言，"《蜗居》恰恰是一部贴近现实、贴近大众生活状态的作品。观众渴望看到反映现实的作品，这是他们心理和精神上的要求。《蜗居》反映了现实生活中购房难的问题。现在很多电视剧讲远古神话、讲帝王等，发挥了电视剧的史传功能，但是比这个功能更为重要的是电视剧要反映现实，失去了反映现实的功能，这门艺术就要进博物馆了。"[①]

---

① 吴月玲：《电视剧〈蜗居〉得失三人谈》，载《中国艺术报》2009年12月1日。

但在赵晖看来,《蜗居》却是"不真实"的。"《蜗居》看似是一个围绕'房子'而展开的故事,但是,其所承载的内容远远不止买房的问题。这是一个关于'两难困境'的叙事,在这部剧中,涉及房子困境、择业困境、婚姻困境、中年困境、情感困境、金钱困境,等等。这些困境无不带有选择性的困顿,无论是海萍还是海藻乃至邻居大婶,无论是苏淳还是小贝乃至宋思明、陈老板,等等,他们无不面临着人生中的两难困境,'做还是不做''接受抑或放弃'永远是悬在他们头上的达摩克利斯剑,而驱动这把利剑旋转的却是人的贪欲。"① 在赵晖这里,《蜗居》所展现的现实中尖锐沉重的问题,被轻轻地以"两难困境"所取代,人生的确存在许多人无法摆脱的具有终极追问性质的两难困境。问题在于"蜗居"不是一个无法摆脱的两难困境,而是房地产商、贪官与片面追求 GDP 增长的地方政府所人为制造的现实囚笼。而且,房子问题也不存在"做还是不做"的选择问题,而是一个必选问题。赵晖论证所指向的"人的贪欲"根源与《蜗居》中的主题同样是相悖的,剧中主角郭海萍所祈求的只是在城市拥有一个属于自己的家而已,郭海藻的身体交易也不是因为贪欲,而仅仅是想以这种畸形的方式去帮助自己那走投无路的姐姐而已。

更深层的问题在于,对于这样极好地揭示了时代尖锐现实问题的电视剧,为什么作为时代与社会良知的中国知识分子却对此不感兴趣?为什么感兴趣的一些专家学者没有对《蜗居》所展现的尖锐的现实问题作出回应,反而认为它是"不真实的生活图景"呢?可见,《蜗居》不仅揭示了现代的尖锐现实问题,还在一定程度上展现了我们这个时代的精神状况和思想危机。

## 三

对于《蜗居》中郭海藻与宋思明的身体交易,张柠做了深入思考与分析。一边是穷得付不起首付的郭海萍姐妹,另一边是非法占有大量社会财富的"有很多套豪宅和用不完的钱"的贪官宋思明,面对社会经济结构的

---

① 吴月玲:《电视剧〈蜗居〉得失三人谈》,载《中国艺术报》2009 年 12 月 1 日。

不平衡，张柠为问题的解决提出了三种可能的途径："一种是革命，'打土豪分田地'，将贪官宋思明的房子夺过来分了。这种老土的办法今天无疑行不通。另一种是改良，通过社会管理制度和调节手段的改革，阻止贪官占有更多，并让房价再低一点、普通人的工资再高一点，海萍和海藻就可以买房了。但是，面对这一漫长的社会调节过程，她们俩都耗不起，海萍的孩子出生了、海藻要结婚了，还没有自己的房子，连首付的钱都凑不够。第三种办法就是'市场'调节，让宋思明将自己多余的房子和钱匀出一部分给海藻，海藻用自己的青春和身体作为回报。"① 正如张柠所分析的，第一种行不通，第二种等不起，只存在第三种卖身交易。之后，张柠提出了一个很有意义的疑问：有没有第四种呢？比如"挣扎"或"逃离"，"在底线的边缘上挣扎和煎熬，用人的尊严的力量，衬托生活的悲剧"。但紧接着，张柠就借助他人之口，对之否定了，"有人马上会反击：'你傻帽儿。'"《蜗居》就是因为"叙事并没有给别的方案留下任何空间，仿佛只有卖身投靠这条路似的"、没有进行"第四种道路"的探索，而受到了张柠先生的指责：《蜗居》将海藻设计为一种"无私奉献"的人，其堕落是一种神圣的堕落。"这一切都是隐藏在叙事学的烟幕之中的。"

　　有没有"第四种道路"呢？针对易卜生《玩偶之家》中离家出走的娜拉，鲁迅在演讲中曾谈到未来出路的问题，娜拉要不是堕落，就是回来，没有第三条道路可走。老舍的《骆驼祥子》、《月牙儿》为我们提供了两个典型的城市文学文本。祥子和月牙儿的结局毫无疑问都走向了鲁迅所言的"堕落"老路。堕落与"人的尊严和力量"并不是水火不相容的；恰恰正是这些"挣扎"的、悲剧性的毁灭，显现了人对生命尊严的渴望和追求。如果说鲁迅和老舍没有提供出一条新的、不堕落而奋斗成功的"第四条"道路，是因为与他们所处的社会和时代的黑暗有关；那么，在几十年之后的新社会，张柠自然可以指责《蜗居》为什么不提供新道路。但是，对此，张柠也是游移不定的。为什么新世纪的今天同样有人会认为第四条道路是"傻帽"而进行否定呢？

　　随着市场经济的兴起，从中央到地方、从商业贸易到其他各行各业，

---

① 张柠：《〈蜗居〉传达了一种可疑的价值观念》，载《中华文学选刊》，2010年第2期。

唯经济论、GDP论的观点占据主流意识形态。"一旦社会滑进了以'效益'为基本曲线的'发展'轨道之后,所有那些不能迅速兑换成现钱的事物:诗、爱情、哲学、良心、尊严感以及那个在80年代初风靡全国的'哥德巴赫猜想'……都势必逐渐遭人冷落,人心的天平向一面严重倾斜。……不只是工厂倒闭、失业人口增加,更是教育败坏、生态恶化,是一部分执法机构的逐渐流氓化、社会的信用体系日趋瓦解,是道德水准的普遍下降。"① 正是在这种"新意识形态"的影响下,拥有物质多少成为衡量一切的唯一标准,整个社会迅速"物质化",处于一种整体性的精神困境和思想危机之中。可见,张柠抨击《蜗居》所传达的"金钱和权力就是救星,还可能激发出爱情"的"可疑价值观",并不是《蜗居》的作者有意编织的叙事烟幕与谎言,而是对时代扭曲的精神价值观的审美呈现。

难道因为《蜗居》展现了扭曲的时代精神价值观,就认为其"传达了一种可疑的价值观"吗?这也太高抬了《蜗居》、太高抬了文艺价值功能了吧。事实上,《蜗居》只是一面时代的镜子,它呈现的只是时代精神生活的镜像而已,切不可把镜像当成生活乱象的本源。

《蜗居》中郭海藻的堕落,我们不能仅仅归结为海藻一个人的问题,还有一个外在的扭曲的时代精神价值观问题。除此之外,还存在一个社会经济结构的巨大不公问题。为什么一个人几年、十几年,乃至大半辈子都买不起房子?工资增长的速度为什么总比不过房价的疯涨?郭海藻姐妹对现实生活的巨大恐惧和绝望感不是没有来由的。

面对生活的巨大物质逼迫,仅仅要求郭海藻一个生命个体的责任承担和抵抗"挣扎",是不公正的,也是不道德的。作为一个以社会公平和正义为自己价值核心准则的国家,我们有理由要求这个社会给每个勤劳的工作者提供安居乐业的实现机会和可能,而不是一味地、完全地把责任推诿转嫁给一个个生命个体。

---

① 王晓明:《九十年代与"新意识形态"》,载《天涯》,2000年第6期,第10—11页。

## 四

作为一部揭示时代现实矛盾和令人忧虑的精神危机的电视剧,《蜗居》在美学理念和人物形象塑造方面有着独特的审美追求,简而言之,就是自然主义美学追求和负面人物形象的"英雄化"审美模式。

法国的自然主义美学理念对中国文艺有着深远的影响。新时期写实小说就具有自然主义小说的美学特点。新世纪的《蜗居》电视剧也有着深刻的自然主义文艺特征,具体表现为:对新世纪中国大众住房现实问题的原生态描述;采取客观化的叙述态度,放弃离奇的情节的建构,通过场景化的描写再现日常生活;叙述上的"非个人化",隐匿作家主体的存在,摒除传统的道德说教,开启了作家、叙述者、人物、读者之间多元化、对话型的平等关系。在文本客观化叙述的同时,《蜗居》又显现出了极强的感受性,达到了情感体验与客观叙述的融通。正是冷峻、客观、真实的日常生活场景的逼真还原,非道德化的审美评判,让真实生活直接说话的自然主义美学理念大大突破了1990年代以来"新意识形态"的束缚,最大限度地逼近了当代中国的现实层面、心理层面和情感层面,传达出了当代中国大多数人心中的疼与痛。

在自然主义美学理念之下,《蜗居》打破了以往两极对立、模式化、脸谱化的人物形象塑造规律,实行了反面人物真实化、人性化、"英雄"化的审美追求。邵奇先生对《蜗居》人物形象塑造的批评,显现了一种陈旧的思维模式:在他看来,"如果电视剧把美好的人性都加诸在一个贪官身上,让观众对一个贪官不反感、不痛恨甚至还会喜欢,就会造成严重的社会后果。"[1]《蜗居》把兄长和父亲的传统美德集中在道德上有重大缺陷的宋思明身上,"造成了严重的社会后果"。我们不仅会反问:"贪官"一定就是一个完全的"坏人形象",一定是"面目狰狞""无情无义"吗?"贪官"与好兄长、好父亲形象是截然对立、水火不相容吗?编剧塑造一个具有人性化的"贪官",到底是一种审美进步还是退步?

在以往的阶级论审美思维之下,好人与坏人、英雄与敌人都是截然对

---

[1] 吴月玲:《电视剧〈蜗居〉得失三人谈》,载《中国艺术报》2009年12月1日。

立的，形成了一种好人全好、坏人全坏的形象思维模式，服从某种意识形态的审美规训，而无视生活和历史真实，破坏了艺术真实的合法性、历史性和逻辑性基础。新时期文艺首先恢复的文艺观念就是确立文学是人学，文学塑造的人物形象首先是有生命、有情感、有优点也有缺点的人，而不是某种概念化的人。《蜗居》正是在"人"的审美理念基础上，进一步突破了以往负面人物形象"恶魔化"的审美规训，还原负面人物形象的日常生活真实，建立起一个多层次、多维度、立体的复杂化形象，即一个有着情感、生命温度与高超政治手段、铁腕能力的反面"英雄"形象。宋思明越是有魄力、有情感，越是显示出一种美学意义上的悲剧性毁灭价值，越能在观众的心中掀起巨大的情感波澜，极大地增强了艺术的审美感染力。

不仅如此，《蜗居》把一个贪官塑造成一个有情有义、有胆有识的反面悲情英雄，不仅没有带来所谓的"严重的社会后果"，反而在更高的层次上让观众反思：为什么这样一个精明能干的人会变成贪官？宋思明如果在国外不回来，就会成为一个很好的技术人员；为什么回来后，在国内的制度环境里就会发展为一个贪官呢？这样一来，就把观众对一个"贪官"的道德审视与批评，转向对把人异化为贪官的制度的批评与理性深思。与之相反的是，以往阶级论审美视阈下的文艺作品所塑造的一些人物形象，在今天受到了历史的质疑，如《白毛女》中的地主黄世仁的形象。不管人们怎样评判，地主黄世仁形象的单面化无疑是一种致命的审美缺憾。在这个意义上，《蜗居》在人物形象塑造方面获得了一种新的审美突破，塑造了一个中国电视剧、新时期中国文艺作品中很难得的、与生活打对手仗的负面"英雄"形象。

总之，《蜗居》带给我们的思考是多重的。从大众对《蜗居》的热情欢呼、媒体乐此不疲的"蜗居"报道，到某些专家、官员对《蜗居》的竭力否定，我们既深切感受到时代尖锐的、复杂博弈的现实状况，也意识到新世纪中国精神状况的危机所在。可贵的是，《蜗居》就像一柄犀利的长矛，刺破了现实"无物之阵"的层层帷幄，让我们看到了真相和希望。新世纪中国需要《蜗居》这样的现实电视剧，需要与"无物之阵"对抗的"精神界之战士"。

# "我们需要什么样的生活"
## ——读孟宪杰的《生命里的村庄》

  人老思故土，游子思故乡。故乡，是每个游子一生都无法释然的情结。在生于斯、长于斯的生命体验中，这片土地上的儿女汲取天地之灵气、风土之魂魄，渐渐地转化到血脉风骨中，从此成为不可磨灭的印记。无论走到哪里，家就在那里。寻根，让生命变得更为厚重。《生命里的村庄》作为一部寻根之作，作者在重返故土、回忆过去的同时，用真挚的笔触写下了自己灵魂深处的感悟。借助散文的形式，作者把自己对故乡的眷恋与思念表达得真挚动人，催人泪下。

  孟宪杰先生在《生命里的村庄》这篇散文中写道："我的根在这里，我是村庄岁月的一部分，每次回家，都是一次寻根之旅与精神回归。我的村庄，生命与灵魂的故乡。"与此同时，真情流露的背后又带有深刻的理性反思，于深情中抨击时弊、追问灵魂，字里行间闪烁着仁爱的光芒，一股浩然正气统摄整部文集，可谓是一部不可多得的佳作。自始至终，作者怀着一颗真挚热烈的心，用朴实的语言书写自己生命里的村庄，宛如一曲复调音乐，既饱含深情追忆，又充满理性思索。深情之爱与智性之思彼此包孕、相得益彰，使这部散文集更加深沉和厚重。

  感人至深的真情抒发是这部散文集的显著特征。众所周知，"真"是散文的生命内核。现代散文大家吴伯箫认为："说真话，叙事实，写实物、实情，这仿佛是散文的传统。"承继这一传统，《生命里的村庄》中的每一篇，作者都会用饱满炽烈的感情，去追忆逝去的似水年华。作者率直诚恳地表达自己的真情实感，这其中，有对美好过往的深切思念，也有对苦涩历史的沉重慨叹。《生产队里的激情岁月》是作者回忆自己当年和村民在生产队一起工作生活的日子。在那个年代，人们充满激情，好像永远都不会疲惫，作者找到了当年的自信与活力。"生活就这么充实。青春年华竟如此美好"，这是一句带有无穷正能量的感慨，深深地感染着每一个读者。在《逝去的老屋》、《老拐》这两篇散文中，作者以第一人称写作，一下子拉近了与读者的距离，饱蘸深情，在叙事散文中，以超强的叙述能力娓娓道来，犹如在哀婉叹息中拾起悠悠岁月中的片片落叶，读者读后如同身临其境。这是作者从内心深处发出的一种自我宣泄，他打开自己的心扉，与读者一起分享独到的心灵体会。真实地表达自己的感情，是作者创作散文心理历程的第一个阶段。在这个阶段里，作者洗掉粉墨铅华，用最朴素的语言，甚至是故乡的方言写下了一颗游子对故乡的拳拳之心。

　　情感表达的理性化，是孟宪杰散文创作得以进一步提炼升华的、富于个性化的审美思维方式。在《生命里的村庄》这部散文集中，我们可以鲜明地感受到作者深刻的"反省、反思"能力，这是非常难得的，也是极为珍贵的。一些人认为，散文只是在作者自己的小天地里传达自己的感受。其实，这样的作品是没有长远生命力的，它经不起时间的考验，如同一杯白开水，淡然无味，没有后劲。而在这部文集中，强烈的理性反思与批判是一大显著亮点。在《我们需要什么样的生活》中，作者以自己和亲人的亲身经历，向读者呈现了农村向城市化迈进的过程中遇到的尴尬、疑惑、忧伤与深深的诘问。

　　　　我的家乡，是距省城五十多公里的一个北方小镇。镇子的东西，横卧着的是一脉青山，叫长白山。山上云雾缭绕，缥缥缈缈，给人以神秘的感觉。本地民谚说"东山发云，不用问神"，每每黛黑色的云，从山上飘下，便一准有场雨落在镇上。从山上流淌下来的溪水，渐渐汇成一条小河，叫秀水河，河水蜿蜒流过，将镇子分成河南、河北。连接河南河北的桥，是采用自山上的青石板砌就的，叫安澜桥，始建于宋代。岁月已经把桥面的青石板，打磨得油光异常。驴车、马车驶过，嗒嗒的清脆声响，在静静的夜里，整个镇子都能听得到。小河在平日里，宛若处子，安静安详。

　　　　每年的雨季，往往会有几次大水，从桥下汹涌而过。而撑着油纸伞，站在桥上看水，便成为小镇一景，叫"安澜观水"。

这是孟宪杰散文《我们需要什么样的生活》中的开头两端,语言自然质朴,纯粹明净,恰似村庄里潺潺流淌着的清澈河水,给人一种温婉宜人的清凉和安宁。显然,这是从作者诗意心灵中流淌出来的澄澈文字。正是这样的小镇、青山、黛云、溪流,使远在城市生活的游子思乡情结,得到了一个结实具体、美妙温馨的落处。"从二十几岁,一路从小城市到中等城市再到大城市,空间上,距离故乡是越来越远了。但情感上,却从来心仪老家。她的山水、原野、树木、花鸟以及父老和伙伴,从来都是我生命最重要的组成部分。年齿渐增的缘故吧,近年来,越来越怀念童年记忆中,故乡的那种舒缓的生活节奏、天人合一的氛围。"然而,这一个安放城市中躁动焦虑心灵的故乡所在,在今天却受到了前所未有的现代性的侵袭:一个化工园建立起来了,昔日清澈的小溪浑浊了,青青麦苗抽不出浆来,桃树变黄枯萎了,老人孩子青壮年得癌症的人越来越多了。故乡患上了现代性癌症。而更让作者所痛心的是,身处官场中的自己,竟然无法,也无力阻止这一癌变过程。作者反躬自问:官越做越大,故乡也越来越远,"我还是以前的我吗?我是谁?"

工业文明所带来的现代性怪物,不仅侵袭了孟宪杰的故乡,而且在许多优秀作家的笔下同样呈现了现代性之痛:张炜为化工厂所虎视眈眈的"葡萄园"的未来而忧虑不安,阿来为"几村"急剧变迁的现代性生活而忧心忡忡:"这么凶,这么快,就是时代!"孟宪杰以一个农民之子的质朴心灵和一个官员的机敏睿智提出了他所发现的独特的问题与困惑:"随着经济社会的发展,城市化是方向。这个,我懂。城市化的过程,就是农民逐渐失去土地、流向城市的过程,或者是就地转化为市民的过程。这个,我也懂。但政府何以变成了商人,开始卖地、卖规划,由是……两极分化严重,环境破坏,干群关系恶化,政府债台高筑,大学生毕业即失业等,似乎是一堆越垒越高、尚未自燃的干柴。这些,我不懂。"真是,"欲说当年好困惑,好困惑",这种来自于地之子和官员良知的困惑与诘问,显现了一颗对故乡大地和民族未来命运关注的赤子之心。但愿我们读者以及身在其位的官员能够读懂作者的心,解开作者的困惑与不安的心灵之结。

在这篇散文的结尾,作者从一己的生活际遇开始思考乡土中国如何进行现代化转型和人类生活模式的问题:"现在,我们吃饱了,真的应该沉静下来,仔细思考符合我们民族心性特征的生活,究竟应该是什么样子。……我们究竟需要什么样的生活?"这一连串的发问,都是心灵的叩问。他启示我们去反思:我们曾经有过的人与自然和谐的生活、心灵安宁的生存模式,在文明的拐弯处是否需要重新捡拾起来?在加速度的现代性社会文化语境中,我们该如何安放我们的心灵?毫无疑问,孟宪杰先生的思考达到了时代精神的高度。

《生命里的村庄》散文集序言中说:儒士或问苍天或责大地,或追问灵魂或抨击时弊,或为民请命,或考究或科研,或借景抒情或怀古,无不本着大爱、大道、大德而直抒其怀。我想这是对作者散文作品里高尚的人文情怀的最好诠释,也是故乡深情和胸怀天下的赤子之心的情感源头所在。在每一篇散文中,字里行间总会绽放作者仁爱与正义的光芒。回归故土,我们才发现,淳朴的乡民最亲,清洌的泉水最甜,粗茶淡饭最可口。作者笔下的小人物特别多,有剃头匠、乡村医生、生产队长、老支书,他们没有显赫的身份地位,没有腰缠万贯的家底。这些不起眼的小人物的出现使得散文变得情意浓浓,再次突显出作者仁爱的人文关怀。作者以感同身受的情怀,去体会这些小人物的喜怒哀乐。在《老拐》这篇散文中,作者对身有残疾的剃头匠老拐充满敬意,他觉得老拐的理发剃须有着深沉的文化内涵,甚至在刮脸、剃头时都会有一种生命的节奏在里面。这是一种心心相印的领悟,是对普通劳动者的爱恋与敬意。在《为有源头活水来》中,我们又看到了一个宽厚待人、体恤百姓、公平正义的好领导的背影。这种仁爱的情感基调,使得文章富有灵气与人性。

在如今这样一个充斥着物质主义和消费主义的世界中,活在当下的每一个人每一天都在挣扎,很多时候灵魂与身体背道而驰,很多人迷失在物欲丛林中,逐渐成为欲望的奴隶、他人的附庸。这是一种很可怕的精神危机。我们在一味地往前看,在加速度迅猛发展的同时,是否也要停下来回过头看一看,回想一下我们是否丢掉了最可贵的东西。生命里的村庄,那里的你还在吗?这正是孟宪杰先生在《生命里的村庄》中,以自己独特的生命体验和深刻的灵魂追问所要传递的关于生命、故乡、文化和未来的讯息。

《生命里的村庄》是有生命力的,因为里面有一颗赤诚的灵魂,以及这颗赤诚灵魂对过去、现在和未来的深刻生命体验和精神哲思。

# 90后"白毛女"为什么愿嫁"黄世仁"？
## ——关于历史叙事、当代社会结构和人文精神的思考

2009年10月14日，熊元义先生在华中师范大学汉口分校与学生探讨流行文化相关话题时，提到近来年轻人流行的"白毛女应该嫁给黄世仁"观点，批判当代年轻人对权钱的膜拜。现场，"90后"女生小谢站起来回应说："如果黄世仁生活在现代，家庭环境优越，可能是个外表潇洒、很风雅的人。加上有钱，为什么不能嫁给他呢？即便是年纪大一点也不要紧。"文学院蔡姓大一女生的想法同样让现场一阵骚动："如果我嫁给有钱人'黄世仁'，可以拿他的钱捐给慈善事业，帮助有需要的人。"[①] 熊元义与华中师大学生的对话在《长江日报》刊发以后，在社会各界引起轩然大波，网络上持续热议，其中凤凰网、腾讯网设置了专门讨论网页。但遗憾的是，学术界除了熊元义和华中师大的许祖华先生之外，鲜有人出来回应。"白毛女应该嫁给黄世仁"的流行话题，无疑是一道三棱镜，折射出了近百年来中国社会结构中复杂而深刻的精神变迁，映现出妇女解放运动、历史叙述的意识形态化和当代社会阶层分化、经济结构不公等种种问题。为推动这一问题的学术讨论和思想追问，本人抛砖引玉，以求教于大家。

## 一 "五四""娜拉"与90后"白毛女"

"90后"大学生小谢和蔡同学等人的选择，无疑让人大跌眼镜，这与"五四"时期声势浩大、影响深远的妇女解放运动的道路选择恰好相反。

---

① 万建辉、黄聪：《武汉"90后"女大学生奇怪：白毛女为何不嫁"有钱人"黄世仁》，载《长江日报》2009年10月15日。

以呼唤民主、科学与人权为旗帜的"五四"新文化运动，其中一个重要内容就是妇女解放运动。周作人在《人的文学》中提及："中国讲到这类问题，却须从头做起，人的问题，从来未经解决，女人小儿更不必说了。"[①]中国文学要辟人荒，创作"人的文学"。周作人特别从双性关系角度，提出妇女解放与婚恋问题的观点："譬如两性的爱，我们对于这事，有两个主张。（一）是男女两本位的平等。（二）是恋爱的结婚。"[②]周作人提出的"本位的平等"和"恋爱的结婚"无疑是妇女解放运动和男女婚恋的两个根本性原则，在更深层的意义上指向了女性个体的人格独立、生命尊严和幸福根源。同一时期的《新青年》杂志刊登的挪威戏剧家易卜生的《玩偶之家》，塑造了一个为追寻人格独立和平等而选择离家出走的娜拉，用文学审美的方式阐释了周作人等提倡的现代女性意识。

　　随着"娜拉"在中国话剧艺术舞台上的演出，这种现代女性意识随之广为传播。鲁迅的爱情小说《伤逝》就刻画了这样一个大声喊出"我是我自己的，谁也没有干涉我的权利"的追寻婚恋自由、"本位平等"的新女性形象。尤为可贵的是，鲁迅不仅从思想启蒙的角度来思考和塑造"子君"形象，而且深刻地揭示出女性所生存的社会结构中的经济基础问题。无论是《伤逝》中"子君"的爱情悲剧，还是在关于《娜拉出走以后》的演讲中，鲁迅都对女性所面临的社会经济结构和具体的生计问题极为重视，并作出深刻而犀利的预言，"从事理上推想起来，娜拉或者也实在只有两条路：不是堕落，就是回来"[③]。追寻个体的生命自由和婚恋平等固然是很好的事情，但是倘若没有经济结构上的保障，这种自由、平等依然是虚幻的，结局是悲惨的。所以，对于追求自由平等的"娜拉"，鲁迅强调要有一种"青皮"斗争精神："要求经济权也一样，有人说这事情太陈腐了，就答道要经济权；说是太卑鄙了，就答道要经济权；说是经济制度就要改变了，用不着再操心，也仍然答道要经济权。"[④]

---

① 周作人：《人的文学》，载《新青年》，第6卷第5号，1918年12月15日。
② 同上。
③ 鲁迅：《鲁迅全集》（第1卷），人民文学出版社，1981年，第159页。
④ 同上书，第162页。

毫无疑问，今天的社会结构和经济制度已经发生了根本变革，但是鲁迅先生的话语言犹在耳，对于90后"白毛女"而言，她们已经领会了鲁迅先生的话语，"答道要经济权"。但是，有了经济权的新女性在走出"不是堕落，就是回来"这一困境之后，却依旧陷入了鲁迅所言的金钱陷阱："在经济方面得到自由，就不是傀儡了么？也还是傀儡。"①

## 二　从意识形态化到历史还原的两个"黄世仁"

为什么灰姑娘嫁给白马王子，能赢得众口同声的赞扬；而"白毛女"嫁给"黄世仁"却导致满天非议和轩然大波呢？事实上，所谓大众（批评家、网友、中老年人）与小谢、蔡同学等人言语中的"白毛女"和"黄世仁"的含义是迥然不同的。

"白毛女"和"黄世仁"是在特殊年代里所塑造的具有较为固定的精神内涵和话语指向的文化符号。歌剧《白毛女》就是这一文化符号的思想载体。在歌剧《白毛女》中，"白毛女"是一个穷苦人家的、饱受恶霸地主"黄世仁"欺凌侮辱的、与之有着不共戴天仇恨的被侮辱被损害者形象。"白毛女"的苦大仇深与"黄世仁"的凶狠残暴构成了解放区文学穷人与地主形象的两极化对立描写，完成了一个"旧社会把人变成鬼、新社会把鬼变成人"的政治寓言的建构，构成了革命召唤结构中的一个极为重要的"诉苦机制"环节。②为了实现这一政治意识形态化的审美建构，文学作品中的"白毛女"和"黄世仁"形象已经从现实生活中具体的人中脱离出来，在一种"诉苦机制"下的文学生产模式下被理所当然地抽象、变形为高度意识形态化的艺术典型，具有一种"艺术真实"性。但遗憾的是，在《白毛女》的艺术接受史中，把这种"艺术真实"等同于"生活真实"的受众群体并不在少数。当时在解放区演出过程中，有战士被戏中的故事激怒差点开枪打中了演黄世仁的演员，可见其艺术感染力之大。毫无疑问，《白毛

---

① 鲁迅：《鲁迅全集》（第1卷），人民文学出版社，1981年，第163页。
② 郭于华、孙立平：《诉苦：一种农民国家观念形成的中介机制》，载《中国学术》，2002年第4期。

女》非常成功地实现了审美意识形态的政治功能。

近十多年来,许多研究成果都在不断反思,作为穷苦人的"白毛女"和作为地主形象的"黄世仁"真的是在乡土中国社会处于极致化对立吗?地主"黄世仁"是那样"凶残狠毒"、十恶不赦吗?黄宗智借助经济学理论,指出内卷化,以及内卷化所造成的经济、阶级分化而形成了近代以来乡土中国贫困落后、中国农民穷苦不堪的悲剧性命运根源。"现有的资料证明,在华北平原很多村庄根本没有地主。华北地主要是居住在城市之中的不在村地主。那些在村地主往往只拥有较少的土地,而在许多村庄,甚至连这种小地主都不存在。"① 历史学家黄仁宇先生也在《中国大历史》一书中,指出了乡土中国农民与地主阶级斗争并不普遍存在的现象:"有时所谓地主与佃农只有大同小异,彼此距挨饿不过只两三步。"② 学者高王凌在总结以往资料的基础上进行了经济学实证性分析,印证了黄宗智、黄仁宇对乡土中国问题的分析。高王凌指出,"有人认为,地主对农民可以作威作福,生杀予夺,辱骂由之,其实不然。据了解,清代法律是'人命关天',欺压人是不得了的。地主犯法,官府还会上下其手,乘机搞他的钱(留仙所谓'宦瞰其富,肉视之')。所以过去说:'生不入公门,死不入地狱';'一字入公门,九牛拉不出'。在这种场合,地主最怕的就是见官了。"③ 地主虽然富有,但是依然希望与农民和平、平等地解决纠纷,并不具有特别的优势地位。可见"凶残狠毒"、十恶不赦的"黄世仁"所具有的形象内涵,显现了特定历史时代的政治意识形态要求,而并不具有客观的历史真实性。《白毛女》中的"白毛女"形象原型也说明了这一点。从白毛仙姑传说、邵子南的剧本到鲁艺的再创造,我们看到了一个真实故事在文学场域中不断被意识形态编码、重构的生产过程。

问题在于,脱离生活真实的"艺术真实"是否具有叙述的合法性?是否是一种"有效阐释"?柏拉图在《理想国》中要把诗人驱逐出"理想国",

---

① 黄宗智:《中国革命中的农村阶级斗争——从土改到"文革"时期的表达性现实与客观性现实》,《中国乡村研究第二辑》,商务印书馆,2003年,第73页。
② 黄仁宇:《中国大历史》,三联书店,1997年,第298页。
③ 高王凌:《租佃关系新论——地主、农民和地租》,上海书店出版社,2005年,第120—121页。

其中一个重要原因就在于诗人描述悲苦,远离真理,编织谎言,具有破坏理性的功能。柏拉图对艺术偏离真实的警惕和告诫是值得作家思考的。艺术真实应该从生活真实出发,在生活真实的基础上建构典型的艺术形象,而不是相反;一旦背离了生活真实,必然会对作品的艺术真实及其审美属性构成极大的伤害。当叙述者以强制的、半强制的乃至是自觉地把自己编制进一个高度意识形态化的审美围城,艺术就已经被囚禁于政治话语牢笼之中,不能经得起时间考验,难以具有个体与时代、文化、集体无意识进行心灵搏斗的精神深度。更为严重的是,这种高度意识形态化的历史文本已经"虚构"了一种历史,一种形象,"遮蔽"了既有的、真实的历史,如柏拉图所指控的"远离真理、破坏理性"。

任何历史都是要被还原的。一个"艺术精品",不管在当时具有怎样的轰动效应和怎样的"政治正确性",都要经受历史时空的锻造,也只有经历过时间之神的检验才能称之为经典艺术。一个甲子时间流逝之后,我们在还原历史的过程中,发现了历史在审美叙述过程中存在的历史与文学的巨大叙事裂痕。

但是,今天"众人"(批评家、网友、众多非议者)心理世界中的"黄世仁"依然停留在"艺术世界"中的文化符号中;而90后大学生中的"白毛女"和"黄世仁"则还原为历史中、现实生活中具体的个人,即一个消解了阶级仇恨、处于日常生活场域下的"穷家女"和"富家男"。

20世纪中国文学史中这种艺术真实与生活真实相背离的作品,《白毛女》并不是个例,而是还有很多。这也正是一些当代中国文学背离生活真实所要付出的代价。可以说,90后"白毛女"要嫁"黄世仁",显现了历史被文本化、意识形态化后的文学尴尬。历史正是以这样一种尴尬、怪异的方式,把昨天与今天、虚构与真实、意识形态化与历史还原纠结在一起。

## 三 90后"白毛女"主体人格的陷落与<br>当代中国社会的"无物之阵"

一旦把"黄世仁"从虚构的历史语境中抽离出来,还原到生活真实之中,"白毛女"愿嫁"黄世仁"的问题就已经被置换到当代文化语境中来,成为一个穷家女嫁富家男的当代现实问题。但是，疑问随之而来。

"五四"新文化运动已经过去了九十多年，当代"娜拉"早已受到现代女性意识的精神启蒙，"子君"所承受的旧社会、旧文化结构压抑也已去除，但是新世纪的"90后白毛女"何以要追逐富家男"黄世仁"而开妇女解放运动的历史倒车，何以与"娜拉"所选择的出走背向而行呢？

从报纸媒体到网络留言，我们看到的更多是不理解、非议与批评。有人甚至提出要给90后"白毛女"进行"扫盲"，指出她们"'很傻很天真'，傻到出卖自己的肉体，天真到自以为是，要知道那是旧时代，不是新社会，那个一贯喜欢欺男霸女的黄世仁会乖乖地听你的号令？太天真了吧？嫁给黄世仁做'二奶'，你只是人家的玩偶，不可能当家做主，还谈什么慈善事业，真是可笑至极。"①有人指责90后"白毛女"是"把无耻当天真"，批评"其社会价值观遭到异化的程度"。

90后"白毛女"嫁给"黄世仁"的价值观是混乱的、"异化的"、当受指责和批评的，显现了主体性独立人格的陷落。但是不能把板子仅仅打在"白毛女"身上。如果一定要加以非议的话，被指责的也不应该仅仅是"90后白毛女"，而应该指向背离生活真实的意识形态化的文学叙述，还应该指向当代人文精神的失落和当代社会经济结构的问题。

我们试问，90后大学生是几岁的小孩子懵懂无知吗？难道她们不知道爱情的美好、不晓得欣赏春花秋月，而"傻到出卖自己的肉体"？是什么让她们未老先衰、哀戚沉沉，依赖他者，甘做笼中"金丝鸟"？是什么让她们的心灵如此压抑和沉重，作出如此无奈而悲哀的选择？显然，小谢等90后"白毛女"，绝不是《白毛女》文本中所描述的被逼入火坑，经受了无情的摧残和巨大的心灵伤害，而是"心甘情愿"愿嫁富家男"黄世仁"。与其说是"心甘情愿"，不如说是"哀莫大于心死"的无奈与沉沦。这种"心甘情愿"显示了一种更为深沉的悲哀，即当代90后"白毛女"所面临的极为窘迫的、不公正的社会经济结构和文化消费主义的人文背景。

1990年代以来的中国社会经济结构发生了极大的变化，国企改制工人

---

① 《90后白毛女为什么喜欢嫁黄世仁？》，凤凰网文化频道，2009年10月16日，http://book.ifeng.com/culture/1/200910/1016_7457_1390673.shtml。

下岗、农村荒漠化,社会贫富分化悬殊,处于一种"断裂"的危机中。与此同时,庞大的既得利益群体则在不断扩张,侵蚀着弱势群体利益。当代作家阎连科的《乡间故事》精妙地揭示了文化—心理—经济结构对"穷苦人"的压抑。"乡间俗事外人不明白,不理解大小乡村都是一方世界一方天,各有其皇道,各有其民路。……红红绿绿,上上下下,都扎扎实实是亲戚。没办法,都是亲戚。都是亲戚!乡间就是这物景、这面貌。"① 不仅乡间如此,张平的《国家干部》小说,则揭示了在城市里存在的既得利益集团势力编织的权力之网。

对于90后"白毛女"而言,以往的通过升学、就业的较为稳定的人生模式被打破。今天她们不仅要承受高额大学费用,而且还面临着毕业就失业、上学即致贫的生存焦虑。即使一些"白毛女"有幸进入了大城市,又马上陷入了另一种新的买房子的生存惶惑之中。去年热播的《蜗居》电视剧便揭示了在当代社会经济压抑性结构下,新世纪"白毛女"的生存之痛和被"异化"的精神之殇。

与此同时,1990年代一种"新意识形态"渐渐浮现:"其他都是空的,多挣几个钱要紧"、"要享受,不要奋斗"、"找个好老公,少奋斗十年"等视个人生活享受为人生最大目标的享乐主义和拜金主义思潮兴起,与GDP发展主义模式不谋而合。在这种"物质主义"时代,"诗、爱情、哲学、良心、尊严感以及那个在80年代初风靡全国的'哥德巴赫猜想'……都势必逐渐遭人冷落,人心的天平向一面严重倾斜……不只是工厂倒闭、失业人口增加,更是教育败坏、生态恶化,是一部分执法机构的逐渐流氓化、社会的信用体系日趋瓦解,是道德水准的普遍下降……"②

王晓明先生所描绘的这种无形的新意识形态,不仅仅是在人文精神领域肆虐,而且与有形的、不公正的社会经济结构纠合在一起,成为新世纪90后"白毛女"所无力打破的"无物之阵"。

---

① 阎连科:《乡间故事》,收入《中国乡土文学大系当代卷(下)》,刘绍棠、宋志明主编,农村读物出版社,1996年,第1471页。
② 王晓明:《九十年代与"新意识形态"》,载《天涯》,2000年第6期,第10—11页。

## 四　90后"白毛女"的救赎之路何在？

90后"白毛女"嫁给"黄世仁"的选择，既是历史文本化、意识形态化的文学尴尬，也是当代人文精神与教育的悲哀，同时还是严重的当代社会经济结构问题下生存窘境逼迫的结果。如果对中国现代文学不陌生的话，老舍先生的《月牙儿》就叙述了一个受过正规教育的女学生走投无路，被逼迫做妓女的悲惨故事。面对种种消费主义、物质主义潮流和巨大的"无物之阵"，90后"白毛女"正是以这样一种畸形的方式抗争社会经济结构的逼迫。

正像有网友所指出的，当代"白毛女"愿嫁风流倜傥、物质优越的"黄世仁"，但是"黄世仁"会娶当代穷家女"白毛女"吗？"白毛女"想通过嫁人来摆脱穷困获得经济权，难道"黄世仁"就是傻瓜？在熊元义看来，即使"白毛女"真能嫁给"黄世仁"，她也会马上"异化"到另一个阵营。[①] 现实的残酷就在于，"白毛女"想嫁给"黄世仁"都不可能、不现实。新世纪"白毛女"的救赎之路何在呢？

应该说，新世纪"白毛女"羡慕有钱人，并不是原罪，而是代表了一种对美好与自由生活的向往与追求。关键在于，"白毛女"如何获得财富和权力，即是不是以一种正当的、独立的方式获得，是不是有一种独立的主体性人格结构。我们还应该追问，是不是有一个很好的人文精神，一个珍视诗歌、爱情、哲理、艺术、思想的时代精神背景，更应该追问当代社会经济结构是否有一个能够让穷人孩子"白毛女"凭借自身能力改变命运的社会正义？"一切向钱看，过富人生活，享富人待遇，逐富人荣耀！在一个全民逐利、浮华奢侈、世风不古、道德溃糜的社会，我们有何颜面指责女生的婚嫁取向呢？"[②]

越是在这样的功利化、物质化的时代精神背景下，我们在大声呼吁建

---

[①] 万建辉、黄聪：《武汉"90后"女大学生奇怪：白毛女为何不嫁"有钱人"黄世仁》，载《长江日报》2009年10月15日。
[②] 旭日东升：《想嫁黄世仁的女生这样做对吗？》，新浪博客，http://blog.sina.com.cn/s/blog_620bb2080100fblf.html。

构"白毛女"的主体性独立人格的声音下,更要为重建新世纪人文精神大厦和重建社会正义的经济结构而追问时代的、社会的责任问题所在。个体的独立人格、时代人文精神和社会正义的经济结构是联系在一体的,互相影响与彼此制约的。

对于新世纪90后"白毛女"的救赎问题,如鲁迅对"娜拉"问题所言:"我们无权去劝诱人做牺牲,也无权去阻止人做牺牲。……可惜中国太难改变了,即使搬动一张桌子,改装一个火炉,几乎也要血;而且即使有了血,也未必一定能搬动,能改装。"① 无论是个体、时代精神还是社会经济结构,这三者中任何一个的变革都是很难的。但是,鲁迅也指出,"况且世上也尽有乐于牺牲,乐于受苦的人物","正无需乎震骇一时的牺牲,不如深沉的韧性的战斗"。②

或许这种"乐于牺牲,乐于受苦的人物"志士及其"深沉的韧性的战斗",是破解新意识形态的"无物之阵",进而重建人文精神和公正的社会经济结构,是新世纪"白毛女"救赎道路的一个途径。

某种意义上,新世纪"白毛女"的困境,也正是当代大多数中国人的困境。"白毛女"救赎,既关系着当代女性解放运动,也关系着新世纪中国的命运。我们没有任何理由漠视乃至嘲笑90后"白毛女"的生存困境与精神之殇。

---

① 鲁迅:《鲁迅全集》(第1卷),人民文学出版社,1981年,第164页。
② 同上。

# "左联"精神：刺穿"无物之阵"的思想长矛

贾植芳先生在给孔海珠女士的著作《左翼·上海》所写的序中讲了一个细节，让人欷歔不已。1990年，贾植芳先生应邀重访日本的时候，当时东京大学教授、日本共产党的老党员丸山昇先生对他说："中国的30年代'左联'文学，你们中国人现在不研究了，而我们日本人还在研究。"对此，贾植芳先生很受触动地说，"左联"的学术资源并非已被我们开采殆尽，"左联"的意义远还没有穷尽，其复杂性和历史的深远性甚至远大于中国现代文学史中的其他文学现象。历史的吊诡之处就在于，新时期以来，在追求文学自主性和本体性的过程中，"左联"研究一度陷入困顿，左翼文学的价值曾因为与政治意识形态的深度关联而被极度贬低。

随着时间的推移，当新世纪人们重新发现社会贫富分化、两极对立严重，乃至处于一种新的阶层"断裂"（孙立平语）的时候，当到处都是"中产阶级"、"成功人士"的声音，诗歌、哲学、爱情被金钱和物欲践踏在地、人们只关心眼前鼻子底下那一小点利益的时候，学者发起"人文精神"大讨论，开启了对"底层"（蔡翔语）、"岗位"意识（陈思和语）和"新意识形态"（王晓明语）等新概念、新语汇和新意识的思考和探讨。在学者思考如何命名这种"新意识形态"的时候，作家们也开始拿起了文学的武器，进行"底层叙述"的文学写作，以此来寻求抗衡"新意识形态"的精神武器。"左联"、"左翼文学"重新成为新世纪中国知识分子寻求批判现实问题的思想资源。我们在采取"拿来主义"态度的同时，也要进一步厘清"左联"的精神内核，在新的历史文化语境下思考"左联"、"左翼文学"的精神价值、意义和局限，从而为新世纪中国文学提供精神支撑和思想启示。

左翼文学的发生和"左联"的成立不是偶然的，从某种更深层的意义而言，是"士志于道"、"先天下之忧而忧、后天下之乐而乐"的中国传统士大夫忧国忧民思想的继承、延续和新的演化，也是在20世纪20年代国际、国内历史文化语境中逐渐形成的。中国士大夫自古就有为民请命、为底层劳动者疾苦而歌的人民性思想传统。在"十月革命"马克思主义阶级理论传入中国之后，20年代的中国知识分子实现了从传统士大夫到新型知识分子的历史性转变，不再是自发的、感性的吟咏，而是具有阶级性思想意识的文化自觉和使命担当。可以说，左翼文学的书写和"左联"的成立，正是这种源于中国知识分子内在的人民性精神血脉和外来阶级性新文化理念的有机融合与崭新创造。

"五四"新文化运动之后，马克思的阶级斗争学说渐渐占据了思想界的先锋性位置。李大钊不仅是最先把马克思主义介绍给中国知识界的先驱，还是最早以阶级斗争的观点来积极召唤"左翼文学"的革命先驱。1917年，李大钊在《俄国革命之远因近因》一文中提出了"革命文学之鼓吹"的新主张。1921年，郑振铎发表《血和泪的文学》，提出"我们现在需要血的文学和泪的文学似乎要比'雍容尔雅'，'吟风啸月'的作品甚些吧：'雍容尔雅''吟风啸月'的作品，诚然有时能以天然美来安慰我们的被扰的灵魂与苦闷的心神。然而在此到处是榛棘，是悲惨，是枪声炮影的世界上，我们的被扰乱的灵魂与苦闷的心神，恐总非他们所能安慰得了的吧。"提倡表现"血和泪的文学"的文学观是以郑振铎为代表的"五四"新文学作家对文学审美功用的新理解。1921年，耿济之在《〈前夜〉序》中，通过分析《前夜》作者屠格涅夫的革命倾向性与写作姿态，阐明了这一时期中国知识分子对文学改造社会、人生的功用与价值的新认知：

> 屠格涅甫实在是厌弃白尔森涅甫和苏宾两人学问和艺术的事业，而推崇段沙洛夫这种切志救国，铁肩担道的精神。然而读者不要误会：屠格涅甫并不是反对学问和艺术的事业，他也知道这种事业在社会上是很重要的；但是在俄国"当时"所最为需要的并不专是这种事业，却是需要实地改造的力量和精神。他在自己小说里不但对于白尔森涅甫和苏宾表示蔑视的意思，并且一切否认与他同时的各种人。小说里有一处可以证明出他的意思，他说：

像段沙洛夫这种人现在是没有的了,所有的只是喧嚷者,鼓锤子,和从空虚移到虚空的人。这句话真是骂尽俄国当时的人,形容尽俄国当时社会的情形!所以这篇小说实在是俄国青年的兴奋剂,凡读着这本书,便明白自己的责任并不在于空虚飘茫的言论,而在于实地去做改造社会的工作。此书一出,俄国不少青年男女都觉悟过来,争著学段沙洛夫和叶林娜的榜样大张"争自由""谋解放"的旗帜,以做各种民间的运动,而促成社会的改革。由此可见文学与社会和人生实在是很有关系的。中国有句成语说:"英雄造时势,时势造英雄";现在可以换一句"文学造时势,时势造文学"的话了。

屠格涅夫这种遗弃"学问和艺术的事业"的写作姿态和"切志救国,铁肩担道"的精神追求,得到了异域翻译家耿济之的深刻理解、精神共鸣和行动响应。这与后来的中国左翼文学家宁肯牺牲文学的"艺术性",也要追求文学的"革命性"的文学理念,有着内在精神理念的一致性。耿济之的认识与阐释,为我们理解中国的"屠格涅夫"们和左翼文学提供了一面基于更高的利益、更高的理想、趋向终极性价值——"止于至善"的精神之镜。

正是在这种新认知、新理念之下,1923年茅盾发表了《"大转变时期"何时来呢?》一文,批评中国知识阶级中了名士思想的毒,主张"附着于现实人生的,以促进眼前的人生为目的"的现代"活文学",大声呼唤"我希望从此以后就是国内文坛的大转变时期"。1926年,郭沫若在《文艺家的觉悟》中,从法国大革命谈起,认为现在进入了"第四阶级革命的时代",进而斩钉截铁地说:"我们现在所需要的是站在第四阶级说话的文艺,这种文艺在形式上是写实主义的,在内容上是社会主义的。除此以外的文艺都已经是过去的了。包含帝王思想宗教思想的古典主义,主张个人主义自由主义的浪漫主义,都已经过去了。"1928年,成仿吾的《从文学革命到革命文学》和李初梨的《怎样建设革命文学》,不仅表达了创造社作家左翼化的思想转变和明确的"革命文学"要求,而且对革命文学的思想内容和艺术形式进行了理论探索,提出"讽刺的、暴露的、鼓动的、教导的"四种革命文学形态，同时把暴露黑暗的现实主义文学视为革命文学的障碍，必须在革命与反革命之间作出非此即彼的选择。鲁迅对此提出了批评。然而不幸的是，这种单一维度强调追求光明反对暴露的"左倾"幼稚病和非此即彼的思想模式，在日后的延安解放区、建国后"十七年"文艺政策中却又得到了延续、发展。

在中共的指导下，在鲁迅、茅盾等人的批评下，"革命文学"的倡导者们及时调整文艺路线，并取得了鲁迅等人的理解与支持。在阶级性和"无产阶级文学"的审美理念的思想共识下，1930年3月2日，鲁迅、郑伯奇、冯乃超、钱杏邨、蒋光慈等人发起成立了左翼作家联盟。"左联"的成立使"革命文学"从狭隘走向更为宽广，在承继和断裂中使"五四"文学从平民文学发展为具有新型性质的"左翼文学"。因此，阶级性是"左联"及其左翼文学的工具理性；而人民性，即止于至善的、让中华民族获得独立、中国最大多数底层民众获得解放与幸福的精神理念，是左翼文学的价值理性之所在。在这个短兵相接、不容犹豫的时代，在这个"俟河之清，人寿几何"的峻急迫切时代，左翼文学呈现一种近乎无奈而又毫不犹豫的"速朽"美学，即哪怕这种文学是工具性大于审美性，是革命性大于艺术性，是"速朽"的文学，只要有益于时代、民族、国家和底层大众，文学速朽又如何？所以，对于"左联"和左翼文学，我们衡量和评价的尺度，不仅仅是文学、艺术和审美的尺度，更应该是"以身殉道"、燃烧整个灵魂至身体和生命的革命尺度、精神尺度和"大善大美"的哲学伦理尺度。从某种意义上而言，"左联"及其左翼文学是内容、精神远远高于审美、艺术的，是突破了文学疆域的"爱的大纛"的文学，是鲁迅所言"文学，是战斗的"艺术。这正是"左联"及其左翼文学的精神价值所在，是其在新世纪重新复活的精神生命基因所在。

在中国文学传统中，从《诗经》和《离骚》分别发展出来现实主义和浪漫主义文学传统，在百年中国文学发展史中，"五四"新文化先驱同样建构并形成了"新文学传统"。"左联"和左翼文学所形成的"左联精神"就是"新文学传统"中的重要组成部分。在纪念"左联"成立五十周年的大会上，茅盾以书面发言的形式，阐释了"左联"精神传统："'左联'在党的领导下，以鲁迅为旗手，在三十年代，在继承'五四'文学革命的传统，创导无产阶级文学,介绍马克思主义的文艺理论,培育一支坚强的左翼、进步的文艺队伍等等方面,都作出了不可磨灭的功勋。后来在抗日战争中,解放战争中,以及全国解放以后的文化艺术事业中,到处可以看到当年'左联'的同志在起着骨干的、核心的作用。因此,'左联'在我国现代文学史上,有着光荣的地位,它是中国革命文学的先驱者和播种者。"对此,茅盾提出了"接班人的问题","相信年青的一代一定能继承和发扬'左联'的革命传统,继承党所领导文艺的传统,而且后来居上。"茅盾的希望是殷切的,提出的问题是很现实的。在这次大会上,胡乔木从根源上,直接指出当代社会主义文艺与左联、左翼文化的内在承继关系,"我们现在的文艺和文化仍然是左翼文艺和左翼文化,是三十年代的革命的文化的继续","中国的社会主义文艺,中国的社会主义文化是今天全世界最先进的文化、最革命的文化,也就是最左翼的文化,可以说是很普通的常识"。但是,正如胡乔木本人所言,"可是也许因为这是很普通的常识,有的时候却会被人遗忘,被人忽略"。毋庸讳言,左翼文学理念是有一些问题的,存在着对文学本体自觉认知的深度缺失;但是,其忧国忧民、为天下苍生"代言"的人民性精神是值得钦佩的,也是从"十七年"文学到新时期文学所绵延不绝的艺术精神血脉。

新中国建立初期,尽管存在意识形态的质的差异,存在着文学力量新与旧的更替,存在着文学书写对象与内容的新要求,但是,中国知识分子的文化传统和左翼文学精神却是一脉相承,渊源不断。新中国向何处去,古老的乡土中国如何建设社会主义新生活,这是新中国作家殚精竭虑思考的时代大问题,承载着源于古老文学传统、"五四"新文学和"左联"精神传统的共通血脉。从建国前丁玲的《太阳照在桑干河上》到建国后李准的《不能走那条路》,从柳青的《创业史》到新时期路遥的《平凡的世界》,从张炜的《古船》到贾平凹的《高兴》,从莫言的《红高粱》到迟子建的《额尔古纳河右岸》,无不呈现了一种关于乡土中国如何进行现代转型的宏大思考,无不呈现出对封建文化、资本势力和现代性内在悖论的巨大警惕和深刻批判,是"左联"精神及其人民性思想传统在当代中国文学中的审美书写和精神演化。

但是进入新世纪以来,人们惊悚地发现,此前催人奋进的改革共识、奔腾不息的时代精神，渐渐被贫富分化的鸿沟、庞大的既得利益群体和无法也无力改变的精神困境所消耗殆尽。80年代一部《平凡的世界》影响了若干代青年群体选择用知识改变命运，在新世纪的今天方方一部《涂自强的个人伤悲》让无数人垂泪不止，疼惜不已。"不同的路／是给不同的脚走的／不同的脚／走的是不同的人生／从此我们就是／各自路上的行者／不必责怪命运／这只是我的个人悲伤。"虽然书中开头就一再言说，"这只是我的个人悲伤"，但是，从涂自强在大学时代危机的开始，到就业时遇到的种种困境，众多读者读到的绝不仅仅是"涂自强"的"只是我的个人悲伤"，而恰恰是整整一个时代的几代人的"悲伤"，是我们每一个人的生命"悲伤"。"涂自强"就是你，是我，是当代众多漂泊流离的年轻人中的一个。正如书中同事嘲笑涂自强一样："这里的女人，都是想找有钱的主过舒服日子，没人会跟你一起打拼到等你有钱的时候。这都什么时代了？你还指望爱情？"是啊，这不是一个珍视爱情的时代，这是一个金钱挤压一切的时代；这不是知识改变命运的时代，而是一个拼爹、拼关系的时代；这不是一个勤劳正直的人享有生命尊严的时代，而是穷人有罪的时代。我不禁疑问，从什么时候起，我们这个时代变得如此陌生，如此可憎，如此压抑，如此冷漠，如此难以生活？从底层的绝境到中产阶级的不满，从中产阶级的不满（涂自强的师兄十多年前从山里娃发展为大老板，依然受到黑社会的勒索，以致"跑路"）到社会上层的移民潮，我们感受到一种可怕的、普遍性的、潜滋暗长的嗔怨心理和精神危机。这一危机，正如海德格尔所言，已经是一种整体性的框架危机，即不仅仅是一个人的危机，一个民族国家的危机，乃至是整个人类的危机。正是从这个意义而言，"左联"精神依然是刺破鲁迅所言的"无物之阵"的思想长矛，是抗衡现代性内在悖论的思想武器，是新世纪中国文学汲取智慧、力量和思想启示的精神资源。新世纪中国文学依然需要"左联精神"，依然需要刺穿虚伪时代、刺穿"无物之阵"的"左翼文学"。

新世纪以来，张平以一系列"新政治写作"，打破审美意识形态霸权，写作了《凶犯》、《生死抉择》、《国家干部》等揭示国有资产流失、精神维度的集体扭曲、生死存亡的政治抉择等具有高度现实精神关联的作品，呈现出一种具有左翼文学精神血脉的"速朽的文学"，以求在当代产生巨大的精神反响、审美效应和政治效应。"政治就是最大的现实"。再次政治化,无疑是新世纪中国文学绕不过的巨大精神存在。问题不在于是不是需要政治化,而是如何实现政治化;如何在审美想象中书写现实,才是一个真实的命题。如果说张平的小说依然带有"左翼文学"的某些艺术性缺陷的话,那么曹征路和陈应松等人的"底层叙述",则呈现了新世纪较高艺术水准的"新左翼文学"的精神特质。

曹征路的小说《那儿》在 2004 年第 5 期《当代》杂志上发表,引起了学术界和文坛的普遍关注,把它视为新世纪"底层叙述"的代表性作品。《那儿》不仅仅呈现了当代中国国有资产流失、腐败等诸多问题,更为重要的是它呈现了当代中国工人阶级社会地位和生命尊严的问题,是关乎新世纪改革向何处走、如何呈现工人阶级的国家主人地位的时代大问题。小说主人公是一位"错位"的工会主席,作为劳模、工会主席的工人代表,他把对工人的承诺看得比天还大,处处想维护工人的群体利益,但却不仅得不到家人和工人的理解,而且都是事与愿违:这位工会主席和他想维护的工人群体,一次次被他所信任的"上级"所欺骗、玩弄和抛弃。最后,他以死抗争,捍卫自己最看重的"工人代表"的生命尊严和政治承诺。尽管小说结尾职工的房产证被退回来了,但是曹征路却用文学的方式向我们无情地揭示了这个时代的精神隐秘和庞然大物般的嗜血资本逻辑。此外,陈应松的《太平狗》中"狗眼看世界"的叙述视角,则向我们揭示了当代中国资本的扭曲和底层的悲剧性精神处境。不仅一些优秀作家开启了"底层叙述",一些年轻作家如刘继明、罗伟章、刘玉栋、常芳等也开始关于底层的文学写作,呈现出一种新的更加温情的、日常化、人文情怀的书写特征,深化了新世纪"左翼文学"的多种艺术可能性。在文学之外,著名导演贾樟柯关于"汾阳叙事"的底层故事,让人感受到浓郁的 20 世纪 80 年代的时代抒情,温情之中更多的是深深的悲剧感。新世纪的电影《钢的琴》可谓是一部最有良知的工人题材底层书写。在怀旧的、抒情的东北大工业厂房里,我们再次感受到中国工人阶级的历史性存在和当代性书写。在近乎喜剧的叙述语调中,我们感受到的却是深深的悲哀和无声的叹息;它以貌似抒情和喜剧的方式,用犀利的长矛深深刺痛我们的心,这是最深的悲哀,最深的悲伤,含笑的泪。昨天的"国家主人翁"地位不再,但是昨天的故事并没有结束，而是以一种新的精神姿态和视觉形象向我们进行精神逼视和思想拷问，"我们是否遗忘了对他们的庄严承诺？我们是否遗忘了"老大哥"的贡献？我们是否悄然抹平了所谓的"改革阵痛"？或许很多人忘记了，很多新兴的阶层崛起了，很多美好的新事物出现了。记忆遗忘的地方，正是艺术萌芽的地方。因为遗忘而有了文学，有了艺术；因为贫富分化、阶层对立，而有了"左翼文学"，所以说这正是新世纪"新左翼文学"开始的时候。

除了我们已经看到的曹征路、刘继明、陈应松、贾樟柯、刘玉栋、常芳、柳冬妩、郑小琼等人的艺术书写，批评家李云雷等人发起的"底层叙述"理论思考同样值得关注。我们不仅需要曹征路那样的作家来书写具有生命痛感和深刻精神思考的作家，同样需要批评家来引领和推进对新世纪中国"底层叙事"的深度思考，继承中国"志于道"的士大夫文化传统和"人民性"的左联精神，创造出具有新时代精神内容和艺术特色的新世纪"新左翼文学"。遗憾的是，当前的许多中国文学创作都是继续在"纯文学"语境中艺术滑行，不愿或无力深度介入当代中国现实。一花独放不是春，万紫千红春满园。文学艺术本来就是多元的，多向度，多形态的，多层次的。我们没有必要要求所有作家都来书写"底层叙事"，而是如鲁迅所说，水管流出来的是水，血管流出来的是血。20世纪30年代的"左翼文学"，自有它的来路和归程；我要说的是，新世纪"新左翼文学"——"底层叙述"也自有它的来处和归处。我们无需彷徨，无需悲叹，亦无需讶异。诚然，对许多年轻作家而言，对正在兴起的新世纪中国文学而言，如何继承来源于中国古代文学、现代左翼文学的人民性精神传统和世界优秀文学的艺术传统，呈现正在发生的庞大的、复杂的现实，依然是当下中国文学一个有待突围的巨大课题。我们相信和期待新世纪中国文学，因为这是一个无比伟大的时代，也是一个无比荒诞的时代，它提供了诞生伟大文学的精神土壤。

2013年11月4日零点七分

# 具有强烈现实精神和社会主义理念的新政治写作
——张平论

早在一百多年前,梁启超便提倡以政治小说为主体的政治写作。他说:"政治小说之体,自泰西人始也。……在昔欧洲各国变革之始,其魁儒硕学,仁人志士,往往以其身之所经历,及胸中所怀,政治之议论,一寄之于小说。于是彼中辍学之子,黉塾之暇,手之口之;下而兵丁、而市侩、而农氓、而工匠、而车夫马卒、而妇女、而童孺,靡不手之口之。往往每一书出,而全国之议论为之一变。彼美、英、德、法、奥、意、日本各国政界之日进,则政治小说,为功最高焉。"①梁启超深刻阐述了政治小说促进社会变革、实现社会正义的巨大作用。为了推进政治小说的创作,梁启超尝试写作了《新中国未来记》的政治小说,虽然没有写完,但已开政治写作之先河。近代以来,小说渐渐从末流上升为文学主流位置,一个重要原因就是小说与政治的关系极为密切、小说具有巨大的政治功用。从19世纪末的官场谴责小说到20世纪80年代的反思文学,充满强烈现实精神的政治写作成为现代中国文学的重要组成部分。从二三十年代兴起的左翼文学到40年代解放区文学中的政治写作,一方面取得了巨大成绩,另一方面也逐渐形成了一种文学服务政治的工具论文艺观。在六七十年代,文学为政治服务的观念演化为一种对现实政治的单一颂歌模式,对文学造成极大损害。

20世纪80年代后,人们在反思文学与政治的关系时提出了文学自主性问题。文学在获得自主性、重返自身的时候,却也因为过于"纯化",过

---

① 梁启超:《译印政治小说序》,收入《二十世纪中国小说理论资料》(第1卷),北京大学出版社,1997年,第37—38页。

度切割文学与社会政治、现实生活的关系,从而失去对现实的批判力,乃至趋向消亡的不归之途。曾几何时,政治被视为某种带有创伤记忆的词汇,作家和批评家对政治唯恐避之不及。"躲避崇高"、私人化叙事、身体写作随着市场经济大潮起舞,白领、经理、企业家等新兴"成功人士"成为文学叙述的宠儿,没有生气的空心化农村、城市下岗工人的穷人区成为被文学遗忘的角落。面对中国当代社会转型中出现的国有资产流失、群体性矛盾冲突加剧、思想信仰迷失、贫富差距悬殊等重大现实问题,许多作家缺少介入社会的现实精神与勇气,视政治写作为畏途。

在这种思想平庸化、回避现实政治的时代写作氛围中,当代作家张平没有随波逐流,盲目追逐文学"纯度",而是把审美视野从"家庭悲情叙事"转向广阔大地上的普通老百姓,以其强烈的现实精神、积极介入社会现实的写作姿态和执著的社会主义理念,拒绝"审美"的鸦片,创作了独树一帜的直面现实、具有高度人民性和社会主义理念的新政治小说。张平的新政治写作模式中的"政治",是从具象化、个体性的鲜活生活出发,化为一个个具体细微的审美形象,以具体的、激流汹涌的现实生活来展现当代中国社会现实的真实图景,对新世纪中国社会主义现实问题进行深刻思考。因此,张平在确立新政治写作模式的时候,也还原了被20世纪中国文学一直误读的"政治"语义的本原,直接指向最广大人民的现实生活及其根本利益。

## 一 从家庭悲情叙事到政治写作的审美抉择

1981年,张平的《祭妻》发表之后,即被各大杂志转载并获奖。从《祭妻》开始,张平写出了一系列"家庭悲情叙事"小说。张平的"家庭悲情"系列小说从日常生活琐事出发,细切体验生活的复杂况味,通过撼人心灵的悲情生活故事,表现生活中人的感情和命运,体现出一种哀婉悲切的抒情风格。张平的家庭悲情叙事有着坚实的生活基础。五岁时,张平父亲被错划成"右派"判处劳改,他随母亲回到穷困的乡村老家。穷困艰难的农民生活、乡村女性的悲苦命运、亲人生离死别的悲剧场景,都在张平的心灵上刻下永久难以磨灭的创伤记忆。农村的苦难生活和创伤记忆,积累汇聚成为张平灵魂深处不时涌动的情感浪潮,是作家进行悲情叙事的思想和情感资源。

80年代中后期,随着经济体制改革的推进,农村已经出现了一些新气象。张平的"家庭悲情叙事"已经与时代氛围、农民生活不很合拍。改革开放在解放农村生产力、产生巨大经济和社会效益的同时,也生发出许多尖锐复杂的矛盾冲突。在当时众多作家审美视野向内转、追求"纯文学"的时候,张平不仅继续把同情目光聚焦于底层人物的命运,其审美视野也从原先的家庭、个人叙事,开始转向群体性、社会现实,对现实政治进行审美书写,呈现出一个有着时代良知、人民感情以及"向权力说真话"的知识分子的勇气。

"我为什么会关注并选择这类政治主题去写作,大概与我的个人生活阅历不无关系。我一直生活在社会的最底层,……历尽坎坷。所以我更关心现实生活中老百姓的喜怒哀乐和他们关心的问题。我的创作道路应了那句话,物质决定意识,是生活教会我去解读平常人的心和决定自己的好恶取向。"① 底层生命体验,不仅为张平理解农民和城市底层大众生活,提供了共同的生活经验和顺畅的精神渠道,更为重要的是它在一个思想高度同质化的时代为作家的审美视野、审美取向、审美理想提供了一个"真实生活"的现代性裂隙。

"现代社会的一个可怕之处正在于对人的思想的无形控制,它使人们在不自觉中丧失了主动权,在个体性的掩盖下奴役着人的思想和肉体。在一切都被安排被叙述的事实下,它却制造了这样一种现实:每个人都以为很自我,实际上丧失了自我,成了意识形态的俘虏。"② 在这样一个不自觉的意识形态高度同化时代,出现众多作家雷同化、平庸化的文学创作现象。因此,如何突破不自觉的意识形态同化之网,进入本真的现实生活,恢复个人对生活的独特生命体验,就成为一个极为重要的时代共同问题。而底层的生活经历和生命体验,直接打破了已存的同质化、凝固化的意识形态。因此,张平的底层生活经历和底层生命体验,使他突破了当代市场经济所

---

① 林红:《关注现实,关注百姓——作家张平访谈录》,载《中国文化报》2000年7月20日。
② 刘旭:《底层叙述——现代性话语的裂隙》,上海古籍出版社,2006年,第12页。

编织的无形意识形态之网,从底层生活的现代性裂隙中,对当下底层老百姓的真实生活进行审美观照,形成"我们应该怎样生存"的理性追问。

"从终极结果上说来,与生活不相联系的学问根本不存在,任何学问都是从我们应该怎样生存这一追问出发的。……学问具有国际性,存在着世界共通的课题。但是,那共通的问题应该具有的性质,是可以还原到人类世界应该怎样生存的问题上来的。"① 竹内好以具体的生活体验视阈来切入文学研究,进入作家及其作品的生命世界中去,突破凝固的概括式历史和已有的稳定性研究结构,做一种鲜活的文学创作与研究。这为作家进入真实的"生活世界"提供了一种新的、鲜活的思想启示:作家本人生活视阈下的生命体验极为重要。

1987 年,张平认识了刘郁瑞。张平听刘郁瑞讲接待群众上访的时候,产生了强烈的共鸣,因为他也有过告状无门的经历。在四天彻夜长谈中,张平过去灵魂深处的苦难生命体验和深刻的创伤记忆,被刘郁瑞的底层苦难叙述一下子搅动起来。"败诉的农民的老婆被铐到树上,见习律师被铐了五天五夜,吃饭像狗一样……以前从来没听说过没见过的这些事,把我彻底地俘虏了,自己像是从一口井里跳了出来,发现生活是汪洋大海,翻腾着的巨浪,令人震撼。"② 强烈的、颠覆同质化意识形态的底层现实生活使张平的创作走出了"家庭",走进了社会,由抒写个人苦情转向了关注民间疾苦、现实社会问题的政治写作。

"最早,我也写一些风花雪月作品,也写过所谓的先锋文学,但是在写过《天网》之后,我改变了创作的路子。可以说,认识刘郁瑞,写刘郁瑞,成了我文学生涯的分水岭。在写过《法撼汾西》、《天网》之后,我开始写了一系列关注现实题材的作品《孤儿泪》、《抉择》、《十面埋伏》等等。"③ 张平从个体的苦难生命体验出发,把自己的创伤记忆转化为群体性的苦难书写,塑造了一个有正义感、顶住压力反腐败、为民申冤的典型艺术形象——刘郁瑞。刘郁瑞形象的塑造是张平关注现实生活、介入社会现

---

① [日]竹内好:《近代的超克》,李冬木等译,生活·读书·新知三联书店,2005 年,第 270 页。
② 陶澜:《张平为民说话情愿速朽》,载《北京青年报》2004 年 3 月 14 日。
③ 同上。

实性政治写作的开始。《天网》和《法撼汾西》是张平政治写作审美转向的标志性作品。

## 二 永生永世为老百姓写作：
## 从赵树理到张平的文学人民性传统

在文学创作趋于多元化的市场经济时代，张平从家庭悲情叙事毅然转向介入现实的政治写作，不仅有着作家个人深刻的底层生命体验，而且根源于深厚的文学传统和审美理想。在山西这片土地上，从赵树理开始，就形成了一个为底层老百姓，具体说来就是为社会最低层农民写作的文学传统，出现了赵树理、马烽等人的"山药蛋派"。新时期，山西土地上出现了像李锐这样浸透农民深层生存体验和农民文化意识的作家，有了像《厚土》、《无风之树》这样乡土叙事的典型作品。张平为老百姓写作的"政治小说"就是诞生在这块饱蕴"人民性"思想的土壤之上。

为农民写作、为底层普通老百姓写作，是山西作家深厚的文学传统。赵树理在1930年代发现新文学的圈子狭小得可怜，只在极少数人中间转来转去，根本打不进农民中去。因此，赵树理"不想上文坛，不想做文坛文学家"，"我的目标就是要拿着自己的作品去赶庙会，跟它们一起摆在地摊上，三两个铜板可以买一本，这样一步一步去夺取那些封建小唱本的阵地。做这样一个文摊文学家，就是我的志愿"[①]。赵树理对农民文学创作的自觉理性意识，彻底突破了"五四"新文学的樊篱，从传统民间文学和现代农民的生活实践中，开创了一种文学与农民大众进行语言与思想对接的农民文学。

和赵树理一样，张平情感世界和审美意识的成长同样得益于民间文艺资源。张平在农村接触到一些民间艺人，会拉二胡、板胡、小提琴、手风琴等乐器，形成一种与普通老百姓相通的审美意识和审美体验，并成为日后文学创作的重要精神资源和思想背景。挖煤、淘粪、喂猪、种地的经历使他非常熟悉社会底层生活，培养了他与底层老百姓相通的思想感情。这

---

[①] 李普：《赵树理印象记》，收入《赵树理研究资料》，北岳文艺出版社，1985年，第18—19页。

种与老百姓相通的精神背景、思想资源和情感体验，随着张平创作的深入和内心审美体验的开掘，已凝聚成为老百姓写作的"人民性"思想意识，并逐步演化为作家政治写作的理性自觉追求。

毕竟时代背景已变，赵树理这样一位农民作家的诞生既有他本人的文学自觉，也有特定的意识形态因缘。张平遭遇了一个视文学为商品的文化消费时代。"面对着市场和金钱的诱惑，我们的承受能力竟也显得如此脆弱和不堪一击。或者只盯着大款的钱包；或者放弃了自己的尊严和职责；或者把世界看得如此虚无和破碎；或者除了无尽的愤懑和浮躁外，只把写作作为一场文字游戏……写作如果变成这样的一种倾向，那么老百姓的生活也就不再显得那么重要：处处都有生活，处处都有素材，处处都能产生语言游戏的欢欣和情欲，时代和生活也就没了任何意义。于是我们的作品离老百姓的生活越来越远，读者群也越来越小。"[①] 在一切都可以消解与戏耍、躲避崇高、追求浅薄拒绝沉重、享受欢娱放弃担当、关心经济拒绝政治的"新意识形态"之下，文学成为文字游戏、生活时尚或某种欲望的对象化，放弃了批判现实的思想维度。[②] 张平在调查中发现，跨入新世纪的当代农民喜欢的文艺作品依然是赵树理时期喜欢的古典通俗文学。面对新世纪依然存有的数以千万计的文盲，还有数以亿计的尚未完成义务教育的半文盲，还有近十亿的农民和工人，似乎很少有人这样去想去做。因此张平质问并反思："为什么生活在千千万万精神和物质世界尚还贫乏的老百姓之间，却会渐渐地对他们视而不见？为什么与这块土地血肉相连的自己，会把自己的眼光时时盯在别处？什么时候自己对老百姓的呼求和评判竟会变得如此冷漠而又麻木不仁？又是在什么时候自己对自己以往的责任、理

---

① 张平：《抉择》，人民文学出版社，2004年，第526页。
② 对这种"新意识形态"，王晓明这样描述："在资本与权力深度勾结之处，有些人不是希望营造乐观祥和的气氛吗？它正可以从旁配合，让公众相信社会正在高速地'现代化'；有些人不是急急乎要掏老百姓的口袋吗？它正可以制造'中产阶级'的幻觉，鼓动人们追踪时尚、放手'消费'；有些人不是非常讨厌公众的警觉和非议吗？它正可以缩小公众的视野，引诱人们只关心鼻子底下那一小块利益，看不见前后左右的种种危机……它事实上已经构成主导今日社会一般精神生活的一种新的意识形态了。"见王晓明的《九十年代与"新意识形态"》，载《天涯》，2000年第6期。

想和忧患意识放弃得如此彻底而又不屑一顾？"①

　　针对新世纪文学与普通老百姓之间存在的厚厚的"坚冰"，张平从赵树理作"文摊文学家"的志向和拒绝织"丝绸"、立志为农民"织最好的布"的写作态度那里，获得了文学走向最广大老百姓的精神启示："如果别人卖的是人参，那我就心甘情愿地卖我的胡萝卜。只要能对我们现实社会的民主、自由，对我们国家的繁荣、富强，对全体人民生活的幸福、提高，多多少少会产生一些积极有意义的影响，即便是在三年五年十年以后我的作品就没人再读了，那我也一样心甘情愿，心满意足了。一句话，我认了！如果我以前没有真正想过我的作品究竟是要写给谁看的，那我现在则已经真正想过和想定了，我的作品就是要写给那些最底层的千千万万、普普通通的老百姓看，永生永世都将为他们而写作！"②

　　从赵树理的舍"丝绸"而"织布"的审美选择，到张平的弃"人参"而卖"胡萝卜"的文学审美取向，显现了一种为底层老百姓写作的人民性意识，同时也清晰地呈现出了张平为老百姓写作的文学人民性传统渊源。

## 三　社会主义理念是张平政治小说的思想核心

　　新中国成立之初，社会主义制度的确立使中国老百姓翻身解放，当家做主，扬眉吐气。中国老百姓产生了一种"社会主义人人有饭吃、社会主义人人有工作"的朴素认同和社会主义人人平等、人人有生命尊严的自豪感。改革开放开启了中国社会主义建设的新时期。解放生产力，发展生产力；消灭剥削，消除两极分化；让一部分人先富起来、最终达到共同富裕，构成了新时期的社会主义本质理念。改革极大地解放了生产力，初步解决了广大老百姓的温饱问题；但在社会财富快速增长的同时，也出现了一些不容忽视的问题。面对新时期以来的现实问题，张平以改革为切入口，以底层老百姓的利益为关注焦点，尖锐地抓住现实问题的本质，以社会主义理念来展现新世纪中国社会的真实图景，创作了《天网》、《凶犯》、《抉择》、

---

① 张平：《抉择》，人民文学出版社，2004年，第525页。
② 同上书，第529页。

《国家干部》等一系列政治小说,对新世纪中国社会主义现实问题进行深刻思考。维护最广大的底层群体利益、实现社会公平与正义的"社会主义理念"是张平进行政治写作的终极指向和思想内核。塑造具有社会主义理念的"英雄"形象,成为张平政治写作的应然内容。

《抉择》是张平获得"第五届茅盾文学奖"的长篇力作。《抉择》聚焦于国有企业改革中的国有资产流失这一重大时代问题,对其进行美学剖析。小说开篇就把一个极为棘手的矛盾呈现出来:中阳纺织集团公司工人聚集了三四千人,要到市委门口请愿。在市长李高成与请愿代表的谈判过程中,暴露出来的企业领导集体腐败问题、国有资产被"新利益集团"瓜分、老工人生活无以为继等问题触目惊心。

国有企业陷入生存困境有各种客观原因,但是有些企业亏损更为根本性的因素是人为问题。小说一针见血地指出:"同我们的情况一样的大型纺织厂有很多很多,像陕西、像山西、像吉林、像山东,人家的那些大型纺织企业为什么都能越搞越活,越搞越好?而偏是我们这样一个身在产棉区的纺织行业,却每况愈下、越来越差,以至停工停产,欠债近六个亿!"①张平以极大的勇气揭示国有企业改革过程中,许多国有资产流失不是不可避免的,而是企业内外不法官商勾结蓄意侵吞的结果。国有企业改革,竟然成为一些败类侵蚀公有财产的堂而皇之的最佳途径。国有资产的流失不仅是一个社会不公的问题,而且是关系到"共同富裕"的社会主义本质能否实现的问题。

张平不仅揭示了国有资产严重流失的时代重大问题,还深刻思考了当代人的社会主义观念,寻找当代腐败问题的思想病症根源。李高成与中阳集团腐败领导郭中姚的对话,清晰地呈现了新世纪市场经济条件下的思想病症。

> "我觉得我们其实都是在演戏,表面上看,我们都还在忙忙碌碌,信心十足,而内心里所有的人都在做着准备。不瞒你说,我的感觉就是所有的人都在等,都在等着那一天的到来。"

---

① 张平:《抉择》,人民文学出版社,2004年,第249页。

……

"我明白了,你是说形式上没变,但本质上却完全变了。共产党也不是过去的共产党了,社会主义也不是真正的社会主义了,老瓶装新酒,一切都徒有其表罢了,是不是这样?"①

新世纪市场经济时代,一些领导干部对社会主义信念产生了动摇,要么怀疑要么放弃,乃至有的采取非法方式,追求腐化堕落生活,沦为金钱的奴隶和人民的敌人。怀疑和否定社会主义理念,正是郭中姚等腐败分子思想堕落的开始。

在《抉择》中,张平塑造了一个具有真正共产党人品格和社会主义理念的领导干部李高成市长。在调查走访中,李高成发现中阳工人的处境要比想象的艰难得多,他动情地说:"确确实实是工人们养育了这个国家,养育了这个政府,也正是因为这个,如今工人们的生活到了这种地步,国家和政府能看着不管吗……"②李高成的话表达了一种社会主义理念、一种对工人阶级的深厚感情,这也是一个社会主义政府市长对人民应有的责任与承诺。

面对腐败分子的威逼利诱,李高成在自己也"烧进去"的时候,作出"抉择":"我宁可以我自己为代价,宁可让我自己粉身碎骨,也绝不会放弃我的立场!我宁可毁了我自己,也绝不会让你们毁了我们的党!毁了我们的改革!毁了我们老百姓的前程!"③李高成宁可玉石俱焚,也要铲除社会主义肌体上的毒瘤,是当之无愧的社会主义人民英雄。

"《国家干部》是一部现实小说,一部政治小说,或者一部有关政治的现实题材小说。"④国家干部担任着中国政治的中心角色,是中国现实、中国政治的关键"当事人"。分析和解读中国政治,首先要熟悉"国家干部"的运作机制。干部选拔和任用机制与"国家干部"的政治前途休戚相关,是分析中国政治的关键之关键。张平的《国家干部》以一群国家干部为审

---

① 张平:《抉择》,人民文学出版社,2004 年,第 450 页。
② 同上书,第 249 页。
③ 同上书,第 453 页。
④ 张平:《国家干部》,作家出版社,2004 年,第 475 页。

美观照的主体,以对夏中民的干部选拔任用为矛盾斗争焦点,展现了一场政治场域里的殊死搏斗图景,从而对当代中国政治体制改革与社会主义命运进行了审美思考。可以说,张平以"国家干部"为审美视点,触摸到了中国政治生活的内核,表现了作家剖析中国现实的巨大政治勇气与胆识。

《国家干部》详细描绘了澄江市政治地图的双层结构。在一个表面的政治结构之下,还存在着一个深层的政治结构,即以老书记刘石贝为核心,以现任市委副书记汪思继为代理人,由刘石贝的儿女、亲戚和他一手提拔起来的干部组成的一个章鱼般庞大的权力网络。这个权力网络已经深深地攫取了澄江市的大部分权力,刘石贝也由一个社会主义建设的领导者蜕变为一个压榨和剥削人民的新利益共同体的"教父",因此澄江市委书记陈正祥的权力被架空,代表人民利益的市委副书记夏中民受到排挤、打击和陷害。

革命的执政者蜕变为新压迫者,在赵树理的《李有才板话》中最早描写过。张平的《国家干部》深刻揭示出,随着时间推移,个别地方的上层政治结构也出现了带有家族性特征的、疯狂压榨人民利益的"新利益共同体"势力。更严重的是,这一"新利益共同体"还披着合法的政治外衣。

代表人民利益的市委副书记夏中民大刀阔斧地进行改革整顿,触及"新利益共同体"的敏感政治神经。新任澄江市长的选拔任用就成了以刘石贝、汪思继为代表的"新利益共同体"与以夏中民为核心的代表人民利益群体的斗争焦点。夏中民是个一心扑在工作上、心里装着老百姓、具有社会主义理念的优秀国家领导干部。他以老百姓利益为出发点,大胆改革,工作作风泼辣,敢作敢当,罢免腐败干部、制止对农民的侵害、最大限度地维护环卫工人和其他弱势群体的利益,深深得罪了刘石贝的"新利益共同体"。因而,在上级组织机关准备任用夏中民为市长的考察中,出现了极大的反对声浪,乃至于在澄江市党代会上落选,失去副书记职务也无缘市长人选。最后是觉醒的人民发动广场运动进行抗议,扭转了夏中民的命运,彻底改变了澄江市被"新利益共同体"压迫势力控制的政治地图,政治权力重新回到了人民的手中。

小说的结尾具有一定的喜剧性,但并不损害小说发人深省的强烈政治震撼力量:"我们考察干部,提拔干部,走访询问的对象几乎清一色的都是干部。于是我们提拔的干部,都只能是干部说好的干部;想被提拔的干部,都只能去讨好取悦方方面面的干部。一级一级如果都成了这样,那我们的干部除了只能代表干部的利益,又能代表谁的利益?在提拔干部的过程中,我们什么时候认真倾听过老百姓的呼声?"①针对干部选拔任用机制上存在的弊端,张平像安徒生童话中说真话的孩子一样,道出了当代中国改革,尤其是关键的政治体制改革的最大问题所在。

"必须有效地限制和遏制这些既得利益群体,尽可能地照顾人民大众的基本权利,在财富蛋糕的分配中努力向人民大众倾斜。一句话,就是代表广大人民的根本利益!……那将是一场战争!是一场血与火的较量!……只能靠一批有能力有胆略愿为国家和民族付出一切代价的真正共产党人!必须让这批人进入权力的核心,必须让他们掌握公共权力和控制公共领域!"②张平以一种强烈的社会主义理念,对艰难滞重的中国政治体制改革发出了代表最广大人民利益的声音。

改革向何处去?是如小说中腐败投机分子齐晓昶所分析的"麻秆打狼两头怕"畏首畏尾、首鼠两端,还是追求社会公平公正、实践社会主义本质理念?文学以审美方式尖锐地呈现出了一个时代根本性的问题,一个关系到社会主义性质与命运、关系到最广大人民利益的现实根本问题。

## 四　张平新政治写作:重新建构政治与文学关系

一百年前梁启超的"政治小说"概念,遵循"小说新民"的政治意图,明显带有文学为政治服务的功利意识,文学仅仅处于为政治服务的工具性辅助位置。二三十年代兴起的左翼文学虽然在政治理念上与梁启超不同,但是文学为政治服务的工具性理念是一脉相承的。到了40年代,《在延安文艺座谈会上的讲话》出于一种政治家的革命考量,提出一种服务并附属于政治的文艺观。从梁启超,经过左翼作家到毛泽东,他们的文学观在政治方面的考量大于文学,文学与政治处于一种政治统辖文学的主从关系。

---

① 张平:《国家干部》,作家出版社,2004年,第457—458页。
② 同上书,第123—124页。

事实上，这种倾斜的关系结构以一种强有力的政治意图损害了文艺审美自律，反而对政治理念的实现构成了障碍，并不能真正实现其政治意图。文学为政治服务的观念，在六七十年代演化为一种关于现实政治的单一颂歌模式，文学成为政治的奴仆。

在思想解放的 80 年代，文学开始挣脱政治的锁链，恢复自身的审美属性。作家们兴高采烈地遗弃政治统辖文学、文学为政治服务的旧文学观，把文学附属于政治的关系颠倒起来，确立文学的自足审美特性，乃至于彻底砍断了文学与政治的关系链条，追求无关政治的、漂浮的"纯文学"写作。因此，文学与政治的关系从政治统率文学走向文学为主体、政治可有可无的新结构，依然是一种倾斜的关系结构。20 世纪中国文学在文学与政治的关系结构中，从一个极端走向了另一个极端，文学与政治都无法回归自身应有的位置，对文学和政治都构成了损害，政治写作也无法呈现应有的政治功能和文学审美属性。

当 90 年代中国改革进一步深入、社会矛盾进一步凸显的时候，"纯文学"成为时代不可承受之轻：文学已经无法割离与政治的关系、无法规避沉重的现实存在。但是，一些年老作家心灵世界中的文学附属于政治的梦魇依然没有散尽，一些年轻作家依然沉迷于"纯文学"的轻灵幻梦中，不愿面对沉重的现实政治。在这样一种文学疏远政治的写作生态中，张平从现实生活出发，重新思考文学与政治的关系，在一种新的平等关系结构框架中进行新政治写作尝试，体现了中国作家对新世纪中国政治的审美凝视。

"政治是什么？作为社会关系总和的人，能脱离政治吗？作为人学的文学，能远离政治吗？……具体到文学来说，真的可以没有政治？再具体到当今中国的现实文学，确实可以游离于政治之外？"[①] 这是张平对新时期以来文学越来越疏离政治现象的诘问。作为一个与老百姓血脉相连精神相通、具有捍卫人民利益的社会主义理念的作家，张平深刻地认识到："关注政治，关注现实，就是关注最广大的社会公众利益"，"改革发展到今天，已经到了一个更新更深的层次。改革带来的结构性调整，其实是利益的重新调整。改革正在过大关！"因此，张平以文学的方式对时代政治作出了

---

① 张平：《国家干部》，作家出版社，2004 年，第 476—477 页。

回答:"在这样的一个改革时代,文学不应缺席,也不能缺席!""作家是时代的见证者,也应该是时代进步的支持者和推动者。"①

事实上,政治是一个无法回避的命题,中国作家无法真正远离政治,正如詹姆森所说,"在第三世界的情况下,知识分子永远是政治知识分子","文化知识分子同时也是政治斗士,是既写诗歌又参加实践的知识分子"。②张平的可贵之处在于确立了一种新政治写作模式。他一方面勇敢地选择了政治作为文学审美观照的对象,恢复了文学与政治的审美关系结构,推动了政治写作在新世纪的重新出发,对以往的文学与政治关系的倾斜性结构进行调整。张平的政治小说中,文学与政治二者互为平等关系主体,既尊重文学自身的审美特性和审美规律,又集中凸显现实政治;既表现人物主角坚定的社会主义信念,也呈现人物周围的严峻政治环境,人物主角与他周围的环境、内心世界进行激烈的现实搏斗。另一方面,张平的新政治写作模式也体现在他还原了政治语义的本原。张平新政治写作模式中的"政治",不再是某种名词概念的科学化阐释,也不是某种政治观念的言辞训教,而是具象化的、个体性的鲜活生活。关系人民根本利益的"现实政治"在错综复杂的尖锐矛盾冲突、曲折紧张的中国化叙事方式之下,化为一个个具体细微的审美形象。"政治"不再是某种意识形态的传声筒,而是展现为具体的现实生活,展现为竹内好所说的"共通的问题","还原到人类世界应该怎样生存的问题上来"。因此,张平在确立新政治写作模式的时候,也还原了被20世纪中国文学一直误读的"政治"语义的本原,指向最广大人民的现实生活及其根本利益。

作为具有高度人民性和社会主义理念的政治写作,张平的"政治小说"深受老百姓欢迎,小说走上了僻远农村农民的炕头;张平甚至被底层弱势群体视为自己的代言人,认为他说出了中国老百姓的心声,"《天网》、《法撼汾西》,从发表到打完官司,前前后后收到过近两千封读者来信。……1000人以上的联名信,我收到过4封!500人以上的联名信,我前后收到

---

① 张平:《国家干部》,作家出版社,2004年,第477—478页。
② [美] 弗雷德里克·詹姆森:《处于跨国资本主义时代中的第三世界文学》,张京媛译,收入张京媛主编《新历史主义与文学批评》,北京大学出版社,1995年,第240页。

过 12 封！"① 人民，以自己的方式对"永生永世为他们而写作"的作家表达出了最大的热情和诚意，珍爱"人民的作家"。

现代中国文学，从诞生之日起就具有鲜明的现实精神特征和政治功用。鲁迅进行文学创作有着"启蒙主义"的主见，认为必须是"为人生"，而且要改良人生。在八九十年代以来文学疏离政治的文学创作生态环境下，张平毅然从"家庭悲情叙事"转向尖锐、风险的政治写作，以其强烈的现实精神、积极介入社会现实的写作姿态和执著的社会主义理念，继承鲁迅、左翼革命文学的战斗精神，创作了独树一帜的直面现实、具有高度人民性的社会主义文学。在张平那里，"社会主义是一种美好的原则和精神，这种美好的原则和精神不是僵化的教条，不是空洞的概念，不是海市蜃楼的乌托邦；社会主义原则和精神从来都是生动的，有着活生生的生命力的，是植根于现实和生活之中的，是发自我们每个人的生命和人性并上升为一种人类社会的理性原则和精神。"② 社会主义在中国的实践，证明了它是鲜活的、有生命力的，是需要不断发展、创造的，更是需要与在历史和现实中产生的"新意识形态"、"新腐化势力"激烈搏斗的。张平的社会主义理念的政治写作，为新世纪中国社会主义实践提供了一份充满政治激情、智慧、使命、胆识的思考，显现了当代知识分子深刻的批判意识和对民族国家命运的责任担当。

在新世纪中国现代化转型的时代环境下，在社会主义改革"过大关"的过程中，张平以其社会主义理念的新政治写作，体现了一种文学介入社会政治的强烈现实精神和巨大勇气，再一次印证了鲁迅的话语："文学是战斗的！"③

---

① 张平：《抉择》，人民文学出版社，2004年，第524页。
② 张未民：《批评笔迹》，吉林人民出版社，2002年，第209页。
③ 鲁迅：《鲁迅全集》（第6卷），人民文学出版社，1981年，第220页。

# "新乡镇中国"的"当下现实主义"审美书写
## ——贾平凹《带灯》论

如何书写当代中国经验,如何呈现新时期中国已发生和正在发生着的前所未有的历史剧变,这是新世纪每一个具有文学自觉意识的中国作家所无法回避的、而且也是亟须回答的问题。遗憾的是,新世纪中国作家没有对此作出很好的回答。相较于现代文学和"十七年文学",新世纪中国长篇小说每年生产的数量已经渐渐达到了三千多部,文学叙事能力和技巧也得到了较大程度的提升,但其内在质量却并不如人意。新世纪文学深入表现现实生活的能力、展现正在裂变的城市中国和乡土中国的能力、剖析生命个体灵魂的深度叙事能力,以及文学语言形式实验的先锋探索精神都在不断受到削弱和侵蚀。虽说莫言获得诺贝尔文学奖,实现了百年中国文学的"诺奖"梦想;但对新世纪中国文学书写现实的质疑,却丝毫没有减弱。德国汉学家顾彬斥之为"当代文学垃圾"[①]。有学者认为"在处理当下中国面临的最具现代性问题的时候,'50后'作家无论愿望还是能力都是欠缺

---

[①] 关于德国汉学家顾彬的"中国当代文学垃圾说"的观点,顾彬在凤凰卫视的《锵锵三人行》节目中做过解释:"那个时候,2007年,有一个住在德国的中国记者跟我访问谈一谈一些中国当代作家的问题,他具体提了三个女作家的名字,我说她们的作品是垃圾。""但是其他人的作品,我没有说他们全部都是垃圾。"见凤凰卫视2010年3月22日"锵锵三人行"节目之"顾彬:我没说过中国当代文学是垃圾"。http://news.ifeng.com/opinion/phjd/qqsrx/201003/0322_6443_1583115.shtml. 有意思的是,顾彬这个被断章取义的观点,却获得了众多网友的认同。新浪网的调查"您赞同德国汉学家称中国当代文学是垃圾的看法吗?"有87.3%的网友表示赞同,认为中国当代文学大师缺乏,名篇稀少,在群众中影响力明显衰减,是垃圾。http://survey.news.sina.com.cn/result/13441.html.

的"①。也有学者提出新世纪文学写作"中年困境"的观点,认为"50后"、"60后"许多作家"就像人的生命总是会进入中年时期一样,文学的中年期也总是会到来,只是我们这一代的作家碰巧遭遇了这个时机"②。而在"70后"作家那里,关于当下的长篇小说创作依然是一个难以突破的瓶颈。显然,新世纪中国长篇小说困境的根源是多方面的,既有时代的整体文化语境原因,也有作家个人如何突破创作瓶颈、超越自我的问题。困境既是作家文学创作的危机,又是作家深入现实、突破自我、进行精神深度思考的生机。从某种意义上说,困境恰好是作家返观自身、叩问心灵、反思时代、升华自我的不二法门。

新时期以来贾平凹以"商州"地域民间风俗文化书写赢得较大声誉。《废都》出版后,评论界褒贬不一。这给贾平凹的创作带来较大困扰。贾平凹就是这样一位化困境为生机、涅槃重生的作家。21世纪以来,贾平凹以《秦腔》、《高兴》等新长篇小说开启了对新世纪乡土中国现代性社会转型的审美书写。如果说《秦腔》关注的是新世纪乡土中国农民的命运走向,《高兴》关注的是失去土地的进城农民如何重获新生问题,那么贾平凹的长篇小说新作《带灯》则开启了一个新的审美领域——"新乡镇中国",呈现了一位有着强烈现实主义精神和使命意识的书写者对21世纪正在剧变中的新乡土中国的独特审美思考和精神探寻。贾平凹《带灯》的出现无疑令人耳目一新。《带灯》不仅在题材上拓展了以往文学创作领域,从"乡镇叙事"的一隅性地域空间审美书写,拓展为整个"新乡镇中国"的整体性空间及其现代性命运的全息性呈现,而且在文学叙事技法、叙事理念、人物形象、语言形式等方面进行了新的艺术探索,意在打破文学与时代、现实、生活疏离的"厚障壁",重建当代文学的现实主义精神维度。《带灯》是一部关注当下、关注现实、关注"中国问题"、"中国经验"的"当下现实主义"文学作品,"就对现实观察的广度与深度、思考与批判的力度,以及

---

① 孟繁华:《乡村文明的变异与"50后"的境遇——当下中国文学状况的一个方面》,载《文艺研究》,2012年第6期。
② 陈思和:《从"少年情怀"到"中年危机"——20世纪中国文学研究的一个视角》,载《探索与争鸣》,2009年第5期。

描写的精细与准确度而言,《带灯》堪称是同类题材现实主义小说中不可多得的力作"[①]。

## 一 乡镇:百年乡土文学忽略的叙事空间

百年乡土中国文学绝大多数都是以乡村为单位,聚焦农民生存悲剧与苦难命运、展现乡村民俗民风的乡土文化审美书写。关于乡镇的乡土文学,可以说是少之又少。即使偶尔书写的"乡镇",也是文化批判意义上的传统文化空间表征。《祝福》中的"鲁镇"是一个封建礼教文化堡垒的代名词,"鲁镇"的鲁四老爷则是封建礼教专制和精神迫害的文化符号。在鲁迅的影响下,20世纪20年代"乡土文学"中的"乡镇叙事"是野蛮、不人道的传统民俗文化景观书写,"既不是浅层次的'惟农最苦'的怨哀,更不是'农家怡乐'的陶然,这是反封建的理性的呐喊"[②]。到了40年代,沙汀《淘金记》等作品笔下的四川乡镇已经从鲁迅的礼教文化批判转向对乡镇土豪劣绅的政治性批判,间接指向了国民党的腐败统治。"乡村"是解放区文学叙事的基本单位。解放区乡土文学更多指向了以土地革命为中心的政治批判、经济变革和新农民主体精神的成长。中华民国在乡村实行的是乡村宗族文化和乡绅威权之下的乡民自治,政府的统治触角并没有延伸到每一个单子化的乡村。所以这一时期的"乡镇文学"不仅少,而且也多是关于"乡镇"民俗文化的审美批判。

新中国成立后,从初期的人民公社到现在的乡镇政府,国家不仅建立起具有主体性质的乡镇一级政府机构,而且把管理的触角延伸至每一个乡村,在村庄建立党支部和村委会,从而实现了国家统治的全面覆盖和无缝化管理。在中央、省、市、县、乡的五级政府机构中,乡镇是最基层、级别最低的一级政府机构,也是直接与村庄农民打交道的、矛盾冲突较为集中激烈的国家机构。所以,当代文学的乡土叙事渐渐出现了一类现代文学所

---

[①] 吴义勤:《"贴地"与"飞翔"——读贾平凹长篇新作〈带灯〉》,载《当代作家评论》,2013年第3期。
[②] 陈继会:《中国乡土小说史》,安徽教育出版社,1999年,第91页。

没有的人物形象群体,即乡镇干部形象。刘澍德写于 1961 年的短篇小说《拔旗》较早塑造了当代文学中的乡镇干部形象。《拔旗》以新中国初期力争上游的社会主义建设为背景,通过金鸡公社的上游红旗被碧鸡公社拔走的内部矛盾冲突,展现了欣欣向荣、干劲十足的社会主义乡镇新生活气息。金鸡公社书记张太和形象生动,工作顺利时"粗心大意"、"目空一切";工作失利时又"小心眼",放不下架子来①。小说情节跌宕起伏,人物形象富有浓郁的生活气息和鲜明的性格特征,较好地呈现了新中国建设初期"乡镇中国"的精神气象。同时期作家郭澄清的《公社书记》,塑造了一位"笔杆子练好了,锄杆子、枪杆子还都没撂下"、与群众打成一片又自觉学习文化理论的新中国公社书记形象。受篇幅所限,《拔旗》和《公社书记》并未深度触及乡镇内部的运行机制、干群关系、社会矛盾等方面,字里行间洋溢着一种单纯的理想主义气息。

新时期中国取消人民公社制度,在人民公社基础上重建乡镇体制,乡镇被确立为农村基层行政单位。伴随着改革的不断推进和村民自治等政策的出台,乡镇政府承担的事务和功能日渐增多,渐渐成为各种矛盾交织的中心和焦点。因而,这一时期关于乡镇的审美书写随之增多,作品表现现实生活的深度也愈益深刻。古华的《芙蓉镇》是 80 年代关于乡镇审美书写的代表作,无论是叙事长度、故事容量、叙述语言和精神意蕴,都是茅盾文学奖获奖作品系列中的优秀作品。《芙蓉镇》是明确以"镇"为故事叙述空间的文本。在古华笔下,乡镇内部的权力体系、运行机制的描写已经浮出历史地表。但是由于《芙蓉镇》所用力揭示的是芙蓉仙子胡玉音悲欢离合的身世命运,其关于乡镇社会生态的呈现依然是浮光掠影式的,乡镇内部的复杂社会关系及其运行方式依然处于隐晦幽暗状态。

1989 年林和平发表的《乡长》,为读者揭示了很长时间以来"幽暗隐晦"的乡镇社会生态及其运行方式,是一部较为成功的接地气的"乡镇叙事"作品。小说以吃"陆海空"(狍子、野鸡、红蛤蟆)特色火锅起笔,描述我和代乡长梁义的相识。对于这顿火锅,梁乡长剔着牙说"这一顿饭,

---

① 刘澍德:《拔旗》,收入《中国乡土文学大系》(当代卷),刘绍棠、宋志明主编,农村读物出版社,1996 年,第 287 页。

够老百姓过半年的"、"唉,现在的一些事呀"的话语,从一开始就拎出了一个"与众不同"的乡长以及新时代文化心理氛围①。小说通过"我"这一个挂职副乡长的旁观者视野向读者勾勒出了心存良知而又无可奈何的乡长形象,令人惊讶于作者叙述的绵密和深刻。可以说,《乡长》这部短篇小说恰似惊鸿一瞥,向我们呈现了令人瞠目结舌、壮怀激烈而又无限悲情的新时期"乡镇中国"社会生态。

20世纪90年代中期,刘醒龙、谈歌、何申、关仁山等作家的"现实主义冲击波"作品,如《分享艰难》、《信访办主任》、《乡殇》等都较深程度地涉及乡镇严峻的现实局面和社会生态。关于"乡镇叙事"的文学写作渐渐汇聚为一股较大的审美潮流。"热浪与凉风正处于相持阶段,一会儿凉风扑面,一会儿暑气袭人,进进退退地叫人怎么也安定不下来。"正如《分享艰难》所描写的冷热交织、让人无法安定的天气一样,90年代的"现实主义冲击波"审美思潮在官方与民间、欲望与道德、揭露与歌颂等方面,存在价值倾向游移、深层批评维度缺失和整体性审美观照不足的问题。

随着改革进程的渐次展开,乡土中国现代性转型越来越显现出波谲云诡的复杂精神面貌。乡镇社会生态逐渐成为新世纪中国改革进程中备受瞩目的焦点。2003年,时任湖北监利县棋盘乡党委书记李昌平上书国务院总理,指出"农民真苦,农村真穷,农业真危险"。至此,"三农问题"成为思考新世纪中国问题的"关键词"。但在文学领域,关于乡镇中国问题的整体性审美叙述却处于缺失状态,依然是被遮蔽与忽略的叙述空间。

## 二 "新乡镇中国"的整体性审美书写

《带灯》的出现打破了乡土文学叙事的缺失,成为新世纪关于乡镇中国当下现实的整体性叙述和现代性框架命运思考的首部作品。作为贾平凹的最新力作,《带灯》呈现了一个无比鲜活的、庞杂的、被当代文学史叙述所遮蔽和忽略的"新乡镇中国"及其"乡镇人"群像。《带灯》的"新乡镇

---

① 林和平:《乡长》,收入《中国当代乡土小说大系》第一卷(1979—1989),白烨主编,农村读物出版社,2012年,第1178页。

中国"是一个以樱镇"镇街"为叙述中心,活跃着各类人物形象的多维的、整体的叙事空间。"镇街"空间看似一个平面性的,但细究起来,却是一个小型的不同层级的社会系统网络,存在着"镇街"官方集体空间、"镇街"民间个人空间和"镇街"周边村庄空间三个部分,由此出现了"乡镇干部"、"镇民"和"镇街"周边农民三类人物群像。"乡镇干部"、"镇民"和周边农民由于利益纷争、商贸流通和文化交流在"镇街"这一空间彼此交集在一起,从而构成一个立体的、鲜活的"新乡镇中国"。

乡镇是由一个个乡村组成的。以往的文学史叙述焦点在于村庄,人物形象是农民形象的个像或群像。但是,《带灯》所呈现的叙事空间"镇街"①,是以往乡村叙事和城市叙事所忽略和遮蔽的。贾平凹把叙述中心聚焦于乡镇"镇街"这一新审美空间,乡村则成为《带灯》叙事的远景。这无疑是贾平凹对新世纪中国乡土文学叙事题材、表现领域和审美空间的创造性发现,是对以往单一、狭隘、地域化的乡土文学审美想象的突破与拓展。"土路似乎不是生自山上,是无数的绳索在牵着所有的山头",把镇街空间和一个个村庄空间连接在一起的,就是一条条土路,而在一条条土路和镇街之间奔波的是流动的农民。乡镇空间除了社会管理功能之外,还有一个重要作用就是承担村庄与村庄之间、农民与农民之间进行物资、信息、精神交流的集市功能。正是在政府乡镇所在地的管理职能和集市交流功能的作用下,《带灯》乡镇"镇街"空间渐渐扩展为具有一定政治、经济、文化、娱乐等多元属性的复合空间。在逢集市的日子里,乡镇"镇街"空间变得热闹非常,盛满了各种声音。大自然的天籁之音,在风的吹拂下失去了节奏语言,集市"街面上人们都在说话","这就是市声"。

贾平凹在描绘了"镇街"及其"市声"之后,还向读者展示了镇街空

---

① "镇街"较早见于卢延发表于1982年第4期《成人教育》上的文章《青青原上草 沃土育新苗——安达镇街职工教育散记》,这可以侧面说明乡镇崛起及镇街空间的出现是20世纪80年代改革开放经济发展的新事物。但在文学作品中大量运用和生动描写"镇街"空间,贾平凹无疑具有较强的创新性和开拓性。

间里的"镇民"。"镇民"是贾平凹所创造的文学形象新名词[①]。在我们日常世界的词汇里,有城市中的"市民",有农村里的"农民",但是很少有人使用过"镇民"这一词汇。贾平凹所谓的"镇民"就是特指乡镇"镇街"空间里的、区别于市民和农民的一类新民众群体。可以说,"镇民",既不是市民,也不是农民,但又与市民和农民紧密相连,是介于市民和农民之间的中间性存在。毫无疑问,"镇街"及其"镇民"是新时期改革开放以来新乡土中国经济发展的缩影和见证,是现代性深入乡土中国社会空间的产物。樱镇的"镇街",由镇中街村、镇东街村和镇西街村这三个乡镇中心驻地村所组成,里面除了乡镇政府及其附属机关以外,还有钢材铺、肉铺、杂货店、饭馆、饺子店、米粉店、镶牙馆、私人诊所和中药铺等许多个体企业,显现出乡镇经济的繁荣景象。这些私营经济实体组成了"镇工商业界联合会",是乡镇"镇民"队伍的中坚力量。"镇街"上的"镇民",如拉布兄弟、元黑眼兄弟、曹老八、张膏药、王后生和陈跛子,就是小说文本世界中的主要人物。《带灯》在拉拉杂杂的叙述中呈现了一部"镇街"空间下的"镇民"民间生活史,如拉布戴墨镜的幽默、元黑眼与马连翘的偷情、陈跛子与张膏药儿媳的暗恋和曹老八媳妇的邋遢,等等。每一个镇民都有一个属于自己的故事,合在一起就是一幅新世纪乡镇民俗风情的生活画卷。

可贵的是,作者没有停留在对"新乡镇中国"民俗画卷的简单描绘上,而是还呈现了"新乡镇中国"正在发生剧变的新生态图景,即一种迥异于

---

[①] 较早使用"镇民"的是唐长孺、黄惠贤发表于1964年第1期《历史研究》上的《试论魏末北镇镇民暴动的性质》,此文中的"镇民"有其特殊历史时期的含义,即"镇是驻防军区的组织形式,所有居民全部隶属于镇,亦即隶属于军府,所以镇民也叫做府户",而非今天的含义。赵世瑜发表于2009年第3期《清史研究》上的《村民与镇民:明清山西泽州的聚落与认同》中的"镇民"已经基本接近今天的含义,但也不完全一致,"也许'镇人'才得到了重新定义,即从原来的郭峪村人变为以外地商人为主的移民,而郭峪本地人被重新定义为'村人'。"见赵世瑜发表于2009年第3期《清史研究》上的《村民与镇民:明清山西泽州的聚落与认同》(第13页)。"镇民"在文学研究中的出现,较早见于对外国文学作品的分析,如解读福克纳的短篇小说《献给爱米丽的一朵玫瑰花》,见陈栩发表于《长春工程学院学报》(社会科学版)2010年第1期上的《男性凝视下的艾米丽》。如同"镇街"一样,"镇民"在本文中的使用是中国当代文学研究中较早的,并呈现出新时期中国经济发展对乡镇人口、经济、文化构成的新影响。

20世纪五六十年代和八九十年代的新世纪乡镇中国精神风貌。对21世纪乡土中国正在发生的政治生态的整体性呈现，是《带灯》带给新世纪读者最大的思想冲击力量所在。在娓娓道来的细节性描绘中，贾平凹生动地呈现了来自樱镇"镇民"的民间风情画卷，而在"镇街"这个日常生活空间发挥主导作用的、对"镇街"民间空间和周边农村发号施令的是"镇街"的乡镇政府及其政治代理人乡镇干部。所以，贾平凹在自然平和地呈现"镇街"民间风景的背后，以更大的力量来整体性、多视角展现樱镇"乡镇干部"、"镇民"和周边农民的复杂纠葛和利益冲突所构成的"新乡镇中国"生态图景。

"樱镇废干部"。《带灯》借助于副镇长马水平这个"老樱镇"叙述视角，从一个侧面呈现出樱镇二十多年来矛盾丛生、铩羽而归的乡镇官场生态。正如带灯所言，以往有礼义仁智信、马列主义毛泽东思想、阶级斗争为纲的政治运动，社会倒也安定，"现在讲起法制了，过去那些东西全不要了，而真正的法制观念和法制体系又没有完全建立，人人都知道要维护自己利益，不该维护的也胡纠蛮缠"①。无论是"访民"还是"镇政府"，都处于一种怪谬的"错位"存在状态：患了矿粉尘肺病的农民不去上访，上访的尤其是缠访的竟然多是有不良企图的"刁民"；可怜又悲哀的是，镇政府采取了以钱止访、息访的思维方式和行为做法，不辨是非曲直。《带灯》向我们展示，不仅镇民不够理性、胡搅蛮缠，而且"镇政府"也以非正义、非法治的方式参与了这场非理性的利益冲突之中。"镇政府"的非理性无疑进一步加剧了"新乡镇中国"社会生态的恶化，让"镇民"心生彻底失望之感。显然，樱镇民事纠纷和访民的大量出现，不仅是干群关系紧张和经济利益冲突加剧所造成的，更是从上到下精神信仰的缺失、未完成的现代法治和公民意识匮乏所造成的。

哀大莫过于心死。比起急剧变迁的社会革命和法律制度的修改，民俗文化的嬗变更为缓慢，但其显现出来的持续性和浸染性的心灵变量更为巨大，因而更需特别重视民间文化生态的演变。面对礼崩乐坏的春秋时期，孔子说"礼失而求诸野"，把恢复良性的文化、政治生态寄希望于民间。纵

---

① 贾平凹：《带灯》，人民文学出版社，2013年，第39页。

观近百年来,我们会惊悚地发现,传统文化被颠覆了,百年来所形成的新传统在文化消费主义面前不堪一击。物质、欲望、享受成为一种可怕的"新意识形态"肆虐侵蚀着从城市到乡镇、农村的当代中国人心灵[1]。《带灯》向读者呈现了民间文化生态令人忧虑的一面。

《带灯》生动有趣地讲述了当地"给儿娃结婚就得作践爹娘"的习惯,同时向读者揭示了新世纪中国乡镇民间文化心理结构的恶变。王中茂办婚宴,没请孩子舅舅。当一老者问起来,正在街上担尿桶的舅舅生气地说:"没钱的舅舅算个屁!""老者说,这就中茂不对么,这么大的事不给当舅舅的说。担尿桶的突然流一股眼泪,把尿桶担走了,脏水淋淋,巷道里都是臭气。"[2]"巷道里都是臭气",无疑是一个樱镇民间文化生态的精神隐喻。王中茂败坏了仁义的民间文化生态,前来吃酒席的客人也作出了令人惊诧的、伤风败俗的举动,即吃完了饭,把碗碟扔到了尿窖子里。竹子对此很不理解,"带灯从厕所墙边一棵光秃秃的核桃树上折枝,说:这些枝条子又黑又硬,以为是枯的,可要折断又很难,你知道为啥吗?竹子说:为啥?带灯说:心里活着么。"[3]由于文化的惯性,邻里亲戚依然碍于仁义传统而不得不做做样子,但内心里已经盛满了怨怼,被种种欲望所主宰。如果说过去尚可"礼失而求诸野",新世纪的乡镇中国所面临的问题是,民间乡野的"礼"及其精神内核也正在失去。贾平凹细致描绘这一民俗事件,隐晦地表达出深层的精神文化忧虑。好在如带灯所言,树叶秃了,枝枯了,心里活着,呈现一种希望与期待。然而,我们也不禁追问:叶秃了、枝枯了的树,它的心还能活多久,还能否重新枝繁叶茂焕发生命活力?

从自然律令下的抗旱与水灾等自然事件,民众自在状态的民间日常生活,到乡镇政府的计划生育检查、党建、选举等常规性政治活动,《带灯》揭示出乡镇民俗生活画卷之下"像赶一辆马拉车,已经破旧,车厢却大,什么都往里装,摇摇晃晃,咯咯吱吱,似乎就走不动了,但到底还在往前走"的整体性恶化的"新乡镇中国"。"现实的危险早已在人的本质处影响

---

[1] 王晓明:《九十年代与"新意识形态"》,载《天涯》,2000年6期。
[2] 贾平凹:《带灯》,人民文学出版社,2013年,第48页。
[3] 同上书,第49页。

着人了。框架的统治对人的威胁带有这样的可能性：它可以不让人进入一种更加本源的揭示，因而使人无法体会到更加本源的真理的召唤。"①

## 三 "新乡镇中国"的当下现实主义叙事逻辑

"高速路修进秦岭"。这是《带灯》小说第一小节的标题。《带灯》整部小说的结构迥异于普通小说的清晰章节结构，只分上中下部，没有章节顺序，只是在每一小节前用一个黑框和几个黑体字来表示文章叙述节奏的变换。"高速路没有修进秦岭，秦岭混沌着，云遮雾罩。高速路修进秦岭了，华阳坪那个小金窑就迅速地长，长成大矿区。大矿区现在热闹得很，有十万人，每日里仍还有劳力和资金往那里跑。这年代人都发了疯似的要富裕，这年代是开发的年代。"②要想富，先修路。具有现代转型意义的道路改造已经从上世纪80年代的普通公路，转换为21世纪初期的今天气势汹汹的大资本、现代性的高速路。正如小说所言，没有高速路的秦岭，依然是一个混沌的世界；有了高速路，就是一个"发了疯似的""大开发"的新时代。

高速路无疑是乡土中国现代性社会转型的"先锋"。"高速路"一旦开启，众多现代性事物所混合组成的现代性审美理念和叙事逻辑就无可阻挡地到来了。樱镇镇街西村的元老海带领几百人成功地阻止了莽山隧道的开凿，是一个阻挡现代性入侵的英雄。他自然受到了"英雄宴"待遇，然而随后就被投进监狱，并在释放前死在狱中。樱镇松云寺的古汉松第二年春天开出了"樱镇人还从来没有见过的"花朵，"半个月里花开不退，树上地上，像撒满了金子"③。这在隐喻性赞扬元老海英雄壮举的时候，也进一步加深了元老海阻止修路行为后继无人、前功尽弃的壮烈悲剧性。

《带灯》不仅没有明晰的章节结构，还在叙事方式上打破了故事原有

---

① [德]海德格尔：《人，诗意地安居》，郜元宝译，张汝伦校，上海远东出版社，1995年，第136—137页。
② 贾平凹：《带灯》，人民文学出版社，2013年，第3页。
③ 同上书，第5页。

的叙事动力结构系统。贾平凹有意寻求对原先创作技法的突破。"《秦腔》、《古炉》是那一种写法,《带灯》我却不想再那样写了","那怎么写呢?"贾平凹说:"其实我总有一种感觉,就是你写得时间久了,又浸淫其中,你总能寻到一种适合于你要写的内容的方法,如冬天必然寻到棉衣毛裤,夏天必然寻到短裤T恤,你的笔握在自己手里,却老觉得有什么力量在掌握了你的胳膊。"① 正是在浸淫当下乡土中国乡镇生活的过程中,贾平凹找到了一种适合于《带灯》的写作方法和审美理念——"当下现实主义"的审美叙事逻辑。《带灯》打破了小说通常借助于故事传奇性和矛盾冲突来推动情节向前发展的传统叙事模式,让小说按照大自然和日常生活的内在性逻辑,自然而然地推进情节、故事结构和人物形象的建构,即让活生生的当下生活成为故事情节发展的推动者和叙述人。

仔细爬梳小说,读者就会寻觅到一种来自当下老百姓日常生活与大自然季节更替变化的关于生活原生态的、原始时间理念的审美叙事动力源模式。《带灯》的这种无可更改而又周而复始的原始自然节令逻辑处处展现在作品世界之中。从春天的松花到夏天的冰雹,从抗旱到抗洪,从腊月里白仁宝等人"说日子"感概"这日子过得快"到夜观天象来揣测"天意",无不呈现了这种自然律令节奏在大地上、民间生活及人们心灵结构中的真实存在。贾平凹没有故弄玄虚,没有去设置奇异化、陌生化的叙事结构,而是在对乡土中国民间生活的探寻中,回归了这一日常性、本源性的审美叙事逻辑。

进一步深究,我们就会发现贾平凹《带灯》笔下的"新乡镇中国",存在着一种"复调"叙事结构:即不仅存在着亘古不变的原始自然律令节奏的叙事逻辑,还有更深层、更隐秘的叙事逻辑——当下现实主义审美逻辑。如果说《带灯》中回归原始自然律令节奏,是一种来源于大自然理念之下自然时间维度的审美叙事逻辑,那么具有鲜明的"当下现实主义"审美逻辑则是根源于当代人类所主导的现代性精神维度的叙事理念,即在自然时间维度之下更深层的推动人物形象命运、情节演变走向加速度裂变的现代性逻辑。在《带灯》里,现代性逻辑在很大程度上远远逾越了自然律令节

---

① 贾平凹:《带灯》,人民文学出版社,2013年,第361页。

奏的力量，乃至颠覆了原始自然律令节奏。小说以"当下现实主义"审美逻辑向读者展示了21世纪"新乡镇中国"现代化建设热潮中，现代性如庞然大物般势不可挡地加速度到来。高速路修到了华阳坪，华阳坪就变成了急剧扩张的"吃人"大矿区；高速路修不到的樱镇，也在各种欲望的涌动下，开启了具有现代性叙事逻辑的大型工业园建设。

围绕着给工业园供沙的利益问题，樱镇的元家和薛家展开了一场十五年来全县特大恶性暴力事件。至此，小说中的原始自然律令节奏和现代性的叙事逻辑交汇在一起，构成了《带灯》的叙事高潮。泛滥的河水、利欲熏心的镇民、没有法治理念的乡镇企业和朝令夕改的政府官员等因素搅和在一起，构成了这场恶性流血冲突的复杂原因。在流血冲突发生之后，樱镇书记见到受伤者不是关切，而是掌掴、脚踢元老四等人，骂道："一群狗东西要死就死么还坏我的事！"以经济发展、物质利益为主要目标的GDP主义及其背后的现代性理念，导致从民众个人到政府官方的短视化、物质化存在。没有民主、法治、正义制约的现代性，如同打开了的潘多拉魔盒，正在走向它的反面和悖论，这正是当代转型中的乡土中国，也是当代人类世界的"当下现实主义"叙事逻辑。当代华尔街富豪阶层和食利者的贪婪，也呈现了所谓民主、法治社会的现代性悖论。这是贾平凹在《带灯》中所苦苦追索与呈现的"现代意识，人类意识"。《带灯》传达了贾平凹对当代"中国问题"和普遍"人类困境"的深刻思考。应该看到，贾平凹这种"复调"叙事结构在使《带灯》获得了描绘"新乡镇中国"的多元维度和精神深度的同时，也因为这种"复调"结构内部之间的矛盾、冲突而带来了叙述的纷乱和阅读的困难。

喻示着现代性维度的樱镇工业园建设是不会终止的。这种现代性恶果才只是刚刚露出端倪，大规模的、致命性的、整体性的恶果还没有完全到来。具有反讽意味的是，樱镇工业园这一现代性怪物，是被元天亮以繁荣发展家乡的美好愿望推介引进的，是樱镇政府寄予厚望、为之癫狂的"聚宝盆"，是除了王后生等极个别人以外的樱镇人渴望走进现代新生活的路径。这正是现代性的悖论和现代性叙事逻辑的可怕之处。它以一种复杂含混的方式，以高扬的物质欲望紧紧攫住了樱镇人的心灵，侵蚀着人与人之间古老而质朴的社会关系、伦理道德和思想灵魂，是支配樱镇人所有言语行为、所有血腥事件背后最强有力的叙事逻辑和最大的精神隐秘。不可遏制的、不可阻挡的、内在悖论性的现代性叙事逻辑，就是樱镇的"当下现实主义"，是当代樱镇所有事件最为隐秘的历史主线。

## 四 "新伦理政治"与野性精神之恋

"哪里有危险，拯救的力量就在哪里生长。"①面对"新乡镇中国"的整体性危机及其现代性叙事逻辑，与之抗衡的反现代性力量何在？精神救赎的力量何在？小说的主要人物形象带灯就是贾平凹为樱镇这一"新乡镇中国"危机设计的目睹者、亲历者，也是危机的拯救者和探索者，如一只黑夜"带灯"且独行的萤火虫一样幽暗明灭地闪现在樱镇的世界里。

来到樱镇镇政府工作"发誓不做男人婆"的带灯，就是"藏污纳垢"的乡镇官场中摇曳多姿的"花朵"，以其独有的方式影响和改变着"新乡镇中国"的政治生态。身为镇综治办主任的带灯，是樱镇政治生态运行体系的中心人物之一。正是通过综治办工作视角，读者从带灯所经历的各种维稳事例中，能够自然真切地了解到纷纭复杂的"新乡镇中国"政治生态外在表象，看到无比清晰的政治生态内在机理。小说采用的最简单、最原始、最直观的社会学条目式写作方法，意在呈现化繁为简、返璞归真的独特叙事美学效果。

维稳已经成为樱镇这一"新乡镇中国"叙述空间的中心工作。可现实问题是，越是维稳越是不稳，越是不稳越需要维稳，从而形成了一种恶性循环。维稳何时成为压倒一切的政治任务？维稳的出路何在？贾平凹没有告诉我们答案，而只是向我们呈现新时期以来，特别是新世纪以来"新乡镇中国"维稳的现状和困境。纵观新中国乡镇文学书写，从柳青《创业史》中带领农民走集体合作化致富道路的梁生宝、郭澄清小说中农民革命者本色不变的"公社书记"，到20世纪90年代前后《乡长》中的梁乡长，我们看到了新中国六十年乡镇叙事基调从明朗乐观到阴郁悲凉的审美嬗变。我

---

① [德]海德格尔：《人，诗意地安居》，郜元宝译，张汝伦校，上海远东出版社，1995年，第137页。

们不禁疑问，赵树理在《李有才板话》中所讲述的与最穷苦的人打成一片的"老杨同志"到哪里去了？密切联系群众、一心一意带领农民致富的"梁生宝"哪里去了？如何重建"新乡镇中国"的"乡镇政治人"与中国农民的良性社会生态？贾平凹在带灯的形象审美建构中凝聚了关于当代"中国问题"的精神思考。

作为综治办主任的带灯并不认同"头疼医头，脚疼医脚"的扬汤止沸式维稳方法，以及对待农民的截访打骂、威逼利诱的简单粗暴方式，而是尽可能地从源头上化解矛盾，从情感上关怀农民生活实际困难和内心苦痛，创造性地建立了一张乡镇政治人与各村农民的"老伙计"联络网。"老伙计是樱镇男人之间的称呼，带灯却把她觉得友好的村寨里的妇女也称老伙计。"① 带灯与农民所建立起来的"老伙计"关系，无疑是从中国政治文化传统中所发展起来的新型"官民"关系，具有中国文化特色。"四海之内皆兄弟也"，这是孔子对人与人伦理关系的理想表达。在梁漱溟看来，乡土中国是一种"伦理本位"的社会，"外则相和答，内则相体念，心理共鸣，神形相依以为慰，是所谓亲亲也"，"君臣间、官民间相互之伦理的义务"，"又比国君为大宗子，称地方官为父母，举国家政治而亦家庭情谊化之"。② 可见，带灯与农村普通妇女的"老伙计"关系，体现了带灯对中国传统文化的深刻理解，是建立在与农村妇女平等相待、无私帮助、心心相印的情感基础上，经历了日常生活实践磨砺和时间检验的可以掏心窝子的友情关系，是汲取人格平等与彼此尊重等西方现代人理念的、从乡土中国"差序格局"世界生长出来的当代乡土中国"新伦理政治"③。"我们不得不追问，带灯（这样的形象）来自何处？从哪里来，到哪里去？"④ 可以说，带灯与农民的"老伙计"关系，闪现着中国传统文化的智慧光芒，是中国现代革命文化的"官民平等"、"军民鱼水情"在新世纪文化语境的崭新转化，是对21世纪新乡镇中国政治生态的创造性重建。在学者林毓生看来，新的

---

① 贾平凹：《带灯》，人民文学出版社，2013年，第55页。
② 梁漱溟：《乡村建设理论》，上海人民出版社，2006年，第26页。
③ 费孝通：《乡土中国　生育制度》，北京大学出版社，1998年，第24页。
④ 陈晓明：《萤火虫、幽灵化或如佛一样——评贾平凹新作〈带灯〉》，载《当代作家评论》，2013年第3期。

现代文化不可能脱离传统文化母体，只能是传统文化的创造性转化。因此，带灯的"老伙计"联络图及其"新伦理政治"无疑有着巨大的精神启示意义和思想价值，"既要介入社会主义新农村建设，又要承载着当今困难重重的政治伦理建构的重负"①。

显然，带灯与农民所建立的"老伙计"关系，不仅为带灯提供了21世纪中国乡镇政府人进入乡村日常生活世界开展工作的现实桥梁，而且更是深入了解樱镇农民心灵疾苦、精神诉求的情感渠道。带灯不仅给"老伙计"解决现实的困难，更重要的是以平等之人格、理解之同情纾解农村妇女的精神焦虑和痛苦，给她们以抚慰和尊严。带灯尽管与农民建立了一种新型伦理政治关系，赢得了乡村"老伙计"的"心"，但是樱镇大工业化的现代性物质主义发展逻辑却是她阻挡不了的，以致被这一工业化物欲潮流所裹挟、伤害，患了夜游症，与疯子一起"驱鬼"。

值得思考的是，贾平凹不仅在小说中建构了一个在"新乡镇中国"政治空间里的肉身带灯形象，还通过作品中大量穿插的"给元天亮的信"的形式呈现了另一个隐秘的精神世界的带灯形象，即从日常生活世界和个体情感心灵世界来展现带灯这一生命个体的复杂存在。比较于樱镇政治空间的丰富具体而又琐碎坚硬的存在，带灯在与元天亮的信中坦承自我内心世界的情感轨迹，显现为一种自我想象的虚幻化、阴柔性存在。读完《带灯》我就有一个疑问：贾平凹为什么会用大量篇幅来一遍遍地展示带灯给元天亮的短信，而且这些信都毫无例外是带灯向元天亮发出的单向性的生命情思诉说？除了一开始的简单回复，元天亮只是带灯与外部世界进行精神联系和情感倾诉的虚空化对象和符号。中部"星空"开篇就是"给元天亮的信"，这无疑显现了带灯个人精神世界在作者审美建构中的分量和位置，同时也极大地改变了贾平凹以往小说中常有的本能欲望叙事及其性描写的故事架构。这些信呈现着一种不受世俗约束的蓬勃泼辣的野性精神之恋，传递出了带灯内心情感世界的荒芜、悲伤、无尽的温情与爱。

在现实的乡镇政治生态中，乡镇政治人最需要警惕的就是同情和爱心。

---

① 陈晓明：《萤火虫、幽灵化或如佛一样——评贾平凹新作〈带灯〉》，载《当代作家评论》，2013年第3期。

带灯不仅无奈地卷入了这种需要剪除爱意的政治生活，而且在家庭生活中也过着无爱的生活。双方父母双亡、丈夫形同虚设、没有儿女，带灯作为一个女性来说，其母性和妻性是缺失的、遗憾的。作家把带灯的女性柔美的一面尽可能放大到与元天亮的精神交往中，而对其与丈夫的家庭生活近乎一字不提。这样一来，带灯的女性形象就是虚处极力放大，实处又极力缩小了，从而虚幻化了带灯的女性化存在。这在一般意义上，可能说是贾平凹在带灯等女性形象塑造中缺憾的一面，即无法进入女性性别本身及其日常生活世界，进行深层的审美叙事和灵魂拷问。当然，贾平凹这样来建构带灯形象，或许也有他自己独特的、超越女性性别意识的更宏大的精神建构追求。

作为一个处在这种逼仄的、压抑的、无爱生活中的女性，带灯只能在与元天亮的通信中"纵一苇之所如"尽情释放自己的生命激情，在自我想象的、文字建构的精神世界中获得抚慰和满足。元天亮是否真实存在、是否出现在带灯的眼前已不重要，他已化为一个精神符号，一个可以倾诉的对象化存在，如同山间的一朵花、一片云、一缕擦肩而过而又无处不在的风。带灯像不屑浮华的王宝钏一样，"在人生道路上把许多的背影看做心头至爱"，让"那条干枯泪腺里的石头瓦块"融化为汹涌的爱的河流①。可见，"给元天亮的信"已经成为带灯"回家"的道路途径，是与大自然、世界进行生命对话的精神方式，是超越世俗生活之爱与美的艺术化生存，是抗衡现代性物质发展主义的精神之恋。带灯"心灵的充盈、饱满、圆融与自得其乐，让她可以诗意地栖居在这个尖锐的世界上，并对这个世界构成一种更深层次的批判"②。诚然，带灯这一人物形象呈现出了贾平凹作为一个文人作家的精神寄托和宏大愿望。但是，过于虚幻化的带灯形象是否真的或在多大程度上达到了贾平凹的理想效用？元天亮之于带灯是虚无缥缈的，带灯之于贾平凹是否也是无法企及的美丽幻影？这依然是存有悬疑的。

小说结尾说，樱镇河湾出现了萤火虫阵，场面十分壮观。"飞来的萤

---

① 贾平凹：《带灯》，人民文学出版社，2013年，第96页。
② 李云雷：《以"有情"之心面对"尖锐"之世——读贾平凹的〈带灯〉》，载《小说评论》，2013年第4期。

火虫越来越多,全落在带灯的头上、肩上、衣服上。竹子看着,带灯如佛一样,全身都放了晕光"①。佛的意象和精神底蕴,是贾平凹小说中女性形象的理想性化身,如《浮躁》里的小水、《秦腔》里的白雪、《高兴》里的孟夷纯。《带灯》延续了这一审美思维模式及其局限,同时也开启了超越性的艺术之思。正如陀思妥耶夫斯基所言,"世界将由美来拯救"。《带灯》所塑造的超越凡俗女性的、汲取天地灵气、具有神性的带灯形象,是反抗现代性、拯救和照亮"新乡镇中国"的爱与美的使者。萤火虫阵及其所组成的"如佛"形象,既是对带灯的赞美,也是对樱镇的"镇民"、大地与"新乡镇中国"未来的期许②。

面对百年以来乡土中国社会的巨大变迁,面对当代中国已经发生和正在发生的历史剧变,新世纪中国作家对"中国经验"和"中国问题"作出历史的、审美的回应,可以说是责无旁贷。然而,"表达当下、尤其是处理当下所有人都面临的精神困境,才是真正的挑战,因为它是'难'的"③。这正是新世纪中国文学遭受众多质疑、批评乃至否定的症结之所在:一方面是巨大呼唤与热情期待,另一方面却是无所作为与无能为力。

正是在新世纪文学创作与接受期待的巨大反差下,在老作家陷入"中年困境"和年轻作家无法突破审美瓶颈的背景下,贾平凹站了出来,以勇于挑战自我的精神,立下了"为中国当代文学去突破和提升"、写出当代正在剧变中的"中国经验"的誓愿。基于一种"现代意识"和"人类意识"的追求,贾平凹选取樱镇作为取景窗口,对新世纪"新乡镇中国"的政治、经济、文化、民俗、心理进行整体性审美观照和原生态描绘,呈现了当下活生生的中国现实及其内在的现代性悖论,重建当代文学的现实主义精神维度。贾平凹对带灯这一形象及其"老伙计"联络图的描绘,寄寓了其对抗衡现代性力量和走出"新乡镇中国"困境的独特审美思考,对于新世纪正在开展的城镇化运动和新型政治伦理建构都具有重要的思想启示意

---

① 贾平凹:《带灯》,人民文学出版社,2013年,第352页。
② 在陈众议先生看来,"《带灯》是一部写给未来的小说",见陈众议《评贾平凹的〈带灯〉及其他》,载《当代作家评论》,2013年第3期。
③ 孟繁华:《乡村文明的变异与"50后"的境遇——当下中国文学状况的一个方面》,载《文艺研究》,2012年第6期。

义。可以说,《带灯》不仅仅是贾平凹个人的重大突破,也是新世纪中国作家"推开门窗、直面现实"[①],重建文学与社会、时代、现实、乡土血肉联系的重大突破[②],呈现为一种关于"新乡镇中国"的独特可贵的"当下现实主义"。这或许正是《带灯》之于贾平凹、百年乡土文学和当下新世纪文学的独特价值之所在吧。

---

① 王晓明:《是推开门窗的时候了》,载《当代作家评论》,2011年第1期。
② 钱理群:《重建文学与乡土的血肉联系——李伯勇长篇小说〈旷野黄花〉序》,载《小说评论》,2009年第3期。

# "死亡":生机勃勃的生命意志

## ——余华小说中的死亡叙述研究

在当代中国作家中,余华承继了人类艺术创作的死亡主题,写作了众多有关死亡的作品。余华以作品中对死亡描写的数量之多、幻想之独特瑰丽、体验之深刻极致而在文坛上格外引人注目。《现实一种》、《死亡叙述》、《古典爱情》、《往事与刑罚》、《我没有自己的名字》、《河边的错误》、《活着》、《许三观卖血记》、《兄弟》等小说都展现了生机勃勃的死亡之境。余华作品呈现的叙述死亡的方式可分为三类:余华前期发表的不直接描述死亡的、展现精神绝望感的作品归为一类,即前死亡叙述;余华直接叙述死亡的作品归为一类,即死亡叙述;余华后期三部长篇小说为一类,即后死亡叙述。前死亡叙述描绘了没有爱与关怀,处处弥漫着嘲笑、阴惨、黑暗的精神深渊,是导致死亡行为发生的前奏。这种彻底的精神绝望,是余华死亡叙述的精神内核;这一精神内核进一步强化而显现为直接的、赤裸裸的、狂欢化的死亡叙述。在后死亡叙述作品中,死亡不再是故事叙述的起点和终点,不再是情节和结构发展的推进器,取而代之的是一种隐身的替代意象——鲜血,显现为爱的光芒。

## 一、精神绝望·环境中的人性之恶

1987年发表于《北京文学》上的《十八岁出门远行》,是余华作为一个当代先锋作家的第一部正式作品。在这部作品里,作者叙述了一个第一次出门远行的十八岁少年所遭遇的挫折经历。"柏油马路起伏不止,马路像是贴在海浪上。……这年我十八岁,我下巴上那几根黄色的胡须迎风飘飘,那是第一批来此定居的胡须,所以我格外珍重它们。"①小说以一种欢快的、微带调皮的语调开始了叙述,当"我"疲倦地走了大半天,幸运地搭上了车前行时,满载苹果的汽车却抛锚了,就有了"我"上前阻止抢苹果而遭痛打的情节。"我是在这个时候奋不顾身扑上去的,我大声骂着:'强盗!'扑了上去。于是有无数拳脚前来迎接,我全身每个地方几乎同时挨了揍。……我跌坐在地上,我再也爬不起来了,只能看着他们乱抢苹果。我开始用眼睛去寻找那司机,这家伙此时正站在远处朝我哈哈大笑,……那个时候我连愤怒的力气都没有了。我只能用眼睛看着这些使我愤怒至极的一切。我最愤怒的是那个司机。"②当没有东西可抢时,后来的抢劫者"将车窗玻璃卸了下来,将轮胎卸了下来,又将木板撬了下来。……一些孩子则去捡那些刚才被扔出去的箩筐。"③真是白茫茫大地真干净!更有甚者,"这时我看到那个司机也跳到拖拉机上去了,他在车头里坐下来还在朝我哈哈大笑。我看到他手里抱着的是我的衣服和我的钱,还有食品和书。可他把我的背包抢走了。"④被抢司机不仅嘲笑我的侠义和勇敢,而且由被抢者变成了抢劫者,抢劫一个无畏地帮助过他的、无自卫能力少年的书包,可谓无耻至极!一个初涉人世少年的正义和良知就这样被强大的强盗逻辑戕杀了。这是一个让人精神彻底绝望的人性之恶的境遇,唯一还留有一点亮色的就是少年对温和父亲的回忆。

　　无独有偶。同年发表在《收获》上的《四月三日事件》也描述了一个十八岁少年的精神困境。将要过十八岁生日的少年生活在焦虑不安之中,因为他觉得自己"无依无靠。他找到了这个十八岁生日之夜的主题。"⑤十八岁意味着一个少年走向成熟、收获自信和希望的年龄,然而他得到的却是一种孤零零的"无依无靠"的被抛弃感和随时来到的要算计他的"阴谋"。父母、同学、邻居都是这场阴谋的同伙,"就是连孩子也训练有素了

---

① 余华:《世事如烟·十八岁出门远行》,新世界出版社,1999年,第1页。
② 同上书,第8页。
③ 同上书,第9页。
④ 同上。
⑤ 余华:《我胆小如鼠·四月三日事件》,新世界出版社,1999年,第116页。

(他想)"。① 于是,他以从家里出走来"粉碎"他们的"阴谋"。在这里,我们能从中体验到鲁迅《狂人日记》中的焦虑而忐忑不安的"狂人"幽灵还在少年的心中徘徊。

如果说以上两部作品中的少年还有一点可以逃避的方式,在《我没有自己的名字》和《黄昏里的男孩》中则极少感到温暖,也无从逃避,无处逃避。《我没有自己的名字》讲述了一个十多岁的傻瓜孤儿。人们叫什么他都应着作为自己的名字,人尽其"爹"。人们唯一喊他名字的时候,也是希望借助他的力量,来唤出躲在床底与他患难相处的一条母狗把它杀了吃,是欺骗他。因此,他就"对自己说:'以后谁叫我来发,我都不会答应了'。"② 傻瓜来发的自言自语,不仅是在谴责自己,而且也否定了整个周围人的世界。这是一个冷漠的、有罪的世界。余华在《黄昏里的男孩》里讲述了一个受过精神伤害的个体水果贩如何虐待、惩罚一个偷过他一个苹果的要饭小男孩。水果贩不仅要他把吃进口中的一口苹果一点一点吐出来,而且还掰断他的手指,把他绑在自己的水果摊前喊"我是小偷"。对此,四周的人无一人有所反应、制止。黄昏了,他被松绑后而扑倒在地。"男孩一动不动地躺了一会儿以后,慢慢地爬起来,又靠着一棵树站了一会儿,然后他走上了那条道路,向西而去。……他们都注意到了男孩的右手,那中间的手指已经翻了过来,和手背靠在了一起,他们看着他走进了远处的黄昏,然后消失在黄昏里。"③ 这个男孩形象与鲁迅笔下的孔乙己何其相似!对于他们的命运,在这个没有爱的冷漠世界里,除了死亡还有什么?!

在其前期创作的少年类小说中,余华没有直接描写血淋淋的死亡情景,而是描绘了一个又一个没有爱与关怀,处处弥漫着嘲笑、阴惨、黑暗的精神深渊,批判了潜藏于人性深处的罪恶意识。"哀莫大于心死"。这种彻底的精神绝望,是导致死亡行为发生的精神前奏,所以我把它称为前死亡叙述。这一精神内核同样贯穿并进一步强化而显现为死亡叙述。

---

① 余华:《我胆小如鼠·四月三日事件》,新世界出版社,1999 年,第 14 页。
② 余华:《黄昏里的男孩》,新世界出版社,1999 年,第 22 页。
③ 同上书,第 31—32 页。

## 二　高峰体验·肉体与精神的双重死亡

狂欢化的死亡叙述是余华精神世界中死亡描写最集中的外在物质显现。死亡不仅仅是情节发展的必然结局，作为文本叙述高峰而存在，而且也是作为一种元叙述要素，编织有关死亡的情节与结构。在余华狂欢化死亡叙述所耕植的"死地"，举行着死亡的盛宴，绽放着片片妖艳眩目的黑色死亡之花：死亡成为生命最本真的存在。

首先，余华作品中的死亡叙述有一种狂欢化的生命体验，这是一种生命的高峰体验。"无论是悲剧性艺术或非悲剧性艺术里，死亡往往是情感之巅，既是文本中人物的情感之巅，也是欣赏者的情感之巅。"[①] 马斯洛认为，高峰体验是人在进入自我实现、超越自我状态时所感受到的一种非常豁达与极乐的瞬时体验。自我实现作为人的本性的实现，是人与自然的合一。因而，高峰体验本身也是人回归自然或与自然合一的同一性感受（或统合感）和欢乐情绪。死亡是生命进程的中断，是人回归自然、与自然合一的众多方式中最根本、也是最终的方式。所以死亡体验是众多高峰体验中最深刻的体验，是体验之王。余华在小说《死亡叙述》中揭示了人类的这种高峰体验：

> 那过程十分简单，镰刀像是砍穿一张纸一样砍穿了我的皮肤，然后就砍断了我的盲肠。接着镰刀拔了出去，镰刀拔出去时不仅又划断了我的直肠，而且在我腹部划了一道长长的口子，于是里面的肠子一涌而出。……大汉是第三个窜过来的，他手里挥着的是一把铁。女人的锄头还没有拔出时，铁的四个刺已经砍入了我的胸膛。中间的两个铁刺分别砍断了肺动脉和主动脉，动脉里的血"哗"一片涌了出来，像是倒出去一盆洗脚水似的。而两旁的铁刺则插入了左右两叶肺中。左侧的铁刺穿过肺后又插入了心脏。随后那大汉一用手劲，铁刺被拔了出去，铁刺拔出后我的两个肺也随之荡到胸膛外面去了。然后我才倒在了地上，我仰脸躺在那

---

[①] 颜翔林：《死亡美学》，学林出版社，1998年，第40页。

里，我的鲜血往四周爬去。我的鲜血很像一棵百年老树隆出地面的根须。我死了。①

这里，作者运用了声音摹拟、细节描写、动作描写等方法刻画了一个生动的死亡体验过程。死亡被描绘得如此惟妙惟肖、淋漓尽致。这个司机本是有充足时间逃跑的，但他留了下来，他欢快地享受到死亡的美妙。在小说《一九八六年》、《现实一种》等作品里，我们同样体验到这一高峰体验。

其次，在死亡叙述中，死亡作为一种元叙事要素，构建了死亡叙述的情节结构。在小说《现实一种》、《河边的错误》、《死亡叙述》等作品中，死亡既是叙述的原点，也是叙述的终点。《河边的错误》开篇写到了么四婆婆之死，成为情节发展的原点，接着刑警队长马哲开始了旷日持久的调查，调查期间又有其他人物的死亡并以这些死亡推动情节发展，结尾以马哲开枪杀死疯子收笔。死亡之神以无可阻挡的力量充当了小说的主角，死亡是唯一真实的存在。

余华在90年代推出的《活着》也是以死亡作为故事情节发展的起点，并以此构建故事的情节与结构的。小说以"我"输掉家产，父亲在失望中去世为起点，描绘了自己平凡普通而又苦难的一生。接着，福贵的亲人：儿子、女儿、妻子、女婿、外孙一个个相继死亡，情节与死亡并进。但与《现实一种》等作品不同的是，这些死去的人物都"活"在福贵心中。"我听到老人对牛说：'今天有庆、二喜耕了一亩，家珍、凤霞耕了有七八分田，苦根还小都耕了半亩。你嘛，耕了多少我就不说了，说出来你会觉得我是要羞你。'"② 福贵以一种奇特的记忆方式在自己的心中铭记着死去的亲人。"人尽管死了，也可以某种方式活着。死人与活人生命互渗，同时又是死人群中的一员。"③《活着》里人与人的关系中有一种温情的流露。这是大大不同于其他作品的，还有一个区别就是结尾时主人公不是死了，而是还"活着"。这些区别说明《活着》与《现实一种》等小说既有众多相似之处，也有质上的差别。它体现了余华由死亡叙述到后死亡叙述的转折，是余华心

---

① 余华：《世事如烟·死亡叙述》，新世界出版社，1999年，第28页。
② 余华：《活着》，南海出版公司，1998年，第194—195页。
③ 同上书，第81—82页。

中的死亡叙述的转化。

死亡之神在爱的阳光照耀下也悄然隐退了。

## 三 鲜血·超越死亡的亲情之爱

20世纪90年代,余华创作了三部令人耳目一新的长篇小说:《在细雨中呼喊》、《许三观卖血记》、《兄弟》。三部作品仍然描绘了一些死亡景象和人性的卑劣,但在叙事过程中却显露了新质:即温情的阳光。《在细雨中呼喊》中写到了"我"与苏宇、鲁鲁的真挚友谊。在《许三观卖血记》中,小说主人公许三观及其亲人没有一个被死神夺走生命,而且许三观还依靠卖血救了儿子一乐一命。死亡不再是故事叙述的起点和终点,不再是情节和结构发展的推进器,取而代之的是一种隐身的替代意象——鲜血。

血与生命有着密切的联系。一是血与生命有量上的联系,一旦这个量超过或低于一定的限度生命就会消亡,"卖血是要丢命的,就是不丢命,也会头晕,也会眼花,也会没有力气",所说的也就是这层意思。① 二是血与生命有质的联系,"父精母血"是中国人的生命孕育观,这里血的含义是指"血缘"关系,许玉兰所说的"卖血就是卖祖宗"即这个含义。② 这两层含义使鲜血成了死亡的替代意象,成为小说明暗交织的两条线索。所以我们说,余华内心的死亡情结经过心灵的三棱镜折射之后,以一种替代意象即鲜血,完成了对死亡叙述的超越,从死亡叙述转变为后死亡叙述。

首先,鲜血代替了死亡成为小说叙述的新叙述元因素。血成为小说情节结构的推进建构者。卖血是卖一定数量的血,是与生命在量上的联系,是小说情节发展的明线。小说一开始就把许三观置于一个卖血的世界之中。先是爷爷问他常不常去卖血,接着是听到一个年长女人的议论:一个一年多没到城里医院卖血的男人的身体受到置疑,以至于告吹了一门婚事。在那地方没有卖过血的男人是娶不上女人的。这就是那个世界里的生存逻辑。有了这一逻辑,所以就有了许三观第一次卖血,也就有了妻子许玉兰,

---

① 余华:《许三观卖血记》,南海出版公司,1998年,第89页。
② 同上书,第88页。

也就有了儿子：一乐、二乐、三乐，也就有了由妻子和儿子带来的一连串的烦恼和一连串的卖血行为。这就是一环连一环、环环相扣的故事情节。当他不再需要用卖血去解决烦恼、也不缺钱花的时候，他突然想起去卖血，也就是他最后一次卖血，然而却遭到血头拒绝。"许三观也走在人行道上，他心里充满了委屈，刚才年轻血头的话刺伤了他，他想着年轻血头的话，他老了，他身上的死血比活血多，他的血没人要了，只有油漆匠会要。他想着四十年来，今天是第一次，他的血第一次卖不出去了。四十年来，每次家里遇上灾祸时，他都是靠卖血度过去的，以后他的血没人要了，家里再有灾祸怎么办？"① 卖血是许三观自我价值实现的方式，使他和家人度过一个个难关。这一次次卖血就构成了小说的情节结构。

其次，鲜血在《许三观卖血记》中还有一种隐藏内涵，血不再是通常意义上维持人的生命的流动液体，而是"父精母血"的生命传承之血，体现的是一种亲情血缘关系。小说第五章开篇，语言一向简洁的余华不惜笔墨来重复叙述：

> 城里很多认识许三观的人，在二乐的脸上认出了许三观的鼻子，在三乐的脸上认出了许三观的眼睛，可是在一乐的脸上，他们看不到来自许三观的影响。他们开始在私下里议论，他们说一乐这个孩子长得一点都不像许三观，一乐这孩子的嘴巴长得像许玉兰，别的也不像许玉兰。一乐这孩子的妈看来是许玉兰，这孩子的爹是许三观吗？一乐这颗种子是谁播到许玉兰身上去的？会不会是何小勇？一乐的眼睛，一乐的鼻子，还有一乐的那一对大耳朵，越长越像何小勇了。②

小说第35页余华又把这198个字完完全全地重复叙述了一遍。这种重复只是为了点明一个事实：一乐不是许三观的儿子。也就是说一乐与许三观没有亲情血缘关系。而这一事实即非血缘关系极大地拓宽和丰富了小说情节的发展，也就有了许三观与许玉兰、许三观与一乐、许三观同何小

---

① 余华：《许三观卖血记》，南海出版公司，1998年，第264页。
② 同上书，第35页。

勇、许玉兰同何小勇及其女人的种种矛盾冲突,而这些冲突深刻地展现了人物或高尚或卑劣的灵魂。这些冲突的核心就是血缘关系。

  许三观知晓这一事实之后,决定"惩罚"许玉兰,不再做家务了,而且还有了与工人林芬芳的偷情行为。为了报答林芬芳他决定去卖血,结果暴露了这一行为。许玉兰缴获了他剩余的卖血钱,为一乐、二乐、三乐和自己都做了一件新棉袄。许三观就对许玉兰说自己卖血的钱花在亲人身上他都高兴,唯独花在一乐身上不高兴。为什么呢?就是因为一乐不是许三观的血脉所派生,与他没有血缘关系。在大饥荒年代,许三观决定卖血来改善一家人的生活,但这种改善是把许一乐排除在外的。许玉兰说:"我知道你心里在想什么,你不愿意带一乐去饭店吃一顿好吃的,你卖血挣来的钱不愿意花在一乐身上,就是因为一乐不是你儿子。"① 这并不是说许三观与一乐没有感情,而是许三观认为这样做"就太便宜了那个王八蛋何小勇了"。② 这种来自血缘的无法调和的冲突,促使一乐去寻找自己的亲爹而流浪街头。当黑夜降临时,许三观也着急去找一乐。找到时,许三观让饥饿的一乐爬到自己的背上,走向胜利饭店,也就是上次不让一乐去吃面条的地方。也就是在这一刻,许三观与一乐之间不可调和的血缘冲突被亲情的阳光消融了。患难的生活让他们获得了一种心灵上认同的父子亲情。在许一乐为临死的何小勇招魂时,许三观用菜刀在自己的脸上划了一道口子,又伸手摸了一把流出来的鲜血,他对所有的人说:

  "你们都看到了吧,这脸上的血是用刀划出来的,从今往后,你们……"
  他又指指何小勇的女人,"还有你,你们中间有谁敢再说一乐不是我亲生的儿子,我就和谁动刀子。"③

  小说情节发展到此,许三观不仅在心中认可,而且用鲜血来捍卫这一从生活中得来的不是血缘而又胜过血缘的父子关系。可见,血缘这一隐性

---

① 余华:《许三观卖血记》,南海出版公司,1998年,第136—137页。
② 同上书,第137—138页。
③ 同上书,第172页。

含义形成了小说情节发展的一条暗线，它与许三观卖血这条明线紧密交织，构建小说的情节与结构，而且血缘关系这一隐义还是小说叙述的核心内容，是余华在后死亡叙述小说中对死亡情结的一种新的认识、升华和表达。宗法血缘关系是中国社会结构的一种传统的根本关系，是人与人关系的核心。所以说，余华对这一血缘关系的描写，揭示了生命的本相，展现了人的灵魂面貌。在《兄弟》里，我们再一次看到小说元叙述元素的变迁：从死亡到鲜血，再从血缘转向亲情（没有血缘关系的亲情）。李光头与宋钢的亲情之爱是贯穿小说的主线索。

从前死亡叙述、死亡叙述到后死亡叙述，我们看到了余华死亡情结的发生、转变、升华过程，即由描写人物彻底精神绝望的困境，发展为精神与肉体的双重死亡（在这其中温情已开始潜滋暗长）；最终余华以死亡的替代意象鲜血超越了死亡叙述，进入了后死亡叙述时期。而在这三个阶段，余华以自己对死亡的独特理解和奇丽表达贯穿始终。

## 结语：死亡，蓬勃跃动的艺术生命出口

当人类能够进行思维时，人类就亲身体验、感受到死亡之神无可阻挡的力量。人是有智慧的，可以创造和改变一切，但却永远摆脱不了死亡的悲剧性命运。"许多神话都涉及死亡的起源。……在某种意义上，整个神话可以被解释为就是对死亡现象的坚定而顽强的否定。"[①] 死亡意识是人类集体无意识中最初的、核心的意识，作为人类早期艺术萌芽的神话就是以死亡为其表现的核心主题。

余华对死亡的叙述，既积淀着人类集体无意识的记忆，也包含着他对现代人精神境遇的理解关注，同时也集聚着余华个人独特的经历体验。"我是在医院里长大的，我的父亲是外科医生，小时候我和哥哥两个人没有事做，就整天在手术室外面玩，我父亲每次从手术室里出来时，身上的手术服全是血，而且还经常有个提着一桶血肉模糊的东西的护士跟在后面。当时我们家的对面就是医院的太平间，我可以说是在哭声中成长起来的，我

---

① [德]恩斯特·卡西尔：《人论》，甘阳译，上海译文出版社，1985年，第65页。

差不多听到了这个世界上的所有的哭声,几乎每天都有人在医院里死去,我差不多每天晚上都要被哭声吵醒。"① 这种童年经历使余华对死亡有了一种深刻的体验,化为记忆沉淀在人的生命意识之中,是组成个体潜意识的核心部分,并发展成为死亡情结。情结既可以成为人的调节机制的障碍,也可以成为灵感和创造力的源泉。

余华借助于死亡描写而把童年开始积淀下来的生命体验汇总在一起,并以死亡作为聚焦所有思想的焦点,点燃了创作的火花,内心郁积的死亡情结如熊熊大火燃烧了起来,一篇篇耀眼灿烂的作品被不断地打造而出。死亡情结成为余华创作的一个源源不断的动力源,蓬勃跃动的创作生命力从中喷涌而出。

余华创作对死亡的情有独钟,并非是对暴力的迷恋,也不是宣告死亡之神的胜利。余华的死亡情结表面上漂浮的是精神绝望和肉体死亡的表象,其下却潜藏着一组组强烈的生命意志。消除了死亡恐惧的人也就超越了死亡。死亡使《现实一种》里的老太太摆脱了让她彻底绝望的无爱的处境,临死时"她睁开眼睛看到有无数光芒透过窗帘向她奔涌过来,她不禁微微一笑,于是这笑容像是相片一样固定了下来"。② 对那些拥有爱与温情的人而言,爱是战胜死神的巨大力量,他(她)将活在亲人的记忆里,死在亲人的怀抱中是幸福安宁的,"家珍你是睡着一样,脸看上去安安静静的,一点都看不出难受来"。③ 死亡是对冷漠、残暴的拒绝,对爱与温情的召唤。

死亡是生存价值的标尺。在余华笔下,死亡是人生存的一种特殊方式,是生命历程中的必要构成部分,是一种最本真的存在。"雅斯贝尔斯认为,'所谓死亡,即意味着现象中的消失,意味着离开实存而进入可能的、纯粹的超验界中去。在死亡中,实存中断了,而我们的实存被切断以及它的片面性,恰恰使我们有可能从死亡处境出发来认识实存的局限性。此外,便到了实存与生存的交界线上,看到了我们的实存的边缘,望到了包围着我们的实存的那无边无际的大全,确定了我们的现实立场,从而成为真正的

---

① 余华、杨绍斌:《"我只要写作,就是回家"》,载《当代作家评论》,1999年第1期。
② 余华:《现实一种》,新世界出版社,1999年,第54页。
③ 余华:《活着》,南海出版公司,1998年,第176页。

自身，成为生存。'"①

正是死亡提高了我们对生存意义的认识，使人们产生了要更好地生存的强大精神力量。没有死亡的生存是虚妄的，拥有死亡意识的生存意味着拥有了自由和无畏。余华正是以死亡作为艺术生命力的出口，以温情为阳光，扫荡阴霾与黑暗，使人无畏、自由、诗意地生存。

---

① 颜翔林：《死亡美学》，学林出版社，1998年，第49页。

# 浆汁饱满的 2010 年初秋文学

## 一 摇曳着人文浆汁的秋果

从夏入秋，文学积蓄着春天的山花烂漫和夏季的雷霆风暴，又散发出独有的初秋气息。郭文斌的《风调雨顺》(《山花》第 7 期) 在 2010 年的初秋文学里独树一帜，显现着作者对历史、文化、民俗，乃至个体生命、情感、时间的宏大而细微的精神审视，在祥和、温润、素朴、节制的心灵结构之中饱蕴着深深的忧虑和澎湃的激情。西北作家郭文斌近几年的文学探索一直呈现出一种艺术高度和人文精神追求。他的文学创作一如未受污染的西北大地那样，格调安详宁静，情感饱满和谐，发散着浓郁甘醇安抚世道人心的魅力。《风调雨顺》不仅赓续着成名作《吉祥如意》的艺术风格，还尝试着新的情感探索。他还是在写天真纯一的孩童记忆，还是在写烂漫温馨的童趣情感，还是在写悠久古老又满富生机的民间民俗，写得是那样的从容淡定，写得是如此的质朴感人。依旧是可爱懂事的五月、六月姐弟二人，依旧是善良本分的爹和娘。他们在"二月二"的农节里，为了家人的平安、农事的丰收而祈福而忙碌。《弟子规》的琅琅背诵，盲龟穿目的奇异传说，《御驾亲耕》的古老阐释，"二月二，龙抬头"的民间歌谣，这一切无不赋予了作品文本强烈地道的中国传统文化底色。《风调雨顺》更是写出了时间的悄然流逝，爹和娘的日益衰老，以及面对公正的历史不得不低头的现实情怀。在《风调雨顺》里，郭文斌始终怀着一颗悲悯敬畏之心，那是对生命的感恩和尊重，那是对历史逝去的无奈和忧伤。郭文斌又一次用诗性浪漫的文字表达，用自然浓烈的情感记忆，来解救苦苦挣扎于"现代病"中的"患者"们，用饱含体温、饱蘸深情的文字打扫心灵垃圾，舔舐情感创伤，构建一处几乎无法寻觅的精神栖息地。郭文斌确实是一名疗救心灵痼疾、缓和精神焦虑的"医生"。

虽然的《好大一棵树》(《芙蓉》第 4 期)仿佛是神秘习得汪曾祺描写故乡高邮的一丝神韵和真传，作者写"记忆"中故土里城道的点点滴滴，写它悠久灿烂的风土民情，写它深厚醇正的民风民俗，也写它森严有序的宗法伦理，写它浑然一体的文化包容力，都是信手拈来、成竹在胸，自然、随意，堪称句句到位、笔笔传神。华北平原一个普通的小村落——里城道，在作者笔下俨然成了中国北方乡土记忆、家族文化、民间传统的活标本。热闹非凡的庙会，走街串巷的小贩，婚丧嫁娶的诸般习俗礼仪，家长里短的日常故事，都在作者笔下饱满、丰盈起来。就像小说标题一样，家族文化、宗法传承在民间社会在乡土百姓的眼里，就是一棵大树，它枝繁叶茂，挡风遮雨；同时它也有自己天生的痼疾弊端。《好大一棵树》里也写了民间文化藏污纳垢的沉重一面：父女乱伦、丈夫虐妻、重男轻女、婆媳争斗，这些特殊的"风景"、特殊的存在，使得小说更为真实，令人折服。

王祥夫的《红传奇》(《红岩》第 4 期)。一名原本叫朱金花的农村少女，被曾经的鱼贩子、现今的大款王大年相中，成为他的"续房"。虚荣的王大年强迫朱金花改名叫"朱红"，强迫她忘记自己的卑微出身，因为他们是"有修养的上等人"。小说看似荒诞不经，却深刻地点出了现代人尤其是"暴发户"们虚荣、空虚、做作的精神状况。整个小说意象繁复多彩，叙述密实厚重，文本的寓意深邃复杂，不断挑战着读者的阅读经验和艺术感受，令人啧啧称奇。

傅爱毛的《换帖》(《莽原》第 4 期)，诠释着乡村文化最为地道淳朴的一面，尽管小说最后是以悲剧性的故事收场。"换帖"者，在乡村民间的文化规则下，顾名思义就是男女将生辰八字彼此交换，作为"定亲"的重要仪式。《换帖》中，穷困潦倒的刘二拐，因为身有残疾、邋遢懒惰，都四十岁了还是个光棍汉。但在村长的说和之下，活着的刘二拐和死于非命的村姑翠枝硬是"换帖"结了"阴亲"。在村长看来，刘二拐和翠枝虽然不能在阳世生活但却可以在阴间恩爱"一万年"。村长荒谬透顶的逻辑背后，掩藏的目的是要刘二拐替无依无靠的翠枝姑娘料理后事，省却村里的经济开支。刘二拐欣然接受，不仅高高兴兴地与翠枝"换帖"，而且对翠枝的后事大包大揽,俨然以丈夫自居。读到这里,读者要是觉得作者在批判乡村百姓落后封建的文化心理,这可就大错特错了。孰料就是这个"换帖"仪式改变了潦倒邋遢的刘二拐,他的精神风貌、生活态度焕然一新。他对翠枝近乎宗教般的信仰和依恋,他对"换帖"承诺的坚定恪守,让我们看到了乡土文化本真原始的自为状态。等到村长将其"活生生的"亲妹子介绍给刘二拐,刘二拐陷入两难抉择之中;因为他是个"换过帖的人,不能昧了良心",他进退维谷,最后"自挂东南枝",与他日夜思念的翠枝在阴间"团圆"了。小说以轻逸灵动的笔触写出了一曲诚信寓言的绝唱挽歌,苦涩、沉重。此外,小说细节书写逼真而扎实,情节推进缓慢合度,处处具有"含泪的笑"的精彩和独到。

## 二 风雨交织下的秋虫之音

范小青的《接头地点》(《北京文学》第7期)展现着作家的真诚与果敢,在类似卡夫卡的荒诞语境中写出了当代中国现实的种种"变奏"与难言的哀戚。村官、高铁、高房价、大学生就业、非法占用耕地,这些热点性的现实元素在《接头地点》中,不动声色又极其巧妙自然地向读者一一展示。整个小说叙述从容老道,笔致自然流畅,没有一丝一毫的雕刻痕迹,范小青的艺术创造力可谓到了炉火纯青的地步。《接头地点》讲述的故事并不复杂,大学生马四季因为房子、妻子,"被"当了村官,成为"赖坟头村"副支书,然而,马四季来到赖坟头村的唯一目的,仅仅是为了自己将来有一个好的工作前程。马四季要想找到赖坟头村、找到赖支书,可不是那么容易。小说就此以马四季的"寻找"为推动故事情节的隐形线索,从一个侧面冷静地折射出了现代化进程下,乡土社会暗淡无望的可悲命运。现代性的浪潮在城市化的暗流之下汹涌澎湃沸腾不止,它无声无息地进驻乡村社会,在阵痛中缓慢地改造农业文明,同时发生痛苦裂变的不仅仅是外在的物质风貌、人文景观,乡土社会的道德底线、伦理秩序也在悄然褪色变质。小说中,当赖支书滔滔不绝地大谈特谈用耕地做坟头进行商业交易的机密时,乡土伦理的挽歌性哀鸣仿佛已然奏响。赖支书自掘坟墓般的荒唐举动,在获得短暂利益的同时,失去的却是乡土文明的淳朴和本真。诚如小说最后写道，多年后当马四季坐上高铁回北京想看一看曾经的"赖坟头村"时，他却什么也没有观察到。高铁本身隐喻了现代性强烈的物质化大潮，它最后几乎是毫不犹豫地吞噬掉了最后的土地，一起被吞噬掉的还有乡土社会规整的文化秩序和厚重朴实的道德规范。由此，作者通过小说本身给予了厚重的艺术思索，也发出了严峻的现实拷问，从而对当代社会现实具有了浓烈的警示之意。

刘仁前的《谎媒》(《钟山》第4期)将叙事焦点挪到江北水乡，在香河两岸芦苇丛中演绎乡村痴情男女的悲欢离合，一段爱恨情仇的悲剧、喜剧、闹剧里既有丝丝天然的哀怨，也有淡淡唯美的柔情。真是别有一番"新乡土小说"的雅致和神韵，读来使人爱不释手，印象深刻。《谎媒》里琴丫头和柳春雨，本是天造地设的一对理想情侣，孰料造化弄人，琴丫头惨遭歹人陆根水蹂躏，柳春雨被村姑杨雪花"望上"。曾经以身相许的美满恋人，双双作散，另置新家，且是在同一天或嫁做他人妇，或成为他者夫。是敏感脆弱的爱情经不起风吹雨打的长久考验，还是抵挡不住世俗目光无形的审视？或许都有，或许如同爱情本身一样缥缈不定无法准确言说，无法给深陷爱情旋涡的恋人们肯定的答案。《谎媒》打破乡村爱情叙事的"大团圆"结构模式，刘仁前"另立新宗"，探求它法，进一步来思考艺术人物的本源性宿命，来挖掘故事背后隐含的哲学性意蕴。人物命运的悲剧性再现，提升了小说艺术的审美境界，彰显了作者前卫的文学追求。同时，刘仁前谙熟兴化故土的山水风情、人文民俗，在他的笔下，那男女情侣的情歌对唱，那白茫茫一片的芦苇丛荡，那乡间恋人的月下幽情约会，都被处理得如诗如画，感情逼真，笔意浓切。还有老实木讷的二侉子、霸道威严的村支书、对恋人一往情深的水妹、能说会道替人拉纤说媒的"吕鸭子"，个个形象立体鲜活、性格生动饱满、情感真实细腻、语言传神妥帖，它们构成了《谎媒》另一处引人注目的美学亮点。

农民工纷纷涌入城里打工谋生，除了留守的儿童、留守的老人还剩下了些什么呢？李康美的《空村》(《星火》第4期)没有描绘离家打工者百般思念故土，没有展示城市文明对乡土记忆的侵蚀破坏，而是巧妙地将关注点移入了"空村"——黄家寨——一个因农民纷纷外出打工而空置荒芜的村子。昔日人来人往喧腾不已的黄家寨，如今只有二十余口老弱病残：哑巴、照顾病人的黄闹闹、看管孙子上学的唐春花、八十多岁的五婶五叔。小说从名不见经传的黄闹闹当村小组长写起，乡间的破败、人心的凋零在不经意间被作者一一揭露，加上诙谐聪明的哑巴、泼辣能干的唐春花、精明狡诈的村支书赵洪声，《空村》的审美质感读来五味杂陈。小说既审视乡村社会的恒常不变，又对它的伦理变化更迭深怀忧虑。

晓航的《最后的礼物》（《朔方》第 7 期）用超现实主义的艺术笔法，讲述了一个非常浪漫的现实传奇：明知目标不可实现却"知其不可而为之"。这是现代精神的经典演绎，还是一出荒唐透顶的闹剧？我们不得而知。小说中，"我"对美女"米兰"的爱情想象，终归是一场可望而不可即的轻飘幻梦，而"我"最后以整个青春为代价却没有结果的"足球赛"，其中的隐喻色彩值得再三琢磨。晓航用大胆奇谲的想象力、丰富夸张的叙事情节、放荡不羁的理想人物，来抗衡庸常凡俗的现实生活，哪怕是在飘忽不定的梦幻里，哪怕是在懵懂模糊的想象中，这种艺术勇气和思想耐心，都值得称道。

残雪的《老蝉》（《花城》第 4 期）立意新颖，构思奇巧，把一个现代人类的存在寓言，用超现实的笔墨勾勒得清晰、准确。老蝉以一个历史记录者的独特角色，冷眼旁观着自己的同类们：狡猾的蜘蛛、嬉闹的喜鹊麻雀、狂鸣的新蝉、老蛤蟆的"男低音"；同时，它也是种种人类声音的谛听者：小区人来人往的喧嚣吵闹，夫妻间的吵架斗气，邻里的纷争矛盾，尽入老蝉的"法眼"。残雪以飘逸轻盈书写凝练厚重，以黯淡无光对应生机盎然，以冷漠警惕之笔唤醒热切生存之心，是一篇用心良苦的经典文本。

## 三 都市情感的初秋涩味

都市情感的味道是什么样的？叶梅的《小颜的婚事》（《百花洲》第 4 期），描绘了二十九岁的大龄"剩女"和三十三岁的阔家子弟的爱情，向我们展现了都市情感中独特的涩涩味道。《小颜的婚事》的两人爱情游戏像极了《倾城之恋》的现代版。香港的沦陷无意间成就了白流苏和范柳原的"倾城之恋"，但《小颜的婚事》里的小颜和吴其却没有这样的"好运气"，再加上"第三者"王小青的盲目"搅局"，三人间的情感困境，浓缩了现代婚姻与爱情的可笑和可怜。作者阿袁的现实观察力敏锐犀利,她借婚姻问题直击现实社会的百态情状,管窥欲望时代里的浮动人心。小说构思睿智,笔致轻盈灵动,结局出人意料又在情理之中。

董立勃的《阿春》(《山花》第7期)有着阎连科的《为人民服务》的味道,但在结尾中确立了自己独特的文本精神结构。"长得好看"的阿春,她的命运又是如何呢?是否又会重蹈红颜薄命的老路?董立勃没有给出或肯定或否定的简单答案,而是将阿春的情感体验、人生经历从容地展示出来,留下极大的艺术空白,供聪明的读者思索。故事中,阿春与李首长、司机小戴三人之间的情感纠结,被作者处理得巧妙严密,几近天衣无缝。直至李首长因公殉职,司机小戴离阿春而去,成为寡妇的阿春虽然成为人母,但依旧是容颜不老,显现出一种女性生命的不容亵渎和侵犯的尊严。女性的情感宿命与美丽容颜之间的丰富含义,在小说《阿春》中恰到好处地传递了出来,颇耐人玩味深思。

付秀莹的《说吧,生活》(《广州文艺》第7期),置身《广州文艺》"都市小说"系列,无论从思想追求和艺术形式上,都堪称代表性文本。一个发生在现代都市的偷情故事,被付秀莹组织得从容不迫,游刃有余。既有形式上的新颖探索,又有思想上的严密拷问。昨日的同学,今天的上下级,男女主人公邬荔和岳不唯从青春时代的暗恋,到各自成家后发生的"一夜情",可谓历经坎坷却顺理成章。难能可贵的是,付秀莹在把握人物心理时合理的分寸感,加上飘忽不定的隐秘心事、若明若暗的叙事节奏,都在传达着暧昧多义的情感张力,拓展了小说本身的审美维度。

王秀梅的《关于那只纸鸽子的后来》(《花城》第4期),展现了偶然相遇于列车的"他"和"她",在不经意间重蹈着十八年前的"初恋"。时光流逝,使两人变得不再认识对方,彼此已是形同陌路。但是浪漫温馨的爱情"谎言",并没有因此褪色变质,反而更加璀璨更加温润人心。在小说里,我们读到了真实情感的伟大力量,我们体恤到了悲天情怀的无处不在。冥冥之中,好像有一个上帝,他在认真导演,严谨地安排着这一出情感沦落和精神救赎的感人故事。作者的审美构思精妙细致,文气丰沛清新。

胡学文的《入侵者》(《广州文艺》第7期),散发着神秘、幽然的精神紧张,这种精神紧张与叙事力量的交替博弈,组成了强大的思想场域。无处不在的话语弹性,一方面为精神的紧张、收缩提供了不断延展的艺术空间,另一方面又与叙事因子一起"合谋"一起蓬勃生长。小说里的"我"不断地从都市逃离,逃到一个没有丝毫束缚和压力的远方,那是对精神家园的无奈寻找,是对乌托邦世界的深情凝眸。然而,城市已经无法彻底扎根,乡村又变得面目模糊,何处是"我"真正的故土,哪里又能安妥"我"担惊受怕的魂灵?"我"终归是一无所获两手空空,在这个意义上,精神焦虑的颓败,自我救赎的无力,令人绝望。胡学文把人的内心痛楚、心理恐惧甚至如困兽般的无望挣扎,在不动声色间精心地镂刻了出来。

## 四 历史树林深处的幽暗明灭

历史深处的记忆如何呈现?这是文学使命与职责中一个必须面对的问题。叶舟的《姓黄的河流》(《钟山》第4期),向我们展现了历史树林深处的幽暗明灭。在恐怖、阴冷的纳粹集中营,一对年仅十三四岁的孩子如何坚强地生存,不屈地抗争?他们如何在纳粹魔窟里保持最后一丝个体生命的尊严?叶舟的《姓黄的河流》,用文学性的情感追溯,真实、沉重地再现了沃森和米兰达两个孩子在绝望中用诗歌来保存一丝希望,在恐怖里用诗歌坚持点点梦想的感人故事。集中营中,他们抄诗念诗、背诗作诗,互相拯救敏感的心灵,互相温暖伤痕累累的身体,他们用灿烂的诗歌华彩相互照亮相互慰藉。黑暗吃人的动荡岁月,对诗歌的热情是他们等待黎明到来的最后一丝曙光;和平年代,他们偶然失散又是用一本薄薄的诗集彼此寻找彼此温暖,最后相知相恋,建立起深厚的友谊和生死不渝的爱情。沃森和米兰达的纯洁爱情通过对罪人的宽恕、对恶人的人性救赎、对生命本体的忠贞敬畏,一次次印证着人之为人、爱之为爱的思想价值和情感意义。作者的艺术设想悲悯博大,深沉恢宏,如一曲跌宕起伏的灵魂安抚之歌。小说本身的情感冲击、故事韧度、叙述节奏,凝重有力,读来摇曳生姿,叙事魅力四射,是一部中篇佳作。

李木生的《泰山夜话》(《钟山》第4期),描写两位二十八年未曾相见的老战友相会于泰山脚下,夜谈"革命时代的情与爱",充满了浪漫传奇色彩。缓缓舒展的军营记忆,红色年代理想的高扬,三位性格迥异形象不同的女兵与"我"的感情纷争渐渐浮出水面，清晰而自然，虽没有儿女情长的婉转动人，但在红色文化、绿色军营的背景笼罩下，就有了特殊的味道，就成为特殊的情感存在。军营内铁一般的严格纪律，森严的上下级秩序，刁蛮阴险的指导员，恶劣的生存环境，复杂多样的人际关系，都熄灭不了"我"与小卓、王卫红、秦仪芬先后发生的微妙情愫。"我"与三位女兵或真实或虚幻或懵懂的情窦记忆，丰富了单调乏味的行伍生涯。三个女兵有的温婉可人，有的深明大义，有的泼辣豪爽；如今，这些昔日的"军中红花"也在时间的淘洗之下，成为遥想昨日记忆的情感酵母，只剩下两位战友略带伤感情调的喟叹，令人不得不感慨岁月的无情。《泰山夜话》艺术结构精妙，叙事扎实厚重，文字老练沉稳，落笔干净有力，到处洋溢着多姿多彩的生命情感律动。

戴斌的《水桐》(《广州文艺》第7期)的艺术魅力是多重多维的。读者首先会被它华丽流畅的故事情景深深吸引。读完《水桐》，掩卷而思，它缓慢别致的故事节奏，哀婉凄美的情感内容，淳朴干净的人性之美，水桐姑娘的为情而死，令人感伤，也令人绝望。作者把这些饱含民间艺术气息的审美元素，安排得井然有序，把握得合情合理。水桐的美丽传说在兵荒马乱的历史里，竟然成了无辜儿女们惨遭屠戮的无奈见证。儿女情长在革命暴力面前是如此弱不禁风，如此不堪一击，这是历史之恶，还是革命之罪？作者探索的是革命的真正含义真实起源这样一些敏感、重要的文学母题。作者没有囿于历史本身固有的逻辑惯性，而是跳出以往的叙事圈套，摆脱气势恢宏波澜壮阔的主流成规，用一个普通的传说故事，来深思来质疑以革命之名来行罪恶之实的历史性灾难。这篇小说的文化视野高屋建瓴，历史拷问发人深省，见出作者不凡的思想涵养。

钱国丹的《遍地阳光》(《钟山》第4期)，是一篇有着较强叙述耐心的小说。它将普通女工灰灰三十年前的一段"梦魇"经历不断地追溯，不断地加以艺术想象，既对应当下现实生活，又缅怀悠然不再的童年往事。三十年前那个"遍地阳光"的夜晚，到底发生了什么，使灰灰的内心埋下了挥之不去的心理阴影，导致她的情感残缺？是母亲的暴虐乖戾导致的影响？还是爷爷的"梦游症"使然？作者并没有完整地交代。但不管怎样，就像小说标题所暗喻的那样：遍地阳光，一切人性的复苏都在静静地开放。

灰灰心灵的焕然痊愈，让故事增添了温润感人的底色和光芒。小说的叙述淳朴自然，文笔凝练，三十年前的往事和三十年前的现实互为表里相互印证，让读者不得不赞叹作者灵活多变的叙事智慧。

## 五　温煦的秋日阳光

郝炜的短篇小说一向精彩，具有浓郁的乡土气息。《年前》（《星火》第4期）同样呈现了这一精神质地。父亲早逝，哥哥义不容辞地承担起了"长兄为父"的沉重使命。弟弟上学在即，哥哥在"年前"为使弟弟上一所好的高中，忙碌奔波，操劳不已：廉价卖掉粮食积攒学费，毫不犹豫地杀掉年猪犒劳中学校长，低三下四地给教育局长送礼走后门。哥哥的良苦用心换来的是什么呢？弟弟远走北京打工谋生的信念毫不动摇，几乎寸步不让。在《年前》里，情感的冲突、交流的隔阂、代际沟通的困难交织在一起，使小说有了几分不动声色的苦涩，些许难以察觉的感伤。

艾玛《痴娘》（《滇池》第7期）里的王小荷是一个半痴母亲，脑子有点"不太灵光"，她生的儿子也是个"大头儿"（即脑残儿）。在常人眼里，母子俩是与这个平常的世界格格不入的。艾玛将这对不太正常的母子设置在"涔水镇"中，由"我"和小伙伴丘巴来充当观察者的角色，来叙述这对母子庸常生活的点点滴滴。日子平淡无奇似水而过，杂货铺里你来我往，赵引寿洗澡后的百无聊赖，"我"和丘巴偷窥妇女洗衣时的隐秘情景，这一切琐碎细密与小镇闭塞、单调的生活常态浑然不分。诸种氛围营造、细节渲染都是作者精心而为，小说设置的情感力量在最后一刻奔涌而出：一位落拓邋遢的老乞丐把米糕施舍给王小荷的大头儿，将母子视为弱者予以怜悯，王小荷愤然拒绝，她身上积攒的母性力量在瞬间集中爆发出来。她不能容忍别人对大头儿羞辱般的"馈赠"，她用最极端也是最脆弱的方式捍卫着母爱的尊严、弱者的尊严。王小荷真是一位"痴娘"，她身上的母性情怀是那样的至善至纯，不容许他者有丝毫的践踏与蔑视。

徐岩的《火车晃荡》（《当代小说》第8期），写的是生活本身的酸甜苦辣，它没有大起大落的情节起伏，没有男欢女爱的炽热场面，有的只是平淡如水的生活本身，它荡涤尽铅华，余下本真和自然。小说写了一名普通列车员的情感波折,道出了善良小民脆弱、敏感的心灵内核。列车员木祥被昔日情人赵小凤告知妻子可能有外遇,他终日紧张不安、甚至潜伏回家暗暗侦查,后来知道这是杜撰的谣言,此时他却阴差阳错与赵小凤"亲密接触",懊悔不已的他悟到要"老老实实地做人",他善良的人性开始复苏,面对他人的家庭困难慷慨解囊,对妻子也恢复了曾经的温存和关爱。小说叙述连贯,情节不蔓不枝干净简洁,作者把丰富多样的艺术体验,融入平凡小民的生活中,于细微处见真情,于平凡里显出温馨的人文关怀。

张小痣的《莲池居》(《江南》第4期),有着很强的叙事冲击力,它将主人公王喜善的神秘经历融入福临街古板单调的生活氛围中。两种互异的生存方式、两类不同的人物形象,产生了极为紧张的叙事张力。小说在散淡朦胧的艺术氛围里,书写了王喜善、福贵、翠芹等平凡人物的性格力量。在这些微不足道的底层人物身上,既有发人深省的人性较量,又有生命个体面对死亡时的绝望、挣扎和璀璨。小说一方面直抵人心脆弱的情感深处,另一方面也就产生了动人心魄的阅读美感。

此外,刘玉栋的《一条1967年的鱼》(《山花》第4期),对宏大历史和细微人性进行了深沉追问。段玉芝的《一九九三年的耳朵》(《时代文学》第7期),描写了一只耳朵所引起的一个散发着枣花香气息的爱情故事。石舒清的《韭菜坪》(《上海文学》第8期),写了一个宗教信徒如何在严酷动荡的岁月里守护高贵信仰的现代传奇。曹军庆的《盲人按摩店》(《福建文学》第7期),于方寸之间折射眼花缭乱的现实婚姻。孙海强的《五月柳絮飞》(《朔方》第8期),以轻盈俊逸的文字彰显宽容温润的乡土性伦理。叶梅的《小马、苹果和打杂的》(《北方作家》第4期),品味心灵感恩和回报他人的动人温情。何芳芳的《河边》(《上海文学》第8期),把一个人性较量和精神惩罚的故事叙述得惊心动魄。柏祥伟的《水煮水》(《山东文学》第8期),讲述了一个因头发而发生的情感缠绕故事。柳岸的《聊吧随录》(《北京文学》第7期),以新颖别致的艺术形式展示扑朔迷离的官场腐败。冯积歧的《西瓜地》(《朔方》第7期),讲述了望子成龙却适得其反的乡村悲剧。韩旭东的《抢劫》(《清明》第4期),用同情的目光观察卑微底层的不幸和艰辛。小海的《喜鹊肚里带着蛋》(《文学港》第4期),诉说荒乱历史记忆之下难以割舍的父母大爱。喻敏的《狗王之死》(《西部》第4期),在犀利的笔触下审视乡村政治的黑暗和腐败。唐光玉的《徐家沟矿难》(《北方作家》第4期),反省矿难悲剧下的文化心理。鲍十的《东北平原写生集》(《山花》第4期),缅怀"崇高年代"里渺小村落的文化政治。陈然的《谁说我窝囊》(《长城》第7期),探寻现代婚姻背景下精神惶惑的根源。杨子的《一个人的探戈》(《朔方》第8期),直面青春男女感情纠葛的时代氛围。鞠志杰的《艳遇》(《山花》第8期),精致地刻画出了男女同事间的情感误会。黄运生的《地塘岭笔记》(《飞天》第13期),对底层小民的凡庸人生进行慈悲的关照。杨静龙的《玉水川上》(《花城》第4期),深沉地描绘了抗日时期知识分子的满腔热血和民族傲骨。南亭的《大屋塘》,以家族"寻根"的形式完整还原祖辈们的历史本原。安庆的《手推车》(《当代小说》第8期),采取别样的叙述视角想象老年人的情感困境。

# "底层文学"的异质性美学与2010晚秋文学天空

## 一 新世纪中国现实的审美想象

六六的长篇新作《心术》(《收获》第4期),依旧是直面有"热度"、有"难度"的社会问题——"医患矛盾"。小说以一家上海三甲医院里颅外科医生们的工作情状、生活困惑、情感纠葛、医患纷争为艺术表现内容,详尽披露了医生与病人、医生与社会、医生和医生、医生和护士之间鲜为人知而又复杂难言的多元关系。小说的艺术形式新颖独到,六六用"网络论坛"、"私人日记"、六六"自述"等各类文学表现形态,写出了医生不为人知的苦衷难处:"医闹"蛮横的报复,病人对医生的无奈"防备",医患关系的紧张和冲突,医生自身的精神危机,价值抉择间的思想较量,医德高风的艰难维护。正如小说中颅外科的老主任所言,不光要有精湛完美的医术技巧,更要有治病救人、悬壶济世的高风"心术",这才是一个合格的医生。小说精心刻画了几个医生形象,他们的一言一行、所思所感立体鲜明生动可感,富含生活气息和现实维度。老主任的高尚医德让人敬仰赞许,大师兄虽然医术高超,但面对女儿的命悬一线却无能为力。二师兄出身"名门"却没有架子,他的爱憎分明能逞一时之快却也为他带来不少麻烦,他对少年病人赖月金的一腔关怀显示了他内心的温柔和敏感。"美小护"体贴入微善解人意,她和二师兄最后的喜结良缘,证明了他们终究"逃不出"医生和护士间微妙、暧昧的情感"关系"。传奇人物李主任"安抚病人"的病患理论,平凡简洁却让普通医生难以望其项背。性格高傲的"孤美人"在身患绝症之后茅塞顿开,从孤傲、阴冷的阴影里走出,笑对最后人生，医生李刚对病人女儿的"自作多情"使读者在捧腹之余也有一丝苦涩。《心术》的文学表述虽然立足医院，却没有为这方寸之地所局限。贯穿小说始终的是那一句话：信仰、希望和爱是人最宝贵的东西。或许因为有了坚贞不渝的精神信仰，人才能在挫折、困难、打击、不幸、失败面前屡败屡战，高蹈前行；或许心存爱和希望，社会的文明进步、精神提升才会不至于如"空中楼阁"那样虚妄缥缈。

谢湘宁的中篇小说《记者》（《小说林》第4期）所直接言说的内容，有着强烈的社会现实性、批判性。小说中作为报社"头牌记者"的刘依然，在去采访昊天集团——一家大型国有企业——时的内心挣扎、思想斗争、情感困惑，把一个信奉职业道德、恪守记者信仰的女性形象，逼真细腻地展现了出来。对于昊天集团以及它的"老总"李大中，是正面报道企业的扭亏为盈、蒸蒸日上，是负面揭露集团内部管理人员的贪污腐败、集团领导的奢华淫逸、国有资产的无形流失，还是鼓起勇气报道集团职工的生活困难、下岗上访？面对报社总编以退为进的"高压姿态"，李大中周到妥帖的行程安排和顺理成章的隐秘行贿，办公室主任周龙的"美男计"，加上刘依然家庭矛盾的愈演愈烈，整个小说在极小的叙述空间里，把社会现实问题、感情问题、国有企业的管理问题、人性问题、良知问题都以高超的艺术表达，理性、客观、条分缕析地予以观察予以展开。小说的人文批判和良知洞察真有"四两拨千斤"的不凡气魄。故事结尾出人意料：采访稿件被周龙力阻退回，李大中东窗事发锒铛入狱，报社没有"虚假报道"因祸得福，刘依然又有了一次"出差采访"的机会。小说可谓直击社会现实痼疾，直面当下诸种不正之风，立意尖锐犀利，价值判断鲜明有力，叙述视角也称得上别出心裁。此外，在艺术人物的塑造上也是可圈可点：精明能干的周龙、颇有铁腕手段的李大中、庸俗透顶的丈夫马杰、深谋远虑的报社总编、一身正气的退休老干部，都令人印象深刻，难以忘怀。

赵竹青的《火车头》（《当代》第4期）对"群众性事件"的艺术展示不仅需要精湛高超的艺术匠心，也是对作家写作使命、写作良知、写作勇气的某种考验。《火车头》不但机智灵活地表现了"群众性事件"这样敏感的、甚至有禁忌色彩的特殊题材，而且没有简单地止于道德义愤的渲染和空疏的议论呐喊；而是从一个隐蔽侧面入手，围绕秋老八这样一个有些"地痞"色彩的人物,以他追求下岗女工尤碧华为故事主线,用丝丝入扣的叙事线索编织起了严谨合理的情节框架。秋老八本是塔山钨矿的一名火车司机,与尤碧华还有她的丈夫是同事,更是好朋友。然而尤碧华的丈夫,在一次意外中不幸地死于秋老八之手,两家的关系走向冷淡。随着塔山钨矿的改制、企业效益的下滑、国企改革的失败,尤碧华下岗了,秋老八的妻子也弃他而去。秋老八和尤碧华这一对"冤家",在灰色的、艰难的生活里,有着剪不断、理还乱的感情纠葛:秋老八想娶尤碧华好好地照顾母女二人,尤碧华却因为丈夫之死心里的创伤始终未能痊愈。直到秋老八开着"火车头"为了钨矿工人的利益鼓动群众"闹事",他们之间的情感坚冰才慢慢消融。此时,秋老八却被公安人员带走了。在情感表达上,小说既有温情脉脉的人性关怀,又有冷峻甚至痛苦的人文反思。作者追求正义的人文诉求、渴望公平的呢喃絮语、审视黑暗的严厉姿态、书写底层的炽热抱负,让人肃然,也使人动容。

　　罗伟章的中篇小说《窄门》(《人民文学》第9期)的艺术追求和人文探索都极为成功。小说在舒缓有致、平静无波的叙述背后,逐渐地掩藏、酝酿、积累高密度的叙事势能,直到最后的瞬间"爆发",真可谓惊心动魄精彩不凡,让读者的心灵受到较为密集的强烈震撼之后,也暗暗赞叹作者新颖独到的叙事才能。小说内在纹理构造得精致丰厚,几近天衣无缝。鳏夫林光华在儿女事业有成之后,以独守矿山为乐事,怡然自得地与山水树木相依为伴。孰料在一帮牌友的挑唆带动之下,他渐渐地迷上了茶馆喝茶、打牌的消遣日子,阴差阳错般地爱上了名为茶馆服务员实为"暗娼"的张庆秋。然而,一个是年近花甲的鳏夫老人,一个是不满三十的青春少妇,生理和年龄的错位、生活方式的隔阂、情感沟通的代沟,使两人渐生怨隙。随着儿媳张纹的出轨、儿子林川精神的崩溃,林光华的心理在失控后,为给儿子报仇,也为给自己泄恨,在一个山洞"温柔"地杀死了"暗娼"张庆秋。小说背后思考的社会问题极为严肃深沉,作者探寻孤寡老人因为生活孤独、苦闷、亲情缺席、交流贫乏所带来的可怕后果和灰色现实。小说的叙述内容立意鲜明,社会担当深广明确,艺术细节真实生动,人物形象立体复杂,值得大家一睹为快。

　　魏微作为70后作家中较具特色的代表性作家,近几年来的创作探索一直呈现着扎实、平稳的艺术发展势头,《乡村、穷亲戚和爱情》、《化妆》、《大老郑的女人》这些代表性文本都能折射魏微细腻、敏感、飘逸、唯美、诗性的内心体悟,温情脉脉的文字性格也让她的小说更具独特的气质。相对而言,中篇小说《沿河村纪事》(《收获》第4期)之于魏微以往的小说创作,有明显的"断裂"、"转型"之迹。魏微的凝视、观察的文学视野亦显得开阔、丰满起来,表现、思考的文学中心亦发生了"由内到外"的飞跃。小说以曾经僻远贫困的南方小村——"沿河村"为审视点,以见证人、记录人、参与者的多重文化身份,用浪漫、豪放、粗犷的新鲜笔致摹写了沿河村人从穷变富、由弱到强、从"军人"到"商人"、从保守闭塞走向改革新潮的多维性的社会转变。作者也敏锐地嗅到了改革带来的悄然"历史遗忘",曾经振奋人心的理想主义、集体主义已经荡然无存,没有丝毫踪影;原先的"逃税军车"也已锈迹斑斑,成为没有人理睬关注的寂寞"文物"。沿河村的人们也从一种"疯狂"进入了另一种"疯狂",村民的"集体癔症"仍在惊心动魄地上演着、燃烧着。这到底是历史的巨大倒退,还是时代的痛苦进步?魏微的文学关怀、社会审视以小见大,气度不凡,小说叙事跳跃起伏又疏密得当,作者对人心善恶的变迁考察,对理想主义的人文挽歌式的凭吊留恋,对人物内心世界的别致拷问,富有较高的情感深度和卓越的思想力量。

　　铁凝的短篇小说《春风夜》(《北京文学》第9期),有着对卑微底层纯真情感的由衷赞叹和深情理解,也有对城市文明规则的严厉审视。小说把叙事镜头对准一对农民工夫妇——俞小荷和王大学,他们两人,一位是为人洗衣做饭、恪尽职守的保姆,一个是常年"以车为家"的长途司机。虽然夫妇俩彼此谋面相互"温存"的机会少得可怜,但他们依然彼此以朴实本真、温暖感人的情感方式关怀着对方挂念着彼此,依然有尊严地活着、有尊严地爱着。某种程度上,"春风旅馆"象征着森严的城市文明秩序,对夫妻二人有些许排斥和拒绝,他们反而用纯一感人的情感力量,温暖着冷漠无情的都市伦理。铁凝在有意无意间用轻盈从容的文学书写思考厚重严苛的社会真实,在孜孜以求地构建着温馨动人的情感王国,达到了一种震撼人心的审美标高,营造了一座温润社会的精神之塔。

　　阿袁的《顾博士的婚姻经济学》(《十月》第4期)写出了大学校园诸位

高校教师的复杂人际之争，也道尽了"儒林世界"里多样的人情百态。小说从顾博士夫妇来师大试讲，夫妻间的差别让其他教授浮想联翩写起，细细道来顾博士跌宕起伏、妙趣百般的几段情事传闻，在极尽讽刺调侃之余，也有苦涩无奈的轻微叹息。顾博士先后与外语系的系花沈南、小师妹姜绯绯"拍拖"恋爱，两位美女几乎都"招架不住"顾博士"婚姻经济学"的精打细算，无果而终。而"丑小鸭"陈小美没有爱逛街购物、吃零食的"恶嗜"，让顾言的钱包不再"胆战心惊"，而她的一双巧手料理的厨艺更是让顾博士眼界大开叹为观止，陈小美完美地符合顾博士的实惠、世俗、经济的"婚姻经济学"。小说叙事轻盈飘逸，人物形象的刻画饱满生动，顾博士、陈小美、中文系主任陈季子、孤傲刻薄的教授俞非、爱嚼舌头的姚丽绢、落魄可笑的卜教授、自作多情的学生鲍敏，都在支撑着小说探索现实的力度深度。小说最后，顾博士的婚姻经济学竟"风靡"师大。博士、教授这些象牙塔里的"天之骄子"们，本应该安心从容地扎根学术献身教育，然而，在阿袁的笔下我们看到的却是偷窥别人隐私、飞短流长于小道消息、精于投机专营的不学无术之徒，小说颇有几丝《围城》嬉笑怒骂的美学遗风。

虽然的《何氏眼科》（《黄河文学》第8期）中的何大夫经营眼科门诊，擅长做双眼皮手术，收价合理，对真正的病人，手术费可以让步。小说讲一个身高只有一米二的女子做双眼皮的故事，这个面容娇好的女子气质高雅，从容淡定，脸上布满光辉，甚至让何大夫心神荡漾。普通人追求美丽是司空见惯的事情，一个残疾女子获得美丽后感激的道谢意义更为深重，结尾处尤其耐人寻味。美丽并非表面而是生存的状态，卑微还是崇高都是自我的选择，唯有心胸开阔、从容淡定而又不盲从时尚，才会拥有美丽的人生。小说让我们感受到生命的张力，饱含温情。戴善奎的《劫后人家》（《四川文学》第9期）是一篇对震后生活深切关注和透视的作品。小说没有大幅描写震后那满目疮痍的场景，而是着眼于灾区人民积极开展自救的过程。他们不仅在废墟上打造了一个全新的世界，也在内心重筑起一片愈加澄澈和坚固的精神家园。郭震海的《一株庄稼》（《山西文学》第9期）从生活中取材，描写现实，揭露弊端，将村子中最好的土地修建避暑山庄，年轻人积极支持，老憨则在村里成为孤独者，郁郁而终。山庄建成后，村民们不用种地，女人们可以成为服务生，清洁工，男人们则成为保安，原来明晃晃的锄头生锈了，犁铧成了山庄的展览品，又一个金秋时，老憨低矮的坟头上长出一株庄稼，孤独而健壮，传说中最后的一株庄稼，表现了作家对当今生活的深切关注和深刻理解、洞察。

刘庆邦的短篇小说素来有着较高的文学特色，他本人也有中国当代"短篇小说之王"的美誉。刘庆邦的《丹青索》(《北京文学》第9期)以类似白描般的细节刻画，为读者精彩地描绘了一位落魄艺术家的黯淡面影。主人公索国欣年轻时是一名美术教师，退休后他的画兴不减，以"画什么都行"当起了业余画家。机缘巧合间，画商老桂无意中的建议，使他以专画打鬼的"钟馗"谋得了一丝自信。索国欣甚至还以每张画一百元的"高价"批给画商老桂，竟也利润不菲。然而，"事业"的"成功"却无法维持支离破碎的家庭生活：他妻子整日以"筑长城"为"主业"，女儿索晓明则成了吸毒的"瘾君子"。他最后也在妻子、女儿的蛊惑下由"艺术家"堕落成了"艺术生产者"，最终"把钟馗这个打鬼的神仙，画成了被打的鬼"，他的"生意"也随之没了市场。索国欣的"杰作"——钟馗画像，颇有强烈丰富的隐喻之意，它既喻示着"人不人鬼不鬼"的世道社会，也暗示出鬼魅丛生的人心镜像。小说的叙述语言冷静理性，故事结构清晰晓畅，情节构思精妙新颖，文章到处涌动着刘庆邦深刻浓郁的文学忧虑和道德拷问。邓学义的《生意经》(《山西文学》第9期)：新时代的支书兼村长关兴林，面对村里经济条件提升而人与人之间的关系却越来越远的新农村的典型问题而烦恼，小说围绕村里的一尊关公仗刀立像由闹鬼到闹神展开故事情节。作者从现实中取材，给我们描绘了一幅生动的神仙崇拜、大仙下凡的图画，没有曲折动人的情节，没有慷慨激昂的格调，小智慧隐藏在平凡的生活中，发人深省。陈纸的《刚果的羊》(《四川文学》第9期)：来自刚果的种羊"望旺"未能如期使身边的母羊怀上羊崽，开始了它的治病之旅。非科班出身、有着杂七杂八背景和荒唐见解的几位"专家"在这一过程中丑态百出，最后却歪打正着⋯⋯作者在叙事过程中带有鲜明的批判和讽刺意味，充满了智慧和幽默，从中我们可以看出其中的荒诞性和悲剧性。

## 二 生命情感的历史重构和文化追寻

迟子建作为当代文坛的实力派作家，近年来的文学探索激情高涨，她那温情饱满的人性体认、细腻忧伤的文字气质、感人至深的文学性格、飞扬灵动的叙述语言、浪漫华丽的诗性传奇，不仅为一般读者津津乐道痴迷不已，也使评论家们面对着那些质疑当代文学成就的人，增加了不少底气。《人民文学》第8期倾力推出的《白雪乌鸦》，堪称是迟子建继《额尔古纳河右岸》之后的又一长篇力作。《白雪乌鸦》写佑护迟子建生命的东北大地。迟子建一直对这块神奇灵性的土地身怀尊敬和信任，对生活在东北大地的平凡百姓，有着常人无法领会的精神悲悯和生命认同。迟子建这一次的文学探索在时间跨度上、地域涵盖上、表现题材上、文化追寻上，都有了新的拓展和深化。《白雪乌鸦》所讲述的故事，发生在清朝末年，地点则是哈尔滨；时间则从深秋到初冬再到早春，一场恐怖可怕的大鼠疫肆虐在哈尔滨的新旧两城之间。这场地方性的鼠疫，因其来势的凶猛、威力的巨大、破坏的严重，惊动了下至东北普通百姓上至北京高层政府外至西方列强等几乎所有人。这样，《白雪乌鸦》就将当时的政治风云、社会形态、文化背景、内忧外患情状，用文学性的笔法一一勾勒，尽揽于胸。主人公王春申以鼠疫见证者的特殊身份，观察着鼠疫的悄然流行。而那些不幸感染鼠疫的城市小民，他们面对鼠疫时的痛苦挣扎、绝望的留恋人世直至无奈的死亡，使人扼腕叹息，感慨生命在疾病灾难面前的脆弱与无助。小说的美学思考凝重悲悯，既关注疾病困扰下的人性选择，又展现希望降临后的精神复苏，同时也对混沌麻木的生命堕落进行严肃质疑。小说结构布局合理清晰，故事发展有条不紊缓慢有序，人物刻画饱满真实，加上东北大地民俗文化、传统伦理的精彩还原，更使小说锦上添花。

以《到黑夜我想你没办法》立足于文坛的曹乃谦，属于"大器晚成"的一类作家。曹乃谦的中篇小说《雀跃校场》（《北京文学》第9期）依旧保持着其一贯的审美追求，而文字本色更加笃定从容，故事叙述的节奏也愈为理性深沉。《雀跃校场》属于较为典型的"成长小说"。它以脉脉温情的朴素语言，讲述着以"我"、苏一清、岳林林为代表的少年一代，求知识谋文化思上进的校园生活。那是有灿烂理想、有光辉信仰的一代人，他们热切单纯的进取心,他们浓烈赤诚的爱国情,直到今天仍然值得大家尊敬。曹乃谦把故事情景设置在校场中学周围,这里有快乐难忘的求知记忆,有微妙复杂的情窦初绽,也有师生同学间真挚感人的交往趣事。故事的背景发生在"一九六二年",那正是一个饥馑成灾的严酷年代;但在"我"看来,物质的极度匮乏丝毫没有掩饰住人心人情的纯净、人与人关系的温情:母亲以近乎"霸道凶悍"的方式始终佑护着体弱多病的"我",还有邻居慈法和尚无微不至的生活关怀,田老师、陶老师、戴老师的细心教诲,这都成了那个年代最为宝贵的记忆珍宝,使"我"难忘,更使那一代人难忘。从这个意义上讲,《雀跃校场》关乎的是一代人的青春成长、情感成长、思想成长、心灵成长。曹乃谦以微小细节钩沉悠远历史,在致敬之情中缅怀同窗情谊,用深切感恩的细腻笔触抚慰人性深处的柔软脆弱,他的所思所想所感所闻,的确值得敬畏。

叶广芩的《拾玉镯》(《北京文学》第9期)与她的名篇《豆汁记》有着异曲同工之妙,两篇小说几乎同是用一人、一戏、一物、一情来布局谋篇,展开叙述。只不过这一次的主人公不再是命运坎坷的巧厨莫姜,而是换成了八旗纨绔子弟——叶家"老五"和赫鸿轩。叶广芩独特的旗人文化身份,深谙地道正宗的老北京文化、旗人风俗,自然使她的文学追求有着与常人不一样的胸襟抱负。《拾玉镯》里对没落的旗人文化、旗人纨绔子弟的真实还原,在细节上、在情状上、在氛围渲染上惟妙惟肖;而作者暗中隐含的无奈的苍凉感、没落感,更使小说本身染上了挽歌的本色情调。小说中最精彩的当属对北京旗人子弟老五、赫鸿轩等艺术形象的精心刻画,对老北京的风俗民情、礼仪规矩、人文伦理、文化心理的独到描摹,都颇有"京味小说"的几缕遗风。老五落拓不羁喜交朋友,为人急公好义,赫鸿轩聪明伶俐擅长曲艺,两个好朋友亦庄亦谐,真真演出了一幕幕喜剧、闹剧直至最后的悲剧。

向春的《西口外》(《十月》第4期)是一个关于土地与伦理的西北社会的精彩浮世绘,作者深谙河套平原亘古不变的民间礼仪、豪放的民风民俗,熟知这块沃土上丰厚的民间伦理、淳朴的文化操守、忠贞的情感信仰,他更是明白祖祖辈辈生于斯长于斯的西北人的性格特征和情感世界,深刻了解西北人的民性、民魂、歌哭欢笑。西北百姓那对土地的顶礼膜拜、对农耕文明的恪守执著、对男人和女人丰富内涵的独到阐释,坚韧地证明着华夏文明的厚重渊源和长久的民族生命力,也清晰直白地显示着传统伦理的痼疾和弊端。小说中,刘挨才在历史、时代、命运的无情裹挟之下,他个人的社会身份不断地更迭起伏,从最早自立要强的货郎,变成了落魄的"日本鬼子",变成了东躲西藏的"土匪"、莫名其妙的"小油糕"、暮气沉沉的"老油糕"、乐于助人的"民兵队长"。历史的可笑、政权的动荡、世事的变迁、时代的嬗变,都不能更改、阻挡、摧毁他自己内心深处的情感寄托——对寡母的孝、对香媳妇的痴、对打春姑娘的敬,他的有血有肉、有情有义,确实是西北男性精神的骄傲与象征。小说结构紧凑整齐,叙述快慢协调,故事设置合情合理,历史思考凝重,人情人性人心的摹绘技艺高超不俗,细节刻画一针见血颇见功底,是一篇思想含量、艺术含量、文化含量都堪称上品的文本。

郑彦英的《驴奔》(《中国作家》第7期)讲述了秦川道上的风云人物——大驴经纪边天寿豪气干云、惊险刺激又饱含强烈悲剧气息的传奇一生。边天寿是秦川道上说一不二、豪爽气魄的"快活男人",他贩卖秦川神物——叫驴,挣钱无数,却因为嗜赌好饮屡屡弄得双手空空。那精湛神秘的识驴技巧、豪放不羁的个性、旺盛充沛的精力、大方阔绰的出手,每每使他在当地百姓眼里颇受尊敬。一次意外,让他结识了大家闺秀曲玲玲,为了娶她为妻,他发下壮誓不再赌钱喝酒,结果他一次次地食言,一次次地在喝得酩酊大醉之后赌性大发。但在面对"八国联军"要抢秦川叫驴时,他率领驴群跳入山崖,与自己心爱的黑马同归于尽。小说具有引人入胜的故事性和浓郁鲜活的传奇性。小说深层上的文化思考颇有用意,为什么一身"本事"、恪守诚信的边天寿,却恰恰"栽"在这些文化伦理上?豪赌狂饮就一定是"快活"的不二定义吗?这些既是作者的凝重思考,也为读者回味文化伦理的时代变迁提供了绝好的素材,展现了中篇小说艺术突围和思想深化的另一种可能性。

李二的《毒药》(《山西文学》第9期)小说开篇写出作者李二在鼓捣父亲书柜时发现《沩水县志》,从而讲述沩水落雁街药铺掌柜华仲堂的传奇故事。小说的叙述夹杂着的历史转折,将故事情节隐在大的社会背景之下:宣统元年,好友成祥轰轰烈烈地革命,而华仲堂则拒不入世,拒绝为乱党治病，女婿不听劝阻被当成乱党枪决，华仲堂自此与好友成祥决裂。中华民国建立，成祥成为公署的知事，华仲堂闭门不见。当革命失败，他却又不顾家人安慰，积极营救成祥。出世与入世便在一瞬间，不是为了革命，只是为了道义，他始终作为芸芸众生中的小人物，没有大道理，不是大英雄，小说描写人物性格细腻深刻，耐人寻味。华仲堂这个人物形象集结了仁义礼智信，展示了心灵的博大内心的崇高，出世是因为洞彻局势，为保全家人在乱世中求生存；入世是为了道义为了超然的友谊，宁让自己消失在乱世中。结尾作者李二回到现实，修县志工作时，调查采访发现落雁街正在拆除，无人知晓华仲堂，酱牛肉也不是一方名吃，英雄逝去，历史不再，物是人非，留下无尽的苍凉和叹息，体现了作者构思之精妙。

惊心动魄的抗日传奇、神出鬼没的"胡子队伍"、悠久古老的赌博仪式、土匪父子间的恩怨情仇、惨无人道的日军酷刑、神秘可怕的细菌桶，这些故事性强的叙事种子遍撒在石钟山的《细菌》(《北京文学》第9期)里，它们开出的艺术之"花"，骄傲地证明着作者石钟山高超非凡的叙述能力和大胆泼辣的历史想象，不能不让人啧啧道奇。《细菌》里的主要人物有土匪冯山、槐父子，还有老奸巨猾的日军队长竹内，三个艺术人物之间，围绕着"细菌桶"的归属问题，展开激烈的较量。作者在"抗日"这根宏大叙事线索之内，又有对个体人物悲剧宿命的深沉思考。这里有个人内心深处的痛苦撕裂，如亲生父子的搏斗相煎，如情人间的情感错位；也有民族国家遭受屈辱时的痛苦鸣咽，如日本占领东北所实行的暴虐统治，如日军用"细菌战"来消灭抗联队伍的恐怖战斗。大历史和小人物，现代民族国家的想象与生命个体的炽热情感，加上故事情节的跌宕起伏，人物命运的千转百回，使小说《细菌》的思想含量丰赡充盈、艺术维度饱满阔大，这确实是一部不可多得的精彩中篇。王跃斌的《大荒地矫正院》(《当代》第4期)：曾经的抗联战士王一民，被留日时期的好友横木送到伪满洲国的集中营——"矫正院"去"矫正"抗日爱国思想，只为王一民坚持说自己是"中国人，不是满洲人，更不是日本人"。矫正院里恶劣的生活环境让人作呕，而高强度的体力劳动、令人发指的酷刑更使矫正院成了日军施行罪恶的渊薮。王跃斌以时空跳跃的灵动手法，既写留日时期的王一民又写参加抗联的王一民、现实境遇里的王一民，历史、现在和未来三重回忆相互交接互动,使王一民的内心世界丰富复杂起来。王一民最后策划狱友们成功越狱,自己却甘愿和矫正院同归于尽,他以这样决绝的姿态向历史赎罪、向被他误杀的姜团长赎罪,同时这也是自己对自己的赎罪,他内心深处的隐痛感、负疚感,都终于烟消云散了,王一民"自由"了。小说以"大荒地"和"矫正院"为标题,苍茫广袤的大荒地象征着人的自由胸怀,人内心世界的悲悯博大,而矫正院的阴暗局促则是一种生命个体身处奴役和困境的恐怖暗示。两类美学意象的对峙、较量,使小说叙述有了丰厚多元的美学张力,也使小说饱蘸着形而上的哲学旨韵。白天光的《消逝的万家屯》(《山东文学》第8期):抗日战争时期,原本讲仁礼义的万家屯为了苟安逼死了烈女万灵芝和全屯唯一一个英雄好汉沈长醉。至此,万家屯已由原来的仁义村堕落为专杀同胞的邪恶之地。这是对历史的书写,也是对一代人整体记忆的回顾。当我们直视历史,检讨过去的时候,它真实凄惨的一面便被呈现了出来。在对历史的宏大叙事中嵌入乡村传奇,为历史叙事提供了新的经验。"万家屯早就不该存在了,只有这样的屯落消亡了,中国人才能是真正的中国人!"

## 三 "底层文学"的异质性美学

王鸿达的《片警温良友》(《中国作家》第8期)中,温良友在所长看来是一个称职、优秀的片警,在妻子眼里他是一个"没有出息"的丈夫,在房客孟巧巧看来,他是一个温和善良的好房东,在好友冯二宝心里,他是一个"无所不能"的好哥们儿。读完小说掩卷长思,温良友到底是个什么样的人呢?这个小小的片警,这辈子最大的心愿无非就是管理好那片小区的治安。普通平凡的他,的确没有多大"本事"。小说感人之处在于作者能在日常、平静的生活细节里,捕捉属于温良友这个底层人物独特的生命体验、扎实稳定的生活质感。王鸿达用悲悯温润的情感笔墨,淡淡地描绘寻常百姓的苦辣酸甜,虽没有开合起落的细节冒险、华丽多姿的语言狂欢、严谨到位的叙述结构,但小说本身却显得如此真实,如此感人,让沉浸身处生活重压之下的人们,产生强烈的情感认同、深切的内心体认,这,也可归功于"底层文学"异质性的美学魅力吧。

曹康的《碑剧》（《青海湖》第8期）中，底层小人物老刘勤劳正直，却被人心不古、世风日下的残酷现实消磨了意志，传达出对人心复杂性和曲折性的体悟与认识。小说感极强，出人意料的结尾似乎又在情理之中，让我们笃信，因果循环，冥冥之中自有天定。"碑剧"何尝不是一出滑稽的悲剧？夏子期的《蛤蟆》（《南方文学》第4期）是一篇关注生活在城市底层中人的作品，见微知著，从一个普通保安身上入手探查这个世界光鲜表面背后为了生存而正在发生着的悲喜剧。赖有根，一个有些滑稽的人物形象，见风使舵却最终悲剧地发现自己为了生存费尽心机所做的种种努力到头来只为那些图谋不轨之人做了垫脚石。苟安于世，不择手段卑微地活着的背后，隐藏的是人性的异化。结尾处"癞蛤蟆"被留下竟然是因为家里还有个天鹅般的女儿，这种悲喜剧交融的写法，更是增添了"赖有根"们的悲剧意义。马车的《摔跤》（《山西文学》第9期）中，农民工姜中林因为装修房没装扶手而摔了一跤，躺在医院中三天花光了他三个月的积蓄，那原是用来准备结婚的钱。装修公司黄庆雷将他开除，文章围绕他讨医药费未果反被110带到派出所，从而有了回乡下前带汽油烧掉装修公司报复黄庆雷的线索，讲述了一个善良本分的农民工被现实所逼迫，走投无路，在心中谋划报复的故事。现实主义的作品，充满了对现实的批判，难能可贵的是小说结尾处免费的法律援助给了这位无助的农民工一丝丝温情，那跌跌撞撞的脚步不仅有内心的震惊翻涌，更有对现实生活的希望的重生，黑暗处出现一抹光亮，光芒不大却有希望。

蒋忠民的《空谷》（《南方文学》第4期）是一篇关注农民工关注空巢的文章。文中两条线索交叉发展：一条是在外打工的巧姑和文军夫妇俩的生活和所思所想，一条是英子和爷爷在后龙山相依为命的生活。亲人的相互挂念是生活的信念。被埋在泥石流中的英子爷爷手中紧握的银行卡让人震撼。银行卡里的钱是空巢所换来的，文军夫妇回来了，可是后龙山不在了，老人也不在了，空巢家庭还是不完整，有了枫木湾的洋房子又如何呢？作者以细腻的笔触娓娓道出亲情的温暖，又在无可奈何中诉说着人与自然与社会的一种无法调和的矛盾。

新世纪中国青年的生活史是当代底层叙事的一个重要维度，也是底层叙事的文学增长点。周爱栋的《奋斗》（《广州文艺》第9期）讲述了一个年轻人在为生活奋斗的路上愤懑然而又怀着一丝希望的故事。作者用了写实主义手法写他在下班途中的经历，同时又用意识流手法展现了主人公内心的所思所想。先抑后扬的手法令文章有了起伏：面对这个你倾我轧的物质社会，主人公的内心是悲凉的，他在坚持与无奈中挣扎，当我们为他担心时那出租房内"淡淡的黄色的光"给了我们希望，也给了主人公希望："感谢老天爷，在这个城市里总算不是一无所有。"杜光辉的《二十五年的梦想》(《鸭绿江》第8期)中，一张真实的照片，承载着一位巡道工二十五年的梦想。他用自己的镜头记录下巡道工人的真实生活，照片极具震撼力，却不被行家认可，无法获得展出机会。二十五年的心愿只能在"我"的疏通关系下，"虚伪"地达成。小说更像一篇报告文学，真实得让人心动。在那些极为平常的底层小人物的生活中，体现了人之为人的梦想、尊严和荣耀。付关军的《天梯》(《广州文艺》第9期)讲述了一个被物质社会压得透不过气来的年轻人的悲剧故事。拼死拼活，只为在城市里有一个安身立命之所，为了首付不得不"卖身"，生存的压力让人崩溃。文中唐装的那句"人生就像爬梯子，直到精疲力竭"颇具哲理和普遍意义。主人公的登梯之路似乎刚刚开始，却有精疲力竭之势，可见生存压力之大。作者隐藏在文本背后浓浓的人文情怀可见一斑。

　　白连春的短篇小说《乳汁》(《小说林》第4期)氤氲着浓郁炽热的先锋探索精神，小说虽然在内容上属于现实主义题材——寻找遗失在北京的亲人，却用大胆的形式实验娓娓道来，如同小说中"北漂一族"的"讲故事"一样。关于"乳汁"的故事，是主人公李浩虚构、想象的产物。刘大水和张桂花，一个是寻找自己的儿子，一个是寻找自己的丈夫，这对公公媳妇的奇异经历，在扑朔迷离的故事设置中，不断地引起读者的阅读兴趣。例如，刘铁柱为什么孤身一人独自去了北京？这个关于"寻找"与"拯救"的故事最后以怎样的形式收场？"乳汁"的审美意象自始至终像幽灵一般，出没于小说周围。乳汁既在关键时刻救了李浩的命，又于不经意间成了张桂花"犯罪"的不二罪证。故事悬疑丛生，使人浮想联翩，也让读者被作者精心营造的叙述迷宫所折服。作者的文学实验激情、小说形式探索，在不断地向外延展拓宽，引出一片片开阔灿烂的思索空间。陈铁军的《家住动物园》(《长江文艺》第9期)叙述临时工老高头因故与大猩猩结为邻居，他们结下了深厚的情谊，人与动物之间的隔阂在此处消失。当老高头被作为"钉子户"强制搬离动物园时，大猩猩歇斯底里的嗥叫和发狂般的捶胸顿足令在场的每一位游客动容，却感动不了那颐指气使的领导。当老高头扒开衣物，拍打起瘦骨嶙峋的胸膛向大猩猩告别时，现场的游客惊呆了。小说情理交织，力透纸背，结尾发人深省。"有感情有同情心的才是人，没感情没同情心的人是兽"，物犹如此，人何以堪？作者以悲悯的眼光透视底层小人物的辛酸生活，使全文弥漫着深切的人文关怀，在对底层世俗生活的描摹中，向人类发问：人之为人的标准何在？那叱咤风云的大人物历史自会铭记，而我们也不要忘记这世上还有许多自生自灭的小人物。

红鸟的《一票难求》（《山西文学》第9期）是典型的写实主义作品，用底层叙事手法描写了春运高峰和农民工向老板讨债的故事。小说以农民工讨债为线索，以回家作为故事展开的背景，语言朴实无华，通过农民工与老板的闲聊，表现现实生活中两者的矛盾结合点，戏剧性相识又意外地转为仇敌，小说结尾老板内心惭愧和感激，不仅结清了拖欠的工钱，还给他们买了返乡的火车票。小说不以深刻取胜，妙在情节简单却构思巧妙，平静中细腻地描绘了人性中的爱恨情仇和感性与理性的瞬间转化，难能可贵。

## 四　斑斓的人性律动

邱华栋的《交叉跑动》（《延河》第8期）讲述的是两个故事，两个主人公，看似毫不相干的两个人最后相遇。故事情节交叉进行，而他们心灵深处对复仇的渴望和压抑却不期然间相遇。彭克强的童年从"文革"开始，他的父亲有着如火的革命激情，白日将毛主席像章别在额头上，鲜血直流却在人群的欢呼声中骄傲地走着，夜晚激情无处宣泄，彭克强母亲的身体便成了他父亲最好的宣泄品。哥哥彭克威是个小混混头领，九岁时就可以为吃鸡肉，卡住鸡脖子将鸡残忍地杀死。妹妹生下来便身体弱，皮肤透明般。"文革"后，父亲过着平凡的生活，不久便意外死去，之后，母亲便有些疯癫，哥哥成为彭克强的老师，在夜晚带他翻上房檐教会他如何才是真正成长为一个男人。第二个主人公名叫韦克坚，从农村考上大学，成绩优异却依然无法融入大学生活。他决心走政治"红道"得到组织的认可。他前后遇到三个女孩子，却无一例外遭到嘲笑愚弄和轻视，惨痛的经历让他面对招摇过市的恋人们心生怨恨，内心压抑渴望释放。在新疆的一个夜总会，受过伤的韦志坚希望会有好运气，他发现了美丽的热娜古丽，此时，心中积蓄了满满复仇之火的彭克强向他们走来，命运就这样交叉，为了美丽的热娜古丽，彭克强杀死了韦志坚，杀死了木胡塔尔。小说叙事手法独特，语言表达精准，深刻揭示了"文革"前后被时代压抑的人们的精神状态。所谓交叉跑动，并不仅仅是故事情节的交叉进行，更重要的是主人公精神压抑和人性扭曲的相似性造成一种交叉。小说自始至终被一种悲凉的基调所包围，主人公的成长是一种被动的成长，一种由父及兄、由兄及弟的暴虐相传，又或是一种由被玩弄后种下的仇恨导致的畸形的成长过程。作者塑造了极端个性化的主人公，向现实发出深沉的拷问，是一部现实主义力作。

黄鹏的《五爷的情人》(《广西文学》第8期)。哑巴五爷用行动默默关爱着小梅，关注着围绕着小梅所发生的事情，看着小梅内心的善良与人性的美好逐渐被冷酷和无情夺去，看着向日葵由生机勃勃到枯萎，他焦灼却无能为力。五爷喜欢的是小梅，更是小梅内心深处那美好的人性。"婚姻是一个约，一个建立了夫妻长久关系的约，不可背叛，不可离弃。"周玉洁的《晒晒太阳》(《鸭绿江》2010年第8期)着眼于时下敏感的婚恋题材，体现了作者对当下生活的深切关注和透视。小说笃信女人是男人的肋骨做的，而男主人公却在妻子咄咄逼人的追问下，左肋剧痛，失去了生命，这是一个意味深长的结尾。明明相互爱着对方，却要相互折磨，纠结于琐事，执著于对方的小缺点，等到失去时才发现原来爱情的真谛是宽容和信任，这才是照进爱情和生命中的阳光，作者的惋惜恰恰是对真实生活的批判和嘲讽。

张乐朋的《乱结层》(《中国作家》第8期)里，人性之猥琐、之下流、之邪恶得到了不动声色却又尽态极妍的绝妙展示。作者在悲哀、沉痛、自然的故事叙述中，揭示出国民性麻木不堪又浑然不觉的生命情态。同是在矿井劳作"卖命"，同是交了巨额押金，组长老米、硬汉锁才不卑不亢、爽快大气的言行举止令人钦佩不已，但更令读者印象深刻的艺术角色，肯定是矿工春社，他猥琐不堪、爱贪小便宜、心狠手辣又极度自私。组长老米用心良苦地教诲他，他却屡教不改，最终无药可救地继续着一段枯萎堕落的无光生命,其实,他的灵魂早已沉沉睡去。小说不回避矿工生活的苦难卑微,更见证人性的黑暗、内心的险恶、灵魂的不可救赎,具有较高的思想冲击力。作者沉痛地提醒我们,在今天重提启蒙理性的价值,一点都不晚。

罗伟章的《公道》(《朔方》第9期)是围绕着罗秀而展开的一个引人思考人生,思考社会,关注人的精神支柱的故事。小说中疯女孩罗秀的出现,让人不由自主地想起鲁迅先生《狂人日记》中的那个狂人,不同之处在于罗秀最终也没有向这个看似正常的社会屈从。罗秀超然的思维方式也使她成了一个疯子。疯不疯,是由别人说了算,这个别人,是一堵无形的墙,看不见也摸不着,可你就是穿越不了。罗疤子,虽是一家之长,却是精神上的弱者。"文革"后,他的精神支柱坍塌崩溃,就像神树被砍、神龛被砸一样,"文革"的结束,也是他精神死亡的标志。他的那句"不公啊"意蕴丰富。通感拟人手法的运用使文本中出现的世界笼罩上了一层神秘却似乎又有些荒诞的色彩。此外,文本中有大量富有隐喻色彩的意象,象征和对比手法的运用更使文章具备了现代主义色彩。

汤中冀的《英雄老莫》(《四川文学》第9期)中,英雄老莫救下了被歹徒实施性骚扰的女子可可,一系列荣誉和奖励接踵而来,当他意识到救的是个妓女时,陷入了无法自拔的悔恨和懊恼中,开始了对妓女可可的寻找。他想发泄心中的郁结之气,当他找到可可后,又对这位他曾拼了性命救下的女子进行了令人无法理解的报复,由救人者沦落为歹徒。全文小说感很强,一切都荒诞地存在着,或者存在本身就是荒诞。权利、肉体、私心,遮盖了救人事件原本的光明之处,异化了原本崇尚英雄主义的老莫。他可以救一个正常人,却不能容忍自己救一名妓女。由英雄异化为歹徒,正是被现实种种所逼迫,哲理感很强。作者凭借丰富的想象力,串联起原本风马牛不相及的人物和事件,却并不使人觉得牵强,只会让人慨叹生命际遇的无常和人心的复杂,带有不可复制的黑色幽默。

张可旺的《樱桃树》(《山东文学》第8期)中,小男孩为了守卫过世的父亲种下的樱桃树,与施工队展开了"斗争",用弹弓打破施工队的灯泡和窗玻璃,淘气的他不但不使人生厌反倒有些可爱。小说感强,结局令人颇感意外。聂小雨的《小姨妈》(《朔方》第9期)中的小姨妈走南闯北,是个风云人物，她的风云史是通过照片还有给我们寄回来的礼物来体现的。从一个叫鲇鱼须的小地方出身，到海口，到北京，似乎是风风光光，但却虚荣，将郑彩玉的名字改为郑洁，各种和名人合影的照片，亲人去北京旅游时每人脖颈上戴的大花环，都让人觉得这是一个媚俗之人，精神上的空虚，只能用物质上的满足来弥补。再风光的人也有狼狈的时候，小姨妈在北京那场没有举办的婚礼是对她这种虚荣空虚之人的绝妙的反讽。这种强烈的对比更加鲜明地警示读者，轰轰烈烈的经济大潮带给人们的除了物质，是不是还有另外一些无法用肉眼看到的负面影响？

温亚军的《天香引》（《朔方》第9期）叙述三个处于如花似锦年龄的乡村女孩，去清风寺烧香许愿。纵使有些女孩特有的小心眼，但人生中最美好的年华，人性中最为圣洁的愿望，在珠珠、丽娟和笑笑这三个女孩身上展现出来。文学作品成为一部作品，最基本的便是打动人，感染人。文本语言并不华美，但却以情感的真挚震撼了读者，令读者在心中唤起对美好人性的向往，心灵也得到了净化。

康玲玲的《裙子》（《青海湖》第8期）中，心灵手巧、美丽勤劳的女子胜丽失去父亲后，家境日渐贫寒，为了不向母亲索要参加交谊舞大赛的新裙子，她故意骑车摔进了沟里，脚崴了，心却安了。懂事的胜丽让人心疼心酸，宁愿伤害自己来换取心灵上的安稳。作品以独特的女性视角来观察女性、刻画女性，将女性的心理描摹得缜密而又切合实际，一位美好女子的形象跃然纸上。小说没有刻意地矫揉造作，读来畅快愉悦，没有曲折的情节，也没有个性极端的人物形象，通篇流露出美好和光亮。温婉细腻的语言，诗意的描绘，让人不禁联想起铁凝笔下那个纯真的少女——香雪。

白连春的《桃花源新记》（《广西文学》第8期）是一篇有着极强象征意义的现代主义风格的典型作品。结构极具特色，三章式构造，每章都可单独成篇，但组合在一起才彰显出更大的意义：人内心的善与恶，现代化与传统，矛盾着，冲突着，却无可避免地融合在一起。象征手法的运用，现实与虚幻的交混，说在四川与云南和贵州的交界处却无具体地点，明明是一个外人不知的世界，却有杨荣荣和李小峰前去支教等等令人迷惑的记述，充满了魔幻色彩。对人性中隐藏的阴暗面的审视，对现代文明的反思，对传统与现代矛盾的关注与现代主义创作手法的结合赋予了小说独特的品质。徐东的《格列的天空》(《广州文艺》2010年第9期)是一篇充满灵性与宗教地域色彩的抒写纯洁、寻求纯洁的小说。叙述语调散散漫漫,仿佛是一幅随意的山水画。在西藏这个最靠近天空的地方,格列试图画出天空,天空的纯净却只在意中而无法被世人触摸。梦想与现实的关系就像是真正的天空与画布上无法画出的天空一样。格列选择了云游四方,在云游中继续追寻自己的梦想,实现自己的价值。

此外,杨宁的《小安的世界》(《上海文学》第8期)在忧伤纤细的笔致之下叙写孤独儿童的单纯和凄美,残雪的《夜总会里的故事》(《长城》第5期)用冷静犀锐的多彩文笔剖析都市社会物欲横流、光怪陆离的斑驳浮世相。朱日亮的《氓》(《收获》第4期)表现庸凡生命个体的生存挣扎、感情错位。贺彬的《鸟儿倒数时间》(《山花》第9期)在大胆前卫的形式实验背后扫描社会改革的诸般弊端。牛余和的《油纸灯》(《上海文学》第8期)将艺术触角深入波谲云诡、颇富传奇色彩的民国历史。铁扬的《夜之惠·夜之错》(《人民文学》第9期)深切体认北方小村百姓亘古不变的乡间苦乐。阿成的《端午节里的旋律》(《中国作家》第8期)用平铺直叙的白描笔法展示东北地区豪放爽朗的特色地域文化。盛可以的《兰溪河桥的一次事件》(《江南》第5期)还原普通人群内心世界丰富柔美的情感本真。徐则臣的《这些年我一直在路上》(《收获》第4期)思索现实社会情感困境、人性的堕落与突围。范小青的《嫁入豪门》(《上海文学》第9期)在"豪门"夫君与平民妻子之间展示生活细节的苦辣酸甜,林那北的《息肉》(《上海文学》第9期)用独特的眼光打量"钉子户"与街道干部之间的复杂博弈。奚晗的《回望》(《山花》第9期)以点带面地写尽了现代都市青年畸形异化的情感体验,刘昕玉的《小米,真香》(《长城》第5期)书写平凡人家朴素动人又炽热忠贞的亲情之美。李治邦的《陈谷子,烂芝麻》(《江南》第5期)钩沉复杂历史记忆与多彩现实气息之间的人生感悟。出版过《七年之痒》等多部长篇小说的高克芳写出了《陪妈妈去相亲》(《时代文学》第9期),呈现了一个孩子理解、接受现实的微妙心态。孔明珠的《莉莉张》(《上海文学》第9期)用揶揄嘲弄的批判意识揭露都市社会男女情感的功利和虚伪。朱宏梅的《逃难》(《长城》第5期)喟叹升斗小民在宏大历史之流裹挟、挤压之下的悲惨命运和多舛人生。陈家桥的《一桩挤进菜市场的丑闻》(《江南》

第5期）以宽恕、同情之笔描绘底层男女情感生活里的迷乱、困惑和隔阂。张学东的《栏杆》(《长城》第5期）在少年细腻温润的纯真情怀中回望往昔冷漠无情的家庭悲剧。须一瓜的《毛毛虫》(《上海文学》第9期）以纯真清澈的儿童眼光打量饥馑年代里人心人性的冷漠自私。朱一卉的《第二监察室》(《山花》第9期）叙述芜杂吊诡的官场生活以及在此影响下的人心、人性、人情的脆弱、冷漠与背叛。

# 城市的迷思、"高尚"的展示与对灵魂家园的追寻

## ——2011年秋季中国文学扫描

作为一种脱离农业文明的、令人向往的现代化生存空间和生活方式，自工业文明以来，城市便成为了文明的代名词。乡村开始被人们抛弃，一批又一批人来到城市，来圆那个城市文明之梦，但这个梦是否真如一开始所期许的那样进步、繁华、充满了美好的前景？只有来过的人才知道，只有追过的人才能体会到。当那群为走进城市——这个充满虚荣而诱惑的躯壳——的外乡人被现实的残忍和冷酷打得头破血流时，住在城市中似乎享受着城市带来的繁华与梦幻生活的城市人却在重温着一段段早已逝去的乡村之梦。城市似乎成了一个巨大的围城，住在里面的人想出去，住在外面的想进来。在对方的眼眸中谁都是幸福的，而透过对方的眼睛，我们却看到了自己不幸的影像。这是一个梦想破灭的都市，没进来的，在城市绚烂的灯火下舔着自己的伤口；闯进来的，靠着对乡风民情的回味温暖自己的心扉。

## 一 "拆迁文学"与城市之殇

乔叶的《拆楼记》（《人民文学》第9期）讲的是现实社会中不可避免的生活问题：拆迁。小说并未单纯地描写拆迁这个社会问题，而是将透视的镜头拉向更为深广的人的内心和广阔的社会生活：豫北焦作高新区张庄村村民为了获得拆迁补偿费而在未来路绿化带违章建房引出的一系列纠纷。

作品的叙述视角是崭新的,"我"是跳出事件之外的,被拆迁户是"我"在乡下的姐姐,而"我"与这件事又有些丝缕的关系,因为被拆的房子是在"我"的资助下建起来的,"我"既能作为当事人,又能跳出事件之外客观地看待整个过程,从而作品客观性较强。通过拆迁和反拆迁,小说始终围绕"利益"展开,当个人利益与国家、集体利益发生冲突时,人性深处的本真便展露无遗。人都是有自私性的,群众为得到拆迁补偿费违章建房,在既得利益受到威胁时能爆发出惊人的凝聚力,"一致对敌",其思维的逻辑性也是惊人的,让人哭笑不得;各个官员也唯利是图,时刻把自己的利益挂在嘴边。小说结尾皆大欢喜,被拆户没有利益也没有损失,轰轰烈烈兜了一个圈子还是回到原初的状态。小说渗透着作者对社会现实以及人的价值观的独特思考,也充满着无奈和叹息。

计文君的《帅旦》(《人民文学》第9期)也是写拆迁问题,但不是像《拆楼记》那样写拆迁以及引发的一系列纠纷,而是写拆迁前的滥建问题。小说自始至终荡漾着一股清新气息,院子里丛丛芍药腊梅,抑扬铿锵的穆桂英挂帅,读这篇小说,浓烈的艺术气息和清新的语言表达扑面而来。作品对于拆迁问题涉及的并不多,而是着重引出赵菊书坎坷的一生,与其说是反映拆迁的社会问题,不如说是通过塑造一个刚烈、好强的女性形象近乎传奇的一生引发读者的思考。从菊书勇敢地同敌对势力作斗争要回父亲拼命换回来的房子,经历解放后一系列劫难,她把属于自己的东西以各种方式拿回自己手中,其间受到了多少人的异样眼光,所有的东西是怎样"拼杀"来的,只有菊书自己明白。从小说的讲述中读者看到社会大背景的变迁,看到千千万万个赵菊书的命运的起伏,引发我们的思考:是什么造成菊书们这样的命运?是谁剥夺了她们属于自己的权利?作者没有给我们明确答案,但字里行间给我们的启发也是不言而喻的。

侯波的《上访》(《当代》第4期)是一篇现实性很强的小说,作者善于让读者在张弛有度、轻松诙谐的氛围中关注现实生活中很敏感的话题,读者可以贴近乡长的内心世界观察社会的林林总总。在拆迁、韭菜风波、烟农纠纷、禁牧纠纷、筹措经费、村民拦车事件,这一连串滑稽又现实的问题中,塑造了一些有着鲜明性格特征的人物形象,如时刻为民着想却又矛盾重重的祁乡长,机灵又豪放的翠花,心直口快的黑牡丹,外表冷漠但内心热情的珍珍。小说"有点委屈,有点艰辛,有点无奈,有点关怀",涉及现实生活中,一个乡长忙前忙后,只想多为人民群众办好事,但目标是好的,实现的途径却是非正常的:对上,必须依靠非正常甚至卑劣的手段才能得以解决;对下,一部分群众的不理解,让祁乡长感到困惑、无奈、辛酸,繁杂琐碎的问题透露出人性的善恶。现实与理想的巨大反差,让祁乡长陷入重重矛盾不能释怀。上访——灭火,在这个令人困惑的围城里,究竟人该如何突围,是一个值得深思的问题。

中国人守土重迁,守的其实是家,重的其实是情。小说《召唤》(彤人,《长江文艺》第9期)正是通过关注当下的拆迁事件,并以一种独特的视角切入展现拆迁带给村里人的喜悲、希望或失望。老庄子的黑土地上泛着土腥味的风景在老队长的脑海里始终挥之不去,他在废墟里、在硬冷的楼群中寻找那哺育了几代人有着数百年历史的老庄子,而后便是满门心思地寻访村里人试图找回过去的乡情,召唤过去的气魂。可是拆迁之后的老庄子人在散到一栋栋的楼房里之后似乎对老队长的依赖与尊敬也随之消失了,他们似乎在冷眼旁观,在躲避老队长,殊不知这是在逃避自己的根,也是在回避着自己原本的田家身份。作品最后让曾经在老队长洪亮嗓音的召唤下有规律作息的村民们在老队长去世之后留下的收录机里感受老队长、老庄子最后沉痛的情与义,这样的结尾给读者以强烈的情感冲击,同时在紧凑有力的情节中,作者加上方言土语,使小说语言生动鲜活,也使文章呈现出鲜明的地域色彩和浓郁的泥土气息。

## 二 城之墙、心之界与人性的压抑

城市由人建造,人却成了它的奴隶。《老高的洞》(刘涛,《北京文学》第9期)中,"老高思索的问题很博大,他回想着父辈和自己的人生经历,觉得人很可怜,一生又一生都被能否找一个理想的栖身之处所缠绕"。老高被这样的一生缠绕得焦头烂额,结婚时没房子,在岳父前院盖了所小房子。终于分了房子了,儿子又大了,把所有积蓄拿出来只够给儿子付个首付。儿子和儿媳的工资没有能力还贷,老两口退了休也还要努力挣钱省钱还贷。老高开始向往陕西的窑洞,窑洞多好,冬暖夏凉,房顶还能种菜。最好的是，想要多大就挖多大，挖个大窑洞，好好装修一下，那就是个小别墅啊。老高找了个工作，在城市郊区的防空掩洞里看水果，这样的工作环境，让老高挖个窑洞的梦变得更加清晰。他开始设计自己的窑洞，哪里挖个门，哪里开个窗，哪里放张土桌，哪里有个炕。似乎住在窑洞里是天底下最美的事情，钢筋水泥有什么好呢？一个一个小笼子，谁也不认识谁，这宽敞的窑洞多舒服。毛主席当年不也住窑洞吗？但这个梦只要回到家里就被现实的苦恼所取代。老高的老伴嫌老高在外面吃花钱多，挣了钱也要省着花，就为了儿子的房子，老两口放着退休后清闲的日子不过，整天精打细算。老高的洞挖不成了，这个钢筋筑成的世界里容不得窑洞的出现，一个靠自己双手筑构自己爱巢的时代结束了。城市将这一人类最初的最原始的能力湮没了，人类要靠各种笨重的机器来建造自己的家，又让我们每个人成为那一个个家的奴隶。一切都似乎颠倒了，这个没有温度的城市，让家也变得冰冷了起来。

宁可的《墙》(《延河》第7期)是一个关于金领的故事，这是一群多么令人羡慕的人群。在她们光鲜的生活背后，是一个关于墙的故事。林丽和小燕是多年的同事，她们都住在一个高档小区里，更加离奇的是林丽住在小燕楼下。但林丽说她住北郊，而小燕说她住南郊。林丽的老公是个音乐老师，却非要说自己老公是健身教练；小燕的老公是健身教练，却非要说是音乐老师。她们似乎生活在一个颠倒的世界里，只要见面就说着颠倒的话。工作中的一切都很平凡琐碎，就在这种无聊的工作中，小燕家出事儿了，她家被盗了，而她和老公两人却相互猜疑对方，从未对别人产生怀疑。最终小燕本来幸福的生活一团糟，这回她搬了家，真的搬到了南郊。一次意外，让林丽知道小燕就住在自己楼上，而她家被盗与自己又有千丝万缕的联系，但是，面对着空空无人的大房子，林丽突然发现自己是如此寂寞，她和小燕共事那么长时间，却连小燕真正住哪儿都不知道。为什么人和人之间要隔一道墙，夫妻之间也会隔着那厚厚的墙啊？城市将人和人分离了，我们谁也不信任谁。

王祥夫的《办喜》(《当代》第4期)，写煤老板刘继文准备给儿子办婚礼，邀请王镇长坐席，想打破规矩让王镇长提前来坐席，来显示自己身份高面子大。从邀请镇长到婚礼现场坐席，最后王镇长一句"快收好了"戛然而止，既出人意料又在情理之中，传神地刻画出了刘继文"有钱能使鬼推磨"的丑恶嘴脸，而王镇长又城府深，两人说话客套简单，暗地里各怀鬼胎，互相斗争。小说语言比较朴实，人物语言生动形象，传神地刻画出人物内心世界的复杂，描写婚礼场景细腻有味，如身临其境，热闹非凡。看似平淡的小说叙述背后隐藏着巨大的思考空间：岂止是乡村，当今社会，权与钱的操控，让人与人之间互相防备、猜忌、隔膜，丢掉了真诚和信任。

《关于一起谋杀案的几种叙述方式》（高鸿，《延河》第 7 期）讲述了一场谋杀案：一个受丈夫虐待的妻子在忍无可忍的情况下杀死了丈夫王斌。随着小说的行进，我们却看到了血淋淋的滴着人心之恶的事实真相。一个从小当好孩子的林华，内心有个放纵欲望的恶魔，这个恶魔只有她自己知道，遇见王斌之后这个恶魔才赤裸裸地出现在王斌面前。林华的疯狂在混过社会"杀过人"的王斌眼里都显得过于毛骨悚然，林华爱一百八十迈的车速；从不喝酒却将一杯白酒一饮而尽；爱玩杀人的游戏。王斌只爱林华，他无法从这种疯狂的爱中走出来，为了林华，他放弃了一切，他改掉了一切坏品性。可当这份爱再也无法承担林华的贪婪时，他只好让林华满足最后的疯狂后幸福地离去。在那次疯狂的爱情杀人游戏中，林华将那把定情的刺刀悬在王斌的心口，王斌微笑着看着自己心爱的人儿，用力将刺刀刺入了自己的胸口。在鲜血流满林华双手那一段，林华似乎满足了她所有的欲望。唯一能说出事实真相的人，已经倒在血泊中，这场谋杀案的真相再也无人问津，事实就是一个妻子无法忍受丈夫的虐待，最终谋杀了自己的丈夫。城市把人吃了，它吃了人的心，谁也不曾真正关心过谁，不曾真正了解过谁。林华那被压抑的魔鬼天性，又有谁能知道？王斌的深情厚谊，又有谁能明白？城市在这样一个简单的模式中行进着，每个人都失去了自由行走的机会，我们被各种框子框住，最后成为的一定不是最初想成为的样子。若是有一面镜子能照出内心的真相，在镜子前，我们会被自己吓一跳。王尔德的小说《道林·格雷的画像》中，格雷天使的外表下有着肮脏的内心，而这一切只有那幅画像知道。城市让人的天真压抑着，而压抑的后果只会让现实更加残酷。城市，这个美丽的梦，在压抑的天性面前黯然失色最终碎成粉末。

## 三 "高尚"的展示与对信义、爱的坚守

余华在《活着》的前言中提到,作家的使命不在于发泄、控诉或揭露,而是要展示高尚,这种高尚就是对善与恶一视同仁,用同情的目光看待世界。李浩《爷爷的"债务"》(《人民文学》第9期),不是单纯地向人们展示一位老人的善良美好,对信仰、善的坚持,更是对善与恶的一视同仁,对人的生存表达了一种悲悯之情。小说题材是拾金不昧的"好人好事",但是阴差阳错找错了失主,因此"爷爷"背上了把他压得几乎喘不过气来的"债务",赞美了老人对善的执著追求,对义的信仰和遵守。对于误打误撞骗走了"爷爷"捡来的钱的人,作者不是批判攻击,而是给了他一个让人叹息同情的结局。钱也追回来了,似乎一切安好,可是"爷爷"又背上了另一个关心照顾可怜人的"债务"。作品没有刻意赞扬也没有愤怒,而是洋溢着温情的关怀,以一颗悲悯的心注视着小人物命运的辛酸。小说读来如一面平如镜的湖水,安详,不失庄重。

陈继明的《北京和尚》(《人民文学》第9期),与《爷爷的"债务"》一样,讲的也是对"信"的坚持。作品取材让人眼前一亮,讲一个和尚"入空门—还俗—结婚—做生意—困惑—豁然开朗",最后悟得佛在心中的故事。小说情节引人入胜,丝丝入扣,内容充实丰满。可乘在面对人生中的众多抉择,比如要不要还俗结婚、如何处理好生意问题上,内心要经历多么痛苦的挣扎和蜕变,在"张磊—可乘—张磊—可乘"的演变过程中,他还是经受住了生命的考验。对存在价值的寻找,终究源自内心对永恒信仰的皈依。

《寒冬》(陈永林,《北京文学》第9期)。林子去年没当上兵,父亲认为是因为林子不舍得花钱,该使劲的地方没使劲。今年的名额下来了,父亲必须为儿子去争取下来。父亲去找村支书,村支书态度冰冷只让父亲回去等信儿,礼也让带回去了。父亲觉得可能是礼送轻了。村支书的老婆病了,开的药方中有乌鱼。冰天雪地里去抓乌鱼,就要凿开厚冰,站在冷泥里去找,彻骨的寒冷会让你终身落下病根。父亲就在那冰湖里找寻着,林子只站在湖边就感到冰冷。那条乌鱼在父亲手上时,父亲在林子怀里抖得像个筛子。礼还没送,村长告诉父亲,林子得到了今年的名额。父亲以为村长

出了力,让母亲把乌鱼做了,请村长吃饭,饭桌上村长说了实情,要不是村支书顶回了他亲属的名额,这林子今年也当不了兵。父亲像被冻僵了,刚才的喜悦全部消失了。在冰冷的寒夜里,父亲不见了,我去找父亲,只在湖边找到了父亲的尸体,他是在找乌鱼吧。在这片乡土中,老父亲也相信只有礼才能办事,村支书这样的好人怕是死绝了。这是多么令人寒心的冬夜啊!在收礼办事的社会,人情似乎只等于金钱,两袖清风反被误解了,那些缭绕在人们头顶的温暖,被人们一抬头呼出的冷气冻住了,让本来温暖的人也感到了彻骨的寒冷。

　　城市的美梦找不到出路,只得向遥远的乡间去重温那些逝去的岁月。记忆中的事仿佛总要扮演着比较的角色。回忆与现实相比较,得出的结论似乎亘古不变,只有那充满着氤氲气息的过往才令人向往,而现实总是张着血盆大口想把生活其中的人生吞活剥掉。(这里,我们要确定一个概念,这个乡村,并非相对于城市,而是相对于现代的城市而言的、过去的未融入过多现代化因素的生活。)作家在寻找城市之梦的出路时受挫,总会在乡村美梦中重温那些美丽的曾经,那些纯真的人情。飞速发展的现代文明与人类价值观的塑造是否冲突?传统价值观的沦陷形成的精神废墟衍生出人性的扭曲与异变。当今社会价值体系形成一个又一个怪圈,伴随产生的是人群责任感的丧失,道德的沦陷。尉然的《嘴》(《人民文学》第9期)以"我"的采访记录的方式,从动物的嘴、人的嘴中去追踪事情的真相。刘周到被牛撞伤,牛被猪惊,猪被狗咬,狗与羊发生冲突,羊与猫伴,猫被鱼引诱,鱼被人偷;人偷了鱼,鱼引诱了猫,猫伴羊,羊遇见狗,狗咬了猪,猪惊了牛,牛撞了人……这个无限循环的怪圈,永远没有真相,永远找不到事情的承担者,但是每个人又好像都与这件事情有关联。而人被牛撞伤,大家不去关心伤者的安危,只是在互相推卸责任,像踢皮球一样踢来踢去,王平安们,张芳、赵长水、谢富有们,他们嘴里诙谐撒泼式的语言让人忍俊不禁。小女孩杨小妮勇于承担责任,认为自己养的猫,自己应该承担责任,这不得不引发我们思考:孩童尚存有道德心与责任感,成人却毫无责任心。责任与道德是人的本能,在人成长的过程中,究竟是什么抹杀了我们内心的责任感?社会不断进步,人类的精神世界却不断荒漠化,当人类只徘徊于得与失之间的时候,人与人之间便只剩下相互倾轧,相互敌视,忽视了对人类生命本身的关怀。小说的语言生活化，较贴近现实，言近旨远，耐人寻味。

《当理想照进现实》（刘晓珍，《山花》第9期）里面更多的是辛酸与无奈。农民工这一社会阶层在当今的困苦与追求在小说中得到充分的体现。福芳与明才一对夫妻怀揣着梦想双双进城打工，为了简单的理想在城市的现实中摸爬。然而，福芳在受到性骚扰、被人强暴未遂时，明才在面对城里人的侮辱、刻薄与算计时，双双在寻找工作的路上辗转于一家又一家，但终究没有一处是可以安心工作的地方。当两个人终于有自己的小拉面馆时，一时的生意红火又让他俩无法安分，他们选择盘了一个大店，可四周的冷清让两个人不得不又踏上寻找下一份工作的路。"梦样来的幸福梦样去"，理想总是与现实擦肩而过，小说结尾"啥时才能和现实重叠在一起"的叩问，不仅仅是小说主人公的迷茫与失落，更是对现实与时代无奈的发问。小说充满对打工者命运的关怀，体现着作者对社会问题的深切关注，具有强烈的现实意义。小说情节结构紧凑，一系列的事件与人物对话、心理活动将来自农村的打工者刻画得十分生动，将他们的质朴、憨厚、善良及处于社会边缘不得不隐忍的心灵苦痛表现了出来。

孙方友的《小镇上的生意人》（《山花》第9期）是相互独立又相互联结的六则小故事，共同勾勒出小镇上质朴生意人的兴衰史。每则小故事都展现着小镇生意人美丽的人性——善良、憨厚、真诚、正直，虽然有时也会执拗犯错，可终究都勇于承担生活中的一切。小说在质朴的语言、平缓的诉说中，讲述着小人物命运变迁背后的历史狂澜与人性异变。

黄土路的《戒指在寻找爱情》（《天涯》第4期）是一篇关于寻找真爱与幸福的故事。故事中老一辈父母之间的真爱、相濡以沫延续到生死的最后一刻，前来为父母守丧的李想在父母坚贞的爱情中看到了自己婚姻的悲哀。在整理父亲的遗物时，李想找到了见证父母真爱的刻着"雨"字的黄金戒指。在这象征着真爱的戒指面前，李想联系了曾经的初恋，但在相约见面的路上发生了车祸。李想故事进行的同时，彭旺和肖春雨这对情侣在辛苦的城市打工生活中感受着彼此的爱，但天有不测风云，肖春雨在工厂出了事故被机器轧掉一根手指。作品为读者展现了在生活的打击面前爱的坚定。在公园的俩人目睹了一场车祸，一枚闪亮的刻着"雨"字的戒指来到了彭旺的脚下，好似上苍送给这对苦难中的情侣的爱情礼物，可是当彭旺拿起春雨的手时却发现春雨断掉的正是那本该戴上这戒指的无名指。故事在春雨的痛哭声中结束，但象征真爱的戒指却让读者感受到他们的爱还要继续。小说以平行结构展开叙述，两条线索各自单线行进，故事结尾由象征爱情的戒指将两者串在一起，构思巧妙。小说以质朴的语言平淡地诉说爱的真谛，如涓涓溪水，娓娓道来。结尾处高潮之后的戛然而止，让读者感受到一种无限的心酸与无奈，令人深思。

毕亮是一位值得关注的作家，他的《纸蝉》（《山花》第9期）以独特的艺术方式诉说着父子之间的隔膜与痛苦。老麦折的纸蝉、蓝色女孩儿，形象简单却寓意深邃，形成作品的两个核心象征意象。蝉本是鸣叫之物，老人手中的纸蝉却是无从发声，作者意在用这不鸣之蝉表达父亲对儿子深沉、无言的爱。孤独、寡言的老麦对于多年未见的儿子充满了深深挂念。在父子相见的咖啡馆，父子的矛盾冲突同年轻女孩与中年男人上演的婚外恋闹剧穿插在一起，两个不同冲突的结合点便是老麦手中折出的蓝色女孩，它像咖啡馆的女孩更像小麦的母亲，女孩与小麦母亲的境遇是相似的，女孩的背后是小麦母亲的身影。通过它作者间接地解释了小麦对父亲耿耿于怀、充满冷漠与敌意的深层原因。最后小说在老麦颤抖着双手始终折不出两个夏天的蝉中结束，沉郁的氛围中却也流露着一丝丝温情，父与子的纠葛依然在继续，因为爱还在。

## 四　沉重抑或讽刺：在历史和现实之间审美穿越

祖辈沐浴在古朴的民风中、扎根在深厚肥沃的传统土壤里，当中国革命和现代化如狂风般席卷这片古老的土地时，留给这片土地与在此生活的老一辈和小一辈的又是什么？黎民泰的《纸牌坊》（《四川文学》第9期）就展示了乡村宁静祥和的传统生活方式在现代社会的冲击下的支离破碎。象征着历史与祖辈代代相传的道德准则的三座牌坊——"崇德尚义"牌坊、贞节牌坊、孝子牌坊的轰然倒塌，使老一辈心底充满了哀和痛，他们那守候祖训的责任感和使命感被残酷的历史抽打着，即使在生命的尽头都会隐隐作痛。崇德老人在生命的终点一直不能安心离去，心中一直挂念着那片黄土地那水塘那大院，直到老人第二次起死回生用竹子自己做了一个用白纸黑字写着"崇德尚义"的纸牌坊时才安然离去。而村里的另外一位老人玉卿嫂因为外出打工的女儿不忠不孝而瘫痪，当老人拿着贞节牌坊的碎片和丈夫的烈士证劝说女儿无效时，作者就向读者展示了小一辈已经背弃了老人们用生命守护的古训，纯朴的人性在残酷的发展中慢慢消失。本文是作者为古老的即将消失的土地所唱的挽歌，向人们敲响了历史与人性的警钟。

"文革"是我们永远无法回避的苦难历史，叶兆言的《写字桌的1971年》(《上海文学》第9期)以写字桌的多次易主为线索，讲述着"文革"中人命运的改变与人性的扭曲。历史常常会捉弄人，善良的夫妇可以瞬间成为人人咒骂的坏人，而这一转变没有任何原因，就连一张本属于自己的书桌都无法要回。而"文革"结束后，这张书桌又成为吴凤英的心病，一直存在着，直到摧毁她的生活。这样的历史泯灭了人的本性、人的理性，这样的历史会因一张桌子而捉弄善良的人改变他们的命运，这样的形式是有讽刺意味的。作者以第一人称"我"的视角来叙述，并以扎实稳重的叙述语言来表现一种历史的真实感，让读者在这种真实中感受那段历史的残忍。在反省那段历史的同时，作者也透过吴凤英，告诉作为普通人的我们也应该反思我们自己，即使不能成为反抗扭曲人性的历史的反抗者，也不应当推波助澜去成为帮凶。

《四人舞》(姬中宪，《上海文学》第9期)是一篇独具特色的舞台剧式的小说，这样的体式选择与小说呈现的主题——人情人性的冷漠无聊、城市生活的乏味空虚交相辉映。作者采用蒙太奇手法展现四个人的生活，不断切换四人的场景，四人生活各自分离，却又做着同样的事情，从而又把四人联系在一起。小说中大量的细节描写、动作描写，极少的语言描写，营造出一种沉闷的气息。生活的程式化所造成的无聊单调令人窒息、令人麻木，使小说中的人物如舞台上的四个木偶摆设，呆板僵化。冷漠的叙述、琐屑繁复的生活细节重复的描写、四位像木偶一样的人物，表现了现代人男女老少无聊乏味的精神状态以及缺乏趣味的生活状态。小说结尾，众人早上在电梯中做着同样机械的问候，我们猛然发现，不只是他们四人，原来众人都是如此的木偶。

农民工问题是我国当下一直关注的问题，《红豆》(黄运生，《广州文艺》

第9期)正是这样一个人群的人生写照。红豆的背后是进城务工的千万农民,他们有着不一样的人生道路、人生选择——就如同红豆、荞子、见喜、初一,但是他们有着共同的身份"进城农民";有着不同的悲哀与痛苦,却同样承受着进城所带来的苦难。小说中红豆与荞子的不同人生选择在红豆扔出钥匙的那一刻也表明了作者所希望的人生追求,最终红豆与初一舍弃了暴富的可能,甘愿回到那曾经伤害过自己的故乡,因为那里才是他们生活的家。小说叙事清晰,不枝不蔓,平缓叙述中又有波折,张弛得当,故事情节全整而富于波澜,人物性格比较全面且特点突出。李师江的《巩生与彩霞》(《百花洲》第9期)讲述的同样是生活不得已的农民工。巩生和妓女彩霞为了一张掉角的十元钱上演了一场别开生面的讨债戏。在两人争执的背后,是生活的艰辛、人情的冷漠、权利的丧失。本文透过一件具有讽刺意义的小事去关注那些生活在社会底层的人们,对整个社会与时代进行了犀利的讽刺。

## 五  魂归何处,城市抑或乡村?

赵德发的《路遥何日还乡》(《时代文学》第9期)塑造了一个爱哭的男人——堂叔赵洪运。爱哭似乎并不光彩,但我却觉得洪叔这人真实。我爷爷走了,洪叔哭得最伤心,洪叔选了上好的石料,深沉凝重,碑文雄浑刚劲。洪叔这辈子是爷爷给的。洪叔学刻碑初成时,师傅让他刻块碑,洪叔认认真真地刻,却在最后一笔失了手。碑刻坏了要拉到城里磨平重刻,洪叔不敢让师傅知道,他这一失手让师傅丢了面子,也砸了自己的饭碗。洪叔回家就哭,爷爷知道后,让所有赵家男丁回家帮洪叔磨碑。"沭水泱泱,春水悠悠,爷爷他们披星戴月磨碑霍霍。"洪叔那次哭得跟个泪人似的。碑被磨得跟镜面一般,洪叔把命都刻在了这块碑上。洪叔刻碑很讲究,字数方面要合黄道,那黄道便是"道远几时通达,路遥何日还乡"。这十二个字中包含着祖先们的惆怅与哀愁——他们苦苦寻找吉祥前途的时候,却是黄黑参半,凶吉难卜,一不小心就会误入歧途,栽跟头跌跤,甚至落入地狱万劫不复。道远路遥,乡关何处?只可惜,这一切在洪叔儿子德配那里,都变了样子。德配和小姨郑玲搞对象,最终害得郑玲毁容出家。德配不用锤、凿刻碑，在城里买来了电钻，又快又省力，后来又改成电脑设计，机器刻字，快是快了，洪叔总觉得刻出的碑没了神了。本以为这是科技的进步，没想到带来的是道德的丧失。德配给人刻碑，用的是旧碑，隐隐约约还能看见从前未磨干净的字。面对痛失亲人的亲属们，德配失去了最起码的尊严，碑在他的心里早已没有了神圣，那只是他赚钱的工具。客人拿着碑来找德配，德配厚着脸皮不还钱，眼见一场惨架不可避免，洪叔从屋里走出来，跪在碑前，狠命地向碑撞着，那声音闷得吓人。从此洪叔再没睁开眼。德配生意做得越来越大，全家搬到了城里，德配为别人刻了那么多碑，却从没时间给洪叔刻一块。终于有一年，德配搬回来一块大碑，华丽、张扬。我默默地数着碑文，数到最后，心里一颤，这碑不合黄道。不知洪叔的灵魂在暗夜里是否能找到归乡的路，不知它是否会成为孤魂野鬼到处漂泊再也回不到家乡？故事就这样淡淡地讲下去，静静地在耳边徘徊。悲剧并非令人痛哭，而是让泪水在眼中打转，如何也不肯流下来。透过含着泪的双眼，世界似乎明亮了许多。技术是该进步的，我们不可能永远躲在农耕时代里过着清贫的日子，但是为什么几百年的机械文明这样轻而易举地就将几千年积淀下来的人类文明全部摧毁？为什么道德在现代文明面前这样软弱无能？我们的出路在哪里，我们将往何处去？自从现代文明以来我们一直在反思，却依然没能得出结论！这又是为什么？我想一部小说也许不能解决这么多问题，但它让我们思考、不让我们遗忘就已经实现了作家的使命了。

《山岚》（白崇人，《黄河文学》第9期）是一个关于梦想的故事。毕业了，你去哪里圆梦？去乡村还是去大城市？我的理想是去北京，在到处充满现代感的都市中穿梭，努力奋斗在那里买个房子，一辈子在那都市里生活。而山岚的理想却相反，她要回到乡村去，去建一所现代化的学校。我对她的理想一直是尊重的，但我依然会向着我的理想走下去。所以在高考过去的那个日落山边，我并没能牵起山岚的手。好多年过去了，大学生活匆匆过去，我已在北京万千高楼大厦中一个不足几平米的小格子里找到了我的位置，每天窝在这个小格子里工作，然后回到合租的小屋子里听着合租夫妻的打情骂俏，吵架拌嘴。这一切被一场夜色中的细雨打乱了，在那绵绵的雨丝中，我似乎看见了山岚的身影，但只是一闪而过。我开始在回忆中度过，我曾那样被山岚的神秘感吸引，我与山岚的那几次对话，我们曾谈过梦想,也曾那样接近彼此的内心。本该是一次美好的爱恋,却因理想不同,分道扬镳,自此没有再次相遇。我突然想回家去,去看看山岚的梦想是否实现,于是我在网络上追寻山岚的影子。一所现代化的学校在那个偏远的小村庄上建立,我知道山岚的梦实现了,而我的梦呢?也许只是一个梦吧。突然我想回到乡村的土地上去。

胡性能的《下野石手记》(《十月》第4期)中,一连串的意识流动带领读者进入一片满是创伤的下野石,现实与虚幻相交织的张力构成一个叙述与意义多层性的空间,这就是《下野石手记》独具魅力的地方。小说题材并不鲜见,写的是知青下乡的故事,读者隐约看到有几个主人公:海青、小美、侯会计、"我"。小说的情节隐约是知青海青与小美产生纯洁的爱情,后来小美受到权势的侮辱而自杀,海青杀死侯会计被枪毙,"我"梦回下野石激起一连串的感伤。小说的内容没有脱俗之处,思想层面的开掘也不够深入,但小说在艺术形式方面的探索是比较成功的:以记梦的方式展开,从1970年代末到21世纪初,跨度较大,但时序安排错综交织,跳跃性强,主人公叙述的事情显然与事实有时空上的距离,带有回忆色调,其中现实的、想象的、梦幻的相交织,仿佛事件的过程与真相对读者来说已不是很重要,作品强烈的距离感与巨大的阅读张力,主人公内心细腻又朦胧的意识流动带来的多重想象空间与意义空间是绚烂多彩的。

《献给安达的吻》(张楚,《百花洲》第9期)以先锋小说形式讲述了一个小公务员的苦恼、孤独与压抑。作者张楚的名字出现在文中,文中的安达在现实和幻想中游离着与张楚进行着对话。故事情节亦真亦假、似梦非梦,人物若隐若现、语言光怪陆离使整篇文章充满了先锋文学的奇异色彩,让我们重温了先锋文学的魅力。

## 六 更多的悲喜故事,更多的梦碎与回忆

鲍十的《东北平原写生》(《北京文学》第9期)写土改时被冤枉的地主;被欲望迷失了心智的农民;历尽磨难依然对生存对生活心存善念的平民百姓。刘成章的《槐树槐》(《延河》第7期)写郭花豹打过鬼子,救过"共匪","文革"中被人整过,新社会安度晚年的一生,在花豹的回忆中,我们看到

了善良骁勇为国为民的国民党将军，仁义重情用生命换兄弟的叫花子叫卜溜，不成人之美的共产党员，那些战争年代的故事，似乎都写着纯洁干净。而战争结束了，社会却变得污浊不堪。在回忆过去时，虽然那些已经变暗的景象里总是充满着苦难却从来不缺乏温情。而当视角转向现实，本是明亮的光线下却总是觉得冰冷。朱晓林的《诺曼底彩虹》(《北京文学》第9期)写单亲妈妈倾家荡产把高考失利的女儿送到国外留学，在黑中介的"帮助"下，女儿进入德国一家没有资格接收留学生的学校读书，在这里女儿在不学无术的同学的鼓动下吸上了毒品，最终在一次突发事件中妈妈终于知道女儿在国外读书的真实情况，在异国他乡，妈妈的梦碎了，女儿的梦也碎了。小说中作家用细致的笔触描绘出了单亲妈妈对女儿的亏欠和女儿在国外从一开始的反抗到后来向虚荣妥协的心理动向。异国之梦的破碎之路写得凄凄惨惨，楚楚动人。刘会刚的《永远的变数》(《北京文学》第9期)描述了想在城市扎下根的王国勇，如何在现实的残酷中过关斩将最终在一次荒唐的成功中看到了现实的真相。也许我们不能只看到苦难，不能只是经历苦难，不能在苦难的阴影中找不到生活的方向，不是所有的文学都要以一声叹息结尾，给人希望才是文学的真谛。《母亲的石没油婚约》(尚长文，《北方文学》第7期)里，父亲将远在北方的母亲"骗"到了寒冷的大庆，条件的艰苦让母亲伤心落泪，总想有朝一日回去。可是随着时间流逝，母亲在这场荒野里有了自己的生活，用自己的双手养活着自己。在母亲这代人手里，这片未开垦的荒原成了沃野千里的丰收之地。但走进现代化的大庆，却将这一些开垦者遗忘了，父亲依然在开着钻车，母亲依然是农民。生活依旧清贫，日子还是紧巴巴的。而父母亲的儿女们都想离开这里。这是一个城市的健忘症，不懂得感恩的城市让开拓者寒了心，也让年轻人失去了努力的方向。《普觉寺》(李敬宇，《黄河文学》第9期)里妹妹意外辞世，姐姐没有太多悲痛，反而不断让妹夫重觅佳偶。这是个现实的社会，谁又能说这不对呢？在这个一切都很现实的社会，又有几多侠骨软肠，至死不渝？妹夫的坚贞爱情真的无法不在现实面前低头，本想死后也葬在妹妹旁边的妹夫，只有悲叹着告诉姐姐，他已经考虑出去约会了。现实让千年来的传统悄悄流失，再也没有至死的爱情，再也不见一生的等候。《红棉袄》(关小凤，《黄河文学》第9期)里周芹是下岗女工，靠着丈夫的体力活维持家里的生活，多年来虽不富裕却过得安心幸福。周芹平静的生活被一件小红棉袄打破了，一件七百五十块钱的小红棉袄把本来就有几分姿色的周芹衬托得妖娆妩媚，可是七百五十块钱是她这辈子都不敢想的价格，这时她突然想到了好友苏燕，苏燕婚姻不幸，离婚后却依旧过得比周芹强，高级化妆品，一年四季的衣服从来不重样。从前周芹一点也不羡慕苏燕，苏燕是靠男人养的，说白了就是高级妓女。可这一次她开始向往苏燕的出手大方，她第一次向苏燕借钱，把棉袄买了下来。但过后的几个月内她都在为找份工作赚钱还苏燕而四处奔波，结果却是四处碰壁，钱也越借越多。最终她在足疗馆里找到了工作，算是有了一份不多的收入，尽管受到胖女人的当众侮辱，虽然要面对各种各样的臭脚，周芹都忍了。城市中有太多人活得不自由，被物所累，为钱所伤。但谁又能改变这一点呢？这个城市是用钱建成的，必将用钱来继续存活下去。

　　城市是个无形的杀手，它像瘟疫一点点一寸寸地占有我们的灵魂；灵魂又相互传染着冷漠、绝望的病毒。工业文明在慢慢取代我们几千年建立起来的农业文明，这种取代并不是缓和而漫长的，它就像一场暴风雨正狂卷而来，在城市平静的外衣下，正是风暴到来前的死寂。城市之梦为何破碎，破碎后又该何去何从？多少作家困扰在这个难灭的主题上，艰苦探索，却迟迟找不到答案。也许苛求作家是不应该的，但身处城市中的作家是否也该反思，为何我们的作品多少次将双手伸向人的灵魂，刚一触摸到灵魂就马上收了手？为何我们从未找到一条人类灵魂的出路？难道真的只能从对过去的回忆中才能找到些许的安慰吗？

# 2012年存在苦难下温润生命的文学力量

盛夏流火,杂花生树。2012年夏季的中短篇小说创作依旧繁盛如前,有韵有味、文美情真的作品如一朵朵绚美的花朵怒放于广袤的文学土壤。无论是关乎底层描摹、人性体察、现实镜像还是两种文明冲突下人心驿动的作品,都具有一种紧密贴合时代的趋向和温润人心的力量。

## 一 底层小民的生活镜像

这一季的底层书写已不仅仅限于在苦难主题上展开富有现实性的精神追问,而是多展现弥漫于生存之艰中那无处不在的人间生命温情。

"有的人有房子没家,有的人有家没房子。"荆永鸣的"外地人"系列小说大多瞩目于底层生活中的平头百姓和蓬门荜户,有一种基于生活实感的真实和真诚。《北京房东》(《北京文学》第7期)将写作视角对准底层生活中的"租房"一族,以小小的神来之笔于细微处表现普通人身上的人性光亮。老荆面对醉意朦胧的方悦在贴心呵护后的抽身离去,方悦历经人生变异后仍记挂老荆,并在回国之后相约到未知的"老地方"见面等细节无不体现着底层生活中的人间暖色。作品暗含了两条叙事线索,乍一看,小说似乎是由有钱的丈夫张弈胜的频频"劈腿"、方悦的始料未及和被动离异来透视当下不无缭乱又动荡不安的婚姻状态,但方悦与老荆由最初租房形成的主客关系渐渐变成了超越主顾的朋友关系这一若隐若现的线索却使故事有了别样的情致。

与荆永鸣细碎讲述城市底层不同,张书勇的《缴公粮》(《莽原》第4期)将叙述视角转向了日月漫长的乡村中农民"为稻粱谋"的苦与酸、累与痛,日月无光的乡村生活将他们打磨得粗粝麻木。脊背酱紫的农民饥肠辘辘却要承受"前有狼,后有虎"的窘境。在外,缴公粮时担心粮食能否验得上,受尽验级员百般侮辱;在内,承受着村里恶霸的欺凌,挂念着家里的鸡鸭猪狗。母亲喊验级员"爷爷"一节充溢着无法言明的辛酸与痛楚。作者为我们精雕细琢了一幅幅细节图景:七十多岁的老婆婆收集随验级员手中铁钎流到地上混杂着泥土的麦粒,一系列动作虽迟缓却有撞击人心的力量。父亲捡起掉落在尿液里的锅盔放进嘴里的"饥饿相"令人满心酸楚。验级员对下作威作福收受贿赂和对上的诏媚丑态令人愤愤不平,两类人的差距立显。对农民而言,公平在何处?作者以对农民形象的精妙刻画展现了农民之心与农民之累,用密实厚重的文字和饱含深情的言说呈现了一个个承受现实折磨的苦痛心灵,直指人心。

王秀梅的《一棵树的死亡方式》(《芙原》第4期)呈现给读者的是一张床的"意识流",作品以一棵被打成床的树的口吻和视角看待生活,讲述人性、爱情和婚姻,深蕴着其想帮人类留住爱和温情的无能为力。小说语言细细浸入人心,细密的讲述令人动容,营造出一种无奈感。故事的展现虽荒诞不经但行文中却自有一股别具一格的清新之气和深邃悠长的寓意。

鲍十的《冼阿芳的故事》(《当代》第4期)是一篇关注底层女性心灵的小说文本。冼阿芳是天南地北数以万计的坚韧女性中的一个,她有着标准的"男人相",为家人奋斗,不惧苦累。小说展现了底层个体在世俗生活中的挣扎与苦乐,流露出达观、强劲的生命活力,充溢着鼓舞人心的力量。作品对城市发展占有农民土地的呈现则蕴藏着对社会现实的拷问,颇具人文深意。

陈霁的《文庙》(《星火》第4期)展示了小说主人公在现实地面上所做的匍匐性艺术行走。徐志红在社会的压抑中长大,身上有着太多时代的投影,还摊上了强悍的母亲和老婆,又在精英众多的报社混饭吃,"一地鸡毛"式的现实生活似一特殊容器将其改造和扭曲。报社加工别人的故事,也滋生自己的故事。将一座文庙作为人物的舞台,作者以此增添了小说的景深,丰富了故事的意蕴、气息和色彩,具有较多的社会历史意义。

杨猎的《保姆宋珠》(《星火》第4期)塑造了一个有血有肉、有酸甜苦辣的保姆形象。她有着丰富的精神追求,喜唱越剧、跳交谊舞、懂得捍卫人权,付出汗水的同时不愿再流下委屈的泪水,渴望物质保障也向往精神生活,有着极其现代的人生价值观。平缓简洁的讲述中深蕴着作者的担忧:越来越多有文化的年轻保姆加入这一群体,究竟是社会的进步还是倒退?

冶进海的《抱着氧气奔跑》(《花城》第3期)是一个隐喻感极强的小说文本,对底层民工面对母亲高额医疗费的痛苦与惶惑作出了恰切而又独到的比附。无法得到合法报酬的主人公面对冷漠的医院和病痛缠身的母亲只得剑走偏锋,偷盗医院的氧气罐拿去换钱,最终落入法网。主人公一再地快速奔跑在城市道路上与逐日的夸父极为相似,追逐光明而不得。其手中紧抱的氧气罐不光承载着拯救病人的氧气更是主人公的希望所在,具有双重寓意。作品充满了对底层小民的关怀,展示了生命个体在生存压力下的绝望挣扎,同时也蕴藏着对尚不完善的公共医疗和不公正的民工生存境遇等问题的拷问,增添了现实的思想维度。

赵德维的《守夜的女人》(《当代小说》第7期),萦绕着一股浓郁的人间烟火气息和温润生命的文学力量。哥哥为弟弟挣钱而导致身体残疾,半身不遂,弟弟和嫂子、哥哥一起相依为命。在邻里看来,娶不上亲的弟弟和嫂子一起过,把这个家的重担挑过来是再自然不过的事情。在玉米地里的一次仓促相遇,弟弟看到了嫂嫂屁股的白,喃喃说出一个单字"白"。但是,哥哥因为深爱着自己的妻子,而无法从三人世界中退出。哥哥在临死之际悔恨自己的"自私",嫂嫂到城市想把弟弟拽回来,却发现到城里打工的木讷小叔子遇到了另一个女性,话语变得很多很多。生活虽不是所期待,但在寂寞寒冷的老屋里,一团温暖的火焰重新温暖了土炕和土炕上的女人。

孙炎莉的《满绣》(《山东文学》第8期)同样闪耀着美好的人性光芒,在儿媳与婆婆的磕磕绊绊中,彼此最终凭借人性的善良而从狭隘与偏见中走出来,编织出一幅人性美好的"满绣"。

## 二 文明裂变中的现实人心

对人心的关注是文学永不可能卸下的责任,两种文明碰撞下的人心裂变则更具张力。

达斡尔族作家萨娜的《卡克,卡克》(《天涯》第3期)是一篇意蕴深厚的小说文本。作者选取了鄂伦春族男孩卡克及小熊卡克为切入点,将视角对准了外来文明对草原文明的洗劫,展现了草原人民的执著与无奈。作者以极多的笔墨渲染了"外乡人"到来前男孩卡克与小熊卡克之间纯而又纯的友情,令"外乡人"丑态毕现:他们砍伐森林,活熊取胆,随地大小便……"人比动物可怕","有了人,万物的劫难就到了"。广袤草原上的传统文明和生存方式在外乡人的冲击下消隐、瓦解、崩溃,依附于草原生存的人们的心痛和失落感也昭然若揭。小说结尾处男孩卡克以幼小身躯的全部力量对抗外乡人对黑熊的虐杀颇显无力感。作品充满了对草原文明的关怀,展示了生命个体在抵御城市文明洗劫过程中的绝望挣扎,同时也蕴藏着批判现实警醒世人的力量:人类自称万物灵长却成为万物的劫难,不应感到羞愧和自责吗?

存一榕的《疯狂的野猪》(《星火》第3期)从人与野猪争夺水源的生存之战这一侧面入手,展现了城市化造成的空心村现象。经济上的富足丝毫没有缓解留守乡村的人员生活上的压力和心理及生理上的烦恼,反而进一步威胁到人的生存环境,植被破坏,野兽入侵,一场大旱凸显了乡村失却青壮年后的无力与萧条。作者在揭示人与自然如何互相依存的复杂性与残酷性的同时,也将矛头指向了城市文明入侵下乡土之心的裂变和驿动。简约而不简单的写作风格赋予文章一股说不清道不明的悠长韵味。

周如钢的《梦境》(《莽原》第4期)以充满童真和浪漫的散文化笔法讲述了乡村妈妈麦子的"城市梦"及女儿萝卜丝的"乡村梦"。怀揣城市梦想的麦子视光怪陆离的城市为天堂,牵挂乡下养父母的萝卜丝视日月漫长的乡村为天堂,两相对比中彰显了孩子无视物质只关注爱的纯洁之心。为了赢得去乡下探望的机会,萝卜丝与麦子制定协约的细节令人动容,足以让每一个拥有过多凡俗物质梦想的成人羞愧和反思。麦子对山村的偏见消失于山村人的美好人性中,对乡村浪漫美好人性的创造源于对驳杂城市的映照及对心灵家园归于何处的惶惑。

秦岭的《摸蛋的男孩》(《北京文学》第4期)向我们讲述了那个特殊年代畸形人性的复杂裂变。全全爷爷是一个老积极,积极缴纳特产、公粮,受到上级表扬,家里养的、地里出产的好东西都要缴上去。"上缴给公家的皇粮,油料,生猪,鲜蛋,棉花,羊毛……都是公社下派的任务,缴成了,就能凭证换回城里人生产的煤油、火柴、白糖啥的,缴不成,用队长的话说那是原则问题,是对城里工人阶级的态度问题,是天大的事情。"当全全学会摸鸡有没有蛋的本领能为缴任务作贡献的时候,家里作出了一个重大决定:"晚饭,居然多了一个煮鸡蛋,这是全全吃饭记忆里的一个重大事件。"小说向我们讲述了一个从没有吃过鸡蛋孩子的独特心理感受,并为后面的悲剧埋下了伏笔。全全随着妈妈进城却发现了一个惊人的秘密,不是爸爸告诉自己的"因为城里人穷,咱农民人富,富人就得帮助穷人",而是城里人富,农民人穷得可怜。深受刺激的全全回到家后,作出了从鸡屁股强行掏蛋自己生吃掉、鸡屁股流血的悲剧事情来。小说语言在漫不经心之间显现出惊悚的文学力量,揭示了那个畸形时代里孩童的人性精神变异。

吴克敬的《心愿卡》(《芒种》第7期)是一个现实感极强的小说文本,作者将写作视角对准了留守儿童豆芽儿对曾经给予其靠山般温暖的失足哥哥的寻找和灵魂拯救,从侧面展现了空心村中儿童的生存现状和未来走向。"我们的生活富足了,可我们还需要温暖,谁来温暖我们的心呀?"豆芽儿在心愿卡上的发问直指人心却令人无法解答。留守乡村的儿童分成了两类:欺侮人的和被欺侮的,暴力和性充斥其间。乡村中,恶势力以压倒性的优势战胜了善的一方,为博得利益的网吧和黄色录像厅大行其道,而勇于揭露黑暗的支教教师却因谴责学校和政府的不作为而被下了逐客令。小说充溢着一种粉碎了的疼与痛和心似被无形铁锤砸着的愤懑与窒息。信天游歌谣穿插小说中,具有浓郁的地域色彩。作者对空心村现实的揭露残酷而直接,豆芽儿们的未来将走向何处?谁来温暖和引导他们?对儿童生活现状的描摹和深刻的追问探寻令人深思。

## 三 多维质素下的人性体察

晓航的《蝉生》(《人民文学》第8期)以现实与幻想相交织的手法生动地讲述了一个主人公如何以灵动的精神源泉灌溉城市中已经荒芜很久的人心的故事。因经济危机从公司老总一夜成为一穷二白的平民,赵晓川参加了扮靓城市的活动,生活的前景不妙但至少给人一种表面的希望,而这种希望即使再做作也远远好于绝望;冯关和于臣恰似一个灵魂的两面,面对厄运,一个萎靡不振,成为蝉蜕人(寄生虫),一个有担当颇具救世情怀和浪漫主义色彩。城市虽然面临着各种各样的考验，但每个人眼里依然充溢着欲望、渴求、等待以及各种不屈的奋斗意志。城市的众声喧哗里深藏着一个意义："再等等吧，生活总会好起来的，那些属于自己的美好的日子总会到来的"。小说极具鼓舞人心的力量，遇到挫折可以一时颓唐，但请记得重新出发！而现实与幻想相交织的艺术手法不仅赋予作品紧接地气的现实感，也给予作品一种灵动飞扬的动人姿态。

钱良营的《等待离婚》（《清明》第4期）以触目惊心的笔触展现了山村女人荠荠悲苦的爱情和婚姻。丈夫犯罪潜逃十年未归，荠荠一人独守十年之约（离婚协议），照顾公婆和儿子却无法给真正的爱人一个光明的承诺。小说交杂着苦难与美好，爱人高黑子与丈夫高海子如一对天使和魔鬼，高黑子给予他人爱和力量，高海子毁灭爱情亲情，两相对比中彰显了人性的两面。结尾不人不鬼的高海子的归来更是加剧了作品的残酷性，令人欷歔。

贫村的《傻子与狗》（《星火》第3期）充溢着一种被炙烤的痛。寄居在富人别墅墙根下的傻女被视为爬进人的肌肤中那顽劣的疥疮。原来那身垃圾是她的保护色，善心促使之下的"我"将傻女冲洗干净，但善行仅止于此。焕然一新的傻女被强奸并怀孕，最后孤独地死在大年三十的风雪夜。面对弱势群体，那打着折扣的同情心令人有伸出援手的冲动，却也始终茫然而不知所措。故事简洁精练，却造就了一种"含泪的笑"的效果。

鲁敏的《谢伯茂之死》（《收获》第4期）精解了当下人一种普遍的为人处世之道：渴望真情却又不付出真情。内心空落渴望朋友的陈亦新虚构出一个谢伯茂并不断给其写信，却又对老邮递员李复对收信人谢伯茂的寻找这一义举颇为嘲弄和不以为然。小说故事结构引人入胜，语言智慧理性，情节构思新颖独到，行文所到之处皆涌动着作者浓重的情感忧虑和道德拷问。

王秀梅的《孔雀》向我们展现了一位如鱼得水的女处长形象，不仅在官场做得风生水起，而且在私生活方面包养情人，当着智障孩子的面肆无忌惮地与情人调情，事后手机不见了。在一番无功而返的寻找中，竟然发现手机是被智障儿子给藏匿了。王秀梅以此向我们展现了"孔雀"丑陋的屁股，同时发出了一种无声的疑问：在一个官员私德沦丧的精神语境中，怎能建构健康的时代精神文化？

## 四 战争及后战争时代的文学书写

孙方友的《陈州烈考四题》(《朔方》第7期)仿佛一帧淬砺历史烽烟的黑白照片,将往昔的抗日英烈沈上海、林一丹、张腾欢、方化舟真诚地呈现在今人面前,史为镜鉴,可歌可泣。

毛建军的《虎烈拉》(《北京文学》第7期)看似是一场宏大叙事,战争、瘟疫、死亡、仇恨、人性、亲情……都在其中,然而这又是一个小故事,小木匠王顺才和日本木器厂小老板横山之间的故事,他们分属敌对国却在劫难之间见证了人类绵绵不尽的人性之美。横山在王顺才生病时不离不弃,不惧极强的传染性,在得知王顺才视自己为朋友时,横山快乐得像个孩童。小草一样的平民成为战争的牺牲品,小人物的生死悲欢淹没在战火硝烟中,而人性中的美好却能穿破一切熠熠闪光。小说显现出较为娴熟的叙事技巧和若隐若现的反战情怀。

雷默的《我们的叛徒》(《江南》第3期)则将笔触指向后战争时代战斗英雄所遭受的人情冷暖。抗美援朝战争中殉国未成的金苟背上被刺的几个丑陋的汉字将其永远钉在了历史的耻辱柱上,因洗澡无意被三毛看见后,便陷入了与三毛的百般周旋中,读来令人心酸。好在人心还是善良的,人们最终选择了谅解与尊重。在安然回溯的时光中,作者完成了他对生命存在和人心的体察。

# 2013年夏天那个游荡的魂灵

2013年夏天,烈日炎炎,不仅热死了几个英国人,也热死了几个上海人。这注定是一个让人难忘的季节。随着余华小说《第七天》的出版,文学对当下社会生活关注的热度也在不断升高。那个在地域和天堂之间"死无葬身之地"的孤魂野鬼在2013年的夏天游荡,不仅在《第七天》、在乔叶的《认罪书》中游荡,也在柏祥伟的《断指》和程相崧的《动棺》中鬼魂附体。

余华是我多年关注的一位作家。但是近年来,余华的创作却不符合我的阅读期待。即对创作出《活着》、《许三观卖血记》、《在细雨中呼喊》等名篇佳作的余华在2007年创作出《兄弟》这样对生活作匍匐行走姿态的作品,我是很不满意的。作家不仅要表现对生活的活灵活现的描绘,更需要对生活进行批判和反思。但是,我这次依然是失望了,因为余华的《第七天》还是对当代生活中的"荒诞"做了虚拟化的艺术想象,塑造了一群群"死无葬身之地"的孤魂野鬼,在"无地之地"流浪。然而这一想象依然是贫乏的、缺少生机的,乃至有某种人为的噱头之嫌。这种评价,是我对余华这位成名作家的苛求。实事求是地说,比起一些同时代作家,余华对现实生活荒诞性、怪异性、悖论性的表现,是让我尊敬的。余华是一位贴着生活地面飞翔的作家,至少贴着地面、接着地气是毫无疑问的。问题就在于,仅仅贴着地面,对于一位优秀的乃至是包含着某种伟大作家期待的作家来说,是远远不够的。作家要拿出思想性,能够进行超越时代的精神审判。

余华的问题和局限,是这个时代作家面临的一个普遍困境。今年夏天在一次作家对话会上,一位作家提出了这样一个问题:今天时代生活的生动性、复杂性、荒诞性已经超出了文学,超越了作家的想象,即生活远比文学还要精彩得多,那文学还有何用?作家还有何用?作家还能够做什么?

这个作家问得很精彩,这不仅是她的困惑,也是很多作家的困惑。我对此坦言,文学就在这里显现出它独一无二的精神魅力和艺术之所以存在的唯一理由。新闻报道和纪实书写可以更逼真,但是它们依然代替不了文学。文学是作家对生活的充满独特生命感情的审美发现和书写,里面凝聚了作家对故事中人的命运、情感、心灵的关怀和思考,是对生命个体的情感抚慰和悲悯。文学作品中一件件荒诞的事不是主体,其主体是一个个活生生的人,是对人的细致入微、无所不在的关怀。余华的《第七天》不缺少"情与爱",缺少的是细致入微的关于人的细节和深入骨髓、痛彻心扉、酣畅淋漓的生命激情。从这点而言的话,《人民文学》2013年第5期上刊登的乔叶的《认罪书》,恰好弥补了这种欠缺。

乔叶这位70后作家在写作了一些优秀散文作品后,开始转向小说创作,近年来取得了一系列的突出成绩。乔叶的中篇小说《指甲花开》、《最慢的是活着》、《旦角》、《叶小灵病史》等作品都写得摇曳生花,引人入胜。这次在《人民文学》上发表的《认罪书》,是中国70后作家长篇小说创作的一个重要突破。《认罪书》的题头说:"是时候了。/ 我要在这里 / 认知,认证,认定,认领,认罚 / 这些罪。"小说以一个出版社编辑的叙述人讲出了故事,采用了故事套故事、一个故事引出另一个故事的叙述模式,一步步把那个"游荡的鬼魂"引出来。小说比较深刻的一面在于,不仅写出了一个80后女孩心中的自我所时时隐匿的"鬼魂",而且写出了梁知和梁新一家人所隐匿的"鬼魂"——"梅梅"。小说中的"我"就是"梅梅"鬼魂的再现和复生。不仅梁家一家人在认罪、赎罪,而且那个"文革"时代的所有人都在认罪、赎罪,就连80后的"我"也在认"我"自己的罪。显然,70后作家乔叶触及了余华等50、60后一些作家所不愿触及的、深入灵魂的"原罪"问题,具有浓郁、深厚的精神意蕴。

与余华、乔叶相类似的故事叙述者,是山东作家柏祥伟。《断指》发表在2013年第6期《山东文学》上,讲述了一个"我"去寻找被小煤窑砸死在地下的父亲灵魂的故事。"我"从呜呜的风声中,感觉到了父亲的灵魂:"虽然我看不见风,看不见我爹的灵魂,但是我听见呜呜的风声了,我听见我爹在呜呜的风声里奔跑。"怪异的是,我遇到了过着猪狗不如日子的老姚。老姚听完了我爹的故事,说:"我要赚钱,像你爹一样赚钱。"就在这一瞬间,我爹的灵魂钻进了老姚的皮囊。故事的结局可想而知,混合了我爹灵魂的老姚选择了自我断指、跳楼自杀的方式,来换取生命的"价值"。这无疑是当代中国荒诞故事的新佐证。人兮,抑或鬼兮?人鬼情未了。

山东80后作家程相崧在2013年第5期的《时代文学》上进入了赵月斌主持的"鲁军新势力"专栏,发表了《响器》和《动棺》两篇小说,呈现出不俗的实力。这两篇小说也呈现了"游荡的鬼魂"景象。《响器》明明是为死去的鬼魂抚慰灵魂的哀乐,在当代中国乡村却演变成了竞相争夺金钱利益的流行、性感演出,这不仅昭示了时代整体的心灵梦魇,也显现出内在精神"原罪"。正如赵德发在以往发表的《路遥何日还乡》的小说名作中所展示的当代乡土中国民间原有文化的衰落和荒芜,谁来接纳这些刚刚逝去的鬼魂,又有谁来救赎这些正在沉沦的物欲灵魂?救赎之路迢迢,不仅遥远,而且无期。《动棺》中的乡村权力者无法让逝去的祖先灵魂安宁,为了利益动起了"动棺"的念头,最后精神出了问题。小说结尾耐人寻味:爹慢吞吞对我说:"你这个病,若是能让你二叔穰治穰治,保准早就好啦。娃儿啊,你说说,你二爷爷啥时候能回来哩?"这是现代性医学所无法医治的乡土中国精神心病。

此外,《人民文学》第5期刊登的鲁敏的《小流放》,《时代文学》第5期刊登的常芳的《如果蝉活到第八天》、张锐强的《隐形眼镜》、叶炜的《狗殇》和刘照如的《刘兰的婚事》,《当代小说》第11期刊登的彭兴凯的《王大美的等待》、刘爱玲的《霍普金斯国际机场》、李立泰的《认干娘》,《当代小说》第13期刊登的柏祥伟的《易时水》、马卫巍的《做暖》,《传记文学》第6期开设的"中国思想肖像"专栏对邵洵美进行重新勾勒的《"沙龙"中的文人》等同样较为精彩。

第二辑

# 当代文学与人的精神境遇

> 历史的加速前进深深改变了个体的存在。过去的几个世纪，个体的存在从出生到死亡都在同一个历史时期里进行，如今却要横跨两个时期，有时还更多。……如今历史前进的速度却快得多，历史奔跑，逃离人类，导致生命的连续性和一致性四分五裂。于是小说家感受到这种需求——在我们生活方式的左近，保留那属于我们先人的、近乎被遗忘的、亲密的生活方式的回忆。
>
> ——[捷]米兰·昆德拉

# 汪曾祺：中国当代文学的"异秉"

在汪曾祺的众多图片中，有一张特别具有文艺范儿：汪曾祺穿着一件竖条纹的开领毛衣，露出两个衬衣领子，一双透出灵光的慧眼，长而卷曲的寿眉，银白的双鬓，明亮前额上的道道"坎坷"皱纹，指间一支正在燃烧的香烟所散发出的云雾盘旋升腾，氤氲而生出一种恬淡安宁、适意自在的精神气质。对了，这就是那个读者心中的文艺老头，就是那个智慧老人。

汪曾祺何以成为汪曾祺？汪曾祺及其文学作品的独特精神气质是什么？为什么随着时间的流逝有那么多的批评家、研究者和读者越来越喜欢汪曾祺的作品？汪曾祺的小说《异秉》中的"百事通"张汉轩说："凡是成大事业，有大作为，兴旺发达的，都有异相，或有特殊的禀赋。汉高祖刘邦，股有七十二黑子——就是屁股上有七十二颗黑痣，谁有过？明太祖朱元璋，生就是五岳朝天——两额、两颧、下巴，都突出，状如五岳，谁有过？樊哙能把一个整猪腿生吃下去，燕人张翼德，睡着了也睁着眼睛。就是市井之人，凡有走了一步好运的，也莫不有与众不同之处。必有非常之人，乃成非常之事。"正如《异秉》小说所讲的一样，对于汪曾祺而言，其创作成功亦必有过人之处的"异秉"。

汪曾祺的"异秉"有三。其一是童年对生活的观察和体验。汪曾祺在《〈大淖记事〉是怎样写出来的》中提到自己童年生活与文学创作的深厚关系。"我从小喜欢到处走，东看看，西看看（这一点和我的老师沈从文有点像）。放学回来，一路上有很多东西可看。路过银匠店，我走进去看老银匠在模子上敲打半天，敲出一个用来钉在小孩的虎头帽上的小罗汉。路过画匠店，我歪着脑袋看他们画'家神菩萨'或玻璃油画福禄寿三星。路过竹厂，看竹匠把竹子一头劈成几岔，在火上烤弯，做成一张一张草筢子……""也许是这种东看看西看看的习惯，使我后来成了一个'作家'。"

生活是一本大书。来自童年生命体验的生活已经成为日后作家进行审美想象与建构的精神内核与思想原点。毫无疑问，正如老北京之于老舍、高密东北乡之于莫言，湾湾汊汊的高邮湖之于汪曾祺，不仅仅是故乡，是童年，更是展现民俗风情的精神地理所在。

"异秉"之二是汪曾祺受到独特的传统文化艺术教育。汪曾祺出身于书香门第，父亲多才多艺，具有浓郁的艺术气质，不仅会画画，而且会刻图章、拉胡琴、糊风筝、摆弄各种乐器。"如果说我对文学艺术有一点'灵气'，大概跟我从父亲那里接受来的遗传基因有点关系。"除了父亲的熏陶之外，学校文学教育也给汪曾祺以较深的传统文化影响。高北溟先生、韦子廉先生和沈从文先生，给予了汪曾祺从性灵派、桐城派到现代文学等包含着人道主义和传统文化思想的较为完整的文学教育。这种来自中国传统文化的艺术教育，不仅给汪曾祺打通了各种艺术之间的障壁，而且培育了一颗仁爱和美的心灵。

仅有这两点"异秉"也足可以成名了。是的，汪曾祺少年就已成名，较早就表现出过人的才华；但是，真正在当代文学史上产生重要影响力的是汪曾祺在1980年代以后的作品。这正是汪曾祺文学人生的耐人寻味之处。由此也引出了汪曾祺的第三个"异秉"，即"文革"中悲喜两重天的独特生活经历和生命体验。正如清人赵翼在《论诗绝句》中所说，"国家不幸诗人幸，赋到沧桑句便工"，"文革"时期的独特经历，让汪曾祺体验到政治的荒诞和无常，重新以一颗智慧的心灵领略宋儒所呈现的中国传统文化精神气质结构，喜欢"万物静思皆自得，四时佳兴与人同"、"顿觉眼前生意好，须知世上苦人多"的宋诗及其所呈现的平常心与悲悯心。正是因为有了这三个"异秉"，汪曾祺才能在新时期文坛重新崛起，以一种特立独行的方式、天马行空的姿态，如晚翠枇杷般绽放生命的光彩。

事实上，汪曾祺发表于青春年少的《鸡鸭名家》已经呈现了他的独特艺术风格和创作路数，即关于江南高邮湖地域民情风俗的传奇人物系列的审美书写。"大淖是一片大水，由此可至东北各乡及下河诸县。水边有人家处亦称大淖。这是个很动人的地方，风景人物皆有佳胜处。在这里出入的，多是戴瓦块毡帽系鱼裙的朋友。乘小船往北顺流而下，可以在垂杨柳、脆皮榆、茅棚、瓦屋之间，高爽地段，看到一座比较整齐的房子，两旁八字粉墙，几个黑漆大字，鲜明醒目；夏天门外多用芦席搭一凉棚，绿缸里渍着凉茶，任人取用；冬天照例有卖花生薄脆的孩子在门口踢毽子；树顶上飘着做会的纸幡或一串红绿灯笼的，那是'行'。一种是鲜货行，代客投牙买卖鱼虾水货、荸荠茨菰、山药芋艿、薏米鸡头，诸种杂物。"这段关于"大淖"附近风物的描写，让读者一下子就感受到沈从文在《边城》中对茶峒酉水两岸风景的诗意描绘。这里也以顺水的流向和走势来刻画"风物"，有不同景物的空间交错，有粉、黑、绿、红色彩的流变，浓郁的生活气息和盎然的情绪扑面而来。从这里，汪曾祺引出了小说要描绘的重点，炕房的余大房及其炕房师傅余老五。

从传奇人物叙事角度来看，余老五形象的建构即使在今天看来，依然是极为精彩的，达到了短篇小说艺术体裁所能表达的叙述极限，写出了余老五作为炕房师傅的独特性的一面。另一个人物"倪二"的形象则显得有点单薄。从整个小说结构来看，开篇的铺垫显得有点臃肿。毕竟这是汪曾祺早期的作品，有瑕疵，更有极精彩处，显现出惊人的才华。

写于1980年代初期的《大淖记事》继承了早期《鸡鸭名家》的江南叙事题材和人物传奇建构的创作路数；不同的是，《大淖记事》里的人物更加圆满，多了一个性格成长、演变的发展过程，主题内涵也从传奇性的故事生动性追求转向人物形象本身的内在情感和生命精神的深度叙述。《大淖记事》把过去作为背景的高邮湖湾汊的"大淖"直接作为小说的名字，成为叙述中无处不在的"在场者"，与主人公的命运一起流转回望。从叙述笔法上看，汪曾祺对"大淖"的叙述更加成熟圆润，"大淖"的形象已经有了春夏秋冬的四季轮廓，而且有了更加自由奔流的生命气息，"夏天，茅草、芦荻都吐出雪白的丝穗，在微风中点头。冬天，下雪，这里总比别处先白。化雪的时候，也比别处化的慢。河水解冻了，发绿了，沙洲上的残雪还亮晶晶地堆积着。"正是在"大淖"的岸边，分别居住着锡匠帮和挑夫们。汪曾祺不慌不忙，悠闲自如地，由远及近介绍出兴化帮锡匠和一群女挑夫们，最后才捻出人中金凤凰名唤十一子的小锡匠和长成一朵花的巧云姑娘，以及他们经受生死考验的爱情故事。被保安队刘号长霸占的巧云毅然决定与十一子约会，以冰冷的方式对抗刘号长。刘号长把小锡匠抓起来，打得死去活来，让他告饶。小锡匠宁死不屈，捍卫与巧云的爱情，并在锡匠们的帮助下最终赢得了胜利。

　　十一子能进一点饮食了，能说话了。巧云问他：
　　"他们打你，只要说不再进我家的门，就不打你了，就不会吃这样大的苦了。你为什么不说？"
　　"你要我说吗？"
　　"不要。"
　　"我知道你不要。"
　　"你值吗？"
　　"我值。"
　　"十一子，真好！我喜欢你！你快点好。"
　　"你亲我一下，我就好得快。"
　　"好，亲你！"

　　这一段对话极为精练而传神，写出了十一子和巧云内心的疼与痛、恩与爱，活泼自如而又生动亲切，富有人间烟火味和爱情气息。巧云姑娘也自此成为一个"挑着紫红的荸荠、碧绿的菱角、雪白的连枝藕，风摆柳似的穿街过市，发髻的一侧插着大红花。她的眼睛还是那么亮，长睫毛忽闪忽闪的。但是眼神显得更深沉，更坚定了"的很能干的小媳妇。

　　在汪曾祺众多精彩的小说中，《受戒》无疑是最成功、影响最大，也是最洒脱、最圆润的作品。《受戒》读来如行云流水，了无挂碍，可以说是一气呵成，而且余音绕梁，耐人寻味。小说的叙述地点依然是江南，依然是传奇人物系列的写作，但已去除了单一性传奇人物的浓墨性书写，而是注重人物和人物之间、背景和主色、次要人物和主要人物之间的均匀平衡问题，不求某一个人物形象的浓墨重彩，而是寻求整体人物之间的和谐自然，彼此之间的内在精神联系和生命精神的灌注。正是在这样一种整体性自然和谐美学的审美观照下，《受戒》中每一个人物形象都是那样栩栩如生，小英子硬朗的爸爸、干净利落的妈妈、美丽而娇羞的姐姐，以及小和尚邋邋遢遢的舅舅师傅、枯寂的普照老和尚、无比聪明的三师傅等等，不一而足，可谓是"一花一世界，三藐三菩提"，无一不是散发着内在生气和灵性。更有意思的是，在小和尚明海看来，这真是一个自由的天堂：日子清闲得很，这庵里的和尚不兴做什么早课、晚课，敲三声磬就全都代替了，和尚还可以娶妻生子，闲时打牌，春节可以在大殿杀猪以及老和尚所念的"往生咒"。这里没有什么"清规戒律"之说，有的只是生命的庄严、自由和情感的自然律动。如画龙点睛一样，《受戒》的文眼是明海和尚的"受戒"情节。这是一个开放性结构，一方面呈现了明海可期待的、做一个有为和尚的未来；另一方面，也展示了人物的深层情感世界。在明海这一个关键节点上，小英子表现出了异乎寻常的关切，不仅送明海去受戒，而且也去接明海。在接明海受戒回来的"大淖"中，小英子和明海订立了爱的盟约。小说的意味之处出现了：明海是去"受戒"的，表面看"受戒"成功了，但与小英子的山盟海誓又在无意中打破了"戒律"。汪曾祺想要告诉我们的是，所谓的"戒律"也不过是人为的束缚，更重要的是超越种种人间的"清规戒律"，追寻生命的本真和自由。这才是宇宙的律动、生命的律动，从这一意义上说，《受戒》打破了以往的叙述局限，呈现出一种完整的人物性格和故事发展过程，达到了叙事的自由和语言的自如境地，是一个风起云生、云卷云舒、气韵生动、情节完整、人物饱满、意蕴深厚的经典小说。

汪曾祺生命晚期的作品进一步表现了这种追求生命自由意志的精神高度。《仁慧》、《侯银匠》、《鹿井丹泉》、《薛大娘》表达了汪曾祺对生命自由本质的深层思考。《仁慧》中的尼姑仁慧，是一个不拘于尼姑凡俗戒律的、特立独行的女性，其解放追求已经大大逾越了同时代的"欲望化"、"私人化"写作。仁慧不仅会做素斋，而且学会了和尚的"放焰口"，"穿金蓝大红袈裟，戴八瓣莲花毗卢帽，两边两条杏黄飘带，美极了！"土改之后，仁慧开素菜馆，后云游四方，心无挂碍，处于大自在状态。《侯银匠》恰好是一个反例，因为妻子死得早，女儿菊子过早懂事而在婆家操持整个家务，甚至无暇回来跟父亲住几天。"侯银匠常常觉得对不起女儿，让她过早懂事，过早地当家。她好比一树桃子，还没有开花，就结了果子。"读来，让人无比心酸。《鹿井丹泉》借助人鹿相恋的民间故事，呈现世间恶势力对善良、美和爱的戕害，表达了对宇宙间真爱的呼唤，哪怕是跨越不同种族、种类的生命之爱。

《薛大娘》重新回到了人间烟火之气。薛大娘自身因为经历着守活寡的苦日子，所以特别理解青年男女的相思之情，甚至愿意为之穿针引线，配成佳偶。面对世俗议论，薛大娘很坦然地说："他们一个有情，一个愿意，我只是拉拉纤，这是积德的事，有什么不好？"后来，薛大娘遇到了药店"管事"吕三，打心里喜欢他。而吕三也是和药店伙计一样，一年只能回老家一次，其他时间住在店里。薛大娘在一天下午跟吕三好了起来。对于别人的议论，薛大娘说："不图什么，我喜欢他。他一年打 11 个月光棍，我让他快活快活——我也快活，这有什么不对？有什么不好？谁爱嚼舌头，让她们嚼去吧。"在汪曾祺看来，薛大娘"是一个性格没有被扭曲、被压抑，舒舒展展，无拘无束，这是一个彻底解放、自由的人"。孔子说，五十而知天命，六十而耳顺，七十而从心所欲，不逾矩。汪曾祺晚年的文学创作，因为自身经历的丰富性和岁月的历史沉酿，对世间人事的思考超越了明伦纲常，脱去了一切世间的凡俗束缚，直接追寻生命的本真、自由，歌颂爱与美，达到了以往创作所没有的思想深度和精神高度。汪曾祺在看似随意恬淡的时候，也显现出对真善美的强烈渴慕和对假恶丑的极端厌恶之情。

  需要说的是，汪曾祺的文学创作还有一个特色就是诗画异体同构，即在文学创作中显现出一种独特的艺术绘画感。这一方面呈现在汪曾祺大多数以江南为背景的文学作品中，里面有大量的关于高邮湖湾湾汊汊的自然风光的抒情绘画，也有关于湖岸上七行八作的民间社会风俗描写的"浮世绘"，更有对江南传奇人物形象的工笔细描般的肖像画。可以说，汪曾祺的很多小说作品都有绘画的艺术审美思维痕迹，是一种隐形的绘画存在。另一方面，汪曾祺的文学作品中还有一类是直接把绘画艺术引于文学创作中，成为文学作品中不可分割的一部分。这显然是绘画艺术在文学文本中的显性存在。《鉴赏家》、《岁寒三友》等作品就是这种类型。尤其是《岁寒三友》写得非常精彩，呈现了以靳彝甫为代表的中国传统文人的艺术情怀及其艺术化人生的生命轨迹。

  综上所言，毫无疑问汪曾祺及其作品是中国当代文学的"异秉"，一个独特的无可替代的生命存在和艺术存在。哦，这个可爱的文艺老头，智慧老人⋯⋯

# 当代中国伦理文化小说的书写者
## ——论赵德发之于当代中国文学的独特意义

"五四"新文化运动期间,陈独秀提出的伦理革命,号召"伦理的觉悟,为吾人最后觉悟之最后觉悟"。陈独秀把伦理问题提升为超越政治、经济、军事之上的本源性位置,认为伦理问题不解决,政治等其他问题都不可能得到彻底根本的解决。此后的乡村建设运动倡导者梁漱溟,同样重视伦理问题的解决,认为中国是一个"伦理本位的社会"①。因此,在这样一个没有宗教信仰的国家里,伦理作为一种软性、有效的力量起到了法律所不可替代的、至关重要的作用。自古以来,中国社会就非常重视礼乐诗书的教化作用。孔子说:"移风易俗,莫善于乐;安上治民,莫善于礼。"(《说苑·修文》)为了解决礼崩乐坏的社会乱象,孔子编《诗经》,力图用至善至美的诗篇来达到"仁政"和人内心道德世界的完善。孔子在评价韶乐时指出,好的艺术作品应该是至善至美的,是美善和谐共生的。几千年来,中国文学一直有着文以载道的传统,强调以善为美,善美互现的伦理美学。"五四"新文化运动,陈独秀等人在引进西方民主、科学、人权等新的现代伦理道德规则的同时,大力扫除旧有的以孔子儒家文化为主体的传统文化,进而形成中国新文学反对封建伦理道德的艺术传统。这本来无可非议,但问题在于,旧的伦理道德推倒了,新的伦理道德文化却没有建立起来,这就形成了一个伦理道德文化的错乱与失范的无序状态。特别是"文革"之后,扫除封建伦理文化而建立起来的无产阶级革命文化受到严重质疑;在废除无产阶级专政下继续革命的阶级理论下,新时期中国在实现物质极度

---

① 梁漱溟:《乡村建设理论》,上海世纪出版集团,2006年,第24页。

繁荣的同时也带来欲望的泛滥、精神的虚无和伦理道德芜杂的精神状况。一个什么都不怕、什么都敢做、什么都敢破坏、没有任何敬畏感、消解崇高的实利主义时代无可避免地到来。在伦理失范、精神虚无的实利主义时代，文学何为？

"哪里有危险，拯救的力量就在哪里诞生。"[①]作为先知先觉的人类艺术家，特别是具有浓重伦理道德关怀传统的齐鲁文化哺育下的山东作家，最早意识到了当代中国正在酝酿发展的伦理道德文化危机，以生命中所具有的滚烫的使命意识、责任意识和伦理道德意识，书写了一篇篇融伦理与美学、革命理念追思与生命深邃体验于一体的文学作品，呈现了对当代中国命运、时代精神状况的热切人文关怀。张炜创作于1980年代中期的文学力作《古船》，展现了一颗炽热的灵魂，里面的主人公夜不成寐，一遍遍在算着"红账"，寻求从经济到心灵的彻底解放和自由。在新世纪的今天，我们重新来阅读依然能够发现里面闪现的永不熄灭的革命伦理光辉。创作于1980年代中后期王润滋的《鲁班的子孙》，则展现了萌芽状态的实利主义时代的伦理危机。小说主人公内心受到义利之辨的精神煎熬，难道物质的富裕一定要以伦理道德的失落、精神的虚无和人际关系的冷漠为前提？！

在这样一种时代精神状况和地域文化氛围的影响下，成长于沂蒙山文化的当代文学作家赵德发也开始了属于他自己的、也是齐鲁文化的乃至是中国文化的文学书写，创作出了《通腿儿》等一些精彩短篇小说、《君子梦》等农民三部曲和《双手合十》等一系列长篇小说，以对农民百年心路历程的精神探寻和当代中国伦理文化的审美想象而卓然独立于当代中国文坛。本文拟在梳理赵德发文学创作中的精神探索过程，对其文学创作主题的不断深入和转变进行文本细读式分析，揭示出其艺术作品的独特性及其对当代中国文坛的独特意义与价值。

---

① [德]海德格尔：《人，诗意地安居》，郜元宝译，张汝伦校，上海远东出版社，1995年3月，第137页。

## 一 《通腿儿》：沂蒙山文化、民俗和伦理的有机融合

《通腿儿》是赵德发的成名作。大约是1992年，我正在莒县一中读高中的时候，一天班里文学爱好者就带来一本刊登着赵德发《通腿儿》的文学杂志，因其中熟悉的沂蒙山民俗、人物曲折的悲剧命运和质朴无华的语言风格而在班级里引起很大的阅读轰动，争相传诵。这是我最早接触到的赵德发先生的作品，也是印象极为深刻的文学阅读记忆。此后，在与一些文学爱好者和研究者的接触中，一谈起赵德发作品的接受、阅读史，很多朋友都是不约而同地说起《通腿儿》。

"那年头被窝稀罕。做被窝要称棉花截布，称棉花截布要拿票子，而穷人与票子交情甚薄，所以就一般不做被窝。"① 赵德发以极为洗练的语言平实地讲出了那个时代沂蒙山区人们的普遍生活状态，引出了故事主角狗屎和榔头之间从童年时代就结下的深厚感情。而促成这种感情的原因既来源于那个时代的贫困，也来源于沂蒙山区一种独特的民俗"通腿儿"。"'通腿儿'是沂蒙山人的睡法，祖祖辈辈都是这样。弟兄睡，通腿儿；姊妹睡，通腿儿；父子睡，通腿儿；母女睡，通腿儿；祖孙睡，通腿儿；夫妻睡，也是通腿儿。夫妻做爱归做爱，事毕便各分南北或东西。"② 到了十八岁上，狗屎和榔头都说下了媳妇，从小就一起通腿的二人决定往后还要好下去，屋盖在一起、一起搭耦种地。然而，娶了媳妇后，两人继续好下去的心愿遭到了媳妇的抵制。根据沂蒙山风俗，两个女人都过喜月，是不能见面的，见面不好；假如不小心见面了，谁先说话谁好。由于八路军队伍的到来，出来看热闹的两个新媳妇无意间见面了。榔头家媳妇先说话了，惹得狗屎家媳妇很不高兴。因此，两家不仅没有打成耦，而且媳妇交恶，见面互吐唾沫，连累得两个男人也不敢多说话，生怕媳妇不高兴。

八路军来了，狗屎媳妇参加了识字班，积极动员丈夫参军；不幸的是，狗屎参军后不久就牺牲了。当榔头媳妇来劝慰狗屎媳妇的时候，"狗屎家的一见她就直蹦：'都怪你都怪你都怪你！喜月里一见面就想俺不好！浪

---

① 赵德发：《赵德发》，人民文学出版社，2002年，第1页。
② 同上书，第1—2页。

货,你怎不死你怎不死!'骂还不解气,就拾起一根荆条去抽,榔头家的不抬手,任她抽,并说:'是俺造的孽,是俺造的孽。'荆条嗖的下去,她脸上就是一条血痕。荆条再落下去再往上抬的时候,荆条梢儿忽然在她的左眼上停了一停。她觉得疼,就用手捂,但捂不住那红的黑的往外流。旁边的人齐声惊叫,狗屎家的也吓得扔下荆条,扑通跪倒:'嫂子,俺疯了,俺该千死!'榔头家的也跪倒说:'妹妹,俺这是活该,这是活该。'"[①] 两个女人抱作一处,血也流泪也流。

　　《通腿儿》小说中的沂蒙山民俗文化,不仅是一种地域文化景观的呈现,还具有重要的线索作用。狗屎家的和榔头家的因为喜月的民俗禁忌而发生感情交恶,后来狗屎参军牺牲的厄运在无意之中暗合、验证了这种民俗,所以狗屎家的归罪于榔头家的,而同在这一民俗文化影响下的榔头家的,也把狗屎的牺牲归因于自身。但是,来自人性深处的善冲破了这种禁忌所带来的死亡阴影,榔头家的主动去安抚狗屎家的,在受到鞭打时,没有反抗而是甘愿受罚。当榔头家的眼角受伤流血时,同样是人性深处的善让狗屎家的停止鞭打并下跪请罪。一时间两个女人泯灭过去的怨恨,重修过去两个男人曾经有过的深厚友谊;乃至于当狗屎家的因为生理欲望"油煎火燎"时,榔头媳妇打破伦理规则,劝说丈夫晚上到狗屎家睡;榔头一来到狗屎家院子,就看到昔日的好兄弟狗屎正在西院里站着而战战兢兢回去了。但从这时起,榔头就睡不好觉了,一闭眼就出现狗屎的形象,无奈参军来吓走纠缠不停的狗屎魂灵。与狗屎不同的是,榔头走后,媳妇生下来儿子抗战;更不同的是,榔头不仅没有在战场上牺牲,而且越战越勇,打败了鬼子和老蒋后,榔头家的没有迎来丈夫,反而接到了一封离婚信。对此,狗屎家的怒火三丈,要拉榔头家的去上海拼命,然而榔头家的却说:"算啦,自古以来男人混好了,哪个不是大婆小婆的,俺早就料到有这一步。"

　　面对榔头丈夫的无情无义,榔头家的没有过多谴责丈夫的不道德行为,而是以传统伦理文化来为丈夫的不义行为辩解,为自己寻找心灵安慰;不同的是,当好姊妹狗屎家的面临性欲折磨时,榔头家的又能冲破传统伦理

---

① 赵德发:《赵德发》,人民文学出版社,2002年,第10—11页。

文化束缚,把丈夫"借"给狗屎家。无论是保守还是打破传统伦理文化,我们都能从榔头家好似矛盾的伦理文化悖论中看见一颗无比善良的心灵:伦理的保守和打破都是为了一种最高的善,为别人着想,哪怕是牺牲自己。

小说结尾很是悲凉。两个女人唯一的硕果抗战,在水塘淹死了。若干年后,当榔头带着上海生的儿子回到老家的时候,发现这两个孤苦无依的女人在晚年延续了狗屎和榔头童年时期的生活方式——通腿儿。

## 二 农民三部曲:土地伦理、文化伦理和政治伦理的审美书写

到1990年代中期,赵德发已经写作了《樱桃小嘴》、《蚂蚁爪子》、《窖》、《闲肉》等具有沂蒙山文化特点的精彩短篇,但是赵德发没有为眼前的成功所停留,而在进一步思考如何写出生命中最厚重、最坚实、最具有自我独特生命体验和艺术风格的作品。"在1992年的一个秋日里我明白了。那天我回老家,与父母说了一会儿话之后,便信步走到村外一道地堰上坐了下来。我的眼前是大片土地,我祖祖辈辈赖以生存的土地。那个时刻,我看着她,她看着我,四周一片静寂。就这么久久地,久久地。我在想她几十亿年的历史,我在想几千年来人类为她所作的争斗。她顺着我的思路,显示她的真身给我看,让我在恍惚间看到浸润她全身的农民的血泪。这时我的心头翻一个热浪,眼泪夺眶而出:你是希冀着我来写你啊!"[①] 从1992年开始构思《缱绻与决绝》到2002年《青烟或白雾》的出版,赵德发整整历时十年,创作出了"农民三部曲",兑现了他与土地的生命契约,呈现出了百年农民心灵史的精神历程,揭示出了农民与土地、农民与精神、农民与政治关系的复杂心灵结构。

### 1.《缱绻与决绝》:农民的土地伦理

"土生万物由来远,地载群伦自古尊。"《缱绻与决绝》塑造了一个一只脚大、一只脚小的独特人物形象封大脚。他对土地有一种独特的情怀,

---

① 赵德发:《缱绻与决绝·自序》,山东文艺出版社,1997年,第2页。

视之为须臾不可分离的母亲,而这种情怀来自父亲封二的教导:"打庄户的第一条,你要好好地敬着地。庄稼百样巧,地是无价宝。田是根,地是本呀。你种地,不管这地是你自己的,还是人家的,你都要好好待它。俗话说:地是父母面,一天见三见。以我的意思,爹娘你也可以不敬,可你对地不能不敬。"①正是由于土生万物、地载群伦的大地母性,土地与农民的关系最为亲近。而且土地给予耕耘者的不仅仅是春华秋实,还有一种独特的伦理文化默默植入人们的心灵世界。"你别看它躺在坡上整天一声不吭,可是你的心思它都明白。你对它诚是不诚,亲是不亲,它都清清楚楚。你对它诚,对它亲,它就会在心里记着你,到时候用收成报答你。"这就是土地给予农民的伦理文化:一分耕耘一分收获,人要勤劳、诚恳、踏踏实实。"看着生动的大地,我觉得它本身也是一个真理。它叫任何劳动都不落空,它让所有的劳动者都能看到果实,它用纯正的农民暗示我们:土地最宜养育勤劳、厚道、朴实、所求有度的人。"②苇岸曾经写过散文,阐述来源于大地的伦理学,正是由于大地的无言教导,耕耘者获得了一种精神启示,被大地赋予了诚实的品格;而一旦人离开了或背弃了大地,就开始变得虚伪和虚空。

封大脚不仅继承了父亲亲近、敬畏土地的美德,而且以更高的热情投入了土地。新婚不久就在"鳖顶子"开辟属于自己的土地,尽管石头众多,土地稀薄,还是在与妻子秀秀不间断的努力下开出了一片环形地,但也付出了沉重的代价,由于拓荒劳作,未足月的儿子早产窒息而死,就埋葬在了这片土地上。因而,这片鳖顶子的环形地之于封大脚而言,有着非同寻常的意义和情感。1956年农业合作化运动开始,政府收回1951年发放的关于鳖顶子等地的土地证,让封大脚心窝疼痛难耐,情感上难以接受:"他想起了十九年前开拓这块地时的情景……这是大脚一生中最为得意的一件作品。他早就发现过这块圆环地的妙处,即在地里走,走一天、走一年甚至永远走下去也走不到地头。大脚曾无数次想:这块地永远走不到地头好啊,在这里,我的子孙后代也这样走下去,永远走不到头,永远守住我

---

① 赵德发:《缱绻与决绝》,山东文艺出版社,1997年,第132—133页。
② 苇岸:《最后的浪漫主义者》,冯秋子编,花城出版社,2009年,第39页。

给他们创下的这份家业！"① 不仅封大脚舍不得,其他村民都舍不得。"隔着纷纷扬扬的雪花,大脚猛然发现:这时天牛庙四周的田野里已经有了好多好多的人。他们不知是何时走出村子的。现在,这些庄稼人都披着一身白雪,散在各处或蹲或站,在向他们的土地作最后的告别最后的凭吊。"② 这是一幅多么动人的景象,呈现出一颗颗纯洁、善良、对土地无比眷恋的心灵。

### 2.《君子梦》：民间文化伦理的精神向度

"君子——小人。在中国长达几千年的伦理化社会里,这从来就是人的道德形象的两个极端。……这一对概念,联系着天理人欲、善恶、义利等等,成为中国思想史的一条主线。"赵德发先生以其对中国传统儒家伦理文化的深刻理解,以审美想象的方式创作了长篇伦理文化小说《君子梦》,通过对律条村许正芝父子两代人的儒家伦理文化实践的描写,向我们展示了一幅20世纪民间中国的伦理文化图景。

20世纪60年代的思想运动为许景行的儒家文化实践提供了新的时代语境。许景行从吕坤的"千古圣贤只是治心"话语,联系到毛主席发动的"斗私批修"运动;从儒家文化的"君子"观念对学习"老三篇"有了打通古今伦理文化的新见解。"学习'老三篇'——斗私批修——做毛主席说的'五个人'也就是'活雷锋'。许景行突然看清了毛主席指引的一条金光大道。"③ 这条"提升人心、改变社会"的金光大道,恰与许景行心中的儒家伦理文化内在理念和外在实践纹理相一致,至此,许景行在纷纭的世道中找到了一条从传统儒家伦理文化走向现代社会的"金光大道"。

为实现从灵魂出处爆发革命,许景行首先从自己开始。他借讲述自己头脑里想留下自行车供自己享用的肮脏东西,引发干部们和普通群众从思想上做自我批评。为把律条村建成一个"人人无私、个个为公"的"公字村",许景行用情人的头发在夜晚拴住各家门鼻,以此来测试人心。他兴

---

① 赵德发：《缱绻与决绝》，山东文艺出版社，1997年，第273页。
② 同上书，第274页。
③ 赵德发：《君子梦》，人民文学出版社，1999年，第258页。

办"无人商店",来培养"共产主义觉悟"。但是,测试一开始就遭遇了失败,第一个偷窃者就是许景行的女儿大梗。许景行的"君子梦"、"公字村"彻底覆灭。

"天上星多月亮少,地上人多君子稀。"许景行反思让人人都当君子却培养出伪君子!从宋明理学的"存天理、灭人欲"到"狠斗私字一闪念",许景行都感到是那么荒诞,但是 1990 年代以来莠草的疯长所预示的欲望高涨又带来了伦理的失范和生态的灾难。因此,许景行思考,在公与私之间应该划定怎样的界限?甚至在倡导大公无私、舍己为人理念的同时应该有着怎样的限度?在性善论和性恶论之间,人性到底是怎样的?或许善恶并存才是人性的本相,否则何以佛教认为善恶都在一念之间呢。许景行的伦理思考和教化实践呈现了民间伦理文化的精神探索。

### 3.《青烟或白雾》: 两代农民对政治伦理的思考

"大槐树,槐树槐,槐树底下搭戏台……",《青烟或白雾》引用这一童谣来呈现人生如戏、戏如人生的中国人生存理念。尽管人人都知道人生是一场戏,但是都拼命要为自己搭建一个最大、最好的舞台,来好好表演一番。故事发生的空间支吕官庄一直有这样一个冒青烟的传说,说是这里先前出了一个官员。村民们一直有着一个望子成龙的青烟梦。小说中的主人公吕中贞可谓命运多舛,父亲早早当了烈士,自己婚姻屡遭挫折:寻个有残疾的上门女婿还因穷困被拒绝,并受到"要饭的磕倒了,穷屈着了地"的戏谑,好不容易说定去填房又因无意泄密而反目成仇。世道弄人,四清工作组的穆逸志决定让出身贫农的吕中贞来当大队长。在吕中贞犹豫之际,她的母亲说:"这一回是工作队看中了你,你怕个啥?再说,咱就是不够当官的料,也要当给全村人看看,叫大伙都知道,咱寡妇娘儿俩也有出头露脸的这一天!叫老老少少都明白,俺闺女不是一个平常丫头,不是一钱不值的孬货!"① 在这种官本位和女性意识之下,吕中贞决定当这个大队长,勇当"铁姑娘",到县里、地区宣讲,"文革"时期渐渐登上更高的政治

---

① 赵德发:《青烟或白雾》,人民文学出版社,2002 年,第 145 页。

舞台,成为平州地区的一位政治风云人物。但到"文革"结束后,她又回到村里重新成为一个普通村民。经历了一番幻境的吕中贞意识到,自己不过是穆逸志政治阴谋中的一枚棋子而已;穆逸志对她从来就没有所谓的爱情。正是在这场幻境般的游历中,吕中贞弄明白了父亲留在母亲那里的一块圆木板上所刻画内容的含义:马上封侯。这种对功名的渴望、官大于民的意识使父亲远离家门,也使吕中贞迷狂,一度失去自我,编织出一个个谎言。

吕中贞与穆逸志所生的儿子白吕所走的政治道路与她恰好相反。白吕考取了公务员,这一度让吕中贞欣喜不已,觉得又是"冒青烟"了。经历了现代教育的白吕来到镇上做公务员,接手的第一个活就是为书记郭子兴替考 MPA。在几次替考过程中,白吕渐渐了解到一些政治真相:既有胡作非为的镇书记,也有不收钱只接受美色贿赂的县委书记,更有普遍性的政治伦理问题,"不跑不行呀,不送不行呀,上边没人不行呀,上边有可根子不硬也不行呀!……"① 当被要求劝说任小凤为县委书记"献身"时,白吕感到周身的每一个细胞都充胀着愤怒与耻辱,决定揭发这些官员们的不法行为,辞去公务员工作,沉淀到最基层农村中去,从最基层的民主选举开始争取个人与村民群体的权利和利益。

相较于吕中贞的政治盲从、官本位崇拜而言,白吕有着较为清醒的现代政治意识,认为公务员不是为领导个人服务的。从最初的思想抵制到坚决辞职、举报贪官,再到反对清官庙所呈现的封建清官意识、参加村里水库承包竞标和村基层政治选举,白吕开始了一系列具有现代公民意识和包孕现代政治伦理的政治实践,昭示了新一代农民现代政治伦理的觉醒和古老乡土中国向民主社会的现代化转型。"赵德发的这两部小说中的寓意又基本上是与他的伦理性思考相吻合的,表现出典型的伦理现实主义特征。"②

---

① 赵德发:《青烟或白雾》,人民文学出版社,2002 年,第 345 页。
② 贺绍俊:《伦理现实主义的魅力——细读赵德发的一种方式》,载《当代作家评论》,2000 年第 3 期。

## 三 《双手合十》：传统佛教伦理文化的当代阐释

如果说《通腿儿》是朴素的沂蒙山文化的艺术结晶，赵德发的"农民三部曲"是从沂蒙山文化出发，呈现出大气深沉丰厚的齐鲁文化精神特征，那么创作于2003年的长篇小说《双手合十》则展现了赵德发先生对当代中国伦理文化的更深层关注和更为宽阔宏大的文化视野，从伦理文化重构的角度来思考新世纪如何借用传统中国文化历史资源和可能的多元精神途径。至此，赵德发先生已经走出了沂蒙山文化，不仅有着深厚的齐鲁文化所承载的伦理文化担当，而且转向中国传统文化，乃至是东方历史文化的可转化的、具有现代性的历史文化资源。从这个意义上说，赵德发先生不仅是沂蒙山文化、齐鲁文化，而且是中国传统文化、东方历史文化的审美书写者和思考者。

《双手合十》描绘了20世纪90年代以来中国佛教文化的存在现象和精神状况，塑造了青年和尚慧昱、师傅休宁等众多人物形象，直指当代人欲横流、伦理失范的道德乱象，以秦老绉"绉故事"、穿插佛门公案、吟诵佛教诗歌等多种美学方式钩沉佛教历史、梳理汉传佛教文化、传达佛学智慧，探寻佛教文化的当代价值和意义。慧昱的师傅休宁是一位坚守戒律的佛门高僧，"文革"结束后不顾劝阻回到通元寺。重新回到佛门的休宁二十年来一直是过午不食，昼夜打坐"不倒单"。在狮虫猖獗、佛门不净的时代里，休宁离开通元寺，来到芙蓉山狮子洞，以松花野果果腹修炼，回绝当地官员请他做主持的邀请，只求一个人潜心修行。他坚守佛法、驱邪欲杂念，以"念佛是谁"的"参话头"唯一方式来参悟佛法，表现出执著、坚韧的精神和澄明、空灵的境界。但是赵德发先生也展现出，这种传统的礼佛方式和修行理念所具有的"自了汉"式的褊狭与局限。

徒弟慧昱既从师傅休宁的褊狭中走出来，同时又秉承了师傅的礼佛之志和向善之心。叠翠山佛学院的高等佛学教育极大地开阔了慧昱的思想视野，使他对中国佛教文化传统及其精神内涵有了一种整体性认知。佛学院的大和尚向慧昱讲解抵御心魔要从双手合十做起："双手合十是古印度的礼法，他们认为，人的右手是圣洁的，左手是不净的。把双手合在一起，就代表了人的真实面貌,代表了世界本相。"① 慧昱从佛学院老师那里获得大启示,双手合十还有一层含义,就是明白人的可悲可怜,也就明白了修行目标和努力方向:"勤修戒、定、慧,息灭贪、嗔、痴,勇猛精进,自度度人,做一个真正的佛门弟子!"② 小说不仅真实地描写了一个血气方刚的青年和尚慧昱欲念起起伏伏的修行历程,情节生动、细节真实自然,极富艺术感染力,还细切地呈现了慧昱的豁然开悟过程。因此当"恶魔"觉通邀请慧昱到飞云寺担任监院时,慧昱以"我不下地狱,谁下地狱"自勉,决定以身作则,弘扬佛法。

"慧昱从韩国广佛寺访学看到佛教现代化、全球化迹象之后,结合当代中国伦理危机和佛门内部的伦理乱象,以一种全球性现代佛学视野对中国佛教伦理文化进行思考,产生了转化传统佛教文化、普度众生的思想自觉。"③ 他在回国后的报告会上说:"进入二十一世纪,人类的物质生活水平普遍提高,但精神问题也在迅速凸现,人欲横流、道德沦丧等社会弊病引起了人们对文化的普遍反省。……佛教资深年久,库藏丰富,具有很大的心理治疗、心理安慰和心理开发功能,很可能会在人类文化的重建中扮演重要角色。中国汉传佛教必须应时契机,调整改革,尽快完成现代化进程,以此来与当今世界的发展和变革相契合。"④ 沿着这一思路,慧昱继续思考,如何从师傅抱定话头闭关枯坐中走出来,让禅学契合现代社会。最后,慧昱从"滔滔不持戒,兀兀不坐禅。酽茶三两碗,已在镢头边"的禅诗中悟出"平常禅",从而达到佛我统一,心平行直,不修而修,出入自由。

赵德发先生所呈现的传统佛教文化的现代性转化途径"平常禅",鲜明地呈现了佛教中国化的精神路径,又是新世纪的新时代文化语境之下对佛教现代化的文化探寻。佛教传到中国以来,经历了一个中国化的过程,产生了众多佛教派别,其中"明心见性"、"佛性本有、直指人心、人人皆可成佛"的禅宗在中国有着广泛的影响。正是从这一佛教中国化过程中获

---

① 赵德发:《双手合十》,江苏文艺出版社,2008年,第75—76页。
② 同上书,第76页。
③ 张丽军:《重建新世纪中国伦理的文学思考——论赵德发〈君子梦〉、〈双手合十〉的伦理叙事与道德关怀》,载《小说评论》,2009年第2期。
④ 赵德发:《双手合十》,江苏文艺出版社,2008年,第113页。

得精神启示,赵德发先生在大众文化兴起的文化语境中,探寻到了佛教中国化、当代化的精神途径,让佛教从狭隘的佛门寺院中走出来,成为佛门中人和在家居士都可修炼的、获得心灵安宁和内在伦理秩序的新伦理文化,"如英国学者苏马赫(E. F. Schumacher)在《美丽小世界》中的说法就很值得注意。他认为现代西方所谓发达国家其实充满了弊病:专业化和大型化生产导致经济效率降低、环境污染、资源枯竭,人成了机器的仆人。反省这些弊病,他提出佛教经济学来相对照。正如现代人的生活方式有其现代经济学一样,佛教的生活方式也可以有佛教经济学。"①

据悉,赵德发先生关于中国道教文化的长篇小说已经创作完毕,正在联系发表、出版的阶段。至此,儒家文化、佛教文化、道教文化等中国这三大传统文化,赵德发先生都已经用文学艺术的方式呈现出他对当代中国伦理文化重建的审美思考,呈现出中国当代作家对时代精神状况的强烈现实关注、崇高美学意识和文化使命担当。

"在现代社会中,针对每一个道德评判均能找到其他同样说得通、可供选择的道德评判立场。另一方面,当代小说创作的规模以及自身特点决定了传统的伦理准则无法提供对这些特殊之处的解决办法,当代小说艺术独立性的建构使得伦理批评陷入困境。……中国当代小说叙事自觉成为了抵挡传统伦理批评的挡箭牌。"②伦理文化如何与审美书写有机地融合在一起,一直是20世纪中国文学的一个难题,也是许多作家有意或无意遮蔽的问题。赵德发先生不仅没有回避,而且从地域文化和传统历史文化中汲取哲理智慧;不仅呈现了当代中国伦理文化失范的乱象,展现其根源,而且以一种有益的、建设性的方式提出重建新世纪伦理文化的可能的现代性精神途径,为当代中国伦理文化小说的审美书写作出了极为宝贵的、开拓性的精神探索。"文学说到底是一种精神事务,它要求写作者必须心存信念,目光高远。它除了写生活的事象、欲望的沉浮之外,还要倾听灵魂在这个

---

① 龚鹏程:《现代文明的反省与伦理重建》,载《浙江大学学报(人文社会科学版)》,2010年第2期。
② 杨红旗:《伦理批评的一种可能性——论小说评论中的"叙事伦理"话语》,载《当代文坛》,2006年第5期。

时代被磨碾之后所发出的痛楚的声音。因此,需要在今天的写作中,重申一种健全、有力量的心灵维度,重申善和希望是需要我们付出代价来寻找和守护的。"[1]从《通腿儿》中超越传统伦理的人性之善、"君子梦"中的人格自我完善,到《双手合十》中的"诸恶莫作,诸善奉行"的伦理文化审美书写,这是赵德发先生之于当代中国文坛的独特价值与意义。

任何一种开创性的审美文化书写都不可能是完美的。毋庸讳言,赵德发先生的伦理文化小说的创作也存在一些审美局限,如过于重视故事性,对人物形象内心世界的展现不够丰富,淋漓尽致、汪洋恣肆的丰富心理描写较为缺少,人物形象过多、分散、影响了对主角形象的塑造等,一定程度上影响了阅读的流畅与审美的快感。但在另一方面,这些局限也凸显了伦理文化小说创作的艰难和不易,显现出赵德发先生在这一题材领域开创性的审美价值和思想价值。

---

[1] 谢有顺:《重申灵魂叙事》,载《小说评论》,2007年第1期。

# 当代藏族村落的心灵秘史和现代性精神寓言[①]
## ——阿来《空山》的深层精神意蕴探析

一个农奴制的藏族村落以一种什么样的文化行为模式一夜之间进入现代文明社会？这种现代性之"神"所带来的事物会给个体心灵带来什么样的灵魂震荡和精神冲击？藏族村落在现代性之"神"的带领下走向何方？村落人原有的"封建神灵"和文化观念在新的精神生态中是毁灭、转化抑或重生？阿来的三部曲六卷本长篇小说《空山》，没有陷入"纯文学"的形式主义陷阱之中，而是以一种丰富深邃的激情穿越了文学，呈现为一种文化学、精神学、心灵史的丰富精神视阈，向人们传达了独特新颖而又多元丰富的精神意蕴，展示了新中国六十年来当代藏族村落的文化变迁和藏族农民的心灵演化过程。"历史的加速前进深深改变了个体的存在。过去的几个世纪，个体的存在从出生到死亡都在同一个历史时期里进行，如今却要横跨两个时期，有时还更多。……如今历史前进的速度却快得多，历史奔跑，逃离人类，导致生命的连续性和一致性四分五裂。于是小说家感受到这种需求——在我们生活方式的左近，保留那属于我们先人的、近乎被遗忘的、亲密的生活方式的回忆。"[②]《空山》无疑是一部典型的"历史加速前进"、"生命的连续性和一致性四分五裂"、映现"被遗忘的、亲密的生活方式"的当代中国村落文学。

---

[①] 本文是2010年度山东省社科规划课题《乡土中国现代转型与百年农民形象审美嬗变研究》（10DWXJ02）、山东省文化艺术科学重点课题《生态文艺与生态人文教育》的阶段性成果。

[②] [捷]米兰·昆德拉：《相遇》，尉迟秀译，上海译文出版社，2010年，第33页。

## 一　现代性之"神"的降临

"这么凶，这么快，就是时代。"①这是"几村"拥有大量藏书、最有知识的人达瑟所写下的，对于半个多世纪以来"几村"历史文化变迁难以适应而郁积于内心之中的诗句，表达出了几村人无以名状、难以言尽的精神忧伤。这也仅仅是达瑟内心深处的灵光一闪，对于后来人的追问，"达瑟甚至有些害怕，说我怎么会写出这样的东西。他看着那几行文字，双眼发出夜里的猫头鹰那样锐利的光芒，但只在片刻之间，那明亮的光芒就涣散了"②。读书最多、最有文化的达瑟尚是如此，几村的普通农民就更是无法预料、难以理解这急剧变幻的现实了。

新历一千九百五十六年和尚恩波和舅舅江村贡布被政府强制还俗。之后，恩波娶了妻子，有了儿子"兔子"。娶妻生子的恩波心里沉甸甸的，如今不仅不可能回去了，而且庙被平毁了，里面的金妆佛像也被摧毁了："大殿的墙拆掉了，金妆的如来佛像上扑满了尘土，现在雨水又落在上面，雨水越积越多，一道一道冲开尘土往下流，佛祖形如满月的脸上尽是纵横的沟壑了。"③推倒的佛像脸上的雨水也流淌在恩波等人的脸上，"僧人们跌坐在雨水里，有了一个人带头，便全体没有出息地大哭起来"，而旁边是吉普车前站着的荷枪实弹的、表情肃穆的士兵。④新时代的"神"就"这么凶，这么快"地降临在几村、降临在藏民的心灵之中。小说从一个几村藏民的本土性审美视角细致地呈现了金妆佛像的轰然倒塌，在更多的意义上呈现的是几村藏民心中旧有神灵偶像的坍塌。

随着佛像坍塌而来的公路、汽车、炸药、隆隆炮声等事物，让几村藏民很快遗忘了旧的不快，心情逐渐兴奋起来，"人们不断被告知，每一项新事物的到来，都是幸福生活到来的保证或前奏，成立人民公社时，人们被这样告知过。第一辆胶轮大马车通到村中广场时，人们被这样告知过。年

---

① 阿来：《空山》（3），人民文学出版社，2009年，第285页。
② 同上书，第282页。
③ 阿来：《空山》（1），人民文学出版社，2005年，第27页。
④ 同上书，第28页。

轻的汉人老师坐着马车来到村里，村里有了第一所小学时，人们也被这样告知过。第一根电话线拉到村里，人们也被这样告知过。"①对于一个处于农奴制的藏族村庄来说，新的"现代性神灵"日新月异地走来了，但是几村人"被告知的"幸福生活对孩子"兔子"和格拉来说，却是类似于被摧毁的金妆佛像一样，是一种灾难性悲剧的开始。为了庆祝公路的开通和第一辆汽车出现在几村而燃放的鞭炮，被人扔到了"兔子"的脖子上面，炸开了一道深深的伤口。而这一恶作剧事件竟然被这群顽皮的孩子们诬陷为格拉所为，嫁祸给这个来历不明的、母亲智障的可怜孩子。"兔子"死去了，像风一样一点痕迹也没有留下地飘散了，格拉也因背负被诬陷的沉重罪孽感郁郁而终。新事物没有带给大多数村民"幸福生活"，而是繁重不堪的伐木生活的开始，是"几村人八辈子都没有梦见过的劳动方式"，被利斧砍伐的千年大树"发出人在痛苦时呻吟一样的撕裂声"。②

尽管有着种种未曾想到的，乃至百年千年都没有见到的新事物，但是，现代性已经无可避免、无可逆转地到来了，"新社会也真是厉害，谁也没有见过它的面，它从来不亲自干任何一件事情，它想干事情的时候，总能在几村找到心甘情愿来干这些事情的积极分子"③。没有过渡、没有劝说、没有犹豫，一个以"幸福生活"为许诺的"新社会""新时代"就这样强硬地降临了。几村人既自愿又不自愿、既恐惧又欢迎、既兴奋不已又忧心忡忡地进入了一个"现代性"新时代，而其背后则是某种更强大、更隐秘的，乃至是第三世界和原始文化宿命般的、悲剧性的现代化逻辑。

## 二 天火·心火·欲火

"兔子"死了，被诬陷而罪恶感缠身的格拉死了，一直坚持认为儿子还活着的格拉的母亲、疯女人桑丹意识到"我的格拉死了，我的格拉的灵魂飞走了"，但同时也在这一瞬间敏锐地听到了一种声音，发出了带有"一点

---

① 阿来：《空山》（1），人民文学出版社，2005年，第57页。
② 同上书，第96—97页。
③ 同上书，第105页。

威胁与训诫的味道"、女巫般的话语:"色嫫措里的那对金野鸭飞走了"。①在几村的民间传说中:"几村过去曾干旱寒冷,四山光秃秃的一片荒凉。色嫫措里的水也是一冻到底的巨大冰块。后来,那对金野鸭出现了,把阳光引来,融化了冰,四山才慢慢温暖滋润,森林生长,鸟兽奔走,人群繁衍。"②那是普通的鸭子,"这对金野鸭长着翡翠绿的冠,有着宝石红的眼圈,腾飞起来的时候,天地间一片金光闪闪。歇在湖里的时候,湖水比天空还要蔚蓝。这对护佑着几村的金野鸭,不是用眼睛,而是用心看见。它们负责让几村风调雨顺,而几村的人,要保证给它们一片寂静幽深的绿水青山。"③对于几村这一古老的民间传说,几村人不仅有着关于金野鸭的丰富想象,还与金野鸭有着一种神秘契合的心灵约定。

但是,这种源于原始文化的"心灵约定",却在现代性神灵降临的时代里被野蛮地破坏了。这种"护佑着几村的金野鸭,不是用眼睛,而是用心看见"的原始文化思维方式和逻辑观念,在一个讲究"实证"和"科学精神"的现代性逻辑理念中,是"虚无缥缈"的,是需要废除的"封建迷信"和"陈腐旧观念"。为新的现代性逻辑理念武装起来的几村人,"举起了锋利的斧子,日复一日,月复一月,年复一年,不是为了做饭煮茶,不是为了烤火取暖,不是为了给一对新人盖一所新房,不是为了给丰收的粮食修一所新的仓房,也不是为了给新添的牲口围一个畜栏,好像唯一的目的就是挥动刀斧,在一棵树倒下后,让另一棵树倒下,让一片林子消失后,再让另一片林子消失。"④正是在现代性的巨大逻辑理念之下,"国家"获得了一种超越一切的巨大力量优势和合法性逻辑理念,一切都是"国家"的,不仅是林子,连每一个生命个体都是国家的,"个人"在"国家"的逻辑理念中没有存在的位置和可以讨价还价的权利。森林从原先的仅仅为几村人日常生活所需的、合情适量、可良性循环的个体性砍伐,变为无休止的、大规模的、掠夺性的"国家"行为。

---

① 阿来:《空山》(1),人民文学出版社,2005年,第155—156页。
② 同上书,第157页。
③ 同上书,第211页。
④ 同上。

"国家"在几村村落世界中呈现为一种"双刃剑"的力量存在。一方面,"国家"为几村人解除了农奴制的压迫,为几村人带来幸福许诺,带来卫生等生存条件的改善;但在另一方面,"国家"也极大地改变了几村的自然生态,恶化了几村的生存环境。更可怕的是,一旦"国家"逾越了应有的界限和权力,就会恶变为一种不可遏制的破坏性力量。而几村人被告知,砍伐森林中的名贵树木是为了给省城盖一座巨大的"宫殿","献给比所有往世的佛和现世的佛都要伟大的毛主席的",为了"祝他万寿无疆,宫殿的名字就叫万岁宫!"这引起几村人的质疑:

> 人群中嗡的一声,发出了树林被风突然撼动的那种声音。
> "那不就是,那不就是封建迷信吗?"恩波从人丛中站起来,"不是说,相信人灵魂不死,说人能活比一百年还久的时间,都是封建迷信吗?"①

历史吊诡的是,处于原始神灵信仰的几村人被一种现代精神启蒙之后,竟然发现那些启蒙者依然没有摆脱迷信,而且还陷入一种更为可怖的现代政治迷信之中。在押解去往县城的路上,巫师多吉看到了"激动喧嚣的人群在街道上涌动,天空中飘舞着那么多的红旗,墙上贴着那么多红色的标语,像失去控制的山火,纷乱而猛烈"。②痴迷于这种现代政治迷信之中的人们,心中燃烧起了熊熊的火焰。

没有原始神灵佑护的几村森林在可怖的现代政治迷信主宰下被大肆毁坏的命运就此开始了。一片浓浓的黑云,很快转变为一片从东岸烧到西岸的巨大火球。几村的森林大火与街道上飘扬的红色旗帜,都不过是众人心火的外在表象。

天火在疯狂燃烧之后,被随之到来的天雨所浇灭。但是,人们心灵中的欲望之火却一直在潜滋暗长。几村的美嗓子色嫫面对从部队开小差、发誓爱自己的好猎人惹觉·华尔丹说:"达戈啊,世道变了。一个好猎人能

---

① 阿来:《空山》(1),人民文学出版社,2005年,第106页。
② 同上书,第143—144页。

够帮助我成为歌唱家吗？"①这个惹觉·华尔丹"命定的女人"，在参加了公社和县里的文艺演出之后，纯洁朴素的心灵被一种新的"歌唱家"头衔占据了："下面瀑布轰鸣般的掌声响起时，色嫫的浑身震颤，那种新鲜刺激的感觉，比惹觉·华尔丹给她的初吻还要强烈，还要持久。那时，色嫫就知道，与爱情相比，自己更加难以抗拒的是舞台上的这种诱惑。"②"达戈"，这个藏语"傻瓜"的语词就从色嫫的口中吐出来赋予了惹觉·华尔丹，"这是一个一切都变得粗粝的时代，浪漫爱情也是这个时代遭到摧毁的事物之一"③。"达戈"以一生的炽爱为这个"粗粝的时代"唱出了最后一首爱情诗。

《空山》采用花瓣式结构，由一个个独立的故事构成，内在有一种时间的逻辑，故事的主角从具体存在的人转化为空间性的几村。"砍一方木头可以挣得几十块钱，苦干一天，二三百块钱就到手了，那差不多是庄稼地一年的收成了。这种情况下，想要他们遵从祖祖辈辈敬惜一切生命，包括树木生命的传统是没什么作用了。"④在现代性神灵的蛊惑下，几村人的心火已经渐渐蔓延为一片欲望大火，"木材市场开放后，很多人都靠木材生意发了财。检查站就像是地狱与天堂之间的一个闸口"⑤。《轻雷》就讲述了新时期一个年轻人拉加泽里的心灵欲火。在几村老人崔巴噶瓦看来，一个男人一生最多可以犯三个错误，而抛弃上大学的梦想、离开心爱情人的拉加泽里已经犯了两个错误。但是，已经走上走私木材道路的拉加泽里冷冷地说："大叔，我也顾不得你那些道理了，我一次就把三个错误犯完了！"⑥欲望大潮中所激发出来的熊熊火焰，毁灭了拉加泽里，吞噬了千百年来的伦理道义。《空山》呈现了"几村"，也是中国乡村千百年来，尤其是近半个世纪以来急遽变化的心灵秘史。

---

① 阿来：《空山》（2），人民文学出版社，2007年，第28页。
② 同上书，第20页。
③ 同上书，第21页。
④ 同上书，第17页。
⑤ 同上书，第4页。
⑥ 同上书，第56页。

## 三 心灵的雨水与"几村"的重建

面对肆虐的天火,负伤的藏族巫师多吉不惜牺牲生命来呼唤神灵,召唤神力来熄灭天火,最终累死森林之中。在现代性逻辑理念看来,巫师多吉的牺牲生命作法的行为是很可笑的,是无助于事的,但在藏族人和多吉自己看来,这是尽到了一个巫师的职责,是他引来了风神和雷电雨神。多吉赢得了藏族人的尊敬,在他临终之际,昔日的喇嘛为他超度了灵魂。尽管现代性"神灵"以种种强制、半强制或许愿的方式承诺一个新的幸福时代和富裕生活,但在几村人精神观念的深层,却是潜流涌动:"这就是几村的现实,所有被贴上封建迷信的东西,都从形式上被消除了。……但在底下,在人们意识深处,起作用的还是那些蒙昧时代流传下来的东西。文明本是无往不胜的。但是几村这里,自以为是的文明洪水一样,从生活的表面滔滔流淌。底下的东西仍然在底下,规定着下层的水流。"① 在几村的精神世界里,巫师多吉、喇嘛江村贡布、村长格桑旺堆、崔巴噶瓦和协拉琼巴等人都有着一种消除不了的来自远古历史深处的、集体无意识的精神信仰和伦理观念。

天火最终在一场持续暴烈的天雨中被浇灭了。但是,人们心头的欲望之火由什么来净化呢?几村被毁灭的命运是由巫师多吉、喇嘛江村贡布、崔巴噶瓦、协拉琼巴等人来拯救吗?金妆的佛像摧毁了,被强制还俗的喇嘛自身尚且难保,更救不了巫师多吉,也熄灭不了欲望大火;巫师多吉在藏民文化系统里是有着巨大的法力的,但却不仅没有熄灭天火,反而为此付出了生命。这是几村最后一位巫师,多吉之死不仅昭示巫师后继无人,而且显现藏文化的精神危机。

几村村民崔巴噶瓦没有陷入欲望大火的烈焰之中,而是依然坚守从祖先留传下来的伦理道义和精神理念;他不仅自己坚守纯洁的精神信仰,还试图引导在欲望歧途迷路的拉加泽里迷途知返。在现代性"神灵"没有来到几村之前,几村藏民没有山林产权归属观念,但是怎样砍伐青杠林作为薪柴有着约定俗成的一定之规。在藏民原先的规矩被毁坏践踏之后,人们

---

① 阿来:《空山》(1),人民文学出版社,2005年,第127—128页。

不带任何珍爱与敬畏之心地举起刀斧，传统的薪柴林被砍得七零八落，但是崔巴噶瓦"倔老头还固执地遵守着这个规矩，人家也就不好任意下手，还能一茬茬长得整整齐齐"，成为"唯一一片漂亮的林子"。崔巴噶瓦很骄傲地说"看，我的林子"，遭到了深受现代性理念影响的拉加泽里的反驳："不是你的，是国家的。"这引起了老人极大的愤慨："国家的，国家的！什么东西都是国家的。国家是个多么贪心的人哪！他要那么多看顾不好的东西干什么？什么东西一变成国家的，就人人都可以随意糟践了！"①藏民崔巴噶瓦对"国家"的嘲讽，表达了一种中国现代性自身的逻辑悖论和思想困境：作为现代性逻辑体系一个重要组成部分的"国家"若是没有受到限制，一旦演变为一种新的现代政治迷信，就会演变为一种可怕的力量，演变为以"国家"、"人民"之名来掠夺、剥削和侵吞公民权利和私有财产的"合法"强力工具。"公权力的行使要有限制，不是任意行使公权力，现在越来越趋向有限政府，公权力从无限变成有限，要通过法制来制约。"②崔巴噶瓦不仅以自己的行动坚持了一种基于原始信仰的伦理道义，而且表达了一种极为宝贵的精神、权利意识的觉醒与质疑，这无疑有助于一种汲取藏族文化信仰和祛除现代性弊病的新精神生态的建构。尽管崔巴噶瓦的话语没能阻止拉加泽里的疯狂砍树走私敛财行为，但已触及了他的灵魂，他出狱后的植树造林行为与崔巴噶瓦的话语有直接关系。

> 雨水落下来了，落下来了！
> 打湿了心，打湿了脸！
> 牛的脸，羊的脸，人的脸！
> 雨水落下来，落在心的里边——和外边！③

在经历了一次次的灾难之后，几村恢复了往日的平静。原先欲火熊熊燃烧的拉加泽里从监狱出来之后，灵魂也平静下来。他不仅要恢复昔日绿

---

① 阿来：《空山》(3)，人民文学出版社，2009年，第53页。
② 陈芳、周东旭、郭刚：《江平：私权神圣公权力行使需受限》，http://news.ifeng.com/opinion/special/jiangping/duihuashilu/detail_2011_09/25/9457832_1.shtml，人民网·文史频道。
③ 阿来：《空山》(3)，人民文学出版社，2009年，第261页。

色的森林,还要筑堤重现几村的色嫫措湖,希望那对飞走的"金野鸭"回来护佑几村。但是出乎拉加泽里意料的是,湖还没有建立起来,却出现了一个他自己都没有料想到的严重后果:湖水要淹没现有的几村。当工程开始之后,一件更意想不到的事情发生了——发现了三千年前祖先的几村村庄。古老的几村复活了,而现实的几村却要被湮灭了,未来的新几村在哪里?

小说结尾通过副县长之口告诉我们,新几村将建在海拔更高的色嫫措湖的台地上,成为一个水上旅游新村。新几村不仅需要有一个现实的地理空间,更需要一个文化地理的精神空间;几村人不仅需要经济的富裕,还需要安宁灵魂的信仰。无论是喇嘛、巫师、崔巴噶瓦、诗人达瑟,还是古老的几村废墟、有着祖先神话的觉尔郎峡谷,都向未来的几村展现出重建的多元精神维度。

> 心头有妖魔在吗?在,他走了,又来了。
> 天下有神灵在吗?在,他曾经不在,现在又在了。
> 世上还有人在吗?在,花曾经谢过,却又再次开放了。[①]

这是几村美嗓子色嫫所唱的明亮歌声。几村永远不会消失,几村也从没有消失,它就存在几村人的心中,如同"花曾经谢过,却又再次开放了"一样开放在大地之中。

---

[①] 阿来:《空山》(2),人民文学出版社,2007年,第19页。

# 百年革命文化语境下中国农民的"精神成长"史[①]
## ——从第六届"茅奖"作品《历史的天空》谈起

第六届茅盾文学奖早已尘埃落定。熊召政的《张居正》、张洁的《无字》、徐贵祥的《历史的天空》、柳建伟的《英雄时代》和宗璞的《东藏记》这五部获奖作品顺利通过了当代文学历史化、经典化的第一道关口。"评奖是新时期文学经典化的最初的、'权威'的工序。毋庸置疑,评奖已经改变了文学作品的存在生态,获奖作品已经赢得了经典化淘洗过程中第一个回合胜利。"[②]但是,能否成为真正意义上的文学经典则依然有待于时间和读者的淘洗,胜出的关键依然是作品的艺术品质、思想意蕴和精神向度等因素。就目前的阅读史和研究现状来看,第六届"茅奖"获奖作品的经典化、历史化路途并不尽如人意。读者阅读量和专业研究论文依然偏少,读者对获奖作品的艺术质量、实力和影响力的质疑依然存在。

具体而言,《张居正》作为一部长篇章回体历史题材小说,一方面展现了改革者张居正的非凡意志和魄力,另一方面也存在叙述技巧陈旧、人物形象杂多等弊病。张洁的《无字》在进行历史和情感深层追问的同时,也存在着叙述不断缠绕的问题。宗璞的《东藏记》在承继以往的知识分子细腻心理描写的同时,存在着格局、视野较为狭小的局限。柳建伟的《英雄时代》是章节、篇幅较小的作品,可贵的是里面充溢着一股理想主义者的改革激情,时至今日依然让人振奋不已。徐贵祥的《历史的天空》对农民

---

[①] 本文是国家社科基金项目《乡土中国文化重建与农民形象审美嬗变研究》(编号:12BZW114)阶段性成果。

[②] 张丽军:《文学评奖与新时期文学经典化》,载《南方文坛》,2010年第5期。

英雄的塑造，在延续革命文化的审美逻辑之下，呈现出了历史新意，引起了我的特别关注。本文拟就从百年革命历史文化语境出发，梳理百年"历史的天空"下革命文化理念及其内在审美逻辑，分析《历史的天空》在革命审美星空中的独特位置，呈现中国农民从奴隶到将军、从草民到英雄的百年"精神成长史"。

## 一 "辛亥革命"天空下阿Q的"儿女之情"与"革命幻想"

> 侠烈英雄本色，温柔儿女家风；
> 两般若说不相同，除是痴人说梦。
> 儿女无非天性，英雄不外人情；
> 最怜儿女最英雄，才是人中龙凤！①

儿女之情与英雄之气结合起来，作为生命个体内在情感统一性的两个维度，在晚清时期的《儿女英雄传》中得到了较为清晰的表达，乃至出现了儿女柔情与英雄豪气并行不悖、彼此映照的"新凡人英雄"形象。这不仅是《儿女英雄传》对生命个体所具有的肉体凡胎和超凡脱俗的精神气概相统一存在的深刻理解，也为后来的现代革命英雄叙事提供了精神气质原型和审美叙事逻辑。不同的是，十三妹的个人私敌已经转换为革命公敌，其侠义之气置换为革命大无畏气概，儿女之情也随之从具有附属意义的红袖添香、诰命夫人转换成在革命烈火中锻炼为具有平等尊严的革命之爱。从这个意义上而言，《儿女英雄传》肇始了一个从凡俗到英雄的"凡人英雄"情感叙事演变和人物精神世界改造的新审美理念。

维柯在《新科学》中把整个人类历史划分为神的时代、英雄时代和凡人时代。在神和英雄已经退隐的时代，"凡人"毫无疑问成为20世纪中国文学的叙事主角，当然，在乡土中国的时空语境下，"凡人"即是乡土中国农民。"凡人"农民在审美叙事中成长为"英雄"，已是"凡人时代"的精神巅峰。事实上，在20世纪中国革命文化语境中，中国农民从"凡人"走

---

① 文康：《儿女英雄传》，华夏出版社，1994年，第1页。

向"英雄"的心灵改造和精神主体成长,经历了一系列"精神炼狱"般的外在诱惑考验和内在思想磨砺,最终在革命熔炉的烈火中"百炼成钢"。

阿Q是百年革命文化史中从"凡人"走向"英雄"的革命道路上第一个喊出"革命"口号、具有自发革命意识的乡土中国农民,也是一个在"革命"道路上摔跟头、精神主体改造不成功的人物形象典型。作为贫无立锥之地、没有一个亲人与朋友的阿Q,实在是可怜之至,是一个不折不扣的乡村赤贫者。尽管身处绝境,但是依然阻挡不了阿Q作为一个生理正常男性对异性追逐的儿女之情。尤其是在触摸了小尼姑新剃的头皮之后,阿Q不仅对小尼姑的责问"你怎么动手动脚"发出了"和尚动得,我动不得"的经典性反问,而且由此肢体接触而生发出了一种"飘飘然的似乎要飞去了"的奇妙感觉,触动了内心深处潜滋暗长的"儿女之情":"不错,应该有一个女人,断子绝孙便没有人供一碗饭,……应该有一个女人。"① 在睡梦中,无意识深处的阿Q想的是:"女人,女人!……""'……和尚动得……女人,女人!……女人!'他又想。"② 阿Q被触动了的"儿女之情",在遇到寡妇吴妈跟他闲谈到"老爷要买一个小的"时候,一下子激发出"我和你困觉,我和你困觉!"阿Q式的爱情表白。遗憾的是,阿Q的"儿女之情"仅仅持续了瞬间,就遭到灭顶之灾:吴妈的拒绝、赵秀才的暴打、地保的训诫和经济惩罚,更严重的是丢掉了工作和未庄所有女人对他的规避。

阿Q"儿女之情"的再度燃起,则是在决意参加"革命"之后的事情。有意味的是,尽管阿Q处于社会最底层,但其精神意识深层依然是传统封建专制的奴性意识,"以为革命便是造反,造反便是与他为难,所以一向是'深恶痛绝之'的"③。革命作为一种抗争性意识是不需要外在启蒙的,而是存在于个体的精神世界之中,只不过阿Q平时意识不到或不敢革命而已。当看到革命以更大的速度和效率,使百里闻名的举人老爷有这样怕,也使未庄的一群鸟男女显现出无比的慌张神情,阿Q觉得快意和神往,"'革命也好罢,'阿Q想,'革这伙妈妈的命,太可恶!太可恨!……便是我,也

---

① 鲁迅:《鲁迅全集》(第1卷),人民文学出版社,1981年,第499页。
② 同上书,第499页。
③ 同上书,第513页。

要投降革命党了。'"① 因而,阿Q成为未庄第一个喊出"造反了!造反了!"的"革命党"。

遗憾的是,阿Q的"革命"并不是真正意义上的"革命",而依然是充斥着封建等级剥削观念、"争夺一把旧椅子"的旧革命轮回②。正如鲁迅所言,"好似革命一到,一切非革命者就都得死。其实革命是并非教人死而是教人活的"。③ 革命是对每个人生命尊严的尊重、是人人平等自由的,是解放所有被压迫者的运动。可笑而又可怜的是,"革命"并没有来召唤阿Q,赵太爷等人不准阿Q"革命",而且把"革命党"阿Q送上了断头台。

## 二 土地革命天空下"阿Q"的艰难觉醒与夭折的革命爱情

阿Q被"革命"所遗忘和拒绝,这不仅是阿Q的不幸和遗憾,更是辛亥革命失败的最大根源之一。鲁迅的《药》以革命知识分子夏瑜的鲜血被作为人血馒头药引子的惊人事实呈现了革命者不被他所奋斗牺牲的"阿Q"等中国农民大众理解的革命悲剧。毫无疑问,鲁迅用艺术的笔法呈现了辛亥革命失败的内在根源,塑造出了一群病态的、麻木的、不觉悟的"老中国儿女"。

不同于鲁迅的"老中国儿女"观,早期马克思主义者和革命文学作家看到了中国农民作为革命正能量的一面。从乡土中国国情出发的毛泽东在他的著作中提出了惊人的论断:革命首要的任务是分清谁是我们的敌人,谁是我们的朋友。中国农民是中国革命的天然的同盟军,是革命最需要团结的朋友和依靠的主体性力量。④ 毛泽东对"阿Q"式中国农民所蕴含的巨大革命潜能量和强大精神主体力量的发现,无疑是具有战略性和根本性的扭转中国革命失败命运的重大发现。用我们今天的话来说就是,毛泽东

---

① 鲁迅:《鲁迅全集》(第1卷),人民文学出版社,1981年,第513页。
② 鲁迅:《二心集·上海文艺之一瞥》,收入《鲁迅全集》(第4卷),人民文学出版社,1981年,第301页。
③ 同上书,第297页。
④ 毛泽东:《毛泽东选集》,人民出版社,1952年,第3—9页。

从愚昧、麻木、不觉悟的"阿Q"身上看到了来自人性本能深处的反抗意识,从中国农民浓重的精神奴役创伤的灵魂中读到了革命的正能量。阿Q是呼唤"革命"、拥抱"革命"的,在生命岩层深处涌动着革命的岩浆。当然那只是一种需要不断启蒙、改造的本能反抗意识。

1928年成仿吾发表的《从文学革命到革命文学》是一篇极为重要的、可以用来解读1930年代文学转向的纲领性文献。在成仿吾等"革命文学"召唤者的审美视界中,鲁迅及其塑造的"阿Q"早已落伍于时代的最新形势发展。新的"革命文学"审美叙事下的中国农民已经从"阿Q"的不觉悟中走了出来,具有一种新的"阶级性"革命意识,是"阶级革命"文化语境中具有阶级觉悟的"新战士"、变动中的乡土中国下觉醒的"新农民"了。

革命文学作家蒋光慈的代表作《咆哮了的土地》,塑造了大革命时代中国农民从"阿Q"走向"新农民"的形象转变和精神觉醒历程。《咆哮了的土地》的叙述空间依然是乡土中国古老不变的图景,但不同的是,这古老的"一年复一年地,一日复一日地"空间里传达出了"从土地中所发泄出来的伟大的怨气"——不祥的、不安宁的"革命"气息到来了!"年轻的乡人们却与他们的前辈正相反。这些消息好像有什么魔力也似的,使他们不但暗暗地活跃起来,而且很迫切地希望着,似乎他们将要从'革命军'的身上得到一些什么东西,又似乎他们快要赴欢娱的席筵,在这席筵上,他们将痛痛快快地卸下自己肩上的历年积着的重担,而畅饮那一种为他们所渴望的、然而为他们所尚不知道是什么滋味的美酒。"①

蒋光慈在小说中不仅塑造了具有先进理想的革命者农民出身的矿工张进德,还塑造了革命语境下的"阿Q"——刘二麻子。刘二麻子因为极度贫困和一脸麻子,娶不到老婆而失望、悲哀。"革命"到来的讯息使他对"儿女之情"产生了新的幻想:"他就好像自身的痛苦因着革命军的到来一切都解决了也似的,好像从今后没有老婆的他可以娶老婆了,受穷的他可以不再受穷了,甚至于他的那麻脸也可以变为光脸。……他想那便什么

---

① 蒋光慈:《蒋光慈文集》第二卷,上海文艺出版社,1983年,第158页。

事都解决了,受苦的可以幸福,作恶的可以定罪……"① 对于刘二麻子这种"阿Q"式的本能"儿女之情"诉求,革命启蒙者张进德没有讥讽嘲笑,而是在肯定人之正常"儿女之情"的前提下,进行革命启蒙教育:别要老是想着娶老婆的事情!这世界太不公平,我们穷光蛋要起来反抗,要实行土地革命,将地主打倒,土地归自个耕种。就这样,刘二麻子摆脱了"阿Q"的"不准革命"的悲剧命运,参加了革命,成为了一名革命战士。尽管确立了阶级革命意识,参加革命的刘二麻子依然没有摆脱掉旧有的农民起义思想和封建意识,在一次喝醉酒之后企图强暴革命女性。可见,"阿Q"、"刘二麻子"等中国农民的现代革命启蒙道路不可能毕其功于一役,其精神主体性的建立是极为艰难而漫长的。

与《咆哮了的土地》同时期的另一部革命文学之作《星》,在探索革命文化语境下中国农民的个体婚恋自由和群体社会自由的内在契合度上迈出了新的一步。叶紫的小说《星》从梅春姐不幸婚姻的"儿女之情"悲剧开始,以梅春姐冲破传统旧婚姻束缚,在新的革命文化语境中奉行革命新时代的新婚姻准则与革命同志黄副会长的自由结合达到了叙事高潮。

在得知梅春姐被丈夫暴力欺凌后,镇上的妇女会把梅春姐接走了,拒绝丈夫要人的请求,宣布了新时代的婚姻准则:"女人爱谁就同谁住"②;不爱,就解除旧婚姻的束缚。梅春姐不仅获得个人婚姻的自由,与黄同志自由结合,而且学到了很多革命道理,打破了封建传统思想的束缚,树立起了革命思想,立志做一个革命者。梅春姐完全变成了另外一个人:"当她一遇见了人时,她就说:她也要在村子里组织一个什么女人们的会了,那会完全是和男人们的会一样的。……女人们从今以后,通统要'自由'起来:出嫁、改嫁都要由自己做主,男人是决不能在这方面来压制和强迫女人们的!"③

新时代的革命文化为梅春姐提供了从不幸婚姻走向革命爱情的新婚姻准则和时代伦理,获得婚恋解放的梅春姐则以亲身的革命幸福体验更加投

---

① 蒋光慈:《蒋光慈文集》第二卷,上海文艺出版社,1983年,第201页。
② 叶紫:《湖上》,华夏出版社,1999年,第243页。
③ 同上书,第248页。

人、积极主动传播革命真理,追求更多乡土中国女性的自由解放。"梅春姐在村子里一天比一天更高兴地活动着。并且夜间,当她疲倦地从外面奔回家来的时候,她的黄也同时回来了。她便像一头温柔的、春天的小鸟儿般的,沉醉在被黄煽起来的炽热的情火里;无忧愁、无恐惧地饮着她自己青春的幸福!他们能互相亲爱、提携;互相规勉,嘉慰!"①

毫无疑问,《星》的叙事架构呈现了一种现代性的革命审美逻辑理念:群体的阶级解放与个体的人性解放有机统一于革命的多元整体目标体系之中,儿女之情和革命之爱无缝链接于梅春姐这一个独特的革命形象叙事。"梅春姐形象所具有的阶级解放与人性自由解放叙事目标,突破了以往的左翼文学单一的阶级叙事指向,进入了更为广阔的人性叙事天地,内含了五四新文学的'人的文学'的意蕴,在更深远的程度上体现了马克思所提出的'人的全面解放'的无产阶级革命文学的价值意义。"②

然而不幸的是,《星》中的"革命之爱"被各种反动势力掐灭了,梅春姐在革命文化伦理庇佑下的"儿女之情"过早夭折了。在茫茫的夜色中,梅春姐埋葬了旧家庭的"儿女之情",又踏上了"革命"新征途。

## 三 从农民成长为英雄战士的"新儿女英雄传"

与阿Q和梅春姐的革命悲剧不同的是,孔厥、袁静写作于1940年代的《新儿女英雄传》展现了主人公牛大水和杨小梅曲折的"儿女之情",塑造了这一对乡土中国农民精神成长的苦难而又皆大欢喜的心灵历程。《新儿女英雄传》既有传统中国小说叙事的"有情人结成眷属"的"儿女之情"幽微情思,又有革命审美叙事逻辑的"百炼成钢"、"修成正果"的英雄诞生新内容。从某种意义上而言,《新儿女英雄传》是《咆哮了的土地》和《星》等未完成的革命审美逻辑的续写,是乡土中国农民从愚昧麻木到"长大成人"的精神主体改造的终结篇。

"牛大水二十三岁了,还没娶媳妇。"《新儿女英雄传》小说抬头第一

---

① 叶紫:《湖上》,华夏出版社,1999年,第249页。
② 张丽军:《乡土中国现代性的文学想象》,上海三联书店,2009年,第271页。

句话就直接捻出了要表达的"儿女之情"。前三段寥寥数语中,仅"媳妇"、"娘们"等表达对异性婚恋诉求的词语就多达六处,多方位营造"儿女之情"的叙事氛围。牛大水与杨小梅最初相见的两情相悦进一步凸显了"儿女之情"的甜蜜、美妙与浪漫。在牛大水的眼里,"那杨小梅,模样儿长得俊,什么活儿都能干,心眼儿又挺好;大水有一次拿着活计去央求表嫂做,表嫂忙不过来,小梅就不言不语的接过去做了。这会儿大水心里想:'小梅真不错!要是娶她作媳妇,我一辈子可就心满意足啦。'"小梅对大水同样有着好感:"她心里盘算:'大水可真不错呀!好小伙子,老实巴交的,挺和善。能找这么个知疼着热的庄稼人,我这一辈子也就称心如意啦。'"情人眼里出西施,小说已经把牛大水和杨小梅的"儿女之情"渲染得非常充分,足足吊起了读者继续往下阅读的欲望。

小说的故事主题、叙事走向和情感基调定下来后,继而出现的就是要经受考验的"磨难"。好事多磨、自古英雄多磨难等一句句俗语道尽了生活逻辑和小说叙述的故事逻辑。小说没有让两个主角的心愿顺遂,而是为之设置了重重障碍,第一重障碍就来自经济问题。这与中国传统戏曲中的穷书生与千金小姐相爱、却被嫌贫爱富的小姐父母所拒的故事模式相吻合。继之更大的障碍是,杨小梅被迫嫁给了大户人家的纨绔子弟,彻底阻断了牛大水的婚恋梦。

人物命运的转机在于革命时代的到来。"七七事变"的大时代背景,为牛大水的生命存在提供了历史维度和一种新质的历史规定性,显然这不是一个普通的才子佳人式的穷人娶媳妇故事,而是一个有着新时代背景、新叙事空间、新革命文化伦理的抗战英雄新故事。抗日战争既是抵御外族侵略的战争,更是一场民族内部革故鼎新、浴火重生的革命行动。无论是萧红的《生死场》,还是孔厥、袁静的《新儿女英雄传》,小说叙述的主题在呈现民族革命战争的民族解放主题的同时,把叙述的重心更多的倾注于"阿Q"式中国农民的心灵改造和个体主体性重建的精神维度上。

牛大水和杨小梅先后参加了抗日革命斗争,身份、地位、精神面貌都焕然一新。县上受训,是杨小梅和牛大水人生历程中重要的转折点。杨小梅和牛大水遇到的最大困难是学习。"大水对小梅说:'咱俩可是高粱地里耩秸子(秸子是高粱的一种),一道苗儿。两个傻蛋,往后受罢训回去,百吗也不懂，可怎么着？'小梅也愁蹙蹙得说：'谁说不是呀！咱们两个笨鸭子上不了架；受了一回训，就装了一肚子小米饭，回去怎么见人哪？'大水说：'咱就不信！人家是人，咱也是个人，咱就学不会？'"①硬着头皮听课，学习革命文化，两个目不识丁的农民在共产党的领导下，从蒙昧无知到变为有文化、懂得革命真义的革命新人。随着抗日局势的恶化，杨小梅的丈夫叛变了革命，牛大水和杨小梅则在敌人的严刑拷打中铸就"英雄本色"，成就了一段美好姻缘。小说对两人新婚之夜的描写感人至深而又意味深长。

> 说了一阵闲话，红灯慢慢儿暗下去了。他俩就上炕歇息。小梅抚摸着大水满身的伤痕，眼泪突然涌出来，滴在大水的胳膊弯儿上。她轻声轻语地说："大水啊！那天晚上你在被窝里卷着抬进来，你给敌人拾掇成了什么样儿！真把我心痛得不行啊！"她脸儿贴着大水的脖子说："你真坚决！真是好样儿的！你是火炼过的真金啊！"大水激动得声音发抖说："你和同志们疼我，疼得真没处疼啦！要没你们耐心的照护，我出来也活不了！"小梅说："革命真是个大家庭，你看谁对谁都跟亲人一样！"
>
> 大水想起了老爹，忍不住掉泪说："唉，我爹要活着，瞧见咱们俩结婚，不定多乐呢！头一回你姐姐来说亲，要成功了，该多好啊！"小梅说："那时候我才不愿意呢，可怎么由得了自己呀！"大水亲着小梅说："要不是参加革命，咱们俩怎么也到不了一块儿！"
>
> 灯熄了，他两个紧紧地抱着，心里像有块糖儿在慢慢的化。很久很久的，还唧唧哝哝说着话儿。②

"要不是参加革命，咱们俩怎么也到不了一块儿！"这句话具有画龙点睛的点题功能。革命是杨小梅和牛大水扭转命运乾坤的"再造父母"，是二人缔结自由幸福婚姻的月下老人。程平同志送的对联"新人儿推倒旧制度，老战友结成新夫妇"，横批"革命的爱"，恰好阐明了《新儿女英雄传》

---

① 袁静、孔厥：《新儿女英雄传》，人民文学出版社，1956年，第24页。
② 同上。

这一对"老战友"的"新夫妇"姻缘所具有的新的革命性质。黑老蔡送的对联是"打日本才算好儿女，救祖国方是真英雄"，横批是"战斗伴侣"，重新阐释了"新儿女英雄"的时代性内涵。牛大水和杨小梅的"儿女之情"，不仅继承了《星》中梅春姐那种革命性质，而且在革命胜利的新革命文化空间里凝结为永远的"革命之爱"、"战斗伴侣"。

杨小梅和牛大水的"儿女之情"，是体现着革命审美逻辑的、具有一种高度的精神隐喻的"英雄之爱"，是黑老蔡所代表的中国共产党领导的革命给予和保障的。孔厥、袁静把这种兼具"儿女之情"和"革命之爱"的英雄书写命名为"新儿女英雄"，不仅深谙传统才子佳人模式和新时代革命审美叙事逻辑，而且阐述出了这种新型"新儿女英雄"之爱的诞生来路、根源与新质内涵。毫无疑问，这种"新儿女英雄"之爱是具体细致入微、真实可信、感人至深的。

## 四 《历史的天空》："新儿女英雄"在新世纪的重新书写

与《新儿女英雄传》相同的是，《历史的天空》也一开始就呈现了梁大牙与韩秋云的"儿女之情"。但与《新儿女英雄传》中牛大水、杨小梅二人情投意合不同，韩秋云从一开始就像吴妈拒绝阿Q一样，对梁大牙没有好感、以寻死来拒绝梁大牙的求婚。小说没有顺着一般读者所预先设置的"愿天下有情人皆成眷属"的阅读期待发展，而是让梁大牙和韩秋云走向了两条互不交叉的"儿女英雄"道路。

小说情节发展的关键节点都呈现了"儿女之情"的审美叙事逻辑。可以说，"儿女之情"已经从暗线浮现为明线，而且构成了小说主人公梁大牙性格演变和行为叙事的动力推进器。当八路军司令杨庭辉让梁大牙自己决定是否留下抗日的时候，梁大牙在一瞬间看到了英姿飒爽的女八路军，一个临时性的念头就出现了："这个八路咱就先当着试试"。[①] 毫无疑问，梁大牙之所以参加八路军，而没有继续投奔国军，就是因为看到了青年女八路，而没有所谓的革命理想和高尚情操。从这个意义上而言，作者徐贵祥

---

① 徐贵祥：《历史的天空》，人民文学出版社，2000年，第30页。

把梁大牙"还原"到"阿Q"式的乡土中国农民的"原始本能"的最本真一面了。"儿女之情"的内核是"性本能",也是人存在的最基本生理需求,梁大牙因见女八路而参加革命是《历史的天空》"革命的儿女之情"叙述的思想原点。

"阿Q"起点的梁大牙,在抗日战争时期自发参加了革命,身上不仅有着阿Q式的"子女玉帛"的想法,也有着剥削和欺压手下革命战士的现象,有着个人英雄主义、绿林草寇作风,甚至犯了敌我不分、给汉奸(梁大牙的干爹)祝寿、与水蛇腰鬼混的重大错误。对此,革命队伍领导者有不同的看法,杨庭辉和王玉田以抗战需要勇士和革命战士成长需要一个过程为由,在严厉处分的同时给予梁大牙改过自新、逐渐确立革命理念的精神成长空间和时间。

梁大牙精神主体性的成长和革命精神理念的确立,不仅有着令人信服的故事发展逻辑,而且人物语言具有个性化、典型化特征。当杨庭辉司令跟梁大牙谈话提拔他当县大队长的时候,梁大牙就一遍遍地追问"县大队长这个官算是几品?"杨庭辉听了很恼火,咬牙切齿恶狠狠地说"七品!"① 当梁大牙被调查交代错误的时候,他说:"也没有犯什么大不了的错误。我到蓝桥埠去,同宋队副和马师爷都交代过,要他们带好部队……"在梁大牙的思想意识深处,他依然没有从旧式农民造反起义模式中走出来,依然是旧文化理念和旧军队思想作风。正如王兰田大声断喝所言,"什么宋队副马师爷的!我们八路军都是同志,就是称呼职务,也应该称呼宋副大队长、马参谋长。你把八路军当什么了,当成绿林好汉了是不是?"② 小说中所呈现的这些梁大牙的"梁氏话语"极富有个性特征,鲜明地向读者展现了"阿Q"式农民梁大牙从"老百姓习气"和旧文化思想意识中一点点走出来,改正旧的、错误的思想理念,接受革命新思想教育的艰难精神成长过程。

如果说梁大牙的老百姓习气是被逼迫纠正的话,梁大牙的革命精神思想改造则有着主动性、自觉性的一面。梁大牙在被任命为县大队长的时候,

---

① 徐贵祥:《历史的天空》,人民文学出版社,2000年,第89页。
② 同上书,第133页。

向杨司令提出要东方姑娘过去,说"咱这个人是个粗人,得有个仔细的人敲打咱,咱才能有进步。自从结识了东方闻音同志,不知是咋弄的,咱就想当个斯文人。"①梁大牙的要求得到了满足,他的"斯文人"的自我改造愿望在东方闻音的引导下起步。东方闻音在来之前得到了杨司令的指示,"改造和帮助梁大牙,是她的中心任务"。当梁大牙提出参加共产党的时候,东方闻音觉得改造他的机会来了,给他提出了三条改造意见和一个识字、学习革命文化的要求。趁此机会,梁大牙也嬉皮笑脸地表达了"想娶你做娘子"的"儿女之情"。东方闻音没有嘲笑或讥讽梁大牙,而是真诚地说"这不是什么毛病不毛病的,我们两个人之间只是同志关系,没有……",并建议"眼下,学习是你的当务之急"。②梁大牙好长时间没有开口,思考了很长时间之后说:"那——好吧,咱就听你的,赶紧改掉毛病,争取早日在党,也争取咱们两个早日有那个什么……"③成为真正意义的革命者和缔结"儿女之情"就成了梁大牙自觉接受革命洗礼的两个最重要推动力。东方闻音既是梁大牙最直接的革命指导者,也是梁大牙"儿女之情"的唯一指向者。集体指向的革命崇高美和女性个体的阴柔之美统一在东方姑娘身上,对梁大牙散发出迷人的、难以抗拒的思想之魅和身体之美来。

正如小说所言,"梁大牙漫长的人生修炼从此开始了。"梁大牙不仅收敛自己,学习文化,给好友改掉粗俗名字,敲掉了自己的大牙(东方姑娘恶作剧说不喜欢大牙),而且在"纯洁运动"中遭受到来自革命内部的严刑拷打。正是这场残酷的"内斗"不仅让东方闻音见识了梁大牙的不屈英雄气概,而且也第一次震撼地感觉到了自己在梁大牙心中的重要位置及其深切爱恋之情。"东方闻音心里突然涌出一阵热乎乎的潮湿感。她想,眼前这个看似粗莽的汉子,心里其实有数得很啊。有些话,硬是让他说得惊心动魄。她现在还无法准确地判断自己对于梁大牙的感情属于哪个层面,究竟是敬佩、是同情、是可怜抑或是当真有丝丝缕缕的爱之音弦?"④无情

---

① 徐贵祥:《历史的天空》,人民文学出版社,2000年,第91页。
② 同上书,第164页。
③ 同上书,第165页。
④ 同上书,第263页。

未必真英雄，怜子如何不丈夫。正是梁大牙的英雄气概呼唤出来了东方姑娘的"儿女之情"。

东方闻音在约梁大牙登山望日、提前吹风谈提升司令员的时候，又一次感受到梁大牙的进步和成熟，不仅称呼"大牙同志"，而且领略到梁大牙的革命品格与人格魅力，从中进行自我精神改造。"如今回过头来看，东方闻音甚至觉得，她哪里是'监督和改造'梁大牙的啊，而差不多是她接受了梁大牙的熏陶和改造。她习惯了梁大牙的风格，认可了梁大牙的品德，甚至从梁大牙的身上感悟出真正的战斗者的精神。从一定意义上讲，她改造和帮助梁大牙的过程，也是梁大牙改造和帮助她的过程，是她通过梁大牙向土生土长的农民抗战者学习农民战争的过程。"① 这正是小说的精彩之处：徐贵祥在一开始设置了知识分子东方闻音站在革命文化高地改造处于思想文化洼地的梁大牙；有意味的是，就在东方闻音对于梁大牙的改造过程中，东方闻音对革命的认识也越来越深刻，而且不知不觉从梁大牙那里学到了知识文化之外的革命战斗精神、与乡土中国大地相融合的民间生命野性、血性和韧性。就在这里，来自民间大地的梁大牙和出身于都市知识分子的东方闻音获得平等的精神位置，彼此之间不再是改造与被改造的关系，而是互相改造、互相学习、互相欣赏的你我交融一体的革命同志关系。这是《历史的天空》对中国农民与知识分子彼此之间关系结构的新的、深刻的理解，是对乡土中国革命历史进程的深邃而独特的精神思考，达到了新的精神高度。

具有标志意义的是东方闻音给梁大牙改名一事："去掉一个'牙'字，大字下面加上一个'走之'，就叫梁必达得了。古训说欲速而不达，咱们不慌不忙不温不火，学一步进一步，境界就达到了。"② 从此，梁大牙脱胎换骨，从阿Q式普通中国农民渐渐改造为具有革命理念、文化知识和领导指挥能力的革命领导者梁必达了。当组织真的任命梁必达为军区分司令的时候，梁必达没有高兴，反而是为自己文化不够和过去撒野而反思、难过。在得到东方姑娘的鼓励下，梁必达决心要成为"一个有思想有策略的革命

---

① 徐贵祥：《历史的天空》，人民文学出版社，2000年，第292—293页。
② 同上书，第297页。

者",一个"在革命的道路上做得最快走在最前面的人"。至此,梁大牙已经从精神层面彻底完成了心灵自我改造,已经从自发的、本能的"儿女之情"推动的被动改造,发展为从革命理念出发的自觉的精神主体性主动追求,即成为了一个自觉的主动进行精神改造、具有自我革命意识的革命者。

与《新儿女英雄传》不同的是,梁必达和东方闻音的"儿女之情"没有修成正果。在一次战役中,东方姑娘牺牲了。梁必达对东方闻音的无比珍视的革命友谊和无比深厚的"儿女之情"化为更加深沉、悲哀、无尽的绵绵思念之情。

## 五 后革命时代与"历史天空的黑洞"

作为一个苛刻的文学批评者,我一再追问,《历史的天空》作为一部革命历史题材小说,它在新世纪的重新书写有何新意?能否超越以往的革命历史小说?事实上,《历史的天空》在延续以往革命审美叙事逻辑的同时,的确写出了诸多新意,让后代的人们重新思考革命、重新审视那段鲜血凝结而成的历史背后的复杂面目,为后革命时代乡土中国社会文化转型、新世纪中国农民精神主体性的成长提供了来自历史的审美镜鉴。

《历史的天空》正是因为时空距离相对遥远的关系而写出了"历史的天空"的多元景观,超越了以往的单一"革命景观"。无论是《阿Q正传》、《咆哮了的土地》、《星》,还是《新儿女英雄传》,其叙事架构都是一元性的,是单一革命历史维度的"政治正确"叙事,此外的其他线索都是辅助性的、非革命性的反面叙事。《历史的天空》里面不仅展现了中国共产党领导下的英雄叙事,同样展现了国民党内部的,如七十九大队的国军英雄叙事;在故事架构层面,分别以梁大牙、陈默涵和韩秋云三人的人生爱情、革命际遇为三个叙事元,纵横交织在一起,中间又穿插国民党军官莫干山和高秋江的动人爱情,从而使得整个叙事结构跌宕多姿,引人入胜。

与之对应的是,《历史的天空》中的人物形象系列也突破了以往单一的"革命英雄"形象类型,而是有着不同的身份、党派和性质类型:既有梁大牙这样的"草莽英雄",杨庭辉这样"大智大勇"的革命英雄,也有莫干山这样的宁为玉碎不为瓦全的"英雄军人",刘汉英这样的国民党黄埔系"革命枭雄"。可以说,《历史的天空》中的主要人物形象都已打破了类型化、扁平化、雷同化的性格局限,而具有了圆形人物、个性化和典型化人物形象的性格特征。可以说书中每个人物形象都有自己独特的个性特征,都是立得起来的、耐人寻味的,这也是《历史的天空》获得"茅奖"的一个极为重要的原因。

如果仅仅是要写一部重现国共双方共同抗战的历史,仅仅是为了塑造更具有典型性的人物形象,仅仅是为了展现阿Q式中国农民梁大牙从草莽到英雄将军的中国农民心灵改造史的话,《历史的天空》依然没有在更高的层次和更高的精神维度上逾越以往的革命历史小说。可贵的是,《历史的天空》还写出了革命内部纷争的历史黑洞。

"革命的被杀于反革命的。反革命的被杀于革命的。不革命的或当做革命的而被杀于反革命的,或当做反革命的而被杀于革命的,或并不当做什么而被杀于革命的或反革命的。"① 对于"革命"的复杂性和艰难性,尤其是来自革命阵营内部的"无情斗争",鲁迅是有着深刻认识的,是要"横站"的。事实上,对于革命历史内部的斗争,特别是关于共产党军队内部领导层的纷争描写,文学史上是极其少见的。《咆哮了的土地》、《星》、《新儿女英雄传》完全没有,即使新时期文学也是很少,只有如乔良的《灵旗》等极少作品涉及到。小说所描写的"国军"内部纷争关于嫡系军队和杂牌军队的内斗,打破了以往简单化叙事的局限,而是深入内部,突出对军人、军魂的书写,展现了撼人心魄的艺术功力。而更见功力的是对共产党内部领导层纷争的描写。这类描写可分为三类,第一类是共产党内正常的矛盾纷争,即对革命问题的不同认识和理解的冲突,集中展现为杨庭辉、王玉田、梁大牙和张普景等的冲突;第二类是杨庭辉的凹凸山派和张普景、窦玉泉等江淮派的派系利益冲突;第三类是杨庭辉、梁大牙等与野心家和卑鄙小人窦玉泉、江古碑等人的冲突。而且,这几类矛盾在不同场合以不同的组合方式出现。同属江淮派的张普景是个老牌的"纯化"的布尔什维克,超越派别纷争而能坚持原则,他的错误是对革命要求"纯而又纯"的"左倾"认识问题,是小说中塑造得较为成功的人物形象。在如何对待梁大牙

---

① 鲁迅:《鲁迅全集》(第3卷),人民文学出版社,1981年,第532页。

的老百姓习气、迷信意气、个人英雄主义、"儿女之情"等方面,张普景表现出的是鄙视和遗弃,窦玉泉和江古碑则是出于个人私利欲置其于死地,欲借刀杀人除去这一心腹大患。即使是革命胜利之后,这种来自革命内部的斗争,在"文革"时期以及"文革"之后的新时期,依然在延续,依然无比激烈。"作者在官方勘定的正史和颠覆历史的个人欲望之间谨慎潜行,完成了自己独特的历史思考和写作,把无限的感喟留在没有边界的历史的天空。"[①] 这是《历史的天空》向新世纪读者所展现的来自历史深处的、在今天依然存在的"没有边界"的"历史黑洞"。

从这个革命阵营内部的历史黑洞来看,梁大牙的从"阿Q"到英雄将军的心灵改造和精神主体成长之路,布满了机关重重的历史陷阱和步步惊心的"杀机",从而显得无比脆弱和吊诡。正如得到张普景授权紧急情况下对叛党行为可以随时临机处置权力的东方闻音所感,梁大牙在敌人面前是一个英雄,但在组织面前还是非常弱小的。从一个普通农民成长为真正意义的革命者,乃至是革命高层的领导者,梁大牙必定要经历无数的障碍,既有来自外部的,更多则是来自内部的"精神奴役的创伤"的种种缺点和弱点。《历史的天空》没有拔高、也没有为梁大牙遮丑,而是充分展现了梁大牙的英雄业绩、满身封建文化习气、种种人性弱点。尽管那是一个呼唤英雄、塑造英雄的时代,但我依然为处在每一个命运关口的梁大牙担忧,为他渡过难关而庆幸不已,更确切地说,侥幸不已。因为梁大牙遇到了杨庭辉这样好的"大智大勇"、"知人善任"、胸怀宽广的领导人,次次在关键时刻为他消除障碍,助他成长。如果不是梁大牙这样英勇作战、奋不顾身,如果不是革命战争对英雄的特别需要,如果不是杨庭辉对革命高屋建瓴的思考,梁大牙能够挺过一次次难关、跨越一道道障碍吗?或者说,梁大牙这种从普通农民到英雄将军的革命成长道路有多少普遍意义?或者还可以追问,梁大牙这种从胜利走向胜利、渡过一个个难关的模式是否是一种既有的"革命审美逻辑"的延续性写作?如此看来,梁大牙的心灵改造和精神成长模式依然是不确定的,依然是外力(杨庭辉,抑或是作者,甚至是杨庭辉有时也为自己的决定捏一把汗)赐予的,依然是历史天空的一个杳

---

[①] 张懿红:《边界消失:评徐贵祥〈历史的天空〉》,载《理论与创作》,2005年第4期。

深的"黑洞"。《历史的天空》审美建构上的局限也是不言而喻的。

当然,我并没有否定梁大牙在自发的"儿女之情"鼓动下的革命追求的真实性,也不否定梁大牙在革命者东方闻音的启发下萌生出自觉的革命精神的逻辑真实性,而是疑虑梁大牙类似于梅春姐那样做了一个革命征途中的"夭折"、未完成的革命者。从这个疑问出发,21世纪的今天,革命已经胜利六十多周年了,按说阿Q式的中国农民早已经解放了,但却出现了"辛辛苦苦五十年,一夜回到解放前"的网络话语。不仅如此,在学者孙立平的笔下,贫富悬殊的社会已经处于"断裂"状态,"一个断裂的社会,并不是仅仅使社会断裂成两个部分,而是断裂成多个部分。这种断裂甚至也发生在城市的本身"[①],当代中国农村与城市底层弱势群体的大量出现已是不争的事实。当代的阿Q、梅春姐、梁大牙依然处于固守农村贫困,还是进城打工的生存困惑中,即使进城也存在着"贫贱夫妻百事哀"的"蜗居"悲剧。改革同样是一场革命。20世纪的阿Q、梁大牙在新世纪的"第二次革命"中又会有着怎样的命运?这依然是一个杳然的历史黑洞,里面依然有着一颗颗挣扎的、呼唤着"革命"的魂灵。

纵观百年中国革命历史风云,乡土中国农民——阿Q、刘二麻子、梅春姐、牛大水、杨小梅、梁大牙等一个个"鲜活的生命",在"历史的天空"下既受到来生命深处的"本能驱遣"自发地争取着生命的自由、平等和尊严,又在革命洪流的裹挟下渐渐确立了"革命意识"和精神主体理念,自觉地学习文化、进行从外到里的精神自我改造,走向了寻求个体自由解放、社会群体革命和民族国家革命相统一的自由、革命、解放道路。儿女之情和英雄之气本就统一存在于个体心灵世界之中,奔流于永不停息的"止于至善"的个体精神成长历程中。"革命,革革命,革革革命,革革……"[②]所谓的"告别革命"仅是一个伪命题。需要指出的、也是尤为重要的是,"阿Q"等中国农民已经从最艰难、最黑暗、最无助的"历史的天空"中走出来了。在21世纪"历史的天空"下,中国农民依然需要穿越种种陷阱、暗礁

---

① 孙立平:《断裂——20世纪90年代以来的中国社会》,社会科学文献出版社,2003年,第8页。
② 鲁迅:《鲁迅全集》(第3卷),人民文学出版社,1981年,第532页。

和历史的黑洞,继续"后革命"时代另一场和平的"革命"和艰难的"精神成长"。

从这个意义上说,第六届"茅奖"作品《历史的天空》,不仅续写了革命历史传奇,而且在很大程度上改写,甚至是解构了革命英雄审美叙事逻辑,展现了来自革命立体景观深处的"历史黑洞",为现在和未来的革命历史书写、读者提供了来自21世纪初期中国作家所建构的乡土中国革命历史文本及其农民"梁大牙"的精神成长史档案。立此存照,镜鉴古今,已足矣。

# "第四世界""第三自然"与东方生态智慧的诗性想象[①]

## ——读迟子建的《额尔古纳河右岸》

迟子建的长篇小说《额尔古纳河右岸》用一天时间来描写鄂温克民族一百多年的历史、四代人的生活，内容是极为庞大的。《额尔古纳河右岸》既有关于鄂温克民族发展的整体性面貌，也有一个人的生活史、心灵史的描述；既有日常生活的世俗恨与乐，也有原始神灵崇拜的精神超越；既是一个女性的心灵独语，又是人与万物的心灵对话；既有民族内部生存发展规律的呈现，也有民族外部侵扰轨迹的勾勒，多条线索交织在一起。《额尔古纳河右岸》在讲述鄂温克民族正在消亡的历史的同时，也传达了作为"第四世界"的游牧文明对当代精神危机的思想启示，展现了东方民族独特的生态智慧。从这个意义上而言，迟子建为我们建构了一种与线形时间抗衡的心灵时间和"第三自然"空间，以及在这一心灵时间和"第三自然"空间所包蕴的永不消亡的、汇入未来人类文明的东方生态智慧之魂。

## 一 生态危机的精神背景与鄂温克"第四世界"的书写

"五四"时期，中国现代文学作家从思想启蒙、文化改造视角来对少数民族文化进行书写，如沈从文对湘西世界的呈现，即为精神血脉衰败的中华传统文化提供了新鲜血液。20世纪90年代，在寻根文学思潮中，乌热

---

[①] 本文系山东省艺术科学重点课题"生态文艺与生态人文教育"的阶段性成果。

尔图、韩少功、莫言等人转向少数民族或民间来追寻民族的文化之根和原始生命强力，这既延续了现代文学的文化改造命题，同时又具有新的走向民间的、重新接续传统文化的寻根意味。在 21 世纪中华民族文化信心越来越强、中西方文化处于一种平等的交流态势下，重新思考中国少数民族的意识和经验，对今天人类文明的发展具有一种独特的意义和价值。显然，迟子建的鄂温克民族文明的文学书写，已经不能再用文化启蒙、文化改造、文化寻根来阐释了，而是一种精神更加广阔、危机意识更加深重、寻求自我拯救的生态文学、文化之作。

20 世纪以来随着工业化进程的加快，人与自然的关系日渐呈现为一种紧张关系：人类控制、改造大自然的能力进一步增强，人类利用高新技术合成了许多人工化学物质，曾给人类带来过福音，但也带来了意想不到的副作用。1962 年美国海洋生物学家蕾切尔·卡逊在《寂静的春天》中指出："合成杀虫剂使用才不到二十年，我们从大部分重要水系甚至地层下肉眼看不见的地下水潜流中都已测到了这些药物。""……在美国，合成杀虫剂生产从 1947 年的 1 亿 2425.9 万磅猛增至 1960 年的 6 亿 3766.6 万磅，比原来增加了五倍多。……这一巨量的生产才仅仅是个开始。"[①] "不过在这千百万年的全部过程中，这种'难以置信的精确性（遗传信息）'从未遭受过像 20 世纪中期由人工放射性、人造及人类散布的化学物质所带来的如此直接和巨大的威胁的打击。"[②] 人工合成杀虫剂、人工合成化学物、人工制造的放射性物质，这些大自然中不曾有的或潜藏在地下的有毒物质被人类制造出来，广泛进入地球每一个角落，毒化着地球生态系统，引起生命遗传基因变异，改变了千百年来生命基因的稳定性，从而带来可怕的生态灾难。"人既然使用自然做奴隶，但是人本身反而依然是一个奴隶。"[③] 自然生态危机的内部根源是人类日益深重的精神生态危机。人如何对待自然，直接就是人在何种程度上成为人的问题。所以说，人与自然关系的严重疏

---

① [美] 蕾切尔·卡逊：《寂静的春天》，吕瑞兰、李长生译，吉林人民出版社，1997 年，第 12—13 页。
② 同上书，第 184 页。
③ 伍蠡甫、胡经之主编：《西方文艺理论名著选编（中卷）》，北京大学出版社，1986 年，第 77 页。

离，其本质也就是人的精神生态处于一种深深的危机状态。海德格尔说："现实的危险早已在人的本质处影响着人了。框架的统治对人的威胁带有这样的可能性：它可以不让人进入一种更加本源的揭示，因而使人无法体会到更加本源的真理的召唤"，"今天，人在任何地方都不能跟他自己亦即不能跟他的本质相遇了"。① 海德格尔的话也深刻地阐述了人自身所面临的严重的存在困境：人类处在自然生态和精神生态的双重危机之中。

> 哪里有危险，
> 拯救的力量就在哪里生长。②

相较于西方的生态文学而言，面对人类文明进程中存在的精神危机和当代世界巨大的生态危机，迟子建的审美思考呈现了一种新的思维模式，即不再是寻求一个人的力量来抗拒这个社会，而是从东方文明发展的历史中留给我们的经验、有价值的东西来寻求力量，从人类文明中某种集体性的记忆来进行对抗现代文明的异化力量，体现出浓郁的生态思想意蕴。

迟子建对现实苦难和生态危机的思考，在其早期作品中是建构人性力量来化解现实苦难。迟子建以前的作品中人性有虚无的一面，然而面对现实苦难仅仅靠人性力量来转化是不够的。人性的力量有时很强大，但是面对现代文明的技术框架，它抵抗不了，有时是很无奈的，更多的还是绝望与虚无。但是，迟子建这部作品回到集体无意识和经验，回到人类曾经有过的集体性文明与历史经验的审美现象，提供了抗衡文明异化、技术框架结构的新力量。而这种力量、存在方式、生活理念，是我们东方民族过去曾经有用的，现在只存留在一些少数民族部落中。

《额尔古纳河右岸》是中国第一部真正意义上的"第四世界"小说。"第四世界"是1974年加拿大一个很著名的土著人运动的领袖George Manuel 提出来的，他认为所谓"第四世界"是指仍然以狩猎收集型生活方

---

① ［德］海德格尔：《人，诗意地安居》，郜元宝译，张汝伦校，上海远东出版社，1995年，第136—137页。
② 同上书，第137页。

式为主,大多生活在世界边缘,游离在现代文明之外的一个非主流群体。[①] 迟子建对鄂温克民族"第四世界"的审美书写,为文明反思提供了启迪:在人类文明的进程中,我们是否遗失了很多东西?我们在丢弃图腾的东西,追求外在的东西,并视之为我们幸福和快乐体验的尺度的时候,是否丢弃了我们心灵世界中的灵魂?

《额尔古纳河右岸》的"第四世界"是一个有灵魂的世界,是一个人与大自然的灵魂交相融合的世界,有着一种超越生与死、打通人与自然的灵魂之爱。鄂温克民族的"第四世界"是有信仰的民族,他们信仰的神统称为"玛鲁",是一种原始的自然神信仰。迟子建在小说中为我们建构了一个包含人与大地、森林、山脉、河流、驯鹿、黑熊、风、雨、雪等等自然事物的灵魂世界,展现了这个"第四世界"里的超自然之爱。在这个自然神信仰的世界里,人的灵魂称为"乌麦"。人若有病了,就要由通神的萨满巫师来为人招魂。人与自然、生与死都是相通的、可以相互转化的,是循环的。"我"的姐姐列娜生病了,萨满用一只驯鹿幼仔的死医好了列娜。但是,那只幼鹿的妈妈从此不再生育,乳房干瘪,直至有一天列娜重新被死神召唤走后,那只驯鹿才获得转机,乳房鼓胀起来,重新开始生育。萨满妮浩始终有基督的牺牲精神。为了拯救他人的性命,作为通神的萨满妮浩不得不一次次披上神衣,执行拯救他人性命的职责。但是,每拯救一个别人的性命,就要牺牲一个自己孩子的生命。然而,每当有拯救需要的时候,尽管妮浩内心痛苦不堪,还是会披挂上阵。牺牲自己,拯救别人,这是东西方共有的大爱,一种基于神性的人类大爱。

---

[①] 1984年,地理学刊 ANTIPODE 发行了"第四世界"专号,将世界范围的"土著民族"称为"第四世界"。所谓"第四世界"概念是1974年加拿大"土著人运动"领袖 George Manuel 提出的,意在表示"土著人"处于"三个世界"划分之外的境遇。"第四世界"普遍具有自然神信仰和人与自然和谐的原始生态思想。在张丽军、房伟、马兵的《额尔古纳河右岸》三人谈中,马兵博士曾谈到"第四世界"问题,参见《温厚·悲凉·清澈——〈额尔古纳河右岸〉三人谈》,载《艺术广角》,2009年第3期。

## 二 东方生态思想意蕴的诗性审美想象

《额尔古纳河右岸》是从人类文化学的角度来思考人类文明的历史，展现了现代文明历史和前现代文明历史的对峙。文化人类学家马林诺夫斯基、生态文学家梭罗等人强调"荒野"——没被发现、没被开拓、被我们遗忘的地方——对于当代人类文明、当代哲学的意义和价值。少数民族以往的文明历史，人和大自然的和谐是融为一体的，人和自然是没有分离的。万物有灵论就是这种前现代文明理念的具体体现。这种理念、经验在今天这种文明历史上位置何在？对今天人类文明的反思，它的独特意义价值何在？

迟子建用艺术的审美的方式，展现了东方民族曾经拥有的生态世界观：在鄂温克人眼里，动物植物都富有一种自然的神性。"在我眼中，额尔古纳河右岸的每一座山，都是闪烁在大地上的一个星星。这些星星……它们跟人一样，也有自己的性格和体态。有的山矮小而圆润，像是一个个倒扣着的瓦盆；有的山挺拔而清秀地连绵在一起，看上去就像驯鹿伸出的魅力犄角。山上的树，在我眼里就是一团连着一团的血肉。"① "我们的驯鹿，它们夏天走路时踩着露珠，吃东西时身边有花朵和蝴蝶伴着，喝水时能看着水里的游鱼；冬天呢，它们扒开积雪吃苔藓的时候，还能看到埋藏在雪下的红豆，听到小鸟的叫声"。② 这些动植物物象的展现，不是背景，而是人内心中的一部分，它和人同化在一起了，而不存在主体和客体的关系，风景就是与我同在、与我共生的一种存在，即是生态神学家马丁·布伯所言的"我—你"的一体关系。③ 显然，这是我们东方民族的一种人与天地、大自然同在的天人合一的精神结构。

尤为可贵的是，《额尔古纳河右岸》用一种诗性语言来呈现作者对人类文明历程和当代精神生态危机的思考，从而以一种诗意的审美想象来建构东方民族的生态智慧理念。开头提到，"我"和雨雪是老熟人了。"我"的

---

① 迟子建：《额尔古纳河右岸》，北京十月文艺出版社，2008年第2版，第170页。
② 同上书，第205页。
③ [德]马丁·布伯：《我与你》，陈维纲译，生活·读书·新知三联书店，2002年，第5—6页。

确没有固定的对话者,可是"我"说的话都有听众,大量自然物都是"我"心灵的对话者,都能听懂"我"的话,"我"也能听懂它们的话。而且,随处都是对话体,一块石头、一片云彩,都是对话者。这种语言是无声的,"我"看到一片云彩飘过来,会想到我们祖先的灵魂。我们的帐篷是能看着月亮的,这样我们才能安心睡下,和下边人住的房子是不一样的,这都是种无声的对话的语言形态。萨满妮浩唱的神歌非常动人,都是诗的语言。

清澈,是迟子建小说的特点。这一点我们可以追寻到沈从文,语言非常流畅,从澄澈心里哗哗流淌出来的感觉,没有任何外在的伪饰在里边,心中流淌着一条河。只有在东北山林中生活、在大自然中生活的人才有这种灵性。后来我就想到沈从文。沈从文上小学,经过树林,经过小河,听到各种声音,闻到各种味道。一个作家的成长环境对语言的天赋培育是很重要的,迟子建语言的优美与她在东北大自然怀抱里的成长有密切关系。

《额尔古纳河右岸》,对于迟子建来说是一个突破。这不仅体现在语言上,体现在理性思考的深度上,体现在对这种长民族体的驾驭能力上,更体现在我们当代文学的理性反思能力上。我们以往的作品很难超越东西方对立的思考,而这部小说则从人类文明历史来反思,这也是我们现代性的一种体现,我们已经达到了反思人类文明的程度。迟子建提到我们这个民族自古就有生态思想,万物有天人合一的思想,在少数民族中更能体现出来,这种思考对于人类文明是种贡献。迟子建用诗性语言通过审美想象的方式呈现出来,这是中国当代文学达到的一种高度。

在人类文明进展的旅途中,拐弯处,我们丢失的东西,我们去寻找回来,迟子建强调这种艺术的经验。文学是抗拒时间的,用这种方式来回到过去的时间。海德格尔提到,大自然是一种开花的精神之树。迟子建从这方面呈现出来的,就像一盏灯照亮了我们曾经走过的历程,也照亮了我们今后的文明历程。《额尔古纳河右岸》是中国生态文学的一个经典,具有里程碑意义。

## 三 《额尔古纳河右岸》的现代性焦虑与"第三自然"的生态伦理

《额尔古纳河右岸》在展现鄂温克民族"第四世界"的原始文明理念和生态智慧的同时,也在小说的后半部分融入了现代性因素,以一种叹息与遗憾的语调表现了鄂温克民族逐渐走向消亡的生存悲剧。读者不仅会产生疑问:鄂温克民族为什么会有这种悲剧变化?为什么一个民族会消亡?尤其我们看到鄂伦春族几百年、几千年生活下来,为什么到了现代,消亡得这么快?里面提到了有俄国人,有日本人,侵略、割地、瘟疫、战争,乃至战争胜利后,汉族工人砍伐森林,资源枯竭,房屋、畜圈、医生、城市进入这个"第四世界"民族的视野之中,为什么非让他们过我们的所谓幸福生活?为什么非要强烈说服他们?为什么不让他们做自我选择?总体上看,小说在结构上前松后紧,前边很舒展,后边便有些仓促。后半部分过于仓促的过渡与描写,使文本有一些僵硬的概念性东西,如西班为什么会想到造字?依莲娜内心的现代性焦虑,迟子建没有很好地展现出来。

从艺术构思视角来看,鄂温克民族在面对现代性因素对"第四世界"文明理念的侵蚀的时候,一些人力图建构能够适应新的现代文明语境的鄂温克文化,西班开始有意识地造字就是一个现代性寓言。遗憾的是,战争、革命,以及外部的建设高潮,一次次打断了鄂温克民族内部的自我更新和自我建构的文化建设过程。西班造字没有能够开花结果,鄂温克部族就已经被动员下山定居了,就已经踏上了自我消亡之路。离开了大山、森林、河流、乌木愣的鄂温克人,正如离开了森林被圈养的驯鹿一样,失去了源自大自然的灵性和神的信仰。

现代文明吞噬一切的力量和速度,不仅打断了西班的自我拯救历程,而且使鄂温克民族的年轻人陷入了现代性的欲望世界之中,原先人与自然和谐安宁的灵魂从此不再安宁。小说中"我"的孙女依莲娜的故事,尤其具有现代性焦虑的表征。依莲娜这一人物形象是有着深刻的艺术内涵的,体现了一种现代性的生存焦虑。作为一个画家,她已经介入现代人的生活,在大都市的生活。这里有一种现代性的焦虑:依莲娜的画已经对本民族的生态进行了关注,遗憾的是她是以脱离民族为前提,从民族生活中割离出来，作为一个他者来想象、来画；画呈现出鄂温克民族的语境来被他者欣赏、观赏。对于鄂温克人而言，依莲娜的画是和大自然融为一体的，画本来就是大自然的一部分；但依莲娜把它摘离出来，也许摘离出来就失去了生命，这也是她内心的焦虑不安。鄂温克民族的"自我意识"和外部城市的"他我意识"，同时并存于依莲娜的心灵世界之中，这正是她痛苦的根源。鄂温克这种文明、文化应该回到那种语境中去，回到森林中去，不应该把它摘离出来；但是她很痛苦，不能不去城市，只有那样她才能成为一个画家。

所以，依莲娜在成都市呆久了就要回来，说"厌倦了工作、厌倦了城市，厌倦了男人"，而且领悟到，"让人不厌倦的只有驯鹿、树木、河流、月亮和清风"。[①]但是，回来创作了新的美术作品后，依莲娜又抑制不住来到城市，寻找"他者"文化的欣赏者，也许这才是真正的悲哀，正是远离鄂温克文化语境，依莲娜的绘画才能成为艺术、文化；也许就是因为今天鄂温克文化正在消逝，我们才发现了它的价值。只有建立起在复魅自然神性基础上的人与自然的和谐，依莲娜的现代性焦虑才可能得到缓解和彻底解除，才可能避免依莲娜的悲剧。遗憾的是，依莲娜由于无法纾解这种内心世界中"自我与他我"的挣扎，而选择了在河水中放逐生命的方式、永远回归自然的方式结束了生命。

《额尔古纳河右岸》的"第四世界"文明理念向我们昭示了一种东方的神态智慧："人与组成大地生命共同体的石头、土壤、河流、植物、动物是平等的，都是需要受到尊重的，而且这个由石头、土壤、河流、植物、动物、人组成的共同体本身也是需要尊重的。每一自然物都是有着内在价值的生命体。人作为宇宙进化系统中具有反思意识的精神主体，有强大的反思能力。人视自然为可与之进行精神交往的、有生命的精神价值主体，是人类从自我中心走出来、重新建构自我的关键一步。"[②]美国生态哲学家罗尔斯顿认为：人视大自然为具有生命的内在价值主体，是人类理想的自我

---

[①] 迟子建：《额尔古纳河右岸》，北京十月文艺出版社，2008年第2版，第238页。
[②] 张丽军：《生态文学：存在困境的艺术显现，精神革命的审美预演》，东北师范大学文学院，2003年度硕士学位论文。

超越和自我实现,这样人的灵魂就已得到新的升华。"当人以一种欣赏的方式遵循大自然时,他们就超越了自然,因为大自然中的任何事物都不具有这种以欣赏的态度尊重生态系统及其他存在物的能力。"① 人类在处理人与自然、人与人的精神交往过程中,就可能从自我中心中走出来,只有成为"大自我"、"生态的自我",才会拥有与一个最高物种相匹配的道德关怀。

如果说鄂温克民族"第四世界"的人与自然的和谐,是人与自然分离之前的一种自然、原始的"第一自然";现代人以与自然分离为基础所建立的现代技术框架,在为人类提供现代文明强大科技力量的同时也带来了严峻的自然生态危机和精神生态危机,是"第二自然";那么,当21世纪人类开始自觉、有意识地关怀自然,不再把大自然视为攫取资源的工具,而是一个与人类同样具有精神、气质与尊严的、需要伦理关怀的生命有机体的时候,就开启了一个人与自然的"第三自然"新时代,一个经历了原始和谐的"第一自然"和人与自然分离的"第二自然"的生态伦理时代。

"第三自然"自觉的生态伦理从何处来呢?显然,这一生态中心主义的生态伦理根源就在于人类对大自然的神性之爱和对所有生命的敬畏之心。《额尔古纳河右岸》恰恰通过对鄂温克民族"第四世界"的描写,揭示了这一东西方人类共有的大爱,一种基于神性的人类大爱。正是对生命的爱和敬畏之心,使人类扩展了伦理关怀的尺度,自觉地去做一个与自然互相融为一体的、处于一种"我—你"关系结构的"生态人"。唯有如此,人类的现代性焦虑才能得以彻底消除,灵魂才能得以安宁。

今天,我们还能不能回到过去、如何对待人类文明中曾有过的人与自然和谐的历史?迟子建为我们建构的文学世界仅仅是怀乡的一个文化标本吗?美国作家梭罗给我们提供了一个可供思考的例子。梭罗曾有两年多时间在瓦尔登湖畔完全过着一种简单的生活。他在《瓦尔登湖》中说,简单,再简单些。物质很贫瘠,但精神生活可以很丰富。② 迟子建的《额尔古纳

---

① [美]霍尔姆斯·罗尔斯顿:《环境伦理学:大自然的价值以及人对大自然的义务》,杨通进译,中国社会科学出版社,2000年,第105页。
② [美]梭罗:《瓦尔登湖》,徐迟译,吉林人民出版社,1997年。

河右岸》恰好为我们步出现代文明的精神困境提供了一种来自东方民族的内心思考和历史审美维度,一种不同于当代人类文明模式的历史经验和生态智慧。

陀思妥耶夫斯基认为,世界将由美来拯救。①"伟大的艺术和文学是生活和爱的灵感,以及与自然和谐的深刻来源。真正的艺术作品教眼睛去看,耳朵去听,心灵去吸收我们变动时代的新现实。它们穿透我们的智力,到达我们的心。"②《额尔古纳河右岸》正是以自己独有的审美方式,感性而又深刻地传达了鄂温克民族"第四世界"的生存经验和生态智慧,启示人类走向新文明的"第三自然"生态伦理。这是迟子建和她的小说独特而深刻的价值。

---

① [俄]陀思妥耶夫斯基:《为人类而艺术》,收入《"冰山"理论:对话与潜对话——外国名作家论现代小说艺术(上册)》,崔道怡、朱伟、王春风、王勇军编,工人出版社,1987年。
② [美]欧文·拉兹洛:《第三个1000年:挑战和前景——布达佩斯俱乐部第一份报告》,王宏昌、王裕棣译,社会科学文献出版社,2001年,第129页。

# 农民陈奂生的精神溯源与当代启示

发表于1980年《人民文学》第2期的《陈奂生上城》鲜明地体现了时代历史信息,在当时就引起很大关注,是当代最优秀的农村题材作品之一,而之所以如此,还在于这部作品所蕴含的来自20世纪文学历史的精神编码和指向未来的精神之光。因此,要真正解读好"陈奂生"这一典型农民形象,我们就不能仅仅局限于小说文本内容的分析,还应该回溯20世纪文学中农民形象的发展历史,追寻陈奂生与文学史上的其他农民形象的精神渊源,结合同时代的农民形象进行横向的比较分析,在当代"三农中国"现代化转型的历史语境中,探寻陈奂生这一农民形象的精神渊源,分析其精神价值与局限之所在。在探寻精神历史渊源和分析当代现实语境的基础上,教师可以自然合理地引导学生深入认识陈奂生这一农民形象,思考"三农中国"的现代化转型问题,进而帮助学生更好地理解《陈奂生上城》这一作品的内在精神,确立一种关怀乡村、理解农民的价值情怀与情感诉求。

## 一 陈奂生形象的精神溯源

"陈奂生"这一鲜明、独特、深刻的农民形象首先来源于鲁迅先生。作为中国现代文学的奠基人和"五四"新文化运动的思想启蒙者,鲁迅先生以"改造国民性"为己任,创造了阿Q这一农民形象。陈奂生的物质处境和精神境况与阿Q极为相似。他们都是处于物质极度窘困的境地;在精神深处,有着维护自己生命自尊的、而又自欺欺人的独特心理:阿Q有"儿子打老子"的精神胜利法,陈奂生有"等于出晦气钱——譬如买药吃掉"的"等于"法。不同的是,阿Q是悲剧,他的精神胜利法被闲人们识破,得到了来自闲人们更多的肉体惩罚的痛楚,陷入自我精神迷茫、困惑的境地；而陈奂生的是喜剧，不仅自我获得了从未有过的"故事叙述者"欲望的满足，而且得到了下到妻子、村民，上到村干部、公社农机厂采购员的"友好"与"羡慕"："他坐过吴书记的汽车。""他住过五块钱一夜的高级房间。""我就没有那个运气，三天两头住招待所，也住不进那样的房间。"因此，"陈奂生一直很神气，做起事来，更比以前有劲得多了。"① 但是，陈奂生和阿Q二者的心理其本质都是同样的自欺欺人，同样的精神苍白与愚昧。显然，高晓声塑造的陈奂生形象承继了鲁迅先生所开创的"国民性改造"的思想启示，正如他所说的，"讲到反封建，这就要对农民做大量启蒙工作，我敬佩农民的长处，也痛感他们的弱点，我们不能让农民的弱点长期存在下去，不能让他们再这样贫困愚昧下去，改变农民的物质生活和精神面貌是建设社会主义极其严重的任务。"② 可以说，陈奂生这一人物形象是高晓声继承鲁迅先生"改造国民性"思想、结合自己独特的生活经验、深入农村生活实践所创造出的审美结晶。

但就具体创造方法而言，高晓声笔下的"陈奂生"形象与阿Q相比，更具有生活实感，更加具象化。这与高晓声个人独特的生活经历有关，他从1957年开始到70年代末，在农村生活了二十多年，已经从日常生活到精神心理完全农民化了。阿Q的人物形象更趋于类型化、概括化，涉及阿Q的具体生活场景较少，多的是对人物思想深处的挖掘。鲁迅先生以自己对阿Q灵魂深处思想的挖掘，弥补了由于自己对农村生活的疏离而带来的不足。

在继承鲁迅思想启蒙的精神编码的同时，高晓声详细具体地描绘出了陈奂生作为农民的外在行为方式与内在精神面貌，同时也鲜明地体现出了新的时代信息：陈奂生已经脱离了赤贫状态，而且在新时期党的富民政策指引下，物质上富裕起来了，个人生命尊严获得了尊重。可贵的是，高晓声还写出了转变时期农民的精神心理缺点，在陈奂生的形象中依稀可见阿Q的思想影子。但是，由于高晓声个人的和时代精神维度的局限，小说并

---

① 中国社会科学院文学研究所编：《1980年短篇小说年编》，江苏人民出版社，1981年，第12页。
② 高晓声：《生活、目的和技巧》，载《星火》，1980年第9期。

没有达到鲁迅先生所具有的深刻的思想拷问与精神审视的高度,从而减少了陈奂生这一农民形象所具有的精神反思力度。

## 二 解读陈奂生形象的参照系:同时代农民形象

《陈奂生上城》发表于 80 年代,陈奂生已经有了不同于阿 Q 的新的时代背景。反观 80 年代同时期的作品,我们更可以清晰地看到从阿 Q 到陈奂生精神演变的思想轨迹和精神背景,更有可能真正理解陈奂生的精神变化和心理状态。

贵州作家何士光的《乡场上》发表于 1980 年《人民文学》第 8 期,是与《陈奂生上城》同时期的著名农村题材作品,下面以它为参照系来考察陈奂生形象的时代氛围与精神背景。《乡场上》这部著名小说塑造了一个与阿 Q 非常相似的性格软弱、地位卑微、经济贫困不堪的农民"冯幺爸"。在乡场上,"冯幺爸,这个四十多岁的、高高大大的汉子,是一个出了名的醉鬼,一个破产了的、顶没价值的庄稼人"①。就是这样一个"不值一提"的农民却被置入一个两难境地:要他为乡场上争吵的罗二娘和任老大家做个见证(罗二娘的男人是乡场上食品购销站的会计,是一个卖肉的;任老大是一位老实巴交的民办教师,在当时其地位与罗家无法相比)。在乡场上生活的冯幺爸知道:

> 你得罪了一尊神,也就是对所有的神明不敬。你得罪了她罗二娘一家,也就是得罪了梨花屯整个的上层!瞧,我们这个乡场,是这样的狭小,偏僻,边远,四下里是漠漠的水田,不远的地方就横着大山青黛的脊梁,但对于我们梨花屯的男男女女来说,这仿佛就是整个的人世。……但是,如果你得罪了罗二娘的话,你就会发觉商店的老陈也会对你冷冷的。于是你夜里会没有光亮,也不知道该用些什么来洗你的衣裳;更不用说,在二月里,曹支

---

① 中国社会科学院文学研究所编:《1980 年短篇小说年编》,江苏人民出版社,1981 年,第 141 页。

书还会一笔勾掉该发给你的回销粮,使你难度春荒……不,这小小的乡场,好似由这些各执一股的人儿合股经营的,好多叫你意想不到,叫你一筹莫展的事情,还在后头呢!那么,你还要不要在这儿过下去?这是你想离开也无法离开的乡土,你的儿辈晚生多半也还得在这儿生长,你又怎样呢……①

在原先的单一的社会经济结构中,冯幺爸又没有其他生存方式的选择,只好无奈地屈服,不得不向罗二娘、曹支书低声下气地乞食、做"奴隶"。

随着20世纪80年代新时期农村经济改革的兴起,单一的社会经济结构逐渐被多元的、混合的经济结构所打破,农民的生存空间、生存维度日趋多元化。原先与单一的社会经济结构、政治结构密切相连的人身依附关系同时逐渐瓦解。因此,新时期的"阿Q"——冯幺爸拥有了原先阿Q所不具有的新的多元生存空间与生存方式。在这种狭窄的社会经济结构被打破的同时,冯幺爸的生存方式就有了多元化可能,就可以发挥出被单一的社会经济结构所压抑的多样才能,他可以"做活路",可以凭个人劳动独立地获得生存经济权,所以,原本沉默失语的他,发出了生命觉醒的声音:"国家这两年放开了我们庄稼人的手脚,哪个敢跟我再骂一声,我今天就不客气!"②并且勇敢无畏地为任老大家的娃儿的清白无辜做了见证。

冯幺爸从沉默失语到发出生命觉醒的声音,从原先的奴性回归到生命主体性,最大的根源就在于新时期中国社会经济改革使他获得了独立的多元经济来源,有了独立的、不再依附于他者的生存权保障。即,80年代开始的土地承包责任制,结束了冯幺爸等农民们填不饱肚子、人身依附的时代。

经济状况的彻底改变,是陈奂生、冯幺爸结束阿Q式悲剧命运、恢复生命与人身尊严的物质基础。陈奂生也正是因为这一时期的经济改革而丢掉了"漏斗户"的贫穷帽子,开始了经济、人格独立的新的生命历程,虽然离真正的人格独立还有很长一段路要走,但毕竟已迈出了可贵的一步。

---

① 中国社会科学院文学研究所编:《1980年短篇小说年编》,江苏人民出版社,1981年,第145—146页。
② 同上书,第149页。

## 三 在当代语境与人类学视野中理解陈奂生:心系农民

陈奂生作为新时期农民形象,他勤劳、本分,在温饱之后渴望有新的精神生活,渴望获得理解与尊重,面对困难表现出相当坚韧的一面,同时又有迷信、崇拜权威、缺乏自己主见的奴性意识与愚昧、落后、自欺欺人的思想观念的一面。对此,我们应该从更宽广的人类学视野来观照,而不是仅仅关注于"陈奂生"的农民身份。陈奂生的身份是农民,但他更是一个人,一个普普通通的人。他的性格缺点,有社会不平等造成的原因,也有人性本身就具有的特征,切不可把人性中的不良因素单单与农民这一特征身份联系在一起。

正如人类学家费孝通在《乡土中国》中所言:乡下人在城里人眼睛里是"愚"的。这种观念是错误的。乡下人在马路上听见背后汽车连续地按喇叭,慌了手脚,东进也不是,西躲又不是,只是因为乡下人没有见过城里的世面因而不明白怎样应付汽车,正等于城里人到了乡下连狗都不会赶一般,把小麦苗当成韭菜一样,那是知识的匮乏,而不是智力问题。[①] 因此,城里人不应该也没有理由说乡下人不知道"靠左边走"或"靠右边走"等问题是因为他们"愚不可及"了,从而把农民视为一个愚昧、低贱、落后的群体,而应该从人类学和人性的视野看待农民:农民的优点与缺点,是农民所具有的,更是中国国民所具有的,是人性复杂性与丰富性的体现之一。

当代中国仍然是一个以农民为主体的国家,十三亿人口中农民占九亿多。20世纪80年代推行农村土地承包责任制,农民的处境得到极大改善;但到90年代农民的处境却日见艰难,人均收入缓慢增长乃至处于负增长状态。进入新世纪,农村、农业、农民即"三农问题"日渐凸显,城乡收入差距扩大。如何解读文学作品中的农民形象,以何种价值取向去理解农民、关怀乡村,是当代中国学术界和教育界的一个重要问题。

因此,在文化教育过程中确立学生对农民的正确认识与理解,对于统筹城乡、协调发展,建立和谐社会具有重要意义,这在当代非常重要、

---

[①] 费孝通:《乡土中国》,生活·读书·新知三联书店,1985年,第8页。

非常迫切也非常关键。在对小说文本《陈奂生上城》的解读中,我们要联系 20 世纪文学历史中的农民形象进行整体观照,分析农民性格转化的逻辑过程,体会农民思想观念的变化与局限所在。只有这样,我们才能在教育过程中培养学生对农民的正确的、深刻的认识,从而真正理解农民百年历史的辛酸与农民对现代革命的贡献、农民在当代的觉醒与困境,树立起一种关怀乡村、理解农民、心系农民并积极改善农民物质贫困与文化精神资源匮乏、共建和谐社会的价值理念和情感诉求,这才真正是中国教育之大幸。

# 《岁月有痕》:"后伤痕文学"的审美书写

尤凤伟先生的《岁月有痕》是一部立足于当代中国现实、展现当代中国经验的优秀作品。《岁月有痕》的奇妙之处就在于,当"伤痕文学"已成历史,作家纷纷开启新世纪新文学的"新书写"时,尤凤伟依然把文学关注的目光聚焦于"痛苦灵魂"这一类人物形象群体,依然对其现实处境和精神际遇进行剖析与追问,呈现出鲁迅般"纠缠如毒蛇,执著如怨鬼"的韧性战斗精神。《岁月有痕》不仅延续了以往"伤痕文学"的批评维度,而且对"后伤痕时代"进行了历史的、审美的、人性的多元精神批判,是独树一帜的"后伤痕文学"。

小说开篇并没有惊人的笔墨,在看似拖沓的叙事交代中,展现了退休老人姜承先一颗阅尽沧桑而已波澜不惊的心灵。要不是他的"灾星"周国章的再次出现,他"只一门心思过眼前这份日子,至终老而死,足矣"。但是,就是因为车抛锚这一个小小的细节,"灾星"周国章找到门上来,而姜承先直截了当的拒绝,让周国章突发中风住院。小说故事情节发展自然顺畅,丝毫没有人为斧凿的痕迹,非常符合人物性格逻辑特点。被害惨了一辈子的姜承先显然是无论如何也无法原谅周国章的;更何况,再一次遇到周国章,姜承先也在这一瞬间又回到了年轻时候的那个急躁、莽撞、不计后果的姜承先了。

从本性上而言,一个人的性格是无法改变的。姜承先可以老去,可以在岁月中遗忘过去,但是他无法忘记仇恨,更无法抹去性格的角角棱棱和那颗善良温热的心灵。就是这样一个性格复杂、情感冲突的善良老人,在反身关门"那一刻他多少也意识到自己如此决绝态度有些不合常理,但来自历史深处散而又聚的仇恨使他义无反顾"。在听说周国章中风住院之后,姜承先又深感不安,惦记着周的病情。在一波三折的情感波澜里,姜承先还是又一次禁不住地接近了"灾星"。

姜承先到医院探听周国章的病情,遇到周的儿子"周总",这一场短兵相接,极为精彩。"周总"一扫适才的温文尔雅,脸上聚着狂暴怒气,咆哮着"还敢往这儿跑",而姜承先一时无语,不知所措,低眉顺眼地站着,像刚被逮着的罪犯,回到了"文革"前被批判的样子。"回家等着,到时候法庭上见"则像一道咒语一样紧紧地箍在姜承先的脑袋上,"就像当年,自己为任劳教导主任鸣不平,话一出口就晓得要有祸事了"。而这就是姜承先的宿命,一个善良老人的宿命。"而让他痛心疾首的是,在似乎已走出那场噩梦的今天,……昔日的灾星没来由地来敲自家门,引来另一场祸事。他想,莫非自己在前世欠了周国章的债,到了今世他才如此死打死缠,不肯放过自己?想到这儿心里的悲哀痛楚无以复加。"小说精彩地呈现了"后伤痕时代"的"痛苦灵魂"对以往苦难的咀嚼和从历史延续至今的、无法摆脱的苦难的悲楚。

《岁月有痕》不仅展示了姜承先一个人的痛苦,而且从他唯一能寻求安慰和主意的精神领袖老楚的死亡,可以看出以往政治和当代现实所给予这一代人的"伤痕"。与此同时,受到"伤害"、失去了热心"只剩一具冰冷僵硬的躯壳"的姜承先,把这一"伤痕"在无形中给予了自己的妻子、儿子,乃至是孙子。因此,姜承先对于可能前来叙旧与忏悔的周国章,拒绝进门,而且还窃窃生出快意。而就在此时,受侮辱与受伤害者,竟然变成了一个侮辱和伤害者。

作为"后伤痕文学",《岁月有痕》已经大大超越了以往"伤痕文学"单一的政治批评维度,而走进了历史和人性的精神深处。姜承先的悲剧,不仅来自"灾星"周国章,来自他的儿子"周总"的威胁,而且在一定意义上也来自充当了"看客"的晨练伙伴;当然,这个善良的、一生苦难不幸的老人所受到的更深层、更直接的伤害则来自血缘关系最亲近的儿子。而他的儿子,却一直认为自己是父亲姜承先的"受害者"!"伤痕"就这样以一种奇特而荒诞的逻辑延续着。《岁月有痕》告诉我们,恶不仅来自外部,而且来自生命内部,来自最亲近的人,乃至来自自我的心灵;恶不仅来自施恶者,被施恶者同样有恶;恶与善同样强大,而又同样脆弱。

# 《古炉》：一种新的"文革叙事"

在2007年发表《高兴》四年之后，贾平凹再次走进自己的生命记忆深处，挖掘内心挥之不去的"文革"记忆，2011年出版的小说《古炉》，对这场民族劫难和心灵创伤进行了一种个体史、民间史、村落史、心灵史的审美思考，为我们呈现了一份独特而又极为宝贵的"文革"文学叙事。

## 一　弥漫于"文革"中的死亡气息

新时期文学中的"伤痕文学"、"反思文学"、"知青文学"，以历史反思和价值否定的方式来书写"文革"遗留下的精神创伤；但是，这些审美书写过多地充斥了"文革"当事者的情感，呈现为一种受害者审美思维。随着新时期改革开放的社会转型，"改革文学"、"寻根文学"、"先锋文学"等文学浪潮成就了新的历史书写，1990年代以来"文革"渐渐淡出作家的审美视野，否则就变得不合时宜。这当然有着很多的原因，但作家自身责任担当勇气的缺失和匮乏是不言而喻的。新世纪以来，"文革"成为一个审美书写不容回避的问题，对"文革"的审美书写渐渐呈现多样化形态，有关"文革"的短篇小说、长篇小说日渐增多，叙述角度和情感价值判断渐趋多元、客观。余华的《兄弟》、苏童的《河岸》、常芳的《桃花流水》等新世纪长篇小说都涉及"文革"，但是单独对"文革"事件及其全过程进行审美想象的作品并不多见。

正是在这个意义上，贾平凹的《古炉》对"古炉村""文革"的整体性审美想象和历史思考是具有突破性和标志性的。这不仅意味着一个禁区被打破，也标志着一种新的"文革叙事"的开始，即一种客观冷静、沉入历史内部、思考政治与人性的"文革"深度写作模式。借助"古炉村"民间小人物"狗尿苔"的眼睛,贾平凹投射出了他对"文革"的一种个体方式的审美观察、认知、想象与思考。

"狗尿苔怎么也不明白,他只是爬上柜盖要去墙上闻气味,木橛子上的油瓶竟然就掉了。"贾平凹《古炉》开篇第一句话就点出了小说的关键词,同时以一种隐喻方式告诉读者:油瓶——青花瓷摔碎了,"古炉村"要出大事了。故事就这样发生了。"气味"既显现于狗尿苔与蚕婆的对话中,也表现在文本的叙述中。小说在平静舒缓的叙述中,向读者敞亮了"狗尿苔"对人世间生死命运的特殊感知方式,而且建构了一个打通内在和外在、个体自我与村落群体界限的嗅觉纽带。随着故事的发展,作者渐渐向我们展示了狗尿苔所闻到"气味"的独特、怪诞和血腥——一股随着人性之恶的集中爆发而导致的"死亡"气息,弥漫于古炉村这个山清水秀的历史时空中。投毒杀人案、榔头队与红大刀队的派别一次次厮杀、"说病"的善人被活活烧死、造反派头头被枪毙等等仇恨、血腥、暴力、死亡都无不被狗尿苔所感知到。

事实上,"气味",不仅是整个小说文本的核心词汇,承担了串联和推动情节发展的作用;而且这些间隔不一的"气味"出现还构成了全书错落有致的叙述节奏。可以说,"气味"是贾平凹对"文革"审美想象的一个最重要的"意象",正是借助于对"气味"的敏锐捕捉,贾平凹深深攥住了"文革"这场民族劫难中最重要、最惊心动魄的东西——弥漫于"文革"历史中的"死亡"气息。

## 二 闪现在人心中的善的力量

从新时期到新世纪文学,中国当代"文学"不惮于"恶"的呈现与展示,如余华早期叙事的冷冰冰的"恶"、阎连科乡土叙事中深入骨髓难以打破的"无物之阵",《古炉》则是一次对"文革"人性之恶的大规模、集中性的审美书写。

面对古炉村在"文革"时期集中爆发的人性之恶,作者采取了一种客观中立的审美态度,在原生态呈现当时的疯狂、暴虐、血腥的同时,也描绘了古炉村民众群体散在的、民间的、深厚的善良、自省与救赎,展示了一种同样强大的拒绝暴力、期待和平安宁的心灵本性。蚕婆因为是伪军属，被古炉村定为"四类分子"阶级敌人，一有风吹草动就要当批判典型；她收养的狗尿苔每每受到牵连和村人的侮辱。但是蚕婆并没有记仇，而是默默为村里的生老病死操劳，她以推拿、针刺、拔火罐、驱鬼等传统方式给村人"摆治病"，有一颗善良澄澈的心灵。对于把她定为"四类分子"的村支书，蚕婆在他下台遭受侮辱、谩骂、殴打的时候，关怀老支书；对于孤苦无助、未婚先孕、营养不良的杏开，贫穷的蚕婆把自家的白公鸡送给她。对于村里的派别武斗，蚕婆禁止狗尿苔参与任何一方，这一方面是出于自保，另一方面也是对血腥暴力的拒绝。对于红色榔头队和红大刀队员可能遭到的生命危险，蚕婆和狗尿苔出于善良的本心冒着危险掩护、隐藏和救治。

不仅蚕婆、善人、狗尿苔等有一颗善心，在"文革"最乱的时候，古炉村人自发组织起来到农田劳作，有着自己的底线和良知。如杏开一面爱着叶霸槽，在别人设计陷害的时候为他通风报信；但是在要出人命的时刻，也保护了与霸槽对立的红大刀队的人。

"人的天性本是善良的，因为受气禀所拘，物欲横流，才不明不灵了。"《古炉》小说的深刻性不仅仅在于大规模叙写"文革"劫难，还在于作者以一种悲悯的方式、客观的态度审视人性之恶，积极挖掘和合情合理地显示了在这个恶的泛滥的时刻，在"古炉村"的民间还存在同样，乃至是更为宽广、深厚、强大、绵延不绝的善的力量。

## 三　值得商榷的审美局限

如何评价《古炉》？是不是真的达到了贾平凹文学创作的最高水平？这是值得商榷的。读完《古炉》，我在感受到贾平凹缜密绵实、客观冷静、魔幻怪诞的审美叙事魅力的同时，也有一种极大的审美遗憾。

《古炉》中关键性的、具有串联情节发展的人物狗尿苔与《秦腔》中的"疯子"引生可谓是异曲同工，狗尿苔也一度被村民视为"疯子"，二者都具有穿越常人、透视未来的神秘性、魔幻性功能。这在增加了作品神秘魅力的同时，也对作品的故事结构和思想深度构成了一种伤害。正是由于借助狗尿苔这种魔幻性、异于常人的思维方式来进行故事叙述和审美观照，从而导致作品主要人物形象的"失语"，即主角朱大柜、叶霸槽、朱天布等人都是一个个被动的叙述者，人物内心情感世界的丰富性和激烈内心冲突的复杂性都难以展开和呈现。这是贾平凹审美叙事方式的局限所在。

在叙述格局方面，《古炉》也没有充分展开。《古炉》的叙述时间为50年代到70年代，文中虽然说夺权者都要砸山神庙：支书土改砸过，"文革"中霸槽也来砸，这是非常好的联结，但却没能展开叙述，给予作品更大的审美空间和思想深度。小说仅局限于古炉村，事实上造反派头头霸槽曾到过城市，作者却一笔掠过；霸槽也曾感慨过同学都发迹了，为自己窝在古炉村的命运而焦躁不已，这本来可以呈现一个更复杂的社会背景和人物多元的心理世界，作者也没有展开；在"文革"高潮时期，霸槽想做公社革委会委员，但作者也没有让他当成，把这些都可能扩大作品的审美叙述空间、更宽阔地展现"文革"历史的叙述元素轻轻放过，使人物局限于狭小的审美空间之中。

在人物形象的审美空间受到抑制、丰富性没有得到更好呈现的时候，贾平凹却在善人形象的身上放纵了自己的笔墨，导致人物形象的"肥大症候"。善人的形象是独特的，是立足于中国佛教、儒家等传统文化哲学基础上的审美创造，也是非常有意义的书写尝试。善人的许多言语都是非常中国化的，是中国传统文化的产物，书中概括为"伦常道"。但是对于这样一个通彻传统文化哲学的人物形象，作者一方面对其知识结构和人文修养缺少必要的铺垫。善人的话语不仅让读者质疑言说者的身份，也让读者质疑受众者的理解能力；显然，善人的很多话语霸槽、狗尿苔、来回是听不懂的，这不能不说是一个审美负累。追寻根源，就在于作者过度干涉故事情节，越过了叙述人的身份，直接承当了说教者身份。或许，这真正实现了贾平凹的言说欲望和哲理展示，但却伤害了作品审美结构的内在完整性。

# "中国化"青春亚文化的幽默书写
## ——读毕飞宇的《家事》

　　文学是对现实生活的审美想象，毕飞宇的小说具有很强的现实性，他以其坚定的知识分子立场关注社会弱势群体、边缘人物，以作家的独特敏感性来捕捉当下现实社会所发生的变化。但是作者并不满足于现实表象的呈现，而是通过独特的艺术手法对现实加以想象性再现，使现实在艺术的世界中深入、生发，挖掘当下人潜藏在内心深处的心灵境遇及现代文明下人性的困顿与挣扎，具有重要的人文关怀价值。发表在《钟山》上的短篇小说《家事》中，作者以敏锐的眼光关注了当下社会一个普遍存在的问题，一类边缘化、被忽略的亚文化群体——处在人生转折阶段的高中生情感问题，并且将其进行细腻化、幽默化展现，表达了一份独特的现世情怀，一种当代中国社会语境下的"中国化"青春亚文化。

## 一　青春人生的复杂"俗世体验"

　　小说篇幅短小但主题意蕴丰富，在这个小切口中，作者让读者看到了被人们忽视的青少年现实问题——经济至上社会中情感体验的缺失。小说开篇就以一种陌生化的方式打破了读者原有的阅读期待，文中的"老公""老婆"竟然是两个高一学生，他们没有选择依照成人的方式去扼杀这一青春情感的萌动，而是根据他们自己的逻辑来处理这一微妙的成长问题——只做"夫妻"而不谈恋爱。在这场"婚姻"中，高中生演绎着未来人生的可能，可是终究不过是夹杂着现实束缚的美好想象。在小艾眼中"婚姻"可以使打扫卫生时多一个蓝领，在乔韦眼中"夫妻生活"的本质不过是买个单。这是一种青少年简化的情感处理方式,是高中生以未成年身份对未来成年生活想象性介入所呈现出的特有朴素认知。

小说在小艾和乔韦的"婚姻"之外又穿插了小艾与"儿子"田满之间"母子情深"的故事。小艾对田满的感情复杂又微妙,不过她将这个在球场上风光的男生当做是一个"智商不高,胆子小,羞怯"的"儿子"。在这种伦理关系的关照之下,小艾尽可能地想象并履行着她作为"母亲"的身份职责,作者对其进行细致化的描写:小艾还将自己想象成一位中年孤寡妇女,身为母亲,小艾必须来看田满的球赛,他的巨星风采让小艾倍感满足与骄傲,并且以一种沉默someway时刻关注着那些"儿媳妇"的动态,独享着这份"母子深情"。可是在这个不是由亲缘关系组成的"家庭"中,随着故事情节的展开,作者为我们呈现了一个又一个的情感波折。"老公"与"儿子"之间的情感冲突,"母亲"与"妹妹"之间的情感波澜,这种种关系的失衡让读者看到他们在情感上的独占姿态,但同时又看到他们在这种无法调和的虚拟家庭关系中努力寻找依赖的真诚。

## 二 在情感自我安慰中触摸现实

毕飞宇在这篇短短的小说中,展现了青少年情感的纯真与美好,同时也通过这种特有的情感安慰方式批判了现代性烛照下的社会问题。随着现代社会的飞速发展,家庭这一由地缘和亲缘组成的微小社会组织在形式和内容上也发生了一系列变化。家,这一人类情感的聚合体,似乎已经无法满足这个群体的情感需求,他们以一种向外的方式来弥补成长过程中的心灵伤痛,寻求一种基本的幸福感、归属感。

"新生活运动"是这种情感安慰方式的代名词,这群高中生通过自我认定各种复杂的"家庭关系"来让平淡、单调的求学生活变得混乱而又充满温情。是什么导致这一"温馨""迷人""乱套"现象的产生?作者在幽默的话语中不经意间点破了这背后的原因。以"独子"为表现形式的国家政策,使这群高中生自小品尝着没有兄弟姐妹的孤独生活,他们享受着小家庭带给他们的独爱,但是他们在同年龄群体中如何相处、如何交往只能在学校进行,角色的分配成为他们在家庭以外弥补自身情感缺失的一种表达方式。而田满在这方面表现得更为突出,他有着更为复杂的"家庭谱系",在成为小艾"儿子"的时候却要求贯彻这一"国策",而且当他有真正血缘意义上的妹妹时表现得是那么失落、不安、忧伤,父母的离异与再婚给他带来的心灵创伤在这里间接地表现出来。作者在小说中通过田满这一形象,十分精准地捕捉到青少年这一边缘群体在现代家庭关系变革中个体的孤独、失落与迷茫感。而在小说的结尾处田满和小艾的深情相拥被父亲无情地"撕"开,在作者精准、到位的语言表达中,将代际之间无法调和的冲突推向了高潮,让读者读来有一种无法言说的撕裂感、破碎感与伤痛感。

## 三 用语言雕刻幽默背后的辛酸

语言是小说的载体,它影响着小说中故事叙述的生动性与主题挖掘的深刻性。毕飞宇是一个有着语言"宿命感"的作家,在小说《家事》中我们看到了作者的语言态度与智慧——在幽默文字中彰显人性的温暖,在诗性话语中传达背后的辛酸。

首先,《家事》充满了青春的幽默色彩,例如将学校看成"单位"、将学习成绩比喻成"GDP"、"你很蔻",等等,作家通过捕捉当下高中生群体的语言来表现他们的情感态度,这种对于读者来说比较有阻拒性的语言增加了小说的幽默与诙谐,增强了小说的真实感、当下感与时代气息,同时在这种语言表达方式中我们也看到了作者对处于边缘位置的青年亚文化的精微洞察。

其次,语言细腻又有诗意。毕飞宇的小说经常在叙述话语中穿插着一些诗性语言,使小说在情节的推进中又充满情感的晕染,这种语言表达方式在《家事》中仍有延续。例如"每天深夜的零点,在一个日子结束的时分,在另外一个日子开始的时分,这五条短信一定会飞扬在城市的夜空。在时光的边缘,它们绕过了摩天大楼、行道树,它们绕过了孤寂的、同时又还是斑斓的灯火,最终,成了母与子虚拟的拥抱。它们是重复的,家常了。却更是仪式。这仪式是张开的臂膀,一头是昨天,一头是今天;一头是儿子,一头是母亲。""马路的对面是一块工地,是一幢尚未竣工的摩天楼。虽未竣工,却已经拔地而起了。脚手架把摩天楼捆得结结实实的,无数把焊枪正在焊接,一串一串的焊花从黄昏的顶端飞流直下。焊花稍纵即逝,却又前赴后继,照亮了摩天大楼的内部,拥挤、错综、说到底又还是空洞的景象。像迷宫。"这些具有诗意的语言是小说中人物情感体验、情绪变化的意象化书写,也是他们寻求情感安慰方式脆弱性的隐喻。在这种个性的青春语言和诗意盎然的情感语言的交织中,读者感受到了青少年在寻求情感安慰时的快乐、幽默,同时又有一种无法逃避的伤感。

家事国事天下事,事事关心,事事不可小觑。毕飞宇笔下之"家事"别有一份离愁别绪和耐人寻味之处,亦事关"家国大事",亦不可小觑也。

# 中国 80 后新性情书写

## ——韩寒论

2006年3月前后,新浪博客上发生的"韩白之争"再一次把韩寒置于文艺界的风口浪尖之上。如何解读韩寒及其作品,对当代批评家来说是一个全新的挑战。韩寒的作品很少在文学期刊发表,绝大多数是直接进入市场,成为市场的宠儿。韩寒的《三重门》自2000年出版至今,已经销售了一百三十多万册,创下了当代文学受众数量的顶峰。但是迄今为止,对韩寒《三重门》等作品进行真正意义的文学批评却是寥若晨星。即使陷入"韩白之争"的、关注80后写作的白烨先生,在对韩寒进行学术批评的时候,也没有进行严肃、细致的梳理分析,"完全没有构成理论性的交锋"[①]。韩寒的作品是否如白烨先生所言的"还不是文学写作,充其量只能算是文学的'票友'写作"[②]?

要解读韩寒,就必须从《萌芽》杂志社和北大等高校联合举办的"新概念作文大赛"谈起。在1999年首届"新概念作文大赛"中,韩寒因为参赛作文表现出的过人才气获得一等奖,脱颖而出;之后,韩寒出版了第一部作品《三重门》而一鸣惊人。"新概念作文大赛"不仅成就了韩寒、郭敬明、张悦然等80后作家,而且冲击了僵化的语文教育,契合了新时代的思想状况和精神需求。随着多元化市场经济大潮的涌起,整齐划一的思维模式渐被打破,个性、自我等思想自由的流行术语渐渐构建了一个新的话语体系。成长于多元开放、思想自由年代的80后新青年已经开始摆脱同质化的思维方式,对人生、社会开始了个性化的思考。这是韩寒等80后作家

---

[①]《傲慢与偏见——清点"韩白之争"》,载《南方周末》2006年4月6日。
[②] 白烨:《80后的现状与未来》,载《长城》,2005年第6期。

成长的精神背景,是解读韩寒及其文学作品思想特质和叙事风格的精神编码。"要写你心里所想的,说你最想说的",这一"新概念作文大赛"的基本要求表达了80后一代新青年打破旧有的、与现实社会生活背离的伪话语体系的精神吁求。表现性情、直抒胸臆,不仅仅是"新概念作文大赛"倡导的理念宗旨,也是韩寒创作风格的主要特征之一。

## 一 抒写"小我"的新"自叙体小说"

表现性情、直抒胸臆风格在"五四"新文学中最鲜明地体现于郁达夫的"自叙体小说"之中。韩寒的成名作《三重门》与郁达夫的《沉沦》一样,也是一部带有某种自传性质的"自叙体小说"。韩寒在《三重门》中表现性情、直抒胸臆,表达了与郁达夫截然不同的生命体验。一样直抒胸臆的"自叙传"文体,但是抒发的情感内容、作用机制和内在意蕴却迥然相异。

自叙体小说取材于作家自身的生活,重在表现作家自己的体验和心境。郁达夫重视自我,重视个性,不喜欢将自我淹没在群体之中。他从发表第一篇作品《银灰色的死》开始,就找到了属于他的最佳叙事风格——自叙体的文体形式,以此来表现自己对生活的独特感受和体验。他在《〈中国新文学大系·散文二集〉序》中说:"五四运动的最大成功,第一要算'个人'的发见。从前的人,是为君而存在,为道而存在,为父母而存在,现在的人才晓得为自我而存在了。"表现自我,是郁达夫艺术创作的动力。他说:"艺术本来就是表现,而艺术品的表现,实际上不是事实本体的现象,却是经过艺术家的气禀的再现。"[①] 郁达夫的自叙体小说《沉沦》,直接抒发了一个留学东洋的学生在异国他乡所遭受的苦闷和压抑之情。郁达夫写作《沉沦》正处在国家危难、民族受辱的时代,对国家、民族的未来充满了深深的焦虑,因此,个体的生理和心理的苦闷与国家、民族的宏大叙事互文同构,一声"中国呀中国,你怎么不富强起来"体现了一种集体无意识和深刻的历史维度;即使在对异性的追逐中也能读出潜在的民族意识、"大我"形象。

---

① 郁达夫:《文学概说》,收入《郁达夫文集》(第5卷),花城出版社,1982年。

80后的思想自由状况与"五四"新文化运动有着直接的血缘关系。韩寒反对说假话,真实表达自我内心世界的感受和思索,做坚守自己风格、独立思考的"第三个人",体现了郁达夫式的"独异个人"个性。这既是对"五四"民主自由思想的精神传承,也是当代市场经济时代思想多元化的体现。成长于市场经济时代的韩寒,他的生命体验及其审美话语内涵有着鲜明的新时代特征。韩寒的《三重门》中表现了一种新时代的苦闷、压抑和焦虑。韩寒等人的生活世界里已经没有了国衰家败的苦难体验和找不到出路的精神苦闷,这些新世纪青年感受到的是巨大的升学、就业压力和由此产生的个体生存焦虑。个体的苦闷失却了曾经与国家、民族互文同构的集体无意识,成为个体"小我"欲望叙事的单一维度。《三重门》中的主角林雨翔是韩寒所创造的、具有"自传"性质的人物形象。韩寒和林雨翔都是自幼阅读广泛,有着很深的文学功底,对文学有着较为浓厚的兴趣;都是升学分数不够,以体育特招生的名义进入市重点、后来高中退学的。林雨翔的身上深深显现着韩寒的影子,展现着韩寒的强烈主观情感和审美生命体验。林雨翔对文学的兴趣,与其他同学并没有什么差别,都是出于借此能够旅游的动机,如若不能就打算退出文学社;林雨翔的写作是为了博得老师和同学的好感而已,摆脱其他几门功课不及格的应试焦虑。文学写作在林雨翔那里失去了集体性记忆功能,表达的只是林雨翔个人的生命体验而已。林雨翔对女孩Susan的追求显现了一种单纯的爱欲,没有郁达夫在个人欲望叙事中所显现的国家、民族意识。Susan对林雨翔的感情也是纯真浪漫的,她为了和林雨翔在一个学校念高中,而故意丢掉一些分数,牺牲自己上市重点的机会。

可见,韩寒的作品非常纯净地表现了当代青少年的精神风貌,表达了他们在应试教育下的苦闷与焦虑、青春期情感的欢乐与痛苦,没有体现以往的"深度模式"的文学叙事,没有詹姆逊所言的"民族国家的寓言"的精神寓意。"尽管情节不曲折,但小说里的人物生存着,活着,这就是生活。我会用全中国所有的Teenager(这个词不好表达,中文难以形容),至少是出版过书的Teenager里最精彩的文笔来描写这些人怎么活着。"[①] Teenager

---

① 韩寒:《韩寒五年文集》,中国青年出版社,2005年,第209页。

（13—19岁青少年）的日常生活、庸常的精神状态、个体小我的真实性情，是韩寒的"自叙体小说"的写作内容，是一种彻底摆脱了以往历史深度模式的性情叙事，是新世纪自由个体心灵的主观表现。

## 二 揭示教育弊端的新"问题小说"

韩寒小说《三重门》在揭示80后Teenager的生活状态的同时，还深刻地揭示了当代教育问题，尤其是应试教育问题的弊端，具有"问题小说"的思想特征。

问题小说起源于"五四"新文学。"五四"时期的问题小说，展现的"问题"都是一方面关乎国家、民族命运，一方面是青年群体的集体性"苦闷、彷徨"。对80后新青年来说，他们所面临的"问题"就是升学、就业。这其中一个最关键的问题就是教育。在和平时代，教育成为全社会关注的焦点，是关系到数以千万计的家长、学生切身利益的最大问题。与此同时，学校越来越严重的应试教育所带来的沉重升学压力和未来不确定的就业形势，使80后Teenager处于巨大的烦恼与焦虑之中。韩寒以强烈的自我个性意识，在流露自我真实性情的同时，也以敏锐尖利的问题意识对应试教育进行了严厉的思想批判。

教师在以往的文学叙事中都被视为"人类灵魂的工程师"，形象极为高尚、威严。但在韩寒的笔下，应试教育体制下的教师形象不仅一落千丈，而且斯文扫地。"教师不吃香而家教却十分红火，可见求授知识这东西就像谈恋爱，一拖几十的就是低贱，而一对一的便是珍贵。珍贵的东西当然真贵，一个小时几十元，基本上与妓女开的是一个价。同是赚钱，教师就比妓女厉害多了。妓女赚钱，是因为妓女给了对方快乐；而教师给了对方痛苦，却照样收钱，这就是家教的伟大之处。"[①] 韩寒把家教教师与妓女相类比，突出显示了应试教育下家教、补课所给予Teenager的痛苦体验和对应试教育的仇视心理，以至于把仇视心理投射到家教老师身上，对其进行丑化表述。家教老师的漠然、"严肃"、"弱不禁风的声音"、不负责任的教

---

① 韩寒：《韩寒五年文集》，中国青年出版社，2005年，第49—50页。

学态度没有把任何知识传授给林雨翔；与此形成强烈对比的是，林雨翔倒是从同来补课的梁梓君那里学到了学校里从不传授的关于金钱的万能性和恋爱经验的"真理"，这些"真理"把林雨翔的旧观念冲击得摇摇欲坠。对林雨翔有知遇之恩的语文老师马德保也是一个现学现卖、信口胡诌的"半吊子"形象。

当地闻名遐迩的作文老师教授写作秘方，就是"套公式"：勤奋学习的用爱因斯坦，不怕失败的是爱迪生，淡泊名利的是居里夫人，助人为乐的是雷锋，都是些定死的例子，再套几句评论，即得高分。韩寒揭示了作文教学中的这种虚伪话语体系以及它对人的想象力、个性意识、自由思想的禁锢。在应试教育的作文模式下，林雨翔几次申请加入文学社都没有成功，就是因为他浓郁的个性写作不吻合旧的话语体系思维范式。"作文是一种模式，就好像要撒一个官方的谎言，必须有时间人物地点，尤其关键的是必须要有一个向上的主题。比如我记载完毕一件事以后，我没有权利为这件事情感到迷茫，没有权利为此觉得生活真是没有意义，总之就是不能说真话，完全扯淡就是了。"[①] "不能说真话"，韩寒不仅揭示了当代作文写作的谎话模式，而且直接一针见血地指出了当代应试教育弊端下存在的虚假与真实、冠冕堂皇集体式的与个体小我的双重话语体系，乃至是双重人格的问题。应试教育"编织假大空谎言"的作文写作模式，不仅束缚了青年人的文学想象力和对生活的审美感知表现力，还助长了谎言、虚伪话语体系乃至虚伪双重人格。不仅语文教育如此，英语教育也是这样：空学了六年英语，连筷子、叉子等吃所必备的东西和厕所、抽水马桶、草纸等拉所必备的东西都不知道怎么说。应试教育越来越远离人的生命体验、日常生活与真实性情。

韩寒小说展现 Teenager 的日常生活及其庸常精神状态，表现他们个体小我的真实性情，抽空了以往的所谓历史维度和"深度叙事"。但是，韩寒的小说并没有由此而陷入意义的虚空陷阱，失却思想的价值。正是由于摆脱了虚妄的"大我"意识，恰好真切细致地显现了80后新一代青年的真实心灵；也是由于这种抒发性情、表现真我的自由个性意识，使韩寒的小说

---

① 韩寒：《韩寒五年文集》，中国青年出版社，2005 年，第 466 页。

告别了一套虚假的话语体系,成为新时代的"问题小说",真实地传达了被众多"老狐狸"式的作家所回避的社会问题,从而具有一种深刻的思想价值和社会意义。

## 三 自由个性与幽默文风、比喻修辞

中国人长期以来个性意识沉沦、主体意识泯灭,使幽默感失去了赖以滋生的文化心理土壤。但是,当思想多元化、人的主体意识和个性意识崛起的时代来临时,中国文学就不时闪现着幽默的智慧之光。春秋战国时期,老庄学说谈天道、论人性,幽默风味浓郁;明朝公安派谈性灵,写小品,嬉笑怒骂皆成文章,诙谐幽默;"五四"运动倡导个性意识,林语堂等作家追求幽默风度、钱钟书推出了堪称幽默文学经典的《围城》。自由个性的主体意识和幽默诙谐的文学风格绵延不绝,构成了一条隐约的性灵文学史,是中国文学不时腾挪跌宕、灵动飞扬的重要原因。

毫无疑问,具有强烈的个性主体意识和幽默文风的韩寒小说,是这条隐约的性灵文学史的最新个例。"《围城》这本书启发我原来小说还能这样写。文学其实就是文字的学问,小说的第一等就是文字里可以让你感受到一种情绪。"[1]这是韩寒在《通稿2003》里谈论自己作品时说的一句话。这为深层解读韩寒的叙事风格特色,探寻韩寒作品的精神渊源,提供了思想线索。

最早提倡幽默的"性灵派"作家林语堂,认为"性灵"是与"幽默"紧密相连、互为表里的,是自我个性的叙事话语。他指出:"在文学上主张发挥个性,向来称之为性灵,性灵即个性也。大抵主张自抒胸臆,发挥己见……"[2]在林语堂的视野里,文学中的"幽默"风格是"性灵"的大解脱、大抒发的审美结晶。文学里的幽默风格、幽默意识,林语堂也认为非性灵派文人莫属,他说:"真正的幽默,学士大夫,已经是写不来。只有在性灵

---

[1] 韩寒:《韩寒五年文集》,中国青年出版社,2005年,第496页。
[2] 林语堂:《论性灵》,收入《林语堂名著全集(卷18)》,东北师范大学出版社,1994年,第238页。

派文人的著作中,不时可发现很幽默的议论文,如定庵之论私,中郎之论痴,子才之论色等。"① 韩寒小说里的幽默并非插科打诨、滑稽、笑谈,而是知识丰富,取材灵巧,情趣活泼,洒脱闲逸,与性灵派林语堂、钱钟书的《围城》有着直接的精神渊源。

　　韩寒的幽默文风首先来源于创作主体的自我个性意识。80后新一代青年处于一个失去统一主题、思想多元化的"无名"时代,个性的主体意识随着市场经济发展而日趋确立。但是社会上的虚假话语体系和集体无意识依然强大,韩寒坚决做一个"坚守自己的风格"、具有批判思想的"第三种人"。他"笔无遮拦"、"直话直说",表达出了自己最真实的情感心理,同时对虚假话语和教育弊端进行毫不留情的揭示。如《三重门》中把家教老师与妓女类比的表述,产生了一种惊异、怪诞的"黑色幽默"的讽刺效果。

　　其次,韩寒的幽默文风来源于新颖的比喻修辞。韩寒的比喻修辞用得不仅多,而且极为巧妙,有着诙谐风趣而又犀利尖锐的批评效果。《三重门》中的马德保讲课瞎问,林雨翔信口胡诌,两人"志同道合"、"相见恨晚",同出同进。同学们本来对林雨翔的印象不好,看见他身旁常有马德保,对马德保也印象不佳,于是韩寒这样形容:"譬如一个人左脚的袜子是臭的,那么右脚的袜子便没有理由不臭。"韩寒以两只臭袜子的比喻,新奇而又巧妙地表达出了林雨翔与马德保两人的品质及其臭味相投的关系。"男人眼里的理想伴侣要像牛奶,越嫩越白越纯越好;女人眼里的理想伴侣要像奶牛,越壮越好,并且能让自己用最少的力挤出最多的奶。牛奶只有和奶牛在一起才会新鲜,然而姚书琴这杯牛奶久久没有奶牛问津,逐渐演变成一杯酸奶。"韩寒从男人的理想伴侣"牛奶"起笔,用"酸奶"来比喻好对同学挑剔的姚书琴。这个比喻依稀可见出钱钟书《围城》中从"真理"到"局部的真理"(半裸身体的鲍小姐)的比喻影子。

　　最后,韩寒的幽默文风还来自对语言文字的巧妙运用。韩寒描述林雨翔的母亲回家"一向很早","不过是第二天的早上了";林雨翔面对沈溪儿指责他一向"不近女色"而旅游时却亲近Susan时辩解说,"不近女色",

---

① 林语堂:《论幽默》,收入《林语堂文集》,吉林摄影出版社,2003年,第6页。

只是因为未遇上理想的女色,一旦遇上,就马上变为"不禁女色"了。汉语言文字的多义性、谐音性在韩寒的小说中呈现出幽默诙谐的语言效果,有力地展现出林雨翔等 Teenager 敏捷的才思和有情趣的况味。

## 四　韩寒与新世纪文坛

韩寒成长的时代背景是断裂性的,与以往的现代革命话语、革命历史有着巨大的疏离,但是韩寒的小说文本依然显现出对现代文学的传承。韩寒的代表作《三重门》有郁达夫"自叙体小说"的文体特征,有"五四"问题小说的"问题"意识,有钱钟书《围城》里的幽默机智,有林语堂性灵写作的"自我个性"叙事特征。毋庸置疑,韩寒的小说是有文学性的,既有对现代文学的精神传承,也有新世纪新青年的性情叙事。但是,为什么白烨先生等批评家认为韩寒"还不是文学写作,充其量只能算是文学的'票友'写作"?这主要是源于"五四"新文学以来宏大叙事的文学史批评标准和对低龄化写作的偏见。

吴俊先生针对 80 后文学批评滞后、错位的现象说:"至少到目前为止,对于'80 后'的文学批评基本上都还缺乏真正的有效性。言下之意是,文学批评的'标准'与具体对象之间,还并未获得真正的沟通,基本上属于'两股道上跑的车',各自'自娱自乐'。"①吴俊先生所言的错位的文学批评标准就是"五四"新文学以来宏大叙事的文学史批评标准。这种深度模式的批评标准对林语堂的性灵写作和钱钟书的幽默文学一直是贬低、排斥的。因而,韩寒的具有强烈个性自传色彩、展现个体"小我"性情叙事的《三重门》不被一些资深批评家青眼相加,也就可以理解了。"五四"时期以来宏大叙事的文学批评标准在遭遇韩寒等 80 后作家的文学作品时,就形成了文学批评的"迟暮"、错位与无力感。

韩寒作品被人误读或漠视的另一个原因就是作家的低龄化因素,代表人物就是李敬泽先生。李敬泽认为:"文学本来是成人的事业,是'老狐狸'们的事业——现在大家对神童们大惊小怪也正说明这其实是不太正常

---

① 吴俊:《"80 后"的挑战,或批评的迟暮》,载《南方文坛》,2004 年第 5 期。

的现象。让我们讲点常识吧,让我们告诉孩子们,有些事他们不必急着做,正如他们不必急着搞政治,他们其实也不必急着搞文学,如果搞了,当然也没什么不好,但我们就别大惊小怪地告诉他们,他们做了多么了不起的事,除非我们自己也根本不读书,根本不知道什么是文学。"①这种年龄论文学观是不正确的。决定是不是优秀文学作品的不是写作者的年龄,而是作品本身的品质。在李敬泽的话语中,二十多岁创造力最为旺盛的青年,竟然被视为"根本不知道什么是文学";漫不在意地称呼韩寒等人为"孩子们",这暴露了他对80后作家及其作品的漠视和不屑。然而,在一个关于80后文学写作的座谈会中,陈思和先生指出了一个李敬泽先生所"忽略"的问题:"巴金在二十三岁时写出《灭亡》,接着是《家》等巨作。曹禺写作《雷雨》时,是清华大学的一名学生。王蒙写作《青春万岁》时也就二十岁出头一点。丁玲、沈从文、冰心、张爱玲等也都在这个年龄段,写出自己一生中最重要的作品。"②

事实上,韩寒等80后作家已经创造了历史,已经创造了一个以80后新青年为受众主体的新世纪文坛。韩寒等80后作家作品本身就已构成当代文学的一部分。"以'80后'写手为主体的青春文学类作品,约占文学图书市场份额的10%;中国现当代文学的作家作品加起来,也约占文学图书市场份额的10%。这就是说,'80后'这批刚刚出道写作的小字辈们,与他们的文学前辈们总合起来的整体,在图书市场和作品行销上打了个平手,或平分了秋色。"③韩寒《三重门》一百三十万的发行量,同时也昭示了一个巨大的文学受众群体和无可否认的文学性。《三重门》与韩寒的《通稿2003》、《零下一度》、《一座城池》等作品都以强烈的自我主体个性,以诙谐幽默风趣的文笔,从容、深刻地表现了80后 Teenager 真实的生命体验和独特的情感世界,成为新世纪文坛上不可漠视的新性情文学。

因此,面对韩寒等80后作家及其文学作品,我们必须突破"五四"新文学以来的宏大叙事批评模式,从当代中国思想状况的转变和新世纪以来

---

① 李敬泽:《给"80后"浇盆凉水》,载《南方周末》2005年9月15日。
② 《文坛走来"80年代"》,载《瞭望新闻周刊》第46期,2004年11月15日。
③ 白烨:《一份调查问卷引发的思考》,载《南方文坛》,2000年第6期,第75页。

文学受众群体对文学的多元化需求角度,来平等地审视、思考他们的新性情写作。只有这样,文学批评才不会错位,才会摆脱以往的深度模式批评在当代所遭遇的尴尬和无力,才会对韩寒及其新性情文学进行有效的批评,让韩寒等80后作家及其作品在新世纪所具有的文学本义与价值得以清晰地呈现。

# 重重叠叠镜像中的艺术之花
## ——读宗利华的《水瓶座》

中国70后作家虽然在长篇小说创作上存在着局限，但在中短篇小说创作方面已经是异军突起，占据了国内文坛主流位置。宗利华是中国70后作家中较为突出的一位。近年来，宗利华的"香树街"系列小说，因为叙事的细节化、传奇化、动作化而活灵活现，获得流畅生动的故事讲述能力和较强的情感渲染力。《水瓶座》延续了以往宗利华小说的"好看"与"精彩"，为读者讲述了一个镜像重重叠叠、令人眼花缭乱的"新故事"。

"她们四目相对着。彼此像端详镜子里的自己。""她们"是《水瓶座》小说中的两位主角桑格与格桑。宗利华为什么要用这两个有点别扭的、容易混淆的名字，把两个主角拧在一起呢？随着阅读的展开，读者才会了解桑格和格桑都属于水瓶座"女性"，不同的是桑格是电视台女主持人，而格桑是桑格所养的一只女猫。在作者的叙述世界里，格桑不仅是一只能说人话、能与桑格交流情感的宠物猫，还能以猫眼来审视主人的生活世界。正是在这个意义上，桑格与格桑——人与猫——建立了一种看与被看、互为镜像的独特关系。这或许也就是作者命名主人公的独特精神意图所在吧。格桑不就是桑格的倒写嘛，而事实上，格桑的确是桑格的一面镜子，从中桑格读到了纷纭复杂世相下的另一个精神自我。在格桑看来，自己之所以回到桑格身边来，不是因为情感的依恋，而是因为"我找不到家，就像桑格你有时候找不到你自己"。

《水瓶座》共有7节。第1节、第2节和第4节，是格桑所观照到的桑格凌乱的情感生活，"来这里的男人像走马灯，像马戏团。我最大的乐趣，就是看戏。就像你们喜欢去马戏团看动物表演"。格桑不仅是小说的主角和叙述人,也是桑格与红头发男孩、频道总监老头幽会的见证人。第5节和第6节则是格桑与桑格看与被看角色的互换。桑格以一种虐恋的方式,观看格桑和恋人"本"猫的恋爱行动。

随着看与被看的颠倒,小说的高潮到来了。和桑格与两个男人周旋的逢场作戏截然不同的是,格桑与"本"的猫之恋则是另一种无比纯洁与珍贵的情感镜像。桑格看到,"本"为了爱情,设计了一个冒着生命危险、近乎疯狂的上楼路线,借助于防护网、阳台、空调外机,跳跃到四楼格桑所在的阳台。在一次次摔伤之后,本终于与格桑相会了。但接着,本为了解救"新娘"而付出了生命的代价。阳台、屋顶、绳子、老猫、车流、深色印痕,组成了本和格桑的生死恋。在本死后,桑格与格桑开始了一场"全新的对视"和来自灵魂深处的精神审问。格桑为本的殉情给予桑格以更震撼的一击,为其异于人类的猫恋画上了句号。

小说第7节回归到原始叙述人,讲述的是桑格与两个男人之间以及两个男人之间的对决,而背后隐藏的是格桑亡灵的眼睛。正是在格桑亡灵所矗立的精神镜像中,桑格看到了,也再次印证了两个男人卑鄙、萎缩的灵魂。桑格的结局是已经注定了的生命悲剧,这既来自格桑所咬伤的病菌感染和所依恋的两个男人的卑劣灵魂等外部因素,也来自桑格从格桑和本的纯洁爱情所比照到的自我心灵腐蚀以及由此带来的精神绝望的内因。

桑格何以是桑格,而不是纯洁的格桑?或者说桑格本来就是格桑,而在与"红头发"、老头、光头老板等逢场作戏、人生游戏中渐渐变成了桑格。相同的是,桑格和格桑都以一种极为决裂的方式,弃绝这个令人绝望的世界,永远追寻心中的美与爱。

但是,读完《水瓶座》,我在享受作者高超的想象能力、缜密的叙述逻辑和机智俏皮的语言的同时,依然有着很大的缺憾:这些重重叠叠的镜像及其艺术之花,美则美兮,但总感觉是无根的浮萍,缺乏生活的实感和真挚的情感。王晓明先生在分析"五四"新文学时,曾提及新文学一个致命的弱点就是"设计性"太强,以致损伤了文学自洽的审美特性。这同样是《水瓶座》等70后作家作品的问题所在吧。

# 一朵不凋谢的上海玫瑰
——读滕肖澜新作《规则人生》

上海青年作家滕肖澜的新作《规则人生》是一部非常优秀的小说,不仅延续了其以往关于上海市民精灵机智、进退有序、从容有度的日常生活审美书写,而且在艺术结构、叙述技巧、人物形象设置等方面也有了新的发展和变化,表达出了作者对小说、时代和生命的新理解。

"朱玫接到姐姐朱慧那个电话时,就隐隐猜到了是什么事。"《规则人生》的小说开头简洁明了,体现了短篇小说的故事性特质,吸引读者自然阅读下去。当姐姐终于把"叮叮——要不就给我们吧"那句话说出口的时候,朱玫一颗提起来的心,突然感觉身体里有什么东西"嘣"的一下,断了。小说运用特写的方式,细致地描绘了朱玫把儿子叮叮过继给不孕姐姐时的心理变化过程。紧接着小说向读者解密,是朱玫早就有预谋地一点点地要把儿子推进到双胞胎姐姐的怀抱里。"她是想活出些滋味来的。若不是这样,当初也不会跟了老赵。"从这些极端行为中,我们看到了一个不寻常的、有着很大机心、很会"表演"的女主人公形象。

朱玫从很小的时候就驶进了一个"人生双向道":一方面被父母无情地遗弃;另一方面幸运的是被一个善良的养父母、"外婆"养大,还有个双胞胎姐姐。遗弃与关爱,同时显现在朱玫的童年生命记忆中。大学与沈以海相恋三年,本可过上安静幸福生活的她,却被再次抛弃。命运再一次展现了"人生双向道"的悖论性存在。"那阵子真的很难熬,人像死了似的",朱玫选择了比她大二十多岁的老赵,选择了一种出离正常规则的行为。在老赵被高利贷逼得走投无路时,朱玫与老赵合谋了一场假死亡事件,精心设计了一个温柔的陷阱,利用沈以海的权力进行不正当房地产交易,骗取了巨额财产。如果说被沈以海抛弃后朱玫已被怨恨和痛苦占据了心灵的话;

那么，在这次合谋骗取财产时，朱玫意识到，自己也是老赵的玩物和棋子，心中似乎已经完全消解了对世界的真情。在这个布满欺骗、虚伪和绝望的人生道的另一个方向，朱玫依然能够感觉到来自姐姐的"自己人"情谊，依然为暂时不得不离开儿子而感到钻心的疼与痛。显然，朱玫就是这样不时承受人生双向道的心灵撕扯。

《规则人生》不仅从朱玫的独特个性出发，而且从复杂的人际关系来展现人生命运，建构了多组人物关系和故事架构，借助生动洗练的对话描写和摇曳生姿的心理描写，呈现出一座"生活立交桥"的传奇景观。朱玫和初恋情人沈以海、朱玫和"丈夫"老赵、朱玫和"邻居"邵昕呈现多角情感关系，是一种显性的情感冲突；朱玫和姐姐因为儿子的过继，产生了时近时远的情感距离，乃至是隐隐约约的情感冲突；朱玫与沈以海妻子罗颖在小说文本中则是一种完全隐性的冲突。这三种冲突从不同维度和层次构成了故事发展的复杂结构、多种线索和推进动力。在"人生双向道"的路途中，朱玫遇到了众多的人物，他们以各自不同的方式改变着朱玫，朱玫也在影响和改变着他们，彼此构成了一座流动的、发展的"生活立体桥"。那里有朱玫的乖巧、机灵，有沈以海和老赵各自不同的贪婪和狡诈，有朱慧的安宁和情义，也有罗颖的高贵和精明……各有各的小算盘，活灵活现一个《金锁记》式的海派文化特质，只不过已经没有了曹七巧般的狠毒与刻薄，而多了一些滕肖澜式的轻盈和飘逸，即使"出手"也是笑盈盈的、做足了面子。尤其是朱玫和沈以海在一进一退的心灵攻防战中，拿捏得可谓是进退有序、分寸得当、趣味盎然。

朱玫以其特有的机灵和精明，从童年养父家、大学恋爱到合谋骗财，都力图做一个生活游戏的主导者，但却不由自主地陷入"人生的双向道"和"生活立交桥"中，经受左右撕扯、层层缠绕的心灵炼狱，而且不知不觉掉进了螳螂捕蝉黄雀在后的"陷阱"之中。这就是朱玫不规则的"规则人生"。在《红楼梦》中，那可谓是"机关算尽太聪明，反误了卿卿性命"。然而，滕肖澜的《规则人生》却不是。尽管承受父母的遗弃，承受着恋人和老公的背叛，承受着可能失去儿子的痛苦，乃至掉进未知的陷阱，但是，朱玫依然不动声色，依然进退有序，依然活色活香，就是一朵不凋谢的带刺的上海玫瑰。

# 古典审美化人生的现代诗意书写
## ——读于雁的长篇小说《如梦令》

于雁的长篇小说《如梦令》写作完成并由山东友谊出版社（2012年）出版发行，是一件可喜可贺的事情。这不仅仅是因为《如梦令》是于雁女士的第一部长篇小说，是于雁继《清水无痕》小说集出版后文学梦想的又一次激情释放，更重要的是于雁在解放军艺术学院攻读文学创作硕士专业的毕业成果展示之作。可以说，《如梦令》既凝聚了于雁多年来在文学创作之路上的心血、汗水和经验，又是于雁在解放军艺术学院得到诸位名师精心指点下领悟、开化和升华之作。自然，这是非常值得期待和祝贺的。

于雁是一位多才多艺的女士。其长篇小说《如梦令》读来如清风拂面，耳目为之一新，令人惊讶于作者的曼妙才华、独特构思和丰富的文史知识。《如梦令》作为一部描写中国最杰出女词人李清照的纯文学著作，大大超出了同时代诸多关于李清照的文学作品，小说语言流利婉转，气韵生动，字里行间闪现着一颗清新灵动的诗意心灵，处处流淌着诗文词韵，氤氲着浓郁的艺术文化气息，体现出一种历史文化重写与当代文化建构的自觉。

《如梦令》小说结构新颖巧妙。除尾声外，《如梦令》整部小说分十八节，作者分别赋予李清照和赵明诚第一人称"我"的叙述角色，第一节的"我"是李清照，第二节的"我"是赵明诚，第三节"我"又回到李清照，由此类推，构成了一种互相穿插、彼此说明、"我"与"我"相互映现的"双峰并立"叙述结构方式。而这种"双峰并立"的叙述结构，恰与《如梦令》小说主人公的性质、关系、身份相吻合。李清照和赵明诚都是著名历史文化人物，其文化身份、历史影响力都足以构成并立对峙的"双峰"；而李清照和赵明诚的你中有我、我中有你的互相欣赏、互为知音的夫妻关系，在交互主体性的"我"与"我"的叙述中，彼此缠绕交织，而又心心相印。这不仅带来叙述的铺垫、勾连，情节的绵延和自然发展，人物心理的深度书写，更为重要的是，"双峰"叙述结构呈现出了李清照和赵明诚之间逾越中国古代社会夫妻伦理关系的经典爱情书写，即彼此互相具有主体性、相互深深挚爱的具有现代意义的爱情。因此，"双峰"结构的叙述方式，不仅是小说的一种结构，更是小说人物独立灵魂、生命本质与爱情关系的最好表现方式，体现了俄国形式主义文论所言的，形式本身就是内容、思想和灵魂。从这个意义而言，于雁探索到了本篇小说人物塑造的最佳形式，即李清照和赵明诚之所以为李清照和赵明诚的小说结构模式和言说方式。

在阅读的时候，我就有一个疑问：于雁为什么要写李清照？写这样一个历史上的真实文化人物不是自缚手脚吗？随着阅读的深入，我开始越来越理解于雁的选择。于雁选择的不仅仅是一个硕士学位毕业的成果展示之作，而更是有意为之，有意为自己制造难度，知难而进，去书写一位最有文化含量、最具艺术风情的风华绝代女性，去还原和重现曾经有过的文化巅峰，为当代中国人的审美人生提供一面文化之镜。这实则是蕴含着一种深刻而又极为宝贵的文化自觉之心。

具体而言，《如梦令》的写作呈现出于雁对济南民俗风情的文化自觉。小说在写李清照回到济南老家生活的部分，对济南风情民俗文化的书写是非常富有特色的。千佛山、兴国禅寺、百脉泉、趵突泉、芙蓉泉、文庙等济南山水名胜与碧筒饮、荷叶粥、荷叶鱼、荷叶鸡等济南名吃荷花宴，都写得"流云般舒展欢畅"。同时，在写李清照、赵明诚在济南流连忘返之际，在曲水杯池前由北魏时每年三月三举办的曲水流觞诗会，想到了魏晋文人"用华美形式直逼生命本真"的发现自然、发现自我的真性情、真精神，呈现出中国文人卓然独立、追求独立人格精神的知识分子审美人生态度。某种意义上，《如梦令》全书从开头的李清照由济南来到京城与美少年赵明诚相遇，到尾声中的李清照与赵明诚生离死别，中间大部分章节都呈现了李清照和赵明诚两人耿直磊落的人格品性，与天地相通的诗意心灵，诗文唱和、金石编录的审美化日常生活。赵明诚的官宦生活倒成了女词人审美人生的点缀和倒影。毫无疑问，这种审美化人生方式和生活态度，恰好是当代中国人所遗失和匮乏的，是当代中国文化建构的重要精神维度之一。这也是《如梦令》之于当代文化建构的意义和价值所在。

# 见证时代的个体心灵记忆

——读高明的《那年，放电影》

在新历史主义者看来，不管叙述者如何表白历史书写的客观性，历史如同文学文本一样，也是被叙述出来的，也带有叙述者的主观情感和审美取向。面对历史书写的文本化，我们如何突破叙述者的褊狭和可能的遮蔽，获得历史真实呢？在以往的大历史和单线历史之下，新历史主义力图发掘多元化、个体化、民间化的小历史和复线历史，从而尽可能地多视阈呈现历史的多样面孔及其复杂表情。正是在这个意义上，高明先生的《那年，放电影》，以其个体性、民间化的独特生命情感和心灵记忆，为我们呈现了关于历史的鲜活细节和微观真实，见证了那一个时代的社会、物质和精神存在。

在《那年，放电影》作品集中，高明首先向我们展现了沂蒙"红嫂"第一人的故事和南泥湾的风景。"清明时节，我来到了横河村"，随着作者的叙述视线，我们看到了高明眼中的"红嫂"："老人满鬓银丝，衣衫完整，精神饱满，正坐着板凳在屋檐晒太阳"[1]；在南泥湾，作者视线中的风景是一位"十万工农下吉安"经历过长征的、"窑洞住惯了，上天堂也不去"的老红军[2]。"红嫂"和南泥湾的故事所具有的纪念碑性质，在作者那里转换为一种自在自为的生命本真与温情，别具风味。

《那年，放电影》讲述了作者军旅生涯中难忘的一件事。1974年，担任团电影放映员的作者到农村慰问，放映样板戏电影《杜鹃山》。帮助卸

---

[1] 高明：《那年，放电影》，山东文艺出版社，2010年，第2页。
[2] 同上书，第19页。

车干活的老刘等三人是村里的"地富反坏分子","老刘跑前跑后,干活非常勤快。那张原本恭顺小心得有点木讷的脸也因为热得满头大汗而渐渐活泛了起来"。在交谈中,作者了解到老刘是因为跟书记闹过仗而被定为坏分子的。电影快要开场了,"银幕被围了个里三层外三层,每个人脸上兴高采烈……人人都巴望着电影早点开场。老刘站在我的旁边,也和村里的人一样在焦急地等待,他搓着手,双眼在如水的月光下闪烁着热切渴望的光芒"①。开始放映了,村里喇叭传来了大队书记的声音:"社员请注意了,大家热烈欢迎解放军放电影。下面请地富反坏分子退场,电影是慰问解放军战士和贫下中农的,不是给你们地富反坏分子看的。"老刘硬是被拉走了。等精彩电影放完了,村民们散去了,老刘他们三个又出现帮助收拾放映设备了。"我低声问老刘:'你刚才到哪里去了?''我一直在那边你看不到的地方听来,样板戏真好听。'老刘已摆脱了刚才的负面情绪,沉浸在电影情景里,久久回味。"②作者没有再多言,老刘的回答既出乎意料又在情理之中,耐人咀嚼。

《卖鸡蛋的小姑娘》和《那年,放电影》具有异曲同工之妙。它叙述的是作者在西安陆军学院政治队学习时的故事。扎营训练期间,帐篷旁有不少卖东西的小摊,其中有一个卖鸡蛋的十六七岁小姑娘。"她小巧玲珑的身材,白白净净的皮肤,穿着一身粗布蓝色碎花衣服,端庄秀气的脸上,总是挂着一点点羞涩的笑容。"③野营伙食不好,小姑娘的熟鸡蛋很受欢迎,熟悉起来聊天开玩笑。"我"了解到,小姑娘天真活泼,性格开朗,但当我问起为何不读书来卖鸡蛋时,她的表情变得凝重起来,告诉我:"母亲病故,父亲常年卧病在床。为偿还治病欠下的债务,父亲收了三百元彩礼钱,把她许配给了比她大十多岁的瘸子。她现在卖鸡蛋是为了赚钱给父亲治病。"小姑娘说着说着,泪水就顺着长长的睫毛止不住地流下来。训练结束了,小姑娘也依依不舍。"军车开动了,慢慢驶离了白草山,离开了这个黄土高原上的小山村,只有那身穿蓝色碎花衣服、挎着篮子卖鸡蛋的小兰站在

---

① 高明:《那年,放电影》,山东文艺出版社,2010年,第82页。
② 同上书,第83页。
③ 同上书,第89页。

村口,孤单的身影留在了我们每一个学员的眼里,记在了心中,这凄美的一幕让我永远难忘。"① 与《那年,放电影》不同的是,多年后,"我"在呼和浩特的北方十省市旅游交易会上遇到了小兰。小兰告诉"我",通过自己的努力,不仅和瘸子退了亲,而且自由恋爱,成为村旅游开发公司的副总经理,女儿都已经上大学了。这让"我"高兴不已,为她的命运转折而感慨万千。

在对作者所观照到的"他者"进行叙述之外,高明还把叙述的视角转向了对自我家族血脉命运的关注,书写了一种新历史主义的"家族史"文学景观。"如同这个世界上所有善良的母亲,妈妈是个坚强的人。"在"整风"中父亲被打为"右派",行政降三级留用。面对那个时代的灾难性打击,母亲用她的坚强为儿女撑起一片蓝天和希望。妈妈一边在穷乡僻壤播撒知识的种子,一边在校园开荒,种些五谷杂粮和青菜,尽可能地为孩子们的成长提供营养。记忆中最深刻的是,"小学四年级暑假的时候,那时养蚕能赚点钱。我们家也养了几席蚕。一个夏夜,我在屋里热得睡不着,出屋凉快,看见一个穿着长衣长裤的人,弯着腰,大汗淋漓、吃力地背着一麻袋沉重的蓖麻叶走来。走近一看,原来那是我的妈妈……"② 妈妈 1927 年出生于临沂赵姓大户人家,上过临沂简易师范,以优异成绩毕业于鲁中南后师,1949 年参加人民教育工作。在以后的苦难生活中,妈妈面对苦难和不幸时的超然、漠视和坚强不屈,"教会了我许多从书本上永远学不到的东西和人格品行",正如老舍的母亲一样,给予儿女的是一种"生命的教育"。

《父亲的信念》同样感人至深。作者讲述,上世纪 20 年代,父亲生于临沂一个贫苦家庭,后参军、入党,后因失去联系,脱党。1949 年后,在南京军政大学学习回来后,父亲成为一名人民教师;1957 年初在批准入党申请准备提拔之际,被错划为"右派"而遭受批斗、无休止学习和巨大精神压力。"我"也受到不同程度的牵连,作为右派子女不能入团。当我含泪追问父亲时,父亲尴尬而无奈地说:"咱家出身贫穷,是共产党领导我们翻身,我参加了工作,我怎么会是右派呢? 1957 年党组织整风,要求知

---

① 高明:《那年,放电影》,山东文艺出版社,2010 年,第 90 页。
② 同上书,第 46 页。

识分子给党提意见，我以为自己根正苗红，平时表现也好，怀着对党真诚的态度，说了几句实话，没想到就被打成了右派。"① 看到父亲的满脸歉疚和心情沉重，我理解和原谅了父亲。1974年，入伍后的我光荣入党，父亲闻听后，写了长达六页的信来勉励我，"你爷爷抗日打游击，我从小参加革命工作，虽然被打成过右派，但一直是跟党走的，你现在入了党，为我们全家争了气，添了光，我为你感到骄傲和自豪。"② 作者说这封信连续看了很多遍，也想了很多。1979年中央下发55号文件，父亲的右派问题得到彻底平反。"我认为这是我们家庭的重生，同时似乎有了一种'翻身得解放'的感觉。那天，我喜极而泣，竟约战友们喝了个酩酊大醉。"③ 父亲在获得彻底解放后，继续要求恢复党籍，但组织上认为不能恢复，只能重新入党。对此，父亲没有灰心丧气，而是要干更多的工作，争取再次入党。在父亲的不懈努力下，快接近退休的时候，父亲的入党申请被批准了。从父亲的人生世界里，作者发现"父亲的血液里，蕴含着对党的无限忠诚和无尽的热爱，任何艰难坎坷、曲折反复，都压抑不住，即使在最不堪的境地，也始终放射出矢志不渝、无怨无悔的光芒"，"觉悟出，该怎样像父亲一样做父亲"。④

《那年，放电影》里面还有一些这样动人肺腑的作品。高明先生没有华丽的辞藻，没有过多的修饰，而是以一种极为简约、质朴的语言，像跟朋友、亲人絮语一般，讲述来自生命历程中亲观、亲闻、亲历的人和事，达到了以简约胜繁复、以质朴达崇高、于无声处惊人的叙事效果。作品中有很多白描性环境或人物形象的勾勒片段，看似质朴无华，读起来却非常耐人咀嚼，细细咂摸，意蕴丰富，大大超出了一般的回忆性散文。而这正是大历史之下个人化、民间化的小历史——个体心灵史的独特魅力所在，因为亲历而充满澎湃的生命激情，因为亲历而具有了不被风化和挪移的生命真实。

---

① 高明：《那年，放电影》，山东文艺出版社，2010年，第205页。
② 同上书，第205页。
③ 同上书，第206页。
④ 同上。

# 第三辑

# 文学理论的生长与批评实践

文学，毫无疑问，是艺术的、个人的、自然的、真挚情感的；每一个人都是有时代、民族、阶级和国别的，因而，文学又是时代的、社会的、阶级的、民族国家的。这正是现代中国文学的内在悖论和审美纠结，同时，也是现代中国文学无可忽视的、巨大的"力之美"的根源所在。文学、艺术、人生、阶级、民族、国家就这样交织在一起，构成一种不同于西方现代文学的独异的乡土中国文学的现代性。而且，这种审美纠结一直持续到当代中国文学语境之中，在新中国"十七年"文学、新时期文学、新世纪底层叙述中或隐或现。

# 论文学研究会"新文学观"的现代性

何谓文学是文学创作和研究中一个必须回答的、事关文学本质的根本性问题，直接决定了一个作家、研究者的文学认知、审美路径和情感态度。从晚清到民国时期，中国新文学经历了一个很长的萌动期。白话文运动起源于晚清，但是一直到民国时期才真正蔚为大观，形成一种浩浩荡荡、势不可挡的新文学潮流。随着"文学革命"口号的提出，一种真正与中国古代文学形成审美断裂的"新文学"渐渐呈现于国人面前。与此同时，一种从"新文学"的语言、文体、思想、情感、伦理、叙述手法、表现方式等方面探讨的"新文学观"，在新文学的创作、论争、接受和西方文学的翻译、引进、阅读中逐渐形成。从20世纪文学史来看，具有现代性特质的中国"新文学观"的真正确立是在20世纪20年代，一个极为重要和关键的确立者就是文学研究会及其会员作家们。

## 一 "新文学观"的历史背景与审美渊源

文学研究会的现代性"新文学观"的形成，有着深厚的历史背景和审美渊源，既承接着几千年来的现实主义文学传统，又裹挟着晚清翻译文学所带来的异域现代文学之风；既闪现着"五四"时代文学先觉者的启蒙文学之光，又凝聚着20世纪20年代文学初步发展、繁荣时期文学本质探索者的理性之思。

随着晚清社会从古老的乡土中国到现代民族国家的现代转型，文化和文学受到前所未有的重视。严复、梁启超、陈独秀等人在猛烈批判传统封建专制文化的同时，这些现代文化的先知先觉者也开始了对新的、现代性文学理念的建构。就文学而言，梁启超发表《论小说与群治之关系》等文章,不仅极大地改变了国人对"小说"文体的传统理解,而且将其提升至改造国民、民族国家的重要地位,开启了新文学与国民性改造、现代民族国家建立的内在精神联系。胡适、陈独秀等人发起的"文学革命"直接把"革命"利剑指向了"旧文学",宣布废除文言文,建立白话文的新文学。之后,胡适的"国语"文学、周作人的"人的文学"、"平民文学"等具有现代性精神内涵的新思想理念得到倡导并渐渐确立起来。毫无疑问,这是新文学理念最重要和最核心的组成部分。

但是,这只是思想理念的现代性,而不是文学的现代性。至于怎样建设新文学则依然处于黎明之前的黑夜阶段,尽管有感知、有思考,依然零零散散,依然不成系统,依然是个体的自我言说,缺乏系统性、整体性的思考。正如王晓明所言:"在陈独秀们的棋盘上,新文学仅仅是一枚小卒,所以,他们虽然促成了新文学的诞生,又为它设计了一系列的发展方案,却并没有真花太多的气力去实现这些方案。真正去实现这些方案的,是文学研究会。比方说,陈独秀等人希望中国走写实主义的道路,文学研究会则使这种希望变成了现实。写实主义——它后来叫现实主义——在现代文学中占主流地位,正是在20年代前半叶,由沈雁冰等人提倡,由《小说月报》和《文学研究会丛书》的出版,帮助确立起来的。"可以说,直到20世纪20年代,新文学才从文学革命先驱者的启蒙文学召唤中走出来,开始新文学理念的探索和文学作家社团化、群体化,即研讨文学的本质、文学与人生、文学与政治、文学审美理念等问题的文学本体论时代开启了。

## 二 文学研究会与现代性"新文学观"的发展

1921年1月4日,文学研究会在北京中央公园来今雨轩成立。文学研究会不仅是中国现代文学史上第一个文学社团,而且是"五四"新文学从初期的作家个体性创作到文学社团集体性审美书写的文学发展和初步繁荣的标志之一。文学研究会的成立,不仅意味着一个新的文学创作时代的到来,而且是文学从革命、政治、民族国家的外在要求与束缚中走出来、开始关注文学自身本体性建设的"新文学观"时代的开始。正如文学研究会宣言所说的:"将文艺当作高兴时的游戏或失意时的消遣的时候,现在已经过去了。我们相信文学是一种工作，而且是于人生很切要的一种工作；治文学的人也当以这事为他终身的事业正同劳农一样。"这个宣言是有着丰富意味的：首先，文学研究会公开批判游戏和消遣的文学观，反对文学的娱乐化、游戏化；其次，文学研究会倡导文学与现实人生的关系，提出文学的审美功能和现实价值，"是于人生很切要的一种工作"，文学要展现、书写人性和人的生活；再次，文学是一种"终身的事业"，是具有哲学意义上的自足性、本体性的艺术存在，是无须依附于其他事物的独立自足的、可以安身立命的精神存在。从这个意义而言，文学研究会对文学本质、功能、意义的理解，已经大大不同于中国古代文人的理解，也与梁启超、陈独秀、鲁迅等人的文学观拉开了距离，在更为本质的层面上重新诠释了文学的现代性精神内涵。

事实上，文学研究会的"新文学观"并非铁板一块，而是有着不同的理解和阐释，也是在不断研讨、思考和发展着的文学观。除了文学研究会宣言以外，文学研究会成员最早阐述"新文学观"的是周作人。1921年1月6日，即文学研究会成立后两天，周作人在北平少年学会的讲演《新文学的要求》中说，"从来对于艺术的主张，大概可以分作两派：一是艺术派，一是人生派"。对于这两派，周作人没有简单地做非此即彼的选择，而是分析两派各自优劣与问题所在，认为艺术派"重技工而轻情思，妨碍自己表现的目的"，而人生派又有"容易讲到功利里边去，以文艺为伦理的工具，变成一种文坛的说教"的弊病。因而，周作人主张，"正当的解说，是仍以文艺为究极的目的；但这文艺应当通过了著者的情思，与人生的接触。换一句话说，便是著者应当用艺术的方法，表现他对于人生的情思，使读者能得艺术的享乐与人生的解释"。这就是周作人"所要求的当然是人的艺术派的文学"。周作人的文学观显然是一种理想化阐释，是对文学的一种至高的、经典化的艺术追求。古往今来的文学经典无一不是艺术性和人生情思的完美融合。可见，周作人在现代文学起步阶段就确立了一种经典化、现代性的"新文学观"。但在中国新文学的始创阶段，这种要求无疑过于苛刻。因此，周作人接着说："在研究文艺思想变迁的人，对于各个时代各派别的文学，原应该平等看待，各个还他一个本来的位置；但是我们心想创作文艺，或从文艺上得到精神食粮的人，却不得不决定趋向，免得无所适从；所以，我们从这两派中，就取了人生的艺术派。……我们相信人生的文学实在是现今中国唯一的需要。"在人生和艺术不可兼得的时候，周作人选择的是"人生的文学"，这与他的"人的文学"观以及他对"人荒"的中国文化现实理解是分不开的。

茅盾则就旧文学与新文学的本质区别做了思考，他认为"新文学"应该有三要素："一是普遍的性质；二是有表现人生指导人生的能力；三是为平民的非为一般特殊阶级的人的"。所以，在茅盾眼里，"江上往来人，尽爱鲈鱼美。君看一叶舟，出没风波里"，虽是古诗，但却可以称为"新文学"，即"新旧在性质，不在形式"，也不在时代先后。

除此之外，佩弦的《文艺的真实性》在对文学本质的探讨上是一篇超越时代的文章，体现了其对艺术真实性的现代性思考。面对文艺真实性的质疑，他认为：创作是"另造新生活"，"创作的主要材料，便是创作者唯一的向导——这是想象。想象就现有的记忆材料，加以删汰、补充、联络，使新的生活得以完满地实现。所以宽一些说，创作的历程里，实只有想象一件事；其余感觉、感情等，已都融冶于其中了。"佩弦所提出的"想象在创作中第一重要"以及"捏造"的真实性观点，已经非常接近当代人对小说文体"想象力"和"虚构性"的理解。

## 三 郑振铎与现代性"新文学观"的建构

在文学研究会众多关于"新文学观"的论文中，西谛（郑振铎）的《新文学观的建设》是最需要注意的一篇，也是文辞最优美、最有文学性的一篇。"现在要以极简单的几句话，研究一个极关重要的问题——就是新文学观的建设问题。"西谛开门见山提出论述的主旨，在第二段以郑重、严肃的口吻和极洗练的语言论述其重要性："在中国，这个问题尤为重要。"与周作人从西方文学理念来思考不同，西谛是从中国传统文学观来探讨中国"新文学观"的建设问题。他指出，"中国人的传统的文学观，却是谬误的，而且是极为矛盾的。约言之，可分为两大派，一派是主张'文以载道'的……一派则与之极端相反。他们以为文学只是供人娱乐的。"在民国以来"文学革命"的影响下，西谛分析了传统文学观的现代变迁，并坚定地认为这两种旧文学观无论怎样演变,"其所执持之观念之必须打破,则为毫无疑义的"。他说:"我们要晓得文学虽是艺术虽也能以其文字之美与想象之美来感动人,但绝不是以娱乐为目的。反而言之,却也不是以教训,以传道为目的的。文学是人类感情之倾泄于文字之上的。他的使命,他的伟大价值,就在于通人类感情之邮。诗人把他的锐敏的观察,强烈的感觉,热烘烘的同情,用文字表示出来,读者便也会同样的发生出这种情绪来。作者无所为而作,读者也无所为而读。——再明显地说来,便是:文学就是文学:不是为娱乐的目的而作之而读之,也不见为宣传、为教训的目的而作之,而读之。"西谛的"新文学观"已经跳出了周作人的"人生派"和"艺术派"的纠缠,而在更高的、更本体的意义上,提出了"新文学观"的自足性存在——"文学就是文学",既不为娱乐而为,也不为教训所为,无所为而为。

难道文学不具有娱乐与宣传的功能和价值吗?针对可能的疑问,西谛认为:"自然,愉快的文学,描写自然的文学,与一切文学的美,都足以使读者生愉快之感。但在作者的最初目的,却决不是如此。……严格说来,则这种以娱乐为目的的读物,可以说他不是文学。因为他不是由作者的情绪中自然流露出来的,而是故意做作的。文学以真挚的情绪为他的生命,为他的灵魂。"在文学的宣传方面,西谛认为:"自然,文学中也含有哲理,有时也带有教训主义,或宣传一种理想主义的色彩,但决不是文学的原始的目的。……因为文学是人的情绪流泄在纸上的,是人的自然的歌潮与哭声。自然而发的歌潮与哭声决没有带传道的作用的,优美的传道文学可以算是文学,决不是文学的全部。大部分的文学,纯正的文学,却是诗神的歌声,是孩童的,匹夫匹妇的哭声,是潺潺的人生之河的水声。"西谛不仅有力地分析了文学最初、最根本的目的,还指出了文学的发生机制和内在核心要素,他认为文学是自然而然的生命情感的流露。某种意义上,西谛的"新文学观"已经基本接近了中国新时期文学的"纯文学观"。事实上,西谛已经提出了"纯正的文学"观点了。

正是在上述论证的基础上,西谛郑重其事地提出了"新文学观":"文学是人生的自然的呼声。人类情绪的流泄于文字中的,不是以传道为目的,更不是以娱乐为目的,而是以真挚的情感来引起读者的同情的。"他的"新文学观"对文学的审美功能和审美本体进行了区分，在一定意义上划清了新文学与旧文学、文学本质与功能的界限、区别与距离，真正在哲学本体性层面确立起具有现代性特征的"新文学观"，其意义和价值是无比深远的。正如西谛所言，"这种新文学观的建立，便是新文学的建立的先声了"。

## 四 文学研究会"新文学观"的多元性与审美演变

无论是周作人的"新文学观"，还是茅盾、郑振铎的"新文学观"，仔细分析之后，都会发现两个很有意思的特点：一是这些文学研究会作家的"新文学观"是分层次的、多元化的文学观；二是一些作家的"新文学观"是在不断演变的，随着时间和局势的发展而有所变化。

在周作人看来，作为一名文艺理论的研究者，应该秉持一种宽容的、多元的文学观，即"对于各个时代各派别的文学，原应该平等看待，各各还他一个本来的位置"，不同类型的文学理应是平等相待的，不应分为三六九等。在郑振铎看来，文学有"纯正的文学"，也有"传道的文学"和"愉快的文学"，它们的区别在于情感真挚性、自然性程度的差异。总体上看，文学研究会的"新文学观"可归纳为三种类型：本体性文学观、为人生的文学观、底层的文学观。对于文学研究会的思考者而言，以艺术为究极、以自然真挚为追求的本体性文学观是一种理想的文学观、终极性的文学观；切近现实人生的"为人生的文学观"，实在是一种无可奈何而又不得不选择为之的、符合实际情况的、有益于"现今中国"的文学观，是一种现实型的文学观；"底层文学观"则是依据现实中国局势的新情况而作出的"新文学观"的"新演变"、新形态，是一种权变性的文学观。

事实上，这种多元化、分层次的"新文学观"有时同时出现在文学研究会的精神观念中，如郑振铎和茅盾等人。郑振铎在倡导自然、真挚的、"纯正的文学"的同时，也在呼唤着"血和泪的文学"，"我们现在需要血的文学和泪的文学似乎要比'雍容尔雅''吟风啸月'的作品甚些吧。'雍容尔雅''吟风啸月'的作品，诚然有时能以天然美来安慰我们的被扰的灵魂与苦闷的心神"。但是面对"武昌的枪声、孝感车站的客车上的枪孔、新华门外的血迹……"这种血与泪的现实和灵魂的拷问，西谛所认同的只能是"新文学观"的新形态——"血和泪的文学"。无独有偶,同时期的耿济之、茅盾也都相继发出了"革命文学"、"底层文学"和"无产阶级艺术"的召唤。这一方面说明文学研究会对"新文学观"的多元化认知,另一方面也呈现了中国文学从旧文学到新文学、从纯文学到人生的文学、从个人文学到民族国家文学的乡土中国现代转型期的多样化形态、多样化需求和多样化选择。

文学,毫无疑问,是艺术的、个人的、自然的、真挚情感的;每一个人都是有时代、民族、阶级和国别的,因而,文学又是时代的、社会的、阶级的、民族国家的。这正是现代中国文学的内在悖论和审美纠结,同时,也是现代中国文学无可忽视的、巨大的"力之美"的根源所在。文学、艺术、人生、阶级、民族、国家就这样交织在一起,构成一种不同于西方现代文学的独异的乡土中国文学的现代性。而且,这种审美纠结一直持续到当代中国文学语境之中,在新中国"十七年"文学、新时期文学、新世纪底层叙述中或隐或现。

新世纪中国文学向何处去?我们需要什么样的文学观?或许没有一种文学观能够阐释全部的文学,文学或许需要一种多元化、多类型的文学观。站在新世纪文学的新起点上,重新思考和追问文学观,依然是一件很有意义的、未完成的、"在中国,这个问题尤为重要"的工作。毫无疑问,来自20世纪20年代文学研究会的"新文学观",因其现代性特质,足以让今天的"文艺研究者"深思。

# 新世纪文学经典化危机及其建构的多种途径

新世纪文学经典何去何从？有人认为在今天这个"文学死了"的时代，文学经典已经终结："21世纪是一个没有文学经典的世纪。不是因为别的，只因为这是文学的宿命。"① 也有人认为，"当代文学经典正在远去"，"甚至可以这样痛心地来讲，如今的校园，传统的、精神的东西在淡化，物质的、实用的东西在扩张。传统被解构，经典被抛弃，时尚被追捧，流行风行四方；而独立、自由、充满想象和激情的大学人文精神处于失魂状态"②。文学经典娱乐化、商业化、平面化、复制化的被解构命运和存在危机越来越清晰。然而是不是文学经典真的就此终结？是否今天的人类就不需要文学经典？如何看待新世纪文学经典化的危机？应如何重构新世纪文学经典？对此，学者提出了众多不同的看法，形成了一个较为持续的关注文学经典危机的人文研究热潮，表现为一种经典化与去经典化紧张对垒的文化焦虑。本文拟在总结、梳理当前经典化论争的基础上，指出经典化论争的误区所在，分析经典化、反经典化与去经典化之间的内在关系，探讨如何辩证地看待文学经典化的"危机"，思考当代中国文学经典建构的多种途径与可能性。

---

① 孟繁华：《新世纪：文学经典的终结》，收入童庆炳、陶东风主编：《文学经典的建构、结构和重构》，北京大学出版社，2007年，第118页。
② 吴晓东：《当文学经典正在远去》，载《教育旬刊》，2009年2月（中）。

# 一　恒定与变异：文学经典的"一体两面"

　　文学经典有没有永恒性？这在前现代和现代文明时期，是一个不言而喻的问题。经典是不容置疑的，特别是每个民族自身的文化典籍和文学名著，如中国的《诗经》、唐诗宋词，基督教的《圣经》，伊斯兰教的《古兰经》，古希腊的《荷马史诗》，英国的莎士比亚戏剧，等等。但是，随着文化研究、新历史主义、女权主义、生态主义等各种后现代思潮的到来，一些民族原有的经典不断受到冲击，另一些不见经传的作品则开始登上经典的殿堂，文学经典日渐出现多元化面貌。事实上，尽管经典受到了冲击，但是，一些真正意义的文学元典依然散发着永恒的、不朽的艺术魅力，向当代灵魂迷失的人类昭示生命的本真和终极的意义，提供丰沛的精神滋养。如《诗经》中的《关雎》，当我们今天重新阅读的时候，依然会为诗中所展现的人性之美、情感之美、意象之美、音乐之美感动不已。从这个意义上说，经典是永恒的。

　　经典是永恒的，并不意味着凝固、僵化。永恒性是经典本体的一个向度，指向的是经典本身所具有的普世性人文精神价值。而事实上，经典的这个普世性的精神价值，如讴歌爱情、大地、母亲、英雄，在不同时代、不同地区、不同民族是有着具体不同的语言体式、象征意象和艺术形态的。从这个角度讲，经典是流动不居的。如中国文学经典，从语言体式来看，经历了从三言、四言、五言到七言，从诗、词、曲到小说，从文言文到白话文的历史沿革。可以说是"江山代有才人出，各领风骚数百年"。这正是经典的时代变化轨迹，但是不管如何变化，经典本身的魅力和内涵并不曾减弱，甚至在某个时候还会发生某种艺术经典的复古运动，如唐宋古文运动、欧洲文艺复兴运动。而同时，经典的艺术形态一旦确立，就同经典本身的精神内涵一样，开始恒定化、经典化，构成一个时期不可逾越的经典，不管后人如何评说，都将以某种神圣的姿态存在，供后人瞻仰、品味、体验。"李杜文章在，光焰万丈长……蚍蜉撼大树，可笑不自量！""尔曹身与名俱灭，不废江河万古流"，正是经典永恒的艺术魅力和人文精神价值一代代流淌传承的最生动体现。文学经典在历史的时空里，借助于不同的艺术形态，呈现为一部部传承着道德之善、人性之美、哲理之思的书籍，构成一条从古至今绵延流动、灿烂辉煌的经典之河。

## 二 经典的普世性、审美性不应被意识形态性否定

恒定和变异,构成了经典本体的"两面"。在前现代和现代时期,经典变异是有较长周期性的,呈现为某种规律性。如中国文学经典的变换,三四百年文体为之一变。但是,到了20世纪,特别是新世纪以来,中国文学经典出现了几十年甚或更短时间的断裂现象,从"五四"文学、革命文学到延安文学,从"十七年"文学、新时期文学到新世纪文学,文学经典变换的周期越来越短,形成了消解、去经典化乃至无经典化的时代。文学经典在一切市场化、一切以金钱为衡量标准、视文化为精神消费品的文化消费主义时代,遭遇到前所未有的危机,如大话文学,戏说经典,经典改写、戏仿、搞笑等消解经典的去经典化运动。经典的神圣性、崇高性、永恒性轰然倒塌,被"消费"为高额的商业利益、平面化的浅薄庸俗和大众化精神狂欢。针对这种全球化的经典危机根源,许多学者进行了深刻的思考。陆扬引用艾伯拉姆斯的观点,指出"经典的边界是变动不居的。即是说,有时候一个作家位居边缘,甚或压根就无缘于经典,但是时光流转,趣味更替下来,完全有可能突然跃居中心"[①]。艾伯拉姆斯的观点得到了东西方文学史的印证,其中一些西方学者引用陶渊明从非经典到经典的事例来说明经典的变异。一些中国学者则通过分析美国的经典文学教材选本中入选作家作品的变迁来看当代文学经典的流变,得出这样的结论:文学经典的变迁展现了当代美国意识形态和多元文化主义思潮,把过去受到排斥的黑人文学、印第安本土文学、少数民族文学和女性文学等非主流文学的作家作品纳入经典行列之中,是意识形态在文学领域的微观呈现。[②]方兴未艾的文化研究、新历史主义和福柯的知识考古学的微观权力运行机制研究,恰好为这种经典变迁原因提供了最好的注脚。

---

[①] 陆扬:《经典与误读》,载《文学评论》,2009年第2期。
[②] 金文宁:《从〈诺顿美国文学选读〉看美国文学经典重构》,载《上海理工大学学报》(社会科学版),2011年第1期。

过于意识形态化的解读，对文学经典的神圣性、崇高性和恒定性造成了一种精神的内伤。"认定经典不过是文本，不过是众多文本之中由于某种偶然原因的局部或突然放大，进而虚无地宣称，只要受众喜欢的文本就可以升格为经典，一切文本都可以擢称经典！这是某种时髦的文化研究可能形成的误区。"①在这些人看来，文学经典没有恒定不变的东西，只是某个时期某一部分人（常常是操控权力的人，如政治人或知识精英）基于某种利益或审美趣味的狭隘选择；一旦时过境迁，文学经典就要发生变异，就要被新的政治人或知识精英圈定的新经典所取代。这样一来，文学经典就会像黑熊掰棒子一样，掰一个丢一个，陷入经典的虚无主义相对论陷阱之中。这种观点的误区在于，以文学经典的意识形态性取代文学经典的普世性、审美性、民族文化性。一旦陷入虚无主义相对论的陷阱中，我们就会在无形之中消解了对经典所应有的敬意，会肆无忌惮地肢解，乃至践踏、否定经典的存在。

"不管阶级、性别和其他特殊利益关系在经典形成过程中发生什么影响，它们并不能代表导致经典产生的全部复杂因素，而在这些因素当中，举足轻重的是经典作品本身知识和艺术特质，能否久经考验，且传布久远的人文价值。"②事实上，经典承载了一个民族自远古以来的文化基因密码，是民族文化想象共同体的最核心部分，有着民族集体无意识的形象原型功能；同时也显现着人类共通的人性意识、精神品质和文化理念，是具有普世性价值意义的。"文学是灯，或许它的光亮并不耀眼，但即使灯光如豆，若能照亮人心，照亮思想的表情，它就永远具备着打不倒的价值。而人心的诸多幽暗之处，是需要文学去点亮的。……从古至今，人世间一切好的文学之所以一直被需要着，原因之一是它们有本领传达出一个民族最有活力的呼吸，有能力表现出一个时代最本质的情绪，它们能够代表一个民族在自己的时代所能达到的最高的想象力。"③

---

① 陈雪虎：《当代经典问题与多元视角》，收入童庆炳、陶东风主编：《文学经典的建构、结构和重构》，北京大学出版社，2007年，第47页。
② 陆扬：《经典与误读》，载《文学评论》，2009年第2期。
③ 铁凝：《文学是灯——东西文学的经典与我的文学经历》，载《人民文学》，2009年第1期。

"在世界文学领域里,这种交流、碰撞、吸收往往就发生在经典作品的传播与译介过程中,而这些作品中带有的人类共享的历史经验和记忆、体现的人类共认的道德观念和理想、显示的人类共通的审美情趣和形象等等,就具有了超民族的文化价值认同的属性。"① 文学经典的普世性、审美性、民族性、文化性不应被所谓的意识形态性一笔抹杀,不应因为经典的艺术形式和审美趣味流变而否定永恒性的一面。事实上,经典在当代嬗变与流动的加速,不仅仅在于意识形态的因素,而更大、更根本的因素在于当代人类文化、文明发展的加速流动和交汇融合。

纵观人类文学经典的流变,我们就会发现,在微观的意识形态和权力运行机制之上,还有着更为重要的和起着根本制约作用的因素——人类审美趣味与道德关怀的变迁。随着时代的演变,人类的审美趣味也在逐渐发生变化,如陶渊明诗歌地位的变化,就是从魏晋到唐宋诗歌审美趣味演变的经典化结果;而当代美国文学选本的变化,则在更根本的意义上,呈现为当代道德关怀意识变化导致文化多元化和黑人文学等经典的多样化。可以预言的是,随着人类道德关怀的进一步扩展,展现人与自然和谐融洽的生态文学,如梭罗的《瓦尔登湖》等将迈入经典行列;与此同时,《圣经》等神圣经典则因为张扬人对自然的征服和统治而饱受质疑,出现神学生态化的新转换与阐释。

## 三 当代中国文学经典的"危"与"机"

全球化在中国这个新兴的市场大国显现着巨大力量。在文学艺术领域,全球化带来的审美趣味和道德关怀变迁,在给当代中国人带来民主、科学、人本主义等现代性理念的同时,也极大地冲击了以往中国文学经典的概念、内涵和精神指向,特别是当代红色文学经典。当代中国文学经典的危机在于,一方面由于受到全球化的冲击而带来对以往文学经典,特别是红色革命历史文学经典的消解。过去的经典和现代经典遭遇无边的挑战。另一方面,由于受到文化消费主义思潮的影响,当代文学的创作、出版、

---

① 江宁康:《世界文学:经典与超民族认同》,载《中国比较文学》,2011 年第 2 期。

评价越来越以市场占有率为基准,带来了文学的商业化、庸俗化、低级趣味化,文学经典不仅无法诞生,而且文学性的底线受到挑战。一种类似"无物之阵"的"新意识形态"操控着当代文学经典的生产机制。[①]因此,如何评价当代中国文学,如何看待当代中国文学的去经典化所带来的经典危机,已经成为一个无法漠视、无法回避的问题。

然而,我们只要认识到人类文学经典的普世性、审美性和民族文化性的一面,就不必为文学经典的嬗变、消解而忧心忡忡,因为文学的嬗变是自然的流动,恰如文学经典的永恒性同样存在一样。即文学经典既不因为流变而取消永恒性,也不因为普世性、永恒性而凝固不变。相反,我们应该看到文学经典在运动中消解了一些不适应时代、不具备永恒性的质素,而把符合新时代审美趣味和道德原则的质素显现出来,生产出新时代的文学经典。可见,文学经典是一个艺术的张力场,经典化与反经典化、去经典化构成了内在的张力。所以,我们大可不必为当代文学去经典化大惊小怪,更不必视之为洪水猛兽。

应该看到,当代中国文学经典的危机,既有全球化所带来的审美趣味、道德关怀变迁的深刻影响,又有来自中国文化内部非现代性因素的内在精神缺陷。作为农业文明时代的文化系统,封建家长制、长者伦理文化、等级秩序、丛林法则等曾经有过合理性,但已不适应现代和后现代文明。作为文化的一个组成部分的当代中国文学艺术,依然有着很多阶级斗争的、遏制人性乃至是非人性的精神缺陷。正如有的批评者所言,文学有经典化,也必然就会有"反经典化"的有形或潜在存在。"红色经典遵循既定意识形态讲述'历史'的特征注定了反红色经典文本的问世。因为一旦远离既定意识形态,个人的经验记忆就有可能复苏,并以文本的形式表现出来。"[②]

"反者,道之动。"比较于"十七年"文学中的"红色经典叙述",当代文学中的"反红色经典叙述"就不仅显得必要,而且也是进行新的文学经典化的不可缺少的程序。"广义来讲,反红色经典的文本包括所有反既定

---

① 王晓明:《面对新的文学生产机制》,载《中华读书报》2003年2月26日。
② [新]蒋海新:《解构红色经典:读张抗抗〈赤彤丹朱〉》,收入童庆炳、陶东风主编:《文学经典的建构、结构和重构》,北京大学出版社,2007年,第340页。

意识形态的历史叙述。"① "文革"后的"伤痕文学"、"反思文学"等正是因为反经典化叙述而迈入了经典化的行列,卢新华的《伤痕》就是最为突出的例子。样板戏是反经典化的另一个典型例子。作为"红色经典"样板的"样板戏",因其本身蕴含着许多非人性的、割裂人物情感心理结构的因素而在"文革"后饱受质疑,所以才有了新世纪以来样板戏《红灯记》、《沙家浜》等改写、改编事情的发生。可见,作为经典化对立面的反经典化存在是必然的,是文学经典历史发展中必不可少的一环。因为有着反经典化的悖反性内在逻辑理念的存在,才有了去经典化行为的合理性。新世纪文学经典面临尴尬处境和被消解的危险,本身就包含着原有的文学经典浴火重生和新文学经典横空出世的多种新生机。"传统经典在这样的解构中代传统文学价值受解构之过,又在被解构中助生着跨世纪文学的发展与繁荣……解构不是破坏与否弃,而是转型与孕生。"②

随着时光流逝、审美趣味和道德原则的变迁,经典的反经典性因子不断增强,必然导致去经典化行为的发生。人类文学艺术的经典发生史,如中国的《西厢记》和《哈姆雷特》的经典化过程,无不印证着这一规律。没有反经典化,就不可能出现去经典化的文本实践,更不可能有新的文学经典的诞生。正所谓破旧立新,"推陈出新","从文化生态学的角度看,不断循环、吐故纳新是一个文化机体的健康标志,也是一个民族文化活力的具体表现"。③

## 四　当代中国文学经典化的多种途径

文学经典受到来自文学内部的消解和来自文学外部的冲击,以文学为中心的时代已经一去不复返了。但这绝不意味着文学就此可以消解了,人类不需要文学经典了。恰好相反,这是一个文学经典危机的时代,这同样

---

① [新]蒋海新:《解构红色经典:读张抗抗的〈赤彤丹朱〉》,收入童庆炳、陶东风主编:《文学经典的建构、结构和重构》,北京大学出版社,2007年,第340页。
② 王纯菲:《新世纪:文学经典的解构与延存》,载《文艺争鸣》,2009年第8期。
③ 江宁康:《世界文学:经典与超民族认同》,载《中国比较文学》,2011年第2期。

也是一个无比需要文学经典的时代,是一个更加依赖、更加需要文学经典发挥其独特艺术价值和作用的时代。唯有文学经典发挥其独特的价值作用,经典危机才会消除,才会建构起与新世纪审美趣味和道德关怀相适应的新经典。如何去除危机,建构当代中国文学经典呢?这需要来自批评家、作家、读者和意识形态权力机构的多方面努力,需要来自期刊杂志、新闻媒体、网络微博、手机报等多种传播介质的参与,需要反经典化、去经典化、经典化的经典张力场各元素的多元博弈。

### 1. 全球化时代与经典的当代命名

当代人可不可以命名当代经典?对此,吴义勤先生认为,我们存在着一个观念误区:"所谓的当代人不宜写当代史,所谓当代文学没有经过实践的沉淀与检验,还有当代人与当代文学之间没有必要的距离等等。"[①]为什么会出现这种当代人不宜做史的观念呢?在古代由于印刷术技术的落后、媒介传播方式的有限性和缓慢性,从技术层面制约乃至决定了古代人治史的滞后性。但是,随着新闻出版业的繁荣和媒介传播技术的高度发达,这为文学艺术作品的出版、发行、传播、阅读、接受带来了极大的便利性。全球化时代,人类可以跨越时间、空间、语言、种族的种种障碍,实现同时阅读。从这个意义上而言,当代文学经典已经无需像古代那样缓慢地传播与接受,最终被不同时代、地域的人们命名为经典,而是可以同时代、跨地域来实现文学作品的传播、阅读、接受,进行文学经典的当代命名。

因此,我们"不能把对文学的判断权完全交给权威或者交给时间。同代人对作品的理解肯定要超过后代人的理解,所以不要只等着后人的挖掘。"[②]所以,对于当代批评家而言,要善于发现经典,勇于命名经典。这是全球化时代文学生产与传播体制所赋予批评家的前所未有的权利和职责。

---

① 吴义勤:《文学的经典性与当代文学的走向——在宁夏青年作家创作座谈会上的发言》,载《朔方》,2009 年第 6 期。
② 同上书,第 107 页。

## 2. 读者的审美趣味与经典命名权

批评家可以发现和命名经典,却不可以垄断经典的命名权。20世纪文学理论中出现了一个重要的思潮流派:读者接受美学理论。它的崛起极大地改变了以往作家中心论和文本中心论的地位,形成了以读者审美接受为中心的研究思潮。在读者接受美学看来,没有经过读者阅读和接受的文本是不具有生命力的。正是因为有着读者阅读的环节,文学作品才可称之为文学,才是一个完整的、有活力的艺术存在。"我们这个时代所有的读者都是有命名权的。例如对金庸武侠小说的评价,到了上世纪80年代,金庸文学是经典文学很大的一部分。金庸是被所有人喜爱的,然后再被专业的人去研究。"①

读者的阅读接受不仅是文学作品之所以成其为文学的一个必不可少的环节,也是文学经典化的一个重要过程和试金石。很多流传下来的文学作品最终是一代代承传下去,还是日趋消亡,既不取决于批评家的权威,也不取决于权力意识形态的规训,而只取决于读者是否愿意继续读下去。一遍遍、一代代读下去,那就是经典,否则就不是。从这个意义而言,读者阅读接受是有着经典最终命名权的。

相较于批评家或权力意识形态的审美偏颇而言,一代代读者的审美阅读接受还可以纠正经典命名中的褊狭,缝合意识形态所带来的审美缝隙,起到经典命名的补正纠偏作用。如新时期以来的精英批评家所漠视的路遥的《平凡的世界》,无缘在当代文学史中得到经典的命名。但在一次次的读者接受调查中,《平凡的世界》都会被读者提起,从文学史的阴影中浮现出来。不唯如此,在大街小巷的报摊小贩,《平凡的世界》的读者接受踪迹几乎无所不在。在笔者所辅导的夜大学生中,有人就曾说每年都要读上两遍,每次都泪流满面。"文学不仅仅是一个专业,它始终是与生命和灵魂紧贴一体的。诗性是一个民族的核心隐秘,它不仅体现了人类追求完美的一种本能,还包含了更多的不可思议的能量。"② 某种意义上,经典不仅构

---

① 吴义勤:《文学的经典性与当代文学的走向——在宁夏青年作家创作座谈会上的发言》,载《朔方》,2009年第6期,第107页。
② 张炜:《尊敬经典——从阅读的演变谈起》,载《山花》,2009年第7期。

成我们对世界的理解,而且直接建构我们的人生,铸就我们内心一生受用不尽的精神资源。

新世纪以来的底层文学叙事同样带有读者阅读期待和审美趣味的影子,这是一个可以值得期待的经典化过程。因此,我们要充分相信读者的审美趣味和经典命名,"只有所有的文学爱好者、文学阅读者的声音都发出来,才能完成文学经典化的过程"[①]。

### 3. 文学选本、意识形态与经典化

经典、文学史,都是20世纪具有现代性含义的词汇,有着鲜明的西方学术史、学科史精神背景。比较而言,20世纪之前的中国文学有着明显的时间划分,以朝代命名,以文体分类。中国古代的文学批评史是思辨型的,三言两语,以一语中的、一言以蔽之为文学批评的最高境界。这在妙不可言的同时,也存在着难以建构宏大学理体系的局限性。因此,行使文学史功能的是文学选本。从最早的《诗经》,到《昭明文选》、《唐诗三百首》、《古文观止》,一个个文学选本规划出了中国文学的经典世界的边界。虽然每个朝代的文学选本都打上了时代的印记,但不可否认的是,这些选本在某种意义上,承载了中华民族的历史、文化、社会心理结构的原型记忆和集体无意识。

对于当代文学而言,文学选本依然是经典化的一个重要途径。当然,选本已经不再局限于中国古代的民间或官方的作品精选,当代的小说排行榜、各种文学评奖、作品大赛、"当代文学100强"等众多形式都承载了文学选本的经典化功能。在众多形式中,具有国家权力意识形态的中小学语文教材、文学读本等强制性阅读选本,无疑起到了接受最大化的阅读效果,是经典化最迅速、最便捷的途径。随着当代中小学语文教材改革的持续深入,越来越多的当代文学作品有望跨入意识形态权力经典化的大手之中。当然,我们也必须看到,权力意识形态经典化是一把双刃剑,在经典化的同时也对另一些作品构成了遮蔽。

---

[①] 吴义勤:《文学的经典性与当代文学的走向——在宁夏青年作家创作座谈会上的发言》,载《朔方》,2009年第6期。

### 4. 新媒介形式传播与经典化

我们必须面对一个日新月异的新世纪时代的到来，而不能一味沉浸在过去的经典化理论观念和文学中心论的梦想神话之中。现代文学所倡导的"小说新民"、"文学革命"、"革命文学"推动时代、社会、政治、文化的革故鼎新功能，已经永远成为历史了。网络、视频、影像、手机等视频音像的读图时代开始了，文学从原来艺术舞台的中心角色退回到本来的位置中去，作为一种提供深层精神滋养的元艺术而存在。

因此，新世纪文学的经典化，要在媒介传播形式中进行艺术创新，从单一的语言艺术世界中走出来，尝试在网络、影视、手机等新世纪媒介形式中存在。莫言的《红高粱》、李存葆的《高山下的花环》、陈源斌的《万家诉讼》（改编为电影《秋菊打官司》）、苏童的《妻妾成群》（改编为电影《大红灯笼高高挂》）等文学作品都是因为"触电"而名噪一时，家喻户晓，实现文学经典化。事实上，文学作品的改编是实现经典化的一个重要途径。"在中国当代文学'经典化'的语境中，影视话语对于文学文本的广泛认知、价值阐释和经典建构都具有重要的意义。"[①] 人类很多艺术经典就是在不断的改编中实现经典化的。当然，从对古代文学作品的形式、体裁、内容的改写，到新世纪将今天的文学作品改编为影视剧、舞台剧，我们都可以看到一条文学作品从名不见经传到实现经典化的共通道路。

---

① 郝敬波：《从影视〈红粉〉看当代文学的经典化》，载《电影文学》，2010 年第 19 期。

# 当代文学制度的内在属性、历史变革和改革趋向

随着当代文学研究的深入，当代文学研究界渐渐去除了1950年代的阶级分析和庸俗社会学的研究方法，在1980年代呈现出较为突出的"内部研究"特征。在市场经济和文化消费主义思潮之下，1990年代文学研究从向内转开始向外突围，文学不仅仅梳理内部审美各要素的关系，而且与历史、社会、政治、经济、文化等各种外部因素建立起一种更为广泛的联系，试图从宏观和微观两个不同的研究视阈去探寻文学与内、外部世界的复杂精神关联。福柯的历史考古学、苏珊·桑塔格的疾病隐喻研究、布迪厄的艺术场域研究和英国伯明翰学派的文化研究等当代西方理论在中国的传播，为当代中国文学的外部研究提供了新颖的、锐利的、可操作的理论体系。在这样的外部研究理论背景之下，"文学制度研究"正成为当代中国文学研究界探索当代文学场域内外部因素运行机制的一种重要、有效的研究视角。但是众多研究者在使用这一研究视角的时候，对文学制度的内在属性却缺乏理论审视和反思，存在着概念属性不证自明的暧昧含混问题。因此，本文将就文学制度这一理论前沿问题，在已有研究成果的基础上做进一步思考，分析其内在属性；并结合当代文学制度变革的历史性过程和新世纪文学生态语境，对其发展趋向和改革的可能性进行理性探索。

## 一 当前"文学制度研究"状况

制度作为一个概念，有着较为明确的、固定的和指标化的可操作性体系，更多运用于政治学、社会学、经济学等社会科学领域。作为人文学科

的文学，如何引用"制度"概念，明确文学制度的含义、特性，并不是一蹴而就的事情。目前关于"文学制度"的概念有以下几种代表性的观念：一是王本朝提出的："在文学与社会、作家与读者、文学与生产、评价与接受之间，中国现代文学确立了一套文学体制，如职业化作家、社团文学、报刊与出版、论争与批评，以及文学审查与奖励等等，它们对文学的意义和形式起到了支配、控制和引导的作用。我们可称之为'文学制度'。"[1] 二是彭玉斌提出的，广义的"文学制度"是指在一定历史条件下形成的由文学创作、流通、消费、评价以及再生产等环节构成的一整套有机体系，具体包括文学政策、作家创作机制、文学出版机制、传播机制、消费机制、评价机制、教育机制、再生产机制等等，以及渗透其间的种种"潜规则"[2]。三是饶龙隼提出的，中国文学制度自有其特定内涵。具体来说，它是文学活动在制度层面的表征，有观念形态和物质形制两个层次，由创制精神、用象形制、观念范畴、文用形态、传写形式、篇章体式等项目构成。[3] 王本朝和彭玉斌的制度内涵和表现形态尽管有些差异，但其基本含义是一致的，都是源于西方的社会学、政治学和文化研究理论，都指向文学创作、出版与接受等各个阶段环节之间的政策、制度和"潜规则"所构成的制度体系。这无疑是较为切合"文学制度研究"的"制度"本义的。饶龙隼的制度含义，是从中国传统文化语境中所归纳出的一系列关于物质形态和观念形态的文学内在体式、体制，是指向文学本体的内部研究概念，不同于西方外部研究的"制度"含义。但是，饶龙隼所提出的文学制度概念，呈现了中国文学生产的内在自律性的机制，不同于西方的文学制度的外部法律性约束和意识形态的内部规训，是对文学制度研究的一种很重要的中国化艺术运行方式和思维方式。

随着民族国家意识的逐步确立，中国文学的外部语境和内在运行机制也发生了巨大变化。文学不再仅仅是个体性抒发一己之忧乐的工具，而更承载着关乎民族、国家等宏大叙事的内容。1949年新中国第一次文代会的

---

[1] 王本朝：《文学制度：现代文学的一种阐释方式》，载《文艺研究》，2003年第4期。
[2] 彭玉斌：《文学制度·文学体制·文学机制》，载《运城学院学报》，2006年第1期。
[3] 饶龙隼：《中国文学制度论》，载《文学评论》，2010年第4期。

召开,文联和作家协会的成立等大事,从根本上改变了作家的生存方式,改变了文学创作生态。因此,相较于传统中国社会中文人个体的自由抒发而言,当代中国作家在从事文学创作、进行个体情感抒发时的外部环境因素制约作用就显得格外突出。从这个意义上而言,对文学制度进行研究不仅显得必要,而且是非常迫切和必须的,是一个无论如何都绕不开的因素。甚至可以说,没有宏观深刻、细致入微的文学制度研究,中国当代文学史是讲不清、道不明的。

在文学制度的研究者王本朝看来:"中国的现代文学制度有着自身的特点。但在社会体制、文学制度与作家意志之间如何创造一个文学的自主空间,则有进一步讨论的必要。"[①] 事实上,关于文学制度的研究,中国当代文学才刚刚起步,还需要进一步从理论上厘清和辨析,从创作、出版、发行、传播、接受等不同层面进行知识考古式挖掘与探寻。"现在来研究当代文化/文学生产机制的变化,并不是开拓新路,而是急起直追,改变我们在这条道路上的滞后局面,前面正有非常多的题目和研究对象,在等待着我们。"[②]

## 二 自由与规训:文学制度的刚性、柔性、隐性

"制度有不同层面、不同领域的制度。相较于社会政治制度、经济制度、教育制度等而言,文学制度是最隐性最容易被忽视的制度。文学并不是人的基本物质层面上的需求,而是精神层面的需求,具有不定性,社会对它没有紧迫感。且文学生产的方式和数量也是自发的不可事先限量的。进而,作为个性化极强的精神创造,文学在很大程度上是反制度化、反体系化、反世俗化的。人类生存要有制度保障,而制度对人性也有制约的一面。从古到今,以张扬人性为己任的文学批判社会制度的声音不绝于耳。"[③]

---

[①] 王本朝:《文学制度与文学的现代性》,载《湖北大学学报》(哲学社会科学版),2003年第6期。
[②] 王晓明:《面对新的文学生产机制》,载《文艺理论研究》,2003年第2期。
[③] 刘川鄂:《创作自由:文学制度的指归》,载《湖北大学学报》(哲学社会科学版),2003年第6期。

制度作为人类对自身行为进行规范与约束的强制性、体系性、物态化的显性存在，有着明确而清晰的界限与框范，呈现为一种刚性力量存在。然而，作为一种个性化极强的精神创造，"文学在很大程度上是反制度化、反体系化、反世俗化的"。因此，我们就会追问，文学制度作为众多制度体系中的一种，其自身特性和运行方式有什么不同于别的制度的特征？文学制度的特殊性是什么？

毫无疑问，文学制度是一种制度，它具有制度的强制性、规范性和体系性特点，是一种刚性的物态化力量存在。这不仅存在于有关文学期刊、出版社出版发行的法律法规上，而且也显现在各种协会的组织章程、各种政府与民间机构的评奖、教科书文本的选定等静态的书面文字和动态事务活动之中。在一些特殊时期，文学制度的刚性锋芒会锐利无比，如"十七年"时期的"胡风事件"，不仅牵连相关当事人，甚至会给一些无辜的人也带来牢狱之灾。随着新时期的来临，文学渐渐摆脱了附属于政治的命运。文学创作也获得了越来越多的自由裁量权，但是仍有被定为禁书的危险和可能。尽管如此，我们依然看到了时代的进步，书可能被禁，但基本上已经不再把制度的刚性施加于作家的身体之上。

文学制度是在现代民族国家建立之后，随着整个社会现代化、民主化、制度化过程中的产物，是文学现代化的具体体现和标志。文学生产机制各环节逐步明晰，有助于保护作家的创作权益、经济权益，使作家的外部政治、文化、经济环境逐渐透明化，结束了过去主观化的、意识形态的，甚至是个人好恶影响决定作家创作价值及其命运的无序状态。"文学制度不仅为文学提供了生成空间和生产场所，同时也在不断地限制文学生产的自由与个性。这是文学制度的悖论，它体现了文学自主化与文学社会化之间的'张力'，也是现代中国文学现代性的重要特征。"① 同时，我们也要看到制度与文学之间的内在精神冲突。在制度的刚性和文学的自由性之间如何建立共同的精神联系？既然无法去除制度的刚性存在，如何建构一种积极有效有益的文学制度？

---

① 王本朝：《文学制度与文学的现代性》，载《湖北大学学报》（哲学社会科学版），2003年第6期。

如同美国超级大国外交政治策略召唤"软实力"一样，文学制度的刚性有没有一种"软性制度"？这就涉及对文学制度内在属性问题的思考。事实上，文学创作、生产、发表、出版、评价、传播、接受的一系列过程中，既有可以刚性制度化的侧面，如发表、出版、传播等环节；也有一些如创作、评价和接受这些具有很强主观能动性和个体审美差异性的侧面，是难以强制、也是不可能实现制度化框范和规约的。因此，从这个意义上而言，适用于文学各个环节和侧面的文学制度，不仅存在刚性的一面，也必然存在刚性所难以制约的、具有多种可能性的柔性一面。随着中国社会民主化步伐的加快，作家等知识分子享有越来越多的自由权利，有着越来越多的选择自由和制度性保障，因此，当代中国文学制度如何把制度的刚性和柔性很好地结合到一起创建具有中国特色的文学制度，无疑是一个很重要的研究课题。

从新时期以来当代中国文学制度的变革来看，废除文学的阶级性、把文学从政治附庸中解放出来、实行"为社会主义服务"和"为人民服务"的"二为"方针，都呈现一种文学制度从刚性到柔性、尊重文学审美属性的改革趋势。这其中，文学制度的柔性突出了，文学制度的刚性并没有消失，而是变得越来越"隐形"，即以一种"隐性"方式隐蔽性存在。当代中国文学制度的刚性、柔性和隐性以及之间的此消彼长，显现了新时期以来中国文学发展的外部环境的积极演化，在自由和规训之间越来越趋向开明、开放的制度设计和制度理念。

当然，随着市场经济的兴起，文化消费时代的拜金主义在一定程度上取代了政治意识形态，金钱的温柔陷阱已经俘获了一部分作家的心灵，起到了文学制度刚性所没有达到的作用，在一定程度上呈现出更为复杂、隐蔽、也更为危险与可怕的文学新危机。

## 三　从惩罚到奖励：新时期文学制度的现代性转变

从文学制度的实践演变历史来看，"十七年"文学与新时期文学有一个明显而清晰的断裂。"十七年"文学延续了延安文学的传统，党和政府直接干预文学的发展，参与对文学的评价，文学依然被束缚在政治意识形态的架构之上，因而无论文学创作还是文学批评都显现着非文学的存在方式和形态。一旦文学创作、批评逾越了制度的规训，制度的刚性就显出锐利的锋芒，以一种惩罚的方式对作家的文学创作、批评家的审美批评施加强制性规约。1951年5月对电影《武训传》的"投降主义思想"的批判、1954年10月对俞平伯《红楼梦研究》中"唯心主义"思想的批判、1955年5月对胡风"主观战斗精神"的批判、1957年下半年的"反右运动"，都已经越出了争鸣、批评的学术范围，有的甚至进入了极为严厉和可怖的人身批判和司法审判。

随着新时期的到来，文学的外部生产机制也发生了根本性变化。以往"十七年"文学生产过程中的政治任务性写作、命题性写作已经悄然消解；文学评价日趋多元化，以往党和政府领导人直接干预文学评价的情况已经不复存在，文学评价的尺度与准则在探讨中不断扩大。文学评价的主体性力量从单一的作协、文联机制渐渐转向学院、民间和媒体等多元评价制度性体系。当代政治意识形态及其所建构的文学制度，以一种更加隐蔽、有效的方式参与文学艺术的生产、传播与接受，实现着文化领导权的柔性化、隐性化存在。

"就新时期中国文学场域而言，文学评奖就是一种在新的文化政治语境下实践文化领导权的积极有效形式，是党和政府通过作协等中介机构来引领文艺的、具有新质的政治实践，也是从单一粗暴干预文艺的专断式向专家式、科学性的现代性转型。"[①] 新时期文学评奖的尝试不仅是一种文学评价的暂时性安排，而且是一种具有新质的、通向科学性、现代性的文学制度建设。

1978年由《人民文学》杂志社组织的全国优秀短篇小说评选活动成为新时期中国文学各类评奖的先河。1980年《文艺报》、《人民文学》和《诗刊》编辑部组织了全国优秀中篇小说、报告文学、新诗评奖活动；1981年茅盾先生委托中国作家协会主办的长篇小说评选的茅盾文学奖开始了。随着这些全国性文学评奖的定期举行，评奖渐渐发展为一种党领导文艺的常态性、科学性的制度性安排。

---

① 张丽军：《文学评奖与新时期文学经典化》，载《南方文坛》，2010年第5期。

随着市场经济的到来,文学评奖又一次活跃起来,而且打破了原先的单一官方的文学评奖机制,出现了基金会、刊物等民间团体评奖和网络评奖,如中华文学基金会主办的"庄重文文学奖"、"姚雪垠长篇历史小说奖"、"冯牧文学奖",中国小说学会的中国年度小说排行榜,《南方都市报》和《新京报》的"华语文学传媒大奖",新浪网的"中国好书榜"、龙源期刊网的"年度期刊网络传播排行榜"、"新语丝"网络文学奖等,《人民文学》、《中国作家》、《大家》、《小说选刊》杂志奖等。在官方评奖系列中,也出现了众多国家级和省市地方级的评奖。这些不同级别、层次与性质的奖项彼此互相交织,构成了一道1990年代从官方到民间、从中央到地方的文学奖项繁荣新图景,推动了90年代文学多元化的发展和文学评奖制度的多元化评价机制,有利于建构多元并存、良性竞争的文学生态。

显然,文学评奖机制在新时期文学生产体制中的确立、发展和多元化演变共存、良性竞争,实现了文学制度从惩罚到奖励、从被动防御到主动建构、从刚性锋芒的显现到柔性隐形化存在,是新时期文学制度走向现代化的体现和标志。

## 四 回归审美本位、民间本位、官方本位的文学制度改革

文学制度不仅是刚性的,更应该有着特殊的柔性化因素,这也是文学制度不同于其他制度的独特之处。改革开放初期是文学体制改革探讨最热烈的时期。1980年,陈登科在《体制要改革,创作要自由》中,对文学体制改革进行深层次的思考,提出了废除文艺领导上的干部终身制、改变文艺领导机关包括文联各协会的行政部门式的领导机构、废除对文艺作品的审查制度等四点建议。[①]《文艺报》等报刊杂志展开了全国范围的关于"改革文艺体制"的讨论热潮。这些讨论为新世纪文学制度改革提供了来自历史的精神启示,构成了新世纪文学制度改革的理论基点。

新世纪中国文学制度改革要从当代中国文学制度的现实语境出发,进行尝试性的现代化改革,应当遵循三个原则:一是回归文学审美本位,二

---

① 陈登科:《体制要改革,创作要自由》,载《文艺报》1980年第10期。

是回归文学组织机构的民间本位，三是回归文化管理部门的官方本位。

所谓回归文学审美本位，既是基于"十七年"文学体制发展的教训和新时期文学体制改革的经验，从更根本的意义而言，也是文学制度管理者对文学内部审美规律的尊重和文学本体艺术属性的理念自觉。因此，文艺的"双为"原则和"双百"方针是建构新世纪中国文学制度体系最为重要的指导思想和精神原则，以此来进行文学制度设计和制度建设。

回归文学组织机构的民间本位。从当代文学制度实践来看，作家协会和文学艺术界联合会所具有的政治结构和官方组织性质，无疑体现了政府团结作家在内的广大艺术工作者的极大诚意，表现出新社会对艺术家的极大尊重。这在新中国刚刚成立期间，对于建构具有新质意义的新中国文学艺术、为新生政权提供历史合法性的文化阐释和建立起一支具有文学党性原则和无产阶级意识的文艺队伍，起到了极为重要的制度保障和组织协调作用，确保实现了无产阶级的文化领导权地位。随着无产阶级专政下继续革命的结束，社会主义改革开放时代的到来，文学创作日趋多样化、文学批评标准多元化和作品发表出版途径多样化，一个官方与民间、精英与大众、计划与市场等大众化时代已经到来。作家的存在方式、评价方式和组织方式都发生了极大变化。作为作家联合体的作家协会开始淡化官方组织机构的色彩，承担起很多维护作家权利、经济权益等民间机构的功能作用。作为文学制度的一个重要组成部分，新世纪作家协会向何处去？继续保留某些官方组织机构的性质，加大承担民间机构服务社会的功能，是一条路径；但是，回归作家协会团体的民间本位是一个必然的改革趋势，这也是文学制度的科学性、现代性的内在要求。

回归文化管理部门的官方本位。文学艺术属于文化事业的一部分，现在的问题在于本应是民间的机构却不民间，本应是文化行政管理的却处于官方缺失、缺位状态。文联和作协属于相应的宣传部管理，文化行政部门仅仅是管理一些文化演出、非物质文化遗产等表层性活动、事务。这种文学制度体系难免就会造成管理的不透明、不规范、不科学，呈现为更多的非制度性、人为性操作，有悖于现代制度的科学性要求。因此，把文联和作协的官方功能，以及宣传部的管理权利，一起纳入政府文化管理部门，即回归文化管理部门的官方本位，建立透明、公开、民主、科学的文学制度，无疑是一种现代性的制度选择。

新世纪文学制度改革既不是单一的制度改革，也不是一朝一夕就能完成的。这不仅需要从中国古代文学制度和西方现代文学制度中汲取智慧，需要总结新时期以来从惩罚到奖励的文学制度变革经验，需要当代文学艺术制度的制定者拿出超人的勇气和智慧，而且也需要整个社会大环境的改变和人文学术新环境的建立。回归民间本位，回归审美本位，去除人文学术的行政化、官僚化是一个整体制度的改革，需要全社会方方面面的相应制度配合。因此，作协等机构的制度性改革绝不仅仅是去除行政化这样的简单化操作，而是需要更多的行业性自律制度的建设和相应法律规范的完善。但毫无疑问，新世纪的文学制度改革是不可阻挡的历史进程，因为这是文学制度走向现代化、科学化、民主化、法治化、人性化的必然要求。

# 第八届"茅奖":现代性文学制度的开创性尝试

第八届茅盾文学奖已经尘埃落定了,但有意思的是,关于这届"茅奖"的争议、质疑和颂扬的声音却刚刚开始。这些众声喧哗的声音既包括了来自"茅奖"评选机构负责人和评委的声音,又有著名大学教授、网络批评家、民间文学爱好者和网络读者的多元声音。事实上,任何一种声音,无论是批评、质疑或是肯定、颂扬,都是应该值得肯定的,都呈现了对当代中国文学的热爱、支持和关注;特别是批评与质疑的声音尤为可贵,因为唯有批评才能促进"茅奖"等文学评奖进一步趋向完善。但是,我们也不能一味地"为批评而批评",而应该传递出批评的真谛:好处说好,坏处说坏,既不媚上亦不媚俗。

## 一 实名制投票:当代中国现代性制度的先例

"茅奖"等评奖制度的设立本身就是文学生产与评价机制走向制度化的重要标志。新时期"双为"方针的提出,为文学回归审美属性的艺术本源提供了无比宽广的空间,文学评价日趋多元化,以往党和政府领导人直接干预文学评价的情况已经不复存在,文学评价的尺度与准则在探讨中不断扩大。文学评价的主体性力量从作协、文联渐渐转向学院、民间和媒体等多元评价体系。从本质上而言,文学评奖就是一种在新时期文化政治语境下实践文化领导权的积极有效形式,是党和政府通过作协等中介机构来引领文艺的、具有新质的政治文化实践,是从单一粗暴干预文艺的专断式向客观科学的专家式、从以往的"惩罚制裁"的否定式到"奖励引导"的肯定式的现代性转型。它开启了新时期文学的民主化和科学性诉求。在政府性文学评奖中,作为授予"最优秀的长篇小说"的茅盾文学奖被视为当代文学界最具权威性、最高级的政府性文学大奖。

从1981年到2011年,茅盾文学奖共评选了八届,评出了三十多部获奖作品。这些获奖作品的不同艺术风格和思想内容集中展现了新时期以来中国文学审美机制的内在变化。茅盾文学奖的一二三届作品大部分属于较为厚重的现实主义文学题材,人们的争议较少。从第四届"茅奖"争议越来越大,一些获奖作品瑕疵太多,有的甚至从此不被人提起。可以说,新世纪以来,文学评奖在日趋繁荣的同时也饱受人们的质疑。文学评奖的奖金越来越高了,可是文学评奖的大众关注度、认同度却是越来越低了;文学评奖的面越来越宽了,乃至走向了网络,但是质疑评奖的声音也从纸面走向了网络,乃至出现了"'茅奖'你何时不再矛盾?""暂时中止'茅奖'评选"、"'茅奖'能不能透明公开、评委敢不敢亮出自己的票来"的声音。

正是这些来自学院、媒体和网络的批评声音,促使第八届茅盾文学奖在评选机制和程序上作出了重大变革。其中力度最大、最重要的方面就是第八届茅盾文学奖评委投票实名、同步公示的透明机制,这不仅有效地从根本上遏制了投票小圈子化、人情化的积弊,而且从制度上确保了评委投票的有效性和公正性,保证了这届"茅奖"作品的文学艺术水准。第八届"茅奖"的实名投票不仅是当代中国文学制度现代化迈出的关键一步,而且是在更大意义、更大范围推进制度现代化的一次重要实践。我们切不可仅仅视其为一次文人领域游戏规则的简单改变,因为"茅奖"作为国家最高文学大奖的承载形式,其评选的现代性制度的推进,同样可视为一种当代中国制度化建设的重大进步,是民主性、科学性、现代性制度在中国最高文化艺术领域的实质性推进,其意义不容小觑。因而,从这一角度而言,第八届"茅奖"实名制投票开创了当代中国现代性制度的先例。

## 二 获奖作品:当代中国文学的最高艺术水准

正是由于这种现代性的评奖机制,本届获奖作品分别代表了当代中国文学创作的最高艺术水准。获奖是名至实归,名副其实。可以这样说,往届"茅奖"作品个别有着很大的艺术瑕疵,不仅民间不认同,读者不喜欢,即使专业批评家也从不提及。但是,经过六十一名评委实名投票出来的第八届"茅奖"作品，我可以说每一部作品都是有着很高的艺术水准，每一个获奖作家在当代中国文坛都是重量级选手。你可以不认同这部作品的获奖，但决不可以否定这部作品的艺术水准，决不可以轻视这位作家在当代文坛的存在分量，因为每一位获奖作家的背后都有一系列沉甸甸的艺术精品。

作为本届"茅奖""冠军"获得者，张炜早在80年代中后期就以《古船》成名当代文坛。《古船》在二十多年后的今天不仅已经进入文学史，而且被视为新时期文学三十年最重要的文学作品之一，在今天读来一点都不觉得过时，甚至还会读出作者很多超越时代的、依然困惑着我们的重要思想命题。《九月寓言》、《刺猬歌》、《芳心似火》都是张炜留给当代文学的重要作品。四百多万字的《你在高原》是一个作家长达二十多年精神探索和思想行走的艺术结晶。我们既不应该神化，也不应该亵渎这份圣洁的纯文学情感。《你在高原》既是现实物质空间的行走，也是在文化地理空间、精神空间、生命空间的行走。张炜作为一名"地质队员"，从50后的审美视角考察出了百年历史空间下中国人精神地质构造的内在"褶皱"、"隆起"与"变迁"。宁伽、梅子、鼓额、拐子四哥、白玉兰、李子花、橡树路、葡萄园等这些熟悉的人和物，建构了一个当代文学的"精神高原"，以此来抗击抵御膨胀的"物质主义"。

获奖作品《天行者》的作者是刘醒龙。刘醒龙最早为民众所熟悉的作品是《凤凰琴》，一部呈现了中国民办教师生存状况的优秀作品，一度拍为电影广为传颂。他的《天行者》延续了以往的现实主义风格，在《凤凰琴》中的界岭小学其他民办教师面临着越来越严峻的考验，暴雨严重破坏了校舍、村长拖欠老师工资、新建楼房坍塌，更具有反讽意味的是当最后集体转公办教师消息传来时，巨额的转公办费用让他们望洋兴叹。小说结局匪夷所思而又在情理之中，延续了《凤凰琴》的辉煌。小说许多情节既动人又无比感人：如万站长为说服村长支持小学，把村长儿子真实的、批改得密密麻麻的作业给村长看；而村长以前每天看到的是儿子修改好后的作业；万站长说，民办教师是把学生当成自己孩子的老师。《天行者》就是这样一部展现渐渐被淹没进历史的、曾经是新中国乡村教育事业奠基石的民族无名英雄群体。

莫言是无可否认的当代中国文坛的重量级作家。1980年代的《红高梁》就已经奠定了他在新时期文坛的地位。《透明的红萝卜》、《白狗秋千架》、《老枪》、《檀香刑》等一系列小说展现了莫言对声音、气味、色彩的天才般艺术感觉和文学才华。《蛙》是继《天堂蒜薹之歌》、《生死疲劳》之后又一部具有浓郁现实主义和魔幻主义色彩相结合特点的作品。《蛙》同样呈现出莫言汪洋恣肆的艺术想象力,结尾出现了一些魔幻主义影子和多重精神隐喻,呈现了作者勇于担当的现实主义勇气。

毕飞宇是一位写小说的高手,其小说《哺乳期的女人》、《青衣》都是心理小说的上乘之作。《地球上的王家庄》、《玉米》系列三部曲等都具有浓郁的现实主义色彩。《推拿》小说进一步继续了心理描写的优长,描述了一个盲人群体在"沙宗琪推拿中心"以推拿为业的自力更生的形象群体,详细描绘了盲人内心深处对爱情、金钱、人性的复杂感受和独特体验。如后天失明的"小马"等人物形象,其心理世界的起伏变化拿捏得非常准确。

刘震云是我们较为熟悉和喜欢的"新写实文学"的代表性作家,代表性作品《搭铺》以一种纯粹、明净的抒情笔调感动了无数的读者。其后的"写实文学"《一地鸡毛》曾让无数新毕业的大学生对官场生活产生强烈的恐怖之心。他的《故乡天下黄花》又获得中国"新历史主义"文学的赞誉。《一句顶一万句》则回归当初的"写实派"艺术风格,呈现出"中国文学"的精神气质,展现了卖豆腐的、赶大车的、剃头的、杀猪的、教师匠、传教士等三教九流的日常生活细节和曲折回环的"心灵弯弯绕"。刘震云就是用他生动灵活的文笔向我们建构了一个人与人之间需要互相悲悯、理解、同情的"心灵世界"。

当然,这些获奖作品也都有着各自的局限和问题。或许文学成就越大,问题也就越多。如我个人认为,莫言的《蛙》这部获奖作品不是他最好的作品。《蛙》还是有些瑕疵,整体感觉写起来有些飘,现实和魔幻想象之间的衔接有点混乱。事实上,这不仅是莫言的问题,也是当代文坛和当代中国社会的精神状况问题。

总而言之,相较于以往几届"茅奖"评选,第八届"茅奖"的评选从评奖实名制、同步公示化、分期逐步推进、初评终评一致化等新制度的实行,有力地确保了本届"茅奖"评选的科学性、艺术性和公正性,同时也为现代性制度在中国更大范围和幅度的推进开创了先例。当然,"茅奖"的评选还可以进一步完善,如进一步增加像刘复生那样的70后新锐批评家,选择一些更有实力和公认的一线文学家参与,以及可否考虑对评委投票观点阐述进行直播,等等。

# 文学评奖与新时期文学经典化

当代文学有没有经典？当代文学学科的历史化、当代文学的经典化问题不时困扰着当代文学的整体性认知和总体性评价，成为制约当代文学发展的一个关键问题。近几年来，围绕着新中国文学60年和新时期文学30年，当代文学界进行了一系列研讨。在2008年山东师范大学举办的中国当代文学研究会第15届年会暨新时期文学30年国际学术研讨会上，程光炜先生就提出了当代文学学科历史化问题，认为"始终没有将自身和研究对象'历史化'，是困扰当代文学学科建设的主要问题之一"①。事实上，当代文学作品的经典化，就是当代文学学科历史化实践的具体目标之一，也是承载历史化的文本接受及其终极指向所在。

但是，当代文学经典化却有着一些似是而非、暧昧含混的"无主名意识"：当代没有经典，当代文学不能经典化，当代批评没有距离，等等。文学作品的经典化，自然是需要时间的淘洗，需要审美的距离，但这绝不意味着当代文学不能经典化、不能历史化。历史每时每刻都在书写，文学的经典化从作品诞生的那一刻就已经开始，而且永不停止地进行着生命的洗礼与更新。

"任何文学现象、作家作品如果不通过报刊、杂志、学校等大众媒介的传播，以及这一过程中的过滤和筛选，是很难形成文学'经典'的。"② 文学经典化是一个长久持续的问题，既有复杂的外部因素的影响，也有文学作品内在因素的作用；既是后来人的事情，也有赖于同时代人的发现。"文

---

① 程光炜：《文学史研究的兴起》，福建教育出版社，2008年，第4页。
② 同上书，第25页。

学的经典化时时刻刻都在进行着,它需要当代人的积极参与和实践。"① 正是在这个意义上,本文从文学评奖这一个外部因素来分析和呈现,评奖与新时期文学经典化之间的内在关联和历史细节,以期推进新时期文学经典化和当代文学学科历史化的研究。

## 一 评奖是新时期文学制度现代化的标志、经典化的保障

从"十七年"文学到新时期文学,当代文学内部有一个明显而清晰的断裂。新时期文学的发展模式、生产机制和时代语境迥异于"十七年"文学,其中一个最重要的转变就是文化领导权的变化。"十七年"文学延续了延安文学的传统,党和政府直接干预文学的发展,参与对文学的评价,文学依然被束缚在政治意识形态的架构之上,因而无论文学创作还是文学批评都显现着非文学的存在方式和形态。随着新时期到来,文学渐渐摆脱了政治意识形态的附庸地位,尤其是"双为"方针为文学回归审美属性的艺术本源提供了无比宽广的空间。随着韦勒克等人的英美新批评理论在中国的传播,"纯文学"、"文学性"、"向内转"成为新时期文学一个极为突出而重要的理论转向,寻根文学、先锋文学、新历史主义等文学新潮迭起。

与此同时,文学的外部生产机制也发生了根本性变化。"十七年"文学生产过程中的政治任务性写作、命题性写作已经悄然消解;文学评价日趋多元化,以往党和政府领导人直接干预文学评价的情况也已不复存在,文学评价的尺度与准则在探讨中不断扩大。文学评价主体性力量从单一的作协、文联机制渐渐转向学院、民间和媒体等多元评价体系。这是不是意味着党和政府的力量已经退出文学场域、文学与政治意识形态已经两不相干了呢?显然不是。正如福柯、布迪厄等人对文化艺术场域分析的那样,当代政治意识形态以一种更加隐蔽、有效的方式参与文学艺术的生产、传播与接受,实现着文化领导权的潜在存在。就新时期中国文学场域而言,文学评奖就是一种在新的文化政治语境下实践文化领导权的积极有效形

---

① 吴义勤:《纸上的火花》,山东友谊出版社,2008 年,第 54 页。

式，是党和政府通过作协等中介机构来引领文艺的、具有新质的政治实践，也是从单一粗暴干预文艺的专断式向专家式、科学性的现代性转型。显然，新时期文学评奖的尝试不仅是一种文学评价的暂时性安排，而且是一种具有新质的、通向科学性、现代性的文学制度建设。"1978 年文学评奖制度的建立无疑是'新时期'以来我国文学制度现代化探索的一个主要面向"①，其意义和价值不容低估。

新时期以来中国社会的发展，几乎每隔十年就是一个断裂。新时期文学是从 70 年代末到 80 年代末，经历了一个非常纯粹的"文学梦"的时代。从普通大众到专家学者，从民间批评力量到文学评价体制内的官方力量，无不以一种纯粹的文学目光来审视、评价文学，文学评价得到了整个社会群体的参与和认同。正是在这样一种文学评奖的合力之下，文学以一种积极有力的方式参与了现代化的过程。

在这样一个"文学梦"的时代，文学获得了超乎寻常的关注，有着超乎寻常的热情、力量。这为文学经典化既提供了超乎宽松的外部创作、批评与接受环境，又对作家心态、审美思维的革新等文学创作内在环境产生了积极有效的促进作用。文学评奖这一现代性制度的建立，以一种肯定的、鼓励的积极性方式代替了以往否定的、惩罚的消极方式，为中国当代文学经典的诞生提供了制度性保障。

## 二 评奖是文学经典化最初的、"权威的"工序

文学评奖作为一种软性的文化领导权实现方式，为新时期文学的正常、有序、多元化发展提供了制度性保障和最初的、"权威的"传播途径。新时期文学在较为彻底地从政治的附庸和奴役中走出来的同时，如何同社会大众发生审美关联成为一个新的问题。附庸于政治固然不好，但是一个显而易见的好处就是，凭借这种政治的超能量可以以一夜成名迅雷不及掩耳的方式传播于天下。一旦囿于审美之域，文学何以与社会、时代、大众发生审美关联？文学评奖有效地解决了这一审美接受的困境。

---

① 范国英：《茅盾文学奖的文学制度研究》，中国社会科学出版社，2009 年，第 2 页。

从西方民主体制国家的情况来看,文学评奖恰恰是解决文学与大众审美接受关系的一个良好途径。诺贝尔文学奖、布克文学奖、龚古尔文学奖等都有几十年乃至上百年的评奖历史,对于文学的经典化起到了一个极为重要的作用。

从新时期以来中国文学评奖的历史来看,评奖是在文学渐渐从耀眼的"经国之大业、不朽之盛事"这辆政治意识形态战车上退隐下来、回归自身审美属性时,投向文学的一道独特的关注目光。这种关注不仅来自隐性的政治意识形态的领导诉求,同时也是文学自身审美属性的共鸣诉求和更为内在与长久的历史化、经典化诉求。文学只有不断地被历史化和经典化,才能与社会、时代、大众发生审美关联,才能从死寂的"文本世界"中苏醒过来,焕发艺术的生机。

1978年开启的新时期文学评奖恰恰具有这样的审美接受功能和政治意识形态功能。1978年第10期《人民文学》发表了《一九七八年全国优秀短篇小说评奖启事》,认为"提倡短篇小说,好处很多,它有利于及时反映工农兵群众抓纲治国、努力实现社会主义现代化的火热斗争;它有利于促进文学创作题材、风格上的百花齐放;特别是它大有利于文学创作新生力量思想上、艺术上的锻炼和成长"。[1]文学评奖启事提出了文学评奖的三个意义维度,其中两个就是关于文学自身的建设,这很典型地反映了这一时期文学外部生产机制的新变化,即为政治服务的色彩已经大大淡化,文学自身审美属性的提升已经成为文学创作和评价的一个中心任务。淡化意识形态色彩、强化文学自身审美属性,就为文学创作主体的审美自由提供了以往"十七年"文学所没有的宽广空间,在促进文学创作水平提升的同时,也为文学经典化提供了更大的历史可能性。

值得注意的是,1978年文学评奖采用了一种"群众推荐和专家评议相结合的方法"。《人民文学》在公布评奖启事的后边,同时附有一个"全国优秀短篇小说推荐表",为喜爱文学的群众提供了一个参与文学评奖、表达自己文学趣味与喜好的机会。专家评议无疑为文学评奖和群众投票设置了一道意识形态的保险套,使之能够不逾越意识形态的藩篱。这种

---

[1]《一九七八年全国优秀短篇小说评奖启事》,载《人民文学》,1978年第10期。

附有"推荐表"的选票做法极大地调动了爱好文学群众的积极性,据统计,1978年全国优秀短篇小说评选活动中,共收到读者来信10 751封,推荐表20 838份,推荐优秀小说1 285篇;1979年,一百天内共收到"选票"257 885份,比1978年增长12倍以上;在1980年的评奖活动中,共收到"选票"400 353份,是1978年的20倍。[①] 显然,这种文学大众参与投票评选的文学评奖方式,大大促进了文学与社会、时代、民众的审美关联,提升了国内民众的参与热情、作家的创作激情,也成为最初的、迅捷的、宽阔的文学优秀作品的传播媒介。由于有着广大民众和专家学者的共同参与,这种文学评奖已经具有了某种经典化的大众性与权威性。

"几年来的实践证明,群众与专家相结合原则的实施,并没有出现群众推荐与专家评议互不相容的矛盾",而是"群众和专家有着十分和谐的、很高程度的一致性"。[②] 即使站在今天的审美视野来重新审视这些获奖作品,它们依然闪耀着文学的光辉。文学评奖推出的作品,不仅具有大众性、权威性,还在历史淘洗中经受住了考验。从这个意义上而言,评奖是新时期文学经典化最初的、"权威"的工序。毋庸置疑,评奖已经改变了文学作品的存在生态,获奖作品已经赢得了经典化淘洗过程中第一个回合的胜利。

## 三 评奖审美机制的变迁对新时期文学经典化的影响

1978年由《人民文学》杂志社组织的全国优秀短篇小说评选活动成为新时期中国文学各类评奖的先河。之后,各类文学体裁的全国性文学评奖相继出现。1980年《文艺报》、《人民文学》和《诗刊》编辑部组织了全国优秀中篇小说、报告文学、新诗评奖活动;1981年受茅盾先生委托的中国作家协会主办的长篇小说评选的茅盾文学奖开始了。这些不同题材类型的全国性文学评奖活动,极大地促进了文学各个门类的发展,更重要的是随着这些全国性文学评奖的定期举办,评奖渐渐发展为一种党领导文艺的常

---

① 范国英:《茅盾文学奖的文学制度研究》,中国社会科学出版社,2009年,第31页。
② 邵燕君:《倾斜的文学场——当代文学生产机制的市场化转型》,江苏人民出版社,2003年,第173页。

态性、科学性的制度性安排。

尽管在80年代中后期许多全国性文学评奖中止了，但是文学评奖制度已经确立起来。"茅盾文学奖"在这一短暂萧条期间一枝独秀，依然盛开在新时期文坛上，延续着评奖这一文学生产管理机制。随着市场经济的到来，文学评奖又一次活跃起来，而且打破了原先的单一官方的文学评奖机制，出现了民间团体评奖和网络评奖等。与此同时，文学评奖机制内部也发生了新变化，最显著的变化就是新生代学院派批评家的崛起。这些新生代学院派批评家与经历血与火考验的老一代批评家有着迥然相异的评判尺度、审美趣味和文学理念，具体体现为对文学性、纯文学和艺术形式探索的重视。这在贯穿新时期文学发展的茅盾文学奖那里有着较为清晰的演变轨迹。

从1981年到2008年，茅盾文学奖共评选了七届，共评选出三十一部获奖作品（不包括荣誉奖作品）。这些获奖作品的不同艺术风格和习俗内容集中展现了新时期以来中国文学审美机制的内在变化。茅盾文学奖的一二三届作品大部分属于较为厚重的现实主义文学题材，人们的争议较少。这其中的获奖作品《平凡的世界》，具有很大的戏剧性。《平凡的世界》在第三届"茅奖"评选过程中遭遇了很多坎坷，不被一些专家所认可。[①] 但出乎意料的是，正是这样一部不被主流研究界看好的作品，却获得了极为长久的艺术生命力：几乎在每次大型优秀文学作品评选中都名列前茅，乃至是在不被作为备选作品的情况下，读者依旧把它从历史地表下托浮上来；尤其是在民间获得最大数量的读者和内心深处的精神认同。可以说，《平凡的世界》是七届"茅奖"作品中人气指数最高的、名副其实的经典。

从第四届"茅奖"开始，现实主义题材作品逐渐减少，随之增多的是对纯文学作品的重视。如第四届"茅奖"的评选，纯文学意味非常浓郁的《白鹿原》获得了专家评委的认可，但是针对作品中的一些性描写，存在着异议。为了使这部优秀作品能够进入"茅奖"行列，评委们提出了一个折中办法，即要求作者进行修改，以洁本的方式忝列其中。事实也证明《白

---

① 邵燕君：《倾斜的文学场——当代文学生产机制的市场化转型》，江苏人民出版社，2003年，第173页。

鹿原》的获奖不仅没有损伤"茅奖"的声誉，反而提高了"茅奖"整个获奖作品的艺术水准。显然这是一种双赢行为，从中也呈现了1990年代以来文学审美机制的复杂变化和对文学经典的认知嬗变。

新世纪以来，随着市场经济影响的深入和文化消费主义的兴起，文学审美机制和文学经典的认知评价准则又发生了新的变化。2008年的茅盾文学奖评选鲜明地体现了这一点。麦家的《暗算》获得茅盾文学奖让很多专业人士惊讶不已。中短篇小说的结构方式、浅显"通俗"的语言、缺少统一连贯与鲜明的人物形象、思想性匮乏的作品获奖自然引来很多争议。《暗算》电视剧的高收视率和经济效益，无疑为其获奖提供了一块极高的垫脚石和评价注脚。显然，《暗算》的获奖不是基于文学性的艺术品质，而是呈现了新世纪以来的市场化、视觉化的审美取向和评价方式。这种文学评价机制与审美取向的市场化、视觉化在给文学带来新的审美元素、扩展了文学经典化维度的同时，也在一定意义上损伤了文学独有的审美品质和文学经典化的深度。

在一定意义上而言，文学评奖是一柄双刃剑。评奖在建构文学经典的同时，也因为自身评奖机制的不完善、审美评价准则的歧义等不同原因而造成优秀的，乃至是"经典"作品的遗漏，如张炜的《古船》、余华的《活着》、莫言的《檀香刑》等。同时，一些不具备评奖水准的庸俗之作却因为其他原因而又可能鱼目混珠，获得与之不相称的荣誉。

塞翁失马，焉知祸福。历史自有其自身的逻辑。正如当代文学的历史化，成为获奖作品自然是好事，穿越了"历史化"、"经典化"的一道门槛；但是不具备这一资质的作品，却也因此而被研究者、读者看穿，贻笑大方。那些没有获奖但又具有获奖资质和经典品格的作品，因为没有获奖而同样引人注目，人们大声地为其抗议、鸣不平。这也就在另一种意义上获得了反方向的肯定和更为有效的传播，无疑是经典化的又一个传播与接受途径。

"文学的经典不是由某一个'权威'命名的，而是由一个时代所有的阅读者共同命名的，可以说，每一个阅读者都是一个命名者，他都有命名的'权力'。"① 对于新时期以来的文学评奖而言,褒与贬、获奖与不获奖都可能是一种经典化过程的途径,是众多同时代"阅读者"以共时性审美震荡的方式进行经典"命名"的环节。这正是新时期以来文学历史化、经典化的实践方式——文学评奖所带来的审美效果。因此,评奖不仅是新时期以来文学生产机制走向制度化、科学化的现代性制度尝试,而且也是文学经典化的最初的、权威的、有效的传播与接受途径。评奖就如一条鲶鱼一样搅动了整个新时期文坛,使之处于一种良性的生机与活力之中,构成并促进新时期文学的经典化过程。

---

① 吴义勤:《我们为什么对同代人如此苛刻?——关于中国当代文学评价问题的一点思考》,载《文艺争鸣》,2009年第9期。

# 论新世纪底层文学的生成机制及其精神特质

## 一 底层文学的思想传统与精神溯源

从文学史来看，对底层穷人处境的描写与呈现，是中国文学的重要思想主题。从古至今，中国文学有着一种强烈的现实主义精神传统，以同情与呼求的态度对底层人民的苦难生活和生命呼声进行传达，体现出一种珍贵的人道主义思想。作为中国现实主义文学源头的《诗经》，其"国风"篇中许多诗篇描绘了底层劳动人民日常生活的艰辛，有一些诗篇还对底层人民受剥削和压迫的不幸命运进行血泪般的控诉，表达底层人民对压迫者的仇恨和对自由理想生活的向往。南北朝时期，陶渊明的《桃花源记》，记述了一个"夹岸数百步，中无杂树，芳草鲜美，落英缤纷"、"黄发垂髫，并怡然自乐"的世外桃源，表达了一种受压迫底层对现实压迫的规避和对自由平等"乌托邦"世界的幻想。唐代杜甫"三吏三别"中的《石壕吏》表现了底层人在社会动乱中受欺凌和压迫的悲惨命运；尤其突出的是唐代白居易的文学作品，不仅在语言上力求通俗易懂、妇孺皆晓，而且在思想与情感上与底层一致。《卖炭翁》就是这样一个出色的底层叙述文本。

到了近代，中国文学在叙述底层、表现底层的时候，也遇到了语言的障碍，即文学作品语言与底层民众语言脱离的问题。越来越多的有识之士认识到了启蒙民众，尤其是众多底层民众的重要性。文学走向底层民众渐渐成为一种思想变革潮流。发生于晚清的、要求文学语言走向底层民众的白话文运动，成为日后"五四"时期白话文运动的源头，为"五四"时期的白话文奠定了思想基础，为"五四"新文化运动开辟了道路。正是在这样的语言变革需求的时代背景下，胡适在《新青年》杂志上发表要求彻底废除文言文、倡导白话文的《文学改良刍议》,发出了"文学革命"第一声,引起了一场变革中国语言、文学、文化的新文化运动。因此,源自晚清、成功于"五四"的白话文运动的大众化诉求,提倡用底层大众的语言来言说底层大众,为现代文学与底层受众群体建立了一条能够进行精神沟通的语言渠道。

从"五四"文学到左翼文学,中国现代文学发生了比较明显的断裂。"五四"文学是在"人的文学"的思想视野下的追求个性解放、表现个体的心理世界与精神冲突、反对封建传统思想束缚的人道主义文学,塑造的底层形象是愚昧的、病态的、奴性意识的;左翼文学是在"阶级性"的现代性思想视野下对革命群体中的人进行审美想象和建构,表现的是阶级对立世界中的经济矛盾和不同阶级间的冲突,描绘的底层形象是阶级意识觉醒的、走向革命的觉醒者与在愚昧和觉醒之间挣扎的过渡型者形象。

早在1917年3月,李大钊在《俄国革命之远因近因》一文中就提出了"革命文学"。1922年4月,之常在《文学旬刊》第35期发表《支配社会底文学论》,在文学界最早提出具有阶级意识的"革命的文学"的主张。"侵害第四阶级底铁索,传统思想固然是一部分,现在底经济组织的确是主要的成分。第四阶级者要想扭断这条铁索,非将现在底经济组织推翻不可,非将无产阶级者联合起来,革第三阶级底命不可。……文学是人类活动底结晶,传达感情底利器,新时代底指导者,鞭策者。国民文学底功用是将一人底热情传达他人,站在新时代底莅临底前部。时代蜕变,思想和环境种种变迁,文学当然也是生长的,与时代俱变的。……总之,今日底文学是人类活动底结晶,新时代底先驱,为人生的,支配社会的,革命的。"[①]之常的理论意义不仅在于他最早在文坛上提出了革命文学的主张,更为可贵的是他是运用马克思阶级对立的理论来分析中国社会,来对革命文学进行阶级性的现代性思想审视的,直接指向了社会最底层的"第四阶级"。1924年11月,沈泽民发表的《文学与革命的文学》是中国左翼文学中一篇极为重要的理论文章,认为真正的"革命文学"决不是作家在革命

---

① 之常:《支配社会底文学论》,收入《文学研究会资料》上篇,河南人民出版社,1985年,第80—82页。

的幻想中产生的,而是在革命实践中造就的;也不是仅仅"外面敷着血和泪的文章"即可成为革命文学的。"血"和"泪"不是所谓革命文学的装饰品,它们真正昭示的意义是"文学的阶级性"。至此,左翼文学的本质特征——阶级性——已经被清楚地揭示出来。

作为20世纪中国文学的重要组成部分,"五四"新文学尽管有着非常明确的通俗化、大众化指向与诉求,但却被作家的知识分子精英气质和启蒙文化理想所阻隔,而无法与底层民众真正融为一体。左翼文学正是看到了"五四"新文学的内在接受局限,而从思想根源处来确立一种指向底层、以底层为叙述主体的新美学原则。蒋光慈、洪深、茅盾等作家这一时期的作品较为成功地实践了这一美学原则,塑造了一系列较为成功的底层民众觉醒者形象,对延安文学、"十七年"文学产生了深远影响,构成新世纪中国底层文学的精神资源,提供了正反两方面的美学经验。

## 二 "纯文学"的迷津和新世纪文学的自我救赎

左翼文学的阶级性美学原则日益僵化、模式化,给"十七年"文学发展带来了极大的限制,日渐成为审美想象的桎梏。"文革"结束后,随着文艺政策的调整,中国文学进入了一个快速发展、与西方美学理论接轨的新时期。西方马克思主义、俄国形式主义、英美新批评、法国解构主义等众多文学理论纷纷进入研究者的视野,其中英美新批评等文论对文学性的倡导,对新时期中国文学产生了重要影响。纯文学、文学性、向内转,在80年代中后期到90年代的十多年里成为批评家、学者中非常时尚的文学概念术语,乃至一些作家也操持着这些术语来显现对文学的理解。

毫无疑问,纯文学的概念具有很强的先锋性意义和价值,在极大程度上颠覆了以往的文学附属于政治、文学服务政治的意识形态樊笼,使文学的审美属性获得了极大的解放,大大推进了迟滞已久的中国文学审美现代化的历史进程。更重要的是,由此文学获得了一种独立的、自足的精神品格,一种奠基于科学性之上的语言艺术本源性存在。1980年代中后期,出现了一大批具有语言艺术实验品格的创新文学作品,形成了纯文学创作潮流,一时间马原、洪峰、格非、叶兆言、苏童、余华、孙甘露等作家构成了影响极大的先锋派作家群。

然而，对文学形式实验的过度推崇和对文学性的过分强调，也在一定程度上构成了另一种遮蔽：即意义的迷失、情感的匮乏，以及作家与大地、民众、生活内在精神联系的缺失。在一些所谓的纯文学作家那里，文学就是游戏、娱乐，作家就是一个码字工。文学的思想性、精神性维度被"文学性"宰割掉了，文学与社会、历史、文化等多重紧密的联系被减淡化约，乃至剥离开来，影响所及，以至于今天的许多 80 后青春作家缺失对文学的敬畏感。可见，纯文学的兴起在极大地推动中国作家对文学内在语言艺术审美属性进行关注、倾尽全力的同时，却也在无意之中斩断了文学与社会、历史、文化等外部世界的精神联系。

20 世纪 90 年代以来，中国改革进程出现了一些新的变化，其中最引人关注的就是"三农问题"和城市弱势群体的出现。社会学家孙立平提出"断裂"的概念来分析当代中国社会结构失衡问题，"一个断裂的社会，并不是仅仅使社会断裂成两个部分，而是断裂成多个部分。这种断裂甚至发生在城市本身"[①]。处于断裂社会边缘位置的农民和城市弱势群体，正在日益沦落为庞大的底层世界。

面对新世纪乡土中国城市化现代转型的加速和底层生存世界的持续恶化，文学有何作为？如何呈现当代底层在社会转型期的情感震颤？"乡土中国的历史和文化发展到今天正在经历着深刻而痛苦的裂变。……三农问题比任何时候都变得突出，三农问题的书写也比任何时候变得更加艰难。"[②] 毛泽东曾致信杨绍萱、齐燕铭说："历史是人民创造的，但在旧戏舞台上（在一切离开人民的旧文学旧艺术上），人民却成了渣滓，由老爷太太少爷小姐们统治着舞台，这种历史的颠倒，现在由你们再颠倒过来，恢复了历史的面目，从此旧剧开了新生面，所以值得庆贺。"[③] 而当代中国文学艺术状况恰好与左翼文学，以及在左翼文学影响下的延安文学中的工农大众主体地位构成一个鲜明对比，毛泽东所言的"老爷太太少爷小姐们"又重新

---

① 孙立平：《断裂》，社会科学文献出版社，2003 年，第 8 页。
② 陈国和：《1990 年代以来乡村小说的当代性》，中国社会科学出版社，2008 年，第 54 页。
③ 毛泽东：《毛泽东书信选集》，人民出版社，1984 年。

统治着舞台;90年代以来文学乡村叙事题材渐趋萎缩,即使城市题材的文学也是如朱文的小说名字一样,"把穷人统统打昏",富人、白领、小资、中产成为文学叙述的主要对象,物质、欲望、性、下半身成为文学写作的关键词,膨胀的物质欲望极大地挤压了文学的审美空间。

不仅如此,文学还面临着更大层面的精神危机。因为经济发展主义、GDP的物质欲望诉求达到高潮的时代,还带来了包括社会制度、价值准则、心理意识和精神维度的整体性扭曲,文化伦理的加速崩溃,灵魂异化的时代精神状况。拥有物质多少成为衡量一切的唯一标准,整个社会迅速"物质化",处于一种整体性的精神困境和思想危机之中,一种类似于鲁迅所言的"无物之阵"重新笼罩在新世纪中国的天空之上。

文学如何回应当代中国社会、生活问题?如何回应当下的精神、文化诉求?这是文学所无法回避的问题。文学不关心底层民众的生活、精神文化诉求,底层民众又怎么可能来关注文学?!乃至传出了后现代主义式的"文学死亡"的声音。正是在这样一个文学濒临"死亡"的文化语境下,一种"向外突围"的审美文化声音开始在90年代后期越来越清晰地传达出来,乃至汇成一股强大的审美思潮。90年代后期,随着詹姆逊、福柯、布迪厄等人的批评理念和新历史主义思想的传播,"向外突"的审美文化思潮成为穿越"新意识形态"的"无物之阵"的重要精神力量和思想路径,一时间介入性写作、现实精神写作、打工诗歌、"人民文学重新出发"、在生存中写作、新左翼文学、新政治写作等新审美理念纷纷涌现。底层文学就是众多"向外突"审美文化思潮中的一个。随着时间的演进,一些概念如昙花一现,但是底层文学却因有着深厚悠久的精神渊源和左翼文学精神血脉而愈发显现出强劲的生命力。

2004年曹征路小说《那儿》的发表,标志着底层文学已经从"向外突"的审美文化思潮中脱颖而出,终于从学者、批评家的"底层召唤"转换为审美创作实践,从对红色文化经典的回潮和重构中孕育出新世纪具有"英特纳雄耐尔"光泽的底层文学,一时成为文坛瞩目焦点。此后,陈应松、王祥夫、刘庆邦、陈应松、刘继明、罗伟章等作家相继汇入底层文学之中,成为新世纪文学挣脱纯文学迷津、进行自我救赎精神突围的重要方式。

## 三 新世纪底层文学的精神特质探寻

### 1. 以底层替代阶级,而不失革命性

学者刘旭指出,"'底层'一词的源头不在中国,'底层'在中国最早出现时也与国外理论中的'底层'无多大联系,这是一个直接指向'弱势'群体的直观概念:所谓'底层',就是处于社会最下层的人群。这是个不需要思索的概念,处于'最下层'就是划分的标准,这个标准的内容如果再详细一些,可能包括政治地位低下、经济上困窘、文化上教育程度低等,被称为底层的,可能三个条件全部满足,也可能只满足其中的一个条件。"[①] "底层"概念的提出给分析研究中国现当代文学文本中的底层形象、关注当代中国底层群体利益,提供了一个新的思想维度和批评尺度,在一定程度上补偿了阶级性批评空缺的局限。"底层叙述"话语体系呈现了"现代性话语的裂隙",撕破了"现代性神话"的华丽外衣,展现出新时代语境下"社会最下层"问题。可见,新世纪底层文学的兴起不仅有着悠久的精神渊源和强烈的现实思想根源,而且也呈现了当代中国作家的道义担当和文学使命感。

底层取代阶级概念,一方面避免了以往左翼文学所具有的阶级性叙述的模式化、简单二元对立的弊病,另一方面又继承了阶级概念所具有的追求正义、实现公平的革命性精神内涵。

1921年,耿济之在《〈前夜〉序》中详细分析了《前夜》的作者屠格涅夫所具有的革命倾向性的写作姿态:

> 屠格涅甫实在是厌弃白尔森涅甫和苏宾两人学问和艺术的事业,而推崇段沙洛夫这种切志救国,铁肩担道的精神。然而读者不要误会:屠格涅甫并不是反对学问和艺术的事业,他也知道这种事业在社会上是很重要的;但是在俄国"当时"所最为需要的并不专是这种事业,却是需要实地改造的力量和精神。[②]

---

[①] 刘旭:《底层叙述:现代性话语的裂隙》,上海古籍出版社,2006年,第3页。
[②] 耿济之:《〈前夜〉序》,《文学研究会资料》上篇,河南人民出版社,1985年,第77页。

屠格涅夫遗弃"学问和艺术的事业"、推崇"切志救国，铁肩担道"的实地改造精神，与后来的中国左翼文学家宁肯牺牲文学的艺术性，也要追求文学的革命性宣传效果的文学理念，有着内在的血脉联系。"在你们的潜意识中，依然是内容得零分，形式得高分，即使在分析现实主义作品的时候还是自觉不自觉地流露出这个气息"，这是新世纪底层作家的思考，与屠格涅夫的思考如出一辙。① 耿济之的主张与阐释，不仅使我们看到了文学研究会与左翼作家在文学的工具价值理性方面的精神联系，而且为我们理解中国的"屠格涅夫"们和左翼文学提供了一面基于更高的利益、更高的理想、趋向终极性价值的镜子。这也恰恰是新世纪今天底层文学作家的内心世界和价值选择的精神写照。"中国文学的形式探索的丰富性、广泛性和借鉴他者的勇气，在近二十年里得到了充分的表现。但是，文学本身并不止这些东西。文学本身还是有另外的更重要的东西，那就是文学精神。也就是说，文学是有魂魄的，这个魂魄不仅仅是形式，更重要的是它的精神。"在底层作家曹征路看来，魂魄意义的文学精神，"那就是说，我们对真相、对真理那种穷天究地的不断的追问。……它就意味着是对谎言，是对遮蔽的一种反抗"②。正是从这个意义上而言，底层文学流淌着现实主义精神传统的血脉，有着左翼文学的打破瞒与骗、追寻真相、改造现实的革命性精神质地；同时又因为抛弃了阶级对立的思维模式而获得极为宽阔深厚的审美表达方式。

### 2. 以底层文学取代纯文学，而不失文学性

新世纪底层文学是不是对纯文学的简单否定、左翼文学在新世纪的重新复活？显然，我们不仅要看到新世纪底层文学不仅仅是对左翼文学精神血脉的继承、对纯文学审美思潮的颠覆和突破，还应该意识到底层文学绝不是左翼文学的简单复活和对纯文学的否定、遗弃。新世纪底层文学既是对以往左翼文学革命性的继承，也是对左翼文学阶级性思维的遗弃；既是对80年代以来纯文学的颠覆和突围，也在否定过程中保存了纯文学的文学性艺术本

---

① 曹征路、李云雷：《立场、审美与"动态的平衡"》，载《上海文学》，2008年第9期。
② 曹征路：《文学精神的迷失与时代困惑》，载《探索与争鸣》，2006年第8期。

质。因而我认为,底层文学是在对左翼文学、纯文学的扬弃中,去除阶级对立性、艺术形式崇拜迷雾而兼具革命性和文学性的新世纪文学,是总结20世纪中国文学正反经验教训、文学走向现代化的新审美经验艺术形态。

底层文学的"文学性"在哪里?如何展现"文学性"?这对底层文学而言,无疑是一个极为要害的关键问题,众多的质疑也纷纷指向这里。"对'底层'的想象和书写是单极化的,存在唯物质叙事、泛苦难处理和沉迷'恶'的叙述等不良倾向。"① 对此,吴义勤先生在分析底层文学的症候的同时认为,"对于底层文学而言,真正有价值的是那种源自切身生命体验与精神冲动的原生态、自然、粗犷、野性的文学性,这对于长期以来那种被各种文学观念、文学教条、政治与道德说教反复修饰、污染过的文学性而言,无疑是清新、原始而有力量的"②。底层文学的"原生态、自然、粗犷、野性的文学性",无疑是其"文学性"最本质的一面,与此同时,我认为底层文学的"文学性"的展现不仅在于这一方面,还在于这一文学性对既有的文学审美观念,乃至是对以往逻辑秩序的"突破",对被遮蔽世界的发现。底层文学的"文学性"和思想性不是对立、割裂。事实上,优秀底层文学的"思想性"恰恰也是其"文学性"的展现。

作为经历了纯文学心灵路程的底层文学,是有着一种自觉的"文学性"追求的。我们不应该因为一些不好的、为底层而底层的作品而抹杀新世纪底层文学的"文学性"。从近十年来的底层文学实践来看,曹征路、陈应松、刘继明、尤凤伟等人的底层文学有着很强的审美意识。鲁敏的小说,"更注重从精神方面考察底层人的生活状态,而较少直接触及社会问题,同时她也不追求戏剧化的冲突,而力图在对底层生活的描绘中呈现其真实状态,在这种意义上,我们可以说她是对'底层文学'的一种丰富与发展"③。新世纪青年作家刘玉栋的《早春图》、《幸福的一天》、《公鸡的寓言》等小说,同样体现了这种温情叙事中的精神苦难书写特色,令人回味悠长而又感慨万千。

---

① 周保欣:《底层写作:左翼美学的诗学正义与困境》,载《文艺研究》,2009年第8期。
② 吴义勤:《守望的尺度》,吉林出版集团,2009年,第16页。
③ 李云雷:《"底层"、魅惑与小说的可能性———读鲁敏的中短篇小说》,载《当代文坛》,2008年第6期。

### 3. 代言，而不失批评性

在对新世纪底层文学这一审美文学思潮的众多质疑声浪中，有一个声音非常突出：只有底层创作的文学才是底层文学，所谓知识分子代言的底层文学并不是真正意义上的底层文学。而在现实中，底层难以发出自己的声音，因而底层文学处于一种存在的悖论之中，进一步追究，乃至会出现：底层文学是不是一个"伪命题"？

这涉及一个有争议的问题：知识分子能不能为底层代言？我认为，知识分子是能够为底层代言，而且是可以成功代言的。塑造底层形象的文化精英与底层世界、底层人有着无法分割的精神联系和情感沟通，这方面表现最为突出的作家就是老舍与赵树理。舒乙先生曾经写过一篇题为《理解老舍先生其人其文的五把钥匙》的文章，在文中他用五句话来概括父亲的特质，其中第三句是"他是穷人"。这种穷人身份构成了老舍特殊的成长环境，使他从小就懂得了世态的炎凉和生活的艰辛，加深了老舍与底层市民的情感联系。老舍一生都没有摆脱穷人的生存困境，一生都处于贫穷的阴影之下。这使他格外关注社会不公并对此作出强烈反应——凝结为一种深入灵魂深处的"穷人情结"。我们可以看到，老舍几乎是出于本能的，从生的欲望和本能、从被侮辱与被损害的意义上，去认识贫穷、描写贫穷、反抗贫穷，书写了一个城市底层的"穷人"形象，构成了中国现代文学一道独特的风景线。

与老舍的城市底层生命体验有所差异、但又怀有同样深切的对底层大众关怀意识的作家是赵树理。从小就沉浸在乡村民间文艺世界中的赵树理，早年就跟着父亲到村里八音会去敲打民间音乐。在农村他不仅学会了吹拉弹唱的本领，也学会了农民直率朴实、非常风趣的语言技巧，与底层大众有着天然的精神血脉和思想联系。

老舍和赵树理的成功启示我们，"如何表达底层生存，或许是一个更有待深究的命题。这里面，隐含了一个作家的全部情感和全部心智是否真正抵达了那些默默无闻的弱者，是否真切地融入到他们的精神内部，是否成功地唤醒了每一个生命的灵性，并让我们在复杂的审美体验中，受到了艺术启迪或灵魂的洗礼。"① 实际上,老舍、赵树理与底层血脉相通的创作传统,在周立波、柳青、高晓声、何士光、刘玉堂、乔典运、赵德发等作家那里得到了继承和发扬,涌现出一些如梁生宝、陈奂生、冯幺爸等底层形象典型。从代言的文学实践来看,新世纪底层文学一方面要继承知识分子为底层民众代言的文学传统,另一方面也要避免左翼文学、"十七年"文学虚假代言的弊端,切实重建文学与底层血肉相连的精神渠道。同时也要区别于等同底层的代言思想,在重建文学人民性的基础上,要保持反思与批判精神。

批评家或许总是一厢情愿。在底层作家那里,我们会听到另一种观点:"所谓底层叙事,实际上就是我们大家的叙事。如果仅仅把底层写作当作一种苦难题材,一种关怀姿态,我认为是没有什么意义的。它是我们大家为了寻求文学精神,寻求真善美统一的一种叙事,它不存在谁为谁代言的问题,因为它就是我们自己的叙事。"我们与底层是一起的,我们就是底层的一员,又何来代言之说呢?显然,这样的文学,是无需为底层文学身份辩护的,因为"从喷泉里出来的都是水,从血管里出来的都是血"。事实上,知识分子的底层写作,不仅要追问是否有着真正的底层意识,还应该有一种反思、剖析的批判精神,在指向底层的同时也反思自身,即做一种积极的、主动的、批判性的代言,从而让底层文学超越底层而获得宽广的审美经验和深邃的历史意识。

---

① 洪治纲:《"底层写作"的来路与归途——对一种文学研究现象的盘点与思考》,载《小说评论》,2009年第4期。

# 城市底层叙述与大众文艺的倡导者

郁达夫自《沉沦》小说发表登上文坛以来，就一直争议不断，不仅因为作品内容的性本能描写而被视为性描写作家、"颓废作家"、"零余者"书写者，而且还因为其纤细敏感、激情张扬的个性与沸沸扬扬的家庭婚变而一再被人提起，成为人们议论的闲资和炒作的噱头，而忽视了其文艺思想的丰富内容和内在嬗变的精神历程。事实上，郁达夫的文艺思想、审美精神关照和文学创作在不断演变，其中既有较为稳定的内在精神结构，又有着随时代发展而不断更新、拓展、丰富的思想意蕴。本文拟从文学创作和文艺思想的演变视角，来展现一个为常人和研究者所忽视、遮蔽的郁达夫，探寻其文艺思想对新世纪中国文学的精神启示。

## 一 从"颓废作家"到城市底层书写者

在郁达夫早期的小说作品中，我们都可以看到一个患有精神抑郁症或肺病患者的叙述者形象。在福柯和苏珊·桑塔格看来，疾病有着两种不同的隐喻：一个是，患病者因为疾病的发生而带来的精神恐慌和情感缺失，受到周围人的"驱逐"和"隔离"；另一个是，患病者又因为疾病的发生而拥有了"敏感"、"创造力"、"形单影只"的"卓然独立""艺术家"的精神品质。郁达夫早期小说中的病患者，不仅有着较为明显的神经抑郁和肺病症状，而且还有着由于身体疾病而带来的独特精神气质，即实现了从生理病人到"艺术家"、精神病人的隐喻性转换。

《沉沦》中的主人公就是一个"忧郁症愈闹愈甚了"的"他"。"他"忍不住要"跑到人迹罕至的山腰水畔，去贪那孤寂的深味"，把自己变成"一个孤高傲世的贤人，一个超然独立的隐者"。这个具有"创造力"和艺术家精神气质的病患者渐次展示了"飞云逝电"的心思和"无边无际的空想"：病之抑郁、生之苦闷、性之压抑、离乡之苦、国衰之痛。"我何苦要到日本来，我何苦要求学问。既然到了日本，那自然不得不被他们日本人轻侮的。中国呀中国！你怎么不富强起来，我不能再隐忍过去了。"从个体生命疾病体验到民族国家的精神创伤，郁达夫笔下的主人公不是简单的精神放逐和自我遗弃，而是在其无限伤感、颓唐、忧伤的背后，有着深深的自我救赎意识和强烈的爱国主义情感。正如郁达夫在《茑萝集》自序中所言，"人家都骂我是颓废派，是享乐主义者，然而他们哪里知道我何以要去追求酒色的原因？唉唉，清夜酒醒，看看我胸前睡着的被金钱买来的肉体，我的哀愁，我的悲叹，比自称道德家的人，还要沉痛数倍。我岂是甘心堕落者？我岂是无灵魂的人？不过看定了人生的运命，不得不如此自遣耳。"然而，存在的悖论就在于，小说中的"他"在享乐纵欲和洁身自救之间苦苦挣扎，但最终又在强烈的性本能和"复仇"意识之下陷入欲望放纵和精神放逐、自我否定的泥潭之中，难以自拔，沉痛不已。因此，我们在看到赤裸裸的性心理、性行为的描写时，还应该考量到一个纵欲主义背后的道德戒律和精神救赎，以及在这两者之间灵魂的迷茫、困惑、挣扎、拷问和鞭笞。正是在这个意义上，郁达夫的早期小说成为"五四"文学主观抒情流派的代表性作品，有着重要的开创性价值。

郁达夫回国之后，其文学创作发生了一些重要的转变：从以往"性之苦闷"转向"生之苦闷"，作品的叙述视角和故事结构有了更加宽广、坚实的社会基础，主人公也从单一的疾病患者转换为城市底层劳动者。《春风沉醉的晚上》是一个过渡性作品，作者审美观照的中心已经转向城市底层的被剥削者——烟厂女工陈二妹。通过巧妙的故事构思，"我"遇到了在城市举目无亲的陈二妹，在一系列"误会"中，展现出了城市底层美好善良的心灵。"我"在瞬间所涌起的"性欲冲动"也在陈二妹纯洁心灵的感召下，得以净化和升华。1930年代的《薄奠》是郁达夫城市底层叙述的一篇代表性作品。小说中的"我"是一个故事发生发展的重要见证者。"我"有着一副人道主义热心肠，同情人力车夫劳作的艰辛，虽然做不了什么，但是"总爱和洋车夫谈闲话，想以我的言语来缓和他的劳动之苦"，实行一种"浅薄的社会主义"。通过聊天，有了缘分，接连坐了好几次，我们渐渐熟起来了。"我"开始介入了人力车夫的生活，了解城市底层生存之苦、社会剥削之痛。物价的飞涨、洋车东家的挑剔与狡诈、女人不会治家的苦恼，"这个年头儿真教人生存不得"。"我"不仅听他悲哀的诉说，而且看到了夫妻二人因为买布匹的争吵，过着一种简陋心酸的非人生活。车夫最终在一场雨灾中死去了，而"我"和他的妻子揣测他是因为不堪没有希望的剥削之苦自杀而死。所以，结尾中，"我"不禁对着红男绿女大声斥责："猪狗！畜生！你们看什么？我的朋友，这可怜的拉车者，是为你们所逼死的呀！你们还看什么？"

至此，作为小说叙述的原动力已经彻底从性本能欲望转化为一种对城市底层的人道主义情结，小说叙述从原来的性心理、性行为叙述彻底转向城市底层叙述，主人公的"我"也从一个颓废的个体生活"零余者"转向积极的社会生活"介入者"了。

## 二　从城市底层书写到农民、大众文艺的倡导

1920 年代风云激荡，作为创造社的元老和主将之一的郁达夫，很快就感受到中国社会现实的快速发展变化。正如鲁迅所认识的那样，坚持思想启蒙是重要的，但是思想启蒙的功效太慢了，"改进最快的还是火与剑"，郁达夫的文艺思想在从性之苦闷到生之苦闷的转换过程中，也意识到了仅仅关注主观自我心灵世界是不够的，仅仅关注城市底层也是不够的，他开始思考起了一个更加宽广、更加核心、更加迫切的问题，那就是乡土中国的现代化转型和文化重建问题。中国农民的思想意识没有现代化，乡土中国的现代化就实现不了；而对于一个作家而言，为古老的乡土中国社会转型、文化重建所能做的工作就是倡导和建构具有乡土中国本土意义的农民文艺。

整个 1920 年代，中国各种文化力量开始了对乡土中国农民问题的思考，逐渐发现了中国农民在中国革命历程中的地位和作用，这极大地影响了中国知识分子对农民的认识，在文学审美想象中产生了一种新的形象塑造要求和对无产阶级文学、农民文学的文学新召唤。1923 年 12 月，茅盾敏锐地反对"吟风弄月"的恶习、"醉罢；美呀"的所谓唯美的文学、颓废

倾向的文学。他批评中国知识阶级中了名士思想的毒，大力主张"附着于现实人生的，以促进眼前的人生为目的"的现代"活文学"，大声呼唤"我希望从此以后就是国内文坛的大转变时期"。1925年5月到10月，茅盾连续发表《论无产阶级艺术》系列文章，提出了受压迫群体之一的农民艺术观点。

倡导唯美的、为艺术而艺术的早期创造社主将之一的郭沫若也开始反思文艺思想。1926年，郭沫若在《文艺家的觉悟》中认为现在进入了"第四阶级革命的时代"，他斩钉截铁地说："我们现在所需要的是站在第四阶级说话的文艺，这种文艺在形式上是写实主义的，在内容上是社会主义的。除此以外的文艺都已经是过去的了。包含帝王思想宗教思想的古典主义，主张个人主义自由主义的浪漫主义，都已经过去了。"

正是在这样一种轰轰烈烈的关注农民运动的文化洪流中，郁达夫的文艺思想有了新的演变。1926年，郁达夫发表《文学上的阶级斗争》，认为"阶级斗争"，"若要追溯他的渊源，也与人类一样的古"，并把"反抗"、"否定"、"申诉"、"攻击"视为"阶级斗争"最重要的品格。这与鲁迅倡导"撄人心"的"摩罗文学"有着内在的一致性。

1927年9月，郁达夫在《农民文艺的提倡》中提倡一种新型农民文艺。他认为，"说到农民与文艺，向来就很少，尤其是在中国"，陶渊明、范成大的那些田园杂咏是不能称之为"农民文艺"的。"文艺是人生的表现，应当将人生各方面全部表现出来的。现在组成我们的社会的分子，不单是游惰的资产阶级，凶悍的军人阶级，和劳苦的工人阶级而已。在这些阶级之外，农民阶级，要占最大多数，最大优势。而我们中国的新文艺，描写资产阶级的堕落的是有了，讽刺军人的横暴残虐的是有了，代替劳动者申诉不平的是有了，独于农民的生活，农民的感情，农民的苦楚，却不见有人出来描写过，我觉得这一点是我们的新文艺的耻辱。"因此，郁达夫倡导"亲自到农民中间去生活，将这一块新文艺上的未垦地开发出来，或者对于乡村的文学青年，加以征搜奖励，使他们有生气勃勃的带泥土气的创作产生出来。……提倡这泥土的文艺，大地的文艺。"可见，郁达夫倡导的"农民文艺"是一种以农民为本体和主导地位的新型文艺观。

郁达夫不仅从理论上倡导新型的农民文艺，而且身体力行从事农民题材的小说创作,对乡土中国沉默的大多数极其悲惨的命运进行审美观照。《微雪的早晨》和《出奔》是郁达夫描写乡土中国农民生活的重要作品。《微雪的早晨》借助"我"这个叙述者,来展开故事情节的发展。"我"因为与朱君要好,所以受到邀请来到他的农村老家,从而发现了朱君的两件伤心事,"第一是婚姻的不如意,第二是他家里的贫穷"。之后,开始描写朱君性格、行为的"变异":极为节俭的他开始喝酒、放声谴责社会、过于用功导致精神失常。结尾展现朱君悲剧的直接根源是军阀强娶他的初恋情人。朱君是一个被侮辱、被剥削、被损害的乡村农民知识青年形象,他没有找到一条能够反抗悲剧的道路,而成为不幸的牺牲者,这在一定意义上延续了郁达夫"零余者"系列的审美形象。1935年,郁达夫的最后一篇小说《出奔》,以大革命时代为背景描写了一个青年革命者钱时英被地主腐蚀、收买、利用,直到觉悟、复仇的过程,揭示了地主对农民的残酷剥削和奸诈狡猾,呈现了这一时期作者对乡土中国现代转型和中国农民命运问题的思索。显然,钱时英已经从"零余者"系列形象中走了出来,成为一个革命者、觉醒者和反抗者。对于郁达夫的文艺思想而言,这无疑是有着新质的意义和价值。

郁达夫不仅倡导农民文艺,思考文学的阶级性问题,而且还有着更为宏大和开阔的审美视野。1927年,郁达夫在《民众》发刊词中谈到乡土中国沉默的大多数,"中国目下的民众,实在是一点儿势力也没有,一点儿声气也没有",所以"我们要唤醒民众的醉梦,增进民众的地位,完成民众的革命"。1928年,郁达夫在《大众文艺》第一期上明确提出,"文艺是大众的,文艺是为大众的,文艺也须是关于大众的"。

随着"七七"事变的爆发,抗战文艺的呼声越来越高。在此时期,郁达夫进一步思考文艺的价值、功能和受众对象的问题。他的"大众文艺"观也越来越充实、丰富和具体化。1939年,郁达夫认为,在这个大转变时期的十字路口,大众的注意"全转注入了活的社会现实",因而他提倡,反对"抗战八股",建设"有充实的生活"和"满含正义人道自由真理的内容"的文艺。在《抗战建国中的文艺》一文中,他进一步提出抗战文艺,"是有民众总体演成的这一篇大史诗",要"还给全体的民众,使他们得享受、批评",倡导"艺术——文艺——的大众化,通俗化的实践"。

然而，遗憾的是，郁达夫还没来得及进一步实践他所提出的"农民文艺"、"大众文艺"，就被日寇秘密杀害了。从一生的文学创作来看，郁达夫一直在坚守自己的文学理想，有着较为稳定的精神结构，无论是《沉沦》中患有抑郁症的"他"、《春风沉醉的晚上》中的"陈二妹"、《薄奠》中的洋车夫，还是《微雪的早晨》中的"朱君"，贯穿始终的是作者强烈的人道主义情怀、对被侮辱被损害者的形象塑造和从不妥协的反抗、控诉、斗争精神。正如郁达夫在《创造月刊》第一期卷头语所言："天地若没有合拢来的时候，人生的缺陷，大约是永远地这样的持续下去吧！啊啊，社会的混乱错杂！人世的不平！多磨的好事！难救的众生！……在这个弱者处处受摧残的社会里，我们若能坚持到底，保持我们弱者的人格，或者也可为天下的无能力者、被压迫者吐一口气。"

或许，郁达夫的城市底层书写实践和农民大众文艺思想，离他所倡导的文艺主张还有一定的距离，但其一生秉持的"弱者人格"和"为农民大众、为弱者写作"的文学精神，无疑在新世纪的今天有着强烈的精神启示和现实意义。我们不仅要重新认识和还原一个立体的、有着多样精神气质和思想追求的郁达夫，还要从中汲取可贵的文学精神和创作伦理。

# 老舍底层叙述的多元精神维度

> 我昔生忧患，愁长记忆新；
> 童年习冻饿，壮岁饱酸辛。
> 滚滚横流水，茫茫末世人；
> ……

老舍的《昔年》诗，形象地传达了自己一生的生存困境，散发出浓郁的悲剧意识。国败族衰父亡家贫，是老舍出生不久就面临的来自国家民族的、思想文化的、个体家庭的多层面、多维度危机。这种危机和生存窘境伴随老舍的一生。

1840年，西方国家用鸦片和大炮打开了闭关锁国的封建帝国大门，标志着中国现代化历史进程的开启。晚清以来的政治危局、民族灾难进一步趋于加深。一次次的战争失败，不仅严重挫败了民族的自信心，丧失了对民族思想文化的优越感，也沉重地打击了中国的经济。尤其是天文数字的赔款让晚清政府背上了沉重的财政包袱。据《剑桥晚清史》资料分析，"在1895至1911年期间，因庚子赔款和三笔借款共偿还本息4.76982亿两；后面三笔借款（一笔俄法借款、两笔英德借款）是给日本战争赔款才借入的。这个事实意味着中国的可用资源大量枯竭。"晚清政府的巨额赔款和外债最终还是转嫁到了中国老百姓的头上，衰弱无能的晚清政府处于一种整体性的政治困境和经济崩溃的边缘。可以说，1900年的晚清政府造就了一个民族的集体性贫穷——"穷人中国"。

1899年正处于一个"三千年未有之变局"的国家衰败、民族蒙羞的耻辱年代，这年老舍出生于一个处于社会最底层的满族旗人家里，一个"穷人中国"的中国穷人。老舍父亲每月俸银二两，不足以维持一个大家庭的日常生活，靠着老舍母亲打零工勉强度日。1900年八国联军侵华，也就是老舍出生的第二年，他的父亲作为负责守卫皇城的护兵，在京城天安门守护战中阵亡。从生命最初开始老舍就被扔进了一出大的民族历史悲剧之中。老舍的前半生基本上一直都背负着沉重的生存压力并为此而喘息、痛苦和哀叹。幼时孤儿寡母艰辛勤俭度日，在赊借中艰难维持。老舍参加工作以后收入菲薄，生活很清苦，收入的大部分都用来孝敬母亲贴补家用。1929年回国后在山东教书到后来成家生儿育女，老舍又跌入了紧张忙碌又拮据的生活的旋涡。教书备课之余老舍拼命写作，应酬约稿，贴补家用之需。老舍在自己的随记和散文中不止一次痛感生活的清苦和压力，无奈而悲哀地称自己是"文牛"。

纵观老舍的一生，从"穷人中国"的末世国耻与经济窘境，到下层没落旗人的家境、孤儿寡母度日的艰辛窘迫、成人后一直拮据的生存状态，可以说，老舍一生都没有摆脱穷人的生存困境，一生都处于贫穷的阴影之下。穷人境遇给老舍带来了沉重的精神压抑，这使他格外关注社会不公并对此作出强烈反应——凝结为一种深入灵魂深处的"穷人情结"。我们可以看到，老舍几乎是出于本能的，从自己人生体验的深处，以一种格外严酷格外深刻的眼光，从生命的崇高、对生的欲望和本能、被侮辱与被损害的意义上，去认识贫穷、描写贫穷、解析贫穷、抗争贫穷，书写了一个城市底层的"穷人"形象，构成了中国现代文学一道独特的风景线。

老舍的穷人体验和"穷人情结"之所以能够转换为一种审美创作的思想资源和精神背景，以文学的形式来呈现一个被城市巨大光环遮蔽的"穷人世界"，是因为老舍的满族民族文化、老北京的民俗文化、"五四"新文化和西方异域文化等多元文化综合作用的结果。

## 一 末世旗人的异化文化生态

国家的败落造就了一个集体性的"穷人中国"的同时，还带来一个民族的耻辱，由此产生了严重的精神危机。受国家败落的影响最直接和最大的是满族旗人。

### 1. 末世旗人的国民性弱点

满族历史悠久，入主中原之后，作为一个征服高等文化的民族，满清统治者非常注重学习汉族的文化礼仪。满族文化在迅速提高的同时，也把儒家"三纲五常"的封建礼教礼仪与八旗内部本已存在的等级贵贱与繁文缛节结合起来，越演越烈。旗人重等级、讲派头，将做人等同于"做派"，越来越走向形式化、程式化。晚清时期，这种病态的繁文缛节依然是旗人生活中必不可少的一部分。老舍晚年的自传体小说《正红旗下》，就生动地描绘了这种病态的繁琐文化礼仪。

从1840年开始，伴随晚清政府军事上的失败，满族这个曾经武勇刚强、彪悍善战的民族最终由于自身原因和时代的发展而衰败、落伍了，由昔日征战四方的武勇转变为安逸享乐的羸弱，从崇尚刚强雄壮转向柔弱优美，往日的辉煌暗淡为一抹微弱的夕照。老舍生下来就与旗人贫民生活在一起，对他们生活趣味的堕落、物质的窘困、精神上的羸弱深有感触。这些昔日强大帝国的后裔们，八旗制度与满、汉文化毒瘤的双重受害者，在时代潮流的冲击下，仍抱着旧的思想、旧的生活趣味不放。他们不思进取，不关心国家、民族的命运，整天浑浑噩噩，在极度困窘中仍抱着"贵族"的"旧梦"不放。老舍深刻地体验到满人由注重等级、礼仪而发展出的重"派头"、穷要面子的弱点和八旗制度造成的不事生产、注重玩乐、玩物丧志的自甘堕落的生活方式。这些"老中国儿女"有着"国民性"弱点，尤其是在底层没落旗人身上更是鲜明而沉重地体现出民族与文化的双重悲剧。

《正红旗下》描写了底层穷人家里做"满月酒"时的礼数、"排场"。"满月酒"像一幅讽刺画，形象地揭露了满族旗人那繁文缛节的虚伪性。这种繁文缛节，对阔人或许不失为填补精神空虚的"艺术享受"，而对挣扎于贫困线的穷苦旗人而言，这种死要面子的礼仪风俗则不啻是一条可怕的绳索。老舍对八旗子弟终日无所事事、不劳而获、追求享乐、生活无聊，最终堕落、沉沦，饱含痛心与愤懑的激情，生发出锥心的痛楚和无可奈何的深痛叹息：

> 200多年积下的历史尘垢，使一般旗人既忘了自谴，也忘了自励。我们创造了一种独具风格的生活方式：有钱的真讲究，没

钱的穷讲究。生命就这么沉浮在有讲究的一汪死水里……他们的一生像做着个细巧、明白而又有点糊涂的梦。

在这种锥心的痛楚和无可奈何的深痛叹息声中，老舍的内心深处已经凝结着一个民族近三百年荣辱兴衰的历史全部体验和对这个民族国民性弱点的清醒自省。

### 2. 异化的"艺术化、趣味化生活"给予老舍文化滋养

在三百年间满族与汉族文化融合的过程中，满族在汲取汉族高度文明的优质文化资源的同时，也渐渐在安逸和平的生活中，尤其是在八旗制度对人的异化下，将八旗子弟的"聪明、能力，细心"都用在微不足道的事物中，在"蝈蝈罐子、鸽铃、干炸丸子……等等上提高了文化，可是对天下大事一无所知"。上至满洲王公贵族下到没落旗人，在国家、民族生死存亡的关键时期，不是痛定思痛、愤而崛起，而是选择了麻痹和逃避，遗弃了对国家、民族的职责，把个人生命的多元维度和多重意义异化为单一的趣味化、艺术化存在。正所谓他们的"文化"提高了，却失落了以往的武勇。

国家不幸诗人幸，对于一个作家的精神成长而言，这种高度艺术化的生活方式却是难得的文化土壤。老舍在童年时期就是沉浸在这样一种讲究趣味、乐子、艺术的"文化"氛围之中，培育出了极为难得的艺术感知力，获得了极为丰富的文化资源和丰沛的艺术滋养。

因此在老舍的作品中，他对这些老北京没落贵族，尤其是没落底层旗人的精神状况与思想趣味进行了细致的描绘，以批判、讽刺的手法对这些"优雅的废物"的生活与精神状态进行审视揭露。《老张的哲学》通过嬉笑怒骂，勾勒出了北京城中小市民生动的人生图像，从一开始就对国民性和民族性有着深刻的反思，如对穷讲究的"面子"问题的剖析，这似乎是作家天生的禀赋和思想的本质。而通过作品的行文和人物的活动，总能够感觉到一些旗人所特有的文化品质和人生细节，这显然是由于作家是从本民族出发，在这个基点上展开了自己对国家、民族的感情。

《二马》中，老舍通过描绘父子两代人形象，展开国民性反思，尤其是对自己民族的反思。所以老舍的话，即使今天听来，也是那么的振聋发聩：

"民族要是老了,人人生下来就是'出窝儿老'。出窝儿老是生下来便眼花耳聋痰喘咳嗽的!一国要是有这么四万万个出窝儿老,这个国家便越来越老,直到老得爬也爬不动,便一声不吭地呜呼哀哉了!"在这里老舍已经举起了精神启蒙的旗帜,虽然他的出发点和当时文学革命运动的始作俑者有着明显的区别,但是独特的经历和体会,或许能够让他对国家和民族展开更为沉重、更有深度的思考。

1936 年的《骆驼祥子》,标志着老舍创作生涯的高峰。老舍塑造了一个车夫——骆驼祥子这样一个鲜明生动的社会底层人物形象。老舍创作这样的作品,显然不单单是要批判个人主义,而是有着深沉的民族悲剧感在里头的。祥子的堕落隐含着八旗子弟异化的人生困境,以及老舍本人对满族民族悲剧的深刻感知。

正如趣味化、艺术化生活方式所具有的双刃意义一样,满族作家老舍,在受到这样一个营养丰富的文化土壤滋养的同时,也不可避免地沾染了这个高度敏感的艺术化民族的思想疾病——深入灵魂深处的悲观。

## 二 老北京的传统中国文化风俗

从文学空间视阈考察,出生于北京是老舍进行文学创作、培养艺术感知力的一个重要文化维度。北京给予了老舍一个极具历史长度和文化容量的文化空间,也是老舍一生审美想象的精神家园所在。

北京城不仅仅是一个地域概念,更是一个文化概念。"老舍是当之无愧的模范北京市民。他固然因北京而完成了自己,却同时使北京得以借他的眼睛审视它自身,认识自身的魅力——是这样禀赋优异的北京人!因而他属于北京,北京也属于他……老舍是使'京味儿'成为有价值的风格现象的第一人。"从这里不难看出,老舍的作品中所蕴含和表示出来的,除了民族身份和旗人心理,展现更多的是悠久历史和文化空间的北京,是饱蕴"京味儿"的乡土中国文化的一支流脉——京派文化。

具有八百多年悠久建都历史的北京,明清以来就是中华民族政治、经济、文化的中心。自旗人入关定都北京以来,几百年来旗人对北京文化的改造,以及和汉族文化的相互融合、互动影响,就形成了独特的老北京文化。这一文化特色既显现出几千年来传统中国文化的特色，也体现出旗人自身的文化特征，中庸、平和的底子里，外嵌快乐与悲哀、爽朗与矜持的双重花边。表面上，这些北京人永远都是快乐的，永远都能够给自己找乐子，但从内里本质上来讲，他们又是高傲的、矜持的。到了晚清末年，这种本质上的高傲，又被无可奈何、无可摆脱的悲剧感所替代。特定历史时期的悲剧和旗人自身民族悲剧的双重打击，让这些最能苦中作乐的人，在平和持中的生活中不仅流露出内心的苦涩，也在中和笑声与请安作揖中显现出深深浅浅的哀愁。

晚清末年、民国初期的老北京所具有的这种多重文化意味，在老舍的童年心灵深处投下了巨大的影子，构成了老舍性格气质中的内核部分。老舍的气质秉性是这座代表中国传统文化中心的千年古都所赐予的，虽说老舍的文化心理结构由中西文化交汇而成，但传统中国文化，尤其是"京味儿"代表的北京文化在此结构中居于最核心的位置。老舍是"中庸"的、"仁爱"、"尚柔"的，所以他不可能如陈独秀、鲁迅、郭沫若那样以决然的姿态站在时代的高度，对整个中国传统文明进行彻底性否定和批判。即使在一些批判国民性的文学作品中，老舍的批判也是"中庸式"的，是面带温情的，有所保留的。以老北京为代表的传统文化如烙印般深深地印在老舍的灵魂深处，老舍又用这刻骨铭心的老北京文化去建构他的艺术形象，所以老舍笔下的人物形象具有多重的历史、文化、生命、情感维度，以至于超越具体的历史语境和时空的限制，鲜活地走进当代，感动新世纪的读者。

"我生在北平，那里的人、事、风景、味道和卖酸梅汤、杏儿茶的吆喝的声音，我全熟悉。一闭眼我的北平就是完整的，像一张色彩鲜明的图画浮立在我的心中。我敢放胆地描画它。它是条清溪，我每一探手，就摸上条活泼泼的鱼儿。"老舍的小说创作，非常善于运用他与老北京的"血缘"关系。老舍非常喜欢而且擅长写民风民俗。虽然游历过不少西方强国，老舍始终对北京的自然风光、人情世态、风俗礼仪情有独钟。

老舍在《四世同堂》中对老北京自然风物和民俗风情的描写，足见他对老北京文化的体验之深、情感之浓。老舍在这部长篇巨著中，一方面挖掘出了平民百姓沦陷苦难生活的凄苦惶惑和挣扎反抗，另一方面也给读者展现了一幅超大规模的关于老北京民俗文化的艺术画卷，因此著名学者赵园先生称之为"北京史诗"。按照赵园的归纳,"京味儿小说"流派体现的风格大体如下:理想态度和文化展示;自主选择,自足心态;审美追求;极端注重笔墨情趣;非激情状态;介于雅俗之间的平民趣味;幽默感。归纳得非常详尽,也非常典型。而老舍,在这样的文化熏陶中写出的小说,自然统统都有鲜明的"京味儿",即通过对老北京自然风物、民俗风情和人物形象的心理、作风做派的描写,在作品中鲜活地呈现出一个具有传统中国文化特征的老北京与老北京人。

北京之于老舍,老舍之于北京,有着一种互文关系。仔细品鉴老舍所有的作品,读者就会发现,老舍的艺术精品力作几乎都是写老北京的。一旦涉及老北京的那些人和事,老舍的文学艺术想象力和审美趣味马上就被全部调动起来,《骆驼祥子》、《四世同堂》、《茶馆》无不形神兼备,人物形象眉飞色舞,堪称经典。

## 三 "苦汁子"生命体验

舒乙曾经写过一篇题为《理解老舍先生其人其文的五把钥匙》的文章,在文中他用五句话来概括老舍的特质,其中第二句是"他是满族人",第三句是"他是穷人"。这种穷人和满族末世人的双重身份就形成了老舍特殊的成长环境,使他从小就懂得了世态的炎凉和生活的艰辛,加深了老舍与底层市民的情感联系。即使老舍成人后做了大学教授和著名作家,贫困的影子也并没有消失,而是一直跟着他。抗战爆发后的20世纪40年代,老舍别妻离子孤身一人南下,在重庆过着朝不保夕的生活,乃至于因营养不足而出现严重贫血的病症。老舍一生都没有割断与穷人的血脉联系,而且以自己的"头朝下"穷人生活经验、包蕴"苦汁子"的生命体验和解不开的"穷人情结"进行底层叙述,成为穷人的代言人,为他们的悲惨遭遇而抗争、呐喊、呼号。

已是"残灯末庙"的满清政府在政治和经济上都陷入严重的危机之中,下层旗人的生活景况更加凄惨,老舍一家五口就靠每个月领来的三两饷银和一些老米度日,而就是这点微薄的钱粮到他们手上也是所剩无几,其生活甚至到了无法维持的地步。"我们穷骑兵们,虽然好歹的还有点铁杆庄稼,可是已经觉得脖子上仿佛有根绳子,越勒越紧!……多亏母亲会勤俭持家,这点收入才将将使我们不至于沦为乞丐。"

穷人的孩子没有上学的机会,大一点的都早早地投入到帮父母维持生计去了。老舍是幸运的。到了上学的年龄,在世交好友刘寿绵大叔(即后来出家的宗月大师)的帮助下,老舍有幸进了学校。老舍非常珍惜这一来之不易的求学机会,学习更加刻苦,成绩极为优秀。小学毕业后,到当时免学费的北京师范学校继续学习。此时的旗人地位已经一落千丈,京城里的满族旗人甚至不敢公开承认自己的旗籍。像老舍这种出身于底层旗人家族的同胞们地位更加卑微,生活更加艰苦。老舍在学校里结交的好朋友大都是旗人后代,如罗常培、白涤州、董鲁安等人。这种情形体现了老舍作为满族末世人一种本能的心理认同。同时,敏感而多思的老舍还亲眼目睹了他周围同胞们的悲惨现状,目睹了他们为了活命而四散开去,大批大批地流入到城市贫民的行列,他们有的当了巡警,有的做了木匠、裁缝、剃头匠、车夫,有的做了小商小贩,有的没有找到职业,只能四处流浪,敲着小鼓收废品、沿街捡破烂儿、行乞、卖卜,还有的当了妓女……

这些人都是与老舍在情感上息息相关的满族同胞们,他们的悲剧故事和坎坷人生老舍是最熟悉不过的了。在他走上创作道路以后,很自然地就把自己熟悉的生活带进了创作中来,而且这种来自于穷人和满族末世人在经济和精神上的双重生存体验,使得老舍倍加关注城市平民的命运遭际,在题材上他不会也不可能去选择他所不熟悉的诸如王侯将相、达官显贵。老舍选择了文学作为为穷哥儿们的悲惨生活而呐喊、呼号、抗争的工具,以自己的满腹"苦汁子"的穷人体验和迸着"血和泪"的生之痛苦去叙述一个被漠视、遮蔽和践踏的群体——底层穷人。

在现代文学史上,老舍对底层穷人世界的书写与其他作家存在极大的差异。这种差异不仅仅因为他熟悉这个阶层,更重要的是他一开始就把自己投入到这一生存的境遇之中,把自己与底层穷人融为一体,不是顾影自怜或者超然世外,也不是为了某种创作目的而去体验和熟悉生活。他能在一条"骨头全要支到皮外"的癞皮狗身上"看见自己的影子"。这种"迸着血和泪"写出来的作品在某种程度上更加深化和丰富了老舍小说的平民情怀。正基于此,在他笔下的平民世界中,老舍怀着对穷人和满族末世人的深切体会和血肉相铸的情感态度，不仅描摹了骆驼祥子、小福子、月牙儿等栩栩如生的下层民众形象，并使其成为现代文学画廊中的典型代表。

老舍成功的底层叙述源于自我认定为穷人，并出于本能地从最基本的求生欲望中去认识穷困，去揭示生命的意义与社会的不公，这与老舍一生对痛苦原生态的体验有关。在文学创作的审美想象中，这种穷人生活经历和苦汁子的生命体验，在作品的形象和文学环境的营造中转换为一种原型范式的"穷人情结"，成为作者审美想象的思维和情感内核。

老舍正是从个体的底层苦难境遇连接到民族的、大众的苦难境遇，集个人与民族、国家的贫穷苦难于一身承受体验，以"穷人情结"为核心创作出《骆驼祥子》、《四世同堂》这些超越历史、空间和民族的优秀文学经典。

## 四　对"五四"新文化的暗合与疏离

早在"五四"新文化运动之前，老舍在私塾、小学接受的是中国传统思想文化教育。在文学方面，少年时期的老舍接受的是桐城派的文学风格熏陶。1919年老舍毕业之后，因为成绩极为优秀，被委任为一所小学的校长。此时的老舍虽然已经开始关注"五四"新文化运动，但是囿于中国传统文化思想意识和自身思想视野的局限，二十岁的他在受到"五四"新思想吸引的同时，还对中国传统思想文化保有好感的一面。1921年，老舍开始尝试创作新诗和白话文小说。1921年5月他的第一篇白话文小说《她的失败》在《海外新声》杂志上发表。这标志着老舍在文学意识上已经汇入了"五四"新文学革命的创作思潮之中了。

在"五四"新文化运动的干将纷纷追求思想激进的文化潮流中，老舍却选择了一条迥异于他人的思想道路——基督教。1921年起老舍在北京基督教伦敦会缸瓦市福音堂的英文夜校学习并参加宗教服务。1922年老舍接受洗礼加入基督教。同年，老舍来到南开中学担任国文教员。在南开师生举行的"国庆"纪念会上，老舍做了背负"两个十字架"的演讲，显现了作为当时"五四"作家的共同特征的批判意识和忧患意识，与鲁迅"背着因袭的重担，肩住黑暗的闸门"的牺牲精神有着惊人的一致。

"五四"思想解放运动给了老舍现代的眼光、现代的思想意识。老舍叙述自己幼年入私塾,第一天就先给孔圣人的木牌行三跪九叩的大礼;后来,每天上学下学都要向那牌位作揖。到了"五四",孔圣人的地位大为动摇。既可以否定孔圣人,那么还有什么不可否定的呢?从而一下子就打乱了两千年来的老规矩!"我还是我,可是我的心灵变了,变得敢于怀疑孔圣人了!这还了得!假若没有这一招,不管我怎么爱好文艺,我也不会想到跟才子佳人、鸳鸯蝴蝶有所不同的题材,也不敢对老人老事有任何批判。'五四'运动送给了我一双新眼睛。"用"新眼睛"看事物的老舍,从那种旧的传统生活准则中走出来,不再"兢兢业业地办小学,恭恭顺顺地侍奉老母,规规矩矩地结婚生子",而是选择一种叛逆的、追寻自我价值意义的生活方式。

"五四"新文化运动的反封建思想使老舍体会到人的尊严,人不该做礼教的奴隶;后来的"五四"反帝国主义使老舍感到中国人的尊严,中国人不该再做洋奴。这两种认识成为老舍后来写作的基本思想与情感。"这点基本东西迫使我非写不可,也就是非把封建社会和帝国主义所给我的苦汁子吐出来不可!这就是我的灵感,一个献身文艺写作的灵感。"

这是"五四"运动之后,给予老舍深深的思想、文化与灵魂的震动与影响。但在"五四"运动当时,老舍与"五四"新文化运动是隔着一层的,老舍对"五四"运动的激进、反传统的价值态度是有所保留的,并不是完全认同的。因此,"'五四'把我与'学生'隔开。我看见了'五四'运动,而没在这个运动里面,我已作了事。是的,我差不多老没和教育事业断缘,可是到底对于这个大运动是个旁观者。"

老舍在"五四"时期对历史和现实的观察点,在对中国文化发展历史进程以及这种文化所派生的国民性的开掘剖析中处于矛盾状态之中,因而使得老舍的创作着力思考和精心表现的几乎都是华夏民族在现代走向中如何进行主体建构的问题,如何让传统中国思想文化与现代文明文化进行对话与转换的问题。

但是,毫无疑问的是,"五四"新文化改变了老舍的心灵,并以一种更深远的方式在以后的时间段里影响着他。

## 五 异域文化的"底层叙事"

2003年11月伦敦的荷兰公园圣詹姆斯花园31号,被英国遗产委员会正式镶上"名人故居"的圆形蓝牌特定标志。牌匾素雅醒目,最上面用小字写着"英国遗产",正中是老舍的中英文名字与生卒年份,下面用英文写着:中国作家在此居住,再下面注明1925—1928,即老舍在此居住的年份。老舍是第一位居英住所被列为"名人故居"的中国作家。

老舍后来在《我的创作经验》中说:"倘若我始终在国内,我不会成为小说家。到了英国,我就拼命地念小说,拿它作学习英文的课本。念了一些,我的手痒痒了。离开家乡自然想家,也自然想起了过去几年的生活经验。为什么不呢?""狄更斯是我在那时候最爱读的",而康拉德的"结构方法迷住了我"。可以说,伦敦之行,激活了他审美创作的强烈动机,促成了他心中的底层生命体验和"穷人情结"转化为审美想象的精神资源,更重要的是西方异域文化极大地开阔了老舍的思想文化视界,给予了他文学创作和审美想象的入门经验和思维训练。

老舍到英国之后,广泛地接触了欧洲文学,从古代的荷马史诗、古希腊悲剧喜剧、古罗马文学到文艺复兴、17、18世纪至近代英法文学。在这浩瀚的欧洲文学长河中,老舍尤其欣赏近代小说的写实的态度与幽默诙谐的笔调,最喜欢的是狄更斯、康拉德、但丁等人的文学作品。在灿若星河的欧洲作家中,与老舍的脾胃和气质最接近的是狄更斯。

狄更斯的成长经历、审美气质与老舍自身成长过程中的底层生命体验、包蕴"苦汁子"的情感世界一拍即合,因此,老舍对狄更斯的审美思维方式、文学创作主题从内心深处非常认同,所以极大地影响了老舍的审美创作风格,并且调动了老舍进行文学创作的审美冲动。狄更斯的小说不仅激起他最初的文学创作冲动,而且其作品中的幽默风格和人道主义思想,也得到了老舍的高度认同。老舍在学习、借鉴狄更斯的同时,并没有完全照搬狄更斯的人物塑造模式和故事结局方式,而是结合中国现实语境和自身生命体验,开创出一种属于老舍本人的美学气质和文学风格。

在老舍所熟悉的诸多外国作家中,狄更斯既是老舍在文学创作方面的启蒙老师,又是老舍受益终身的文学大师之一。此外,康拉德、但丁、福楼拜、莫泊桑等欧洲作家对老舍的影响也很大，尤其是康拉德。康拉德在东西方文明交锋的冲突中所感到的个人孤独、人类价值荒谬，以及他对祖国的怀念，对大海和原始自然的尊崇，对忠诚、正义、高尚的无比尊重，对专制、阴谋和压迫的憎恶，在相当程度上影响了老舍。老舍的小说和作品中，正是通过生命的苦难和人性的被摧残、压抑、畸变来反衬对人的生命的珍重与热爱。在艺术手法方面，受巴尔扎克、福楼拜影响的康拉德，其文学世界中现实与浪漫风格主题的接触，是一个充满矛盾、包蕴艺术张力、充满对立因素的精神世界。老舍接受了康拉德深沉、孤独的悲剧的命运思想和矛盾多样的艺术表现形式，并将其转化到自己的文艺创作之中去。

至于但丁、福楼拜、莫泊桑等作家和小说悲剧风格的感染，则使老舍从滑稽式的幽默向讽刺式的幽默转化，在人物塑造到语言风格上，他对"招笑"的幽默有所控制，悲剧的成分被更多地注入了形象世界之中，通过荒诞、幽默的人物形象直逼悲剧性的社会本质，表达出作家对现实人生的深刻清醒认识，呈现了一个被遮蔽的、不幸悲哀而又苦苦挣扎抗争的底层穷人社会。

总之，老舍从自己独特的民族文化、个体生命体验出发，汲取"五四"新文化和西方异域文化的现代思想，把从狄更斯、康拉德、但丁、巴尔扎克等作家那里获得的艺术营养运用到对中国现实底层社会的描绘中，以富于北京地方特色的语言，塑造了众多血肉丰满的具有典型"中国特征"的人物形象，尤其是城市底层人物形象，为中国现代文学奉献了一个既与外国文学有联系，又别开生面、独具一格的"城市穷人社会"。

# 论鲁迅与老舍的"底层叙述"

意大利马克思主义者葛兰西提出"底层阶级"概念。当代中国学者对底层概念的研究兴趣，起源于20世纪90年代以来中国新富人阶层与穷人阶层分化的巨大差异。刘旭在《底层叙述：现代性话语的裂隙》中指出，"所谓'底层'，就是处于社会最下层的人群。这是个不需要思索的概念，处于'最下层'就是划分的标准，这个标准的内容如果再详细一些，可能包括政治地位低下、经济上困窘、文化上教育程度低等，被称为底层的，可能三个条件全部满足，也可能只满足其中的一个条件。""底层"概念的提出为分析研究中国现当代文学文本中的底层形象、关注当代中国底层群体利益，提供了一个新的思想维度和批评尺度，在一定程度上补偿了阶级性批评空缺的局限。中国现代文学从一开始就具有书写底层民众的思想指向和审美趣味。从1917年开始的新文学到当代文学，众多描写底层的文学作品勾勒出了一个乡土中国的"穷人区"和庞大的底层"穷人"形象群。不同的作家，由于生活经历、生命体验、审美视阈的差异，他们的底层叙述也呈现出不同特征。其中，鲁迅的"鲁镇底层叙述"和老舍的"老北京底层叙述"最为突出。这二者不同的思想渊源、文化视野、审美趣味、价值追求，构成了乡土中国"底层叙述"丰富多彩的文学风景。

## 一 鲁迅的"乡镇底层叙述"：
### 疗治"中国病人"的启蒙现代性"目视"

中国现代文学研究学者王瑶先生说："在小说里，把农民当作主人公来描写，鲁迅是中国文学史上的第一个人。"鲁迅先生正是以其对乡土中国的深刻观察、对乡镇农民的"人"的现代性想象与审视，结合自己对中国农民社会生活、精神心理的深刻生命体验，建构了性格各异、类型众多的老乡土中国乡镇农民形象，成为中国现代文学想象和建构中国贫苦农民的第一人。自1840年鸦片战争失败以来，中国知识分子就在思考中国失败、落伍的原因。随着一次次更为惨烈的失败，中国人对自己的怀疑、反思、否定由器物层面，上升到制度、文化层面，从中西体用之辩的功能性批判到"五四"时期"打倒孔家店"的全盘否定。这意味着中国知识分子已经彻底认同中国文化已病入膏肓，无药可治了，只能"全盘西化"，彻底更新华夏民族的文化血液。"病中国"的思想意识不仅已经形成并出现于中国知识分子的著作之中，而且在西方人的眼里，中国已经是奄奄一息、任人宰割的"东亚病夫"了。

梁启超在《少年中国说》中提出"老大帝国"与"少年中国"之说，即有以创造"少年之中国"取代老大、迟暮、病态之中国的思想。新文化运动时期的李大钊也有文章号召青年们缔造"青春之中国"、"青春之世界"。最为形象的是小说家所想象的"病中国"：东海觉我的科学小说《新法螺先生谭》也充满了"病中国"的想象：地球最底层有一个大家庭。家中的老翁名叫黄种祖，实际已经九千多岁。老翁的四万万儿女，或者昏睡不醒，或者永远处于稚童的混沌中，都没有可能成长。他们中了一种毒，因此意志消沉，体格羸弱，而且短命。小说最后展示水星上的"造人术"，即凿开病人的头颅，以一种新鲜脑汁注入老人的颅内，使老人生命回现，重新变成了黑发青年。这种想象生动地体现了中国知识分子对"病中国"里的"中国病人"进行生命重造、重新振兴中国的强烈愿望。在很长一段时间内，"病中国"、"中国病人"的思想认知布满了中国思想文化界，成为对乡土中国进行现代性思想认知的精神起点，构成了鲁迅国民性探索的思想底色。

鲁迅的独特个人城镇成长经历和青年时期对医学知识的学习为其小说创作提供了切入视角和知识背景。鲁迅想做医生的最终目的是"促进维新的信仰"，救治"病中国"。因此，鲁迅后来弃医从文的道路选择就非常容易理解。在"幻灯片事件"中，鲁迅深深体会到："我便觉得医学并非一件紧要事，凡是愚弱的国民，即使体格如何健全，如何茁壮，也只能做毫无意义的示众的材料和看客，病死多少是不必以为不幸的。所以我们的第一要著，是在改变他们的精神，而善于改变精神的是，我那时以为自然要推文艺，于是想提倡文艺运动了。"愚弱、麻木国民的精神病患才是中国一系列失败、落伍的真正原因所在，是"病中国"的病根所在。因此，做一个医治中国国民精神病患的"思想医生"，就成为鲁迅探索中国现代化道路的首要选择。这也是鲁迅内在的"维新"、启蒙主义思想发展的必然逻辑，与早期的学医选择在内在思想逻辑上是一致的。

在具体的文本世界中，鲁迅以这种西方现代性思想来目视"病中国"里的小城镇农民，塑造了一系列"中国病人"形象。鲁迅出生于浙江绍兴府会稽东昌坊口周家，一个介于大城市与农村之间的城镇。鲁迅除了随母亲到外祖母家接触过一些乡村农民生活之外，大部分时间都是在城镇区域度过的。鲁迅在第一部小说集《呐喊·自序》中叙说自己童年时期曾经"出入于质铺和药店里"，即城镇所拥有的经济、生活场所里的人生体验。因而，鲁迅对中国农民的思想认知和情感体验首先是以他对乡镇里的农民生活感知、观察为基础的。

鲁迅第一部白话小说《狂人日记》有着乡镇生活视阈。"狂人"有着乡镇生活背景：狂人出生于一个较为富裕的大家庭，能够得以在中学学习，家里有宽阔的院子、厅堂、书房，拥有众多的土地和佃农，生病时可以请乡镇上的"何先生"来切脉诊治。相对而言，封建礼教传统在中国乡镇是最为完整、保守性和压迫性最强的。在乡镇里的狂人更能够感受和体验到封建礼教的森严、压迫，所以狂人反封建意识也最为浓烈，以至于产生了"四千年吃人"封建礼教历史的独特体验，发出"救救孩子"的呼声。如果说狂人的城镇背景模模糊糊不够清晰的话，那么孔乙己则直接点出"鲁镇"的乡镇性区域背景。短篇小说《孔乙己》故事发生发展的地点是鲁镇的咸亨酒店。小酒店是小乡镇特有的生活场域，具有乡镇公共空间的功能。无论是阔绰的"长衫派"，还是贫穷的"短衣帮"，他们都可以在这里得到各自的休憩、娱乐和慰藉。咸亨酒店也是一个极为重要的各色人士聚会和传递乡镇讯息的自由场所。乡镇特有的另类人物——非"长衫派"、亦非"短衣帮"的乡镇穷酸读书人——孔乙己就是在这样一个乡镇公共空间出场了。孔乙己虽"原来也读过书"，然而没有进学，又不会营生，所以"愈过愈穷，弄到将要讨饭了"的地步。孔乙己这样一个独特空间场域的另类穷人，在乡镇公共空间——咸亨酒店——受到了来自各色人物的取笑；他在咸亨酒店的三次出场构成了故事主要情节。在这样一个乡镇公共空间中,各色人物对他的不同态度,形成了"快活的空气"场域,从而展现了场域中各色人物的嘴脸:乡镇独霸一方的"丁举人"的残暴、"短衣帮"穷人的无聊以及孔乙己命运的悲凉。《药》的空间区域和故事结构与《孔乙己》极为相似,也是一个乡镇公共空间——茶馆。人物在同一茶馆里前后出场,不同的是多了一个乡间墓地的结局,其实这也是孔乙己本人的最终归宿空间。《明天》由循环的空间场域转变为一种变化的空间,从咸亨酒店和单四嫂子家转到药店诊所——何小仙家,又到墓地,最后回转咸亨酒店和单四嫂子家。总之,在鲁镇的空间场域内,无助的单四嫂子来回颠簸,只能眼看着孩子在庸医的手中死去。《风波》的空间依然是鲁镇,但是多了一个无名的、却时刻在场的"城市"。七斤"每日一回,早晨从鲁镇进城,傍晚又回到鲁镇,因此很知道些时事"。七斤正是因为进城而被强制剪了辫子,皇帝复辟消息传来,因为没有辫子"犯了皇法"而焦虑不已;再次进城,皇帝不坐龙廷了,但是七斤的孩子六斤却依然逃脱不了被裹脚的不幸痛苦。鲁镇穷人七斤和她的孩子处在一种无名的文化压迫之中。《祝福》中的祥林嫂更是被封建礼教文化思想痛苦折磨的典型穷苦女性代表。

鲁镇为代表的小乡镇吸收、聚集着一种无形的、沉重的封建礼教文化,在鲁镇上的一个个公共空间和私人空间存在着、压迫着鲁镇穷苦的人们。鲁迅在一种西方现代性启蒙思想的审美视野的观照下,通过鲁镇这样一个乡镇区域空间,结合自己特有的乡镇生活经历和生命体验,创造了"鲁镇"这样一个小镇文学空间和"鲁镇"穷人形象系列,即一个"老中国儿女"的文学世界。

## 二 老舍的"城市底层叙述":
生活现代性的生命体验和审美"平视"

日本学者竹内好认为:"学问与生活并非同样的事情。然而,从终极结果上说来,与生活不相联系的学问根本不存在,任何学问都是从我们应该怎样生存这一追问出发的。确实,学问与生活不能等同,不脱离直接的生活,学问自身的发展是不可能的。尽管如此,如果终极意义上的联系被忽略了的话，学问就会变成经院派的学术，那么学问也会堕落的。学问具有国际性，存在着世界共通的课题。但是，那共通的问题应该具有的性质，是可以还原到人类世界应该怎样生存的问题上来的。"

竹内好把学问与生活联系起来，以具体的生活体验视阈来切入文学研究，进入作家及其作品的生命世界中去，突破凝固的概括式历史和已有的稳定性研究结构，从而获得真切的生命体验与具体的生活场感，进行主体间的生命探询。他反对把学术研究与生活视阈割裂的研究方式，而把生活视阈作为进入作家灵魂世界的必经之门，提供了一种新颖、鲜活的文学研究方式，即日常生活视阈下的生命体验和审美想象。

老舍的城市底层叙述恰恰是从生活视阈出发，以城市底层人的日常生活事件为主要叙述对象，即抓住常态化的生活来展现底层人物每天发生的悲喜剧。与鲁迅的画龙点睛式底层叙述、左翼文学中的非常态暴力叙述相比，老舍的日常生活视阈更能揭示底层人物的存在悲剧，真实感更强，揭示力度也更为深远。

樊骏先生评价老舍的文学作品时，在不经意间准确地揭示出了老舍这一"日常生活"叙述角度："这些作品，具有浓郁的生活气息和生活情趣；不只是同情个别人物的痛苦遭遇，而且真实地再现城市底层的生活场景，不只是同情个别人物的痛苦遭遇，而且尖锐地提出城市贫民摆脱悲惨命运的社会课题。它们增强了这类作品表现生活的能力，提高了这类作品的思想艺术水平。这是老舍对于中国现代文学发展的一个贡献，他也因此成为以描写城市贫民著称的作家。"樊骏先生连用四个"生活"词汇，点出了老舍出色的"底层生活叙事"能力和独特的"日常生活"这一叙述视角。

作为穷人家的孩子，老舍从小就面对着贫穷的"日常生活"。"日常生活"就是要填饱肚子。对于穷人来说，这种要生存的最基本问题就是天大的事。"只有通过这类创作，老舍才得以把最深切的同情，倾注到他所熟悉的'一天到晚为嘴奔命'的人们中间。都是贫民们，永远需要耗尽全力地去换取最起码的温饱条件，以维持生活，老舍理解这一点，也能够在他的相应作品中，如实地描述主人公们的这种生存情状。"穷人式的日常生活所带有的艰辛、屈辱，已经深入老舍灵魂记忆深处，成为他日后进行文学创作的"穷人情结"。

纵观老舍的文学作品,这种底层生命体验以一种或隐或显的方式呈现于老舍的审美情感世界之中。即使在老舍的一些非底层叙述的文学作品中,老舍的审美视野里依然有着一种"穷人情结",如《文博士》中老舍也是以穷人目光审视与关照这位"文博士"的,从"日常生活"视角展现"文博士"的穷人式生存境遇和生存哲学。穷人的生活处境和生命体验,成为老舍进行文学创作的最宝贵思想资源和主要的审美感知方式。

近代的中国城市不是因辽阔乡村土地上自然经济商品化程度的提高而产生出城市发展变迁的强大推动力量,而是由于西方介入,被动走上了资本主义的畸形发展道路,出现了产业结构严重失调、贫富两极化、偏重原材料与轻工业的畸形化发展态势。这种畸形发展的城市,并不是真正完全意义上的现代化城市。

在城市内部,工业化导致的物质财富激增和人口向城市的高度集中,刺激了自由市场经济的发展,也使中国传统道德走出了原有的伦理设计步入拜金主义迷境,带来了一系列社会问题。高楼大厦的城市游荡着汽车喇叭、电话等各种机器的声音和光怪陆离的畸形现象。茅盾的《子夜》就曾生动地表现了现代都市声光电色的华丽外衣和欲望化存在。城市在造就百万富翁的同时,也带来众多的底层贫困群体;城市在拥有现代性华丽外衣的同时,其内里也布满了残衣败絮。都市底层穷人群体在城市巨大的畸形华丽外衣遮蔽之下,在现代文学世界中一直处于无声无息的黑暗世界之中,直到穷人作家老舍出现才渐渐被照亮,得以呈现出来。

老舍从自己的穷人生命体验出发,通过汲取西方作家,尤其是狄更斯等人的审美风格,融会满汉民族、中国传统文化和现代西方文化,塑造了一系列老北京的底层穷困人物形象,有骆驼般吃苦卖力的人力车夫,有为了糊口、为了养活家人而不得不"卖肉"的妓女,有像狗一样转来转去挣口饭吃的旧巡警,有苦学一身手艺而派不上用场的手艺人,有到处受欺负、社会地位极其低贱的旧艺人,更有深受生存挣扎之苦还要承受"三纲五常"礼教折磨的最底层的穷苦女性形象。

老舍的第一部长篇小说《老张的哲学》中就出现了生活在"劳苦世界"空间的一个人力车夫"赵四"。赵四是一个独特的存在。他在变成洋车夫以前,也是个有钱而自由的人。在经历了层层的生活挫折和磨难之后,尤其是在狱友和街坊人们的讥讽嘲笑下，赵四也依然不改游戏行善、急公好义的热心肠性格。赵四这一人物形象凝聚了老舍对老北京底层旗人悲惨生活的深刻体验，显现了他对穷人多重文化性格的准确把握，为后来《骆驼祥子》中祥子典型形象的刻画做了最初的审美尝试。

老舍在自己的童年贫穷生活经历中就曾亲眼目睹了一些底层旗人女子被逼良为娼的悲惨事情。老舍在文学作品中写过不少妓女，如《赵子曰》中的谭玉娥，《新时代的旧悲剧》中的宋凤贞，《骆驼祥子》里的小福子，《月牙儿》中的母女俩，《微神》中的"我"等等。这些妓女，几乎全是可怜的、善良的好女人。在城市里，这些女子接受过一定的教育，有的还当过小学教员。家境衰落、穷困潦倒之际，她们多方挣扎，寻求谋生的路子，但是社会环境没有给这些可怜的穷女子们一条能够自我谋生的道路。走投无路的她们，为了糊口、为了养活家人，被逼无奈不得不走上一条最原始、悲哀的卖肉之路。

"一辈子作艺，三辈子遭罪"。老舍在《鼓书艺人》中借"窝囊废"之口，点出了旧艺人的悲苦命运。尽管方宝庆和秀莲等人本本分分地做人，认认真真地卖艺，可是，他们还是不能摆脱厄运：哥哥"窝囊废"被飞机炸死，书场毁于火海，亲生女儿大凤被副官骗去又抛弃，秀莲也被特务蹂躏。"而这，就是现实，就是社会对他的犒劳。他叹了一口气。他从来没做过亏心事，一向谨慎小心，守本分，一直还想办个学校，调教出一批地道的大鼓艺人。现在一切都完了。所有攒的钱，都给窝囊废办了后事。姑娘出嫁，他的病，花费也很大。钱花了个一干二净，连积蓄都空了。生活费用这么高，不干活就得挨饿。""艺人都是贱命，一钱不值"，方宝庆只好以"今天脱下鞋和袜，不知明天穿不穿"的俗语来慰藉自己。

老舍对底层旧艺人的痛苦不仅是亲眼目睹，而且是感同身受的。老舍自称"写家"，从不以"作家"的神圣称号自居，从某种意义上而言，老舍本身就是旧艺人中的一员，是靠"写东西"卖文为生的艺人。自身就是"旧艺人"中一员的老舍以与旧艺人同甘苦共命运的心心相通、审美观照下的为生存、为填饱肚子而挣扎的语言文字，字字皆是血泪之语、心痛之声。

老舍出生于一个城市底层穷人家庭，在大杂院里度过艰难的幼年和少年时代。大杂院的日常生活，使他从小就熟悉车夫、手工业工人、小商贩、下等艺人、娼妓等挣扎在社会底层的城市贫民，深知他们的喜怒哀乐。大杂院的艺术熏陶，使他从小就喜爱流传于市井巷里的传统艺术（如曲艺、戏剧）。"大杂院"铸就了老舍心灵世界的苦难的阴影，成为老舍一生都挥之不去的、烙入灵魂深处的精神记忆。因此，在审美想象的世界里，老舍差不多在每一个作品里都写到"大杂院"或与"大杂院"相关的记忆与事物。"大杂院"只是偌大北京城的一个小片断，老舍就在这个抛却不去的"片断"上展现出了老北京的风土人情，展示出北京城市底层大多数穷苦人的生存状况——物质的、心理的、精神的挣扎与痛苦。

老舍正是凭借自己的底层"头朝下"的生活经历，把自己一生的"苦汁子"生命体验凝结为一种"穷人情结"的审美想象，真心实意、彻彻底底地形成一种"写穷人、为穷人"城市底层叙述的文学创作自觉，穿透被遮蔽的穷人黑暗世界，建构了一个被照亮了的底层穷人的"劳苦世界"，成为中国现代文学世界里的一道独特风景。

## 三 鲁迅和老舍"底层叙述"的成就及其审美盲点

在启蒙现代性的审美世界里，鲁迅通过塑造底层农民的愚昧麻木形象来隐喻国民性弱点与思想文化的病态，获得了成功。鲁迅对"病中国""鲁镇"空间里的底层农民"愚昧景观"的呈现，引起了此后中国知识分子"疗救"的注意，对于推进农民思想意识的觉醒有着巨大的思想价值。鲁迅揭示思想病征的"国民性改造"写作模式，在中国现当代文学史上产生了巨大的思想影响力，20年代蹇先艾、台静农、艾芜、沙汀等人的作品无不深深打上了鲁迅的影子。从40年代解放区、国统区到五六十年代的文学创作，鲁迅的这种批判国民性、揭示农民思想病征的创作模式依然时隐时现，新时期文学中的作家高晓声、何士光、莫言、李佩甫、王方晨等人重又扬起了"国民性批判"的大旗。

但不可否认的是，鲁迅"病中国"的启蒙审美认知视野下的农民阿Q，承载了过多的传统历史文化的重负因素，有着过多的负面形象特征。更为严重的是，鲁迅所开创的"病中国"里愚昧底层农民形象的形象模型和审美认知范式，已经形成了一个描写中国农民负面形象的文学创作模式，乃至在现当代思想文化史上形成一个对农民进行污名化的思维模式。而这对中国农民是不够公正的,而且也是有悖于鲁迅的审美初衷的。当代学者葛红兵在《直来直去》中就认为:"阿Q是一个在启蒙偏见之下被塑造出来的人物,因为他作为一个农民身上的正面要素完全被低估了,更为主要的是,即使是这样一个身上正面要素被低估了的农民形象,其被当作反面典型加以认定的东西,依然有许多值得我们再探讨的。但是,直到如今,中国文学界对此并无真正的反思,因而它依然主宰着许多中国当代作家对农民的认识,有的时候这种主宰是有形的,有时候这种主宰是无形的。"葛红兵的批评,显现了鲁迅启蒙现代性的审美认知和形象思维的盲点与误区。

与鲁迅相比,老舍先生没有那种职业作家和思想精英意识,一向以"写家"自居,把自己归为旧社会卖艺为生的旧艺人系列之中,视自己为一个靠卖文为生的、居于社会底层的"艺人"。甚至有时候,老舍从一条骨头全要支到皮外的癞皮狗身上看见自己的影子;在《又是一年芳草绿》的散文中,老舍进一步分析自己对世界和人生的"悲观"心理认知,"我笑别人,因为我看不起自己,别人笑我,我觉得应该;说得天好,我不过是脸上平润一点的猴子"。老舍以猴子自比,是老舍心灵苦难悲情的自我书写!也是老舍对一个庞大的穷人阶层、乃至是一个阶段时期——积贫积弱近现代中国的民族镜像,在审美创作想象中物化为一个较为稳定的底层穷人形象群体和挣扎于其中的地狱般"劳苦世界"。自比"文牛"的老舍一生勤耕不辍,他在抗战以前创作了大量"写穷人"的文学作品,写出了《骆驼祥子》这样的城市底层叙述名篇;抗战期间,老舍投身抗战文艺,创作了大量通俗文艺作品,对抗战文艺产生了很好的影响,尤其是对启蒙"不识字、没文化"的穷人起到了良好影响。新中国成立之后,老舍响应召唤,回到穷人翻身的新中国,产生了"天下穷人是一家","咱跟你是一头儿的"思想认知,继续城市底层叙述,创作出了《茶馆》等文学名篇。

老舍的"城市底层叙述"以一种平视,乃至是生命体验的方式展现城市底层穷人的"日常生活世界",这自然比鲁迅的俯视式思想审视有更多的生活质感和鲜活的细节。但是,老舍审美思维的流动在随着生活而自然摆动的时候,文学形象却也因为审美平视而深陷一种"盲目的欲望之流"之中而不得自拔,缺少作家对人物形象内在的人的精神向度的审美展现,步入了"日常生活"与"物欲"的审美困境之中。《骆驼祥子》中的祥子和虎妞、《鼓书艺人》中的秀莲、《月牙儿》中的"我",都显现了一种来自身体生理机制的"物欲"形象的深刻,难有灵魂的震撼。

在结构上而言,鲁迅的小镇底层叙述多受制于结构、篇幅的限制,无法对人物形象作进一步的展现,因而多用一些白描式的点睛之笔,来突出人物形象的内在精神;老舍的文学创作,一出手就是鸿篇巨制,迥然有别于鲁迅。所以在篇幅容量上,老舍具备了能够立体摹写人物灵魂世界的可能性。遗憾的是,由于"平视"难以获得深邃的思想维度,老舍作品中的女性人物形象始终难以确立起一种生命自我的主体性。《骆驼祥子》中的虎妞形象存在的工具性结构功能自不待言,即使是一些以女性形象为主角的文学作品,如《月牙儿》等,女性所有活动的主旨即在于饮食、男女,乃至于为男人而存在;更为严重的是,文本中处处隐匿着一种男性思维和话语霸权。显然,在性别结构世界里,老舍的认知是倾斜的,从而构成了审美思维的又一盲点与误区。任何一种单一认识模式和审美范式都是一把双刃剑,在获得巨大成功的同时,也带来某种局限和盲点。

毋庸置疑,鲁迅和老舍的"底层叙述"对新世纪文学创作和文化建设具有重要意义。当代文学如何表述"底层"?有没有当代"孔乙己"、"祥林嫂"、"祥子"?当代底层的文学之路何在?在贫富呈现两极化、社会阶层分化严重、穷人问题重新提出的市场经济时代,底层叙述已经成为当代文化建设的一个聚焦点。学者聂珍钊在《关于文学伦理学批评》一文中认为,"虽然我们反对把文学变成道德的训诫,但却不能放弃文学的道德责任","我们的文学批评现在需要童真的回归,即要分好坏!辨善恶!尤其是目前中国的文学批评出现伦理道德价值缺位的时候,我们的文学批评更应该肩负起道德责任,以实现文学伦理道德价值的回归"。在当代文坛众多作家依旧沉湎于"纯文学"想象的精神状况中,鲁迅和老舍的"底层叙述"无疑具有深刻、独特的伦理价值和道德意义,为当代中国文学走向底层、叙述底层、呈现底层,提供了文学史意义的思想经验和精神资源。

# 以群：中国文学理论的自觉建构者与传承者
## ——读叶周的《文脉传承的践行者》

意大利马克思主义理论家葛兰西被捕之后，在监狱里深入思考了意大利社会主义运动。针对当时意大利的历史、文化和社会发展情况，葛兰西提出了意识形态领域中的"文化领导权"问题，并认为如何争夺文化领导权是意识形态领域中的核心内容。一个新型的"有机"知识分子"是依赖于'不停地坚信事业'的——不仅是夸夸其谈的，而且是提高到抽象—数学精神的作为建设者、组织者和实践者生活积极的溶合；必须从劳动活动形式上的实践，推进到科学活动的实践以及历史的人道主义的世界观，没有这种世界观，就仅仅是一个'专家'，而不是一个'领导人'（专家＋政治家）。"[①] 以群先生就是葛兰西所描绘的这一类型的"有机知识分子"，是集"建设者、组织者和实践者"于一身的学者型文艺"领导人"。叶周先生编著的《文脉传承的践行者——叶以群百年诞辰纪念文集》(上海三联书店，2011年) 一书从以群先生同时代人的叙述、亲人的深切追忆和文艺思想的评价中，让我们重新领略到这位"有机知识分子"的多元精神风采。

以群先生是一位有着自己丰富艺术经验和独特理解的文艺理论家。正如叶舟所言："以群是作为一位著名文艺理论家而为世人所了解的，他的这一声誉来自于新中国成立以前的几十年他所从事的文艺理论实践和理论评述。'左联'时期，他以华蒂为笔名，那时就是著名的左翼评论家。"[②] 早

---

① ［意］安东尼奥·葛兰西：《狱中札记》，葆煦译，人民出版社，1983年，第423页。
② 叶周编著：《文脉传承的践行者——叶以群百年诞辰纪念文集》，上海三联书店，2011年，第31页。

在20世纪30年代，以群就积极参加了左联的活动。1930年时仅十九岁的以群在日本东京成立了"左联"东京支部，并以"华蒂"为笔名翻译了高尔基的小说集《英雄的故事》。1931年，回国后的以群参加了左联，担任左联秘书处干事和文艺旬刊《十字街头》的编辑工作。1933年天马书店出版了以群译述的《文艺创作概论》，1936年天马书店出版了以群创作的《创作漫话》，指导青年作家和文学爱好者进行文学书写；1937年以群翻译了《苏联文学讲话》、《新文学教程》，在国内传播了马克思主义文艺观，产生了重要而积极的影响。面对日益严峻的抗日战争，身为文艺理论家和活动家的"有机知识分子"，以群积极呼吁作家创作抗战文学，认为"文艺写作者不可远离现实的生活，应该切实的参加在社会生活的涡流中，获得丰富的生活知识，以作为写作的材料。"① 因此，以群主张，"当一种震动全民族、全社会的事变突发的时候，我们应该毫不踌躇地投身在广大民众争取生存的战斗队伍中，做他们的一员，与他们共同地生活——共同地笑，共同地哭，共同地悲哀，共同地愉快，共同地受苦，共同地享乐……经验他们的经验，感觉他们的感觉；同时在变动之中，观察一切事件的根源，分析一切事件的脉络，推测一切事件的趋势，抓住这大动乱中的每一小变动的关节和枢纽，大体和细节，然后用文艺的形式将它表现出来——这就是自己的作品。"② 在以群鼓励进行创作通讯、日记、报告、速写等文艺战线的"轻骑兵和游击队"的时候，他依然提出作品的艺术性的问题："同时也不能忽视它们的艺术性；作品的艺术性是与它的社会效果密切地相连结着的。而且在艺术性较强的小型作品里，也正能够发见文艺新形式的胚芽。"③ 这不仅呈现了以群作为文艺理论家对时代重大问题的及时性回答，而且展示了其对艺术现实性和艺术性的深刻而辩证的理解，以及其对"文艺新形式"的真诚期待与自觉建构意识，时隔半个多世纪之后的今天依然有着深刻的思想启示和精神意义。

以群先生是一位有着自己独特文艺理念和艺术感悟的文艺评论家。作

---

① 以群：《以群文艺论文集》，上海文艺出版社，1983年，第3页。
② 同上书，第4页。
③ 同上书，第7页。

为一位马克思主义文艺理论家,以群在学习马克思主义文论和中国传统文论的基础上,形成了自己的现实主义文学观,创作了一系列优秀的文艺评论作品。以群在《恩格斯的现实主义论》中,在引用恩格斯和马克思关于席勒与莎士比亚的话后,认为"他们反对作品中人物成为作者的'单纯的传声筒',代表作者说话,宣传作者的意见和观念,而失去人物本身的性格;他们强调人物性格的特征,主张具体地描写人物,表现人物的性格,反对'抽象'化,反对为了便于传达作者的观念而歪曲了人物的性格",倡导恩格斯所主张的"忠实于现实、忠实于艺术的态度和方法"。[①] 大千世界,无所不包,小姐的香汗是真实的,祥子拉车的臭汗也是真实的,如何来实现文艺的真实性呢?以群在《文艺的真实性》一文中指出:"只有表现占恶劣地位的大多数人的文艺才能逼近现实,正眼对现实,而反映出现实的本质的真实……所以,作家如果要创造优秀、伟大的——最能反映现实世界的真实的文艺,就必须稳固地站定在多数被蹂躏的人们的立场上,艰苦地努力他的创作。"[②] 可贵的是,以群在鲜明地提出自己现实主义文艺理念和文艺批评观的时候,还积极倡导多元艺术风格的文艺作品和文艺批评。以群在《在斗争、竞赛和群众的考验中前进》一文中,从古今中外文艺发展的事例出发,分析艺术创作和文艺思潮都需要广泛的讨论和较长时间的群众性的考验,才可能逐渐得出结论。因此,以群认为"我们主张'百花齐放'、'不怕毒草',绝不是如有些人所设想的要维护毒草,要给真正的毒草留下一席地位,以示'照顾',而只是说我们'必须谨慎地辨别什么是真的毒草,什么是真的香花'。我们要反对一切毒草,但是,不用简单的方法来判定香花和毒草,特别是不用主观主义的轻率判断,给以排斥","而应该是放手让不同形式、不同风格的作品展开自由竞赛,各种不同的作品和评论去经受群众(读者)的考验,而不采取简单的行政干涉的办法——不让发表或出版"[③]。而且正是因为存在不同形式、风格的作品,存在所谓的香花与毒草,"文艺批评不是应该收起它的武器,而是应该更加磨砺它的武

---

[①] 以群:《以群文艺论文集》,上海文艺出版社,1983年,第90页。
[②] 同上书,第226页。
[③] 同上书,第123—124页。

器,担当起以'说理的方法'来支持健康的作品和发表正确的意见,批判有毒的作品和战胜错误的意见的任务"[①]。以群作为一位马克思主义文艺理论家不仅秉持着独特的文学理念,还有一种开阔的、民主的、科学的、辩证的、着眼当下面向未来的文艺批评观;其思想理念不仅新颖深刻,掷地有声,而且呈现了一位马克思主义理论家的真知灼见及探索真理、追求真理的勇气和胆识。

以群作为一位文艺理论家和文艺批评家,还体现在对鲁迅思想的继承、发展和阐释中。在《文脉传承的践行者》一书中叶周先生编辑的"以群年谱"里,我们可以清晰地看到以群与鲁迅先生交往的精神线索。1932年秋,以群因为左联的工作关系会见了鲁迅;之后不久,以群陪同鲁迅去一些爱好美术的青年们组织的"画会"演讲。1934年春,以群去内山书店拜见鲁迅,为两位文学青年的经济绝境而向鲁迅求援。经济也拮据的鲁迅给了以群十元钱,并送给他一本《引玉集》。1936年鲁迅逝世,以群自始至终参加了鲁迅送别仪式。在《一代人的鲁迅梦》中,叶周先生向我们讲述了以以群写的剧本《艰难时代——鲁迅在上海》为脚本的电影《鲁迅传》拍摄中夭折的事情,这不仅是以群的遗憾,也是赵丹等电影人的遗憾。鲁迅逝世后,以群写了大量文艺评论来悼念、阐释和继承这位文学巨匠的精神思想。在《鲁迅的现实主义精神》中,以群认为鲁迅的现实主义精神始终贯彻在创作中,体现在反对要求文学"超时代"的主张,那一主张无疑是"说自己用手提着耳朵,就可以离开地球者一样地欺人"。鲁迅认为,作家如果有意识地想着"普遍,永久,完全,这三件宝贝",它们就会成为"作家的棺材钉,会将他钉死"。以群认为,"鲁迅的作品,至今还有着生命,有着深刻的现实意义,正是由于他面对现实,不求'超时代'的缘故","这就使他的现实主义达到了新的高峰"。[②]对于文化遗产和文学继承问题,以群明确反对新文学是"外面移植过来的"观点,而认为新文学是"孕育于中国旧文学的胎内的","是与'五四'以前的旧文学脉络相承,绝非从天而降的怪物",并以鲁迅为例证明之。而在《鲁迅对待文学遗产的态度》

---

① 以群:《以群文艺论文集》,上海文艺出版社,1983年,第124页。
② 同上书,第326—327页。

中,以群从文学承继发展的历史脉络中,进一步展示了新文学发展中传统文化民俗的作用、意义和价值。[①] 以群指出,"现实性、政治性和人民性这三个标准是贯串在鲁迅对待中国文学遗产的整个精神之中"。鲁迅认为"明人小品"是空灵的,而明末遗民著作"实在还要好",呈现了并不空灵的现实生活,"在士大夫和民间文学之间划出一条鲜明的界线",推崇这些"虽不及文人细腻,但却刚健,清新"的民间文学,认为其"会给旧文学一种新的力量"。以群所呈现的鲁迅继承文学遗产的态度在今天依然非常有启示意义。在《鲁迅对待文艺批评的态度》中,以群指出,"鲁迅一向迫切地期待着真切的批评和坚实的批评家的出现"。鲁迅肯定和坚持"我们需要批评的","必须有更真切的批评,这才有真的新文艺和新批评产生的希望",而且认为批评的任务,"不但是剪除恶草,还得灌溉佳花——佳花的苗",希望批评家多做些"诱掖奖劝的意思"的工作。文艺既没有"一劳永逸"的事,也不能"留下一片白地",因为"既有空地,便会生长荆棘或雀麦","最要紧的是有人来处理,或者培植,或者删除",使之"略免于芜杂"——"这就是批评"。以群不仅自觉地学习鲁迅的文学批评思想,还有意识地阐释鲁迅的文学批评思想,来为当代中国文学批评提供有力的精神资源和思想武器。

在《〈以群文艺论文集〉编后记》和《文脉传承的践行者——以群和叶子铭》中,叶子铭和叶周先生分别向我们呈现了一位文学理论自觉建构者的学者型文艺理论家的以群形象。在学者叶子铭先生看来:"从30年代起至新中国成立后,为了发展革命的文艺事业,以群同志很早就致力于马克思文艺理论的译介与研究,并力图运用马克思主义、毛泽东思想,来研究、总结'五四'以来我国现代革命文艺运动的历史经验与成败得失,真可谓是孜孜不倦、认真执著,三十余年如一日。"[②] 以群作为一位文艺理论家不仅写下了大量的文艺论文,至今有着学术价值和史料价值,还自觉进行理论建构与传承,这主要体现在高校文科文学理论教材《文学的基本原理》

---

① 以群:《以群文艺论文集》,上海文艺出版社,1983年,第259页。
② 叶周:《文脉传承的践行者——叶以群百年诞辰纪念文集》,上海三联书店,2011年,第181页。

的主编上。1961年以群受任主持编写国内一部把马列主义文论、中国传统文论和现代革命文艺实践相结合的具有中国特色的文学理论教材。以群非常重视这一工作，有意打破以往沿袭日本、欧美或苏联"文学概论"的模式，"着重总结我们自己的经验，建立起我们自己的理论体系"，从文学实际中去寻找有规律性的东西。《文学的基本原理》一开始就从什么是文学这一根源问题出发，叙述了中国古代夏后启乘飞龙上天盗取仙乐的《山海经》神话，生动地呈现了文学的审美特性。在分析文学与社会生活关系的时候，以群等人不仅从《吕氏春秋》等中国典籍谈起，而且运用考古学和人类学知识，以当代鄂温克人的原始生活与驯鹿绘画的关系为例分析，生动自然，呈现出浓郁的中国特色的文学概论特征来[①]。对此，叶子铭先生给予了高度评价："在以群同志的晚年，由于意识到我国革命文艺运动的历史教训，他曾力图在当时客观历史条件许可的情况下，突破教条主义的束缚，从我国革命文艺实践的经验教训出发，编写一部具有我国特点的，系统阐述马克思主义文学原理的教材。"[②] 时间说明了一切，以群主编的《文学的基本原理》经受住了时间的考验，在改革开放的新时期，不仅得以重新出版，而且得到了胡耀邦总书记的肯定。更重要的是，以群主编的《文学的基本原理》一书已经成为建构具有中国特色文艺理论体系的重要基石，凝聚了以群等人的文艺思想和宝贵的个体生命体验。

在钱理群和李书磊看来，文学研究不应该仅仅是作品的历史、作者的历史和读者的接受历史研究，还应该包含文学活动的历史。对此，李书磊等学者提出了文学活动史的研究问题。事实上，随着现代社会分工的精细化和社会组织结构的严密化，文学发生、发展的历史越来越呈现出鲜明的组织性、群体性、政治性和经济性等特点，即福柯所言的文学生产在微观和宏观等不同层次显现出资本与权力无所不在的现代性特征。正是从这个意义上而言，以群对于中国现当代文学史的发生发展是一个不可忽视的独特存在，即不仅是作为文学批评家、文学理论家，而且是作为一个文学

---

[①] 以群：《文学的基本原理》，上海文艺出版社，1980年，第57页。
[②] 叶周：《文脉传承的践行者——叶以群百年诞辰纪念文集》，上海三联书店，2011年，第178页。

活动家、文学组织者的意义和价值。叶周先生所编著的《文脉传承的践行者》,很好地记述了以群与周恩来总理、郭沫若、茅盾、周扬、巴金、于伶、罗荪、靳以、叶子铭等不同阶层人士的文学活动交往,从而呈现了文学发生和发展的内部运行机制和时代文学圈的精神生态,具有重要史料价值。正是从这个意义而言,叶周先生编著的《文脉传承的践行者》具有总结几十年文学历史经验与教训、为未来文学研究提供史料和文献佐证、对新世纪中国文学研究和批评提供建设性思想启示的多元精神价值。

# 《赴难天兵》：新世纪报告文学审美转向的典型文本

作为文艺战线的轻骑兵，当代文学领域中的报告文学曾经产生过重要的审美功效，在很大程度上影响和改变了当代中国社会生态和发展进程。当代文学批评家黄子平认为，"杂文"不仅意味着一种写作方式，而且意味着那一代知识者对他们所理解的"五四精神"的坚持和传承，意味着对那个时代、民族和大众的一种道德承诺，意味着对艺术创作的自由独立精神的执守，意味着对"五四"时代所界定的文学家的社会角色的认同。在高度评价 1940 年代杂文文体所蕴含的内在价值理念的同时，黄子平紧接着说："对 80 年代中国大陆的'报告文学'，在某种意义上，亦可作如是观。"[①]1990 年代以来，随着社会转型和市场经济的兴起，文学与政治的关系进一步疏离，报告文学渐渐陷入另一种脱离现实的审美误区，一度找不到自己的位置和角色，渐渐失去了昔日的轰动效应。在这种审美文化语境中，于波的报告文学《赴难天兵》，呈现出新世纪以来中国报告文学对现实重大问题的一种新的审美思维方式，摆脱了报告文学的存在困境，以一种新的审美存在方式继续发挥着这一文学体裁独特的价值和审美功能。本文拟在对《赴难天兵》进行文本细读的基础上，分析作品的审美艺术特征，从中探寻新世纪中国报告文学审美思维的内在机理和运行机制。

---

① 黄子平：《文学住院记——重读丁玲短篇小说〈在医院中〉》，收入李陀编选：《昨天的故事——关于重写文学史》，生活·读书·新知三联书店，2011 年，第 9 页。

## 一　对民生灾难问题的审美聚焦

1990年代以来,中国思想界和学术界发生了一次影响深远的学术转向。当代著名思想家李泽厚对此描述为:"思想家淡出,学问家凸显。"这一学术转向影响深远,极大地改变了中国学术生态,并从学术层面扩展到整个思想层面,以某种思想潜流的方式或明或暗不时起伏隐现于社会各个层面。从文学界而言,文学创作在一定意义上消解了思想启蒙的意义追寻,转向无批评而有温情的人性化写作,某些以性、暴力、娱乐等为主题的商业化写作和网络文学写作占据了很大市场,一些文学研究和批评津津乐道"学术性"、"规范性",舍弃了至为重要的批评反思意识。这一思想文化语境对于报告文学来说无疑有着更大的负面影响。文学,尤其是报告文学如何突围,成为一个严肃而迫切的问题。于波的报告文学《赴难天兵》比较集中地呈现了这一文化语境的时代症候和审美思维方式的转向。

《赴难天兵》审美聚焦的是2008年5月12日发生的四川汶川大地震事件。作者选择了一支赴汶川进行抗震救灾的空降兵部队作为描写对象,展现了这支有着革命光荣传统的"红三连"、"上甘岭特功八连"、"黄继光连"部队浴血拼搏、奋力救灾的英雄事迹,塑造了新时代中国军人与自然灾难进行斗争的新英雄群体形象。面对巨大的、毁灭性的地震灾难,从年近花甲的将军、妻子随时早产的指导员、身患绝症的班长到已经退伍的士兵,无不在危难之际听从内心和军人使命的职责,他们选择的是在最紧要的时候,冲上去!"灾情就是命令,时间就是生命。我们要听从指挥,英勇战斗,敢于牺牲,前赴后继,建立新功,永远无愧于'卫国英雄营',无愧于人民的空降兵!"[①]

民生灾难成为《赴难天兵》等一些新世纪报告文学审美聚焦的中心,取代了以往的"思想启蒙"和"意识形态叙事",实现了报告文学审美叙事的新转向和新功能的担当。这种审美转向有其内在的合理性。毫无疑问,在和平建设年代,民众的福祉无疑是一个最根本和最终的问题,是人本主

---

① 于波:《赴难天兵》,解放军出版社,2008年,第16页。

义的具体体现;而以往的意识形态写作则恰恰有意或无意地忽略了这一根本性和基础性的问题。

## 二 对官兵群体的英雄化、人性化书写

《赴难天兵》不仅在审美聚焦中心实现了向民生重大问题的转移,而且在具体人物形象和叙事方式等方面也有其独到的思考。《赴难天兵》中的英雄形象不再是某一个个体,而是一个英雄群像:即以时间发展的自然过程为线索,单线挺进与多场景共时态描写相结合,立体呈现了这支英雄部队的感人事迹。

"茂县的天塌了,地陷了,山崩了,路断了,河流被堵塞了,村子被毁灭了,遇难者被埋在废墟下,而幸存者也走不出去了。"在这样的绝境之下,"这次的战斗任务,无疑是非常艰巨的。他们要追风逐电一般长途飞行……每个勇士要凭借一顶飞伞两只脚,踏出一条生死之路。"[①] 蜀道之难难于上青天,伞兵们平时跳伞高度是八百到一千米,翼伞适应的高度是三千五百米以下,而面对崇山峻岭,这里最低的跳伞高度是五千米,零下十多度的低温。在这从未有过的情况下,伞兵稍有不慎就会粉身碎骨;正是凭着勇气、热忱、意志和过硬的技术,十五位空降兵勇士开启了气壮山河的一跳,为抗震救灾、挽救生命提供了最珍贵的时间和生命讯息。

根据这十五位空降兵勇士提供的讯息,这支部队兵分多路,以迅雷不及掩耳的速度,赶赴汶川重灾区,分别扑向什邡、绵竹、绵阳、德阳、北川、平武等地。救人、救人、快救人!这是战士们心急如焚的念想。"饭来不及吃了。渴了的,抓起矿泉水喝上几口,接着干;受伤了的,用绷带简单包扎一下,接着干。只要不累趴下,就没别的可说,接着干!"班长易雨,他自己家的房子全塌了,奶奶被埋在房子下去世了,但他什么也没有说,擦擦汗水,又操起撬棍扑上废墟。几个昼夜,他一直连续地忘我拼搏,直到累得昏倒在地。随着时间的流逝,大地震进入了第五天,许多遇难者的遗体已经腐烂,发生瘟疫的危险也越来越大,到处弥漫着令人窒息的尸臭味。

---

[①] 于波:《赴难天兵》,解放军出版社,2008年,第26页。

由于缺少防护设备,许多人被腐臭的气味熏得晕头转向,蹲在地上哇哇呕吐。怎么办?卫生所长手足无措。团参谋长说:"很简单,只要把死难者当成自己的亲人,那就只有感到悲痛而顾不得恶心了。"①面对那么多废墟和遗体,战士们从一家一户死亡"亲人"的哀悼升华为一股不可遏制、不可阻挡、勇敢无畏的力量。

可贵的是,《赴难天兵》在描写我军官兵英勇奋战、不怕牺牲、奋力救人英雄品质的同时,也展现了英雄们"人之常情"的一面:班长易雨在奋力救人的过程中,也思念地震中的亲人,得知奶奶去世后,化悲痛为力量,奋力去救助更多的"亲人"。战士李少杰深夜梦中听到了母亲的救命呼唤;当真的遇到了母亲的时候,得知父亲受伤,他自己无法料理爷爷的后事,就向爷爷去世的方向磕了一个头,跺跺脚而去。连长知道了这事骂他"混账小子"。在晚上休息的间隙,团政委领导开车把他带到了灾区群众安置点,看到了伤势好转的父亲。

作者于波不仅从人性化角度展现英雄的"柔情",更有意将其升华为一种部队军官对普通士兵的体恤和关怀之情。正是这种从内心生发出来的儿女亲情、爱情、友情升华为一种人间的真情大爱,成为这支部队坚不可摧战斗力的情感源泉和力量源泉。

## 三 重铸精神之魂的深层意蕴

大地震过去两个月了。这是没日没夜的两个月,苦苦鏖战的两个月,可歌可泣的两个月。"这些刚强的勇士,从军长、师长、团长营长连长至士兵,……一个个简直都磨炼成青铜战士了。一双双带茧刺的大手,一张张有棱角的黑脸,一笑,露出一口白牙。是的,他们的肤色和品格都像是青铜打造的。他们小憩时,仿佛是或坐或卧的青铜塑像。"②

这只空降兵部队屡建奇功,打造了一个个生命奇迹:在清平乡,他们利用自身特有的装备和专业优势,帮助中科院院士和七千余名群众编织软

---

① 于波:《赴难天兵》,解放军出版社,2008年,第77页。
② 同上书,第245页。

梯,在绝壁上架起一百多米长的"生命之梯";超越极限,开辟空中救命线,实施多批次、高密度、高难度、超长时间的空投任务;他们把地面的救护和空中的救护对接起来,哪里有陷入绝境的灾区群众,哪里就有穿越时空的"生命的接力赛",多途径、立体化地挽救一个个生命。

在挽救生命之外,官兵同时悄悄开始生命家园和精神家园特别是心灵家园的建设。海会堂寺院的主持要为死难孩子超度亡灵,这不仅是对宗教的尊重,也是对生命的尊重,对生者心灵的抚慰。四连十一个精疲力竭、蓬头垢面的人,硬是两天建起了一座简易庙宇。

"能活着上学的孩子,真是很幸运"。想想这些孩子,司家安政委不由潸然泪下,"他想一个将军的良心,一个战士的使命,一个国家的未来","他知道,还有成千上万的书包,都在亟待活着的孩子们背起来","必须尽快重建校园,必须!"[①] 拼了,权当又打一次上甘岭!整整突击了五个昼夜,静安小学在官兵们的顽强拼搏下,在每双磨出血泡的大手中诞生了。学校有了,出现了一个新情况,十二岁的小志芬因为妈妈在地震中死了,爸爸双手残废了,无钱上学,战车营三连官兵听说了就提出一个"爱心传递"的倡议,为"小志芬们"这样的孩子办"爱心捐赠卡",营指导员向群众许诺:无论干部和战士怎样调动,"爱心账户"一定传递下去,直到孩子大学毕业。这支部队不仅仅救人冲锋在前,重建家园不甘人后,而且从将军到士兵有着更深刻的思考,要重建精神的家园、心灵的家园,重铸精神之魂和民族美好的未来。可见,《赴难天兵》这篇报告文学呈现出一种深邃的精神意蕴。

从《赴难天兵》的文本来看,新世纪报告文学已经走出脱离政治现实的困境,在抽空了意识形态的以往审美聚焦点之后,从社会民生重大问题的关注中获得了一个极为坚实的审美落脚点,呈现出一种丰富宽广的人道主义情怀和平等自由的独立人格意识。进一步体味,我们就会惊人地发现,或许这是新世纪文化语境下一种迂回式的"文艺轻骑兵"战斗风格,显现出这种报告文学的人文关怀意识和重铸国魂、民魂的精神维度。当然,对

---

[①] 于波:《赴难天兵》,解放军出版社,2008年,第263页。

民生问题的关注不能替代,也无法取代对现实意识形态的追问、反思和批评。而真正深入彻底地解决好民生问题,是绕不开对意识形态的思考、批评和超越的。从这个意义上而言,我不仅期待出现《赴难天兵》这样有着坚实审美落脚点的报告文学,我更加期待披荆斩棘、勇往直前的黄子平所期许的报告文学。正如鲁迅引用尼采的话,"爱看血写的文字"。

# 新世纪中国电影精神维度如何建构

## ——以《唐山大地震》为例

中国当代电影如何走出好莱坞大片的审美模式、创造出具有中国艺术风格、现实内容和精神维度的中国电影，是一个亟待解决的问题。新世纪以来，中国电影陷入好莱坞电影模式的审美思维和意识形态的潜在规约之中，如在 20 世纪 80 年代领一时风气之先的导演张艺谋，在新世纪拍摄的《英雄》《满城尽带黄金甲》《三枪传奇》无不遭受质疑和诟病。即使是很强劲的现实题材电影，如从贾平凹同名小说改编而来的电影《高兴》，本可拍成一部具有现实主义和悲剧风格的艺术作品，但是编剧和导演却把这个表现新世纪中国农民工的苦难和悲剧的精神寓言故事改编为一个不伦不类、歌舞剧风格的喜剧作品，令人哭笑不得、难以接受。我看了之后，则是内心愤怒不已。这种所谓"和谐"的电影不禁让人质疑导演和编剧是如何曲解、误读乃至篡改作者的本意的，更让人想要质问电影导演的良知与责任何在。当然，新世纪以来中国电影也不乏具有现实主义精神品格和当代中国叙事内容的优秀电影，如青年电影导演贾樟柯的《站台》《任逍遥》《三峡好人》等以其低成本、专注中国县域底层、建构一个时代心灵史的艺术特色和精神追求，构成了一种独特的、宝贵的当代中国现实电影艺术风格特色，捍卫着中国电影的艺术尊严和生命良知。但像贾樟柯这样的电影导演太少了。

正是在这样一种当代电影艺术格局中，曾创作了《夜宴》这样低劣的好莱坞风格作品的冯小刚，其新导演的《唐山大地震》实现了创作的重要转向。《唐山大地震》展现了中国电影导演对当代中国历史和现实问题的审美思考，塑造了在地震大灾难前后中国人的独特情感震颤和生命意识，从而呈现了新时期三十年来在历史裂变与社会转型下当代中国人的伦理文化观念变迁和当代中国人的奋斗历史与心路历程。毫无疑问,《唐山大地震》是一部具有中国历史内容、伦理文化和情感记忆的中国风格电影,是当代中国电影精神维度探寻的一个重大突破。

## 一 大历史架构下的个体家庭心灵史

地震灾难是人类的悲剧性事件。唐山大地震,在中国1970年代发生的这场大地震,因为当时地震的破坏性严重、伤亡人数巨大、救援条件有限、缺少国际救援等众多因素而显得尤其惨烈无比。如何呈现这类沉重、惨痛的民族性大灾难,对一个电影导演来说,这是一个极为艰难、沉重,有时会出力不讨好、极难把握的事情。但是,作为人类历史记忆的记录者和呈现者,电影导演为了与宿命的遗忘相抗争,又有义务和责任去呈现沉重惨痛的灾难悲剧,去建构一种人类承受灾难、抗争灾难、战胜灾难的情感记忆与精神维度,展现大灾难所激发出的人的勇气、力量、智慧与爱,来铭记灾难、告诉后人、抚慰生者与死者的灵魂。值得欣慰的是,对于中华民族历史上一些重大的天灾人难,我们的一些导演已经开始有勇气去触及这类悲剧性、灾难性题材,如电影《南京!南京!》。冯小刚的《唐山大地震》直接触及新中国历史上一个曾被遮蔽的灾难性事件。从题材角度而言,这就显现出一种极大的历史价值和审美勇气。从这个意义而言,网络上有人因为冯小刚夸口说"五亿票房"而批评他借灾难性事件大发其财,这是没有道理的;问题不在于票房多少,对于导演而言,追求一定的票房效益无可厚非,也是市场经济理性原则所在。作为观众和研究者应该追问的是,冯小刚是否把这个灾难性、悲剧性的重大题材,导演为一部优秀的、深入人心的,展现人性、精神维度、与灾难相抗争的心灵史影片。从这个方面出发,我认为冯小刚导演的《唐山大地震》实现了这一要求。

冯小刚对《唐山大地震》这个具有"历史纪念碑"性质的重大灾难题材,没有从宏观叙事角度出发,而是选择大历史下的小历史,从一个小家庭的聚散离合、心灵情感的成长来呈现从1976年到2008年这三十多年当代中国人的伦理文化、情感心理的嬗变。电影一开始就为观众展现了"唐山大地震"爆发前的地震景观,如密集的蜻蜓,既有群体性展现,也有局部性大蜻蜓的特写,还有从家庭鱼缸跳出的金鱼等现象。而这些现象又是在方大强一家人生活视阈下看到的地震征兆。同样,唐山大地震的巨大灾难性事件的呈现,也是从方大强一家人的视野出发,通过方大强死亡、方达失去一只胳膊、方登丢失、李元妮除了残疾的方达外一无所有,即一家人在地震中的灾难性遭遇及其过程的展示,来呈现整个唐山市大地震的灾难性后果与过程。这种电影叙述模式和审美思维方式,体现了一种新历史主义的逻辑思维,即通过个体性、家庭性、细节性、局部性等被遗忘历史所遮蔽的、微观性历史细节来展现整体性历史架构和宏观事件。

## 二 "唐山人":《唐山大地震》电影之魂

《唐山大地震》这部影片之所以能感人至深,网络上不少观众留言说感人泪下。[①]为什么会有如此效果?我们可以进一步追问:历览新世纪中国导演拍摄的电影,有多少部能够感人泣下、震撼灵魂?!仅用外在的、唯美的、大明星的花架子包装方式,掩饰不住内在精神向度和思想灵魂的缺失,这是新世纪中国电影精神维度缺失的一个不争的事实。

细细品味《唐山大地震》,我不仅发现冯小刚导演采用了新历史主义的历史逻辑架构,而且发现了冯小刚对《唐山大地震》电影内在灵魂的探寻。经典艺术要塑造经典动人的艺术形象,艺术形象塑造的核心就是要揭示人的灵魂。《唐山大地震》之所以感人至深,动人魂魄,就是因为导演抓住了"地震"与"人"的内在精神关系,挖掘出了"唐山人"的精神之魂。正是因为有着影片的精神之魂,所以电影中方登、方达、元妮等人一系列出乎人们意料的行为也就在情理之中了,更合乎"地震"时空下的"唐山人"思想行为逻辑。

《唐山大地震》中的方登形象是极为鲜明、突出的,影片中她有一系列

---

① 我本人在观看《唐山大地震》时也是数次落泪。特别是方登与母亲相见的一节。元妮没有马上出门迎接丢失多年的女儿,而说先进来吧。来到家中的方登,首先看到的是母亲在地震前曾允诺的、由于地震而时隔几十年的西红柿。

出人意料的语言和行为。被解放军收养后,一直不声不响、不言不语的方登在养母给她起名"王帆"时,她说:我叫"王登",来理顺自己与养父母的关系。在选择填报志愿时,她不顾养母反对,选择了"医学",依然显现出地震对她心灵的影响以及她对生命、疾病、死亡的探寻意识。而这种大地震对方登的巨大心理震颤和情感影响,直接导致她在大学期间的意外怀孕中,拒绝男友提出的人流解决方式,而是选择宁可退学也要保留一个孕育中的生命的"不可理喻"行为。

方登与男友的对话,可以让我们进一步来探视她的心灵世界:王登男友劝慰说:怀孕只是一次事故,纠正就可以了。但是,王登说:"别人可以,我不可以。"面对男友的质问:"你怎么不可以呢?怎么那么矫情呢?"王登慢慢地把头转过来,看着男友说:"杨志,我跟你说过,我是唐山人。我是在拉尸体的车上醒来的,我爸就躺在我的旁边。你根本就不懂。你根本就不了解我。""我是唐山人",成为解读电影中方登、方达、李元妮一系列令人费解和怪异行为的一把心灵钥匙。作为大地震后的"唐山人",李元妮的心碎了,不仅要承受大地震的恐怖现象、失去丈夫的痛苦,还要承受不得不再次失去一个亲人以及选择救哪一个的痛苦选择、心灵煎熬,具有一种内在的震撼性、悲剧力量。这也成为李元妮、方登日后一个困扰多年的心结。这个心结在2008年汶川地震的救灾中得到了部分化解。

方达在地震后失去了一只胳膊,学业无成,选择了一条南下深圳自主创业的道路。"唐山人",不仅仅是一种痛苦的灾难体验,在方达那里还折射为一股自强不息、诚实守信、与命运抗争的奋斗精神。凭借这种精神,方达在深圳寻找到了一条成功之路。方登的"唐山人"精神体验,既呈现为对生命的敬畏和对生命尊严的追寻,也表现为顽强、独立、自主的个性精神,在选择退学、生孩子之后独立谋生,寻觅到一份真正的爱情,并与外国老公在加拿大定居。某种意义上,方登、方达的生命意识和奋斗精神,何尝不体现了新时期以来这个经历"文革""精神大地震"之后,中国人的痛苦觉醒、顽强奋斗的改革开放精神之路呢?!方达一家人的痛苦生命体验和奋斗史,也是新时期三十年当代所有中国人的精神历史和心路历程。

## 三 走出"主旋律"规约的民生、民俗、民理、民情

新世纪中国电影不仅需要破除对美国好莱坞电影模式的崇拜与模仿,而且需要从所谓的"主旋律"的意识形态规约中走出来,获得宽广多元的审美思维意识,创作出从中国大地出发、孕育而生的具有中国现实内容与精神维度、中国风格与艺术特色的中国电影。

《唐山大地震》是一部正面展现当代中国重大历史题材的电影,也是一部从以往意识形态的政治规约中走出来的审美视角多元化、中国化的优秀电影。具体而言,《唐山大地震》抓住了"唐山人"这一电影之魂,展现和塑造了"唐山人"所具有的内在独特生命体验和精神品格,并在新历史主义的审美变局中,多方面展现了"唐山人"的民生、民情、民理、民俗,从多个文化视角展现了新时期三十年来"唐山人"的现实生活和伦理文化的"常"与"变",从而使"唐山人"形象不仅有硬度、刚度、强度的光环,也有生命的温度、湿度和多样色度。

《唐山大地震》没有对解放军抗震救灾进行大篇幅描写,而是在不经意间、自然而然地展示出政府、军队的形象,这样就为其他方面的叙述提供了空间,因而能以长镜头方式宽幅呈现大地震后的惨烈景象,表现震后民众从物质到精神的生活困境,以及破碎的心灵如何修复、成长的情感问题。电影在描述政府帮助方家有了新房子后,元妮与儿子方达在十字路口烧纸的细节,就是通过这一民俗现象来表达震后唐山人如何自我缝合心灵伤口,如何与亡灵进行关于过去、现在与未来的对话方式。这种具有传统文化特征的民俗细节合情合理,有助于展现人物内心的暗格与阴影。而有的记者认为冯小刚设置李元妮不再改嫁的细节是守旧、封建的。这种责问是没有道理的,因为元妮的选择符合人物形象的性格逻辑发展和传统文化之"常"。冯小刚的这种设置一方面是源于元妮认为自己的生命是丈夫用生命换来的,其在内心的位置无可替代;另一方面,也有着源于内心深处要为丈夫、女儿的亡魂回来守家安魂的深层文化心理因素。《唐山大地震》作为一部从个体家庭来展现当代中国伦理文化"常"与"变"的影片,较为浓郁地展示了新时期以来社会物质、文化巨大变迁下的"孝文化"的"常"理:方达创业成功了,首先想到的是要接走自己的母亲,而元妮不仅

拒绝了别人的感情、拒绝了再嫁,而且也拒绝了儿子的邀请,要为丈夫和女儿守"家";方登与养父母的感情同样动人,获知养母病重的消息,方登一直陪护在养母身边,尽心孝顺、服侍养母直至病逝,以及后来多年失踪下,突然春节回来与孤独的养父一起过年。历史的复杂性、心理的复杂性和情感的突变、震颤,都在中国历史、文化、社会的变迁中交织呈现出来。

《唐山大地震》还从一些侧面展现了新时期以来中国社会生活、伦理文化的变迁。方达的深圳创业、元妮下岗干个体户、方登未婚先孕生女以及后来嫁外国老公、移民定居国外等等事情,在呈现方家一家人变迁的同时,也以这个家庭为窗口展现了新时期以来当代中国的社会、文化、生活巨变。其中,既有正面的当代中国人奋发自强的精神展示,也没有遮掩一些来自传统历史文化和当代中国社会的问题,从整体上浑然完整地揭示出当代中国社会的真实精神状况。当然,《唐山大地震》也有其局限和不足,如情节的跳跃性过大,外在的悲情与哭声过多而遮蔽了地震与"震中人"本身的悲剧性等等。

但是瑕不掩瑜,从新世纪中国电影的整体创作现状而言,《唐山大地震》是一部极好的、建构当代中国电影精神性维度和现实性历史内容的优秀个例。《唐山大地震》以新历史主义的审美思维和逻辑架构,在展现人类这一大灾难的时候,走出了好莱坞电影模式和政治意识形态的审美规约,是对当代中国的历史、社会、政治、经济、文化、民俗的多元化、多景观的浑然完整的审美观照。这是从中国大地出发的、具有中国历史文化内容与艺术风格特色的中国电影,也是与人类文明相融通的、具有悲剧精神内涵和精神维度的世界电影。《唐山大地震》的"震撼"意义和价值,不仅在今天,不仅是关于历史的纪念碑性作品,而且在新世纪中国电影艺术创作的格局变迁中显现出对未来的影响力。

# 重述沂蒙精神的当代红色经典
## ——评《沂蒙》电视剧审美理念和叙述方式的突破

历史如何重述？红色革命历史如何吸引、打动新世纪的年轻人？北京大学的吴晓东先生在谈及当代红色经典影视剧的创作时提出一个问题："昨天的英雄怎样打动今天的观众？"[①]吴晓东先生的问题指向了新世纪红色革命历史剧创作的叙述模式和审美效应问题。

相较于20世纪"十七年文学"和"革命样板戏"的革命英雄主义的历史叙述模式，新世纪中国革命历史电视剧亟须新的审美理念和历史言说方式。但遗憾的是，从20世纪90年代到新世纪十年的当代红色革命历史影视剧都没有完全脱离旧的窠臼，或是旧的历史叙述模式的修修补补，或是以"人性化"旗帜来对过去的英雄形象进行"桃色化"、"欲望化"叙述，造成当代革命历史剧创作的浅薄与庸俗，引起很大非议。

事实上，新中国的红色革命历史亟须当代历史化、亟须新的审美理念和叙述模式。正是在这样一种新世纪文化背景下，《沂蒙》电视剧以其独特的审美理念和历史叙述方式，重新述说沂蒙革命老区的红色历史，诠释沂蒙精神，满足了建构当代红色经典的精神需求，获得了以小人物展现大时代、借日常生活描绘革命精神的艺术突破。

《沂蒙》电视剧在重述沂蒙历史方面，打破了以往红色经典英雄主义的历史叙述模式，走向了以普通家庭、普通人为叙事主线的平民史诗模式，为深厚博大、坚韧牺牲的沂蒙精神建构起坚实的基石。《沂蒙》电视剧以马牧池村庄、李忠厚家庭、李忠厚的妻子于大娘为历史叙述的主线和中心，

---

① 吴晓东：《昨天的英雄怎样打动今天的观众？》，载《中国青年报》2004年3月23日。

展现了沂蒙老区千万个家庭和民众,乃至是全中国人民为抗日战争所作出的巨大牺牲。于大娘和马牧池村民是平凡、普通的,她们不是驰骋战场轰轰烈烈的英雄,但是,就在日常生活的艰辛中,做军鞋、架桥梁、烙煎饼军粮、貌似收养孩子实为救治伤员,她们毫无怨言地完成了一个个难以完成的奇迹,显现出沂蒙山人的血性和韧劲,成为抗日英雄所立身生存的坚实的、不可摧折的大地母亲。在战争的间隙,于大娘也会坐在街头穿针引线,有时也会手足无措,回归普通母亲自然本色的一面。

《沂蒙》电视剧的突破不仅是历史叙述模式,而且在审美思维理念上打破了以往英雄与汉奸的二元对立思维模式,描绘了一系列真实生动、栩栩如生的平民英雄群像,展现了历史人物的精神嬗变,是一部刻画沂蒙精神的心灵史诗。剧中的共产党员李月受到婆婆的虐待,离开婆婆家,在自家山洞照顾受重伤的八路军干部。丈夫孙旺上山遇到了,违背李月的嘱咐告诉了"恶婆婆"。"恶婆婆"没有告诉日本人,反而承担起照料八路军的工作。孙旺母亲的角色塑造得非常成功,一方面受到传统封建思想的毒害,但在大是大非面前却深明大义,并逐渐意识到虐待儿媳的错误,开始喜欢上儿媳,为保护儿媳和八路军而吸引日军注意被打死。临死之际昔日的"恶婆婆"说,以前蒙着的眼睛现在张开了。这一剧情生动地说明了沂蒙山人不仅在血与火的战争中争取自由和解放,同时自身的主体性也在不断觉醒与成长。孙旺这一个"榆木疙瘩"、"闷葫芦"形象,话语不多,但其神态、眼神非常生动。

剧中的地主李忠奉形象尤为突出,显现了编剧独特的审美理念,打破了以往文艺作品中的"恶霸式"地主形象。李忠奉一身灰长衫袄,一双黝黑的手,一副坚毅的面孔,处事稳重,是马牧池村的另一主心骨。李忠奉作为李氏族长看到一幕幕鬼子、汉奸残杀村民的暴虐行为,对敌人充满了愤恨之心。剧中李忠奉给日本人送骨灰、到日本兵营救人、提议全村人商量帮助李继祖等戏,体现出他的智慧、勇气、善良和民族气节。晚清、民国期间的乡村社会依然是一个士绅自治的社会结构。《沂蒙》剧中李忠奉这个人物的塑造还原了当时的历史语境,是真实动人的。

《沂蒙》电视剧的突破还体现在运用互文性的历史叙述结构,在沂蒙人与八路军双向互动、心心相印的结构中重新诠释沂蒙精神,为在新世纪的历史语境中重新思考沂蒙精神、思考党群关系，提供了新的历史维度和审美镜像。《沂蒙》电视剧在展现沂蒙老区人民的奉献牺牲精神，通过众多历史细节建构于大娘等一系列"革命红嫂"的历史主体性的同时，也借助历史细节来展现八路军全心全意为穷苦大众奋斗牺牲的革命主体性，如剧中政委的演讲，"消灭一切不平等的社会制度，建立没有剥削、没有压迫的社会"、"让穷人过上好日子"。八路军没有停留在简单的政治宣示上，而是在一个个八路军战士的具体行为细节中展现出来，如八路军护士为患肺炎的孩子吸痰、把部队舍不得用的药用在穷人孩子身上、暴露自己坚决不连累百姓等等。于大娘等沂蒙"红嫂"的历史主体性和八路军的革命主体性，在抗战期间的沂蒙大地上交融为一体，互相融合、互相映现、彼此以对方为彻底奉献对象，互为主体性。《沂蒙》电视剧很好地揭示了沂蒙老区人民与革命军队之间的互文性心理结构，阐释出了沂蒙精神的深层精神内核。

　　昨天的历史谁来讲述？昨天的历史需要我们这一代人来讲述。历史正是在一代代人的讲述中构成了记忆。《沂蒙》电视剧就是一部当代山东人讲述的关于自己昨天红色革命历史的优秀艺术作品。在新世纪中国改革向何处去、改革进入深水区的关键历史时刻，重温红色革命历史记忆、重述为天下穷苦人翻身解放的红色政治理念，无疑有着更为深刻、深远的意义和价值。从这个意义而言，我要向《沂蒙》电视剧的导演、编剧、主创人员和所有演员表达我应有的敬意。

　　毫无疑问，《沂蒙》是当代山东人创作的一部新世纪红色经典。

# 生态文学诞生根源探析

生态文学是特指诞生于工业化进程造成的现代自然生态危机和精神生态危机的背景下，通过对人与自然关系的描写来映现人与社会、人与人、人与自我的关系，表现人类所面临的自然生态危机及其背后所蕴涵的深层的精神生态危机，对自然、人、宇宙的整个生命系统中处于存在困境的生命（这里的生命，不仅指人、动物和植物，还包括生机勃勃的大地、天空、河流等）进行审美观照和道德关怀，呼唤人与自然、他人、宇宙相互融洽和谐，从而达到自由与美的诗意存在的文学。因此，生态文学是人类存在困境的艺术显现，是正在进行的精神革命的审美显现与预示，是行进在新文明路上的缪斯的歌唱。

本文将从现代人面临的存在困境入手，通过自然生态和精神生态两个视角分析生态文学诞生的根源，寻求自然生态危机和精神生态危机的深层原因，呼唤人、自然、宇宙和谐相处的新文明时代。

## 一　工业化进程与自然生态危机

工业化进程是生态文学诞生的历史背景。人与自然的关系随着工业化进程的加快而日渐呈现为一种紧张关系，自然生态开始出现危机。18世纪蒸汽机的发明使人类进入了大规模生产的工业化时代，人类拥有了可以征服自然的巨大力量。工业化是人类文明发展的物质成果，并不是导致自然生态危机的根源所在。自然生态危机的根源是人类的机械论宇宙观和人类不断膨胀的遮蔽精神追求的物质欲望。

古代人的万物有灵论宇宙观在很大程度上制约了人类的自大心理和贪

婪欲望，维护了宇宙生态系统的平衡。"只需地球被看成是有生命、有感觉的，对它实行毁灭性的破坏活动就应该视为对人类道德行为规范的一种违反。"①

意大利科学家伽利略打破了古代人凭观察和经验来认识世界的方法，"凭借自然的数学法则来掌握现象间的关系。他相信'自然的书是用数学的语言写成的'。他结合经验的观察与数学思考求出自然律"②。这样，伽利略就在科学研究方法上创立了一种数学分析法，这种方法贯穿于问题的提出和解答全过程，把复杂的自然事物、现象分解为一个个元素。这种数学分析法到了牛顿那里得到完善。"牛顿在《自然哲学的数学原理》中明确区分了人们所经验的时间、空间概念和科学的时间、空间概念。前者是一般常识性的，后者是排除主观性的'绝对时间和绝对空间'，它只有用'数学的'原理才能正确表达。始于伽利略经牛顿建立了科学体系的机械论宇宙观与计量和支配自然的人类精神的自律是邻居。"③机械论宇宙观把客观实在的自然与人类对立起来，"人类把自己从自然中分离出来，把自身理解为在自然外，理解为在世界外部对世界进行操作计量的主体。结果是，自然作为按照物理学法则支配的、一个可操作的精密装配起来的机械，站立在人类面前"④。这样，大自然也就不再是神秘的、令人敬畏的、充满生命力的神，而是一个可以从中榨取巨大物质利益的、为人类这个宇宙中心存在的客体对象。自然也就从那个完整的、有生命的有机整体，变为一个毫无感知、毫无内在价值、毫无目的的冷冰冰的机械工具。原始的有机论宇宙观被这种新机械论宇宙观所代替。至此，自然，一旦被认为是外在于人类的实存客体，就被从人类的道德关怀中排除了。自然被科技之剑宰割的悲惨命运也就从此开始了。

自然被从人类的道德关怀中排除出去，这既是伽利略、牛顿等人开创的自然科学革命的结果，也是西方近代大规模的工商业经济发展的要求。

---

① [美]卡洛琳·麦茜特：《自然之死——妇女、生态和科学革命》，吴国盛等译，吉林人民出版社，1999年，第4页。
② 孙志文：《现代人的焦虑和希望》，陈永禹译，生活·读书·新知三联书店，1994年，第5页。
③ 田中裕：《怀特海——有机哲学》，包国光译，河北教育出版社，2001年，第147—148页。
④ 同上。

随着人类社会生产规模越来越庞大，人对自然资源的需求也越来越大。这就需要一种新的道德价值体系来适应新兴大规模工商业的需求。文艺复兴运动就是欧洲工商业需求在思想艺术领域呼唤变革而出现的。文艺复兴时期的鹿特丹诗人爱拉斯谟在《愚人颂》中写道："斯多葛派哲学家们自己也喜爱欢乐，他们不憎恨欢乐。他们徒然遮遮掩掩，徒然想在凡夫俗子面前诽谤肉欲享受，为了自己更痛快地享受。也就是说神明在上，请他们告诉我，如果没有欢乐，也就是说没有疯狂来调剂，生活中哪时哪刻不是悲哀的、烦闷的、不愉快的、无聊的、不可忍受的？在这儿我只要引证索福克勒斯的话来作证就行了，他说：'最愉快的生活就是毫无节制的生活！'"①纵欲和享乐成为当时文学表现的时尚主题。

文艺复兴通过热情地颂扬人的欲望的天然合理性来挑战中世纪教会的黑暗统治，把人从教会的渺小形象中解放出来，发现了人在宇宙的中心位置；然而，不幸的是，文艺复兴也打开了金钱崇拜和享乐主义的潘多拉盒子。解放的热情和对人的理性的信心使得人们忽略了以高扬人的欲望的天然合理性来挑战教会统治的这种解放其实是一柄双刃剑。

在这种新的道德价值观的引导下，原始有机论宇宙观对人类征服大自然的道德节制就淹没在大肆开采矿产的机器轰鸣声中了。英国诗人约翰·弥尔顿在《失乐园》(1667)中描写了一些"手拿铁锹和镐子的成群的拓荒者"疯狂开采矿产的贪婪行为：

> 先是通过贪欲之神和他的教诲，
> 人类开始劫掠地球的中心，
> 并用不虔敬的手，
> 搜寻他们地球母亲的全身，
> 以获取隐藏得更好的财富。
> 人们迅速开山凿口，
> 采掘出他们探求的黄金脉道。②

---

① 徐葆耕：《西方文学：心灵的历史》，清华大学出版社，1990年，第83—84页。
② ［美］卡洛琳·麦茜特：《自然之死——妇女、生态和科学革命》，吴国盛等译，吉林人民出版社，1999年，第46页。

这种疯狂的开采活动使环境遭到严重的污染和破坏。"含硫的煤烟渗入伦敦的近郊，甚至渗入了皇家宫殿的心脏，在居民中引起'粘膜炎、肺结核、咳嗽和结核病'，引起儿童早夭、果树脱叶和不结果。由于'酿造、染料、烧石灰、熬盐和制皂以及其他私营行业'的增产，空气污染也在继续增加。在伦敦，污染已达到这样的程度，'给全世界以白昼的太阳几乎不能透过它……疲惫的旅行者在几英里之外就能嗅到，而不是看到这个他经常光临的城市'。"① 从这些话语中我们充分了解到，在17世纪的英国伦敦，空气污染已达到了怎样严重的程度。

但是，环境污染并没有使人类觉醒。随着科学、经济的进一步发展，人类控制、改造大自然的能力进一步增强，人类利用高新技术合成了许多人工化学物质，曾给人类带来福音，但也同样带来意想不到的副作用。1962年，美国海洋生物学家蕾切尔·卡逊在《寂静的春天》中指出："……合成杀虫剂使用才不到二十年，我们从大部分重要水系甚至地层下肉眼看不见的地下水潜流中都已测到了这些药物。""……在美国，合成杀虫剂生产从1947年的1亿2425.9万磅猛增至1960年的6亿3766.6万磅，比原来增加了五倍多。……这一巨量的生产才仅仅是个开始。"② "不过在这千百万年的全部过程中，这种'难以置信的精确性（遗传信息）'从未遭受过像20世纪中期由人工放射性、人造及人类散布的化学物质所带来的如此直接和巨大的威胁的打击。"③

人工合成杀虫剂、人工合成化学物、人工制造的放射性物质，这些大自然中不曾有的或潜藏在地下的有毒物质被人类制造出来，而这些有毒物质在现代已广泛进入地球的每一个角落，毒化着地球生态系统，引起生命遗传基因变异，改变了千百年来生命基因的稳定性，从而带来可怕的生态灾难。地球陷入了深深的生态危机中，这已不再是危言耸听。

---

① ［美］卡洛琳·麦茜特：《自然之死——妇女、生态和科学革命》，吴国盛等译，吉林人民出版社，1999年，第264页。
② ［美］蕾切尔·卡逊：《寂静的春天》，吕瑞兰、李长生译，吉林人民出版社，1997年，第12—13页。
③ 同上书，第184页。

## 二 自然生态危机背后的精神生态危机

文艺复兴时期,人成为"宇宙的精华,万物的灵长",人为自然立法,人的自我中心意识开始膨胀起来。纵欲和享乐的时代主题,使人的物质性需求遮蔽了人的精神性需求。在贪婪的物欲支配下,自然成了被人类盘剥的奴隶。"人既然使用自然做奴隶,但是人本身反而依然是一个奴隶。"[①] 刚刚从神学束缚中走出来的人类,却成为了金钱和欲望的奴隶。莎士比亚的剧作《雅典的泰门》形象地表现了金子对人心灵的奴役,使人的心灵发生精神异化。而精神异化又导致自然生态的进一步恶化。

金钱拜物教不仅奴役人的心灵,而且消解人的情感。英国作家笛福的《鲁滨逊漂流记》里的主人公鲁滨逊是资本主义初期"近代人"伟大冒险、开拓精神的代表。但在鲁滨逊的心灵世界里,荒岛上美丽的自然景色他视而不见,荒岛唯一的价值就是为他落难提供了庇护所,即具有工具价值。在他的一生中,几乎没有什么事使他激动过,结婚、儿女诞生、妻子去世都没有使他怎么动情,唯一让他激动的就是他回国后听到自己有一大笔钱,"登时面如死灰,心里非常难受,若不是他老人家连忙跑去给我拿来了一点提神酒,我相信这场突如其来的惊喜一定会使我精神失常,当场死去"[②]。显然,鲁滨逊的行为充分体现了一种可怕的资本主义金钱价值观:人活着就是为了增加个人物质财富。上帝、他人、自然,都不过是获得物质财富的工具。人的丰富的情感被金钱所消解,生命所拥有的多种意义被金钱所独占,精神空间被金钱所挤占。在人精神深处的灵与肉的冲突中,物欲的东西占据了上风,灵魂在生命世界里因物欲的遮蔽而退隐、萎缩。

在贪婪物欲支配下的人类在 20 世纪发动了两次世界大战。战后,人对他人、生活和世界失去了信任,在信仰迷失的世界中寻找不到回归的精神家园,人与人之间的关系出现了巨大的精神裂痕,价值体系处于崩溃的边缘。法国作家萨特在《禁闭》中喊出了"他人就是地狱";在作家卡夫

---

① [英]雪莱:《诗辩》,收入伍蠡甫、胡经之:《西方文艺理论名著选集(中卷)》,北京大学出版社,1986 年,第 77 页。
② [英]笛福:《鲁滨逊漂流记》,徐霞村译,人民文学出版社,1959 年,第 257 页。

卡的《变形记》中,人类不仅与自然和他人疏离和对立,而且人与自我也处于分裂与疏离的状态,人在物质的汪洋大海中失去了自然、他人、世界,也失去了自我。人与自然的关系,决定了人与人、人与自我关系的本质内涵。人如何对待自然,直接就是人在何种程度上成为人的问题。所以说,人与自然关系的严重疏离,其本质也就是人的精神生态处于一种深深的危机状态。

海德格尔说:"现实的危险早已在人的本质处影响着人了。框架的统治对人的威胁带有这样的可能性:它可以不让人进入一种更加本源的揭示,因而使人无法体会到更加本源的真理的召唤",也就是说,"今天,人在任何地方都不能跟他自己亦即不能跟他的本质相遇了"。[①] 海德格尔的话深刻地阐述了人自身所面临的严重的存在困境:人类处在自然生态和精神生态的双重危机之中。自然生态和精神生态双重危机交织所造成的人类存在困境,是生态文学诞生的根源所在。

---

① [德]海德格尔:《人,诗意地安居》,郜元宝译,上海远东出版社,1995年,第136—137页。

# 面对生态危机的诗意反抗
## ——生态文学的发生学研究

> 哪里有危险,
> 拯救的力量就在哪里生长。①

面对自然生态危机和精神生态危机,现代许多文学艺术家敏锐地感觉到人对自然的戕害,和由此而引起的人与人、人与社会、人与自我的疏离,他们以对自然和生命的挚爱写出了优美的充满哲理的生态文学。生态文学作为人类反思自身的审美艺术形式诞生了。

## 一 从遮蔽到浮现:生态文学无名状态的结束

### 1. 英国浪漫派文学

在长达两个世纪的时间里,生态文学一直没有自己的名字,被冠之以种种名称,处于被遮蔽的状态。

1782年瓦特发明复动式蒸汽机。1785年复动式蒸汽机应用于棉纺工业,成为"从18世纪中叶起工业用来摇撼旧世界基础的三个伟大的杠杆"之一。18世纪后期到19世纪中期,英国工业革命如火如荼、自然生态危机已经显露,一些先知先觉的艺术家敏锐而深刻地意识到自然生态危机不仅破坏了人类生存的家园,更为重要的是异化了人的精神生态。最大限度地占有物质成为个体生存的主要追求,占有多少物质成为社会衡量个体价

---

① [德]海德格尔:《人,诗意地安居》,郜元宝译,上海远东出版社,1995年,第137页。

值大小的尺度,大自然自身所具有的诗意之美和人从中获得的审美体验被贪婪物欲所遮蔽,人成为"单向度的人"。所以,华兹华斯等人自觉地描绘大自然的诗意之美,表现大自然是人类获得神启和智慧的精神根源,以此来抗拒人对自然与美的疏离、宰割。生态文学在此时迎来了自己第一个创作高潮,即人们通常所谓的"浪漫主义文艺运动",其中的英国浪漫派文学达到了生态文学的创作高度。

华兹华斯是英国浪漫派文学的代表人物,他在《作于一个出奇壮观而美丽的傍晚》的诗中这样写道:

> 一切都毫无声响,只一片
> 深切而庄严的和谐一致
> 散布于山崖之中的谷间,
> 弥漫于林间的空地。
> ……牛群漫步在这边山坡上,
> 一架架鹿角在那里闪光,
> 羊群穿着镀金的衣!
> 这是你紫薇黄昏的静谧时分!①

以华兹华斯为代表的英国浪漫派以其"敏锐清晰的眼光"在自然生态危机刚刚显露之际,就热情地讴歌壮观美丽无比的大自然,呈现大自然本身所具有的诗意的、审美的精神境界,呼唤人与自然和谐相处、浑然融为一体。而且,英国浪漫派文学在表现自然时,自然不再是表现人的主观性情感的附庸工具,而是一种具有内在审美价值的主体。自然是活力四射的生命主体,是与人这个审美主体进行精神交往的精神主体;人从自然的默示中获得诗意、安宁与美的精神体验。正如华兹华斯所言,"矗向阳光弥漫的高高的"大自然,"引想象力去爬升,/去同不朽的神灵们交融!"②

从创作的时代背景和作品的精神内涵看,一些英国浪漫派文学具备了鲜明而深刻的生态思想,是在当代依然具有强烈现实指向和深厚意味的生

---

① [英]华兹华斯:《华兹华斯抒情诗选》,黄杲译,上海译文出版社,1986年,第305页。
② 同上。

态文学。但是，令人遗憾的是，直至今日，很多人也还是没有更好地领悟华兹华斯等人的思想真意！

### 2. 美国自然文学

17世纪第一批欧洲移民来到自然生态完好的美洲大陆。面对风景如画的自然风光，17世纪的约翰·史密斯在《新英格兰记》中以清新质朴的散文语言，表现了新大陆的生机与活力。18世纪的乔纳森·爱德华兹在他的《自传》和《圣物的影像》中，把内心的精神体验与外界的自然景物融为一体，表现大自然为"精神世界的影子"，渐渐确立了自然文学的主体和文学风格。

19世纪初期，美国开始了工业革命，四五十年代是美国工业革命迅速发展的阶段，是手工业生产向大机器生产过渡、工厂制度普遍建立的阶段。在当时的社会上，物质主义和经济至上成为占主导地位的思想。

亨利·大卫·梭罗（Henry David Thoreau，1817—1862）就是在这样一种时代背景中走进大自然，寻求一种真实自然的内在精神生活，在其创作中对经济至上的物质主义进行了强烈批评："他的田里没有生长五谷，他的牧场上没有开花，他的果树上也没有结果，都只生长了金钱。"[①] 陷入物质主义的人们是发现不了大自然本身体现出来的生命之美的。"他已经预见到不顾自然环境、盲目追求发展的工业文明将会给人类带来的恶果。他相信，无论是一个人还是一种文化，一旦与荒野脱离，便会变得脆弱而愚钝。于是，在'文明的沙漠中保留一小片荒野的绿洲'，便成了梭罗最执著的追求。"[②] 研习大自然，在大自然中"认识你自己"。梭罗又以自己对大自然独特的认识体悟，以优美的文笔满含深情地创作了包含生态中心主义思想的、具有划时代意义的生态文学作品。

梭罗创作的《瓦尔登湖》对美国自然文学进行了改写，扩充了自然文学的表现内容和精神内涵，表达了工业文明与自然之间的生态冲突；梭罗在瓦尔登湖进行简朴生活的实验和与大自然进行心灵交融的精神体验的

---

① [美]梭罗：《瓦尔登湖》，徐迟译，吉林人民出版社，1997年，第185页。
② 程虹：《寻归荒野》，生活·读书·新知三联书店，2001年，第120页。

"研习大自然"的方式,被后来的美国生态文学作家继承。可以说,美国自然文学发展到梭罗那里,被提升到了一种新的境界:生态文学。

在梭罗的影响下,"如今的一个以自然为主题、在不同地理环境中协作的美国自然文学庞大作家群已经形成,从中,我们可以看到昔日梭罗的传统:以西部的优美胜地山脉为写作背景的约翰·缪尔;扎根于东部卡茨基尔山的约翰·巴勒斯;写美国西部沙漠的玛丽·奥斯汀;在弗吉尼亚州写汀克溪的安妮·迪拉德;还有在犹他州写盐湖的特里·T.威廉斯"[1]。

但是,我们从人们对梭罗的评价中可以看出,梭罗具有生态中心思想的文学依然被人们误解为"自然文学",生态文学依然处于被遮蔽的状态。

### 3. 苏联"自然哲理小说"

直到20世纪70年代,生态文学一直处于无名状态。这一时期,苏联涌现出了许多生态文学作家,其中以艾特玛托夫、特罗耶波尔斯基、阿斯塔菲耶夫、拉斯普京等人为代表。

苏联作家维·阿斯塔菲耶夫的长篇小说《鱼王》是一部典型的生态文学之作。小说谴责了人类对大自然的粗暴改造和贪婪榨取,描绘了神秘的大自然对贪婪者的报复,说明在人与自然关系扭曲的同时,人心灵中的正义、良知和善良也被扭曲销蚀。《鱼王》中的格罗霍塔洛就是一个印证。库克林,是一个方圆百里之内足智多谋的偷鱼老手。格罗霍塔洛经过一番忍耐,终于把库克林捕鱼的绝招学到手。格罗霍塔洛出徒后,就不再买库克林的账了。在一个细雨霏霏的秋夜,渔场的一艘巡逻艇发现了偷渔者库克林的破烂小划子,昂首冲过来。库克林匆忙中失脚落入水中。格罗霍塔洛听到了他师傅在昏暗里叫喊,但他躲在一旁没有去搭救。这样格罗霍塔洛的"恩师"就丧身河底。格罗霍塔洛正是在从库克林那儿学会了种种偷渔绝招的同时,内心开始变得更加冷酷、卑鄙、怯懦,丧失正义和爱心,以致有恩不报、见死不救。阿斯塔菲耶夫生态文学的中心是对人性的探讨。他通过人在掠夺自然过程中爱心、道德、正义的丧失,来表达掠夺自然的后果是人丧失了人性,不知善为何物。"他说过:'人在这个世界上的使命

---

[1] 程虹:《寻归荒野》,生活·读书·新知三联书店,2001年,第122页。

就是为善，而文学家的真正的和最高的使命就是理解这个善；肯定它，使人不要自相残杀，不要杀害人间一切生命.'"①

阿斯塔菲耶夫的《鱼王》对人与自然冲突的分析达到了一个新的高度，生动形象地表现了对大自然的过分掠夺带来的不仅是一个自然生态危机问题，更是一个精神生态遭受污染的问题。精神生态出现问题是因为人与自然的关系出了问题。人与自然的疏离、人对自然的戕灭已经转化为人对人的戕害和自然对人的报复。精神生态与自然生态在根源上是同一个问题。

然而，这样的生态文学作品，苏联当时的文学研究却称之为"自然哲理小说"。

理论总是滞后于现象的发展。生态文学从18世纪末到20世纪末长达二百年的时间里，一直处于无名的被遮蔽的状态，这一方面是因为生态文学作家的创作超前于时代思想，另一方面也是因为生态危机刚出现不久，其严重性人们还没有深刻认识到，所以这些生态文学作品或者被人们冠以其他名称"误读"，或是长期无人问津，总之是处于被遮蔽的状态。直到20世纪90年代末生态文学批评运动兴起时，它才拥有了真正属于自己的名字：生态文学。生态文学作为文学发展的新种类，其自身丰富深刻的价值，才开始被人们真正认识到。

1962年，美国的蕾切尔·卡逊的《寂静的春天》出版，为深层生态运动拉开了序幕；1973年，挪威哲学家阿伦·奈斯发表《浅层生态运动和深层、长远的生态运动：一个概要》，认为以往的浅层生态运动是从人类中心主义出发，以维护人类经济增长的目的来进行方法的改良与环境保护。而"深层生态学运动力图探明那些支撑着我们的经济行为的以价值观、哲学与宗教的方式表现出来的基本假设"②。所以说，深层生态运动已经试图从思想根源上来寻找生态危机的深层原因，呼唤一种新的哲学世界观：生态中心主义。

深层生态运动所带来的新哲学观渗透进了文学领域，于是，文学研究界出现了一股绿色的生态文艺研究潮流。中国学者对生态文学的研究始于

---

① [俄]维·阿斯塔菲耶夫：《鱼王》，夏仲翼等译，上海译文出版社，1982年，第9页。
② 何怀宏：《生态伦理——精神资源与哲学基础》，河北大学出版社，2002年，第487页。

20世纪末期,代表学者有:鲁枢元、曾繁仁、王克俭、曾永成、王晓华、张皓、王德胜等人。但到目前为止,中国学者并没有提出一个完整的、清晰的生态文学概念,当前的生态文学研究也仅是刚刚起步,生态文学的概念有待于进一步明确。生态文学开始从历史的遮蔽中浮现出来,成为生态文艺学的批评对象之一。

## 二 生态文学的命名及其内涵

### 1. 生态文学与非生态文学

鲁枢元在《生态文艺学》中认为:"'生态文艺学'将试图探讨文学艺术与整个地球生态系统的关系,进而运用现代生态学的观点来审视文学艺术。"[①] "一门完整的生态文艺学,应当面对人类全部的文学艺术活动作出解释。而作为人类重要精神活动之一的文学艺术活动,必然全都和人类的生态状况有着密切的联系……因而都应当纳入生态文艺学的理论视野加以考察研究。"[②] 我同意鲁枢元关于生态文艺学学科研究范畴的定位。即生态文艺学,作为一门批评理论学科,其研究对象是人类创造的全部文学艺术;全部文学艺术都可以用生态文艺学批评理论加以阐释。

鲁枢元没有进一步对生态文艺学的批评领域进行分类。实际上,生态文艺学的研究对象,既包括生态文学,又包括非生态文学,即由生态文学和非生态文学构成的全部文学作品。其中,生态文学是生态文艺学批评研究的一个重要对象。只有区分生态文学与非生态文学的界限,才能使生态文艺学批评理论真正建构起来,生态文学研究才能回归自身,生态文学概念也才能够得到清晰的呈现。

然而,当前的生态文艺批评理论中却没有分清这二者的区别。学者张皓认为:"生态文艺由来已久。盖因人们处在生态之中,感受到生态的自在或者危机,往往情不自禁地歌咏之,描画之,于是有了生态文艺。我们可以将那些描写人的生存状态,表现人与自然对话,展现精神生态的艺术

---

① 鲁枢元:《生态文艺学》,陕西人民教育出版社,2001年,第2页。
② 同上书,第28页。

及有关作品称为生态文艺。"① 在这一阐述中,张皓在对生态文学的内涵把握上体现了新的认识,不仅关注生态文学对人与自然关系的描述,而且关注其中展现出的精神生态的开掘。但是,张皓把生态文艺概念扩大了,把古代文艺中所体现的生态意识及对人与自然关系的描写的作品视为生态文艺了,所以他得出"中国的生态文艺可以说源远流长"的错误结论。

张皓的观点错误在于,他仅仅看到了生态文学所表现的人与自然关系的视角,而忽略了生态文学产生的深刻的时代背景,从而大大降低了生态文学的思想价值与精神蕴涵。生态文学诞生的根源背景是工业化进程所导致的自然生态危机及其背后隐含的现代人的精神困境。作为应对自然生态危机和现代精神危机的生态文学本身蕴涵着一场伟大的精神革命的全新价值理念,为现代人步出存在困境提供了新维度,即生态文学有着极其深刻的现实指向。这是古代表现人与自然关系的作品所不具有的。而且,如果按照张皓的观点来推导,哪部文学作品不是"描写人的生存状态"?人又何时不处在生态之中?那么,岂不是所有的文学作品都是生态文学?所以,恰切地说,中国古代文学作品确是包含了丰富的生态意识,但是这些生态意识是自发的、感性的、含混的,而生态文学作品体现出来的生态意识则是自觉的、理性的、清晰的,是居于中心的本体地位。

从时间上而言,工业化进程之前没有生态文学,只有非生态文学。工业化进程之后,生态文学与非生态文学并存。

## 2. 生态文学与"环境文学"

"从近年的文学艺术创作实践来看,被称作'环境文学'、'环保文学'、'自然写作'的创作运动已渐渐汇成浪潮,一批优秀的生态文艺作品已蔚为大观……"② "……近期以来称作的'环境文学'、'自然文学'、'环保文学',那只是一种狭义上的'生态文艺'。"③ 从这两段话中我们可以看出,

---

① 张皓:《生态文艺:21 世纪的诗学话题》,载《武汉教育学院学报》,2001 年第 2 期。
② 鲁枢元:《猞猁言说——关于文学、精神、生态的思考》,社会科学文献出版社,2001 年,第 399 页。
③ 鲁枢元:《生态文艺学》,陕西人民教育出版社,2001 年,第 28 页。

鲁枢元把"环保文学"这类文学艺术作品称为"狭义的'生态文艺'"。本人不同意鲁枢元的这一观点。从广义上而言,"环保文学"是生态文学,但只是生态文学的一种低级形式。从狭义上而言,"环保文学"不是生态文学,虽然它诞生的背景符合生态文学标准,也是从人与自然关系入手,同样表现了生态危机与保护环境这样的生态文学主题,但是,"环保文学"并没有深刻挖掘自然生态危机背后的精神危机,而且其所体现出的思想也没有达到生态中心主义的高度。

学者王克俭认为:"在生态文学研究方面,我们当前的眼界似乎也狭窄了些,尤其是我们在很多地方已把'生态文学'命名为'环境文学',这就使这种文学的题材局限于人与自然的关系。实际上,表现人与自然的关系如果不深入到人的精神之中,这样的关系还是比较肤浅的。而当把这种文学命名为'生态文学'之时,我们的视野就可以提升到自然文学与精神生态的高度,注视一切生命的自然状态与精神状态,在自然生态与精神生态的高度作出审美关照。"① 毫无疑问,把描写人与自然关系的"环境文学"提升到"生态文学"的角度来认识研究,会大大丰富和拓宽"环境文学"的视野和价值。但是"环境文学"与"生态文学"是两个不同的概念。目前的一些"环境文学"的创作还仅局限于环境保护方面,还没有从创作思想和艺术审美观照中提升到"生态文学"的层次上来,仅仅靠换一个新名称,是不可能把比较肤浅的"环境文学"提升到"生态文学"的水平上来的。

从根本上而言,"环境文学"是现代浅层生态运动在文学上的表现成果,是在人类环境保护思想影响下产生的文学作品,"环境"这个词本身就体现出一种人类中心主义色彩,还没有像王克俭所说的那样达到"在自然生态和精神生态的高度和深度作出审美观照"。所以把"环境文学"命名为"生态文学"自然会得出这样一个结论:"生态文学艺术作品创作实践的历史可以说和整部文学艺术的历史一样长。"② 鲁枢元、王克俭混淆了环境文学和生态文学这两个概念,把二者简单地等同起来。如果简单地把"环

---

① 王克俭:《生态文艺学:现代性与前瞻性》,载《文艺报》2000 年 4 月 25 日。
② 同上。

境文学"等同于"生态文学",那么无疑会降低生态文学所具有的思想价值和精神内涵。

当然,生态文学与"环境文学"也有着密切联系,生态文学是"环境文学"进一步升华出的、精神内涵更丰富的文学形式。"环境文学"的写作推动了生态思想的进一步发展,为理解生态文学提供了思想资源。

### 3. 生态文学概念的题材决定论

学者吴萍认为:"'生态文学'是生态伦理学在文学中的反映。人应如何对待大自然?人在自然界中处于什么位置?人对大自然的恶行将遭到怎样的报复?这些正是生态文学探讨的问题。……正如苏联作家邦达列夫所说的:'生态学题材是现代文学中的一个重大题材,现代文学会越来越多地写这一重大题材……'"[①] 吴萍把"生态文学"限定在描写"生态学题材"的、表现人与自然伦理关系的作品上,这一概念过于重视题材的决定作用,而没有从生态文学的本质内涵上进行确定。显然,吴萍的"生态文学"概念是明显的题材决定论观点。

从以上观点的辨析中可以得出这样的结论:生态文艺学是用现代生态学的观点来观照、审视人类所创造的文学艺术,来研究文学系统的生态规律及其蕴涵的生态思想的一种新型整体文艺批评观。生态文艺学的研究对象是整个人类文学艺术,即它包括生态文学,也包括非生态文学。

生态文学是特指诞生于工业化进程造成的现代自然生态危机和精神生态危机的背景下,通过对人与自然关系的描写来映现人与社会、人与人、人与自我的关系,表现人类所面临的自然生态危机及其背后所蕴涵的深层的精神生态的危机,对自然、人、宇宙的整个生命系统中的处于存在困境的生命(这里的生命,不仅指人、动物和植物,还包括生机勃勃的大地、天空、河流等)进行审美观照和道德关怀,呼唤人与自然、他人、宇宙相互融洽和谐,从而达到自由与美的诗意存在的文学。从这个意义上讲,古代描写人与自然关系的文学作品,表现出了原始的纯朴直觉的生态意识(如天人合一、万物有灵),但它并不是现代意义上的生态文学。因为这种生态

---

① 吴萍:《大自然的呼唤——前苏联生态文学管窥》,载《国外社会科学》,1998年第5期。

意识是自发的、含混的、朦胧的，只能说这些作品是具有生态思想的文学，是生态文艺学的批评对象之一。而诞生于现代自然生态危机和精神生态危机的生态文学所表现的生态意识是自觉的、清晰的，是人类在深刻反省自身之后获得的，是凝聚人类巨大精神痛苦和蕴涵巨大精神价值资源的，是现代人的精神生态和理性的睿智之光的折射。

从这个意义上说，生态文学是人类存在困境的艺术显现和诗意反抗，是蕴涵全新价值理念的审美艺术创作，是行进在新文明路上的缪斯的歌唱。生态文学的诞生昭示了一个超越工业文明的新时代的到来，她以文学审美的形式预演着新的思想革命。

## 三 中国当代生态文学探寻

20世纪80年代以来，中国经济迅速发展，经济至上论成为时代的主导思想。进入90年代，中国片面强调经济发展不惜以牺牲环境为代价的发展带来的严重的生态危机开始显现，一批关注人与自然的生态文学作品开始诞生。本部分将对中国当代生态文学进行探寻。

徐刚是中国当代作家中较早关注人与自然关系的作家之一。早在1987年，他就写作了《伐木者，醒来！》。在这本书里，徐刚以报告文学的形式对滥伐森林的现象进行了揭露批判。1993年他写了《中国，另一种危机》；1996年他写了六卷本的《守望家园》等探讨人与自然关系的作品，对沉醉在经济数字增长中的日益严重的生态危机敲响了警钟。徐刚的作品思想性很强，但艺术形式过于直白，充满说教色彩，对人与自然冲突的揭示仅限于自然生态层面，没有对造成自然生态危机的根源做深层的哲理思考和审美观照。"我走出森林，我知道总要回到群楼中间，一身灰色望着满目灰色。可是，我仍要在地球上放号——无论我的声音是多么细小——"① 徐刚正是以这种"要在地球上放号"的精神，向中国人传达出了他那"细小"而又能穿透物质迷雾的声音，为中国生态文学的发展奏响了序曲。

---

① 徐刚：《伐木者，醒来！》，吉林人民出版社，1997年，第85页。

著名诗人于坚在 1985 年 6 月写作的《那人站在河岸》,是一篇较早的出色的生态文学之作。

> 那人站在河岸
> 那人在恋爱时光
> 臭烘烘的河流
> ……那人沉默不语
> 他不愿对他的姑娘说
> 你像一堆泡沫
> 河上没有海鸥
> 河上没有白帆
> 他想起中学时代读过的情诗
> 十九世纪的爱情诗也在这河上流过
> 河水有鸳鸯天上有白云
> 生活之舟栖息在树荫下
> 那古老的爱情不知漂到海了没有
> 那些情歌却变得虚伪
> 像一个个花枝招展的淫妇……①

诗人于坚告诉我们:自然界河流的污染决不仅是自然生态的污染,它还是对人心灵的污染。人面对污染的大自然,人再也寻找不到美,寻找不到自由与诗意的感觉,寻找不到爱的表白方式。美从自然、从人的心灵中消失了,人正变得哑然失语,无法表达爱的情感。原本清澈如水的眸子处处触及的却是污染与肮脏的东西,原本纯洁如冰的心灵却被无情地玷污。艺术大师罗丹说过,"生活不是缺少美,而是缺少发现美的眼睛"。在生态灾难处处泛滥的今天,这话是不确切的。生活中没有美,哪会有发现美的眼睛呢?人的视野被堵塞了、污化了,人的心灵也因此遭到了玷污。

吉林省作家郝炜的《老人和鱼》对人与自然的关系做了更详细的开拓。

---

① 于坚:《于坚的诗》,人民文学出版社,2000 年,第 20—21 页。

老人首先对当局长的儿子用泥鳅喂养热带鱼的方式心生不满,认为泥鳅也是鱼,干吗非要用泥鳅的命来养活这不伦不类的热带鱼呢。儿子为了老人消遣,让他到钓鱼馆钓鱼。老人在钓鱼馆发现那根本不是钓鱼,而是在很浅的水里拿鱼钩钓鱼。"老人想起在乡下的日子,那才叫钓鱼呢。自己带上塑料布和吃的喝的,找一处僻静的水湾,用塑料布搭个帐篷(再早些年,连塑料布都没有,就用黄蒿搭,那黄蒿散发着清香,闻都闻不够),然后就在那里蹲上一天或者几天,水幽静而深邃,不断地拍出细浪,四周静得吓人,鸟叫声像水滴似的一下一下从远处传来,只有这样你才能专注地钓鱼呢。鱼上钩时溅起的水声噼噼泼泼,很细,很醉人。""老人边想边走出钓鱼馆,老人想这城市里的人是越来越蠢了。"① 从那天起,老人就变得心事重重,独自来到了松花江边。

  老人听更老的人讲过,那时的松花江简直就是鱼的天下,随便用瓢一舀就能舀上几条鱼来。即使是十几年前,老人到城里来还能看到江边上有许多打渔或者钓鱼的人,那些卖水喇咕的更满大街都是,在暮色中整个城市到处都飘着一股腥叽叽的味儿,闻起来舒服极了。现在呢,现在的江好像是一条死江,虽然看上去也还是那么宽阔,那么浩浩荡荡的,但是内里已经大不一样了。……那些鱼指定是伤心了,生气了,鱼儿们不屑和这里的人们为伍,鱼儿们到远方去了。老人想,我应该等待它们回来,等待那些消失了的鱼。那些鱼总得有人关心,它们就会回来了。②

  老人正是怀着这种纯朴的想法,以自己的实际行动在江边搭起个窝棚耐心等鱼儿们回来。但是,老人的这种谁也不得罪的行为还是妨碍了市容,被强制拆除了。老人最后终于决定离开儿子,要到上游找鱼去。

  我们深深为老人等鱼的真诚、纯朴而感动,那当中有一种不容耻笑的神圣。然而,让我们遗憾与悲哀的是,人类制造的生态危难已经吞噬了大自然中许多美好的东西,以老人为代表的我们与大自然血脉相连的亲密纽

---

① 郝炜:《老人和鱼》,载《作家》,1999年第12期,第13页。
② 同上文,第14页。

带也要被割断了。老人等鱼的行为引起了城市年轻人的耻笑，老人也被视为与城市生活格格不入的"城市畸零人"，不仅如此，小说还隐含地写到了老人的孙子，孙子不是沉湎于紧张的学习，就是迷恋于游戏机前，老人最后一次回家和离家出走的时候，小说的空间里都响着孙子玩游戏机的"满屋都是枪炮的声音"！孙子生活在一个与大自然绝对疏离的世界之中。孙子无暇、也从不过问老人的生活，人与自然的天然血脉被彻底切断了。小说还轻轻点到了许多人经常出入的天主教堂，淡淡地写出了城市人隐含的精神危机。可以说，小说用简练、自然的笔法，深刻地表达了城市人面临的严重的生态危机和精神危机，是一部优秀的生态文学之作。

不仅一些青年作家写出了一些生态作品，一些著名作家的写作也具有深刻的生态思想意识，如张炜的创作。

在《怀念黑潭中的黑鱼》里，张炜讲述了一个寓言。一个水族为了获得生存权利，就在夜间梦里向住在水潭边的一对老夫妻乞求在这块大地上让他们全家在这儿安身，这对老夫妻就答应了。[①]然而一年之后，这对老夫妻禁不住一个出海渔夫许下的大青瓦房和取不完的财源的诱惑，出卖了水潭的秘密来帮助渔夫们捕捉这个水族。当天晚上，老人又梦见了水族中那个水淋淋的男人。

"他久久地注视老人：'你劝阻不了他们也就是了；你不该给他们出这么恶的主意。你是个没良心的人，你为了一点点好处，就要卖了我们整个家族，你不得好报！'"[②]人类为了一点点物质利益就轻易违背自己的诺言，成为可耻的一族。"我们已经永远不值得信任了，它不再屑于和我们交谈。"违背诺言的人类失去了人之为人的内在道德准则，造成人的主体结构的内在性缺失，人的精神危机随之产生了。

虽然中国生态文学的产生比较晚，思想和艺术形式都有待进一步完善和提高，但重要的是，中国作家已经产生了对人、动物、植物、河流、大地等宇宙万物的道德关怀意识，直面生态危机和精神危机的困境，以真诚、勇敢、正义与热情去表达产生于大地和心灵的真实的声音，这是难能可贵

---

① 张炜：《张炜小说自选集》，漓江出版社，1996年，第63页。
② 同上书，第65页。

的。随着生态危机的加深,我们有理由相信会有越来越多的人关心、支持和从事生态文学的创作和研究,生态文学作为人类一种追求美的、自由的、诗意生存方式的、具有终极意义的文学必将迎来繁荣的一天,那也是人类新文明真正开始的一天。

# 被"异化"的生命形态
## ——对沈石溪动物小说的质疑与批评

沈石溪的动物小说畅销海内外，获得多项儿童文学大奖，被人称为"中国最重要的动物小说作家"、"中国动物小说大王"。[①] 有的评论家也认为沈石溪的创作在80年代后期以后，"实现了动物小说文体的自觉嬗变"，"为世界儿童文学领域开拓了一个新的艺术天地"。[②] 但也有评论家认为："一般读者对于绝大多数动物，都是比较陌生的，儿童读者尤其如此。正因为陌生，又有兴趣，所以他们特别爱读动物小说。如果我们利用了这一点，就信手胡编一些奇奇怪怪的物种，用它们拼凑一些血腥的或缠绵的故事，……我不知道深夜扪心，会不会有一点心虚或惭愧的感觉？"[③] 如何评价沈石溪的动物小说创作，不仅关系到沈石溪作品的优劣成败，也直接影响到中国动物小说创作的走向与规范问题，因而笔者甘愿冒着"侵犯"作家尊严的危险，对沈石溪动物小说中的动物形象演变规律及其内在审美情感心理进行质疑、批评与剖析，来推进中国动物小说的创作与研究。

## 一 沈石溪小说动物形象演变规律

海德格尔深刻地描述了技术时代人被技术框架异化主宰的命运，指出："今天，人在任何地方都不能跟他自己亦即都不能跟他的本质相遇了。"[④] 不

---

① 刘健屏：《沈石溪的故事》，载《少年文艺》，2002年第2期。
② 施荣华：《沈石溪动物小说的文体自觉》，载《云南师范大学哲学社会科学学报》，1995年第6期。
③ 刘绪源：《你写动物小说困难吗》，载《中国儿童文学》，2002年第1期。
④ [德] 海德格尔：《人，诗意地安居》，郜元宝译，上海远东出版社，1995年，第3页。

幸的是，这种异化的命运，今天竟然也延及到动物身上。沈石溪在80年代后期创作的一些动物小说中，动物形象被塑造得面目全非，成为"四不像"的畸形怪物。简略地说，这种塑造是指鹿为马、指羊为狼、是狼皆王。

在沈石溪创作的一些动物小说中，物种生命的本质特征和性格品性都被人为地改变了。这种改变动物生命本性的创作经过了一个发展演变过程，表现为三种类型。一是在不改变物种生命本质品性的前提下，提高物种的生命质量，追逐象征生命强力的王位，即提高动物生命本质品性类型；二是动物生命的肉体本质特征没有改变，但在精神上，幻想改变物种本质特征，成为兼有对立物种优点的新物种，即幻想改变物种生命本质品性类型；三是，作者为了进一步"创新"和更加"合理化"，而在作品中"创造"了兼有对立物种优点的新物种，即实现物种生命本质品性的变异。

## 1. 提高动物生命品性类型

在自然界中，每个动物都为了自身生存而不断磨砺自己，提高自身生存能力，都有一种渴望强大、摆脱弱小的本能的自我生存意识。但是动物这种本能的自我生存意识在沈石溪笔下却转换为一种强权崇拜情结，表现为对王位的追逐。似乎只有王位，才是动物生命强力的体现。沈石溪的《母狼紫岚》、《牝狼》、《狼王梦》等作品鲜明地体现了这一类型。

《母狼紫岚》中的主角紫岚有一个野心，希望自己产下的狼崽中能有一只完成它们父亲黑桑的遗志，成为一名狼王。为此，紫岚首先满怀希望地偏爱狼崽黑仔，优先为它提供充裕的食物。早熟的黑仔却被一只金雕给摔死了，于是紫岚决定培养蓝魅儿，机智勇敢的蓝魅儿却不幸中了猎人的圈套而死亡。这样，狼王的梦想就责无旁贷地落在从小被忽视而相对瘦弱的双毛身上。然而双毛却有一种成为狼王的最大精神缺陷：自卑。狼王梦就这样破灭了。

## 2. 幻想改变动物物种品性类型

在沈石溪的创作审美心理中，动物为了改变自身生存环境、提高物种品性的自然本能，又进一步转化为一种异想天开的"幻想"。

《老鹿王哈克》中的主角哈克被塑造为一只充满忧患意识的"超级"

鹿王。哈克对鹿群面临生存危机无动于衷而深感愤慨:"马鹿就是这样一种麻木不仁的动物,鹿群就是这样一个充满种内竞争机制的社会;对外部的忧患并不能制止种内的争斗。你虽然是有头脑的鹿王,却也极难改造种族劣根性。"所以,哈克向苍天祈祷,"假如生命再轮回,假如还存在第二次投生的话,它再也不愿做一只任狼宰割的鹿了。在生命的最后时刻,它对自己的种族丧失了信心,它为自己是一头鹿感到羞愧和懊丧。"① 显然,在这里,老鹿王哈克幻想改变自己食草的本性,抛弃这种软弱无能的食草本性,而有一副铁嘴钢牙来对抗食肉动物。

这种改变动物生命本性的幻想在《红奶羊》中得到了淋漓尽致的发挥。红奶羊茜露儿永远不愿回到羊群中去,它幻想成为"既有食草类动物的脉脉温情,又有食肉类猛兽的胆识和爪牙"、"有一头羊脸虎爪狼牙熊胆豹尾牛腰"的红崖羊。然而,那绝对是一只"四不像"的畸形怪物。这已经不再是一种文学幻想,而是一种荒诞不经的编造,这种创作就如同被开启的潘多拉魔盒,从中跳出一个个人世间从未有过的妖魔鬼怪,污染儿童的心灵。

从现代生态学思想出发,人类应该尊重每一种动物遗传基因类型,而不能随意改变大自然生命形态经过千万亿年的选择。

### 3. 实现物种品性变异的类型

也许是沈石溪自己感觉到那种幻想改变动物生命本质品性类型作品的荒诞性,他后来创作的《混血豺王》就在接近现实的基础上又向前走了一步——物种生命本质品性变异。

《混血豺王》中的主角白眉儿是一只豺与狗的混血豺狗。沈石溪为混血豺王白眉儿设计了一个个"逼上梁山"的生存处境,白眉儿之所以被从豺群中驱逐出来,一是因为豺王夏索尔对它早有驱逐之意,二是因为它中了夏索尔的圈套,捅了一个大娄子,犯了众怒;它本也可以做一只流浪豺,但在大风雪的逼迫下,它受到人类的引诱而成为一只狗。然而,命运多舛,一心想用行动证明自己忠诚的白眉儿,为了救自己的主人而无奈之中使用了豺所独有的一门生存技巧——抠肛门而救了主人一命,但是主人对它已

---

① 沈石溪:《沈石溪动物小说自选集》,重庆出版社,1992年,第27页。

心存芥蒂。在黑狗的诬陷下，白眉儿被赶出了主人的家门，流浪荒野，后来又回到了豺群中，成为豺王。这时，它在自己的豺群实行了一种豺道主义："白眉儿上台后，却无视这条埃蒂斯红豺群千百年来的严酷的丛林里用鲜血铸就的生存法规，猎到羚羊，撕开胸膛后，羊心羊肝羊肺羊肠羊肚羊脑，任由那些带崽儿的母豺哄抢，上等的羊腿也归那些无用的老豺们，而群体的中流砥柱——那些卓越的大公豺，反倒只能啃食较次的胸肋和羊头羊皮。传统啄食次序被颠倒了。"①

《混血豺王》中的白眉儿形象还是具有某种可能性的，因为作为豺与狗的混血豺狗在生活中是可能发生的，沈石溪也为塑造这一形象安排了众多具有可信性的活动背景。但是，在《混血豺王》中依然存有"强权情结"，白眉儿虽然只为追求做一只豺或一只狗而生活，但是作者却又把它推上了豺王和狗王的位置，再次表现了作者心中蕴藏的强烈的强权情结。还让人遗憾的是，小说中的白眉儿表现出的"豺道主义"行为，这违背了动物生存的本质规律，又一次改变了动物的生命品性，大大动摇了小说的艺术真实性，又陷入虚假的人为编造。

## 二 "强权情结"的审美情感心理

沈石溪这样评论过自己的创作情结："说来也奇怪，我最近几年好几篇动物小说都是围绕着改变动物品性这个命题来结构故事的。例如在中篇小说《牝狼》中，白莎为使半狗半狼的儿子变成纯粹的狼而奋斗；中篇小说《红奶羊》中，母羊先试图改变小狼崽的食谱，后又努力扭转羊儿惧怕狼的本性；长篇小说《狼王梦》中，母狼紫岚耗费大量心血，企图使狼儿克服自卑等等。我自己觉得这和我童年时期想把一只鸭子驯养成猎狗有着某种联系。这也许是一种创作情结……"② 沈石溪非常准确地说出了自己的审美情感心理与改变动物品性间的内在关联，但遗憾的是，作家还是沉浸在自己改变动物品性的成功喜悦之中，而没有感觉到一种危险同时也随之诞生。

---

① 沈石溪：《混血豺王》，新蕾出版社，1998年，第417—418页。
② 沈石溪：《红奶羊·序》，新蕾出版社，1998年，第56页。

### 1. 错位的生命强力

无论是人还是动物,都有着改善自身生存境遇、提高生活质量的本能愿望。在自幼多病体弱的沈石溪那里,这种本能愿望就更加强烈、更加自觉。人应当争当强者,人也有一种自觉的意识去争当强者。但是,一个强者的生命基点,应当是建立在自我提高、自我完善的基础上,是以战胜自我、超越自我为最大胜利和终极目标的。具有强权意识的生命却恰恰相反,他并不是以自我为基础,而是以践踏他人为起点,以能够凌越一切生命的王位为最终目标。沈石溪在这里显然把强者心理和强权意识错位,误认为动物能够登上王位,就能够显现出强大的生命强力。

真正的生命强力并不是只以暴力冲突显现出来,并不仅仅表现为一次又一次对王位的冲击上,也不仅仅表现在拥有王位的位置。在杰克·伦敦的著名动物小说《野性的呼唤》中,表现生命强力的并不是这条大狼狗与其他狼狗的夺打撕斗的胜利中,而是在感受到了来自大森林深处,来自隐秘遗传基因中的生命的狼性呼唤。

### 2. 错置的艺术折射

作家的审美思维方式与其审美理想是分不开的。审美理想直接具有决定性地影响着作家对审美对象、审美目标、审美效果的选择与建构。

沈石溪认为:"动物小说之所以比其他类型的小说更有吸引力,是因为这个题材最容易刺激人类文化的外壳、礼仪的粉饰、道德的束缚和文明社会种种虚伪的表象,可以毫无遮掩地直接表现丑陋与美丽融为一体的原生态的生命。"[①] 沈石溪的创作审美理想就是把动物世界中的"丛林法则"与文明社会中的"道德理性"进行并置比较,从动物世界中的"丛林法则"中奉行的弱肉强食、不适者淘汰来曲折地折射人类社会中虚伪狡诈、阴谋诡计、残酷争斗的强者生存规律,文明人类身上还残存着所谓的"动物性"。

别林斯基认为,儿童文学的创作应该"只能从共同的和最高的源泉中去寻找——也就是说不要从人的社会称号或社会地位这些假定的要求出发,而要从人的称号这个崇高意念出发,不要从关于人的礼仪的假定概念

---

① 沈石溪:《红奶羊·序》,新蕾出版社,1998年,第9页。

出发,而要从人的尊严这个永恒的观念出发,去得出这种结论。"① 毫不否认,人类社会中的文明、礼仪中有着虚伪,道德有着束缚,行为中有着卑劣,但是这些都降低不了人这一指称所应有的尊严。儿童文学,包括动物小说,应该体现人这一称号的价值和尊严。人毫无疑问是从动物进化而来的,人也保存着一些所谓的"动物性",但是人与动物是有着本质上的区别的。两种不同质的事物是不能并置起来评论的,不能用一种异质的、人类的生存方式和评价体系来评价动物的生存方式。人不能,也不应该简单地类比于动物。

因此,当沈石溪运用人类的文明理性来评价丛林法则,就会有这样的言说:"鹿就是鹿,永远无法和高级动物人类相媲美的。……母鹿按照大自然的适者生存的进化论原理和遗传规则向往同最高大最健壮最勇敢的公鹿交配以保证自己产下具有最强生存和竞争能力的后代。……因此,亘古至今马鹿都遵循这种极不文明极不道德的爱情观生活的。"② 用人类的爱情观来评价鹿的择偶行为是多么不协调,多么荒唐可笑,自然也会得出荒谬的结论:鹿的生活是"极不文明极不道德"的。

### 3. 对立冲突的思维模式

沈石溪之所以在创作中出现"强权情结",还在于他的审美世界中有一种对立冲突的思维模式。这种对立冲突思维模式,源于作者的哲学世界观。

沈石溪认识到:"随着时代的变迁,文化会盛衰,礼仪会修正,社会文明也会不断更新,但生命中残酷竞争、顽强生存和追求辉煌的精神内核是永远不会改变的。"③ "残酷竞争、顽强生存和追求辉煌"构成了沈石溪动物小说的精神内核,也是审美心理转化为强权情结的精神内核。在沈石溪看来,这也是动物小说之所以能够赢得读者,能够追求不朽的价值所在。正

---

① [俄] 别林斯基:《俄苏作家论儿童文学》,周忠和编译,河南少年儿童出版社,1983年,第17页。
② 沈石溪:《沈石溪动物小说自选集》,重庆出版社,1992年,第19—20页。
③ 沈石溪:《红奶羊·序》,新蕾出版社,1998年,第15—16页。

是这一精神内核展现了沈石溪动物小说创作的对立冲突思维模式。

"顽强生存"这个词语本是意味着人或动物能够克服不利的生存环境，战胜自我，超越自我，提高自我生命质量。但是在沈石溪的笔下，"顽强生存"却表现为一种对强权的夺取，对王位的膜拜与血腥争斗。可见，沈石溪所宣扬的"残酷竞争、顽强生存和追求辉煌的精神内核"的实质就是残酷竞争、血腥争斗，追求权力的荣耀。

在沈石溪的动物小说中，这种"顽强生存"的"强权情结"处处显现在所创造的故事情节和动物形象中，从而使沈石溪的动物小说创作模式化。可以说，"强权情结"既是沈石溪动物小说创作最初和最强大的核心动力，也是沈石溪塑造许许多多被异化的动物形象的畸变基因。

世界上优秀的动物小说家都是放弃对立冲突思维模式，呼唤和谐、超越自我，从人类中心主义中走出来，对人与动物进行整体关怀。加拿大作家西顿的动物小说中，西顿没有对咬死鸡群的狐狸进行责怪，而是让我们感到小说中的"我"是一个正如观赏狼王洛波那超强的智慧、熊王那力大无比的神奇一样，欣赏狐狸那机智、聪明、灵巧的生活表演。法国作家莫厄特的《在狼群中》没有写狼怎样争夺王位，而是叙述狼的一家温馨动人的生活图景，并戳穿了狼是马鹿威胁的说法（那不过是人类借猎狼而猎杀马鹿的借口），充分证明正是因为有了狼，才有了马鹿存在的健康、肥壮。这些都表明了优秀的动物小说作家对动物所怀有的悲悯、同情、理解乃至赞赏的生态思想情怀，是一种超越人类狭隘利益，从人类中心走向生态中心的新的生态哲学观，不同于对立冲突思维模式。

南帆在《小说艺术模式的革命》中说："人们的审美情感模式不可能是一成不变的取景框。一旦新的哲学意识、价值观念、人生态度得到了情绪化与感觉化，人们将改变审美关照的取向。"[①] 因此，我期待：有着强大写作生命力的沈石溪会严肃地思考动物小说的创作，从当代人类与动物所面临的生态危机处境中找到新的风景点，步出"强权情结"，创作出有艺术生命力的真实动物形象。

---

① 南帆：《小说艺术模式的革命》，生活·读书·新知三联书店，1987年，第189页。

# 附　录

# 乡土中国、现代性与新世纪文学
## ——张丽军访谈录一

**1. 徐志伟**：你近几年比较关注中国现代文学中的"农民"想象问题，并相继发表了多篇相关论文，为什么会关注这一问题？

我对中国现代文学农民形象的关注始于硕士研究生阶段。2000年考上硕士研究生，在当时还是一个很值得庆贺的事情，因为那时研究生数量还不多，找一个较为理想的工作还不是很难的事情。我在为自己庆幸能够摆脱不自由生活的同时，也开始思考一些问题，我能做些什么呢？我的父母兄弟姐妹、乡亲都在乡村。

2001年的一个冬夜，东北师大文学院阅览室窗台上的君子兰正盛开着硕大的花朵。长春的冬天室内温暖如春，我与曾是大学同学、后来比我早两年读研的乔焕江谈论着考研之后各自命运的转机，感叹着与农民的生活方式、情感体验已经越来越远。作为一个农民的儿子，由于学业和工作的关系我已经很少回农村的老家，很少接触农活。我的女儿三岁后就一直生活在城市中，即我与农民的血肉联系和情感维系都不由自主地越来越淡，同时潜意识中不自觉地把自己视为精英，把自己的思想、生活与农民加以某种区隔。我意识到，应该为农村、农民做点什么。从那时起，农民意识已经成为我从事学术研究、进行理论思维的核心理念之一，是我对生命之根进行追寻、探索的思想原点。

但是，一介书生又能做得了什么？从硕士到博士的求学过程中，乔焕江既是我的同学好友，又是我解惑的"老师"。我们曾讨论，乃至争执不下于一些学术话题。我渐渐意识到，一介书生自有一介书生的行为机制、话语言说体系及其社会效果，那就是，用自己的专业研究视角来关心乡村、关怀农民。借用乔焕江的话说就是：我们不能为农民送去物质的面包，但我们可以创造精神的面包，并可能以某种方式转化为物质面包。我听了之后，很是信服。由此，我找到了自己人生选择与学术言说的意义之源，决意把自己与生命的根、农民、大地联系在一起。

在现实的社会生活中，一些乡村亲人一再问我："你怎么不去当个官啊？"乃至于我选择学术事业，很多人不理解。或轻视你，一个老师，有什么了不起的？能起什么用啊？是啊，百无一用是书生。这是现实，也是事实。问题在于，我已经找到了抗拒流俗与官本位传统的立身、立命之本，执意以这样一种看似无用、实则迂回、长远的方式关注那些被忽视的、没有自己声音的农民亲人们。

在博士学习阶段，导师逄增玉先生向我们介绍的王德威先生的《想象中国的方法：历史・小说・叙事》和日本学者沟口雄三的《作为方法的中国》对我影响很大。尤其是沟口雄三先生启示我，中国本身就是一种视角、一种方法，应该用中国本身的历史和事实来研究中国，从中国内部的历史事实出发，探究中国现代化的内部原因、内在动力。

我在研读有关研究资料的时候发现了一个情况，对农民形象的研究与现代文学史上存在的众多农民形象极不相称。相对于社会学对农民为主体的"三农问题"的持续研究，学者对农民形象的研究缺少足够的重视。事实上，费孝通先生在20世纪二三十年代所描述的"乡土中国"在21世纪的今天依然存在，我们依然处于乡土中国现代化的转型阶段。"乡土中国"无疑是21世纪理解和判断中国问题的本质。因此，"乡土中国"的主体——农民，就成为中国现代知识分子在现代文学中想象和建构中国的巨大形象群。所以，我决心从现代文学的农民形象入手，来探寻乡土中国现代化语境下中国现代知识分子对农民的审美想象，以此来返观与审视乡土中国现代化道路的选择及"人的现代化"历程，来为21世纪新乡土中国现代化转型、当代"三农问题"的解决呈现一份来自文学的历史思考，以期提供有益的启示。

我的想法得到了逄增玉先生的充分肯定。逄先生对博士论文选题、研究思路多次进行指导，确定了现代文学农民形象的研究对象，不再局限于乡土文学的研究框架，而是从各种文化政治力量对农民的不同审美想象出发,来审视农民形象所蕴含的"乡土中国现代化"意义。

现在回过头来重新审视自己当初的选择,我认为那是必然的。一个农村出身的农民的儿子,你不关心农民,就会有一种良心上的愧疚,负罪,乃至是背叛的感觉。当然,关心的方式很多,可以是直接的,也可以是间接的。

现在,我在跟我的学生们谈起作家的时候,我就说,每一个作家的创作所呈现的都是他所感知和发现的世界,是他与这个世界的独特精神联系。同样,一个批评家内心最关注的、最渴望呈现的依然是他与世界的独特精神联系。我与农民的精神血缘纽带关系,就是我与这个世界最初、最深厚的精神联系。

**2. 徐志伟**:在你的博士论文中,你把中国现代作家的农民立场分为"启蒙的"、"文化人类学的"、"阶级的"、"救亡的"等几种,在你看来,这几种立场的主要差别是什么?它们之间有没有同构关系?

在做博士论文的研究过程中,我打破了以往从乡土文化、乡土文学视角来研究农民形象的方法,着眼于从整个乡土中国现代化的空间、时间,即在乡土中国这个整体性空间下发生的现代化历史进程来审视、思考半个世纪以来的众多农民形象群;进而探寻众多农民形象背后审美的、政治的、革命的、历史的维度。

在具体探寻过程中,我发现了农民形象的"想象式"审美思维特征,即现代文学作家并不是内心想要创造原汁原味的农民形象,而是源于一种更大的民族国家现代化的精神视阈"想象农民",传达一种经由审美个体出发的、代表一个时期中国知识分子对乡土中国现代化的形象"塑形"。

从时间来看,从晚清到 1920 年代,中国知识分子渐渐确立了一种思想改造的民族国家现代化道路。从严复、梁启超到陈独秀、胡适、鲁迅等中国文化精英开启了彻底否定中国传统文化、全面引进西方民主科学现代文化的思想启蒙现代化模式。具体到审美思维中体现为对乡土中国病态农民形象的建构,一个"病中国"的"愚昧麻木农民形象群"。事实上,并不是真的是中国农民麻木不可救药,而是一种"想象"的思想启蒙的"虚构",一个服务于国民性改造、启蒙现代性的他者镜像。我一点也不否认鲁迅的伟大和对乡土中国精神病态认识的深邃；但我认为仅仅看到这一点，并把国民性弱点加之于农民身上是不公正的。所以，我在论文中曾谈到，鲁迅在开启一个思想启蒙的审美创作模式的同时，也带来了一个流传甚广的农民"污名化"思维模式，即在文化界、文学界，乃至社会界存在着一种思维模式，一提起农民来，就与愚昧的、麻木的、需要改造的联系在一起。而在著名社会学者费孝通看来，这纯粹是一个思想认识误区。

事实上，文学界也有一个迥然不同于鲁迅"污名化"审美思维模式的作家群体，就是具有乡土抒情诗气质的沈从文、废名等人的田园牧歌思维模式。沈从文在周作人等人的文化人类学思想影响下，开始认识到没有被汉化的少数民族文化所具有的独特的文化生命强力和优美善良的美好人性，从而吟唱出了"最后一首抒情诗"，创作了大量具有优美善良人性、健康心态的湘西农民形象群体。饶有意味的是，尽管沈从文选择了一种与鲁迅截然不同的审美思维模式来书写和建构农民形象，但其初衷和意图却和鲁迅的启蒙思想如出一辙，期冀为中华民族的思想文化改造开辟一条来自民族内部的现代性道路，依然以"重建社会、重建文化"的中华民族文化现代化为目的，可谓是异曲同工。

历史吊诡的是，这种思想启蒙道路尽管击中了中国文化深处的病根，却因为效力缓慢而被一种新的阶级现代性思维所取代。到1920年代末，随着创造社的转变一个新的"革命文学时代"来临，旧的、进程缓慢的思想启蒙的文化革命方式被弃之一边，一种新的阶级审美意识开始召唤觉醒的、革命的新农民形象，来以一种具有实践功能的文学革命方式来打破旧的社会结构方式，重建一个新的阶级平等的民族国家。当然，思想启蒙的审美思维方式并没有完全从审美主体中划掉，依然以一种隐蔽的、深层的结构方式对作家的审美创作产生着影响，如丁玲、王实味、萧军、萧红、路翎等人的创作。

救亡视阈更多是一种时代历史语境。在这样一个极为特殊的历史语境下，农民，尤其是古老的千年不变的乡土中国发生了一场心理意识的裂变：没有被现代性冲击的古老乡村，却意外地因为这场特殊的战争而卷入了现代化进程中；信奉传统文化道德的农民经历了血与火的淬炼，在反抗外敌意识觉醒的同时，阶级解放意识、社会解放意识和人性解放自由意识相伴而生。从萧红的《生死场》到孔厥、袁静的《新儿女英雄传》，农民从被侮辱、被损害的弱者形象开始成长为农民英雄形象，阶级解放意识、社会解放意识和人性自由意识逐渐萌生壮大。

因此，中国现代作家的"启蒙的"、"文化人类学的"、"阶级的"、"救亡的"审美视阈，是乡土中国现代化历史进程中所萌生的、并与乡土中国大地结合在一起的审美意识，呈现了中国知识分子对建构民族国家的不同思想认知和道路选择，都是现代性的产物。

**3. 徐志伟**：你如何评价1950—1970年代文学中的"农民"想象？

1950—1970年代文学中的"农民"想象是我正在做的一个课题，也是博士论文研究的自然延伸。但是，由于各种因素，我还没有能够进行深入的思考和进入到历史文本深处做细读式分析。仅就目前的阅读思考而言，我体验到一种两极对立化的"农民想象"审美思维模式：即在延续延安文学的审美思维基础上，农民形象进一步纯洁化、英雄化，地主、富农形象则进一步"恶霸化"、"黑恶化"，乃至是"妖魔化"。"十七年"文学中的"农民想象"思维模式受到了阶级对立思想的极大影响，众多农民形象都难以逃出这一思想的桎梏。

但这并不等于1950—1970年代文学对农民的想象没有闪光之处。我认为有两个方面值得思考：一是优秀作家对农民想象的内在矛盾、冲突、游移与悖论；二是对崇高美、理想美的审美想象激情。

具体而言，我在重新阅读《创业史》的过程中，强烈感受到时代精神限制对作家审美思维的制约与影响。问题在于，作家如何进行审美突破或如何与意识形态达成妥协。一方面是党性，一方面是文学性；一方面是梁生宝的爱情欲望，一方面是来自革命的抑制等等。作家柳青显然在梁生宝这一代表新时代社会主义新农民形象的建构中进行了复杂、多元力量的审美博弈。而在老一代农民形象如梁三老汉那里，由于不需要考虑意识形态的宣示功能而游刃有余，获得了难得的审美空间和思想宽裕度，显现着艺术真实的风采。

梁生宝形象的审美想象尽管有着这样、那样的意识形态的限制与阴影，但其自身追寻群体解放、自我牺牲的精神，以及纯洁的理想与革命的激情闪耀着一种崇高美。这种纯洁、崇高、自我牺牲的人物形象有着一种理想性维度。这既是当代中国文学的典型崇高人物形象,也是渊源于中国传统文化语境中的以天下苍生为念的士大夫精神气质与人格追求。在新世纪中国文学的精神性缺失、文化伦理溃败的语境中,显得尤为可贵。

样板戏中的农民英雄形象尽管存在高大全的审美思维弊病,但是瑕不掩瑜,我认为一些崇高人物形象的精神气质,同样显现了中华民族的崇高、纯洁、理想的人格追求。在艰苦卓绝的抗日战争中,我们的确出现了像杨靖宇这样的英雄人物。在我主持的一次《红灯记》研讨会中,一位中年文学爱好者激动地提出崇高的英雄形象不是纯粹的虚构,不是"假大空",他就存在于我们真实的民族历史之中。

显然,时至今日,1950—1970年代文学中的"农民想象"崇高美,并没有得到应有的历史理解和审美阐释。我们不应该因为这一时期文学想象的局限而抹黑所有审美的、生命的、文化的、历史的思考。

**4. 徐志伟**:你个人的"文学观"和"农民观"分别是什么样的?

当《中国农民调查》出版之后,我开始疑问:这是文学吗?这又如何不是文学?如何评价张平的小说创作?在做博士论文的过程中,我读到1921年翻译家耿济之在《〈前夜〉序》中的一段话,受到很大的影响。耿济之分析了《前夜》作者屠格涅夫所具有的革命倾向性的写作姿态:"屠格涅甫实在是厌弃白尔森涅甫和苏宾两人学问和艺术的事业,而推崇段沙洛夫这种切志救国,铁肩担道的精神。然而读者不要误会:屠格涅甫并不是反对学问和艺术的事业,他也知道这种事业在社会上是很重要的;但是在俄国'当时'所最为需要的并不专是这种事业,却是需要实地改造的力量和精神。"

耿济之所引进的屠格涅夫的遗弃"学问和艺术的事业",推崇"切志救国,铁肩担道"的实地改造精神,与后来的中国左翼文学家宁肯牺牲文学的艺术性也要追求文学的革命性宣传效果的文学理念,有着内在的血脉联系。耿济之的阐释,不仅使我看到了文学研究会与左翼作家在文学的工具价值理性方面的精神联系,而且为我们理解中国的"屠格涅夫"们和左翼文学提供了一面基于更高的利益、更高的理想、趋向终极性价值的镜子。

正是从这个意义出发，我认为陈桂棣和春桃的《中国农民调查》、张平的新政治写作当然是文学，是有益于当代中国发展的文学，也是当代中国底层弱势群体最需要的文学。如同张平所言，"我追求速朽的文学"，这与当年的左翼文学可谓是不谋而合，如出一辙。

文学的复杂性正在于，我们不仅需要所谓的描写永恒人性的经典性文学，我们同样需要为民鼓与呼、在当代起到迅速作用的"速朽的"文学。尤其是在中国，面对弱势群体处于"沉默的大多数"、没有发言权的国家体制的情况下。

所以，我主张文学应该是多样性的，是分层的，有不同志趣与归向的。当然，我的文学观的核心依然是文学性。我在欣赏张平政治写作的同时，也期待张平的写作能够进一步增强艺术性，展现来自时代、历史、文化、人性深处的灵魂博弈与精神困境之美。

**5. 徐志伟**：在当下的文学创作中，想象或呈现农民的方式有哪些变化？为什么会有这些变化？

在当下的文学创作中，众多作家已经从鲁迅式的文化精英意识中走出来，摒弃了思想启蒙和文化改造的意识，而是以一种深入乡土中国内部进行生命探寻的平等姿态来呈现新世纪以来乡土中国农民的精神、心理、思想意识的巨变。特别是新世纪以来贾平凹的《秦腔》、《高兴》，莫言的《生死疲劳》、《蛙》，阎连科的《受活》，都具有一种展现新中国六十年内部思想断裂与历史巨变的史诗性追求，其审美叙述视点都是平视的、细节性、日常生活化的。

一些更年轻作家以中篇小说的结构方式来呈现他们对乡土中国历史和农民形象的建构，如徐则臣、刘玉栋、王方晨、张继、李骏虎、孙惠芬、常芳等作家对新世纪农民工给予了独特的关注，以一种理解、同情的写作姿态来书写农民工的存在困境和悲惨遭遇，但是对其精神苦难和灵魂深处的生命之疼的挖掘有待进一步提升，过于温情化的审美思维和叙述结构在关怀苦难心灵的同时，也在一定程度上消解了精神探寻的深度和故事的悲剧意味。

比较而言老作家创作起来顾忌较少，不存在出版问题，对历史的深度思考渐渐成熟；年轻作家刚刚获得文学界的认可，还没有从发表、出版的生计问题审美思维中走出来，其中一个重要标记就是大多数年轻作家没有较为成功的长篇小说。

**6. 徐志伟**：你个人欣赏哪些当下作家的乡村书写？为什么？

我比较欣赏贾平凹的乡村书写，从早期的商州民俗文化系列到新世纪的《秦腔》、《高兴》。《秦腔》对新世纪乡土中国文化的衰败进行了全方位的展现，从人物形象命名（仁义礼智）到对人物细节的描绘（如大力补气丸）无不具有深刻的精神寓意。我特别欣赏《高兴》中的刘高兴形象。刘高兴是一个在新世纪具有新质意义的农民工形象，他不仅适应城市生活，自觉认同城市文明，还具有救赎他人、追求受压迫者群体解放的崇高品质，突破了以往中国文学中的农民形象。

莫言、阎连科、苏童、格非、毕飞宇、赵德发、刘玉堂、陈应松等都是我欣赏的作家。莫言的《生死疲劳》让我非常着迷，不仅是因为小说独特的传统文化审美思维模式，而且小说中对新中国六十年农村内部的历史、文化、精神断裂进行了深刻描绘，书里面那个队长的形象尤其让人难忘。阎连科的《受活》同样如此；我个人更喜欢阎连科的一部短篇小说《乡间故事》，对乡村权力机制的书写太毒了，可谓入木三分。苏童的《米》、《河岸》、格非的《人面桃花》是极具精神隐喻意味的优秀作品，但是格非的《山河入梦》让我大失所望。毕飞宇的《玉米》、《平原》不错，我更欣赏《青衣》。陈应松的神农架系列是很难得的乡土地域文化小说，同时呈现出了时代色彩。《太平狗》作为一部中篇显现出它的精彩与局限，结尾太仓促了。

我特地介绍山东两位优秀的乡土文学作家：赵德发和刘玉堂。我在上高中的时候就读过赵德发的《通腿儿》，可谓传诵一时。新世纪前后，赵德发创作了"农民三部曲"，特别是其中的《君子梦》长篇，借助于一个"律条村"的两代乡绅形象，从文化伦理的独特视阈来审视百年中国伦理文化变迁。《君子梦》尤以对"文革"期间的荒谬心理叙事为妙，揭示"文革"意识形态与传统文化伦理的精神关联，呈现作者思考的深度与广度。刘玉堂的小说被誉为"新时期的赵树理"，以独特的地域农民方言叙事，富有浓郁的幽默趣味，而且很多作品叙事内容也是独树一帜，如对"十七年"的农业合作化、人民公社的美好青春记忆。但遗憾的是，研究界至今对他们的关注和阐释依然不够。

**7. 徐志伟**：我注意到，在现代文学之外，你也比较关注"新世纪文学"，你觉得"新世纪文学"与之前的文学相比，有哪些新的特征？

我对新世纪文学的关注一是来自于在长春读书期间《文艺争鸣》主编张未民先生的影响。有段时间，我经常到吉林省文联找他聊文学。在我的邀请下，他到东北师大文学院博士沙龙做过"新世纪文学"的主题报告，引起我的关注。同时，也是来自我的一种文学自觉。因为新世纪文学就是在我们身边发生的活生生的文学，是展现同时代人的生命体验和情感诉求的文学，作为一个以现实人文关怀为诉求的研究者，是没有任何理由回避或漠视的。

关于新世纪文学的特征，张未民先生已经发表过一些论文。我很同意他的观点，新时期文学是新世纪文学的一个序曲。新世纪文学还有一个很长的发展期，一个乡土中国文学发生质变的时期，一个以进入城市化、农民工为书写主题的文学时期。

**8. 徐志伟**：作为一种命名，"新世纪文学"有哪些更为广阔的探讨空间？

"新世纪文学"的命名，引来一些争议。张未民先生是这一命名的始创者。我认为这一命名是能够成立的，也是可以作出很多历史和美学探讨的。一方面是，百年文学史我们在不同的时期进行了不同的命名，可是很少有研究者对众多命名进行历史性的梳理、清理、辨析工作，如同黑瞎子掰棒子。我们完全可以结合以往的文学命名和新世纪文学命名进行历史性研究。同时，对于新世纪文学的独特美学内涵，可以与新时期文学、"十七年"文学等进行比较研究。

**9. 徐志伟**：你怎样看"新世纪文学"的精神生态？

对"新世纪文学"的精神生态我一方面是很悲观，另一方面又很期待。悲观在于，新世纪文学的语境是一个"礼崩乐坏"的时代，百年来伦理文化发生了一次次断裂，彻底割断了传统伦理文化的精神命脉。时至今日，无论官场、商场、文化场、学术场都鲜有伦理底线，新世纪文学何尝不浅薄、功利?!

但是，"国家不幸诗人幸"。越是伦理失范的时期，越是文学大有用武之地、越是需要文学的时期。新世纪文学70后、80后年轻作家在经过岁月的磨砺之后，必将脱颖而出。在经历了百年失败精神体验重新进入民族复兴的时代，在一个古老乡土中国发生现代转型、城市化巨变的时代，在一个灵魂经历最复杂精神痛苦的时代，我有理由期待"伟大的中国文学"的诞生。

**10. 徐志伟**：在今天的语境下，你如何理解一个作家、批评家的价值？

对于一个作家而言，我依然抱着很神圣的敬畏之心。莫言在与大江健三郎的一次对话中提出的一句话一直印在我的心中。莫言说："我是唯一一个逃出来向你报信的人。"这在今天这样一个技术框架更加严重、资讯覆盖一切的时代，尤为重要。

而对于批评家而言，同样如此。一个优秀的批评家也应该以审视与反思的姿态，去书写自己与世界的独特精神联系，去发现和传递那个唯一逃出来的信息。

在中国的文化语境中，作家和批评家尤其要有为沉默的大多数代言的责任和使命意识。有生命、有情感、有温度的文字是不死的。即使是涓涓细流，最终也会汇聚为一条澎湃的文化大河，现代文明大河。这就是作家与批评家的意义价值所在。

# 文化消费主义时代，怎样做学术研究
——张丽军访谈录二

## 一 关于"乡土中国"和"农民想象"

**1. 宋嵩**：在您已经出版的学术专著中，《想象农民》是您的博士论文，试图梳理乡土中国现代化语境下对农民的思想认识与审美显现；《乡土中国现代性的文学想象》则延续了这一研究方向，进一步考察现代作家的农民观与农民形象的嬗变。您似乎对现代文学中的"农民形象"这一问题有着特别浓厚的兴趣，这是为什么？您是怎么想到要将"农民形象"与"乡土中国现代性"联系起来的？

我是在山东莒县一个叫褚家庄的小山村长大的，父母都是地地道道的农民。父亲因为兼做些木工活，而有些许盈余，能够供我上学。受到大爷家大哥（他是村里改革开放之后第一个大学生）的影响而立志考大学、读研究生。"三农问题"之于我，有着深刻的切肤之痛。1990年代后期，我大学毕业后在一所职业中专教学，一次周日回家正好碰到"集资"队伍——每到冬末，乡里派人和村干部一起到交不起集资款的农民家里，扛着大秤来，有粮食的挖粮食，没粮食的拉走家畜和一些值钱的东西，抵消集资款。由于有我这位考学出来的公家人，"集资"队伍的态度稍好一些，但我依然只能是眼睁睁地看着从我家瓮里挖走粮食，低价抵消集资款。面对几千块钱集资款，每月三百多块的我也无能为力。我还亲眼看到，一位乡亲家里唯一的一点粮食被挖走，他躺在汽车轮下，说不把粮食放下来，自己就不爬出来。

当考上研究生的时候，我就思考：我能做些什么？可是一介书生又能够做些什么。我有段时间很迷茫和痛苦，觉得自己也渐渐脱离了农村，而无法为养育自己的父母、乡村做些什么。后来，我的同学好友乔焕江说，这是没有办法的事，我们只能提供精神的面包，而无法提供物质的面包。是啊，我想，这或许就是一介书生所能做的事情——用我的专业特长的方式，去关注他们的命运，为他们鼓与呼。因此，我的博士论文选择了以现代文学中的农民形象为研究本体的研究对象，从乡土中国现代化的历史进程中去思考和展现晚清以来中国知识分子对"三农问题"的审美思索，为新世纪乡土中国现代化转型提供来自历史的审美镜像和精神启示。我是农民之子，对农民形象的研究，就是对生存之根的追问和思考，对自我与世界关系的探寻。

"乡土中国"和"现代性"连在一起，意味着现代性"西方他者文化"和本土化"传统民族文化"的对立、冲突与交融，意味着百年来乡土中国痛苦而艰难的现代性历史进程。只有连在一起来审视，我们才能看到一个完整的、立体的、复杂缠绕的现代中国。

**2. 宋嵩**：您在论述中好像特别重视赵树理"为农民写作"的文学观对于中国文学的特殊意义，并且拿贾平凹的《秦腔》、阎连科的《受活》等"纯文学"审美模式下的农村题材小说与赵树理的作品进行比较，批评70后、80后年轻作家们"遗弃了'前现代'的农民"。在许多人对赵树理的文学成就和文学史地位仍然抱有偏见的今天，您的这些主张有何特殊意义？您的用意是想在21世纪重提"赵树理方向"吗？

赵树理在今天依然有着很重要的、不可替代的意义，这首先表现在赵树理与农民血脉相通的内在精神关联方面，这恰恰是今天很多作家匮乏的、最珍贵、最重要的东西。赵树理不是在旁观或俯视农民，而是自己就是一个农民，以农民的喜怒哀乐来塑造他们。其次是赵树理对中国叙事精神和农民口语语言的熟稔运用，是一种地地道道的民间叙事。当代文学中的文学经典，如柳青的《创业史》、路遥的《平凡的世界》无不有着赵树理那种与农民血脉相通的内在精神，才会经受住了读者的检验，超越时代，为一代代中国读者所喜欢，这是因为呈现了那个时代的"中国生活"和"中国心灵"。

文学是多样化的，今天不需要"赵树理方向"，需要的是"赵树理经验"和"赵树理精神"。

**3. 宋嵩**：您在分析《秦腔》中夏风对乡村母体文化的厌恶的原因时，曾征引叶圣陶先生《倪焕之》中有关师范教育的对话，认为几十年前叶先生针砭的以都市为本位的乡村教育理念在今天的大学校园里仍然占主导。您在一所师范大学任教，这所学校中大多数学生都来自农村，他们身上表现出的"去农村化"倾向是否也很严重？您如何看待这一问题？更让人感到尴尬的是，当前有一种号召大学要培养"精神贵族"的倾向，在您看来我们的大学教育（特别是文学教育）应该如何面对和解决这一尴尬？

当代大学"去农村化"和封建社会、民国时期，应该是有所区别的。封建社会，读书人和武士从乡村走出来，建功立业，老来都要告老还乡、解甲归田，成为一方富有威望、改良乡土文化的乡绅。民国时期，费孝通就开始痛感城市吸收乡村文化精英，乡村积贫积弱的态势。新中国成立后，特别是城乡二元制度之下，每一个农村学子，也包括我，无不以跳出农门、吃公粮为最大目标。这是很悲哀的事情。

农村人以城市人生活为榜样，城市人以欧美人生活为目标。这恰恰是文化和危机根源所在。如同贺雪峰在《新乡土中国》中所言，中国人无法模仿美国人的生活方式，我们的生存环境无法提供那种能源消耗，整个地球也无法承担这种高能耗的生活方式。这也是今天城市化的症结所在。农村、农民的生活恰恰是最生态的、最低消耗的、最清洁的、最安全的，他们吃自己种的菜和粮食，日出而作日落而息，没有大垃圾场，生活垃圾做有机肥，呼吸最清洁的空气。但是，今天我们却有一种误区，城市化就是要消灭农村，这是很可怕的、后果很严重的事情。在日本农业哲学家祖田修看来，建设"有生命的空间"才是城市化，特别是东亚国家城市化的出路所在。

"精神贵族"是可以倡导的，也是不分城市和乡村的。现在一些决意到乡村生活的，才是真正的"精神贵族"。我们大学人文教育，特别需要公民教育、人文生态意识教育。文学教育在这方面，恰恰能够很好地发挥这一功能；"礼失而求诸野"，乡土文学具有新的人文精神内涵和教育功能。

此外，民国时期的乡村建设运动，在今天依然是很有启示意义的。

**4. 宋嵩**：能否谈谈您对"底层写作"、"打工文学"的看法？

文学如何回应当代中国社会、生活问题？如何回应当下的精神、文化诉求？这是文学所无法回避的问题。文学不关心底层民众的生活、精神文化诉求，底层民众又怎么可能来关注文学？！正是在这样一个文学濒临"死亡"的文化语境下，一种"向外突围"的审美文化声音开始在90年代后期越来越清晰地传达出来，乃至汇成一股强大的审美思潮。介入性写作、现实精神写作、打工诗歌、"人民文学重新出发"、在生存中写作、新左翼文学、新政治写作等新审美理念纷纷涌现。

2004年曹征路小说《那儿》的发表，标志着底层文学已经从"向外突"的审美文化思潮中脱颖而出，终于从学者、批评家的"底层召唤"转换为审美创作实践，从对红色文化经典的回潮和重构中孕育出新世纪的、具有"英特纳雄耐尔"光泽的底层文学，一时成为文坛瞩目焦点。此后，陈应松、王祥夫、刘庆邦、陈应松、刘继明、罗伟章等作家汇入底层文学之中，成为新世纪文学挣脱纯文学迷津、进行自我救赎精神突围的重要方式。

新世纪底层文学既是对以往左翼文学革命性的继承，也是对左翼文学阶级性思维的遗弃；既是对80年代以来纯文学的颠覆和突围，也在否定过程中保存了纯文学的文学性艺术本质。因而，我认为底层文学是在对左翼文学、纯文学的扬弃中，去除阶级对立性、艺术形式崇拜迷雾而兼具革命性和文学性的新世纪文学，是总结20世纪中国文学正反经验教训、文学走向现代化的新审美经验艺术形态。

## 二　关于茅盾文学奖与当下（山东）文学创作

**1. 宋嵩**：在第七届茅盾文学奖评奖结果公布后，您曾经以《"茅奖"，你何时不再矛盾？》为题，撰文考察文学界乃至全社会对茅盾文学奖的"无边的质疑"，笔锋直刺当下某些文学评奖活动中的乱象，并担忧这样的评奖对于新时期、新世纪文学经典化的影响。如今第八届茅盾文学奖业已出炉，您对本届获奖作品是怎么看的？现在还有几年前的那些疑问和不满吗？

对第八届"茅奖"的看法，我去年在《社会观察》杂志刊发一文，表达了我的观点。我对去年"茅奖"评选方式较为满意，给予很高评价：第八届茅盾文学奖的实名投票不仅是当代中国文学制度走向现代化的关键一步，而且是在更大意义、更大范围推进制度现代化的一次重要实践。我们切不可仅仅视其为一次文人领域游戏规则的简单改变，因为作为国家最高文学大奖的承载形式，"茅奖"评选在现代性制度上的推进，同样可视为一种当代中国制度化建设的重大进步，是民主性、科学性、现代性制度在中国最高文化艺术领域的实质性推进，其意义不可小觑。因而，从这一角度而言，第八届茅盾文学奖实名制投票开创了当代中国现代性制度的先例。

可改进的方面还是有的。"茅奖"的评选可以进一步完善，如进一步增加 60、70 后新锐批评家，选择一些更有实力和公认的一线文学家参与；考虑对评委投票观点阐述进行直播的可能；水准不一，坚持宁缺毋滥的标准。

**2. 宋嵩**：从表面上看，山东作家是本届茅盾文学奖的大赢家。您认为两位山东籍作家（张炜和莫言）获奖，是否意味着山东文学创作达到了一个新的高峰？

两位山东籍作家（张炜和莫言）获奖，并不意味着山东文学创作达到了一个新的高峰。莫言和张炜的作品本身就是两座高峰。恰好相反，新世纪山东文学处于一种结构性危机之中，我们缺少 80 年代王润滋、张炜、莫言那样在国内叫得响、立得住的"文学鲁军"。

**3. 宋嵩**：文学界历来有比较明确的按地域整合归纳作家创作的传统，"文学苏军"、"文学豫军"、"陕军东征"之类的说法不绝于耳，但是"文学鲁军"的势力似乎不像某些省份的作家队伍那样强大。您是如何看待这一问题的？

你的感觉是对的，新世纪"文学鲁军"的势力不像某些省份的作家队伍那样强大。除了刘玉栋有较大影响以外，文学鲁军依然处于蜕变、成长期，目前有一些影响的是东紫、常芳、王秀梅、王方晨、瓦当、宗利华、范玮、王宗坤等"鲁军新锐"。这一方面是因为社会大环境的变化，作家的被关注度和成名越来越难,从整体上看,国内新锐力量都处于审美裂变时期;另一方面是我山东作家比较谦逊低调,宁愿多写小说,也不愿多谈作品影响力。事实上,鲁军新锐的中短篇小说创作已经非常成熟,技巧"炉火纯青",具有很高的艺术水准,但是文学批评阵地的匮乏、文学批评与创作不同步,极大地阻碍了鲁军的影响力和美誉度。

## 三 关于文学研究与文学批评

**1. 宋嵩**:您的博士论文的考察对象是1895—1949年的中国文学,博士后课题是"'样板戏'在乡土中国的接受美学研究",同时您还在学术刊物上主持对"70后"作家的讨论并且撰写了大量有关新世纪文学的评论。您的学术视野似乎格外开阔,这也许会引起一些学者的偏见。你是如何看待这个问题的?

你的问题很好。事实上,我也在不断追问自己为什么要做研究,为什么要做这样的研究。上面,我已经回答了自己做农民形象研究的心路历程。近些年来,我把研究对象转向新世纪乡土文学,是以往乡土文学研究的延续。我在做新世纪乡土文学的过程中,开始了对山东地域文学的关注,从这些鲁军新锐那里我渐渐发现了一个新的文学现象:70后作家群创作被遮蔽的问题,即前有50、60作家,后有80作家,但是70后作家又是最具有创作实力和完整经历了新时期改革巨变的一代,他们应该是能够出大作品的一代作家,但是现在却被卡住了。同时,我也是70后人,对他们的关注,也是对我们时代、对我们自身的关注,具有很强的时代性和现实性。

我的博士后课题"'样板戏'在乡土中国的接受美学研究",从某种意义上而言,也是以往"乡土中国"研究的继续,不同的是,这次我尝试打破从文字到文字的研究方式,而是以民间口述史的方式记录我的父辈一代人生命中的文艺生活和心灵记忆,呈现一种来自民间大地的历史回声。

对学术研究,有两种不同看法,一种是认为研究者要找一个固定的、有很大价值的研究对象,对之进行持续不断的挖掘、考证和研究;另一种认为,学术研究的心灵是自由的、不受羁绊的,是与现实生活密切相关的。竹内好认为,任何学问都要回到人怎样在日常生活中生存的问题上来,没有与日常生活无关的学问。正是在这个意义上，鲁迅说："远方的一切，都与我有关。"中国古人司马迁就说，"穷天人之际，通古今之变，成一家之言"。近代中国学人也主张，文史哲相通。遗憾的是，随着现代学术制度的建立，"术业有专攻"变得越来越狭窄，越来越没有生气，更可怕的是失却了人间情怀和人文精神，成为所谓的"学问家"和"博古架"。我更乐意于后一种做学问的方式，追寻心灵的自由和精神天地的宽广，有着人间的烟火之气，有着生命的热诚、情感的温度和灵魂的执著，这并不与严谨的学术思考和生命哲思相对立，我每在写一篇研究论文之前，都要多遍阅读作品，全面收集前人研究成果，与前辈学人、作者和人物形象进行跨越时空的多元精神对话。我的学术研究，都毫无疑问打上了时代的和个体的精神印记，它可能是不够缜密的、不够透彻的，但它绝对是热诚的、真挚的，也是独特的。我坚信，它是有生命力的。

2010年夏天的一个深夜，当我打出一个个研究文字的时候，我突然意识到这不就是我的生命吗？我的生命时间就这样一点点悄悄流逝了，化为一个个文字。因此，从那一瞬间，我就意识到我要好好珍惜我打出的每一个字，那都是我生命所转化的文化符号，都承载着我生命的情感、温度和思想。

**2. 宋嵩：**您曾在一篇文章（《"消费时代的儿子"——对余华〈兄弟〉"上海复旦声音"的批评》）中指出当下文学批评存在"非捧即骂的意气性、二元对立思维批评"、"创作引导批评、批评家跟着作家跑的'顺势思维'批评"、"祛除批判理性精神的、唯市场论批评"三种症候。您能否为当下文学批评开出一张"药方"？

哈哈，所谓"药方"，不一定准。但是我想，如何批评、如何进行文学研究，并不需要很多的理论思维，重要的是，要从本心出发，从常识出发，从日常生活出发，就可以了。批评本身就应该是多样化的。

**3. 宋嵩：**您最近在几次网络文学评奖活动中担任评委。您此前以研究"乡土中国"著称，最近的这一转向幅度似乎有些大。您此前曾写过一篇《韩寒论》，在文章中您慧眼独具地发现了韩寒等"80后"作家作品与

"五四"时期郁达夫的作品、"问题小说"的相通之处。那么,在您看来网络文学与"乡土中国"有无契合的可能?

谢谢你对《韩寒论》的认可。网络文学与"乡土中国"从一开始就是契合的,是现代性(或后现代性)在"乡土中国"的具体显现之一。问题在于,"网络"如何"文学化"。"乡土中国"的文学"网络化"已经呈现出宏大的文学景观来,未来"乡土中国"所需要的是网络"文学化"。"网络"在本质上依然是一种书写媒介而已,具有决定性的问题是如何"中国化"和"文学化"。